世界科幻大师丛书
主编：姚海军

THE UPLIFT WAR

提升之战

[美] 大卫·布林 著

郭泽 译

四川科学技术出版社

图书在版编目（CIP）数据

提升之战 / [美]大卫·布林 著；郭 泽 译.
--成都：四川科学技术出版社，2019.9
（世界科幻大师丛书 / 姚海军 主编）
书名原文：The Uplift War
ISBN 978-7-5364-9577-7

Ⅰ.①提… Ⅱ.①大… ②郭… Ⅲ.①科学幻想小说–美国–现代
Ⅳ.①I712.45

中国版本图书馆CIP数据核字（2019）第261868号
图进字号：21-2019-438

世界科幻大师丛书
提升之战

出 品 人	钱丹凝
丛书主编	姚海军
著 者	[美]大卫·布林
译 者	郭 泽
责任编辑	宋 齐
特邀编辑	邹景岚
封面绘画	守望者Swangzhe
封面设计	李 鑫
版面设计	李 鑫
责任出版	欧晓春
出 版	四川科学技术出版社
	四川省成都市槐树街2号出版大厦 邮政编码：610031
开 本	147mm×208mm
印 张	28.5
字 数	630千
插 页	2
印 刷	成都国图广告印务有限公司
版 次	2019年12月成都第一版
印 次	2019年12月成都第一次印刷
定 价	99.00元

ISBN 978-7-5364-9577-7

■ 版权所有·翻印必究 ■

■本书如有缺页、破损、装订错误，请寄回印刷厂调换。
厂址：成都市金牛区沙河源街道办陆家村三组 邮编：610081

致中国读者

[美]大卫·布林

　　一切小说都是虚构的。不论描写的是现在还是过去，我们都只是在虚构，我们笔下的人物和情节都不是真实的。但是，这种虚构的故事存在于所有文明之中，它似乎成了与人类密不可分的一部分。

　　科学研究发现，人类的脑前叶是心智的主管，它不仅帮助我们在现实中制订计划、开展行动，而且给予我们虚构和想象的能力，让我们将自己"投射"到现实以外的地方，暂时想象自己是另一个人，体会另一个时空、另一个生命的紧张、痛苦和焦虑。很长时间以来，作家都在源源不断地用小说来满足这部分大脑的需求。

　　科幻小说丰富了人类的经验，使我们得以超越陈旧的过去和狭隘的现在，进入一片广阔而崭新的领域。在科幻小说中，历史是另一副模样，今天是另一个版本，未来则是人类遣化这一出大戏的延续。

　　今天的决定会导致哪些可能的后果，这是严肃的"近未来"小

I

说探讨的话题。而科幻小说有时候会把这种探讨引向更加遥远的未来。"提升"系列（Uplift Series）自1980年发表第一部作品《太阳潜入者》（Sundiver）以来，一直广受欢迎。它们与我后来创作的《地球》（Earth）和《末日邮差》（The Postman）有很大的区别，后者是严肃的"近未来"小说，而前者的故事则发生在许多个世纪之后，充满了外星人、太空飞船和接连不断的冒险，属于典型的"太空歌剧"。

"提升"系列的第二部作品《星潮汹涌》（Startide Rising）获得了星云奖和雨果奖，第三部作品《提升之战》（The Uplift War）获得了雨果奖。它们已被翻译为二十多种文字出版。

该系列的后三部作品是：《光明礁》（Brightness Reef）、《无限的海岸》（Infinity´s Shore）和《天堂的范围》（Heaven´s Reach）——它们组成了"提升"系列中的一个"子系列"："提升风暴"三部曲（The Uplift Storm Trilogy）。

"提升"系列的创作灵感源自一个简单的想法：在不久的将来，我们人类可能通过基因改造赋予其他动物以智慧，使其具备语言能力，并邀请它们加入我们的文明。但是，这种做法涉及伦理、科学和情感，对各方面都会造成巨大的影响。试想一下，如果那些在智力水平上最接近我们的物种——海豚和黑猩猩——得到我们的帮助，从而开口说话，加入我们的文明，那它们会对我们说什么？

那样会扩展我们的文明圈吗，就像我们将人类不同的种族和文化融为一体一样？

我不是第一个在小说中探讨这一问题的人。H.G.威尔斯、皮埃尔·布勒和考德维纳·史密斯都曾有过类似的想法，但他们的看法几乎一致——这样的智力提升将被滥用，那些让动物说话的人要么疯狂，要么残暴，他们会像驱策奴隶一样对待被提升的动物。

当然，现在看来，这只是一种可能罢了。威尔斯等人的故事好则好矣，却不够新鲜，所以我选择探讨另一种可能。我的问题是：如果人类有一天开始改造高级动物——我认为这一天终会来临——并且遵循现代自由社会的道德准则，那么我们会好心做坏事吗？有一点是肯定的：即便我们善待这些新生智慧种族，它们也仍会面临许多棘手的难题。

在思考"提升"这一概念的时候，我突然想到，类似的情形也可能发生在别的地方。外星人经过漫长的星际旅行到达新世界之后，可能会帮助那些他们发现的聪明动物，赋予它们说话和思考的能力，甚至教授它们太空航行技术；这些新生的星际旅行者又会对别的种族重复上面的提升过程。这一过程是否已经进行了亿万年之久，我们人类是否也是在接受提升之后才得以进化的呢？

假设有一群年轻的地球智慧种族——人类，以及被人类提升的海豚和黑猩猩——离开了我们太阳系，遇到了依靠不断提升而建立起来的古老而庞大的外星文明，那么我们这些新来者会受到怎样的待遇呢？这个问题值得认真思考。

在"提升"系列的设定中，人类远远落后于宇宙中其他强大的种族。我们试图同我们的海豚、黑猩猩伙伴一道，在没有惨遭淘汰之前，赶上进化的脚步。我们虽然也有一些外星朋友，但在绝大多数时候，我们只能依靠自己，通过努力奋斗来完善和提高自己。

大家是否觉得这一幕相当熟悉呢？就人类现状来说，许多发展中的国家和民族都在奋起直追;就个人来说,几乎每个人都力图发挥自己的潜能,超越自我——这样的追赶与超越,同《提升之战》中的地球智慧种族何其相似! 而自生命诞生以来,这一过程便从未停止。

我要感谢《科幻世界》的编辑对"提升"系列中文版所做的贡献。2007年8月,我有幸参加了中国(成都)国际科幻·奇幻大会,中国读者的兴奋和热情让我备受感动;而我也真切地体会到,中国是一个充满活力、蒸蒸日上的国家。在欧美国家处于快速发展期的时候,科幻小说帮助读者开拓了视野,启迪了智慧。我相信,对即将成长为世界强国的中国,科幻小说也将有所裨益。

最后,我希望我的小说能让大家明白,我们正站在前人的肩膀上,这是前人对我们的期望,而我们也必将比前人够得更高;然后我们会站稳脚跟,将我们的孩子举到肩上,让他们够到更高的地方。

目 录
CONTENTS

献给珍·古道尔①、萨拉·赫尔迪②，
以及所有帮助我们、用心去理解我们的人。

还要献给黛安·弗塞③，
是她耗尽生命去战斗，
换来永恒的美丽和希望。

---

①珍·古道尔(Jane Goodall, 1934-)，动物学家。因在保护坦桑尼亚黑猩猩方面所做的开拓性工作(历时四十二年)而享有盛誉。本书注解若无特殊说明，均为译注。

②萨拉·赫尔迪(Sarah Blaffer Hrdy, 1946-)，美国加州大学戴维斯分校的人类学家。

③黛安·弗塞(Dian Fossey, 1932-1985)，美国动物学家，长期从事动物研究和保护工作，曾在扎伊尔与大猩猩一起生活了十八年。1985年因遭偷猎者袭击，不幸身亡。

楔 子

真奇怪，这么一个微不足道的小小世界，现在居然会变得如此重要。

行政专舆那密闭的水晶圆罩之外，喧嚣的车流从帝都的两座巨塔间呼啸而过，但没有一丝声音能透进车内，干扰审计警备局事务官大人的思绪——他正对着一颗行星的全息图像冥思苦想，那个小小的圆球正在他覆满绒羽的手臂下缓缓转动。全息图像的画面之外，一颗恒星投射来的柔和光线，照耀着行星球面上湛蓝的海洋和一串珠光宝气的群岛，熠熠生辉。

假如我是那些"狼崽子"①口中传说的众神之一……大人想象着。他把羽翼收拢起来，心中生出一种感觉——只有当他伸出爪子去攫取某种东西时，才会有这样的……

但他并非神祇。事务官大人居然冒出如此荒唐的念头，只能说明他在研究敌方上花了太多时间。而地球人那些疯狂的观念已经影响了他的思考。

两名毛茸茸的助手在大人身旁无声地飞来飞去，用尖喙为

---

①进化前身为鸟类的格莱蒂克人将出身于哺乳动物的地球人称作"狼崽子"。

他梳理羽毛和闪亮的项圈,为即将举行的觐见做准备。事务官对二人视而不见。专舆明亮的指示灯前,车道上稠密的车流纷纷避让,一辆辆飞车和浮船闪到旁边。通常只有皇家的御用车辇才会享有如此待遇,但此时大人对其他的一切全不在意,只顾将沉重的尖喙俯在那个全息图像上。

加斯星球。多少次了,你屡屡成为牺牲品。

那颗小小的行星上,棕色大陆和湛蓝海洋的轮廓在片片风车状的暴风雨云团下时隐时现。在官员的眼中,那些云朵就好似格布鲁人①的羽翼一样洁白松软,但内里却暗藏凶险。在一连串的岛屿上——以及最大的那块陆地的边缘处——闪烁着几座小城的灯火。而那个世界的其他部分,似乎还从未被生灵所触及,只有当预示着暴风雨的雷电偶尔闪过,它的安宁才会受到些许搅扰。

全息图像上的一行行代码符号代表着更阴沉的含义。加斯星球是一片穷山恶水,无论谁到那儿都会有厄运降临——不然那帮"狼崽子"地球人和他们的跟班怎么会在那里得到一块殖民租借地呢?很久以前,这块穷乡僻壤就已被格莱蒂克各大公会从星图上一笔勾销了。

如今,这个不幸的小小世界,又被选作了战火纷飞的沙场。

为了摸透敌人,审计警备局的事务官大人用安格力克语②反复地思索着——只有地球佬才会使用这种卑贱的、未经星际认可的语言。大多数格布鲁人认为,研究异端是一种变态的消

---

①格莱蒂克族类之一,属于高智能的拟鸟类动物,仇视地球人。格莱蒂克族类是位于遥远星系的高级生物族类,创建并领导着五个格莱蒂克星系。格莱蒂克族类的许多分支变成了"庇护主",参与了远古时期传统的提升智慧生命的行动。

②地球人与黑猩猩和海豚交流时所使用的语言,一种简易英语。

遭。而现在看来,事务官大人对学术的痴迷终于获得了回报。

终于,就在今天得到了回报。

官舆从帝都的两座巨塔间疾驶而过,前方耸现出一座通体由乳白色石块建成的巨兽似的大厦。那是帝都会堂,是统治所有格布鲁种族和宗族的政府所在地。

出于某种不安的预感,事务官大人从头部的羽冠一直到退化的飞羽末端,竟禁不住地颤抖起来。他身边的两名科瓦克助手啁啁啾啾地抱怨起来——如果大人不能静静地待着,他们怎么为他梳理好细密洁白的羽毛,怎么为他擦亮弯曲的长喙呢?

"好啦,我理解,我明白,我听话!"事务官大人用标准的三号格莱蒂克语答道,语气中充盈着溺爱和宽容。这些科瓦克忠心耿耿,稍有无礼之举也是可以容忍的。大人将暂且分散的注意力重新集中到那颗小小的行星——加斯上面。

在那些贱民所有的前哨星球中,加斯的防御能力最差……最容易被挟持。正因为如此,军方才极力主张发起这次行动,尽管我们正在太空中的其他地方承受着巨大压力。这次进攻将给予那些狼崽劣种沉重的打击,可以迫使他们屈服,满足我们的任何要求。

继军队之后,神职阶层也同意实施进攻。近来,这些卫道士刚刚颁布了新教规:发起侵略战争丝毫无损于荣誉。

于是,就剩下国民事务部表明态度了——这是组成最高指挥系统的三巨头之一。就在这一个环节,大家的意见产生了分歧。事务官大人对审计警备局的诸位上司提出异议:这个计划风险太大,代价高昂。

最高指挥系统中的三巨头缺一不可,各方必须达成一致。一定有折中之策。

有些时候,风险无法避免。

如峰峦般巍峨的帝都会堂愈来愈近,变成一座由雕琢过的石块砌成的巉岩,遮去了半个天空。在它那庞大的躯体上,赫然现出一张洞穴似的大口,将事务官大人的专舆一口吞入腹中。随着平稳的"嗡嗡"声,小飞行器关闭了引力驱动装置,座舱盖徐徐升起。一群格布鲁人,身披成年无性①飞禽那种普通的白羽,等在着陆平台边。

他们全都知道,事务官大人用右眼打量着那群格布鲁人,心中暗想,他们知道,我不再是他们中的一员了。

与此同时,事务官用另一侧的眼珠瞟了那颗包裹着洁白云团的蓝色星球最后一眼。加斯。

过不了多久,大人用安格力克语在心中默默念诵,过不了多久,咱们就要见面了。

帝都会堂中,洋溢着五彩缤纷的颜色。多么鲜亮的色彩!四处都是一袭袭羽衣闪烁出的柔光,辉映着深红色、琥珀黄、蓝紫色这些高贵的色调。

两名四足的科瓦克仆人迎上前来,为审计警备局的事务官大人打开了会堂正式的迎宾入口。面对壮观宏伟的大殿,事务官一时之间心生敬畏,停下脚步,暗自惊叹。在片片阶梯状的座席上,安放着数百只栖木,雕琢精巧,装饰华美,这些昂贵的木料产自上百个外星世界。在会堂四周,屹立着的格布鲁种族主宰者,焕发出帝王般的神采。

尽管事务官为今天的接见做了充分准备,但还是不由自主地心旌摇荡。他以前可从未同时见过这么多的王公贵戚!

———————————
①普通格布鲁人均无性别之分。

外人可能看不出事务官大人与他的众位主子有何区别——他们全都身材修长,同属没有飞行能力的鸟类的后嗣。从表面看来,唯一的区别只在于主宰者身上那些鲜艳夺目的羽毛与族类中的大多数人不同。然而,更重要的区别却隐藏在他们体内。只有皇族的后妃和王公才拥有性别,也只有他们才掌握着号令天下的特权。

入口近旁的几位主宰者将他们尖锐的长喙转到一边,为的是能用一侧的眼珠看清来客。审计警备局的事务官踩着急匆匆的碎步,谦卑而做作地向前走去。

多么美丽的色彩!事务官毛茸茸的胸脯里升腾起激情,厅堂内富丽堂皇的色调令他的荷尔蒙急速奔涌。这是一种古老的反应,完全出自本能,任何格布鲁种族都不打算改变自己的这种本性。即便他们已经掌握了基因转换技术,并且能在寥廓的星际间自由驱驰,但仍旧保留着这种本能。在体色和性别上取得极致成果的种族,必将令那些遍身洁白、没有性别的种族由衷尊崇和服从。

格布鲁族类便深具此种天性。

理应如此。

事务官大人注意到,另外两个身披白羽的格布鲁同族也穿过相邻的大门走进了殿堂。他们与事务官在中心平台上聚到一起,而后三人各自登上低矮的栖木,侍立在众位主宰者面前。

事务官右边那个人身披银色长袍,细细的白色喉咙上系着一条教士的领巾。

而左侧的这名觐见者则身佩武装带,戴着军官专用的钢制爪套。他的羽冠末梢点染着颜色,显示出这位军人的上校官阶。

两位身披白羽的格布鲁同类神情冷漠,显出一副对事务官视而不见的样子。而事务官本人也丝毫没露出看到二人的神态。然而,他感到一阵战栗传遍全身。我们是三个人①!

最高会议主席——一位年长的皇族贵妇,一度明艳似火的华羽已褪成淡粉色——抖抖羽毛,张开了长喙,发出一阵提请众人注意的"啁啁"声,会堂的音频系统自动将她的声音放大。四周的皇族贵戚立刻安静下来。

会议主席举起覆盖着绒羽的纤细手臂,而后轻轻晃动着身体,开始低声吟诵。其他的主宰者依次加入——很快,这一群身披蓝、黄、红色彩羽的身形便全都应和着主席摇晃起来。这些高贵的与会者齐声发出一种低沉而又不成调的鸣叫:

"呜……"

主席大人用正式的三号格莱蒂克语吟诵道:"自从无法追忆的远古时代,在我们获得荣耀之前,在我们获得庇护之前,在我们的智能得到提升之前,在我们的知性得到开化之前,平衡就一直是我们追寻的大道。"

与会者唱起和声:

"平衡蕴含于大地棕色的裂隙之上,

平衡蕴含于天空狂暴的气流之中,

平衡蕴含于我们杰出的宏图大略之中。"

"追怀往昔,当我们的祖先还是浑浑噩噩的野兽时,当古克须庇护主②尚未找到我们、将我们的智能提升时,当我们还不会讲话、不懂如何使用工具时,我们就已经拥有寻求平衡的智慧,能够做出决断,能够达成一致,能够实现和谐的爱。"

---

①参见后文中格布鲁种族对数字"三"的尊崇。

②远古时期提升格布鲁种族的庇护主。

"呜……"

"我们的先祖，即便还是半开化的畜类，却已经懂得去寻求……必须去寻求……必须寻求完美的数字——三。"

"三，
其中之一勇武果敢，去狩猎出击，
为我们攫取荣耀和疆域！
其中之一英明忠诚，去追求正义，
永葆我们的纯洁与优雅！
其中之一睿智机警，去预报危险，
令我们的家园安全无虞！"

审计警备局的事务官仿佛通过空气中的电流感应到，自己两侧的觐见者都万分紧张，心怀期待。再没有比入选今天的三人之列更为荣耀的事情了。

当然，所有年轻的格布鲁人生来就被灌输，深知自己的荣誉感应当系于何处——难道还有其他种族能够将政治和哲学、性爱和繁衍结合得如此完美吗？现行体制已经在他们的种族和宗族中实行了无数世代，令他们在格莱蒂克社会中达到了权力的巅峰。

而现在，体制大概又把我们带到了濒临毁灭的边缘。

这种念头简直亵渎神灵，连想一想都罪不容赦，但审计警备局的事务官还是情不自禁地心生疑惑——自己曾深思过其他体制的存在方式，是否其中某种方法也不失为行之有效的解决之道？事务官研究过大量的资料，参阅其他种族和宗族所采用的政府形式——包括专制独裁或贵族统治、技术专家政治或民主政治、金融寡头政治或精英政治。在这些政府形式中，难道就找不到一个更适合在充满危险的茫茫宇宙中探索出正确道路的吗？

或许这念头对传统来说缺乏虔诚和恭敬，但正因为这种离经叛道的思想，主宰者们才会将事务官挑选出来，去发挥决定命运的作用。在未来的岁月中，三个人里必有一人要对任何事情都谨小慎微，心存疑虑。这就是审计警备局要扮演的角色。

"心怀大道，我们求得平衡。心怀大道，我们达成一致。心怀大道，我们解决纷争。"

"呜——！"聚集的王公贵族发出赞同的吼声。

这三位候选人胜出之前，曾进行过大量的磋商和准备。三人分别来自军方、神职机构和国民事务部。在甄别和筛选完成之后，他们将会接受换羽改造，其中一人成为新的女王，而另外两位便是新的亲王。随后，他们将会为种族繁育出至关重要的新后代，也会融合他们的观点而制订出新的国策。

无可否认，这是最终的结局。然而，一开头却是另一回事。尽管他们三个最后要成为爱人，但在一开始却是竞争者。对手。

因为，女王只有一位。

"我们派遣这三人去执行生死攸关的任务，去完成征服和占领，去施展铁腕。

"同时，我们派遣他们去寻求协调……寻求共识……寻求一致，让我们在这艰难的时世中团结在一起。"

"呜！"

在这充满渴望的和声中，可以感受到主宰者急切的期盼，期盼解决纷争，令痛苦的争执得到终结。三名候选人不只是要指挥一场战役，古克须-格布鲁种族已经发起过许多战事了。显然，主宰者对这个三头政治组合寄予了非同一般的希望。

科瓦克仆人为每一位候选人奉上一只闪闪发亮的酒杯。审计警备局的事务官高举杯盏，深深饮下一口。他感到，酒浆就像金黄的火苗一样顺着喉咙蔓延开去。

这是我初次品尝皇家的御酒……

不出事务官所料，这琼浆具有一种无与伦比的神奇美味。三位候选人的白羽似乎已经熠熠生辉，预示着即将出现的奇光异彩。

我们将协力战斗，最终将有一人的羽毛变成全黄，另一人变成深蓝。

而最后一位，应该是三人中的至尊强者，最为精明睿智的人，将得到至高无上的奖赏。

那奖赏注定要归我所有。因为，据说一切都已事先安排妥当。警备部门必将会达成一致意见。谨慎而细致的分析表明，其他任何选择都是死路一条。

“那么，出发吧，”主席大人吟诵道，“你们三人，我们种族和宗族中的三位新宗主。你们要勇往直前，赢得霸业。你们要勇往直前，征服那些狼崽异教徒。”

“呜！”主宰者们欢呼道。

然后，主席大人将长喙垂到胸前，似乎突然变得筋疲力尽。此时，来自审计警备局的新政务宗主隐约听到那位贵妇说：

“你们要勇往直前，尽己所能来拯救我们……”

第一部　入　侵

由他们来抬起我们吧，
举到肩上，
这样我们才能越过他们的头颅，
望到一片片充满期许的地方。
我们曾从那里走来，
又必将前往那里，带着热望。

—— 威廉·巴特勒·叶芝①

---

① 威廉·巴特勒·叶芝(William Butler Yeats, 1865~1939)，爱尔兰诗人、剧作家。1923年获诺贝尔文学奖。

第一章　法　本

　　法本·伯尔格住在海伦尼亚以来,还从未见过素来死气沉沉的空港起降场像现在这样繁忙。飞船引擎发出的次声波几乎令人失去知觉,咆哮的声浪震撼着俯瞰阿斯皮纳湾的平顶山峰。发射场就位于平平的山顶之上,尽管烟尘弥漫,但仍旧没有影响聚在场区栅栏边的围观者看热闹的雅兴。每当一艘星际飞船即将升空,那些在精神意念方面有点先天异秉的人便能有所预感。在一艘艘巨舰昂然直上的间歇中,引擎发出的强大动力掀起令人头脑昏涨的振荡波,教少数旁观者不由得飞快地眨眼睛。但没过多久,下一艘飞船又冲出雾霭,轰鸣着直上白云朵朵的高天。

　　噪音和扬尘令人烦躁难耐。起降场外的看客肯定非常难受,那些根本不想看又不得不经受这种折磨的人更是无比痛苦。

　　法本希望自己能躲到清静之处,最好是钻进酒馆灌下几品脱①液态麻醉剂。但他无处可逃。

　　面对疯狂的骚动,他冷眼旁观。这是一艘正在下沉的破船,他心想,人们都在逃之天天,正所谓"树倒猢狲散"啊。

---

　　①英美制容量单位。英制1品脱＝0.5683升,美制1品脱＝0.4732升。

在一片狼狈的慌乱中,任何有办法逃出生天的人都在设法离开加斯星球。过不了多久,起降场就会空无一物。

直到敌人从天而降……无论那是些什么人。

"嘿,法本。别在那儿抓耳挠腮了!"

法本朝右瞟了一眼。队列里,站在他身旁的黑猩猩战士看上去同他一样不自在。西蒙·莱文的深色军帽紧扣在那两道瘦骨嶙峋的眉弓上方,眼眶下面丛生着鬈曲的、湿漉漉的棕色软毛。他用目光无声地催促法本:站直身体,目视前方。

法本叹口气。他知道自己应该立正站好。为逃亡的要人举行的送别仪式已近尾声,作为行星仪仗队的一员,他不能懒散懈怠。

但他的视线仍游移不定,朝平平的山顶南端望去——那里,远离民用空港和升空的货运飞船,参差不齐地横着一排黑褐相间的战斗飞船。这些外形粗短的雪茄状飞船没披挂任何伪装,其中几艘小型侦察艇的船体上闪着微光,那是技术人员在船壳上爬行,调试探测器和防护罩,为即将到来的大战做准备。

法本想知道,司令部会指派他去驾驶哪艘战船。或许他们会让这帮半吊子殖民地预备役士兵抽签决定,看看谁会在这些老掉牙的战争机器中得到最古老最陈旧的。这些老古董是最近才从一名路过的萨蒂尼废品商人那里削价买来的。

法本用左手费力地拉开军服僵硬的衣领,挠了挠锁骨下方浓密的长毛。旧货不一定是破烂,他提醒自己,如果一艘千年老船能升空作战,至少说明它经得起折腾。

早在人类听说过格莱蒂克文明之前,那些破旧的侦察艇大多已在星际航线上身经百战了……那时,在人类的家园星球地球上,地球人还没有学会用熏黑的手指摆弄火箭吓唬鸟儿呢。

脑海中的念头让法本哑然失笑。对自己的庇护主种族如此挪揄并不礼貌，但话说回来，人类从来都没能教导出什么恭敬虔诚的子民。

唉，这身军服让人浑身痒痒！如果猿类的毛发褪尽，大概还能穿上这身行头，但我们浑身都是长毛，生来就穿不了！

不过，为辛希安人①的领事举行的送别仪式看来马上就要结束了。浮夸自负的女领事斯渥约·绍楚珲，就像个长满毛发和腮须的圆球，正在结束自己的告别演讲。她这就要把加斯星球的租客丢下，溜之大吉，让这个星球上的人类和黑猩猩独自去面对他们的命运。法本又挠了挠下巴，暗自期望台上这个废话连篇的家伙快点爬上飞船，趁早离开。她不是早就迫不及待想开溜了么？

突然，他的肋骨被旁人的手肘捅了一下。是西蒙在又急又气地嘀咕："立正站好，法本。协调官女士正朝这边看呢！"

在众多权贵当中，梅根·奥尼格，满头灰发的行星事务协调官，正抿紧嘴唇，朝法本急促地点了点头。

老天，见鬼。他心想。

梅根的儿子罗伯特，曾与法本一同在加斯那座小小的大学里上学。法本扬起一条眉毛，像是在告诉人类协调官——我可没求你让我加入仪仗队。而且不管怎样，如果人类不想看到自己的庇护对象整天挠痒痒，当初就不该提升黑猩猩的智能。

但他还是扣好衣领，尽量站直。对于格莱蒂克人来讲，仪容外表是最重要的。而且法本知道，即便是地位卑下的黑猩猩也要恪尽职责，不然的话，整个地球部族都要因之蒙羞。

在奥尼格两侧，各站着一位前来为斯渥约·绍楚珲送行的要

①少数公开对地球人表示友好的格莱蒂克族类之一。

人。梅根左边的人名叫库尔特,这位身材粗笨的显贵是泰纳尼人①的特使,皮革般坚韧的皮肤闪闪发光。他身披华丽的斗篷,头顶高耸的羽冠。每当这个长着大下巴的生物呼吸时,喉头部位的腮缝便一开一合,不停地翕动。

梅根右侧那位官员的外表更近乎人类,身体和四肢都更为修长,只是看上去有些无精打采,在午后的阳光下,那副神情甚至显得有些漫不经心。

那位乌赛卡尔丁先生又在寻开心呢,法本猜测,但能有什么新鲜乐子呢?

很自然,乌赛卡尔丁大使觉得任何事情都非常有趣。看他那副样子,银亮的卷须在两只小耳朵上方轻轻晃动,金黄色的大眼睛闪烁不定,这位面色苍白的泰姆布立米人②的特使像是在念叨某些不能大声说出来的话,但肯定不是对离去的辛希安外交官的不敬之词。

斯渥约·绍楚珲先将腮须捋平,而后回身与诸位同僚一一道别。她来到库尔特面前,向那位大块头致以繁复而正式的躬身拱手礼,法本看在眼里不禁心惊——她多像一头身材滚圆的大浣熊啊,打扮得如同古代东方的宫廷弄臣。

巨无霸似的泰纳尼人库尔特鞠躬还礼,羽冠都立了起来。这两位体型相差悬殊的格莱蒂克人用长笛般婉转变化的六号格莱蒂克语相互寒暄客套。但法本知道,二人之间并没有多少交情。

"唉,谁也没办法凭喜好去选择盟友,不对么?"西蒙小声说。

---

①好战而狂热的格莱蒂克族类之一,亦卷入当前的危机之中。这个族类缺乏幽默感,却因对荣誉感的尊崇而闻名。

②格莱蒂克族类之一,是地球人友好的同盟,因手段灵活、聪慧幽默而闻名。

"一点不错。"法本应道。

这一幕颇具讽刺意味。当前,五大星系已在政治和军事方面陷入困境,而浑身是毛、精明小心的辛希安人是地球为数不多的盟友之一,但他们以自我为中心的观念达到了虚妄的程度,而且都是出了名的懦夫。斯渥约的离去差不多可以算作是声明:当加斯星球需要援助时,不会再有身体滚圆、一身毛发的武士组成舰队赶来帮忙了。

地球也不会前来救助,泰姆布立米人也不会——他们自己的麻烦已经够多了。

法本懂一点六号格莱蒂克语,能听出大块头泰纳尼人对斯渥约讲了些什么。显然库尔特对临阵脱逃的大使并不十分尊重。

泰纳尼人有什么了不起? 法本暗想。库尔特的族人大概都是些缺乏理智的狂热分子。毫无疑问,他们已被列为地球的敌对势力之一。但不管怎样,这些家伙的勇气和强烈的荣誉感是众所周知的。

没错,谁也没办法凭喜好去选择盟友,也没办法选择敌人。

斯渥约走到梅根·奥尼格面前。辛希安人躬身施礼,但不像对库尔特那样将身体低低俯下。毕竟,在整个星系的庇护主种族中,地球人的排位很低。

而我就是由这种低等生物提携起来的。法本提醒自己。

梅根鞠躬还礼。"您的离去令我深感遗憾,"她用口音浓重的六号格莱蒂克语对斯渥约说道,"请代我向您的人民表示感谢,感谢他们的好意。"

"没错,"法本嘀咕道,"告诉那些浣熊,我们感激不尽。"不过,他还是马上换作面无表情的样子,因为仪仗队的人类指挥官麦文上校恶狠狠地瞪了他一眼。

斯渥约的答词尽是些陈词滥调。

"请暂时忍耐,"她宽慰道,"现在五大星系正处在骚乱之中,各大阵营内的狂热分子之所以大肆制造麻烦,是因为他们相信大时代终结了——千禧年即将到来,于是他们率先采取了行动。

"温和的中间派和格莱蒂克各大公会的动作肯定要慢些,但也更加明智审慎。只要时机成熟,他们肯定会采取行动,谁也不会把小小的加斯星球忘在脑后。"

没错,法本讥讽地想道,用不了一两百年,肯定会有人来救援!

仪仗队里的其他黑猩猩战士相互交换眼色,厌恶地翻着白眼。人类军官们更收敛一些,但法本发现,一位上司正在嘴里用力地搅舌头。

最后,斯渥约停在泰姆布立米领事兼大使、外交使团的高级成员、人类之友——乌赛卡尔丁先生面前。

这个身材细高的泰姆布立米人身穿宽松的黑色长袍,同苍白的肤色形成了鲜明对比。乌赛卡尔丁的嘴巴很小,那幽暗的双眼之间的怪异鼻梁又显得特别宽。尽管如此,他的外表还是与地球人相像。法本始终有种感觉,地球最伟大的盟友派来的这位代表总像是要被某个笑话引得哈哈大笑,不管那个笑话事关大局还是微不足道。瞧乌赛卡尔丁那副模样——从头顶到脖颈,生着窄窄一圈棕色软毛,四周纤细的卷须轻轻飘舞;还有他那修长细巧的双手、挥洒自如的诙谐——看来,今天在这座平顶山峰上,只有他一个人不曾被当前的紧张气氛所触动。这个泰姆布立米人脸上嘲讽的微笑也感染了法本,令他一时之间提起了精神。

　　总算要熬到头了！法本如释重负般地叹口气。斯渥约的告别仪式终于像是要收场了。她转过身，顺坡道大步而上，朝等待着她的飞船走去。麦文上校一声令下，仪仗队全体挺身立正。法本已在心中暗自盘算，用不了多久就能躲进阴凉、享受冷饮了。

　　但若想放松休息，还为时过早。那个辛希安人刚走到坡道顶端又转回身，再次开始向观众发表讲话。台下，不只法本一人低声呻吟起来。

　　正在此时，突如其来的事情发生了——事后法本曾纳闷了很久，到底当时发生了什么，事情的先后顺序又是怎样的呢？他似乎记得，当第一句笛声般的六号格莱蒂克语刚刚从斯渥约的口中冒出来，起降场对面便发生了怪事。法本感到眼眶深处一阵发痒，便转动眼珠，瞟向左侧，正好看到那排侦察艇中的一艘被轻轻闪动的光芒裹了起来——而后小小的飞船似乎一下子便炸得粉碎。

　　他已记不起自己如何扑倒在停机坪上，回过神来时，发现自己正趴在坚硬的地面上，想挖个洞钻进去。出了什么事？敌人这么快就发起进攻了？

　　他听到西蒙正疯狂地喷着鼻息，而后打出一连串喷嚏。法本抖落脸上的尘土，向侦察艇望去。他发现那艘小飞船依然停在原地，毫发无损。原来它根本没有爆炸！

　　但飞船下方的停机坪已乱成一团。那里传来震耳欲聋的巨响，闪耀着炫目的强光。身穿防护服的技师急忙跑去关闭飞船上有可能导致故障的发生器，但已经晚了，事故地点附近所有人的感官都受到了令人作呕的刺激——人人都闻到了那种气味，人人都感受到了气浪的震荡。

19

"哎呀!"法本左侧的黑猩猩女战士尖叫起来,徒劳地捂住鼻子。"有人引爆了一颗臭气弹!"

不知为何,法本能肯定,那姑娘说得没错:是臭气弹。他飞快地翻身,正好看到辛希安大使厌恶地皱起鼻子,腮须因为羞窘而鬈曲起来。她将一切尊贵体面都抛诸脑后,急匆匆地跑上飞船,随后"咣当"一声,关闭了舱门。

终于有人找到开关,关闭了过载运转的发生器,空气中只留下一股浓烈的余味,人们耳中也只剩下一阵"嗡嗡"声。仪仗队员们纷纷起身,拍打灰土,怒气冲冲地低声抱怨。有些人类和黑猩猩仍在发抖,一边眨眼睛,一边打哈欠。只有那位感觉迟钝、对外界漠然无知的泰纳尼大使看上去没受到影响。实际上,地球人这种不寻常的举动似乎让库尔特大为困惑。

一颗臭气弹。法本点点头。肯定是什么人搞的恶作剧。

我知道这是谁的主意。

法本仔细端详着乌赛卡尔丁。他盯着这个号称"人类之友"的泰姆布立米人,猛然记起——当浮夸傲慢的小个子辛希安人斯渥渥刚要开始最后的讲话时,这个身材细长的泰姆布立米人曾露出一丝微笑。没错,法本愿意在一本《达尔文全集》前发誓:就在侦察艇发生故障之前,乌赛卡尔丁头顶上那丛银白色的卷须一下子竖了起来,而这位大使面露微笑,似乎知道美妙的享受马上就要到来。

法本摇摇头。即便泰姆布立米人有天大的本事来施展精神作用,也不可能仅仅通过意念就引发这样一场事故。

除非早有安排,没错。

辛希安飞船喷出强大的气流徐徐升起,掠过起降场,然后,随着动力装置发出的巨大轰鸣,这艘闪闪发光的飞行器一跃而起,窜入云端。

在麦文上校的命令下,仪仗队最后一次立正站好。行星事务协调官同另外两名外交特使走过队列进行检阅。

也许是出自想象,也许不是——从法本面前经过时,乌赛卡尔丁慢了下来。法本看得很清楚:大使那双银色眼眶中的大眼珠定定地望着他。

而后朝他挤了挤眼睛。

法本叹口气。真好笑啊。他心想,期盼泰姆布立米人能察觉到他心中的挖苦和嘲讽。一个星期之后可能我们全都会变成冒烟的烂肉,到时候你再搞些恶作剧怎么样?

好笑的事情在后面呢,乌赛卡尔丁。

第二章　艾萨克莱娜

　　艾萨克莱娜[①]头部两旁飘摇的卷须桀骜不驯地摆动着,恣意发泄着心中的沮丧和恼怒,令银白色的卷须末梢像带有静电般"嗞嗞"作响。此时,这一根根卷须好似纤细的手指,就像有生命一样摇摆不定,让她几乎溢于言表的怒火更显咄咄逼人……

　　近旁有几个人类,正在等候行星事务协调官的召见,其中一人嗅了嗅空气,环顾四周,露出困惑的神情,随即从艾萨克莱娜身旁走开,似乎并不明白自己为何突然觉得不自在。此人大概天生易于接受旁人的精神感应,确实,有些人能够模模糊糊地感觉到泰姆布立米人的精神信息流,但却几乎都没接受过专门训练来对感受到的信息进行解释分析,所以他们的头脑里只不过生出了一些不可捉摸的情绪变化而已。

　　但还是有人注意到了艾萨克莱娜的不快。大厅对面,她父亲站在一小群人类当中,此时突然昂起了头。乌赛卡尔丁自己的卷须仍旧光滑平静,他歪起头微微转过脸看着女儿,表情显得既疑惑又稍稍有些开心。

---

①泰姆布立米大使乌赛卡尔丁的女儿,加斯星球上的非正规军领袖。

　　当人类的爸爸看到自己女儿用脚乱踢沙发或是阴沉着脸发牢骚时，大概也会露出类似的表情。泰姆布立米孩子不高兴时，内心的感受同地球人没什么两样，只不过，艾萨克莱娜通过精神信息流来表达她的恼怒，而不是公然大吵大闹。被父亲盯了一眼之后，她连忙收拢摇摆的卷须，将头顶上放散出的那片不祥的精神感应云团驱赶得干干净净。

　　但这并不能消除她的恼恨。只要站在地球佬中间，她就消不掉心中的怨气。这帮小丑！艾萨克莱娜轻蔑地想，她知道自己这个念头既不友善又不公平。当然，地球佬无法选择自己的出身——他们算是无数世代以来格莱蒂克人碰到的最古怪的部族之一——然而这不意味着她必须要喜欢他们！

　　如果他们长得更怪异些就好了……不要像现在这副样子，似乎是模仿泰姆布立米人而造出来整脚仿制品：身体粗笨，眼睛细小，令人生厌。他们有的多毛，有的无毛，体色差异很大，身体比例严重失调，而且总是闷闷不乐，沉默寡言。只要同他们多待一会儿，艾萨克莱娜就会觉得精神沮丧，透不过气来。

　　外交官的女儿不能尽想这类事情。她骂了自己一句，而后尽力让思绪转向别处。毕竟，现在并不该责怪地球人流露出来的恐惧心理。面对注定要带来灭顶之灾的战争，他们无法选择。

　　艾萨克莱娜看到，一位地球佬军官说了句什么话之后，爸爸笑了起来。她心里很纳闷，他怎么笑得出来呢？他竟然能对这些讨厌鬼应付裕如。

　　我永远也学不会那种轻松自信的做派。

　　我永远也没法让他为我而骄傲。

　　艾萨克莱娜盼着乌赛卡尔丁能快点摆脱这些地球人，和她单独谈谈。几分钟之后，罗伯特·奥尼格要来接她，而她还想做最后一次努力来劝说爸爸——别让这个年轻的地球人把她带走。

我能派上用场。我知道我能！我才不会像小孩子一样躲到大山里保命呢！

很快，她控制住思绪，没有让另一团怨气在头上腾起。她需要转移注意力，让自己的脑筋不要闲着。艾萨克莱娜竭力稳住心神，悄悄朝站在近旁的两位人类军官走去，那两个人正低头热切地交谈着。他们讲的是安格力克语，地球人最常用的语言。

"你瞧，"其中一人说道，"我们只知道，在这个星系的边缘，一片古老的星团之中，一艘地球探测舰偶然发现了某个古怪的东西，完全出乎意料。"

"可那到底是什么？"另一名预备役军官问，"探测舰发现了什么？ 艾丽丝，你一直在研究外星生物。难道你就不知道那些可怜的海豚探测员找到的是什么，居然掀起了如此轩然大波？"

头一个说话的女地球人耸了耸肩。"我已经进行过调查，但只找到一点线索：'奔驰号'首次发回的报告表明，五大星系中最狂热好战的部族正在互相厮斗，大规模的战争数百万年来都不曾出现过。最新的几次报告声称，那里发生的一些小规模冲突已经相当激烈。你也看到了，决定开溜之前的那个星期里，辛希安大使已经吓破了胆。"

男人沮丧地点点头。随后，他们很长时间没有说话，紧张不安的感觉充盈在二人之间——艾萨克莱娜感觉到，这种紧张其实并不复杂，但其中包含着莫测的恐惧，无比凶险。

"他们的发现肯定非同小可，"女军官说道，她的声音压得很低，"这次要有大麻烦了。"

艾萨克莱娜感觉到那两个人注意到了自己，便溜到了一旁。来到加斯星球之后,她一直在改变身形容貌,好让体形和五官更像人类女孩。但即便用上泰姆布立米人的意念成像术让地球人对自己的外貌产生错觉,她还是觉得远远不够,根本不可能真正将自己伪装起来。所以,如果现在她还留在原地,那两个地球人肯定会向她请教泰姆布立米人对当前的危机有何看法,而她可绝不愿告诉那些地球佬,其实自己知道的并不比他们多。

现在的局势颇具讽刺意味,继两个世纪前臭名昭著的"太阳潜冲"事件之后,地球人再次出现在宇宙舞台的聚光灯之下。而这次,是历史上第一艘由海豚指挥的飞船引发了星际危机。

作为被人类提升的第二种受庇护生物,新生海豚问世还不到两个世纪,比黑猩猩更晚。每个人都在猜测,这些鲸目动物如何才能找到办法,摆脱自己不经意间造成的混乱局面。但现在,他们的影响已经波及半个中央星系,连加斯这样孤绝世外的移民星球也马上就要受到波及。

"艾萨克莱娜——"

她猛然转身。乌赛卡尔丁正在她身旁,关切地低头看着她,"你没事吧,女儿?"

在乌赛卡尔丁面前,她感到自己无比渺小。尽管父亲总是非常温和,但艾萨克莱娜还是不由自主地感到胆怯。他动作灵活,训练有素,当女儿意识到他来到身边时,他已经拉住了她长袍的衣袖。即便是现在,从他那片错综复杂的精神感应云团中,艾萨克莱娜也能感到一股急速飞旋的信息流……一位父亲的舐犊之情。

"没事,爸爸。我……我很好。"

"那就好。你收拾妥当了么?是不是已经准备好去探险了?"

他问话时用的安格力克语。她用七号格莱蒂克语作答——

那是泰姆布立米人的方言土语。

"爸爸,我不想跟罗伯特·奥尼格到山里去。"

乌赛卡尔丁皱起了眉头,"我以为你和罗伯特是好朋友。"

艾萨克莱娜的卷须沮丧地舞动起来。为什么乌赛卡尔丁要故意曲解她的意思呢？他该知道,行星事务协调官的儿子是一位无可挑剔的同伴。在海伦尼亚的年轻人类之中,她同罗伯特十分亲密,就和自己过去的那些朋友一样。

"我之所以求您重新考虑,一部分原因就是为了罗伯特,"她告诉爸爸,"他觉得很丢脸,居然要服从命令来'伺候'我——别人都这么说。他的朋友和同学都加入了预备役部队,为打仗做准备——我当然不会责怪他,他心里有怨气是很自然的。"

乌赛卡尔丁刚想开口,她又急忙说道:"还有,我不想离开您,爸爸。我多次重申——我早就向您解释过,在今后这几个星期里,我肯定对您有用。而现在,除了这些,我还要为您献上一份额外的礼物。"

随后,她万分小心地集中思想,营造出一股精神信息流——今天早些时候她已为此做好精心准备,还为自己独创的这片思维感应云团起了名字:理解之云……它代表恳求,来自于对父亲的爱,恳求能得到允许,满怀热爱去面对危险。她的卷须在双耳之上轻轻晃动,头顶上旋转的云团微微战栗,最后才终于稳定下来。她鼓动信息流,让它朝父亲头上的感应云团飘去。此时,艾萨克莱娜根本不在乎他们正待在一个满是地球人的大厅里,不在乎那些相貌粗陋、眉毛光秃秃的地球佬,也不在乎他们那些个头矮小、毛发披散的黑猩猩跟班。现在这个世界上只有她和她的父亲,还有她刚刚构筑的精神桥梁——她一直渴望能建起这座桥梁,跨越父女之间的心灵空间。

乌赛卡尔丁扬起卷须迎接女儿送来的"理解之云"，那片云团在他头上轻轻旋转，因他的欣赏和感念而闪闪发光，那一瞬间突然焕发出的美丽令艾萨克莱娜喘不过气。她知道，仅凭自己的雕虫小技绝对创造不出眼前这奇丽的景象。

随后，那股信息流悠然落下，犹如清晨的一团轻雾，覆盖在父亲的头顶上，仍旧闪耀着光芒。

"真是绝妙的礼物。"乌赛卡尔丁的声音非常轻柔。她知道，爸爸深受感动。

不过……她马上意识到，他并未改变决定。

"我也要送你一件礼物。"他说道，而后从衣袖里取出一个带银锁扣的镀金小盒，"你的母亲玛茜克劳娜曾有个愿望，要我在你成年时把这个送给你。尽管我和她没有商量过具体日期，但我觉得现在是时候了。"

艾萨克莱娜眨着眼睛，突如其来的困惑令她头晕目眩。多少次了，她渴望知道死去的妈妈给她留下了什么东西，可现在，当她真要接过这个小盒子时，却感到它像一只毒甲虫，让她不敢伸手。

如果乌赛卡尔丁认为今后父女还能见面，绝不会现在就履行亡妻的遗愿。

她恍然大悟，尖声说道："您打算参战！"

乌赛卡尔丁居然耸了耸肩——这是人类特有的肢体语言，表示他毫不在乎。"孩子，地球人的敌人也是我的敌人。尽管地球佬都很勇敢，但他们毕竟只是些'狼崽子'。他们需要我的帮助。"

他的语气中满含决断，艾萨克莱娜明白，再反对只能让自己在爸爸眼中显得糊涂固执。于是，她伸手同爸爸一起捧住小盒子,两人纤长的手指紧握在一起,随后默不作声地相伴走出大厅。一瞬间,似乎他们不是两个人,而是三个人,因为那个盒子代表着玛茜克劳娜。这是个既甜蜜又痛苦的时刻。

担任警卫的黑猩猩预备役士兵立正行礼,为父女二人打开大门。他们两人走出协调官的官邸,来到早春那明净澄澈的阳光底下。乌赛卡尔丁陪艾萨克莱娜走到人行道上,她的行李等在那里。这时,两人才松开手,艾萨克莱娜把妈妈的小盒子紧紧抓在手里。

"罗伯特来了,很准时。"乌赛卡尔丁将手罩在前额上,"她母亲说他经常不守时,但我还从未见他在处理重要事情时迟到过。"

长长的砾石车道上,一部破旧的悬浮车摇摇晃晃地超过一辆辆豪华轿车和预备役部队的军车,朝这里驶来。乌赛卡尔丁回身面对女儿,"你好好享受一下穆伦山脉的美景。我去过那里,那里非常美丽。艾萨克莱娜,把这次出行当作大开眼界的机会吧。"

她点点头,"爸爸,我会听您的话。我要充分利用时间,提高自己的安格力克语水平,对狼崽种族的情感特征多做了解。"

"很好。而且你还要一直睁大眼睛,不要放过关于传说中的加斯人的蛛丝马迹。"

艾萨克莱娜皱起了眉头。爸爸最近不仅对"狼崽子"那些古怪的传说产生了浓厚兴趣,而且这种兴趣还开始变得近乎偏执。不过,很少有人搞得清,乌赛卡尔丁是在认真地提出要求,还是在编造巧妙的玩笑。

"我会仔细留心的——不过我认为,那些生物完全出自虚构。"

乌赛卡尔丁微微一笑,"我得走了。我的爱与你同在。我的爱会变成飞鸟，"他抬起双手模仿着拍动的翅膀，"在你肩上回旋飞翔。"

他用自己的卷须轻轻地同她相触，而后转身，大步走上台阶，回到那些心急火燎的地球殖民者身边。艾萨克莱娜独立站在原地，心中很纳闷，乌赛卡尔丁在分别时为什么要使用如此怪异的地球人比喻呢？

难道爱可以变成一只鸟吗？

有时乌赛卡尔丁会显得无比奇怪，连他的女儿都觉得心惊胆战。

悬浮车在路边停下时，砾石地面"嘎吱"作响。罗伯特·奥尼格，这个年轻的黑发地球人，将要陪同艾萨克莱娜逃亡的伙伴，坐在方向盘后朝她咧嘴一笑，还挥了挥手。但艾萨克莱娜很容易就能看出来，小伙子那副愉快的表情全是为了她勉强装出来的，其实在心里，罗伯特和她一样对这次出行感到不快。是命运，还有大人们专横的命令，把两个孩子凑在了一起，让他们不得不前往自己绝不会选择的方向。

罗伯特根本看不到艾萨克莱娜头上那股不加掩饰的精神信息流，现在这片云团变成了因屈从和失落而发出的叹息。她努力振作起精神，脸上现出一副小心翼翼模仿出来的地球佬的微笑。

"你好啊，罗伯特。"她说，然后提起了背包。

第三章　格莱蒂克人

正道宗主抖了抖绒羽,尽管他的羽毛依然洁白,但羽根部位已开始流溢出灿烂的微光,预示着高贵的皇族色彩终将覆盖全身。正道宗主骄傲地攀上号令栖木,"吱喳"叫了一声,提起大家注意。

远征军正处在权力交接的真空之中,而战争在短期内还不会打响。正因如此,正道宗主才仍旧掌握着舰队的指挥权——不管旗舰上全体船员在忙什么,他们都得停下来听他的命令。

舰桥对面,军务宗主稳坐在自己的指挥栖木上,此时也抬起头来。这位将军同正道宗主一样,也身披标志着统帅地位的亮丽羽衣。因为正道宗主发布宗教训令时,任何人都只能洗耳恭听,不得妨碍,所以正在对下属"啁唧"不停地下达命令的将军,现在也马上停下工作,换上满含敬畏的专注神情。

整个舰桥上,原本喧闹忙碌的格布鲁技师和航天员纷纷压低了声音,发出一阵低沉的"啾啾"声。他们那些四条腿的受庇护者——"咕咕"而鸣的科瓦克人,也立即闭上嘴巴,安静地倾听。

正道宗主仍在等待。三位宗主尚未全部到场,他不能贸然开始。

一扇舱门缓缓打开,远征军三宗主中的最后一位走了进来。作为三头指挥机构的成员,政务宗主入场时戴着象征怀疑和警惕的黑项圈。他找了一根舒适的栖木稳稳坐下,身后聚着一小群会计师和事务官。

一瞬间,三人的目光隔着舰桥交会在一起。三巨头之间的紧张关系已经开始出现,而且会与日俱增,直到最后大家达成一致——那时他们将合而为一,造就出一位新女王。

一想到这个结局,三人便浑身发抖,春情激荡,精神振奋。他们三个人中,没人知道谁将最后胜出。军务宗主在开局时占据优势,因为这次远征以战争为序幕,但他不可能始终占上风。

比方说现在,现在轮到教士集团的正道宗主大出风头了。

大家都将长喙转向正道宗主,他先抬起一条腿,屈伸几下之后又活动另一条腿,这是他正在为发言做准备。聚在一起的鸟儿们立刻发出低沉的鸣叫:

——呜。

"我们肩负重任,投身于神圣的使命。"宗主的鸣声如笛声一般婉转。

——呜——

"投身于神圣的使命,我们必须坚持不懈。"

——呜——

"锲而不舍地完成四项伟大的任务。"

——呜——

31

"为了种族的荣光去征服开拓,鸣——"

——鸣。

"去征服,去施压,这样才能获得秘诀,那些地球佬畜生牢牢掌握的秘诀,他们赖以将我们拒之门外的秘诀。鸣——"

——鸣——

"去征服,去施压,去出其不意地实施打击,将敌人的荣光打得粉碎,让仇人落得可耻的下场,不要令自己蒙羞。鸣——"

——鸣——

"远离羞耻、征服、施压,最后,最后证明我们的价值,

在先辈面前证明,

在回归时代已经到来的先祖面前证明,

证明我们的价值,作为霸主的价值。鸣——"

众人重复着热情洋溢的副歌:

——鸣!

其他两位宗主朝教士谦恭地躬身行礼,仪式便正式宣告结束。士兵和航天员立刻重新投入到工作中。但是,正当官员们要退回自己隐秘的办公室时,他们听到了一阵清晰而又轻柔的吟诵声:

"除此之外,还有一件事情,一件事情……

最重要的事情……保住我们的家园……"

教士猛地抬起头,看到政务宗主的眼中闪过一丝光亮。于是在一瞬间,正道宗主意识到,自己的竞争者刚刚取得了微小却十分重要的胜利。对方再次鞠躬,目光中闪耀着胜利的喜悦,同时低声鸣叫:"鸣——"

第四章　罗伯特

　　头顶,雨林露出点点缺口,透进斑驳的阳光,将灿烂的光柱投射在垂挂藤蔓的昏暗林间小路上。仲冬时节的狂风几个星期前就已销声匿迹,但飕飕寒风仍在林间穿过,提醒人们不要忘记那些寒冷的日子。微风过处,树枝摇摆不定,将昨夜挂在枝头的雨滴纷纷摇落。水滴落入树下晦暗的小池塘中,发出阵阵凝重的"啪嗒"声。

　　俯瞰信德谷地的群山,一切都沉浸在宁静之中。有些不对劲儿,通常一片森林不应该这么安静。山地的植被相当繁茂,可青葱秀美的外表下,却透出一种病态,像是由旧日伤口引发的溃疡。空气中洋溢着馥郁的芬芳,其中最浓烈的味道却令人莫名地联想到腐朽和衰败。不必多加思索,人们就能感觉到,这里是一片伤心之地。一个阴郁的世界。

　　就是这种伤感鬼使神差地将地球佬们引到了这里。尽管星际历史还没有为加斯写下最后一章,但这颗行星已被列入了名单——垂死世界的名单上。

　　巨树的枝杈上杂乱地垂挂着一片五彩斑斓的藤蔓,阳光正照在上面。罗伯特·奥尼格朝那里指指,"艾萨克莱娜,你大概想去仔细研究一下,"他说,"要知道,那些东西是能被'调理'出来的。"

年轻的泰姆布立米姑娘正在观察一枝形似兰花的花,她以前从未留意过这样的植物。听到罗伯特的话,她抬起眼睛,凝望着那道道倾斜的亮丽光瀑,而后用口音浓重但表达清晰的安格力克语问道:"罗伯特,什么东西能被'调理'出来啊?我只看见几条藤蔓。"

罗伯特咧嘴一笑,"艾萨克莱娜,那是正宗的森林爬藤。让人惊奇的东西。"

艾萨克莱娜皱起了眉头。尽管她生着椭圆形的大眼睛,而且硕大的绿色虹膜上还夹杂着些许金色,但她蹙眉的样子非常像人类。她微微翘起的小巧下巴,还有弯弯的眉毛,让她的表情略显讥讽之色。

当然,作为外交官的女儿,艾萨克莱娜肯定接受过教导,同地球人相处的时候要小心翼翼地模仿人类的表情。不过,罗伯特还是能肯定,她蹙眉的样子确实表达了真正的困惑。但当她讲话时,话音中又带着一种奇特的语调,似乎意味着,对她而言,若要准确而传神地表达意思,安格力克语终归还是有局限的。

"罗伯特,你的意思不会是说——那些带卷须的垂挂植物有知觉吧?当然,宇宙中确有几种智能生命可以通过光合作用补充能量,但没有任何迹象表明眼前这种植物拥有智慧。不管怎样……"她凝神思量,又皱起了眉头。在她的双耳上方,泰姆布立米人特有的软毛轻轻颤动起来,银色的卷须也像是在探寻什么似的摆动不已。"……不管怎样,我都无法感觉到这些植物释放出的精神信息。"

罗伯特笑了,"没错,你当然感觉不到。我不是说它们能够作为智能生命而获得提升,也不是说它们拥有神经系统。它们只是雨林中典型的植物,但确实蕴藏着一个秘密。来,我让你看看。"

艾萨克莱娜点点头——这又是人类惯常的动作,不知泰姆布立米人是否也会自然而然地做出这种举动。她小心翼翼地把花儿放回原地,自如而又优雅地站起身来。

外星女孩的身形十分苗条,双臂和两腿的长度比例与人类大不相同,比方说,她的小腿更长,大腿则短些;小巧的髋骨上生有关节,上方是更纤细的腰部。对于罗伯特来讲,艾萨克莱娜举手投足时轻手轻脚的样子几乎像猫儿,而自从她在半年前来到加斯星球之后,这种步态就令他非常着迷。

根据艾萨克莱娜前胸上部隆起的乳房,罗伯特知道,泰姆布立米人是哺乳动物,母亲可以分泌乳汁。即便隔着质地柔软的猎装,她那对乳房仍然十分明显,引人注目。从研究过的资料中罗伯特知道,艾萨克莱娜还长着另外两对乳房,还生有育儿袋。但目前这些器官并不明显,现在她更像人类,不像外星人。

"好吧,罗伯特,我答应过爸爸,我会充分利用好这次流放之旅。请你让我多看看这颗小小星球上的种种奇妙吧。"

她的声调沉着而又温顺,罗伯特断定,她这是有意装出的可怜相,那有如舞台表演般的言谈举止让人感觉古怪,乖张的外表下却略微显出一丝胆怯。他领她朝那丛藤蔓走去,"看这儿,几根爬藤拧在一起,钻出了地面。"

艾萨克莱娜头上的软毛慢慢竖直起来,同时还轻轻抖动。这片软毛从她后颈开始,起先是一抹窄窄的绒羽,而后顺着后脑向上延伸,像帽子一样覆过头顶,最后在她额上结束,形成了一个"V"形发尖,正对那高挺的鼻梁。在她那柔滑圆润的双耳上方,泰姆布立米人独有的卷须不断地摆动,似乎表示她正在竭力分辨那些植物释放出来的精神信息。

罗伯特提醒自己,不要像一般人那样对泰姆布立米人的精神能力估计过高。诚然,这些身材细高的格莱蒂克人本领不凡,能够探察到较为强烈的精神活动,而且据估计,他们还拥有天赋,不仅可以理解和认同他人的情感,还擅长精神沟通术。尽管如此,泰姆布立米人之间真正的心灵感应也并不比地球人更常见。

罗伯特想知道,她在想什么?她知道吗,自从他们一起离开海伦尼亚之后,他对她越来越着迷?但愿她不知道。他不敢肯定自己是否愿意承认,她竟令他如此神魂颠倒。

这些藤蔓非常粗壮,富含纤维质,藤身每隔半米左右便生出虬结的节瘤。从地面钻出之后,一根根藤蔓朝不同的方向伸展开去,覆盖了这片林间空地。罗伯特将那束五彩缤纷的藤蔓拨到一旁,使艾萨克莱娜得以看到——这几根藤蔓出自一片浅浅的小水洼,里面是棕色的泥水。

他解释道:"我们所在的这片大陆,这样的小水洼随处可见,每片水洼都通过藤蔓组成的庞大网络彼此相连。它们在雨林生态系统中扮演着极为重要的角色,只要有藤蔓从水洼中钻出,四周便再也不会生长其他灌木。"

艾萨克莱娜为了看得更清楚,屈膝跪下来。她仍晃动着卷须,看上去非常感兴趣。

"水洼为什么会是这种颜色?水里有东西么?"

"是的,没错,咱们有化验工具包就好了,那样我就能带你挨个检查这些水洼,到时候你会发现,每个小坑都富含不同的微量元素或是化学物质。这些藤蔓就像是大树之间的网络,将营养物质从过剩的地方输送到不足的地方。"

"就像是各国间的贸易协定!"艾萨克莱娜头上的软毛一下子膨起,这可是纯粹的泰姆布立米表情。罗伯特懂得这表情是什么意思。自从二人一起离开城市以来,这还是他第一次见到姑娘对某种东西表现出明显的激动之情。

他想知道,是否她正在营造所谓的"精神信息流",某些人类曾发誓说他们能感觉到这种意识云团,甚至能懂得一点点。罗伯特知道,泰姆布立米人头上柔软轻盈的卷须与精神信息流有关。以前有一次,在陪妈妈出席一场外交招待会时,他注意到了某种东西,那应该就是精神信息流。是的,当时那东西就悬在泰姆布立米大使乌赛卡尔丁先生的头顶上。

当时感觉既短暂又古怪,好像在不经意间用余光瞥到了某样东西,但想仔细审视的时候,那东西又悄悄溜出了视野——他刚刚意识到自己的发现,它就消失得无影无踪。最后,他只感到茫然无措,怀疑那完全是自己的想象。

"当然,这是一种共生关系。"艾萨克莱娜评论道。罗伯特眨眨眼睛——自然,她谈论的是藤蔓。

"哦,没错,你又说对了。藤蔓从大树中获得营养。而作为交换,它们向树输送某些树根无法从贫瘠土地中汲取的养分。它们还排出大量有毒物质,把它们输往极远的地方。像眼前这样的小水洼便起到了存储库的作用,一条条藤蔓聚集在此,储存并交换宝贵的化学养料。"

"令人难以置信。"艾萨克莱娜检查着藤蔓的须根,"它竟然模仿智慧生命那种利己性的交换方式。我猜想,在某些时候,某些地方,植物可以对这种方式加以发展,没错,这完全合乎逻辑。我相信刚开始时坎顿人就是这个样子,后来林顿人园丁才提升了他们的智能,使他们成为在星际中遨游的高级生物。"

她抬头看看罗伯特,"这种现象已经列入物种目录了么?我猜,将加斯租借给你们地球人之前,臧人已经替格莱蒂克公会对这颗星球进行了详细勘查。我很吃惊,自己竟从未听说过这里有这样的生物。"

罗伯特勉强露出一丝微笑,"是的,向大数据库提交报告时,臧人确实提到了藤蔓传递化学物质的特性。加斯的悲剧就在于,早在地球人获准租借之前,这里的生态网络系统就已处在完全崩溃的边缘;而哪怕这个营养交换网络只毁掉一半,这片大陆便会成为荒漠。

"不过,臧人遗漏了某些至关重要的东西。看来他们根本没注意到,藤蔓正在森林中四处游走,只是速度非常慢,它们是在为自己寄生的大树寻找新的矿物质营养成分。森林是一个活跃的生命体,内部各种物质不停地循环交换,它正在适应新环境,正在改变自我。只要我们在合适的环节上稍加引导和促进,这个网络就有望发挥举足轻重的作用,令整个星球的生态系统得到恢复。如果是这样,我们说不定还能向其他星球出售这种技术,获取可观的利益。"

他本以为艾萨克莱娜会被逗得开心起来,但那姑娘却松开手,任由藤根滑落在棕色的泥水中,而后转身用冷漠的语调说道:"罗伯特,臧人是颇具资历的种族,素以谨慎和睿智闻名,而你居然逮到了他们的疏漏,看来你很自豪啊。你们地球人有句俗语大概可以用得上——'外星呆鸟们又在自取其辱了'。对么?"

"不,请听我——"

"请你告诉我,你们人类打算怎么办? 是要隐瞒这个消息,为自己的聪明暗自得意;还是极力招摇,大肆散布宇宙中所有人种都知道的事情——大数据库并不完美?"

罗伯特的身体不禁一颤。大多数地球人都是这样描绘典型的泰姆布立米人:适应能力强,聪明睿智,同时顽皮淘气,爱搞恶作剧。但此时的艾萨克莱娜,看上去却更像一只在肩膀上植入了芯片的年轻海豚,脾气暴躁,固执武断。

的确,某些地球人对格莱蒂克文明批评得有些过火。作为五千万年来第一个为众人所知的"狼崽子"种族,地球人有时过于自夸,总爱声称自己不曾依靠任何庇护主的帮助,是宇宙中唯一现存的自力更生、自我提升的人种。他们有什么必要将五大星系的大数据库奉若神明呢? 地球人的大众传媒也喜欢挑动人们对外星人的蔑视情绪——那些呆鸟,宁肯查找资料引经据典,也不愿亲身探索去看个究竟。

对外星人的蔑视之所以能大行其道,也确有原因。根据地球人类心理学家的分析,其实这是地球佬内心中压倒一切的人种自卑感在作祟。对于宇宙中这唯一"落后"的种族来讲,自豪感太重要了。这种感情既出于人性,又发自绝望。

不幸的是,人类的态度也疏远了一些本可以同地球人友好相处的种族。

不过话说回来,艾萨克莱娜的同族就完全清白无辜吗? 泰姆布立米人同样以善于寻找漏洞而闻名,而且从不满足于旧日流传下来的东西。

"什么时候你们人类才明白,宇宙充满了危险,因为古老而强大的种族不喜欢新兴人种,尤其不喜欢那些愣头愣脑、全无顾忌的暴发户?"

这时,罗伯特才明白艾萨克莱娜指的是什么,才明白她的无名怒火从何而来。他从水洼旁边站起身,擦去手上的尘土,"瞧,咱们谁也不知道现在星系中到底发生了什么事。但至少有一样不是我们的错:一艘由海豚船员驾驶的飞船——"

"'奔驰号'。"

"是,'奔驰号'。它偶然发现了某种怪东西,那东西见证过从远古到现在的一切沧桑。想想吧,谁都有可能会突然碰到它! 见鬼,艾萨克莱娜,我们甚至不清楚那些可怜的新生海豚找到的究竟是什么! 根据最后的消息,他们的飞船正被二十支来自不同星球的舰队追击,从摩尔格伦中转站一直追到天晓得什么地方——那些舰队一直在激战,都想将'奔驰号'俘获。"

罗伯特发现自己的心正怦怦狂跳,紧紧绞在一起的双手说明,现在这个话题令他无比紧张。毕竟,当一个人所在的宇宙马上就要坍塌时,谁都会满心沮丧;但还有一件事令他更丧气:所有这些离奇神秘的事情都发生在数千秒差距①之外,发生在那些暗红色的群星之间,太遥远了,他在这里根本看不到。

艾萨克莱娜那深色眼皮下的大眼睛注视着他。此时他第一次觉得,自己能感觉到她目光中的理解。她抬起手指修长的左手,在他面前翩然挥动。

"罗伯特,你说的我也有所耳闻。我知道自己有时总爱过早下结论,我爸爸也一直在提醒我,要改掉这个毛病。

"但你应该记住,早在八十九帕克达②之前,早在你们那些笨重迟缓的大飞船撞进我们的空间之前,我们泰姆布立米人便一

①量度天体距离的一种单位,主要用于太阳系以外。1秒差距＝3.26光年＝206,265天文单位＝308,568亿公里。

②格莱蒂克人种的计时单位。

40

直是地球的保护者和盟友。所以,即便你会时常感到厌烦,但也请多包涵。"

"什么会让我厌烦?"罗伯特有些糊涂了。

"啊,是这样,自从大接触①以来,我们可是一直在学习和忍受你们'狼崽子'的聒噪——那些被你们大言不惭地称之为语言的东西。所以,你们也要习惯我们的交流方式,原谅我们的多嘴多舌。"

艾萨克莱娜的表情很平静,但罗伯特相信自己确实能感到,某种模糊缥缈的东西正从她飘舞的卷须上散发出来。看来那团云雾在表达某种意思,就像一个地球女孩通过微妙的面部表情来传达信息。显然,这姑娘在揶揄他。

"哈哈,真有趣。"他低头盯着地面说。

"罗伯特,请你认真想想,在大接触之后这七代人的时间里,我们不是一直在指导你们和你们受庇护的物种吗?一定要从长计议,慢慢来,对吧?'奔驰号'根本不该窥探不属于它的空间——当你们这个小小的种族还如此年轻而又缺乏实力时,这样做并不明智。

"你们不该不断地试探宇宙法则,看看哪些规矩碰不得,哪些规矩可以蒙混过关!"

罗伯特耸耸肩膀,"这样做颇有回报。"

"是的,但现在你们——俗语是怎么说的?——你们搬起石头砸了自己的脚。

"罗伯特,星系中的狂热分子一旦被勾起了兴致便绝不会轻易罢手。他们将一直追击那艘海豚飞船,直到将它截获。而且,如果无法通过这种方式得到船上的情报,像约弗尔人或索罗人

———————————
①地球人和格莱蒂克人的初次接触。

41

这样强大的种族就会诉诸其他手段来达到目的。"

阳光投下一道道窄窄的光柱,尘埃颗粒轻轻地飘进飘出,闪烁着微光。在光柱照耀下,林间片片积满雨水的池塘辉映出粼粼波光。寂静之中,罗伯特踢了踢脚下松软的腐殖质,他十分清楚艾萨克莱娜指的是什么。

约弗尔人、索罗人、格布鲁人、坦度人——这些强大的格莱蒂克庇护主种族将会再次向人类展示敌意——如果未能抓住"奔驰号",他们的下一步行动是显而易见的。某个部族迟早要将注意力转到加斯、阿特拉斯特或卡拉菲亚身上,这些行星是地球最偏远、最缺乏防卫能力的前哨站。敌人肯定会对其中某一颗发起进攻,以此作为要挟,迫使海豚船员们透露他们发现的不可思议的秘密。而这种战术甚至会得到默许,古老的格莱蒂克文明战争公会只会不痛不痒地谴责几句。

这就是所谓的文明。罗伯特恨恨地想。讽刺的是,海豚们似乎不会让那些死脑筋的格莱蒂克人得偿所望。

根据传统,受庇护种族应当效忠于自己的庇护主,效忠于将自己"提升"到十全智慧生命的星际救主。早在地球人与外星的高级生命接触之前,矮种黑猩猩和宽吻海豚便一直对人类忠心耿耿,而人类也心安理得地接受这些受庇护生物的臣服。其实地球佬在不知不觉中模仿了星际间的传统模式,而这种模式支配五大星系大概有三十亿年了。

根据传统,受庇护种族要为庇护主效劳十万年或是更久,最后才能得到自由契约,再去寻找自己的受庇护物种。几乎没有格莱蒂克宗族会相信或是理解地球人究竟给了海豚和黑猩猩多大的自由。很难说,在得知人类受到要挟后,"奔驰号"上的新生海豚会采取什么行动。但显而易见,外星敌人并未放弃努力。

地球人的边远监听站证实了最坏的消息:一支支作战舰队正在赶来,朝加斯步步逼近,而罗伯特此时正和艾萨克莱娜在这颗星球上聊天呢。

艾萨克莱娜柔声道:"现在你们面临两种选择。一是严守秘密,保住海豚发现的那些古老的太空船……可那些破烂对你们这样一个年轻的种族没有任何意义;二是保住自己,保住各个地球人世界,还有你们的农场、公园和太空城市。我真搞不懂你们的地球联邦委员会究竟是什么逻辑,竟然命令'奔驰号'不得透露秘密,而现在你们连同自己的受庇护物种根本不堪一击!"

罗伯特又低头看着脚下,无言以对。如果从她的观点去看待当前的情势,地球人采取的措施确实不合逻辑。他想到自己的同学和朋友,现在他们正集合起来要去打一场没有他参加的战争,而谁也不明白自己为了什么而战。太残酷了。

当然,艾萨克莱娜也不好受:她被父亲放逐,置身于陌生的世界里,而这一切的原因竟是一场与她几乎没有干系的纷争。罗伯特决心不和她吵架。不管怎样,她世面见的比他多,而且还有一个优势:她来自更古老、地位更高的种族。

"或许你说的没错,"他说,"或许没错。"

他帮她背上背包,然后扛上自己的行囊,继续跋涉。不过,他提醒自己,或许一个泰姆布立米丫头同年轻的地球人没什么区别,只是受了点惊吓,而且远离家园,便显得无知又固执。

第五章　法　本

"喂喂,太空军'伯诺伯号'侦察艇呼叫'普洛康苏尔号'侦察艇……法本,你又飞出编队了。老兄,你能不能保持队形? 求求你,好不好?"

法本正在同这艘外星人建造的古旧飞船上的控制装置奋力搏斗。驾驶舱里的开放式扬声对讲系统让他不敢用亵渎神灵的脏话来发泄郁闷。最后在绝望之中,他一脚踢在控制台上,这个控制台还是加斯的技工们临时凑合着装进飞船的。

这下可好! 一盏红灯突然熄灭,所有的反重力游标一下子寂然不动。法本叹了口气。终于出毛病了!

他怒气发作,面罩上顿时覆盖了一层水汽。"我早该想到,他们怎么会为类人猿配上合适的制服呢?"他嘟囔着,打开除雾器。一分钟之后,群星重新出现在面前。

"我会及时让这只破箱子顺顺当当地归队!"他叫道,"外星呆鸟们不会失望的。"

外星呆鸟,这是个流行俚语,专指古怪的格莱蒂克人。这个词也让法本想到了美味的飞禽。几天来,他的食物一直是飞船上难以下咽的面糊。现在若能得到一份鲜美的鸡肉和棕榈叶三明治,他愿用任何东西交换!

营养学家没有放过黑猩猩,总是要约束他们对肉食的好胃口。说什么食用过多肉类对血压不好。法本嗤之以鼻。

见鬼,看来我只能靠一罐芥末和最新的《海伦尼亚时报》来安慰自己了。他暗想。

"喂,法本,你总是怪话连篇。知道是谁要对我们发起进攻吗?"

"唉,我认识一个在协调官办公室当差的伙计,他告诉我,协调官有位在情报部门工作的朋友认为那些前来挑衅的杂种要么是索罗人,要么是坦度人。"

"坦度人!? 但愿你在开玩笑。"西蒙听上去有些心惊胆战的,而法本不得不同意朋友的看法。他心中生出了一些连自己都不敢细想的念头。

"啊哈,我猜敌人只是一帮林顿人。那些摆弄花草的家伙只是顺便拜访,看看咱们有没有虐待植物。"

西蒙哈哈大笑,法本感觉好多了。能有一名快乐的僚机飞行员,他当这个只拿一半薪水的后备军官还是很值的。

他驾驶这艘小小的太空船回到了整齐的队列中。几个月之前,政府才从一名路过的萨蒂尼废品商人那里买来这些侦察艇——它们比法本所属的种族还要年长几岁呢。当法本的祖先还是非洲丛林里一群四处滋扰的狒狒时,这艘飞船就已在遥远的星系中参战了。那时,另外一些可怜的生物用双手、爪子或是触须操纵它。那些驾驶员同法本一样,注定要投入征战,最终为了毫无意义的星际斗争而丢掉性命。

法本只有两个星期时间来学习驾驶,他必须在这段时间内记住足够的格莱蒂克文字，以便看懂仪表的显示读数。幸运的是，在历史悠久的格莱蒂克文化中，飞船的设计样式变化得非常缓慢，而且大多数空间飞行器的基本特征全都一样。

但有一件事不容置疑，那就是，格莱蒂克人的技术相当精湛。地球人最棒的飞船都是买来的，非本土制造。还有，尽管这只旧浴缸"吱嘎"作响且脾气古怪，它大概依然会比法本活得更长，至少能熬过今天。

法本四周是一片片闪耀的群星，除此之外，只有大勺星在星系银盘硕大的旋臂背景上显出漆黑的身躯——那里便是地球所在的方向，那里有法本从未见过的家园，现在，他大概再也见不到那个家园了。

而在另一个方向，加斯是一个明亮的绿色光点，就在他身后，只有三百万公里。这支小舰队的力量过于单薄，根本无法保护远方的超空间中转站，甚至连加斯势力范围的中心体系也保护不了。几艘侦察艇、流星体采矿船、经过改装的货船，再加上三艘现代护卫舰，便构成了这支军容不整的武装力量，只能勉强保证行星自身的安全。

万幸的是，法本不是指挥系统的一员，不必总是为惨淡的前景忧心忡忡。他只需尽自己的职责，等待命运的安排。他不打算把时间都花在思量如何毁灭上面。

他试着转移注意力去想想斯路普家族。这个小小的公有制部落住在关塔纳岛上，最近他们邀请他去加入自己的群婚氏族。对于一个现代社会的黑猩猩来讲，要做这样的决定非同小可，就像是两三个人类决定结婚并生养后代一样。他为这件事已琢磨了几个星期。

斯路普部落住在一幢漂亮的大房子里，每个成员都仪容整

洁,而且拥有令人尊敬的职业。其中的成年人都是些富于魅力
而又有趣的黑猩猩,有绿色的基因许可证。从社交方面讲,加入
那个家族是一个非常明智的决定。

但也有不利因素。首先,他不得不从海伦尼亚搬回到岛上
去住,大多数黑猩猩和人类定居者都挤在那里。法本不清楚自
己是否做好了准备。他更喜欢大陆上开放的空间,喜欢群山和
荒野带来的自由感。

他还要考虑一件重要的事情。法本想知道,斯路普部落希
望他加入究竟出于什么原因:是真心喜欢他,还是因为新黑猩猩
提升委员会给他发了蓝卡——无限制繁育许可证?

蓝卡的地位仅次于白卡。蓝色表明,他只需经过最简化的
遗传审核,便可以加入任何群婚组织并生养后代。这张证书对
他自己没多大用处,却可以影响斯路普家族的势力。

"得了,别拿自己开玩笑了。"他嘟囔了一句。不管怎样,事
情还没有最终决定。而他现在已没有多少机会能活着回家了。

"法本?你还在吗,小子?"

"我还在,西蒙。什么事?"

西蒙停顿了一下。

"我刚接到福斯尼斯少校的呼叫。他说他有种不祥的感觉,
四点钟方向那个分区上的防御缺口让他心神不宁。"

法本打个哈欠,"人类总爱心神不宁,任何时候都忧心忡
忡。大牌庇护主都是这副模样。"

他的搭档笑了。在加斯,就连受过良好教育的黑猩猩也时
常说说怪话,这很流行。优秀的人类都具有良好的幽默感,而缺
乏幽默感的人只能自寻烦恼。

"听着,"他对西蒙说,"我要飞到四点钟分区,为少校先生巡

察一番。"

"咱们不该分开行动。"法本的耳机中传来西蒙无力的抗议。不过,他们两人都知道,在即将面对的战斗中,一名僚机飞行员确实起不上多大作用。

"我马上就回来,"法本向朋友保证,"给我留几只香蕉。"

他逐渐加大静态引力场的功率,如同呵护一位黑猩猩处女一样小心侍奉着这艘老飞船。侦察艇开始平稳地加速。

他们的防御计划是针对格莱蒂克人通常的保守心理而精心制订的。地球人的防御力量布置成网状,较大的舰只留作预备队。计划能否顺利实施,依赖于包括他在内的各艘侦察艇——他们必须尽早发现敌人并及时报告,才能让其他舰只协同行动,在短时间内做出反应。

问题是,侦察艇太少了,无法实施全面警戒。

法本感到引擎有力的震颤从座椅下面传上来。很快他就要在宇宙中翱翔了。让格莱蒂克人自食其果吧。他暗想。那些外星呆鸟的文化既平庸又狭隘,近乎法西斯主义,但他们的飞船建造技术确实不错。

法本制服下的身体又在发痒。这不是第一次了,他真希望人类飞行员的身材变得像黑猩猩,再钻进萨蒂尼飞船狭窄的驾驶舱里执行任务。这样的话,他们也能领教一下在太空待上三天的滋味,好好闻闻自己身上的味道。

平时闲暇沉思的时候,法本经常纳闷,人类这么爱管闲事究竟是不是好事。黑猩猩本该快快乐乐地在森林里安度时光,现在却被培养成工程师、诗人和半路出家的星际战士。如果当初没有得到人类的提升,黑猩猩现在会在哪里呢? 可能既肮脏又无知。但至少可以无拘无束地搔痒,只要他妈的自己乐意!

他非常怀念加斯的美容俱乐部。啊,那真是尽享尊荣,懒洋洋地躺在阴凉里,闲聊些无关紧要之事,让一位真正善解人意的小伙子或是姑娘用咖喱和毛刷侍弄他的毛发……

探测仪上突然出现了一个粉红色亮点。他伸出手,拍了拍显示器,但那东西并未消失。实际上,随着他渐渐接近,亮点的数目不断增长,一个变成两个,两个变成四个……

法本感到一阵寒意。"越变越多,没完没了……"他咒骂了一句,迅速按下密码通话开关,"'普洛康苏尔号'侦察艇呼叫所有单位。他们来了,就在我们身后! 三个……不,四个星际巡洋舰中队,方位四点钟分区,他们突然从B层面超空间冒了出来!"

他眨眨眼睛,第五支战船中队一下子凭空出现在视野里。那些星舰从超空间中瞬间现身,向真实的宇宙真空释放出过剩的超空间能量,令法本面前显示器上的光点闪烁不定。即便隔着这么远的距离,他还是能感觉到那些战舰的庞大身躯。

耳机中只能听到一阵静电噪声,大家都惊呆了。

"我的亲亲老天爷! 他们怎么会知道咱们的防线上有个漏洞呢?"

"……法本,你能肯定吗? 他们为什么能抓住弱点乘虚而入……"

"……他们到底是什么人? 你能……"

这时,福斯尼斯少校通过指挥频道插进来,大家都闭上了嘴巴。

"'普洛康苏尔号',已收到你的报告。我们已经出发。法本,请你把探测信号转发器打开。"

法本拍了拍头盔。自从他上次参加预备役训练以来,时间已过去很多年,而谁都难免会忘记一些事。他听从少校的命令,打开探测记录转发器,这样的话,无论他的仪表上显示出什么东西,大家也都能看到。

自然,现在在发送无线电信号会轻而易举地让他成为敌人的靶子,但这没多大关系。敌人已经知道所有防守者的位置,每一艘飞船都不会放过。而他已经探测到,一发发制导导弹正朝自己飞来。

凭借在虚弱的地球人面前拥有的诸多优势,敌人出其不意地发起了突袭。当法本朝不知名的对手加速冲去时,他注意到,刚刚出现的这支入侵舰队几乎正挡在他和加斯那明亮的绿点之间。

"太棒了,"他喷着鼻息,"至少当他们轰掉我时,我正在回家的路上。说不定我的几根毛能比这些呆鸟先到家。

"明天晚上在加斯星上,如果有谁对着流星许愿,就是在向我祈福了。但愿他们心想事成。"

他将老侦察艇的速度加大,感到满负荷的能量场从身后将他猛地一推。引擎的呼啸变得更为尖厉。当小飞船向前疾冲而去时,引擎就像是唱起了战歌,听上去洋溢着喜悦和欢欣。

第六章　乌赛卡尔丁

　　四个人类军官走进了铺着地砖的花房，他们擦得锃亮的棕色皮靴踏出一阵富于节奏的"咔嗒"声。看到泰姆布立米大使和行星事务协调官站在一扇长窗跟前，其中三人停下脚步，同两位首脑恭敬地保持着距离，而第四人则继续朝前走去，利落地敬了一个军礼。

　　"协调官大人，战斗开始了。"身着灰色制服的预备役部队司令官从公文包中抽出一份文件，递了过来。

　　看到梅根·奥尼格镇定地接过那份文件，乌赛卡尔丁暗自敬佩。人们最担心的事终于发生了，她心中肯定充满惊惧，脸上却丝毫不露声色。

　　"谢谢您，麦文上校。"她说。

　　乌赛卡尔丁不由得注意到，那位高级军官朝自己瞥了一眼。显然麦文上校想看看，泰姆布立米大使听到这个消息时有什么反应。大使先生仍是一脸冷漠之色，表现出一位外交使团成员应有的庄重内敛，但他头上的卷须末端不由自主地微微颤抖——信使们让这间潮湿的花房充满了紧张不安的气氛。

从这里透过一排长窗向外望去，能看到信德谷地秀美的风景，一座座农场怡人地排列在山冈上，其间点缀着片片绿色，长满了本地和从地球引进的树木，一派平和安宁、令人悦目的景色。天知道这片宁静能维持多久。现在，命运女神似乎并不打算让乌赛卡尔丁知道她的计划。

行星事务协调官奥尼格飞快地扫了一眼报告，"您知道敌方是什么人了吗？"

麦文上校摇摇头，"夫人，还不知道。但对方的舰队正在逼近，估计很快就能辨明身份。"

尽管气氛庄重而又紧迫，乌赛卡尔丁还是又一次感到，人类在加斯星球上使用的这种古老得出奇的方言真是太有趣了。在他拜访过的其他所有地球人殖民星球上，人们讲的安格力克语堪称大杂烩，里面满是从七号、二号和十号格莱蒂克语借来的词汇。但在这个地方，自从两代人之前加斯被租借给地球人和他们所庇护的物种以来，人们的语言始终不曾有过变化。

他们真是讨人喜欢又令人吃惊的生物，他暗想。打个比方，人们只有在这里才能听到如此纯正而又古朴的称呼——将女性上司称为"夫人"。在地球人占据的其他世界中，不论上司的性别如何，对他们的正式称呼只有一个中性词——"长官"。

加斯还有许多与众不同之处。到达这里几个月之后，乌赛卡尔丁开始享受一项私人消遣：听别人讲述古怪而又奇异的故事。所有这些故事都来自于神奇的蛮荒之地，给他讲故事的人有农夫、猎人，还有"生态复苏委员会"的成员。除此以外，他还听到了不少传闻，是关于群山中某些奇怪的东西。

当然，这些传闻大部分是无聊的虚妄之辞，夸张可笑的大话。从生活在荒野边缘的"狼崽子"口中，也只能听到这类东西。尽管如此,这些故事还是让他产生了一个念头。

乌赛卡尔丁静静地听每一位军官轮流做报告。最后,大家长久地静默下来——当勇敢的人们共同面对宿命中的厄运时便会如此沉默。这时,他才冒昧开腔,平静地问:"麦文上校,您肯定敌人要把加斯彻底孤立起来?"

防务官朝乌赛卡尔丁鞠躬施礼,"大使先生,据我们所知,敌人的星际巡洋舰已在加斯四周的超空间中布雷。雷区距离我们非常近,只有六百万伪米①,而且至少覆盖了四个主要层面。"

"D层面也包括在内?"

"是的,先生。自然,这意味着,即便我们中有谁能在战斗之后侥幸活命,也根本无法乘坐任何飞船——哪怕是轻型战船——通过可行的超空间通道逃生。这还意味着,试图进入加斯范围内的任何人都难逃一死。"

乌赛卡尔丁大吃一惊。他们居然在D层面中布雷。这些人倒是不嫌麻烦。他们肯定不希望任何人来干扰他们的行动!

整个进攻计划要付出大量的努力和高昂的代价。有人确实下了些本钱。

"事情还未成定局。"行星事务协调官说。梅根眺望着信德谷地起伏的草场,座座农庄和环境研究站也历历在目。窗口前面,一名黑猩猩园丁开着拖拉机,正在照料政府办公大厦四周宽阔的草坪——里面种植着来自地球的青草。

她转身面对众人,"最后一班信使飞船带来了地球联邦委员会的命令。我们要竭尽全力自卫,为荣誉而战,希望能名垂青史。不过除此之外,还要保留一部分实力开展地下抵抗,等待外援。"

---

①pseudometer,作者自创词。

乌赛卡尔丁在内心深处几乎要大笑起来,因为此时房间里的每个地球人都竭力不向他看上一眼!麦文上校清了清喉咙,开始审视自己的报告。而他手下的军官都在苦思一个"才华横溢"、"杰出非凡"的应对策略。但是,谁都知道他们真正在想什么。

只有少数格莱蒂克种族才算得上是地球人的朋友,其中唯有泰姆布立米人拥有足够的军事力量来挽救这场危机。人类坚信,泰姆布立米绝不会置地球人和他们的庇护物种于不顾。

而且乌赛卡尔丁知道盟友们应该共同面对危机。

但另一方面,小小的加斯星球处在天高皇帝远的边缘地带。而在这种时候,就算是盟友也必须先考虑自己的利益。

没关系,乌撒卡尔丁想,达到目标的最佳方式并不总是表面上的捷径。

乌赛卡尔丁想笑,但没笑出来。因为他不想让这些可怜的、极度忧伤的人感到窘迫。在他的职业生涯中,他曾遇见过一些地球佬,他们天生极爱开玩笑,其中几个甚至比最棒的泰姆布立米人更出色。不过,大多数人类还是古板得要死,阴沉严肃。在某些关键时刻,当幽默能帮他们熬过难关时,许多人却拼命绷起面孔,摆出一副庄重的模样。

乌赛卡尔丁很纳闷。

作为一名外交官,我总提醒自己要注意一言一行,以免我们种族爱开玩笑的嗜好会引发代价高昂的意外事件。如此谨小慎微真是明智之举吗?我自己的女儿已从我这儿继承了这个习惯……像裹尸布一样无趣,把真实的自我遮盖起来——说不定就因为如此,她才长成了这样一个古怪而又认真的小东西。

一想到艾萨克莱娜,他便愈加希望自己能够公开藐视目前的危局，否则，他也会像地球人那样惶恐，为女儿的安危惴惴不安。他知道，梅根也牵挂着她的儿子。她太小看罗伯特了，乌赛卡尔丁想，她应该更了解那个小伙子的潜力。

"尊敬的女士、先生们，"他咬文嚼字般地说，双眼快活地溜溜乱转，"估计那些好战分子几天之内就会到来。你们已有不少既定方针，在资源匮乏的情况下组织抵抗。这些计划肯定能发挥作用。"

"不过……？"梅根·奥尼格扬起了眉毛，两只棕色的大眼睛分得很开——根据标准的泰姆布立米审美观来看，这让她显得极富魅力。乌赛卡尔丁不会误解她那副神情究竟代表什么意思。

她和我一样心知肚明，现在需要转移话题。啊，如果罗伯特有他妈妈一半的头脑，我就不必为艾萨克莱娜担心了，随她在这个凄凉贫瘠的世界中、在漆黑的森林里流浪去吧。

乌赛卡尔丁头顶的卷须颤动起来。"不过，"他接口道，"我刚想起来，我们大概该咨询一下分支数据库了。"

乌赛卡尔丁马上感觉到了某些人的失望。真是令人惊讶的生物！尽管泰姆布立米人对格莱蒂克的现代文明始终持怀疑态度，但绝不会像地球人这样坦率，人类居然对大数据库表示出不加掩饰的蔑视！

真是帮"狼崽子"。乌赛卡尔丁暗自叹了口气。他头顶上升腾起一股精神信息流，意思是：一道繁复费解的难题终于有望解开了。这片意识云团充满了期待，不停地翻转，而人类根本看不到它。但在片刻间，梅根像是突然走了一下神，模模糊糊地注意到了什么东西。

可怜的"狼崽子"们。不管大数据库有多少错误，它也是所有事物的发端和终点。在它的知识宝库中,永远不乏智慧和答案。我的朋友们,在你们懂得这点之前,会有不少诸如敌军舰队之类的小小不便,将今夜这样的完美春宵彻底毁掉!

第七章　艾萨克莱娜

罗伯特在几英尺[①]前领路，用一把砍刀将偶尔挡在狭窄小径上的树枝砍掉。来自恒星吉莫郊的明亮阳光从森林华盖的缝隙中轻柔地洒下来，空气中洋溢着暖暖的春意。

他们从容而缓慢的前进速度让艾萨克莱娜感到轻松惬意。她将自己的体型变得更像地球人，身体重心与往常相比已是大不相同，对此时的她来讲，走路几乎是一种冒险。她很纳闷，地球人女性一生中大部分时间里都长着如此硕大的臀部，如何应付得了呢？泰姆布立米孕妇只经历短短的妊娠期便分娩了，而后就明智地将初生婴儿滑进育儿袋里再行哺育。地球女人却要在腹中养育头部硕大的胎儿，大概这是一种献身精神吧。

艾萨克莱娜一直在进行实验，好让自己的身形变得更像人类，这是在拜访每一颗地球殖民星球时最令她着迷的事情。当然，她置身于本地人之中时，并不能像在爬虫类的索罗人或"树汁人"约弗尔人的世界里那样显得毫不起眼。但在这场变身实验的过程中，她学到了许多生理机能控制方面的诀窍，比当初学

---

① 1英尺＝30.48厘米。

校里老师教给她的知识多得多。

然而，变身也带来了许多不便之处，于是，她开始考虑是否该结束实验。

哦，命运女神啊。在她的卷须末梢上，一股沮丧的精神信息流轻轻飘舞。现在再变回泰姆布立米人的原形，未免费的力气太大了，真有些不值得。

即便泰姆布立米人的生理技能神通广大，它也有局限之处。在短期内进行大量变化有可能引发酶类枯竭。

不管怎样，探察罗伯特头脑中的那些心理冲突也算是一件颇为有趣的事。艾萨克莱娜想知道，我当真觉得他有吸引力么？一年前，同样的念头曾令她大吃一惊。只有泰姆布立米小伙子才会让她心动，而罗伯特是个外星人！

可是现在，出于某种原因，她并未对这样的念头产生多少反感，更多的倒是好奇。

她背上的背包不停地轻轻晃动，软底靴踏在崎岖的小径上发出跫然足音，被都市的街道束缚过久的双腿在发热，这一切似乎联合产生了一种催眠作用。他们现在所处的地方海拔高度适中，温和湿润的空气里弥漫着上千种浓郁的芳香、丰富的氧分、腐殖质的朽败之气，还有人体的汗味。

当艾萨克莱娜跟随她的向导攀上陡峭的山脊时，前方远处传来一阵低沉的轰鸣，就像一台台巨大的引擎在"隆隆"作响，不然就是一座工厂。随着道路迂回转折，响声时隐时现。他们越接近神秘的声源，轰鸣就越响亮。显然罗伯特想给艾萨克莱娜卖个关子，所以她强忍住好奇心，没提任何问题。

最后罗伯特还是在小路的转弯处停下脚步，等艾萨克莱娜跟上来。他闭着双眼凝神默想，艾萨克莱娜一瞬间感到，自己从罗伯特那里捕捉到了一丝精神信息流的模糊影子。那并非真正的意识云团,却在她脑海中形成了栩栩如生的画面:一股喧闹的泉流高高喷涌,闪动着艳丽不羁的蓝绿色。

他果然变得更出色了。艾萨克莱娜想。随后她走到小路转弯处,站在他身边,突然出现的奇景让她一下子喘不过气来。

云朵间透下道道阳光,光柱里,数万亿点水滴恍如一只只细小的液体镜片,闪耀出璀璨光华。刚才一个小时吸引他们前行的轰鸣声一直低沉滞闷,此时突然成了震天动地的咆哮,令树干左右摇摆,深深透入山石和二人的骨髓。在他们正前方,一条大瀑布从玻璃般光滑的巨石上疾掠而过,飞流直下,坠入一道经年冲刷而成的河谷中,溅起无数泡沫和水花。

这条飞坠的河流宣泄着大自然的奢华,比人类最不顾羞耻的艺人还要放纵恣肆,比任何灵秀多才的诗人都要骄傲豪迈。

眼前这一切已让他们的耳朵和眼睛不够用了。艾萨克莱娜的卷须不停地摇摆,去探寻着,去感受着。现在正是泰姆布立米的精神信息流大师们常说的特殊时刻——天人合一,现实世界同精神世界交融在一起。就在这漫长的一瞬间,她明白了,尽管古老的加斯已是伤痕累累、残缺破败,但它依然能够放声歌唱。

罗伯特咧嘴笑了。艾萨克莱娜同他相视莞尔。他们伸出手,紧握在一起。二人并肩而立,沉默良久,看着道道流光溢彩、变幻不定的彩虹从大自然澎湃浩荡的洪流上飞渡而过。

很奇怪,突然出现的灵幻之境只是让艾萨克莱娜感到悲伤,为了来到这个星球而更加懊悔。她并不想在这旦发现如此绝美之物。这只能使这个小小世界的命运显得更加悲惨。

多少次了,她希望乌赛卡尔丁当初不曾受命前来加斯。可希望极少能改变现实。

她深爱着父亲,但也同样深切地发觉,他的所作所为实在令人难以理解。对她来讲,父亲思考问题的方式总是过于复杂,无从揣测,而他的行为更是不可预知。譬如,本来只要乌赛卡尔丁提出要求,便可以得到更显赫的职位,但他还是来到了加斯。

还有,他打发她和罗伯特一起来到这片大山里……她能猜到,并不只是"为了她的安全"。难道她真要来追寻核实那些山地奇异生物的无稽之谈吗?不太可能。大概乌赛卡尔丁提出这个建议,只是为了转移她的注意力,不让她有过多思虑。

对于父亲的动机,她马上又想起了另一种可能性。

莫非父亲果真认为,她可能会结下姻缘……同一个地球人?想到这一点,她的鼻孔一下子张开,比平常要大上一倍。她缓缓地让自己头上的卷须低垂下来,以掩饰心中的情感。同时,她松开罗伯特的手,而那年轻人并未抓住她的手不放,这让她偷偷松了口气。

艾萨克莱娜将双臂抱在胸前,身体微微颤抖。

在家时,她只和男孩们有过少数几次试探性交往,基本都是班级中男女生搭配时临时同她凑在一起的。妈妈去世之前,艾萨克莱娜这方面的怪脾性让家中发生过不少争执。玛茜克劳娜几乎对这个矜持而又孤僻的女儿感到绝望。父亲则持不同态度,在女儿没做好准备之前,他不会为这类事情去困扰她。

或许他认为现在是时候了?

罗伯特确实很有魅力,是个可爱的男孩子。他长着高高的颧骨,还有一双分得很开的眼睛,看上去非常讨人喜欢,让他显得漂亮帅气,地球人心目中的英俊少年也就是这副模样了。然而更令艾萨克莱娜震惊的是,自己现在竟然同地球人具有同样的审美观。

想到这里,她的卷须猛地抽动了一下。一股精神信息流不由自主地从她头上升起,但她并没有仔细思量,随即摇摇头,将那片云雾驱散了。现在她还不想深究其中的意义。即使让她去考虑战争的前景,也要比梳理微妙杂乱的情愫来得轻松。

"罗伯特,这条瀑布真美啊,"她小心翼翼地用安格力克语说道,"但如果咱们在这儿再多待一会儿,浑身就要湿透了。"

罗伯特一愣,仿佛刚才被思绪带到了远方。"哦,是的,克莱妮[①]。咱们走吧。"他浅浅一笑,转身踏上了小径。他走在前面,头脑中发散出来的地球人信息流变得越来越模糊,越来越遥远。

雨林像颀长的手指,探进一道道山峦之间。随着海拔的升高,空气变得越来越湿润,森林中也显得越来越生机勃勃。加斯星球上的小动物,在地势较低的地方还显得胆小羞怯,不肯轻易露面;现在却经常在茂密的林木中飞蹿而过,不时引得草叶飒飒作响,甚至有时还肆无忌惮地尖叫几声,向山路上的两个人发出挑战。

不久之后,他们爬上了一道山脊的顶点。在这里,地面上突现出某种动物的一排脊骨,光秃秃的骨质透着灰白色。乌赛卡尔丁曾让艾萨克莱娜看过一本地球历史的教科书,上面提到了一些古老的爬行类动物,它们的脊背上就生有一排类似的骨头。二人卸下背包暂作休息时,罗伯特告诉她,在穆伦山脉中,许多山丘的顶端都有这种东西,没人能够对此做出解释。

"就连地球的分支数据库中也没有相应的资料,"他用手轻拂一块凹凸不平的化石,"我们已向塔尼斯星球的数据库区域中心提交了一份低优先级的查询报告。说不定一两百年之后,数据库公会的计算机能在加斯灭绝物种的记录中挖掘出一份报

---

①艾萨克莱娜的昵称。

告,那时我们就知道答案了。"

"但其实你并不希望塔尼斯的计算机能提供答案。"艾萨克莱娜说。

罗伯特耸耸肩,"我更希望这些化石是一个神奇的谜。或许我们能首先解开其中的奥秘。"他望着石质骸骨,陷入了沉思之中。

许多泰姆布立米人也会有同样的想法,他们愿意面对富于挑战性的难题,而不是什么既成事实。但艾萨克莱娜并不这样想。她认为,对大数据库心怀愤恨,简直荒唐透顶。

如果没有大数据库和其他格莱蒂克公会组织,在五大星系中占据支配地位的呼吸氧气的生命的文化很久以前就已陷入混乱之中了——在野蛮的全面战争中走向灭亡。

诚然,大多数星际种族对大数据库过于依赖。而格莱蒂克公会在缓和矛盾、平息争吵时,只针对那些最微不足道和态度最恶劣的高级庇护主种族下手。很久以前,早在当前的所有物种还没有在宇宙中出现时,各星系便已爆发了一系列危机,而目前这场劫难只是这一系列危机的最新衍生物而已。

不过,加斯星球仍是一个例证,让大家明白,当传统的约束分崩离析时,宇宙将变成什么样子。艾萨克莱娜倾听着森林的声音。她手搭凉棚,看着午后的阳光下,一群遍身是毛的小动物在树枝间轻巧地飞蹿。

"看看这一切,谁也不会想到这个世界正面临一场浩劫。"她轻声说。

罗伯特找到一块高耸的化石,把二人的背包放在阴影里,而后开始切大豆香肠和面包,准备午餐。"自从布鲁拉里人①把加斯

①一个获得提升不久的种族,在地球人之前租借加斯,但突然发生了退化现象,在归还这颗行星时已几乎将它毁坏殆尽。

搞得一团糟以来,时间已过去了五万年。这段时间足够幸存下来的生物们休养生息、大放光彩,去填补已成为空白的生态环境。现在我猜,只有专业的动物学家才能注意到这里稀缺哪些物种。"

艾萨克莱娜的卷须完全伸展开来,从四周的森林中采集着微弱的精神信息。"罗伯特,我能注意到,"她说,"我能感觉到。这条分水岭蕴含着生命力,但它孤独寂寞。天然林区应当具有生命的复杂性,但这里没有,而且根本没有一点智能生命的痕迹。"

罗伯特郑重地点点头。但她感到,他内心的看法同她大相径庭。在地球佬看来,布鲁拉里人的大屠杀已是很久以前的事情了。

那时,布鲁拉里人也是个新生种族,刚刚脱离同纳哈利人的庇护契约——是纳哈利人将他们提升为智慧生命的。对布鲁拉里人来讲,当时是极为特殊的时刻,只有当一个受庇护种族最终解开它臣服于庇护主的契约之结后,才能建立不受任何约束的殖民地。而布鲁拉里人获得解脱之日,正逢格莱蒂克的移民公会发布公告——闲置的星球加斯再次准备就绪,可以在一定期限内为租借人提供立足之地。像往常一样,格莱蒂克公会期望,加斯本地的生命形式,特别是那些有朝一日可能被提升的物种,将处于新租客的保护之下,这样星际公会便可以省去所有麻烦。

纳哈利人曾大肆炫耀:布鲁拉里人本是一个未开化且好斗的食肉动物种族,在经过提升之后,这些野兽变成了完美的格莱蒂克公民,既富于责任心又可靠,完全值得信赖。

事实证明,纳哈利人大错特错了。

"唉,当一个种族中的所有人完全陷入疯狂,而且开始消灭他们所见到的任何东西,结果会怎么样?"罗伯特问,"不知什么地方出了差错,布鲁拉里人突然变成了狂暴战士①,将这个本来应该受他们呵护的世界撕成了碎片。

"克莱妮,你在加斯的森林中探察不到任何智能生命的痕迹,这并不奇怪。当时,只有会掘洞藏身的小动物躲过了布鲁拉里人的疯狂屠杀;而体型更大一些、更聪明一点的动物,都像融化的冰雪一样无影无踪了。"

听到这话,艾萨克莱娜眨了眨眼睛。她本以为自己已掌握了安格力克语,可罗伯特又让她摸不到头脑——刚才这句隐喻中蕴含的地球人色彩太奇怪了。在安格力克语中,明喻是将两个对象进行比较,还比较容易理解,但隐喻句似乎违反了一切逻辑,居然将不同的东西赋予同一种意义!格莱蒂克语中绝不会允许出现这种语意不明的废话。

通常她还能领会一些古怪的并列句,但现在这句话让她难以理解。一瞬间,在她头顶摇摆不定的卷须之上,腾起了一股小小的精神信息流,表明罗伯特晦涩的言辞令她大费脑筋。

"关于那个时代发生的事情,我只听说过一些只言片语。那些行凶作恶的布鲁拉里人后来怎么样了?"

罗伯特耸耸肩,"哦,最后提升和移民公会的官员终于赶来调查了,但那时大屠杀已持续了大约一个世纪。很自然,调查员大为惊骇。

"他们发现,布鲁拉里人变得面部全非,在行星上四处横行追猎,无论找到什么生灵都要置之死地。那时,他们已丢弃了刚开始屠杀时使用的可怕的高科技武器,几乎完全退化成了野兽,用尖牙和利爪去屠戮残杀。我想,正因为如此,某些小型动物才

---

①古斯堪的纳维亚斗士,传说他们在战斗中野蛮且异常狂暴。

侥幸逃过一劫。

"星际中的生态悲剧并不像公会标榜的那样稀有罕见,但这场劫难却是一个不折不扣的丑闻。整个星系都表现出强烈的憎恨,众多主要部族都向加斯派出作战舰队,在统一指挥下开始清剿行动。不久之后,布鲁拉里人便化为乌有了。"

艾萨克莱娜点点头,"我想,他们的庇护主纳哈利人也受到了惩罚。"

"没错。他们丢掉了显赫的地位,现在也成了受别人庇护的种族。他们要为自己的疏忽付出代价。我们在学校里学过有关课程。学过好几次呢。"

当罗伯特再次递过香肠时,艾萨克莱娜摇摇头。她已经没有一点胃口,"这么说,你们这些地球人继承了一个需要休整的世界?"

罗伯特飞快地吃光午餐,"是的。作为两个受庇护物种的庇护主,我们必须获得殖民地,但公会只愿意让我们去收拾别人的残局。我们只能勤勉地工作,帮助这个世界的生态系统恢复正常。不过说实话,同某些地方相比,加斯是个相当不错的栖身之地。你该看看迦南星团的迪米和豪斯特行星,那里糟糕得多。"

"我听说过那里。"艾萨克莱娜耸耸肩,"我想,我不希望看到——"

话说到一半,她停了下来。"我……"她飞快地眨着眼睛,朝四处望去,突然显得极为困惑,"真古怪!"她头上的软毛一下子竖起来,随即迅速起身,神情恍惚地朝耸起的脊骨化石走去,在那里能俯瞰到起伏的山林里薄雾弥漫中的一顶顶树冠。

罗伯特跟在她身后,"怎么了?"

她轻声答道:"我感觉到了某种东西。"

"嘿！这有什么可奇怪的？你们泰姆布立米人的神经系统非常敏感，而且你又为了让我看着顺眼而改变了身形，所以就会觉得不大对劲儿。你肯定是捕捉到了静电噪音。"

艾萨克莱娜不耐烦地摇摇头，"你这傲慢自大的地球男人，我变身可不是为了让你看着顺眼！而且我早就请求过你，当你使用那些可怕的隐喻句时，一定要小心点！泰姆布立米人头上的卷须不是收音机天线！"她挥挥手，"请你安静一会儿吧！"

罗伯特闭上了嘴巴。艾萨克莱娜集中精神，试图再次去感受那神秘的信息……

尽管卷须不会像收音机一样捕捉静电噪音，却无法避免受到干扰。她努力搜寻着刚才一瞬间感觉到的微弱信息流，但根本无法如愿。现在，她四周全是罗伯特那笨拙而又热忱的精神感应云团。

"那是什么东西，克莱妮？"他轻声问。

"我不知道。那东西的距离并不很远，就在东南方。我感觉像是人类，很像男人或是黑猩猩，但还有某些截然不同的东西。"

罗伯特皱起眉头，"唉，我猜可能是一座生态监控站。而且在这个地区，四处还设有许多与外界隔绝的保护区，大多数都建在地势高的地方，那里生长着受保护的动物。"

她猛地转过身，"罗伯特，我感到了智能生命的信息！就在一刹那，但非常清楚，我触摸到了一个有知觉的生物发出的精神信息！"

罗伯特的心情一下子变得阴沉而又烦躁，脸上现出冷漠之色，"你这是什么意思？"

"在你和我进山之前，我父亲对我讲过一件事。当时我并未在意。因为我觉得那根本不可能发生，就像你们人类作家杜撰的一些神话故事,在我们泰姆布立米人看来,都是些奇怪的白日梦。"

"可你们的人购买了不少这样的东西,"罗伯特插嘴,"小说、旧式电影、三维电影、诗歌……"

艾萨克莱娜并未理会他,"乌赛卡尔丁提到了一些故事,讲的是这颗星球上的一种生物,本地的智能生物,具有很高的潜质……人们估计它应当是从布鲁拉里人大屠杀中幸存下来的物种。"艾萨克莱娜头上的卷须冒出一股少见的精神信息流……那是谜团将要解开时的喜悦。"我很纳闷,难道传说竟会是真的?"

罗伯特的情绪略微轻松了一些么? 艾萨克莱娜感到,这位粗鲁而热诚的卫士没有刚才那么敏感了。

"嗯……是的,确实有一个传说,"他说道,"'狼崽子'们传颂的简单故事。我猜,老于世故的格莱蒂克人不太可能会对它感兴趣。"

艾萨克莱娜小心翼翼看着他,轻轻抚摸着他的胳膊,"你是在吊我的胃口吧? 让我等急了才肯说出秘密? 你还是忍住自己心灵的创伤,马上给我讲讲吧!"

罗伯特笑了,"好吧,既然你如此巧舌如簧,我就遂了你的心愿。你刚才捕捉到的可能是一个加斯人的精神信息。"

艾萨克莱娜眨了眨她那双金色的大眼睛,"加斯人,我父亲说的就是这个名字!"

"啊哈。那么说,乌赛卡尔丁肯定听说过老猎手们讲的故事……试想一下,仅仅过了一百地球年,这里竟然有这种东西……不管怎样,据说确实有一种大型动物逃过了布鲁拉里人的屠杀,它们狡猾又凶猛,而且具有相当的智能潜质。在山地生活的人类和黑猩猩讲过不少怪事:岩石采样器被劫走,晾衣绳上的衣服被偷走,无法攀登的绝壁上出现奇怪的印记。

"不过,这些事情大概全是胡说八道,"罗伯特微微一笑,"但我确实想起了妈妈给我讲过的传说——那时我刚来到这个星球。嗯,我认为,既然自己上了当受了骗,也要拉别人下马才行,说不定可以拉上一个泰姆布立米人,看看她能不能用她那张精神感应之网捞上一只加斯怪物。"

这句话中的隐喻艾萨克莱娜倒是很容易理解。她的指甲陷进罗伯特臂上的肌肉里。"这么说,"她追问,"我跑到这片蛮荒之地就是为了这个?我是来充当一个活动探测器?帮你澄清事实,辨别传说真伪?"

"没错,"罗伯特揶揄道,"不然我为什么要陪着一个外星人在这大山里乱闯呢?"

艾萨克莱娜龇牙咆哮起来。但在内心深处,她不由自主地感到快活。这句人类的调侃同她家乡人之间常说的反话没什么两样。而且当罗伯特大笑时,她觉得自己身不由己地要同他一起展开笑颜。战争和危险带来的一切烦恼都烟消云散了,二人都感到轻松惬意。

"如果当真存在这种生物,咱们一定要找到它,你和我。"最后她说。

"好啊,克莱妮。咱们一起去找它。"

第八章　法　本

太空军"普洛康苏尔号"侦察艇终归没能比它的驾驶员更长命。它完成了最后的使命——这艘古老的飞船在太空中找到了归宿，但在它的球形座舱里，驾驶员保住了性命。

法本这条性命还算完整，至少他还能吸入一头六天没洗澡的黑猩猩身上散发出的恶臭，还能吐出一连串富于想象力的咒骂。

最后，法本终于闭上嘴巴，他发现自己翻来覆去的叫骂中再也没有新鲜词汇。他已骂了很久，敌人在身体上、精神上乃至他们的祖先可能具有的任何特征，无论确实存在还是出自他的杜撰，都已被他数落了个遍，而且他还花样翻新，将这些内容变换顺序、重新组合，然后再排比列出。当他经历那场短暂的太空战时，当他用玩具枪一样的武器开火时，当他像蚊蚋躲避重锤似的躲开敌人反击的炮火时，当他驾机闯过近距离爆炸的冲击波时，当他耳中回荡着扭曲的金属发出的尖叫时，当他头晕目眩、满心困惑地品味着自己的劫后余生时，他的嘴巴一直都没闲着。最后，他意识到自己似乎并没送命。至少现在还没有。

法本确信生命维持座舱仍在起作用，不会随同侦察艇的残部一起飞溅到太空中,于是,他扭动着身体挣脱了作战制服的束缚,满意地叹了口气——这么多天来他第一次有机会搔痒了。他奋力抓挠起来,除双手之外还用上了左脚的各个趾头。最后,他瘫软地躺回到座位上,刚才在激战中经历的一次次撞击令他周身都感到疼痛。

法本的主要任务本来应该是接近敌人,为其他单位搜集可靠的情报。但他认为,从来袭的舰群正中呼啸而过大概才算得上称职一些——这还可以让那些被他惊扰的敌人吓上一大跳,何乐而不为呢?

当"普洛康苏尔号"疾速冲进敌群中央时,入侵者似乎并未对法本的致意表示赞赏。数不清的炮火在法本身旁爆炸,每一次都险些把他烧熟。当他倏忽而过、将喷吐着怒火的舰队甩在身后时,"普洛康苏尔号"的整个尾端已经成了一团红亮的熔渣。

侦察艇的主推进系统被轰掉了,他已不可能回身支援绝望之中的同伴,无法掉头去参加那场不久之后便打响的徒劳战斗。法本越飘越远,渐渐远离实力悬殊的交战双方,无望地倾听着激战的声音。

那甚至算不上较量。战斗只持续了一天多一点。

他还记得"达尔文号",那艘轻巡洋舰,连同两只改装过的货船,外加一小群幸存下来的侦察艇,向敌人发起了最后一次冲锋。这支敢死队加大速度,在入侵舰队的侧翼杀开一条血路,而后在敌阵内部猛地一搅,让对手整排的战列巡洋舰在一片片烟云之中乱作一团。

没有一艘参加冲锋的地球人飞船从那个大"旋涡"中逃出来。法本后来得知,太空军"伯诺伯号"侦察艇连同他的朋友西蒙,都在"旋涡"中牺牲了。

此时，敌人正在追击少数逃脱者——天知道那些人要逃向何方。侵略军要从容不迫地彻底扫清战场，再扑向加斯星球。

法本又开始咒骂起来，这次他换了个新话题——地球人。他的种族如此不幸，竟然碰到这样一个庇护主。本着极富建设性的批评精神，法本将人类的所有毛病逐一进行了剖析。

为什么呢？他向茫茫星宇追问，为什么那些不生毛发的倒霉鬼"狼崽子"会有如此差劲的品位，竟然将黑猩猩提升到一个显然由白痴们操纵的星系里？

最后，他睡着了。

法本断断续续地做着些怪梦。在梦里，他始终都想挣扎着说话，但声音根本不成句子。要知道，他的曾祖父辈只能借助人类的仪器说些简单原始的词句，而稍稍再久远一点的祖先则根本没有任何语言，所以这梦真把他吓了个半死。

法本出了一身冷汗。对他来讲，没有什么比这种事情更令人羞惭：他在梦境中四处搜寻语言，但那些词句一样的东西，不知怎的全被他放错了地方。

他垂下眼帘，看到地上嵌着一块闪闪发光的宝石。说不定这就是天赐的言辞之宝，法本边想边弯腰去捡。但他太笨了！大拇指不听使唤，无法同食指捏合在一起，怎么也不能把那块小玩意儿从泥土中抠出来。实际上，他再三努力的结果只是让那东西越陷越深。

绝望之中，他趴在地上，干脆用嘴巴把它叼了出来。

它竟像火一般烫！极度灼热之感犹如液体火焰顺着他的喉咙向下流淌，他在梦中禁不住大叫一声。

此时，他意识到这是自己做过的最奇怪的噩梦——这类梦境总是显得非常真实，又异常可怕。他似乎分成了两个人：一个法本在梦中饱受痛苦的折磨,另一个法本却满怀兴趣地带着超然之态在一旁看热闹。

突然,他来到另一个地方,站在一群留长胡子的人类之中,那些人身穿黑外套,头戴松松垮垮的帽子。其中大多数是老人,翻阅着一部部积满灰尘的典籍,同时还在互相争论。猛然间他想起来了,这一定是古代的犹太教长老会议,他早先在大学的比较宗教学课程中学过这类知识。众位拉比围成一圈,正在讨论神圣的象征和《圣经》的释义。其中一人抬起苍老的手指向法本:

"他趴在地上用嘴巴去捡东西,就像野兽,他的梦代表基甸的故事,阁下可不要以为……"①

"怎么会是这个意思?"法本问。他已不再感到疼痛,心中没有多少恐惧,更多的是困惑。他的哥们儿西蒙是个犹太人——无疑,法本之所以陷入这疯狂的梦境,部分缘由是因为想到了西蒙。他很容易就猜出这些人在干什么。这些博学之士,这些聪慧的学者,正在试图诠释他刚才做的那个吓人的梦。

"不,不,"另一位智者表示反对,"那些象征应当与幼年摩西有关!你肯定记得,一位天使引着小摩西的手伸向炭火,而不是闪光的珠宝,他的嘴巴被烫伤了……"

"我可不这么认为!"法本提出异议。

最年长的拉比抬起一只手,所有人都安静下来。

"这个梦和你们说的那些事都没有关系。它的象征意义非常明显。"他说。

---

①基甸是《圣经》中的犹太勇士。而文中本句之意出自《圣经·士师记》:"基甸就带他们下到水旁。耶和华对基甸说,凡用舌头舔水,像狗舔的,要使他单站在一处。凡跪下喝水的,也要使他单站在一处。"

"其中的典故出自最古老的圣书……"

这位圣贤专注地将两道浓眉皱在一起。

"……亚当,偷食智慧果的罪人……"

"啊?!"法本大声呻吟起来。他终于醒了,浑身是汗,四周还是坚韧耐用、散发着臭味的座舱,梦境仍在脑海中盘桓不去,令他一时纳闷,不知哪里是梦,哪里是现实。最后他耸耸肩,决定不予理会。"刚才睡着的当儿,老'普洛康苏尔号'肯定飘过了外星人的雷区。肯定如此。我再也不会怀疑人们在航天员酒吧里讲的那些故事了。"

法本察看了一下面前伤痕累累的仪表,发现战场已推进到了恒星四周。而他这艘漂流船正沿着几乎完美的轨道朝一颗行星飞去。

"嗯哼——"他一面操作计算机一面咕哝。定位系统的报告颇具讽刺意味。那颗行星竟然真的是加斯。在几近瘫痪的推进系统中,还有少量的姿态校正动力可供使用。或许,只是或许,凭借仅剩的这点能量,他有可能尽量靠近加斯,到达可使用逃生舱的有效距离之内。

万一碰到奇迹中的奇迹,只要天文定向仪计算正确,他甚至能坠落在西海地区……就在海伦尼亚东面不远处。法本吹起不成调子的口哨,思量了几分钟。他想知道,这一切愿望都能实现的概率有多大? 一百万分之一? 大概更小些,一万亿分之一吧。

这一切也可能只是宇宙在作弄他:先给他一点点希望,接下来仍是厄运难逃。

但他断定,不管幸还是不幸,这说明在星宇之中总归有某个人正惦记着他。想到这点,他便稍感安慰。

于是他取出工具包,开始进行必要的修理。

第九章　乌赛卡尔丁

　　乌赛卡尔丁知道,继续耽搁并不明智。但他仍旧同数据库管理员待在一起,看着他们奋力工作,争取赶在最后撤离之前将更多宝贵的资料细节带走。

　　他看着人类和黑猩猩技术人员在行星分支数据库高高的穹顶天花板下来回奔忙。大家谁也不曾闲下来,全都在高效地凝神工作。但在专注繁忙的外表下,他感到一种骚动不安,一种无法抑制的恐惧。

　　头顶的卷须上方,他不由自主地生出一股满含怜惜的精神信息流,通常泰姆布立米父母在安慰受惊的孩子时才会冒出这种意识云团。

　　他们看不到你。乌赛卡尔丁悄悄对那片意念之云说。它此时仍在不停地盘旋,希望去安抚遭遇困苦折磨的晚辈。

　　不管怎样,这些地球人并不是孩子。自从人类知道大数据库以来,时间只过了区区二百年。可在这之前,他们已有数千年的历史了。或许他们仍然缺乏格莱蒂克文明的润饰与世故,但有时对他们来讲,这些不足更是一种优势。

　　不能说他们看不到我,只是很少看到而已——小小的精神云团对乌赛卡尔丁的看法表示怀疑。

乌赛卡尔丁结束了争论，收起那股犹疑不定的精神信息流，让它回到本源之地，回到他自己的脑海中。

在石制拱顶下耸立着一块五米高的灰色巨石，上面用浮雕镌刻着一个呈射线状向外放散开来的螺旋形印记——这是具有三十亿年历史的大数据库的标志。巨石四周安放着一尊尊数据记录机，里面装满了水晶存储记忆块。很多台打印机正"嗡嗡"作响，吐出一份份装订好的报告书，工作人员迅速为其加上注解，然后装车运走。

这个数据站属于K级，规模确实不大，信息内容仅仅相当于自大接触以来人类所有书籍的一千倍，同地球上的整个分支数据库或是塔尼斯星球的数据库区域中心相比，这个容量简直微乎其微。

然而，当加斯沦陷之后，这个数据站也将落入侵略者手中。

从传统意义上讲，数据站落到什么人手中并没有太大分别。大数据库本来就是对所有人开放的，包括在数据站所在地交战的双方——而且不管怎样，在目前这种情况下，若指望这些精准琐细的资料帮忙扭转战局乃是天方夜谭。但地球殖民者抵抗力量已制订出计划，要尽量地将数据多带走一些，以备今后再加利用。

在这本来就微乎其微的数据中，他们能带走的部分更是沧海一粟。的确，他们这么做是采纳了乌赛卡尔丁的建议，但他却无法掩饰自己的惊奇——这些人类在落实他的意见时竟如此干劲十足。事已至此，为什么还要费这么大力气呢？这一点点资料能起到什么作用？

行星分支数据库中的行动令他达到了目的，同时也巩固了他对地球人的看法。他们绝不轻言放弃。他之所以认为这些生物讨人喜欢，这也是一个原因。

他有意导演了这场混乱，其中秘而不宣的原因是——他自己想再开一个玩笑——浑水摸鱼，趁大家在忙乱中疏于留意时，他要转储几个特殊文件，偷偷纳入自己囊中。实际上似乎确实没人注意到，他把自己的输出-输入记忆块飞快地链上了数据库主机，一两秒钟之后，又将那小小的盗窃工具放进了衣袋里。

成了。现在他不必再做什么，只需在等车这当儿再看看这些"狼崽子"。

远方传来一阵哀号般的啸叫，在空中起伏回荡，那是海湾对面太空船起降场的警报器在悲鸣，表明又有一艘被击伤的逃难飞船正从太空返回，需要紧急着陆。大家对这种声音已是司空见惯了。每个人都知道，不会有多少幸存者。

现在，离开海伦尼亚的飞行器占据了空港交通流量的绝大部分。许多大陆居民都已飞往西海上那一串群岛，而那儿的大多数地球人并未逃走，仍居住在原地。而政府正准备撤离。

警报开始哀鸣时，每个人类和黑猩猩都暂时抬起头来。就在这一瞬间，焦虑之感在劳作者中间弥漫，乌赛卡尔丁几乎能用卷须品味到这种复杂的精神感应。

品味？

啊，地球人的隐喻之辞多么可爱而又惊人，乌赛卡尔丁心想，难道有谁的卷须真能品尝到味道吗？还有"触目惊心"这样的词汇，莫非眼睛可以接触到物体？安格力克语是如此愚蠢，然而又如此巧妙地拨人心弦。

而那些海豚不是确实能用耳朵看到东西吗？

乌赛卡尔丁摇摆的卷须上生出一股精神信息流，代表着期待和渴望,与这些人类和猩猩的恐惧交相呼应。

是的,我们全都希望自己能活下去,还有那么多的事情等着我们去做、去品味、去观察、去体会……

乌赛卡尔丁真希望,泰姆布立米人并非为了满足外交要求才挑选最愚钝的人担任使节。他之所以被委任为大使,就是因为除去其他素质之外,他还是个单调乏味的人,至少老家那些人是这么认为的。

而可怜的艾萨克莱娜似乎更糟,她总是一副严肃又郑重的样子。

他承认,女儿变成这样,自己也有几分责任。所以这次他随行带来了整整一套父亲收集的大接触之前地球人的喜剧作品集,其中有一部《活宝三人组》令他大受启发。唉,即便如此,艾萨克莱娜似乎也无法领会那些古地球戏剧天才所独具的狡猾而又富于讽刺意味的闪光魅力。

他的爱妻虽然已经死去,却始终长存在他心中,仍在用跨越生死界限的精神信息流责备着他——女儿该留在家中,在那里,她那些活泼快乐的同龄人说不定能帮她脱离现在这种与人隔绝的状态。

或许妻子说得没错,他想。但玛茜克劳娜在世时已对女儿下过不少工夫了。乌赛卡尔丁还是相信,他自己有办法改变他们那个脾气古怪的闺女。

一位身材矮小、穿制服的雌性黑猩猩来到乌赛卡尔丁面前,将双臂充满敬意地交叉在胸前,向他躬身施礼。

"什么事,小姐?"乌赛卡尔丁依照外交礼节率先开口问道。尽管他来自庇护主种族,正在对受庇护物种讲话,他还是大度地使用了文雅而又古老的尊称。

"阁……阁下,"这位黑猩猩小姐沙哑的声音有些微微发抖。大概这是她第一次同外星人说话吧,"阁下,行星事务协调官奥尼格大人发来通知,准备工作都已完成,马上就要点火了。"

"她问您是否想亲眼看见您自己的……呃……计划……开始实施。"

乌赛卡尔丁快活地睁大了眼睛,双眉间皱起的软毛一时间被拉得平平整整。他这个主意很难配得上如此正式的名字——"计划"。其实他只是想对入侵者搞一个暗藏玄机的恶作剧而已。他的把戏充其量只能叫作"碰运气"。

就连梅根·奥尼格也不知道他的真正意图。这当然也是一件憾事。因为即便他的"计划"失败——确实很可能失败——它也值得别人笑上一两声。如果梅根能开怀大笑,说不定她在面对今后的艰难险阻时会更轻松一些。

"谢谢你,下士,"他点点头,"请领我去吧。"

乌赛卡尔丁跟在小个子黑猩猩身后向前走去,他感到一丝遗憾:还有那么多事情没来得及做呢。要开一个出色的玩笑,就得做很多准备,可惜现在时间不够。

若我能有杰出的幽默感,那该多好啊!

唉,既然咱们不够精明,还是将就做些简单的事情吧。

两个小时后,乌赛卡尔丁已在从政府办公大厦返回城里的路上。刚才的会见十分短暂,因为敌军舰队正在逼近,估计很快就要着陆。梅根·奥尼格已将大部分政府人员和少数残存的武装力量转移到了更安全的地方。

乌赛卡尔丁觉得他们还有一点点时间。入侵者只有在播送宣言之后才会着陆,这是文明战争公会的规定。

当然，现在五大星系处在一片混乱之中，许多外星系部族的举止变得轻率起来，对传统缺乏应有的尊重。但在目前这种状况下，留意一下礼节并不会让敌人损失什么。他们已经获胜。要做的只剩下占领加斯全境了。

另外，太空中的战斗清楚了一件事：敌方是格布鲁人。

这样看来，加斯上人类和黑猩猩的日子要不好过了。自从大接触以来，格布鲁种族始终是令地球最头疼的祸害。尽管如此，这些格莱蒂克怪鸟依然都是些拘泥于规矩的家伙，至少，他们都拘泥于自己对规矩的解释。

乌赛卡尔丁谢绝了梅根要他转移到避难所的建议，这令她很是失望。但乌赛卡尔丁有自己的打算。不管怎样，他在城里还要打理一些事情。向协调官告别时，他答应很快就会去见她。

"很快"，这个模棱两可的词真是太绝妙了。他出于多种原因对安格力克语无比珍爱，而其中之一便是，"狼崽子"的这种语言相当合人心意！

白天的海伦尼亚就像个弱小而又胆怯的村庄，而月光下的它则显得更小更荒凉。乌赛卡尔丁乘车返回官邸，尽管寒冬基本已经过去，冷风仍从东方吹来，让一片片树叶翻飞着滚过几乎空无一人的街道。风中带着一股潮湿的味道，他觉得自己似乎闻到了远处群山的气息，他的女儿和梅根的儿子正躲在那里。

两个父母所做的决定并未赢得儿女们的谢意。

去往泰姆布立米使馆的路上，他的车子再次经过分支数据库。行到近前时，司机不得不减速绕过停在路旁的另一辆车。乌赛卡尔丁欣赏到一个难得出现的画面——一位等级尊贵的泰纳尼人正站在路灯下。

"请在这里停车。"他突然说。

在分支数据库那座石头建筑物前，一辆巨大的悬浮车正在"嗡嗡"作响。从它凸起的圆形座舱中投射出一道灯光，在分支数据库宽阔的台阶上映衬出几个黝黑的身影。很明显，其中有五个黑猩猩，拉长的影子让他们的长臂显得更夸张。另外两个正站在悬浮车近旁的身影，则显得更为细长，那是两个印宁人——泰纳尼人坚忍克己而又训练有素的受庇护种族——就像两只身材高大、身披铠甲的袋鼠，纹丝不动，坚如石雕。

人群中块头最大的影子便是他们的老板，他们的庇护主，高高耸立在矮小的地球生物面前。那个生物粗壮有力的溜肩膀似乎直接同子弹头形状的脑袋连在了一起。而在那颗脑袋上，高高树立着一簇起伏不定的羽冠，看上去就像个头戴羽盔的希腊斗士。

乌赛卡尔丁刚下车，便听到一个喉音"咝咝"的怪声在高叫：

"纳撒卡尔古姆甫？维莱彻什胡曼维莱彻！尼塔罗坎格里！"

几个黑猩猩摇摇头，一脸困惑，而且很明显，他们都吓坏了。看来，他们当中谁也不懂六号格莱蒂克语。然而，当身形巨大的泰纳尼人刚要迈步前行时，这些小个子地球佬便趋身迎来，深深鞠躬，但态度很强硬，绝不放大块头进门。

这只能让高叫的家伙更恼火。"伊达代斯！尼塔里尔库仑塔……"

大个子格莱蒂克人一看到乌赛卡尔丁便突然住了口。他闭上坚韧的、鸟喙状的嘴巴，转而通过喉头部位的腮缝用七号格莱蒂克语讲起话来：

"啊！阿布-卡尔特穆尔，阿布-布尔玛，阿布-克拉尔尼斯，乌尔-泰特拉尔，乌赛卡尔丁大人！竟然是您啊！"

乌赛卡尔丁应用泰纳尼人的本地用语同库尔特打招呼。其实,那个身躯庞大、举止浮夸、地位尊贵的男人知道,外交礼节并未要求二人在偶遇时还要用种姓的全称来寒暄。但现在乌赛卡尔丁已别无选择,他只能用同样的客套话作答。

"阿布-沃特尔,阿布-考什,阿布-罗什,阿布-吐斯通,乌尔-派敏,乌尔-拉敏,乌尔-印宁,乌尔-奥卢米敏,库尔特大人,您也来啦!"

在这冗长的种姓称谓中,每一个"阿布"都代表着泰纳尼人沿袭的一个庇护主种族,一直追溯到现存的最古老的种族。而"乌尔"后面的名字则是泰纳尼人自己所提升的每一个受庇护物种。在最近这一百万年中,库尔特的族人一直很忙,他们始终在为自己长长的种姓称谓而大肆吹嘘。

泰纳尼人都是白痴。

"乌赛卡尔丁!您对地球佬的垃圾语言比较在行。请向这些半开化的无知蠢物解释一下,我要进去! 我要使用分支数据库里的资料,还有,如果他们不站到一边,我就不得不让他们的主子给他们好看!"

乌赛卡尔丁耸耸肩,这个姿势非常标准,说明他很抱歉,但无能为力,无法满足对方的要求。"库尔特大使,他们只是在尽自己的职责。现在数据库里全是事关行星防卫的资料,所以只能暂时允许行星的租界方单独进行访问。"

库尔特目不转睛地盯着乌赛卡尔丁,腮缝不停地翕动着,"小屁孩们,"他用十二号格莱蒂克语轻声咕哝,但没想到乌赛卡尔丁能听懂这句隐晦的方言,"乳臭未干的娃娃们,统领他们的也是些不守规矩的小子。嘴上没毛的痞子居然充当他们的监护人!"

乌赛卡尔丁圆睁双眼,讥讽之情令他的卷须波动起来。一股精神信息流出现在他的头顶,既充满怜悯又蕴含着嘲笑。

太好了,泰纳尼人对精神感应的敏感度就像石头一样。乌赛卡尔丁用安格力克语想,同时快速抹掉了那团意念之云。在卷入目前这场狂热纷争的所有格莱蒂克种族中,泰纳尼人并不像其他人那么令人厌恶。某些泰纳尼人甚至坚信,他们正在为自己所征服的种族谋取利益。

很明显,库尔特所说的"痞子"指的是将地球种族引入歧途的人,他并未将矛头直接指向泰姆布立米人,因而乌赛卡尔丁并未受到冒犯。

"库尔特,这些乳臭未干的娃娃会驾驶星际飞船,"乌赛卡尔丁用同一种方言答道,显然让泰纳尼人吃了一惊,"新生黑猩猩有可能是最近五十万年中出现过的最出色的受庇护物种……除了他们的同辈、那些新生海豚之外。难道我们不该为他们尽忠职守的精神表示尊敬吗?"

听到对方提起地球佬的另一个受庇护物种,库尔特的羽冠一下子直竖起来,"我的泰姆布立米朋友,您这么说是否意味着——您已听到了关于那艘海豚飞船的最新消息? 有人找到他们了吗?"

看到库尔特被自己耍弄,乌赛卡尔丁感到有一点愧疚。总的来看,大块头并不是个坏种。库尔特所在的政治集团是泰纳尼政府中的少数派,有几次他们甚至提议要与泰姆布立米人和睦相处。尽管如此,乌赛卡尔丁仍有不少理由要挑逗这位外交官同行,而且他早已为今天这样的偶遇做好了准备。

"或许我不该口无遮拦,请不要多心。很遗憾,我真该走了。我还有个会议,要迟到了。祝您好运,库尔特,长命百岁。"

他按照庇护主之间随意的礼节鞠躬告辞，然后转身要走。但内心里他在大笑，因为他知道库尔特为什么要来分支数据库——真正的原因是，这个泰纳尼人是来找他乌赛卡尔丁的。

"请等一下！"库尔特用安格力克语叫道。

乌赛卡尔丁回过头，"什么事，可敬的同行？"

"我……"库尔特重新用七号格莱蒂克语说，"我必须和您谈谈，关于撤退的事情。可能您听说了，我的飞船出了故障。现在我哪里都去不了。"

泰纳尼人的羽冠不安地抖动着。尽管这家伙还想保持外交礼节和尊严，但显然他并不希望当格布鲁人着陆时自己还留在城里。"因此我只得要求，是否您愿意考虑一下——互相帮助？"大块头飞快地说。

乌赛卡尔丁装作认真地考虑这个提议。毕竟从官方角度讲，他的种族正和库尔特的族人开战。最后他点点头，"那好，请在明晚午夜时分到我的官邸来——请您记住，不要迟到。还有，请您尽量少带些行李。我的船很小。如果您能理解我的请求，我将很高兴把您送到避难所。"

他向自己的黑猩猩司机转过身，"这样做算是周到而又恰当，对么，下士？"

可怜的黑猩猩朝乌赛卡尔丁困惑地眨巴着眼睛。她之所以被选派担任这个工作，是因为她懂得七号格莱蒂克语。但在此地，她还远远不能透彻地领悟到大使神秘问话中的真实用意。

"是……是的，大使先生。确……确实算是很周到了。"

乌赛卡尔丁点点头，朝库尔特微微一笑，"您瞧，亲爱的同僚，听听这小家伙的评论吧——不仅仅是恰当，而且很周到。我们这些老家伙就该向这些聪明而又早熟的晚辈多学习，让我们自己的行为变得更周到,对不对?"

他第一次看到对方眨了眨眼睛,感应到库尔特的头脑已乱成了一锅粥。但最后,在这大块头的心中,得救的解脱感还是战胜了担心自己被当作傻瓜耍弄的疑虑。库尔特先朝乌赛卡尔丁鞠躬致谢,然后——因为乌赛卡尔丁已把小个子雌性黑猩猩带进了谈话中——库尔特转向她,飞快地,同时也是微微地,点了点头。

"我代表我的受庇护种族和我本人向您表示感谢。"他用安格力克语笨拙地说。然后他猛地转身,在印宁人的跟随下,笨重拖沓地钻进悬浮车。舱门徐徐关闭,终于切断了从座舱圆顶投到外面的灯光。守卫分支数据库的几名黑猩猩都感激地看着乌赛卡尔丁。

悬浮车在它生成的引力垫上向空中升腾,随后迅速飞走了。乌赛卡尔丁的司机为他打开车门,但他并未上车,而是伸展双臂深吸了口气,"我在想,或许散散步是个不错的主意,"他对司机说,"使馆离这里并不很远。下士,你还是休息几个小时吧,为何不同家人和朋友们多待一会儿呢?"

"但……但是,先生……"

"我不会有事。"他坚决地说,随后鞠了一躬,马上感觉到自己简单的礼节令对方产生了一阵天真的喜悦。她深深鞠躬回礼。

乌赛卡尔丁看着远去的车子,心中暗想——真是些讨人喜欢的生物。我见过几个新生黑猩猩,他们看来确实有一点真正的幽默感。

我真心希望这个种族能幸免于难。

他开始步行,不久便将分支数据库传来的喧闹声抛到了身后,来到一片相邻的居民区中。微风吹拂下,夜晚的空气清新纯净,城市柔和的灯光并未将闪烁的群星隐去。这时,星系的天河就像一条缀满钻石的参差不齐的光带,从天宇中横过。太空中看不到发生过战斗的迹象,一场小规模冲突不会留下多少能被人看到的残骸。

乌赛卡尔丁四周,各种声音正在讲述着今晚与平常的不同之处。远处传来阵阵警报,飞船从头顶轰鸣而过。在近旁的每一个街区中,都能听到有人哭喊……还有人类和黑猩猩的声音,因为沮丧和恐惧而发出的嚎叫或低语。他能感到,众多地球生命的精神信息流汇聚在一起,鼓噪不安,形成了道道波浪,相互激荡,撞击出一片由悲情组成的泡沫。居民们正在等待第二天清晨的到来,他头上的卷须根本无法安慰他们心中的恐惧。

精心修饰的树木排列在灯光昏暗的街道旁,乌赛卡尔丁漫步向前,他不想将地球生命的痛苦拒于自己的心灵门外。他伸出卷须,触探着翻腾不已的情感潮流,在他头顶很快生出了一片奇怪的、前所未有的意念云团。它漂浮着,不可名状,样子骇人,让死亡和战争那世代永恒不变的威胁突现出来,几乎能触摸得到。

乌赛卡尔丁微微一笑,这笑容属于过去那古老的年代,与众不同,极为特殊。这时没有任何人,哪怕在黑暗中,会有可能将他误认为是地球人类。

大道万千,殊途同归……他在心中默念,再次玩味着安格力克语率意不羁的微妙之处。

他并未理会自己生出的那股信息流,任由它悬在身后的半空中慢慢消散。这个泰姆布立米人继续向前走去,头上浩瀚的群星缓缓旋转。

85

第十章　罗伯特

罗伯特醒来时天色尚早，两小时后黎明才会到来。

当睡梦中奇怪的感觉和景象正在慢慢消散时，人会一下子恍惚起来，不知身处何地。他揉了揉眼睛，尽力将混乱缠杂、朦胧不清的感觉从头脑中清除出去。

他想起来了，刚才自己一直在狂奔。只有在梦境中，一个人才会那样奔跑——顺着一道长长的浮空阶梯，长度有好几里格[①]，而且似乎永远都不会落地。在他身旁，飘舞飞旋着模糊不清的影子，还有若隐若现的神秘图像——当他醒来之后努力回忆时，影子与图像显然已从他的思绪中悄悄溜走了。

罗伯特低头看着旁边的艾萨克莱娜，这姑娘还在睡袋中沉睡。在她头上，泰姆布立米人独有的棕色软毛蓬松地竖立起来，银色的卷须微微摆动，似乎正从头顶的空气中探寻和攫取着什么看不见的东西。

她叹口气，低声念叨起来——用七号格莱蒂克语中泰姆布立米人的方言快速地念诵出几个简短的词句。

罗伯特意识到，或许正因为艾萨克莱娜，他才会做那些奇怪

[①]长度单位，1里格相当于4.8公里。

的梦。刚才他的潜意识肯定捕捉到了她的精神意念！

看着那飘摆不定的卷须，他眨了眨眼睛。就在一瞬间，他似乎看到某样东西，正在那熟睡的外星女孩的头顶上飘浮闪动。它就像是……就像是……

罗伯特皱起双眉，摇了摇头。它同其他任何东西都毫不相像。他越想拿它与自己见过的事物相比较，就越想不起有什么东西能与它相比。

艾萨克莱娜又叹口气，翻了个身。她的卷须平顺下来，昏暗之中也再没有隐约闪动的虚妄之物了。

罗伯特钻出睡袋，坐在地上摸到靴子。他起身后，绕着高耸出地面的脊骨化石摸索前行，昨夜他们就在这片石阵中宿营。尽管天光暗淡，可在星光的辉映下，他刚好能在这些奇怪的巨石之间看到一条小路。

他沿路来到一处山岬之上，这里能眺望西面连绵的群山，在他右侧是北部平原。在这个位于山脊顶端的制高点下，横亘着深黑色的森林，犹如一片泛着柔波的大海。树木令空气中充满了潮湿、浓重的香气。

他坐下来，将脊背靠在一块化石上，凝神思考。

如果这趟出行只是一次神奇的探险，那该多好啊！在穆伦山脉的峰峦中度过一段田园牧歌般的浪漫时光，身边还陪着一位外星美人。但他无法忘却，也无法逃避心中实实在在的负疚感——他本不该来到这里，他应该与同学们一起身穿军服，共同面对艰险。

然而，这个愿望无法实现。母亲的职业又一次同他自己的生活发生了冲突。不是第一次了——罗伯特希望自己不是政治家的儿子。

他凝望天空，在两个巨大星团的旋臂交汇处，一颗颗璀璨的星辰闪耀着明亮的光华。

或许，如果我多体验一些生活中的逆境，便会为将来准备得更充分。我最好还是学会承受失望的打击。

这不只是因为他是行星事务协调官的儿子，不只是因为家族地位让他具有诸多优势。事情远非如此。

童年时代他就注意到，当别的孩子还在跌跌撞撞地学步、经历成长的痛苦时，他就已在举手投足间显示出了优雅的技巧。当大多数同龄人都笨拙而又窘迫地在青春期和性成熟阶段摸索徘徊时，他早已欣然享受过其中的乐趣了，就像穿上一只旧鞋似的感到轻松惬意，而且颇得异性欢心。

他的父亲萨姆·特纳斯远在外星系，每当他在加斯短暂逗留时，便会和梅根一起对儿子进行谆谆教导。父母总是强调，罗伯特应当留意与同伴之间的关系，不要放任自流，不要认为现实都是天经地义就欣然接受。确实如此，罗伯特开始注意到，在每个同龄人的圈子里，都有几个像他这样的男孩，似乎他们的成长要比别人容易一些。他们脚步轻盈地穿过了青春期的沼泽，而别人却步履维艰，偶尔找到一块坚实的落脚点便会欣喜若狂。看来许多幸运儿都认为自己理所应当享受好运，好像这一切全是上天的安排。最受青睐的女孩们也是如此。他们无法理解别人的感受，对普通人没有同情心。

罗伯特从来不想为自己赢得花花公子的名声，但事情总是事与愿违。在他心中，一种恐惧之感偷偷滋长，而他从来不曾向别人倾诉这个秘密：他始终在担心——宇宙间果真是万物平衡吗？宿命会不会从你身上取走什么东西来补偿所给予你的恩惠？对命运女神的崇拜似乎是外星系流传的笑话。然而有时事情看上去真像是出于冥冥之中什么人的精心安排！

若是认为磨难能令人坚强，能自然而然地增长人的智慧，那就太傻了。他见过不少人，尽管经历过许多痛苦，但依然愚蠢、无知、卑鄙。

尽管如此……

同许多地球人一样，他有时非常嫉妒那些外表英俊、头脑灵活、自力更生的泰姆布立米人。按照格莱蒂克人的标准，这个种族还很年轻，然而同地球人相比，他们则显得相当古老而且极为聪慧。大接触之前的那一代人类才揭示出关于精神健全、心智平和的奥秘，那时地球人刚刚开发出类似于心灵感应之类的东西。人类社会中，还有大量这方面的难题需要解开。相比之下，泰姆布立米人似乎对他们自己已经相当了解。

难道正因为如此，我才引起了艾萨克莱娜的注意？她代表着更古老、更博学的智能生命。我则有机会扮演笨拙而又愚蠢的角色，而且还乐此不疲。

这些念头令罗伯特头脑一片混乱，他甚至无法确定自己的真实感情。他在大山里同艾萨克莱娜玩得正开心，但这却让他感到羞耻。他怨恨母亲把他打发到这里，同时心里又充满了愧疚。

啊，要是派我去打仗就好了！至少战斗是直截了当的，容易理解——古老、荣耀，而且简单。

罗伯特猛地抬头。远方的天空上，群星之中，一个针尖大的小点瞬间爆发出明亮的光芒。正当他观望时，另外两个小点又骤然亮起，然后又是一点。那些鲜亮耀眼的光点持续的时间不算短，足够让他记住它们的位置。

那些光点排列得非常规则，不可能是偶然形成的……它们位于赤道上方,每两个点之间的间隔是两度,从斯芬克斯座一直延伸到蝙蝠侠座①——红色行星特鲁纳正在那位古代英雄的腰带中央熠熠生辉呢。

这么说,终于开始了。虽然大家都已料到同步卫星网将会被敌人摧毁,但目睹这场浩劫仍让人惊心动魄。自然,这意味着真正的着陆不久就要开始了。

罗伯特感到心头无比沉重,他希望没有太多的人类和黑猩猩朋友牺牲在战场上。

我从未发现,自己是否具备做正经事的必要条件。现在看来,我大概永远也不会知道了。

只有一件事,他已下定决心:他要完成任务,护送这位来自外星的非战斗人员进山,并保证二人的安全。今晚,当艾萨克莱娜酣睡时,他还有一个职责必须履行。罗伯特尽量不发出任何声音,蹑手蹑脚地回到他们两人的背包旁边,从背包左下方的口袋里取出无线电收发机,在黑暗中将它组装起来。

正当他的工作进行到一半时,又一次突然爆发的亮光吸引他抬头朝东方的天空望去。一团火球从闪烁的星空中疾速飞过,尾部拖曳着炽热的火焰。这说明,某个快速接近地面的物体在穿过大气层时燃烧了起来。

那是作战飞船的残骸。

罗伯特站起身,看着那颗人造流星在天空中划出一道明亮的轨迹。接着,它消失在一排山丘后面,离这儿不超过二十公里,或许更近。

"上帝保佑你们。"他低语道,为曾经驾驶那艘飞船的战士们祈祷。

---

①斯芬克斯座和蝙蝠侠座是地球殖民者到达加斯后命名的星座。

他并不担心自己是在为敌人祈祷,因为他很清楚今晚哪一方需要帮助,而且在今后很长一段日子里,这一方都要面对艰难险阻。

第十一章　格莱蒂克人

正道宗主绕着旗舰的舰桥蹦蹦跳跳,他这是在享受蹀步的乐趣,格布鲁和科瓦克军人纷纷躲到一边为他让路。

大概要过上很久,这名格布鲁人的高级教士才能再次享受四处活动的自由。当占领军着陆后,宗主大人很长时间内都不能在"地面"上驻足。只有在大道已成、脚下稳固之后,他才能接触舰队前方这颗行星的土地。

远征军的另外两名领袖——军务宗主和政务宗主,则不必受同样的约束。这很合理。军方和政府机构还要发挥职能,而正道宗主的任务是监察,确保格布鲁远征军的行为符合正道。要履行这样的职责,教士大人只需待在栖木上就可以了。

在指挥部舰桥的另一端,政务宗主正在不停地抱怨。与地球人进行的那场短暂激烈的小规模战斗中,舰队遭受了意想不到的损失。每一艘失去效用的战船都令那个格布鲁人大为伤心。

愚蠢、目光短浅、吹毛求疵。正道宗主想。地球人的抵抗所造成的损失并不止如此,格布鲁人的军心和风纪也受到了损害,相比之下,身体创伤并不太重要。这场短暂的战斗激烈异常,令人震惊,格布鲁人无法将它置之脑后。今后的作战肯定会受到影响。

地球人"狼崽子"在作战时还记录下了他们对刚刚扑来的格布鲁军队实施反击的全过程。真出乎意料,他们竟然如此小心翼翼地注重战争规则。

他们可能不只是些聪明的野兽——

不只是野兽——

或许他们和他们庇护的种族值得研究——

值得研究——呜

地球佬那支小舰队所做的抵抗意味着,至少在占领加斯的最初时间里,正道宗主大人要一直待在栖木上了。现在他正好有时间来寻找借口,解释挑起战争的理由,好让格布鲁人能对五大星系宣布,"狼崽子"租借加斯的行为根本无效。

在找到借口之前,他要苦苦查寻适用的战争法,而且不仅如此,正道宗主知道,他同另外两位指挥官也免不了发生冲突。那两位既是他未来的情人,也是现在的竞争者。只有三人之间保持紧张状态才能促使他们制订出正确的策略,不过教士大人还是在内心深处认为,某些不得不遵守的规则确实很愚蠢。

哦,那个时代,或许马上就要到来——

那时,我们摆脱了规则的束缚——呜

那时,变革将奖赏那些有德之人——

那时,先祖将重新露面——呜

宗主大人鼓动着遍身的绒羽。他朝一名毛茸茸的、冷静的科瓦克仆从下达命令,召唤梳理羽毛的美容师过来。

地球佬将会犯下错误——

让我们抓住把柄——呜

第十二章　艾萨克莱娜

清晨,艾萨克莱娜感到昨夜肯定发生了什么事。但罗伯特在回答她的问题时并未多说什么。她屡次试图窥探他的内心,但他那原始而有效的精神防护令她根本无从下手。

艾萨克莱娜尽力避免觉得受到了侮辱。毕竟,她这位人类朋友刚开始学习如何使用他那些最内敛的天赋。他并不知道,要想表明自己希望保守秘密,他的意念可以通过许多微妙的方式来传递。罗伯特只懂得将心灵之门完全关闭。

二人安静地吃着早餐。每当罗伯特开口问话,艾萨克莱娜都用一个个单音节词作答。从逻辑上讲,她理解他为什么心存戒备,但并没有规矩要求她非要热情奔放才行。

这个清晨,低低的云雾覆盖在山脊上,被排排锯齿状的脊骨化石分隔成一片一片的。这幅怪诞的景象中给人一种不祥的预感。他俩默不作声地穿过缕缕支离破碎的晨雾,在伸向穆伦山脉的丘陵上越爬越高。四周一片寂静,空气中似乎带有一种模糊的紧张感,但艾萨克莱娜无法分辨究竟是什么,只是感到它拖曳着她的思绪,唤起某些一时难以记起的回忆。

　　她想起以前,她陪母亲一起去参加泰特拉尔人①的提升典礼
——她们骑在嘎瓦尔牲畜的背上,走在泰姆布立米北部的群山
中,脚下的小路只比今天这条略宽一点点。

　　那一次,乌赛卡尔丁外出执行外交任务,没人知道她的父亲
将通过何种交通方式返回。这个问题非常重要,因为如果他一
路取道A层面超空间和各个中转站,便能在一百天或是更短的
时间内回家;但若是他不得不穿过D层面或是更糟糕的普通太
空空间,那么她们母女两人可能在有生之年再也见不到他了。

　　外交部承诺一旦搞清具体细节就马上通知外交官的家属,
但这次他们耽搁得太久了。艾萨克莱娜和妈妈开始成为社交圈
子中的厌物,整天向所有的邻居散布令人厌烦的精神信息流,每
个人都不得不分担她们等待亲人的焦虑之情。因此,二人得到
了彬彬有礼的暗示,她们或许应该出城待上一段时间。外交部
发给她们两张贵宾券,打发母女俩去参加一个官方仪式,见证泰
特拉尔人的代表如何在长长的提升之路上经历另一段旅程。

　　罗伯特狡猾地掩饰着他的思想,这让艾萨克莱娜想起当年
她和妈妈缓缓行进在覆盖着紫色森林的山地中时,玛茜克劳娜
也曾这样死死守护着自己的痛苦,不容女儿窥探。母女二人穿
过广阔而荒凉的稀树高原,路上很少交谈,最后终于到达一座老
火山口中绿草如茵的平原。那里,在一座孤零零的圆锥状小山
近旁,聚集了数千名泰姆布立米人,他们搭起颜色亮丽的天篷,
等待目睹泰特拉尔人认同并选择新庇护主的盛会。

　　观礼贵宾来自许多声名卓著的外星系部族——辛希安人、
坎顿人、毛格四号劳奇人——自然也少不了一帮不停笑闹的地

———————

　　①泰特拉尔人本来是其他高级种族的受庇护物种,后依附于泰姆布立米人,
奉其为新庇护主。

球人。地球佬同他们的泰姆布立米盟友混在一起，在茶点餐台旁恣意狂欢，喧嚣而又兴奋。她现在还记得自己当时的感觉，看到那么多浑身不长毛发、嘴巴喷着臭气的生物，不由得心生鄙视。难道那时的我真是个自命不凡的势利小人么？艾萨克莱娜心想。

地球人不时发出或高或低的笑声，她对他们轻蔑地嗤之以鼻。那些家伙大摇大摆地四处炫耀发达的肌肉（就连他们当中的女性看上去也像泰姆布立米漫画中的大力士），在哪里都能看到他们直眉瞪眼的奇怪目光。当然，那时的艾萨克莱娜刚步入青春期，看待事物的眼光尚不成熟。回想起来，她记得那天自己也和地球人一样热情奔放，狂乱地挥动手臂，让短促而闪亮的精神信息流在空中发出点点火花。毕竟那是个不同寻常的日子，泰特拉尔人将要在仪式上"选择"他们的庇护主、新的提升者。

来自各方的显贵们在颜色鲜艳的天篷下休憩。当然，泰姆布立米人的直系庇护主卡尔特穆尔人无法出席典礼，因为这个种族已经不幸灭绝了。但他们的族徽和独特的标志色仍不时映入众人的眼帘，向曾经将智慧赐予泰姆布立米人的先贤表示敬意。

这无主的族徽和标志色是喋喋不休、双腿细长的布尔玛人使团带来的礼物。在很久很久以前，这些高级生灵曾提升过卡尔特穆尔人。

艾萨克莱娜记得，在典礼高台上一块深棕色的天篷下蜷缩着另一个生物—— 一看到他，艾萨克莱娜立刻喘不上气来，惊讶令她头上的卷须"噼啪"作响。克拉尔尼斯人！泰姆布立米庇护主族系中地位最高的种族居然也派来了一位代表！现在，克拉尔尼斯人几乎整天处在昏昏然的睡眠状态，他们已将自己正在逐渐消退的热情都用在形式古怪的沉思冥想上面了。人们普遍认为，这个种族存在的时间不会太长了。能够请到这样一位贵宾光临并由他来向族系的新成员祝福，这绝对是无上的荣耀。

当然，今天关注的焦点是泰特拉尔人。尽管他们身穿银白色的短袍，但看上去还是很像地球上那种叫水獭的动物。将要领受恩典的泰特拉尔人洋溢着自豪之情，正在为这最新一次的提升典礼积极准备。

"瞧，"艾萨克莱娜的母亲指点着说，"泰特拉尔人推选的代表是他们的冥思诗人苏斯特拉克。艾萨克莱娜，你还记得自己曾同他见过面吗？"

她当然记得。那只是一年前的事情，当时苏斯特拉克去了他们在城里的宅子。乌赛卡尔丁在执行最近这次外交任务之前刚好有空，便带泰特拉尔人回家，让妻子和女儿见见这位天才人物。

"苏斯特拉克的作品都是些小儿科的打油诗。"艾萨克莱娜低声道。

玛茜克劳娜瞪了她一眼，头上的卷须摇摆起来，生出一股阴郁的精神信息流——无论哪个妈妈在孩子面前都经常这么说——瞧瞧你现在是什么样子！艾萨克莱娜果真在妈妈展示给她的那面意念之镜中看到了自己懊恼的怨气，一目了然。她赶忙把脸转向别处，心中满是羞愧。

其实，艾萨克莱娜满腹牢骚只是因为苏斯特拉克让她想起了远在他乡的爸爸，但为此而责怪那可怜的泰特拉尔人未免有失公允。

典礼非常精彩。来自泰姆布立米殖民星球朱斯塔斯的精神信息流唱诗班为观众奉上了杰作《神圣的莱仁斯尼》，连脑袋光秃秃的地球人都变得目瞪口呆,显然他们也感觉到了某些错综复杂而又悠扬流转的和声。只有那些摆架子虚张声势的泰纳尼人看上去无动于衷,这些家伙似乎对任何事情都不感兴趣。

随后,布尔玛歌手卡夫-卡夫特低声吟唱了一首古老的无调颂歌,赞美伟大的先祖。

接下来,令艾萨克莱娜不快的时刻到来了——观众安静下来,开始倾听一支专为这次盛会而创作的歌曲,作者是地球上十二大梦幻家之一,一头名叫五珠旋的鲸。尽管鲸类不属于智能生物,但这并不妨碍它们备受珍爱。它们居住在地球上,处于"狼崽子"地球人的呵护之下,这令某些保守的格莱蒂克种族极端仇视。

艾萨克莱娜想起当时的自己——其他所有人都快活地随着怪诞的鲸歌舞动身体时,她却坐下来捂住了耳朵。对她来讲,这歌声比房屋倒塌的声音更刺耳。玛茜克劳娜瞟了她一眼,目光中尽是忧虑。我古怪的女儿啊,我们该拿你怎么办呢? 不过,至少母亲并未大声呵斥她,也没有用信息流来让她在大庭广众之下难堪。

最后,那头鲸的表演终于结束了,这让艾萨克莱娜大大地松了一口气。接下来轮到泰特拉尔使团上场,"认同与抉择"的时刻到了。

在大诗人苏斯特拉克的带领下,使团成员们来到那位慵懒的克拉尔尼斯长辈面前,深深鞠躬。随后,他们向布尔玛人的代表宣誓效忠,然后彬彬有礼地向人类以及其他庇护主级的外星与会者表达谦恭的敬意。

作为提升主,泰姆布立米人最后一个接受泰特拉尔人的敬礼。苏斯特拉克和他的同伴,一位名叫奇希米克的泰特拉尔科学家,走在使团最前列。他们两个人是被推选出来的一对"种族代表"。当提升主开始宣读一份写有正式问题的问卷时,二人轮流作答,他们的答话也被一一记录在那张问卷上。

随后,两个人来到格莱蒂克提升公会的审核委员会面前,接受委员们的测试。

以前这种智能四级测试程序一直都是由委员马马虎虎地敷衍了事,但这一回泰特拉尔人可能要碰到麻烦了,因为,正用复杂的仪器对苏斯特拉克和奇希米克进行检测的格莱蒂克人里,有一个索罗族女委员……而索罗人对艾萨克莱娜的种族非常不友好。很可能那个索罗女人正在寻找把柄,想随便找个借口,让冤家对头的受庇护种族被否决,以此为泰姆布立米人制造麻烦。

小心翼翼埋在火山口下面的转播设备令艾萨克莱娜的种族花费不菲。审核泰特拉尔人的过程此时正向五大星系进行直播。今天是值得骄傲的一天,但也有可能会让某一方蒙受奇耻大辱。

值得欣慰的是,苏斯特拉克和奇希米克轻松地通过了测试。二人依次向每一位委员深深鞠躬。即便那个索罗委员感到失望,她也没表示出来。

遍身毛发、双腿粗短的泰特拉尔使节们缓缓登上小山顶端,围成一个圆圈。他们开始歌唱,一齐甩动四肢摇摆身体。在这些生物土生土长的行星上,他们经常做出这样一副古怪样子。说到他们那个未被开发的世界,泰特拉尔人就是在那里进化成为半智能生命的,泰姆布立米人也是在那里找到他们,引领他们踏上了漫长的提升之路。

负责录像的技师们将影像放大器聚焦在泰特拉尔使节身上,让聚集在会场上的人及其他世界的数十亿观众都能看到泰特拉尔人做出的抉择。他们脚下传来一阵低沉的"隆隆"声，说明许多台功率强大的引擎正在运转。

从理论上讲，这些生物可以做出决定，拒绝他们的庇护主并完全退出提升。不过，在重重戒律和条款的限制之下，实际上根本不允许受庇护种族临时变卦。更重要的是，谁也不会认为那天会发生这种事。泰姆布立米人同受庇护种族之间的关系非常融洽。

然而，当认同仪式即将结束时，人群中突然传来一阵单调的、充满焦虑的低语。正在舞动身体的泰特拉尔人呻吟起来，影像放大器开始低沉地"嗡嗡"作响。众人头顶上出现了一幅全息图像，观众们随即爆发出一阵阵大笑和喝彩。图像中是一张泰姆布立米人的面孔，大家立刻就认出那是奥索约苏纳，福云城著名的江湖魔术师，以前他就请几名泰特拉尔人担当助手，玩弄了不少闻名遐迩的恶作剧。

确实，泰特拉尔人已多次重申泰姆布立米人的庇护主地位，但是选奥索约苏纳作为他们的偶像可是太出格了！不过这也是在表明，当泰特拉尔人真正要成为泰姆布立米种族的一份子时，他们有多么自豪。

当欢呼和笑声平息之后，仪式在结束前只剩下最后一部分——选择充当提升期伙伴的种族，他们要在下一阶段的提升中，为泰特拉尔人充当代言人的角色。在地球人奇怪的语言中，这个角色被称为"提升产婆"。

提升期伙伴必须属于泰姆布立米族系之外的种族。尽管这个头衔常常流于表面形式，但是当提升进程可能要出现问题时，提升期同伴确实能够合法地代表这个新加入的受庇护物种。以前在挑选提升期伙伴时，有的新种族选错了人，结果制造了许多可怕的麻烦。

　　没人知道泰特拉尔人选了谁来充当自己的提升期伙伴。碰到这种事情，即便是索罗人这样最爱管闲事的庇护主也会避之不及，让受庇护种族自己拿主意。

　　苏斯特拉克和奇希米克再次开始轻声吟唱。尽管艾萨克莱娜的位置处在人群后方，但她仍能感觉到，那些身覆毛皮的小个子受庇护生物越来越强烈的期待感。这些小家伙可能暗中谋划了什么事情，肯定是这样！

　　地面又一次抖动起来，图像放大器也再次低声轰鸣，全息投影仪在山丘上空投射出一片朦胧的蓝色背景——里面像是浮动着一些黑色的身影，它们似乎正在背光的水中来回游动。

　　她的卷须找不到任何线索，只需肉眼便可以看到空中的图像。这时，从聚集着地球人的位置传来一阵惊呼。她感到非常懊恼，地球佬居然拥有如此敏锐的视力。身边的泰姆布立米人纷纷站起来凝神眺望，她也用力眨着眼睛。待看清之后，艾萨克莱娜和母亲都不禁大吃一惊，几乎不敢相信眼前的事实。

　　画面中，一个黑色的身影跃动到最显眼的位置，朝着观众咧开长长的嘴巴笑起来，露出满嘴雪白锋利的牙齿。这生物长着明亮的眼睛，闪闪发光的灰色额头上冒出一连串气泡。

　　观众仍在震惊中沉默着。在幸运之神属下的所有星宇中，谁也想不到泰特拉尔人选择的竟是海豚！

　　前来观礼的格莱蒂克人全都呆若木鸡。新生海豚……为什么会是他们？五大星系中最年轻的智能生命？地球人的第二受庇护物种？这个种族甚至比泰特拉尔人还要年轻！居然选了他们！这样前所未有的事情，简直太令人吃惊了。

　　简直太……

　　简直太绝妙了！泰姆布立米人欢呼起来。他们的笑声响亮而又清脆。每个人的卷须都冒出点点亮光，在头顶上生出同一种闪烁着光华的精神信息流，为这令人兴奋的场面鼓噪叫好。汇集在一起的意念格外强烈，连泰纳尼大使都在眨动眼睛，似乎他也注意到了自己本来不可能看见的精神云团。看到盟友不以为忤，地球人也加入到欢声笑语之中，他们一面高叫一面鼓掌，疯狂的劲头让人看着胆战心惊。

　　奇希米克与大多数泰特拉尔人一起鞠躬致礼，接受各位庇护主的赞赏。真是出色的受庇护种族，看来他们下了不少功夫才为今天这个好日子献上了这个绝妙的玩笑。只有苏斯特拉克直挺挺地站在后排，仍然紧张得浑身发抖。

　　艾萨克莱娜四周的空气中洋溢着赞许和欢乐的能量波。她听到妈妈也在笑，同其他人一起欢笑。

　　但艾萨克莱娜却抽身而退，她挤出欢呼的人群，找到一个空当转身溜走了。她鼓动体内的激素，施展出疾行术，开始不停地奔跑，任生化酶在全身奔涌。穿过火山口边缘后，她顺着一条小路继续狂奔，最后来到了一处远离喧嚣的地方。那里正好能俯瞰美丽的徊影谷，她一头栽倒，体内生化酶反应激起的波浪让她浑身发抖。

　　那头讨厌的海豚……

　　后来她没有告诉过任何人，她在图像中那头鲸类动物的眼睛里看到了什么。她也从未对妈妈、甚至是爸爸说起当时自己察觉到的真相……在投射出的全息图像里，苏斯特拉克，那位泰特拉尔诗人，升腾出了一股精神信息流，而真相就蕴藏在那团意念之云中。

　　现场来宾都认为，泰特拉尔人只是开了一个大玩笑，不过是个绝妙的噱头。大家都认为自己明白泰特拉尔人为什么要把地球上最年轻的种族选为提升期伙伴……为了拿海豚种族来打趣，一个无害的玩笑。他们选择海豚，是想告诉众人：他们不需要保护者，他们毫无保留地热爱并崇敬自己的泰姆布立米庇护主。另外，通过选择地球人的第二受庇护物种，他们还抨击了古板的格莱蒂克种族，那些家伙极不赞成泰姆布立米人同"狼崽子"的友好关系。所以说，泰特拉尔人此举堪称精妙，趣味盎然。

难道当时只有艾萨克莱娜一个人发现了真相吗？那不会是她的想象吧？许多年后，当艾萨克莱娜置身于一颗遥远的行星上时，回想那天的事情仍令她浑身发抖。

难道只有她捕捉到了苏斯特拉克那混杂着欢笑、痛苦和昏乱的意识吗？典礼结束后没过几天时间，冥思诗人便撒手人寰，将秘密带进了坟墓。

看来只有艾萨克莱娜感觉到，那个仪式并非玩笑，而苏斯特拉克的反常意念也并非出于空想，那绝对是先见之明！泰特拉尔人确实选择了自己的保护者，而且绝对认真。

现在，仅仅几年之后，一支名不见经传的受庇护种族凭他们的小小发现便让五大星系陷入混乱之中。海豚。

她跟着罗伯特在穆伦山脉中越行越高，心中想道：啊，地球佬们，看看你们都做了些什么！

不，她不该这样说。

她该问：啊，你们究竟打算干什么？

当天下午，两位漫游者遇到了一片陡坡，长满碟藤。这种生有油亮的巨型顶盖的植物将朝东南方延伸而下的山坡覆盖得严严实实，就像一头沉睡的巨兽侧腹上交叠的绿色鳞片。通向深山的路被堵住了。

"我猜你正在琢磨,咱们怎样才能穿过这片障碍?"罗伯特问道。

"这道山坡看上去暗藏着凶险,"艾萨克莱娜答道,"而且朝左右两个方向延伸得很远。我估计咱们只能绕道而行了。"

但罗伯特似乎另有打算。"这些植物非常神奇。"他说道,随即走到一棵碟藤旁边蹲了下来——这种盾牌状的碟形叶片就像倒扣的大碗,直径将近两米。他抓住"大碗"的边缘,将它翻转过来用力一扯。当碟形叶片被硬生生地拉开之后,露出下面坚实的土地,艾萨克莱娜看到一条坚韧而富于弹性的藤茎与叶片底部的中心相连。她上前帮罗伯特一同拉扯,心中纳闷不知他究竟想做什么。

"这个植物群体每过一两个星期就会萌生新一代的叶片——就是这些大帽子——新生的叶片盖住以前的老叶,一层一层重叠起来。"罗伯特一边解释,一边将纤维质的藤蔓拉紧。

"到了晚秋季节,最后一层叶片上便会开出花朵,同时变得非常纤薄。然后,它们从藤身上脱落下来,乘着冬季强劲的寒风飘向空中,到时候有好几百万只呢,那可真称得上是天下奇观!相信我吧,那些像彩虹一样五颜六色的'风筝'就在云朵下飞翔。不过,飞行员碰到它们可就危险了。"

"这么说,它们其实是种子?"艾萨克莱娜问道。

"实际上是携带孢子的飞荚。而这些初冬时分洒落在信德谷地的飞荚大部分都无法发芽。看来碟藤过去常常依靠某种动物来授粉,但这种动物在布鲁拉里人的大屠杀中已经灭绝了。这个问题还是留给生态恢复工作队去研究吧。"罗伯特耸了耸肩,"现在正值早春,这些早期萌发出来的叶片又硬又结实,想砍下一只还真要费些力气呢。"

罗伯特说着拔出匕首,伸到被拉紧的藤蔓下面,开始切割与叶片相连的纤维质。藤身突然被割断,劲头一松,艾萨克莱娜仰面摔倒在地,那只大碗正好扣在了她身上。

"噢! 真对不起,克莱妮。"但她能感到,帮她从重压下爬出来的罗伯特正在极力忍住不让自己笑出声来。真像个孩子……艾萨克莱娜想。

"你没事吧?"

"我很好。"她板着面孔答道,拂去身上的尘土。现在这只碟形叶片底朝天地躺在地上,样子真像一只大碗,中心部位还带着半根粗粗的断茎,上面拖着参差不齐的黏丝。

"这就好。那么请你帮我把这玩意儿抬到陡坡旁边的沙岗上吧。"

碟藤在突出的山脊周围四处蔓延,从三面将山脊围在当中。二人合力把割下来的碟形叶片搬到绿色陡坡的最顶端,将它底朝天放在地上。

罗伯特开始清理叶片凹凸不平的内侧。几分钟后他站起身,检查着自己的手艺,"这应该没问题了。"他用脚轻轻推了推叶片,"你父亲希望我尽可能让你了解加斯上的每一样东西,所以在我看来,如果不教你在碟藤叶片上冲浪,你的经历便会留下不小的缺憾。"

艾萨克莱娜从倒放在地上的碟形叶片上挪开目光,望着漫坡光滑闪亮的大"帽子","你的意思是……"而此时罗伯特已经开始把二人的装备放进那只口朝天的"大碗"。"罗伯特,你不会当真想这么做吧?"

他耸耸肩,乜斜着眼睛看了看她,"如果你愿意的话,咱们可以走上一两英里①的回头路,再找一条路绕过这里。"

"你这是在开玩笑。"艾萨克莱娜叹了口气。若是她的父亲和家中的朋友认为她太胆怯,那可就太糟了。她不能拒绝地球人的挑战。"很好,罗伯特,给我演示一下该怎么做。"

罗伯特走进"大碗"之中,检查叶片的平衡状态。而后他示意艾萨克莱娜也站上来。她爬进这个摇摇晃晃的玩意儿,坐在罗伯特指给她的地方。现在她面前是罗伯特,双膝间是叶片中央藤茎的断茬。

正在此时,她的卷须不安地摇摆起来,她再次感觉到了先前那种奇怪的东西,这让她痉挛般地抓住"大碗"的两边,令叶片止不住地晃动起来。

"嘿! 你小心点好不好? 你差点把咱俩倒扣过来!"

艾萨克莱娜紧紧攥住罗伯特的胳膊,同时扫视着下面的山谷。细小的卷须在她脸庞四周震颤不已,"我又感觉到它了。罗伯特,它就在下面。就躲在森林里的某个地方!"

"那是什么? 什么东西在下面?"

"就是我先前感觉到的东西! 那既不是人也不是黑猩猩! 它与人和黑猩猩都有点相像,但的确不同。而且它具有潜在的智能!"

罗伯特把手搭在眼睛上方,"它在哪里? 你能指指它在哪儿吗?"

艾萨克莱娜凝神搜寻。她竭尽全力想确定那缕微弱的精神信息的位置。

"它……它不见了。"最后,她叹口气说道。

罗伯特显得很不安,"你能肯定那不是一只黑猩猩吗? 在附近的山里有很多黑猩猩,负责物种标本采集和保护工作。"

---

① 1 英里 = 1609.344 米。

艾萨克莱娜投射出一股精神信息流,意思同人类耸耸肩膀一样。但她马上想起,罗伯特可能不会注意到自己用闪着火花的意识云团表达出的失望情绪,便耸了耸肩膀,让他明白自己微妙的感觉。

"不,罗伯特。我遇见过很多黑猩猩,你还记得吧? 我刚才感觉到的那个生物绝对不是黑猩猩! 首先,它并不完全属于智能生命;其次,我还从它那里感觉到一种忧伤、被埋没的力量……"

艾萨克莱娜朝罗伯特转过身,突然变得激动起来,"那会不会是'加斯人'? 噢,咱们快点动身吧! 说不定能更接近它!"她蹲身坐在碟形叶片里,双手抱住那根切断的藤蔓断茬,满怀期待地抬头望着罗伯特。

"不愧是泰姆布立米人,你们对环境的适应性真是名副其实,"罗伯特叹口气,"现在突然又急着要出发了! 我可是一直盼着用惊心动魄的碟藤冲浪刺激刺激你呢!"

真幼稚! 她暗想,用力摇了摇头。他们怎么尽想着这种事情,哪怕是在开玩笑?

"别胡扯了,咱们快走吧!"她催促道。

他坐在她身后。艾萨克莱娜紧紧抓住他的双膝。她的卷须蹭着罗伯特的面孔,但他并未抱怨,"好了,咱们出发。"

他身上那种地球人特有的体味充斥在她周围,罗伯特用力向后一推,碟形叶片便开始向前滑去。

这只临时充作滑橇的"大碗"逐渐加速,在一棵棵碟藤那光滑而又高高凸起的"帽子"上滑行弹跳,艾萨克莱娜紧紧抓住他的膝盖,她的笑声越来越响亮,那铃儿一般清脆的嗓音更像一个人类女孩。罗伯特自己也在纵情大笑、放声高喊,他抱住艾萨克莱娜的双肩,左右倾斜身体控制着疯狂跳跃的滑橇。他又记起了旧日美好的时光。

上次滑这玩意儿的时候,我大概只有十一岁。

每一次弹跃都令他的心怦怦直跳。就连游乐园里的引力过山车也比不上现在这么刺激!每当他们飞到半空而后带着弹力落在碟藤的"帽子"上时,艾萨克莱娜便发出一声兴奋的尖叫。她的卷须变成了一团狂舞的银色丝线,似乎正因激动而"噼啪"作响。

但愿我还记得如何控制这玩意儿。

或许他的技术有些生疏,或许身边的艾萨克莱娜有些令他分心,总之,罗伯特的反应有点慢。眼看着前方突然出现了一根橡树桩——这道陡坡过去生长着一片森林——他却来不及转弯了。

罗伯特将身体用力向左侧一歪,令他们这艘粗糙的小艇猛地改变了方向,艾萨克莱娜快活地大笑起来。但刹那间她感觉到他的心念突然一转,而此时疾飞的"大碗"已经翻滚过来,失去了控制。随后,碟形叶片撞到了什么东西上面,撞击将二人狠狠地甩向空中,滑橇里的东西全都飞了出去。

此时,好运和泰姆布立米人的本能同时眷顾了艾萨克莱娜。危急关头下,她体内的激素勃然喷涌;条件反射般地,她缩起脖子垂下头,将身体蜷缩成一个团。在接踵而来的撞击中,她的身体也变成了一只滑橇,像弹球一样在碟藤叶片的顶上跳跃滑行。

她身边的一切都变得模糊不清。仿佛有个巨人用手一把抓住她,再将她丢向前方。她的双耳中回荡着巨大的咆哮声,她的卷须闪耀出强烈的精神之光,而她仍在不停地飞起、落下,飞起,落下……

最后,艾萨克莱娜终于翻了一个跟头,停了下来。她仍然紧紧缩成一团,倒在谷底的地面上,前面不远处就是森林。开始的时候,她只能瘫软地躺在原地,刚才做出紧急反应时体内勃发的生化酶让她付出了代价。她一边颤抖一边喘息,泰姆布立米人特有的上下肾脏正在不停地抽搐,与突然降临到身体上的超负荷相抗衡。

而且艾萨克莱娜还感到疼痛。但她却说不出疼痛的具体位置。似乎只是些瘀伤和擦伤。但伤在哪里呢?

她伸直身体睁开了双眼,突然恍然大悟。疼痛的感觉来自罗伯特!她那位地球人向导正在盲目地发散精神信息,他在承受着极大的痛苦!

艾萨克莱娜小心翼翼地爬起身,仍感到头晕目眩。她抬手遮在双眼上方,环顾四面辉煌亮丽的群山。她看不到罗伯特,于是便用卷须去寻找他。强烈而又痛苦的意念流引导着她笨拙地穿过一片片油亮的碟藤,朝一个地方跌跌撞撞而去,距离那里不远处就是翻倒的滑橇。

在一层宽大的碟藤叶片下,罗伯特正无力地踢动着双腿。他的呻吟声低沉而又闷室,艾萨克莱娜能感受到他极为沮丧的心情。罗伯特意识里种种激烈的冲突犹如一团闪光的热雨,落进了她的卷须之中。

她屈膝跪在他身旁,"罗伯特!你撞到什么东西上面了?你能喘过气来吗?"

自己可真傻啊,她意识到。这个人几乎失去了意识,可她还在喋喋不休地提问题!

*我必须采取行动。*艾萨克莱娜从靴筒中抽出激光切割器,

削砍罗伯特身体四周的碟藤。她一面切断那些藤蔓,一面发着牢骚,然后将砍下的碟藤帽盖搬到一旁——但她力气有限,一次只能搬开一只。

散发着麝香味的、多节的藤蔓仍然将罗伯特的脑袋和双臂紧紧缠住,令他身陷其中无法挣脱。"罗伯特,我要砍断你脑袋旁边的藤蔓。千万不要动!"

罗伯特含糊不清地呻吟了一声,不知他在说些什么。他的右臂可怕地扭曲着,艾萨克莱娜能感到剧痛在他周身飞蹿,她只得撤回自己的卷须,免得被那强烈的痛苦刺激得昏厥过去。平时泰姆布立米人可不允许外星人同自己如此接近!至少以前她从不敢相信自己会同地球人这样亲密。

当她将砍下来的最后一只叶帽从罗伯特脸上挪开时,看到他正在急促地喘息。他仍然紧闭着双眼,嘴巴轻轻翕动,似乎正在默默地自言自语。他这是在做什么?

她感觉着他的意念,发现那显然是人类在进行某种训练时才会萌生出的念头——似乎与数字和计数有关。或许这就叫作"自我催眠术",所有的人类在学校中都学过这门功课。尽管这种技巧非常原始,但看来它对罗伯特还是有些好处的。

"现在我要割断缠住你手臂的藤蔓。"她告诉他。

他挺直脖颈点了点头,"快点,克莱妮。我……我以前从来没有感觉到这么疼……"当艾萨克莱娜从他身上扯开最后一截断根,他颤抖着叹了口气。他的胳膊无力地耷拉下来,上面伤痕累累。

现在该怎么办?艾萨克莱娜忧心忡忡。同一名受伤的外星种族成员搅在一起总是很危险。之所以这样讲,缺乏护理方面的训练只是部分原因——最重要的是,生物最基本的救助本能可能在帮助异类时完全于事无补。

艾萨克莱娜揪住自己的一撮卷须,犹豫不决地在手中扭绞着。尽管他们两个属于不同的物种,但肯定有某些通用的救护法则可以遵循!

要确保伤者呼吸顺畅。对于这一点,她刚才已经本能般地做到了。

要尽量制止体液流失。在前往加斯的路上,她和父亲看过几部大接触之前的老"电影",主人公是一些名叫"警察"和"劫匪"的地球生物。根据她在那些电影里学到的知识判断,罗伯特的伤口或许应该叫作"皮外伤"。但她怀疑那些老掉牙的故事片里,现实主义色彩并不是特别浓厚。

唉,如果地球人不是这么脆弱就好了!

艾萨克莱娜奔到罗伯特的背包旁,在下方的口袋里寻找无线电收发机。有了它,海伦尼亚的援军不到一个小时便可到达,而现在急救医官可以指导她采取必要的措施。

无线电的构造很简单,是泰姆布立米人设计的样式,但当她按下电源开关之后,这台装置竟然没有任何反应。

要命。它必须能用才行!她又试了一次,但显示屏上仍是一片空白。

艾萨克莱娜打开机子的后盖。收发机的晶体被人拆除了。她惊愕地眨动着眼睛。怎么会这样?

现在他们无法求援。她只能全靠自己了。

"罗伯特,"她再次跪在他身旁,说道,"你一定得指导我。如果你不告诉我该怎么做,我就根本没法救你!"

小伙子仍在数数,从一数到十,一遍又一遍。她也只能一再重复自己的问话,直到最后,他的目光不再迷离空洞,开始慢慢有了焦点。"我,我想我的胳膊断……断了,克莱妮……"他气喘吁吁地说,"帮我挪到阴凉的地方……然后,用药……"

他的神志似乎渐渐消失,当最终失去意识时,他的双眼向上一翻,昏了过去。艾萨克莱娜并不认为过度的疼痛能够令神经系统不堪重负,使得伤者无法自救。这不是罗伯特的错。他很勇敢,但他的大脑短路了。

不过,这还是有一点好处。昏厥令他无法发散痛苦的意念流。这样她就能更容易地将他拖过这片长满碟藤的凹凸不平的土地。一路上她始终小心翼翼,避免撼动他折断的右臂。

骨骼粗大、肌肉过分发达的地球人!她拽着他沉重的身躯朝森林阴暗的边缘蹒跚而行着,投射出一股满含刻薄抱怨的精神信息流。

艾萨克莱娜取回他们的背包,迅速找到了罗伯特的急救包。其中有一瓶酊剂,她在两天前刚刚见他使用过,当时他被一块碎木片扎伤了手。于是,她在他的伤口上涂了很多这种药水。

罗伯特呻吟起来,稍稍动弹了一下。她能感觉到他的意识正在与疼痛做斗争。很快,在半昏迷的状态下,他又开始喃喃地数起数来。

她双唇翕动,读着一筒"肌肉泡沫修补剂"上的安格力克语说明。随后,她将药筒的喷嘴贴在他的各处伤口上,用药层将它们封住。

现在就剩他的胳膊需要处理了——还有他的剧痛。罗伯特刚才提到了药。但该用哪一种药呢?

在急救包里有很多小安瓿,每一只安瓿上都贴有标签,清清楚楚地用安格力克语和格莱蒂克七号语标明了药名。但没有用药提示。谁也想不到一名外星人会在没做医嘱的情况下为地球人进行治疗,所以根本没有做这方面的准备。

　　她现在只能求助于自己的逻辑了。急救药物应当装在气压安瓿中,为的是方便快捷地取用。艾萨克莱娜抽出三支看上去可能是急救药的玻璃圆筒。她弯下腰,银色的卷须落在罗伯特的脸庞四周。他那地球人特有的气味扑面而来,浓烈的味道中充满了阳刚之气。"罗伯特,"她用安格力克语小心地唤道,"我知道你能听到我说话。你一定要振作起来! 现在我需要你的智慧来帮忙!"

　　显然她只能令他从自我催眠当中暂时分心,因为她能感觉到他的痛苦在加剧。罗伯特扭歪着面孔,大声地数着数。

　　泰姆布立米人不会像地球人一样咒骂泄愤。但他们会——就像维护语言纯粹性的卫道士所讲的那样——做出"风格不同的表述"。但在目前这种情况下,二者并没有什么区别。艾萨克莱娜用家乡的土语尖刻地嘀咕起来。

　　很明显罗伯特并不是老手,即便对这种原始的"自我催眠术"也不内行。他的痛苦冲击着艾萨克莱娜的意识,她颤抖着发出一声低语,就像一声叹息。她并不习惯抗拒这种痛苦意念的袭击。她的眼皮微微震颤,眼前一片模糊,对于地球人来讲,这是在流泪。

　　现在只有一个办法,就是将自己的心灵袒露出来,她并不习惯如此,即便是在家人面前也从未如此敞开心扉。一想到要这样做,她便畏缩起来,但现在她似乎别无选择。为了与罗伯特彼此沟通,她只能让自己的意念同他更接近。

　　"我……我在这儿,罗伯特。让我分担你的痛苦吧。"

　　她敞开心灵之门,吸纳感受着由种种尖锐的冲突构成的精神信息流。这股意念之流对泰姆布立米人来讲相当陌生,但很奇怪,她又感到似曾相识。强烈的痛苦以不均衡的节奏点点滴滴淋漓而至,在她的脑海中,它们变成了有形之物——一颗颗灼热的小球,一团团熔化的金属。

……金属?

这古怪的喻义令艾萨克莱娜十分震惊,她脱离了与罗伯特的心灵沟通。以前她从未如此强烈而生动地体会到隐喻的象征意味。隐喻不仅仅是比喻,它的作用要强烈得多,远不止简单地说某种东西与另外的东西相像而已。一瞬间,刚才那些灼热发光的金属液滴猛地燃烧起来,令人炫目……

当一个地球人真是太奇怪了。

艾萨克莱娜尽力不去理会头脑中的意象,继续朝着罗伯特纷乱的意念中心逼近,这时她突然遇到了障碍。那是什么? 是另一个象征物吗? 这次,挡在她面前的是一条小河——一道水流湍急的小溪,里面满是痛苦。

她现在需要织就一张泰姆布立米保护网,让她能安全地顺着这条溪水溯流而上,直达源头。但她怎能利用地球人的精神素材来为自己织网呢!

正当她犹疑的时候,由烟雾构成的飘摇不定的图形似乎开始纷纷落下,围在她四周。这些薄雾似的物质流动着,而后渐渐凝固,最终变成了一个实体。艾萨克莱娜突然发现,她可以想象自己站在一条小船中! 而她的手中正握着一只船桨。

莫非她的保护网在地球人的意识中幻化成了这副模样? 以隐喻的面目出现?

她克制住心中的无比惊奇,开始划动船桨朝上游行进,深入到罗伯特动荡不安的思想旋涡之中。

一个个影子从她身边飘过,在她四周的雾气中挤作一团,互相推撞。一会儿,一片模糊的虚影经过她身旁,看上去好像一张扭曲的面孔;一会儿,某种怪异的野兽又朝她咆哮怒吼。她所看到的这些怪诞之物,大多都不曾在宇宙中真实存在过。

看到人类意识中的思维网络,艾萨克莱娜感到有些不习惯,过了一段时间之后她才明白,这些奇形异状代表的是罗伯特的一段段记忆、心理冲突和情感。

这么多千奇百怪的情感!艾萨克莱娜感到自己产生了一股想要逃走的冲动,在这种地方,谁都可能要发疯!

泰姆布立米人的好奇心最终让她留了下来。而且她还肩负着责任。

这里真奇怪。她暗想,划着桨穿过意念的浅滩。点点滴滴飘飞的痛苦让她视线模糊,令她惊奇不已。啊,现在她能够通过真正的心灵感应清楚地知道,这些象征物究竟代表着什么意思,她已不必去枉自猜测了。

现在她感到轻松了许多,就像是在泰姆布立米人的意识中漫游。某些奇怪的图形和感觉令她怦然心动,自己对它们竟然如此熟悉——或许在她和罗伯特的种族掌握语言能力之前,这些精神上的共通之物就已经存在了——那时,泰姆布立米人还不曾通过提升学会讲话,地球人也还没有形成自己的语言,尽管这两个聪明的兽类种族身处相距遥远的蛮荒世界,但他们肯定过着相似的生活。

现在,她正同时用两双眼睛看东西,真是再古怪不过了。通过一双眼睛,她惊奇地审视着罗伯特充满象征意味的内心世界;而现实中的眼睛则端详着他的面孔——那张脸离她只有几英寸[1],罩在她的卷须之下。

①1英寸=2.54厘米。

地球人飞快地眨动着眼睛,他已不再昏乱地数数了。现在至少艾萨克莱娜明白发生了什么事情,而罗伯特却感到莫明其妙。她突然想到了一个词:"幻觉记忆"……人们常会在一瞬间,对刚刚谋面或是久已存在的东西产生似曾相识的感觉。

艾萨克莱娜集中精神,营造出一股精巧的精神信息流:一座灯塔频频闪烁着灯光,与他大脑深处激荡不已的谐波交相共鸣。罗伯特气喘吁吁,她能感到他的意识伸出触手,追寻着她的信息流。

在他的心灵世界中,罗伯特出现在小船上,坐在艾萨克莱娜身旁,手中也握着一只船桨。似乎这一切都顺理成章,他根本没有问自己为什么会来到这里。

二人一起划桨,在流淌着痛苦的河水中前行——那痛苦来自他折断的胳膊。他们硬着头皮划过一片纷飞旋绕的云团,里面满是罗伯特矛盾的心理冲突,就像一群吸血臭虫,疯狂地袭击叮咬着他们。他们时常遇到阻碍和旋涡,每当此时,在晦暗的流水深处,便能听到各种奇怪的声音阴沉地喃喃自语。

最后他们来到了一片池塘中,这里是一切麻烦的中心。在池塘的石底躺着一扇铁栅栏,那一定是排水口,被许多可怕的残骸堵得严严实实。

罗伯特惊觉般地退缩了一下。艾萨克莱娜知道,这些淤积物肯定是充满惊悚情感的记忆——可怕的记忆在罗伯特的意识中幻化出了尖牙、利爪和鼓胀变形的怪脸。人类怎么会任由这些混乱的精神产物聚积起来呢?她觉得头昏眼花,那些丑陋而又鲜活的残骸甚至令她感到有点害怕。

"地球人将它们称作'神经官能症'。"罗伯特的精神说道。他知道那些丑陋之物是什么,而且他远比艾萨克莱娜更恐惧。"这些东西居然有这么多！我早忘记了。不知道它们还留在这里。"

罗伯特低头盯着他的那些仇敌,艾萨克莱娜看到,水下也有许多张罗伯特的面孔,扭曲变形而且怒气冲冲。

"现在该我行动了,克莱妮。在大接触之前,我们探索了很久,要解决这些混乱的精神产物只有一个办法——真实是唯一的武器。"

小船猛地一晃,罗伯特纵身扎进了积满痛苦的泡塘中。

罗伯特!

水面上泛起一团团泡沫。小船开始摇晃颠簸,令她不得不紧紧抓住船帮。明亮而又可怕的痛苦水花在她四周飞溅。水下栅栏旁边展开了一场恶战。

现实世界中,罗伯特的脸上大汗淋漓。艾萨克莱娜心想,不知他还能撑多久。

她迟疑地将自己的意念之手探进池塘,马上便感到触手滚烫,但她并未退缩,而是继续朝栅栏伸下手去。

不知什么东西抓住了她的手!她连忙想抽回手来,但根本无法挣脱。一个可怕的东西,生着罗伯特的面孔,但面目可憎,正淫邪地望着她,五官扭曲的脸上露出一副色迷迷的表情。那东西用力拉扯着她,想把她拖进毒水泛滥的池塘。艾萨克莱娜尖叫起来。

另一个影子冲过来同攻击者奋力搏斗。抓住她手腕的那只生满鳞片的怪爪猛然松开,她仰面摔倒在船板上。随后,这只小船开始飞速地驶离原地!在她四周,池塘中的痛苦之水骤然朝排水口流泻而去。她的小船则逆着水流,迅速朝另一个方向冲去。

是罗伯特在推我。她意识到。同罗伯特相连的精神纽带变得越来越细,最后终于断开了。艾萨克莱娜身边的一个个意象突然消失得无影无踪。她飞快地眨动着眼睛,感到头晕目眩。稳住心神后,她发觉自己正跪在松软的土地上。罗伯特握着她的手,透过紧咬的牙关"嘶嘶"地喘着气。

"我不得不阻止你,克莱妮……你那样做,实在是太危险了……"

"可你这么痛苦……"

他摇摇头,"你已经让我知道了堵塞的地方。我……我能处理好那些神经官能症制造出来的垃圾,现在我已经知道症结所在……至少对现在来讲,已经够好了。还有……我告诉过你吗? 如果有谁爱上了你,肯定会一生大走红运,逢凶化吉。"

艾萨克莱娜猛地坐直身体,这不合逻辑的推论令她大吃一惊。她举起那三只气压安瓿,"罗伯特,你一定得告诉我,这三瓶药里哪一种能够止疼,而且还要让你保持清醒。你一定要帮我呀!"

他眯起眼睛,"蓝色的那瓶。把它放在我鼻子下面,然后折断瓶颈,但你自己可不要吸入这种药剂! 不……不知道内啡肽会对你产生什么作用。"

艾萨克莱娜折断安瓿,一小团稠密的气雾从中腾起。一半气体随着罗伯特的呼吸钻进了他的鼻孔,另一半则快速地消散在了空中。

罗伯特战栗着深深叹口气,似乎舒展开了身体。他再次仰头凝望着她,双眼中闪动着前所未有的光芒,"我不知道自己还能不能继续保持清醒。但这很值得……我庆幸能和你分享我的内心世界。"

从他的头脑中,升腾出一股质朴而优美的精神信息流,它轻轻飘舞,充满了期待。一时之间,艾萨克莱娜痴痴地不知所措。

"你真是个非常奇怪的生灵,罗伯特。我……"

她突然停了下来。充满了期待的精神信息流……现在它已消失不见,但她无法想象自己竟然感受到了他生出的意念云团。罗伯特是如何学会营造这种东西的?

艾萨克莱娜点点头,随后笑了。地球人的习性也轻易地传染给了她,就好像在意识中留下了烙印①。

"我和你想到一起去了,罗伯特。我……我也觉得很庆幸。"

---

①点头本来是地球人独有的肢体语言。

第十三章　法　本

　　在一座悬崖的顶端,靠近狭长的台地边缘,尘埃仍在缕缕升腾——刚刚袭来的某种撞击力将地面犁开了一道长长的、丑陋的沟槽。只过了惊心动魄的几秒钟,像匕首一样插向山间的森林就已变得支离破碎,而罪魁祸首则是一个急速飞坠的物体。它呼啸而来,落地后复又弹起,而后再次撞在地上,使泥土和草木向四外飞散开去,最后在距离悬崖边缘不远的地方停了下来。

　　这一切是在夜里发生的。不远处,另外几块来自天外的、更加灼热的残片劈碎了岩石,燃起熊熊烈火。

　　碰撞激起爆炸般的巨响,随后逐渐平息。漫长的几分钟之后,只剩下另外一些声响:近旁的山崖上,崩塌的土石轰然滚落;在森林被撕开的裂痕两旁,树木不停摇摆、"吱嘎"作响。地面上那道沟槽的尽头,造成这场浩劫的黑色物体正躺在那里。它身上灼热的金属遇到从下面山谷中缓缓滚来的冷雾,发出"嘶嘶"的响声。

　　最后一切都沉寂下来,山中恢复了往日的平静。居住在这里的动物又开始在开阔地上伸头探脑了,甚至有几只还凑上前来,嫌恶地嗅嗅这个滚烫的怪物,随后掉头而去。为了在新的一天里继续生存,它们还有更重要的事情要做。

这是一次糟糕的着陆。在逃生舱内,驾驶员一动不动。夜晚结束后,又过了一个白天,他还是无声无息。

最后,随着一声咳嗽和低沉的呻吟,法本醒了过来。"这是在哪儿? 怎么回事?"他嘶哑地问道。

他刚刚理顺混乱的头脑便注意到,自己讲的还是安格力克语。很好,他昏昏沉沉地想,这么说,我的大脑没有受损。

作为一只新生黑猩猩,使用语言的能力是他至关重要的本钱,绝不能轻易丧失。无论哪只黑猩猩患上了失语症,都要立即接受重新评估,甚至会被暂时登记为疑似遗传基因缺陷者,等待进一步检查和评判。

当然,法本的遗传标本已被送往地球——而且若想再取回样品,怕是太迟了些。所以,即便接受重新评估又有什么大不了的? 不管怎样,他从未真正在乎过自己的繁育卡究竟是什么颜色。

或者说,至少他并不比普通的黑猩猩更在乎这类事情。

哦,这么说现在我们正变得越来越达观? 还是得过且过? 好了,别发抖了,老法本。振作起来! 睁开眼睛。摸摸自己吧,看看身上各处的零件还在不在。

说来容易做来难。法本刚想抬头便呻吟起来。他已处于严重的脱水状态,即便是抬起眼皮这样简单的动作,都像要撬开生锈的抽屉一样困难。

最后,他竭尽全力将眼睛睁开了一条小缝。他看到,逃生舱透明的挡风玻璃已经碎裂,布满了焦黑的条纹。在他坠地后,不知从什么时候开始,舱外下起了小雨,雨滴在一层层厚厚的泥土和烧焦的草木上留下了斑斑水点。

法本找到了自己辨别不清方向的一个原因：逃生舱以大于五十度的倾角歪倒在地上。他摸索着解开了安全带，将身体无力地倚靠在座椅扶手上。积聚了一点力气之后，他拼命敲打卡住的舱门，同时嘶哑地低声咒骂着。最后，舱门终于打开了，树叶和小石子乘虚而入，纷纷滑落到船舱之中。

尽管他已没有一丝唾液和鼻涕，可还是连着打了好几分钟的喷嚏，而后他挣扎着爬到舱口，费力地喘息着。

法本咬紧牙关。"加油，"他无声地咕哝道，"咱们得从这儿出去才行！"他用力抬起身体。逃生舱的外壳热得令人心烦，而且他身上的各处瘀伤也一阵阵剧痛，但他并未理会，仍旧拼命地蠕动着身体，终于爬出了舱门。随后，他立即转身伸出脚，寻找着落脚点。他的脚探到了土地，老天保佑，终于又触到了土地！但当他刚刚松开抓住舱门的双手，受伤的左脚踝却根本无力支撑他的身体。于是，他"砰"的一声摔倒在地，这一下可真是疼得要命。

"噢！"法本高叫一声。他伸手探到身下，拔出了一根刺进内裤的尖头木棍。他怒气冲冲地瞪着这害人的东西，随即将它丢到一旁，而后无力地瘫倒在逃生舱旁边布满石块碎木的土堆上。

在他前方，大约二十英尺远的地方，熹微的晨光照亮了一道陡坡的边缘。下面远处传来湍急的流水声。啊，在与死亡擦身而过后的茫然与惊愕之中，他突然想到，再爬上几米，我就不会像现在这么渴了。

在朝阳的映照下，山谷对面的山坡越来越清晰可辨，显露出一片片烟熏火燎、焦黑触目的痕迹——大一些的飞船残骸便坠落在那几个地方。老"普洛康苏尔号"就只剩下这些东西了。法本想。这艘老飞船为五十个显赫的格莱蒂克种族忠心耿耿地效劳了七千年，现在却在一颗微不足道的行星上粉身碎骨，断送在"狼崽子"们的跟班、半吊子预备役驾驶员法本·伯尔格的手上。一位英勇的老战士居然落得如此威严扫地的可怜下场。

不过，法本终究还是比这艘侦察艇更长命。至少能比它多活一小会儿。

曾经有人说过，若想衡量某种智能生命的智力，就要看他除了用心思保全性命之外，在思考问题时花费了多少精力。现在，法本感到自己的身体就像一块半熟的烤肉，然而他已经有力气咧开嘴巴笑了。他从两百万英里外的太空掉到这里，居然还活了下来，那么他肯定能活得更长久，肯定能在将来某一天为那些自作聪明的孙辈讲述今天的冒险，那可是黑猩猩获得提升后的第三代了。

他拍了拍身旁烧焦的土地，大笑起来，干渴令他的声音干涩嘶哑：

"加油吧，泰山！"

第十四章　乌赛卡尔丁

"……我们来到此地，是为了弘扬格莱蒂克传统，维护正道和荣光，实现远古先祖的意志——他们在很久以前便已创立了万物之道……"

乌赛卡尔丁对格莱蒂克三号语并不十分精通，于是用便携式记录器记录下了格布鲁侵略军的宣言，留待日后仔细研究。他正在忙着完成最后的准备工作，对格布鲁人的话只是一耳进一耳出。

……一耳进一耳出……他意识到自己的头脑中刚刚闪过这句地球人的俗语，头上的卷须快活地迸出了一星旁人看不到的火花。地球语言中的象征手法总是让他心痒难当！

他旁边的黑猩猩调了调通讯接收机，扬声器中便传来了翻译过来的安格力克语——格布鲁飞船同时在用安格力克语宣读声明——而这只是宣言的"非官方版本"，因为格布鲁人认为安格力克语是"狼崽子"的语言，根本不配用于外交场合。

乌赛卡尔丁头上升起了一股满含蔑视的精神信息流，换作地球人的表达方式，便是朝入侵者做鬼脸、发怪声。身旁一位黑猩猩助手带着疑惑的神情仰头看了看他。乌赛卡尔丁意识到，这个黑猩猩肯定拥有某种精神感应方面的天赋。另外三个多毛的同类正蹲伏在旁边的一棵树下，倾听着入侵舰队的声明：

"……根据所有战争法和作战规则的规定，我们已向地球送达一份官方通知，表达了我们的气愤心情，并且要求得到补偿……"

乌赛卡尔丁将最后一张封条贴在了外交资料贮藏室的门上。这座金字塔状的建筑物坐落在绝壁之上，俯瞰希尔马海，它的东北方向便是泰姆布立米大使馆的其他建筑。洋面上平静安详，洋溢着春日的暖意。即便在今天这样的日子里，宁静的海水中仍有一艘艘小渔船在悠然巡弋，似乎天空中除了点点白云之外并无任何不祥的威胁。

然而在高崖上，隔着一小片高大的图拉草——从乌赛卡尔丁的故乡运来的装饰植物——泰姆布立米大使的官邸已空无一人。

严格地讲，乌赛卡尔丁本该坚守自己的岗位，但他并不相信入侵者关于继续遵守战争法的承诺。格布鲁人素来喜欢对惯例随意解释以达到自己的目的，他们的这种做法已闻名天下。

不管怎样，乌赛卡尔丁早有安排。

贴好封条之后，他退后几步，打量着外交资料贮藏室。尽管使馆已被放弃，但贮藏室却要妥善封存并且严加防护，处于数百万年来沿用至今的惯例的保护之下。当这个地区被占领后，大使办公室和使馆的其他建筑可能会受到袭扰，但如果入侵者胆敢闯入贮藏室，他们将会承受极大的外界压力，不得不找到令人满意的借口来解释自己的狂悖行为。

乌赛卡尔丁无声地笑了。他相信格布鲁人肯定能找到借口。

在退到距离贮藏室十米之外的地方时，他停下脚步，凝神营造出一股含义简单的精神信息流，而后将它向金字塔形建筑的顶端投射过去，那里有一只蓝色小球正在无声地旋转。随即，防护装置马上启动，闪闪发亮，同时发出清晰可辨的"嗡嗡"声。乌赛卡尔丁转过身，朝等待着他的那群黑猩猩走去。

"……首先令我们感到气愤的是地球人的受庇护种族，正式名称为宽吻海豚，也叫作'新生海豚'。他们有所发现却秘而不宣。据说他们的发现将对格莱蒂克社会造成重大影响。

古克须-格布鲁种族，作为传统和先祖遗业的维护者，绝不会袖手旁观！我们拥有合法的权利来采取制约行动，迫使那些半开化的水生动物和他们的'狼崽子'主人公布被他们掩藏的真相……"

在乌赛卡尔丁头脑中的某个小小角落里，他暗自纳闷，不知人类的另一支受庇护种族到底在星系之外发现了什么。他愁闷地叹了口气。以五大星系现在这种运作方式，他若想查明事情的来龙去脉，肯定要在D层面的超空间中经历一次长途旅行，而且还需再花上一百万年的时间。到那时，所谓的事实真相早就变成历史故事了。

实际上，尽管"奔驰号"触发了当前这场危机，但它的所作所为其实无关紧要。泰姆布立米事务委员会早已推算过，一两百年之内肯定要爆发一场类似的冲突。地球佬们只是让事情发生的时间稍稍提前了一点。仅此而已。

让事情发生的时间稍稍提前了一点……乌赛卡尔丁思索着该用什么样的比喻才更恰当。这就像是,一个小孩子偷偷从摇篮里溜出来,径直爬进怪兽的洞穴,而且还在兽王的鼻子上狠狠敲了一记!

"……第二桩令人发指的事情,也是我们突然对此地进行干预的原因,我们强烈怀疑加斯行星上发生了违反提升准则的不正当行为!

我们所掌握的证据表明,地球人手下被称为'新生黑猩猩'的半智能受庇护种族接受了不当的引导,他们的地球人庇护主以及泰姆布立米人同伙都对这个物种给予了不正常的眷顾……"

泰姆布立米人?不正常的同伙?噢,你们这些妄自尊大的呆鸟,总有一天会为这种侮辱付出代价!乌赛卡尔丁在心中立誓。

看到他走上前来,黑猩猩们纷纷起身,俯首鞠躬。他也躬身回礼,而在他的卷须末梢,短促地闪过一股精神信息流,其中充满了期待,一场暗藏凶险的恶作剧马上就要开始了。

"我希望有人能帮我送个信。你们谁愿意帮忙?"

他们全都点了点头。看得出来,这些黑猩猩彼此之间相处得并不融洽,因为他们来自不同的社会阶层。

其中一个显得颇为自豪,他身穿预备役军官的制服。另外两个穿着色彩鲜艳的平民服装。最后一个,也是穿着最寒酸的一位,他胸前挂着一只显示面板,面板两侧各有一排按键,这可怜的生物只能通过这台仪器同旁人讲话。他站得稍稍靠后些，远离其他几只黑猩猩，而且始终低着头，极少抬起双眼。

"我们听从您的吩咐。"那位毛发修剪得整整齐齐的年轻中尉答道，同时挺身立正。他似乎根本没有注意到，那两个衣着俗丽的老百姓正朝他投来嫌恶的目光。

"很好，我年轻的朋友。"乌赛卡尔丁握住那个黑猩猩的肩头，拿出一个小小的黑色立方体。"请把这个交给行星事务协调官奥尼格大人，顺致我的问候。请告诉她，我不得不推迟前往避难所的行期，但我希望能尽快与她见面。"

我确实没有撒谎，乌赛卡尔丁提醒自己，愿上苍保佑安格力克语，它这种模棱两可的特点真是太绝妙了！

黑猩猩中尉接过小方块，再次以精确的角度俯身鞠躬，表达了他作为两足动物对高级庇护主应有的尊崇。而后，他没有再看旁人一眼，转身朝自己的信使专用脚踏车跑去。

两位平民中的一个显然认为乌赛卡尔丁不可能听到自己的低语，他偷偷对衣着华丽的同伴说道："但愿那个揣着蓝卡的家伙摔进泥坑，把他那身光鲜的制服浸得透湿。"

乌赛卡尔丁假装什么也没听见。但这样做有时会让别人认为，泰姆布立米人的听力就像他们的眼神一样不济。

"这是给你们的酬劳。"他一边对那两个衣衫俗丽的家伙说着，一边扔给每人一只小袋子。里面装的是格莱蒂克硬币——在战乱时期使用它，不会被任何人追踪，也不会招致任何盘问——被格莱蒂克人奉若神明的大数据库明文规定了这种货币的合法性。

两个黑猩猩向乌赛卡尔丁鞠躬致谢，二人竭尽全力模仿着刚才那名军官的标准动作。乌赛卡尔丁强忍住笑意，因为他感觉到两个黑猩猩都将全部注意力集中在握着钱袋的手上,看来在他们心中,除了这些"叮当"作响的阿堵物之外,这个世界上的其他东西都显得微不足道。

"你们可以走了,这些钱随便花。谢谢你们以前的忠心服务。"

这两个家伙转身消失在树丛中。他们是海伦尼亚一个小小犯罪组织的成员,两个黑帮分子。借用地球人的比喻——自从乌赛卡尔丁到达加斯之后,二人一直在充当他的"耳目"。无疑他们认为现在已经圆满完成了自己的任务。

我还要为你们将要做的事情表示感谢。乌赛卡尔丁的思绪并未离开那两个坏蛋。他对这帮为非作歹的社会渣滓非常了解。钱一到了他们手里便会被花得精光,而他们的胃口将越来越大,渴望得到更多的钱。过不了几天,他们就只能从一个地方搞到这种格莱蒂克货币了。

乌赛卡尔丁深信,他们不久便会找到新的雇主。

"……我们作为智能生命的朋友和保护者来到此地,要确保他们得到正当的引导,确保他们成为高贵种族中的一员……"

现在只剩下一只黑猩猩了,他正费力地尽量站直身体。但实际上,这可怜的生灵只是在不安地将重心在左右脚二来回挪动,同时露出一脸焦虑的苦笑。

"那么——"乌赛卡尔丁突然停了下来。他的卷须开始摇摆,随即转身朝海面望去。

从海湾对面的岬角上冒出一个明亮的光点,冲上天空后向东疾飞而去。乌赛卡尔丁抬手挡在眼睛上方,但他并未浪费时间去嫉妒地球佬的视力。那光点徐徐攀升,钻进云层,拖着一条只有他能察觉到的尾迹。那是一道飞离加斯的精神信息流,闪耀着快乐的光华,陡然变得非常强烈,但在短短的几秒钟之后便杳无踪迹,天空中只剩下一缕模糊的白色痕迹。

那是奥苏舒特恩,乌赛卡尔丁的助手、秘书,也是他的朋友,此时正驾驶他们的飞船冲过包围加斯的舰队中心。不知那小伙子能否成功?他们那艘泰姆布立米人建造的飞船拥有特殊的性能。他或许可以冲出去。

当然,奥苏舒特恩不必非冲出去不可。他的任务只是做一下尝试。

乌赛卡尔丁凝神感受着太空中的精神信息流。不好,某个东西追上了光点。飞船消失了,只留下一道闪光。他将奥苏舒特恩最后的信息流吸进心底,妥善收藏在倍加珍爱的角落。他一定要把它带回家,奉献给那个勇敢的泰姆布立米人所深爱的人们。

现在,加斯星球上只剩下两个泰姆布立米人,而艾萨克莱娜已经得到了尽可能的保护。轮到乌赛卡尔丁面对自己的命运了。

"……我们来拯救无辜的生灵,使他们免受变态的提升折磨,躲过'狼崽子'和罪犯的黑手……"

他转过身,看着小个子黑猩猩,他的最后一名助手,"那么,你该怎么办呢,乔乔?你也希望得到任务吗?"

乔乔摸索着他胸前显示面板上的按键:

是的,请您下达命令

我唯一的期望便是为您效劳

乌赛卡尔丁微微一笑。他不得不抓紧时间离开,去和库尔特会面。现在,几乎快要疯掉的泰纳尼大使肯定正在乌赛卡尔丁的小飞船旁边乱转呢。但那伙计还要再等上一会儿才行。

"好的,"他对乔乔说,"我想你确实能帮上忙。你觉得自己能保守秘密吗?"

矮小的遗传缺陷者用力点点头,他那双温和的棕色眼睛里洋溢着真挚的献身精神。乌赛卡尔丁在乔乔身上下了很多工夫,教他学会了不少本领——比方说,野外生存和驾驶简单飞行器的技巧——加斯上的学校绝不会费心去向他传授这些东西。乔乔并不是新生黑猩猩中的精英,但他拥有一颗善良的心,而且还非常机灵,这一点也深受乌赛卡尔丁赞赏。

"乔乔,你看到那点蓝光了吗,就在金字塔的顶上?"

乔乔记住了。

黑猩猩按动按键。

您说的一切,乔乔都记住了。

"很好,"乌赛卡尔丁点点头,"我知道你会记住的。我全指望你了,我亲爱的小朋友。"他微笑着说道,乔乔热切地咧开嘴巴,也冲他一笑。

这时,来自太空的电脑生成的声音仍在低沉地回荡,继续念颂着入侵者的声明:

"……将他们交给某些合适的高级种族收养,这些种族绝不会使他们误入歧途,做出不得体的勾当……"

这些饶舌的呆鸟,乌赛卡尔丁想,真是一帮蠢物。

"咱们得让他们见识一下,什么是'不得体的勾当',好不好,乔乔?"

小个子黑猩猩紧张地点点头。尽管并不完全明白这个泰姆布立米人的意思,他还是咧嘴一笑。

第十五章　艾萨克莱娜

当天晚上,他们生起小小的篝火,摇曳的黄色和橘红色光芒映照着四周橡树粗大的树干。

"我真是饿坏了,就连真空包装的炖肉都这么好吃啊。"罗伯特放下碗勺,叹了口气,"我本来打算这一餐尝尝烤碟藤根。但我猜,自从出了下午那档子事之后,咱们谁都不会这么快就对那玩意儿有胃口。"

艾萨克莱娜发觉她能明白罗伯特为什么要扯这些看似不相干的话题。泰姆布立米人和地球人都有办法对灾难戏谑调侃——两个种族的确有不同寻常的相似之处。

她小口吃着自己那份食物。尽管生化酶反应在她体内留下的肽已经消除殆尽,但经历过今天下午的冒险之后,她还是觉得浑身发疼。

在他们头上,伸展着一片星系尘埃构成的黑云,占据了五分之一的天空,而黑云的背景则是明亮璀璨的氢星云。艾萨克莱娜望着群星闪耀的天顶,卷须在双耳上方微微鼓动。她能感觉到森林中那些小动物散发出的微弱而又不安的情绪。

"罗伯特?"

"嗯？什么事,克莱妮?"

"罗伯特,你为什么要把无线电上的晶体卸下来?"

罗伯特略顿了顿,随即用郑重而和缓的声音答道:"艾萨克莱娜,我本想过几天再告诉你。昨天晚上,我看到通信卫星被摧毁了。这只能说明一点,格莱蒂克人已经到来,就像你我父母估计的一样。

"太空中的舰载谐振探测器能够捕捉到无线电中的晶体,即便无线电的电源没有开启,结果也是一样。我卸下晶体就是为了防止被敌人找到。这是最基本的原则。"

艾萨克莱娜感到自己前额上方的发际开始微微颤抖,继而一阵战栗滚过她的头皮,直达后颈。这么说,战争真的开始了。

她忽而心意一转,盼望能守在父亲身旁。现在想起来她还是感到伤心,父亲本应将她留在身边帮助自己,却把她打发到远方的群山里来。

二人陷入了沉默。她能感觉到罗伯特的不安。有两次他都欲言又止,终归还是没有说话。最后,她点了点头,"罗伯特,我承认,你卸下晶体确实符合逻辑。甚至我想我能理解,出自保护自我的本能,你才对我守口如瓶。但你下次绝不能再这样。这种行为太傻了。"

罗伯特神情庄重地应道:"我绝不会再做这种事情了,艾萨克莱娜。"

他们一直没有说话,直到最后,罗伯特伸出没有受伤的那条手臂,轻轻碰了碰艾萨克莱娜的手,"克莱妮,我……我希望你能知道,我非常感激你。今天你救了我的命。"

"唉,罗伯特。"她疲倦地叹道。

"——但事情不止如此。当你进入我的精神世界,你让我看到了真实的自我……以前我从不知道自己内心真正的样子。你帮了大忙，令我受益匪浅。其实，你可以在教科书上查到——地球人的精神世界始终在遭受自欺和神经官能症的折磨。"

"罗伯特，并不止地球人才会有这样的麻烦。"

"是的，我想的确如此。以大接触之前衡量精神状态的标准来看，你在我意识深处发现的问题大概算不了什么。但回顾地球人短短的发展史就能知道，唉，即便是我们当中心智最健全的人，也需要别人再三提醒才能认识到自己意识中的缺陷。"

艾萨克莱娜不知该说什么，于是她没有作声。试想一下，在人类以往那些黑暗时代中生活，肯定是一桩极其可怕的事情。

罗伯特清了清嗓子，"我是想说，我知道你付出了极大的努力来适应这里的环境——学习地球人表达情感的方式，稍稍改变自己的生理特点……"

"那只是在做实验。"她耸耸肩——而这又是地球人的习惯。她突然意识到，自己的面孔一阵阵发热。过去她总是觉得很奇怪：在特定情况下，地球人面部的毛细血管居然会张开。而她现在竟然也……脸红了！

"是的，做实验。但有句话说得好，来而不往非礼也。泰姆布立米人因卓越的适应性而闻名五大星系。可我们地球人并不太笨，我们也能学会一两件事情。"

她抬起头，"罗伯特，你的意思是——？"

"我的意思是，我希望你能让我也多了解一些泰姆布立米人的事情。你们的习俗。我想知道，当你们要表达一些意思的时候，比方说大吃一惊、点点头或是咧嘴笑笑，你的同胞们会怎样做呢？"

罗伯特头上再次现出一轮闪动不已的光晕。艾萨克莱娜连忙伸出卷须，但那股脆弱、简单而又缥缈的信息流已然像青烟一样消失了。或许他根本没意识到自己营造出了这种东西。

"嗯，"她眨动着眼睛，摇了摇头，"罗伯特，虽然我不敢确定，但我认为你或许已经开始学习泰姆布立米人的技巧了。"

第二天早晨，他们撤营准备出发的时候，罗伯特感到四肢僵硬，浑身发烫。他只能服下一些麻醉剂，以便止住断臂处的剧痛，但还得保持清醒继续赶路。

艾萨克莱娜把他的大部分装备都藏在一棵橡胶树的树杈上，然后在树身上刻下了标记。不过她怀疑是否还会有人回来取走这些东西。"一定要找到医生才行。"她摸了摸罗伯特的额头。他的体温仍在升高，显然这不是个好兆头。

罗伯特指着南面山峰之间一道狭窄的岩缝，说道："过了那里之后，再走两天就能到达门多萨庄园。那里的女主人门多萨夫人从前是位护士，后来她和胡安结了婚，便开始经营农场。"

艾萨克莱娜犹豫不决地望着那个山口。要穿过那里，他们至少要爬一千米的山路。

"罗伯特，你肯定那条路是最佳捷径吗？可我总是断断续续地感觉到，在更近的地方有智能生命，就在东边那道山冈后面。"

罗伯特拄着临时充当手杖的木棍，迈步踏上了向南蜿蜒而去的小路。"得了，克莱妮，"他扭头说道，"我知道你想见到加斯人，但现在不是时候。怎么也要等我料理好了伤痛，咱们才能去寻找那些本地的半开化动物。"

艾萨克莱娜瞪着他的背影，心里感到大为吃惊，他居然说出了如此不合逻辑的话。她追上他，叫道："罗伯特，你这么说可真够奇怪的！我怎么会不顾你的安危呢！在你得到治疗之前，我才不会急着去寻找什么本地动物呢，不管它们有多神秘！我从东面感觉到的智能生命肯定是地球人和黑猩猩,不过我得承认,另外还有一种古怪的东西,就像是……"

"啊哈!"罗伯特笑了,就好像艾萨克莱娜已承认自己理亏。他继续向前走去。

艾萨克莱娜惊奇地想要探察他的内心,但未能如愿。"狼崽子"种族的一员居然能如此自我克制而且决绝果断,真令她难以置信。她只能感觉到他此时心情纷乱——她刚刚提到东边的那些生物,似乎在某种程度上也是令他心烦的原因之一。

要是能通过真正的心灵感应审视他的内心,那该多好! 她又一次想到——泰姆布立米事务委员会为什么不能无视提升公会的规定而去放手开发心灵感应能力呢? 有时她很嫉妒地球人,他们没有发达的精神感应能力,这样倒可以确保自己的生活隐私不被别人窥探;而她有时也气恼不已,在她自己的种族中,大家彼此沟通的方式难免让他们受到流言蜚语的骚扰。但现在她却只希望自己能闯入罗伯特的内心世界,看看他究竟隐藏了些什么念头!

她的卷须在不停地舞动——宇宙中的事物竟是如此不合理! 如果此时有哪个泰姆布立米人待在半英里之内,肯定会被她的怒气吓得一惊。

刚过了一个小时,他们还没爬上第一道山脊,罗伯特就已经步履维艰。艾萨克莱娜知道现在他额头上闪光的汗滴意味着什么,那就像一个泰姆布立米人的卷须变得发红而且蓬松——他在发高烧。

伴随着沉重的呼吸声,艾萨克莱娜听到罗伯特又在数数,她知道他们该休息一下了。"不。"罗伯特摇摇头,"等咱们翻过这道山脊到达下一条山谷的时候再休息。打那儿开始，一直到山口，路上就全是阴凉了。"他继续吃力地迈步前行。

"这里的阴凉已经足够了。"她坚持道，说着把他扯到了一堆乱石旁边，石堆上覆盖着一层生有伞状叶片的爬行植物，同这些植物纠缠在一起的是一种无处不在的、具有传递化学养分功能的藤蔓，一直蔓延到山谷底部的森林中。

罗伯特叹了口气，在艾萨克莱娜的帮助下来到一块巨石的阴影中，背靠石块坐了下来。她擦擦他的前额，然后开始解开固定着他右臂的夹板。他咬紧牙关，"嘶嘶"地倒抽着凉气。

在他的右臂上，骨头断裂处附近，皮肤泛出淡淡的青紫色。"这不是好兆头，对不对，罗伯特？"

一开始，她感到他还想加以掩饰。但后来他仔细想了想，摇了摇头，"没……没错。我想这是感染了。我最好再吃点儿广谱——"

说着，他朝她的背包伸出手，想去取里面他那只急救包，但身子一晃，艾萨克莱娜连忙扶住了他。

"好了，罗伯特！你没办法走到门多萨庄园。我背不动你，而且也绝不会把你一个人留在这里等上两三天！"

"似乎你有什么隐情，想要避开我感觉到的东边那些人。但不论什么隐情都不如你自己的生命重要！"

罗伯特听凭她把两粒蓝色药片塞进他的口中，而后就着她送到嘴边的水壶喝了一口。"好吧，克莱妮，"他叹道，"咱们转向东走。但你要答应我，用你的卷须为我唱支歌，怎么样？你的卷须很可爱，就像你本人一样，它能帮我更深入地了解你……现在，我想咱们还是快点出发吧，因为我开始说胡话了。这是地球人身体状况恶化的先兆。到如今你总算该明白了。"

艾萨克莱娜瞪大双眼,随后笑了,"罗伯特,这我早就知道。现在你告诉我,现在咱们要去的那个地方叫什么名字?"

"豪莱茨研究中心。爬过第二道山冈,在那个方向。"说罢,他指了指东南方。

"他们不喜欢不速之客,"他接着说道,"所以等到快要抵达的时候,咱们得大声说话,好让他们提前知道。①"

他们走走停停,将近正午时终于翻过了第一道山梁,在一眼小小山泉旁的树荫中歇息。罗伯特很快便昏睡了过去。

艾萨克莱娜看着年轻的地球人,心中感到痛苦无助。她发觉自己正在哼着斯鲁法尔-斯里拉创作的那首有名的《宿命挽歌》。这支由信息流和声乐汇成的悲曲已有四千多年的历史,它问世时正值泰姆布立米人的悲伤时刻——他们的庇护主卡尔特穆尔人在一场血腥的星际战争中被彻底消灭了。

对她的同胞来讲,宿命是个令人不快的字眼,他们甚至比地球人更讨厌这个词汇。但在很久以前,泰姆布立米人就决定要尝试一切事情,当然他们也研究所有的哲学观点——包括宿命论。听天由命。

这一次绝不能听天由命!艾萨克莱娜暗暗发誓。她帮罗伯特钻进睡袋,让他再次吞下两粒药片,而后尽量固定好他的伤臂,又在他身侧垒起石块,以防他翻身时滚到一边。

最后,她用灌木枝在他四周围起一圈栅栏,希望这样能将危险的兽类挡在外面。当然,布鲁拉里人已经把加斯星球上森林中的大型动物消灭干净了,但她还是放不下心来——如果把一个失去知觉的地球人单独留在这片荒山野岭之中,哪怕只是一

---

①此时高烧中的罗伯特已开始说起胡话了。

小会儿,他会安然无恙吗?

艾萨克莱娜把她那个激光切割器放在罗伯特左手够得着的地方,又在旁边放上一只水壶。随后她弯下身,集中意念将自己的双唇变得像地球人一样敏感而又柔润,轻轻吻了吻他的前额。她的卷须铺散而下,落在他的脸上,缕缕纤丝轻抚着那张脸庞。这是她在以自己种族的方式向他致以临别的祝福。

鹿儿可能会比她跑得更快。美洲豹在穿过寂静的林地时可能会比她更悄无声息。但艾萨克莱娜从未听说过这些动物。而且即使听说过,作为泰姆布立米人的她也不怕与它们一比高低。她的种族素以超凡的适应性而著称。

她刚刚跑出不到一公里,体内已自动发生了变化:腺体将力量输送到她的双腿;血液中的变化让她能更充分地利用吸入的氧气;舒张的结缔组织令她的鼻孔张开,吸进更多的空气;胸部的皮肤愈发绷紧,防止乳房在奔跑中弹动碍事。

她穿过第二道狭窄的山谷,爬上一条崎岖的小路,朝抵达目标前的最后一道山梁奔去,而脚下的山坡也越来越陡峭。她迅捷的脚步落在厚厚的肥土上,轻柔无声。只有偶尔一根拦路的小树枝"噼啪"一声折断,这才宣告了她的到来,令林中的动物纷纷逃向暗处。她身后响起一连串奚落般的"啾啾"声,她的卷须能够感受到其中粗陋原始的精神信息。

动物们满怀敌意的叫声让艾萨克莱娜想要笑出声来——泰姆布立米式的哂笑。这些动物都太严肃、太当真了。只有为数不多的物种,当它们达到近乎可以接受提升的水平时,才拥有类似于幽默感的精神特点。但当它们果真被高智能种族选中并开始提升时,庇护主总要把它们性格中奇异的幽默天性抹掉,因为那是一种"不稳重的脾性"。

在接下来这一公里的路途中,艾萨克莱娜稍稍放慢了脚步。她必须如此,因为她的体温已经太高。对泰姆布立米人来讲,这真是太危险了。

她攀上山脊顶端,发现这里也凸现着一串在山区随处可见的脊骨化石。在穿过这座由高耸的巨石构成的迷宫时,她减缓了速度。还是在这里歇息片刻吧。她靠在一块高大的石块上,费力地喘息着,同时伸出摇摆的卷须,搜索着目标。

是的!附近确实有地球人!还有新生黑猩猩。现在她对这两种精神信息都很熟悉。

但还有……她集中精神细细感受。还有另外某种东西。某种令她急于捕捉但始终难以捉摸的东西。

那神秘莫测的精神信息肯定来自她以前曾两次感觉到的生物!其中蕴含着奇怪的特性,一会儿像是属于地球生物,一会儿又显露出浓郁的加斯色彩。而且它肯定是一种具有智能潜质的生物,不过自身还带着阴郁而顽固的本性。

如果她的精神探察术不是只能确定方向就好了!她迈步穿过化石迷宫,循着信息来源向前走去。

一个影子突然罩在她身上。出自本能,她向后一跳,蹲身趴在地上——激素将格斗的力量灌注到她的双手和臂膀中。艾萨克莱娜探察着空气,同时尽力压抑着体内生化酶的反应。她本以为自己会遇到某种逃过布鲁拉里人大屠杀的小型野生动物,却没想到会撞上一个大家伙!

冷静下来,她告诉自己。站在她头上巨石顶端的那团黑影是个高大的两足动物,显然是地球人类的近亲,绝非加斯本地物种。肯定是一只黑猩猩。而黑猩猩当然不会对她构成威胁。

"你……你好!"她克制住颤抖,用安格力克语招呼道。尽管生化酶反应在逐渐消退,但她仍然战栗不止。她无声地咒骂起来,自己这些本能反应会让泰姆布立米人在危机时刻变成危险生物,但同时也会令他们折寿,而且经常在大庭广众之下招致尴尬。

那个居高临下的身影正在盯着她。它叉开双腿站在那里,腰间似乎系着一条腰带,在身后强光的反衬下,很难看清它的面目。加斯明亮的浅蓝色阳光太讨人厌了。即便如此,艾萨克莱娜还是能觉察到,作为一只黑猩猩,它的身材堪称高大无比。

它没有任何反应。实际上,那家伙只是低头瞪着她,一动不动。

像黑猩猩这么年轻的受庇护种族肯定不会太聪明。她权衡着事态,仰头眯起眼睛望着那毛发纷披的黑色身形,同时用安格力克语慢慢说道:

"我要报告紧急情况。有一个地球人,"她强调道,"受了伤,正待在离这里不远的地方。他需要立即接受治疗。请你一定要带我去找几个人类来帮忙,马上就去。"她以为对方会马上作答,但它只是挪动了一下脚跟,继续盯着她。

艾萨克莱娜开始觉得自己有些傻气。莫非她遇到了一只奇蠢无比的黑猩猩? 不然对方就是心智异常,或是个猩族变种? 新的受庇护种族总会产生许多变异,有时还会出现危险的退化返祖现象,不久之前加斯上的那些布鲁拉里人就是证明。

艾萨克莱娜施展精神力量去探察对方的内心。她的卷须刚刚探出就马上吃惊地缩了回来。

这就是那暗藏智能潜质的生物! 它在外表上与黑猩猩太相像了,一身毛发和长长的双臂骗过了她的眼睛。这根本不是黑猩猩！这就是她在几分钟前感受到的那种怪异生物！

难怪这野兽刚才没有答话。还没有庇护主教它说话呢！它体内暗藏的心智在颤抖、搏动。她能感觉到。

艾萨克莱娜不知道，自己该对一只处于混沌状态的半开化生物说些什么。她仔细地端详着对方。太阳的强光为它黑色的毛皮罩上了一圈明亮的光晕。它粗短弯曲的双腿上架着一副敦实的躯干，而最上方则是一个大脑袋，生有狭长的鸟喙。从身影上判断，它似乎没有脖子，巨大的肩膀直接与大脑袋相连。

艾萨克莱娜想起了作家马楚塔利尔那部著名的小说，讲的是一个外太空捕猎者在远离殖民居住区的森林里遇到了一个被四足兽养大的孩子。当时，那个凶猛暴躁、咆哮不已的小家伙落进了捕猎网，猎人朝他投射出了一道简单质朴的精神信息流，要他看看自己的灵魂在那团意念之云中反射出的影子。

艾萨克莱娜还记得书中的情节，她现在也营造出了那种信息流——

看看我——我就是你，你就是这个样子。

那生物挺直了身体。它仰起头，喷着鼻息，在空气中嗅来嗅去。

艾萨克莱娜起初以为，它这是对信息流做出了反应。但不远处传来的一阵喧哗声，打断了他俩之间短暂的精神交流。那混沌生灵低沉地呼噜一声，随后回身高高跃起，从一块块化石顶端腾跃而过，消失在她的视线之外。

艾萨克莱娜急忙上前追赶，但没有用，很快她便失去了对方的踪迹。最后她叹了几口气，转身迈步向东，罗伯特所说的地球人"豪莱茨研究中心"就在那个方向。毕竟当务之急是求援。

她开始在化石迷宫中择路而行。随着陡坡向前方的山谷延伸而下,这串脊骨化石也愈来愈小,渐渐消失。她刚刚绕过一块巨石,便差点同一支搜索队的队员撞在一起。

"很抱歉让您受惊了,女士。"这支队伍的首领粗哑地说道。他的声音听上去近乎咆哮,又很像满是蛙儿的池塘发出的吵闹声。他再次鞠躬,"有个标本采集员跑来报告,说某种飞船在这附近坠毁,所以我们派出了搜索队。您有没有看到飞船之类的东西从天上掉下来?"

艾萨克莱娜还在因为天杀的生化酶反应而发抖。刚刚出现在众人面前的时候,她的样子看起来肯定十分吓人——惊讶一下子变为狂喜,这让她体内的激素再次做出了回应。这些可怜的生物一定吓了一跳,因为首领身后的那四名黑猩猩都在不安地盯着她。

"不,我没有看到。"艾萨克莱娜小心翼翼地慢慢答道,为的是不让这些矮小的受庇护种族过于紧张。"但我要报告另外一个紧急事件。我的同伴,一个地球人,昨天下午受了伤。他的手臂骨折,而且可能已经感染。我必须面见主管,请求他营救我的同伴。"

为首的这只黑猩猩比同类的平均身高略高一点,将近一百五十厘米。同其他队员一样,他穿着短裤,肩头斜挎工具袋,背着轻便背包,咧嘴一笑便露出一排参差不齐的黄牙齿:

"我就是这支搜索队的主管。我叫本杰明,您的尊姓大名……"说到最后这几个字时,他粗哑的嗓音微微一扬,询问道。

"我是艾萨克莱娜。我的朋友名叫罗伯特·奥尼格。他是行星事务协调官的儿子。"

本杰明睁大了双眼，"我明白了。那么，艾萨克……小姐……那么，女士……您肯定听说了，现在加斯已被外星人的巡洋舰队封锁，我们失去了制空权。在这种紧急情况下，我们只能尽量避免使用飞行器来执行任务。不过，现在我这些队员携带了足够的装备，可以处理您所描述的那种伤情。如果您能领路，我们这就去营救奥尼格先生。"

艾萨克莱娜松了口气，但同时又心头一紧，因为她想起了一件大事，一定要问问，"现在知道入侵者是谁了吗？他们是否已经着陆？"

到现在为止，黑猩猩本杰明的举止一直相当老到，言辞也很得当，但他还是无法掩饰自己的困惑——他微微侧过头去看着艾萨克莱娜，似乎是想换个角度仔细端详她一下。而其他黑猩猩都直截了当地盯着她。很显然他们以前都从未见过她这样的人。

"嗯，我很抱歉，女士，现在还没有确切消息。那些外星人……嗯，"黑猩猩凝神看着她，"嗯，请恕我冒昧，您不是地球人，对吗？"

"老天啊，我当然不是！"艾萨克莱娜火冒三丈，"你怎么会以为……"这时她才想起自己为了实验而对身形外貌所做的小小改变。现在她的样子一定很像地球人，而且她正背对着阳光。无疑，这些可怜的受庇护种族刚才都被搞糊涂了！"不，"她又说道，声音柔和了很多，"我不是地球人。我是泰姆布立米人。"

黑猩猩们大吃一惊，彼此面面相觑。本杰明将双臂交叉在胸前，向她深深鞠躬，作为受庇护种族向属于庇护主阶级的种族成员敬礼。

艾萨克莱娜的种族同地球人一样，不喜欢在受庇护种族面

前炫耀自己的统治地位。不过,对方恭顺的姿态有助于安抚她受伤的感情。本杰明再次开口,他的措辞更加谦恭:

"请您原谅,女士。我的意思是,我并不能十分肯定入侵者是谁。几个小时前,当他们发布公告的时候,我没有待在通信接收机旁边。有人告诉我,入侵者是格布鲁人,但另有传闻说他们是泰纳尼人。"

艾萨克莱娜叹了口气。泰纳尼人,或是格布鲁人。啊,还不算太糟。前者是心胸狭窄的伪君子,后者是卑鄙冷酷的死脑筋。但这两个种族都不如索罗人那么酷爱玩弄阴谋,也不像坦度人那么怪诞而又嗜杀成性。

本杰明对一名同伴耳语几句,那只矮小的黑猩猩便转过身,顺着他们来时走过的小路朝神秘的豪莱茨研究中心匆匆奔去。艾萨克莱娜能感觉到那名队员的意识中颤抖的焦虑之情。她再次心生疑惑,这条山谷中到底有什么蹊跷,竟然让罗伯特不顾自己的生死带着她远远避开?

"那个信使回去报告奥尼格先生的情况并且安排救援行动,"本杰明告诉她,"现在,我们得抓紧时间赶去为奥尼格先生施行急救。如果您能领路……"

他请艾萨克莱娜在前面带路,她只好暂且丢开自己的好奇心。很明显,营救罗伯特是当务之急。"好吧,"她说道,"咱们走吧。"

当他们穿过那片林立的巨石时,艾萨克莱娜抬头四顾,刚才她就是在这里碰到了那个半开化的奇怪生物。它真是所谓的"加斯人"吗?或许这几个黑猩猩知道某些与它有关的事情。她刚要开口询问,突然身子一晃,双手紧紧揾住了自己的额角。她震惊地眯起了双眼,卷须飞快地舞动起来,几个黑猩猩都不知所措地呆呆看着她。

她感受到的信息似乎是一种声音,频率极高,几乎超出了听力的感受范围;但又像是一阵奇痒,顺着她的脊梁骨簌簌而上。

"女士?"本杰明不放心地仰脸看着她,"怎么了?"

艾萨克莱娜摇摇头,"我……我……"

她的话还没说完,西方的地平线上就闪过一道灰色的光影,某个东西正划过天空朝他们飞来,太快了!没等艾萨克莱娜来得及惊觉,远方的那个小点已骤然接近,变成了庞然大物。眨眼间,一艘巨无霸似的飞船出现在他们眼前,一动不动地悬停在山谷正上方。

艾萨克莱娜连忙大喊一声:"捂住耳朵!"几乎与此同时,雷鸣般的巨响爆裂开来,将他们全都震翻在地。"隆隆"声滚过巨石迷宫,在四周的山壁中回荡。树木纷纷摇摆,有些枝干"噼噼啪啪"地断裂开来,随后颓然倒地,瞬间卷起的狂风将树叶从枝头一股脑儿扯去。

轰鸣声在森林中衰减,终于渐渐止息。直到这时,当大家从巨震中缓过神之后,才听到了飞船本身忽高忽低的咆哮声。这头灰色怪兽是一只闪闪发光的巨型圆筒,它的身影笼罩了整个山谷。在他们的注视之下,庞大的飞行器缓缓下降,落到高耸的脊骨化石身后,消失在大家的视线之外。引擎的巨响逐渐变成低沉的轰鸣后,大家听到了近旁山坡上山石的崩落声。

黑猩猩们慢慢站起身,不安地握着同伴的手,用低沉沙哑的声音交头接耳。在本杰明的帮助下,艾萨克莱娜站了起来。她完全伸展的卷须在毫无防备的情况下遭到了飞船动力能量场的突然袭击。她用力晃晃头,想让自己清醒过来。

"刚才那是一艘作战飞船,对么?"本杰明问她,"这里其他的黑猩猩都没有去过太空,但我一两年前上去过,去参观来访的老'维萨留斯号',就连它的个头也比不上刚才那玩意儿!"

艾萨克莱娜吐了口气,"没错,刚才确实是一艘作战飞船。我想是索罗人设计的样式。现在格布鲁人正在使用这种型号的飞船。"她低头看着黑猩猩,"本杰明,我得说——加斯不再单单是被封锁起来了。敌人已经开始入侵。"

本杰明神经质地轮番揪扯着自己的两根大拇指,"他们正悬在山谷上。我能听到他们! 他们想干什么?"

"我不知道,"艾萨克莱娜说,"为什么咱们不去看看呢?"

本杰明犹豫了一下,然后点点头。他带领大家回到山顶,趴在脊骨化石群的一个缺口处,从这里他们能窥视到下面的山谷。

那艘战船悬在东面四公里处的空中,距离地面有几百米,将巨大的阴影覆盖在谷底一小片米黄色建筑物上。艾萨克莱娜抬手遮在眼睛上方,挡住飞船深灰色的侧腹反射过来的明亮光线。

巨型巡洋舰低沉的吼声预示着不祥之兆。"它只是停在那儿一动不动! 他们要干什么?"一只黑猩猩不安地问道。

艾萨克莱娜摇摇头,用安格力克语答道:"我不知道。"从敌舰下方的地球人聚居区中,她能感觉到人类和黑猩猩心中的恐惧。同时,另外一些生物也在散发着精神信息。

是那些入侵者。她明白了。萎靡不振的精神状态说明他们极为傲慢自大,认为自己不会遇到任何抵抗。那是些骨骼纤细、遍身羽毛的生物,某个没有飞行能力的拟鸟类物种的后代——这幅鲜活的景象出现在她的脑海中,如此生动,仿佛就来自巡洋舰中某个军官的双目所见。尽管短暂的精神接触只持续了几毫秒,但心中的嫌恶仍令她的卷须骤然缩回。

格布鲁人。她在懵懂之中意识到。突然，一切疑问都豁然开解。

本杰明喘着粗气叫道："看！"

在飞船宽阔的下腹部，一只只排气孔中喷涌出棕褐色的烟雾。这阴郁而浓重的气体开始缓慢无力地朝谷底落去。

现在艾萨克莱娜感到，山谷中的恐惧变成了惊惶。她瑟缩着靠在一块脊骨化石背后，用双臂抱住自己的头，想要将山下地球生物那几乎可以触摸到的惊惧挡在自己的意识之外。

她受不了了！艾萨克莱娜尽力在自己面前营造出一道平和沉静的信息流，以此来阻挡山下传来的痛苦和惊骇。但扑面而来的强烈意念将她生出的每一缕意识云团都驱散殆尽，就像飞旋的雪花遇到了热风鼓起的烈焰。

"他们在屠杀人类和黑猩猩！"山坡上的一名队员大叫一声，起身向前冲去。本杰明在他身后叫道："皮特里！快回来！你知道自己这是去找死吗？"

"我要去救他们！"那只年轻的黑猩猩回头喊道，"如果你有心，也该下去！你能听到他们在下面尖叫！"说罢，他没有理会迂回的山道，径直顺着布满碎石的斜坡爬下，朝翻腾不息的毒雾和绝望的惨叫声赶去。

另外两只黑猩猩桀骜不驯地盯着本杰明，显然他们也抱有同样的念头。"我也要去。"其中的一个说道。

艾萨克莱娜因恐惧而眯起的双眼突然抽搐起来。这些愚蠢的动物究竟想干什么？

"我跟你一起去。"另一只黑猩猩说道。尽管本杰明破口大骂，两个队员仍然开始顺着陡坡向下爬去。

"站住，都给我站住！"

他们全都转过身,吃惊地看着艾萨克莱娜。就连皮特里也突然停住,用一只手攀在一块砾石上,抬起头朝她眨巴着眼睛。她刚才那声大吼完全是一种专断的命令口吻,这辈子她只这样大声呼喝过两次。

"别干蠢事了,马上回来!"艾萨克莱娜呵斥道,卷须在双耳上方愤怒地翻卷着。她小心翼翼模仿的人类口音早已不见了踪影。尽管她在用安格力克语吼叫,但完全是泰姆布立米人的腔调——新生黑猩猩们肯定已经在电视中听到过无数次了。或许她看上去还像个人类,但人类绝不会发出这样的声音。

几只黑猩猩全都目瞪口呆。

"马上回来!"她咬牙切齿地咆哮道。

队员们爬回坡顶,站到她面前,一个个都学着本杰明的样子,将双臂交叉在胸前,俯身鞠躬。

艾萨克莱娜克制住颤抖,尽力显出一副镇定的样子。"别让我再高声吼叫了。"她缓缓说道,"咱们必须统一行动,保持冷静,制订合适的计划。"

难怪黑猩猩们都在瑟瑟发抖,瞪圆了眼睛看着她。地球人极少这样专横地同黑猩猩讲话。尽管这个物种受人类庇护,但根据地球法律,新生黑猩猩差不多算是与人类平等的公民。

但我们泰姆布立米人可不同于地球人。是责任感,单纯的责任感,让艾萨克莱娜战胜了恐惧和畏缩。总有人要肩负起责任,拯救这些生灵的性命。

格布鲁飞船此时已不再冒出凶险的棕褐色烟雾。刚才那团气体在狭窄的山谷里渐渐扩散开来,就像一个晦暗的、泛着泡沫的湖泊,淹没了谷底建筑物的下半部分。

飞船关闭了排气孔,而后开始上升。

"隐蔽。"她命令道,随即带领黑猩猩伏在近旁的巨石四周。格布鲁战舰低沉的轰鸣越来越高昂,很快变成高八度的怒吼。很快他们便看见,那巨无霸在脊骨化石上方露出了身形。

"注意保护自己。"

黑猩猩们缩成一团,用双手捂住了耳朵。

一瞬间,庞大的入侵者升到了距离谷底一千米的空中。随后,没等大家的目光捕捉到它的动作,那怪兽便不见了踪影。它掀动的气浪犹如巨人的手掌猛地一拍,半空中再次传来雷鸣般的巨响,化作激荡的冲击波,将下面森林中的泥土和树叶震得漫天飞舞。

当巨震的回声终于消失之后,晕头转向的黑猩猩彼此面面相觑,很长时间回不过神来。最后,老大哥本杰明抖着身上的尘土站了起来。他揪住愣头青皮特里的后颈,把这只吓得魂飞魄散的黑猩猩扯到了艾萨克莱娜面前。

皮特里羞愧地垂下目光,"我……我很抱歉,女士,'他粗哑地低声说道,"刚才我那样做只是因为,下面有人类,还有……还有我的伙伴……"

艾萨克莱娜点点头。对出于善意而犯错的受庇护种族不该过于苛刻。"你的动机值得钦佩。但只有当咱们冷静下来能够制订计划的时候,才会更有效地营救你的庇护主和朋友。"

她伸出手。这姿势并不像是庇护主在施恩屈就,而更像是拍拍自己受庇护种族的头——在皮特里看来,格莱蒂克人最多只会以此来表示友好。他们握了握手,黑猩猩羞怯地笑了。

当他们匆匆绕过巨石再次朝山谷望去时,几只黑猩猩的呼吸一下子变得粗重起来。下面那片棕褐色的云雾已经淹没了谷底的低地,像浓稠而污秽的海水一样涌向他们脚下长满森林的山坡。浓重的气体与周围的空气形成了一道清晰可辨的边界线,现在几乎马上就要舔到附近树木的根部。

他们无法知道下面的情况如何。在毒云中仍有谁活着,他们也无从知晓。

"咱们要分成两组,"艾萨克莱娜对大家说,"罗伯特·奥尼格还在等待营救。必须派人找到他。"

一想到罗伯特还半昏半醒地躺在原地,她的脑海中便生出一阵压抑不住的焦虑。她一定要确保他得到救护。不管怎样,她还是意识到,大多数黑猩猩应该去寻找罗伯特,而不是留在这条充满死亡气息的山谷旁。面对满眼凄惨的灾难场景,这些生灵的情绪会极不稳定,容易失去控制。"本杰明,你的同伴们单凭我指出的方向能自己找到罗伯特吗?"

"您的意思是,您不去为他们领路了吗?"本杰明蹙眉摇了摇头,"唔,我不知道,女士。我……我确实认为您应该同他们一起去。"

罗伯特所在的位置有一个很明显的地标:山路主道旁一棵极为高大的山鹑榛果树。艾萨克莱娜就把他安置在那棵大树下面。只要派小组赶去,无论是谁都能很容易地找到那个受伤的人。

她能感觉到本杰明的心情,这只黑猩猩急切地盼望赫赫有名的泰姆布立米人能留在这里救助山谷中的受难者。但他刚才还选择要让她去带路。这是为什么呢?

浓烟在他们脚下翻卷滚动。她远远地感觉到,下面许多生命的头脑中正激荡着恐惧。

"我要留下来,"她断然说道,"你说过,这是一支合格的救援队,所以队员们肯定能找到罗伯特,对他施行救助。同时,必须有人留在这儿,看看是否能为下面的人做些什么。"

如果艾萨克莱娜面前是一个人类,他们肯定还要继续争执下去。但黑猩猩的头脑中已有固定的思维模式,绝不会想到去反驳庇护主的格莱蒂克盟友。属于受庇护阶层的智能生命不可能做这种事情。

从本杰明的头脑中,她感到了一丝轻松……但还夹杂着一些恐惧。

三只年轻的黑猩猩扛上背包,而后庄重地向西进发。他们穿过脊骨化石群,不时紧张地回头望上几眼,最后消失在艾萨克莱娜的视线之外。

艾萨克莱娜劝自己不要再为罗伯特的安危牵肠挂肚了。但在内心中她还存留着一种始终挥之不去的担心——她的父亲。敌人肯定会率先对海伦尼亚实施打击。

"来吧,本杰明。咱们看看能为下面那些可怜的人做些什么。"

　

尽管地球人的遗传学家在提升智能方面很快取得了不凡的业绩,但他们还要继续在新生海豚和新生黑猩猩身上多下功夫。在这两个物种里,真正能够独立思考的智者并不多见。以格莱蒂克标准来衡量,地球人已经取得了伟大的进步,但他们希望更快速地发展。他们心中还没有太大的把握,不知自己的受庇护种族是否应当迅速成长,马上成熟。

一旦在海豚或是黑猩猩中发现一个出类拔萃的头脑,人类便会倍加呵护、悉心培育。艾萨克莱娜能感到,本杰明便是这些精英中的一员。这只黑猩猩肯定拥有蓝卡繁育权,且已经有了不少子嗣。

"或许我该先去侦察一下,女士。"本杰明提议,"我可以爬到树上,始终待在毒气的上面。我想进入研究中心察看情况,然后回来向您报告。"

他们一起望着神秘云团构成的湖泊,艾萨克莱娜感觉到了黑猩猩心中的不安。那片气体深浅难测,在这里大概只没过脚踝,但随着地势下降,它将越来越深。在远处的山谷中,可以看到回旋的浓云正接近几人高的树顶。

"不。咱们两个要待在一起。"艾萨克莱娜坚决地说道,"你该知道,我也会爬树。"

本杰明上下打量着她,显然回想起了传说中讲到泰姆布立米人的神奇适应力的那些故事。"嗯,您的种族以前可能在树上生活过。请原谅,我无意冒犯。"他朝她歪起嘴巴慌乱地一笑,"那好吧,小姐。咱们出发吧。"

他助跑几步,随即飞身攀上了一棵橡树的枝杈,绕过树干又蹿向另一根树枝,而后凌空一跃,落到了下一棵树上。他抓住上下弹动的树枝,低头用那双好奇的棕色眼睛看着艾萨克莱娜。

艾萨克莱娜知道,对方这是在发起挑战。她深吸几口气,集中起精神。体内的变化开始了,她的指尖簌簌发麻,逐渐变得刚硬,胸部的肌肉也膨然鼓起。她呼出一口气,蹲下身来,而后奋力一跃,纵身抓住那棵橡树的枝杈。尽管有些困难,但她还是模仿着黑猩猩,攀住树枝腾跃前进。

看见她跳到自己身旁,本杰明赞许地点点头,而后接着向前荡悠而去。

他们的速度并不很快,从一棵树跳到另一棵树,而且还要爬过缠满藤蔓的树干。有几次,二人不得不回头撤退,绕过被缓缓沉积的浓烟填满的空地。在穿过一缕缕偶尔腾起的烟雾时,他们都尽量屏住呼吸,但艾萨克莱娜还是不由自主地轻轻吸进了一点点辛辣、浓稠的气体。她觉得身上好像越来越痒,于是连忙告诉自己不要太担心,那大概只是心理作用。

本杰明不时偷偷朝她瞟上一眼。随着时间一分钟一分钟地过去,这只黑猩猩肯定注意到了她的变化——手臂柔韧而富于弹性,肩部灵活,双手舒展有力。显然他根本没想到一个格莱蒂克人居然能以这种方式跟上他,从树林中飞荡而过。

他肯定也不知道,这种变形术要让她付出多大的代价。艾萨克莱娜的身体已经开始疼痛,而且她明白,这痛苦才刚刚开始。

森林中变得嘈杂起来。小动物们从二人身边飞蹿而过,躲避着怪异的烟云和恶臭的味道。艾萨克莱娜捕捉到了它们散发出的恐惧信息,转瞬即逝,但异常强烈。当二人到达一座俯瞰聚居区的小山顶端时,他们能够听到被熏黑的树林深处传出的地球物种微弱的惊叫声。

从本杰明的棕色眼睛里,她知道下面那些生灵是他的朋友。"您看到地面上的那层烟气了么?"他说道,"虽然它淹没了我们那些房子,但一两米下面就是屋顶。要是我们的房子盖得再高些就好了!"

"那样的话,敌人会先把房子炸掉,"艾萨克莱娜告诉他,"然后再释放毒气。"

"是的。"本杰明点点,"唉,不知我的伙伴们在树林里怎么样了,咱们去看看吧。说不定他们还帮几个人类逃到了足够高的地方。"

她并没有问本杰明,他暗藏在内心深处的恐惧究竟是什么,他自己肯定不会说出来。但艾萨克莱娜能感到,除了为下面的人类和黑猩猩感到担忧之外,本杰明还有别的顾念,似乎不仅仅是担忧。

他们越深入山谷,就越要借更高的树枝腾身。当他们在树上匆忙赶路、遇到更多空地的时候,二人便不得不跳下树,用双脚趟过向四处飘散的烟雾,然后继续上树前行。幸运的是,这种浓稠的云雾像是会最终消失,因为气体的比重正在逐渐增加,慢慢积聚成了由灰色粉尘构成的细雨。

当他们能够看到树林对面那些米黄色的建筑物时,本杰明加快了脚步。艾萨克莱娜尽量跟在他身后,但若想追上这只黑猩猩已越来越困难。她体内的生化酶已几近枯竭,令她筋疲力尽,而且她的卷须也在闪闪发光,那是她的身体在尽力消除内部的热量。

艾萨克莱娜伏在一根摇摆不定的树枝上,心中默念着,集中精神。她屈着双腿,透过模糊的视线盯着对面那棵树上沾满灰尘的叶子和细枝。

跳!

她腾身而起,但现在她的跳跃已失去了弹性。她的身体刚好飞过两棵树之间的空当,差点没够着前面的树枝。艾萨克莱娜抱住晃动的枝杈,卷须像火焰一样闪烁跃动。

她紧紧抓住树身,张开嘴巴急促地喘息,再也动弹不得,眼前一片模糊。或许现在体内的痛苦并不只是生化酶反应的结果,她想,或许山谷中的这种气体并不是专门为地球生命设计的。它也能要了我的命。

过了一会儿,她眼前的景物才恢复了清晰,但她只能看到一只脚,黑色的脚底板,覆盖着棕色的毛……这是本杰明,他敏捷地攀住树枝,站到了她的面前。

他伸出手,轻柔地碰了碰她发热的、摇摆不定的卷须,"您就等在这儿休息一下,小姐。我先去侦察一下,很快就回来。"

树枝再次震颤起来,他走了。

艾萨克莱娜静静地躺着。她现在什么也做不了,只能听着从豪莱茨研究中心那个方向传来的微弱喊声。格布鲁巡洋舰离去已将近一个小时,她仍能听到黑猩猩惊慌失措的尖叫,还有某种她分辨不出的动物正在发出奇怪而又低沉的叫声。

气体已经消散,但臭味还在,即便在树上也能闻到。艾萨克莱娜闭上鼻孔,用嘴巴呼吸。

可怜的地球生命们,他们的鼻孔和耳道不得不始终张开着,任由外界随意折磨。即便是现在这个时候,艾萨克莱娜也没忘记心生嘲讽之念。不过,至少这些生物不必用头脑云感受精神信息。

随着卷须的温度渐渐降低,艾萨克莱娜感到一连串的情感信息如同潮水一般涌来……人类的、黑猩猩的,还有另一种忽隐忽现的意念——她现在已经越来越熟悉这个"陌生人"的信息了。又过了几分钟,艾萨克莱娜觉得体力恢复了一些……足够顺着树杈爬到靠近树干的地方。她背靠着粗糙的树皮坐起身,长出一口气,四周是奔流不息的喧闹声和信息流。

或许我根本不会这么轻易地死掉,至少现在不会。

就在短短的一瞬间,她突然意识到,距离自己相当近的某个地方有些古怪。她能感觉到,有人正在看着她,而且就在身旁!她转过身,倒抽一口凉气。就在六米之外的一棵树的枝叶中,有四双眼睛正在盯着她——三双眼睛是深棕色,第四双是浅蓝色。

除了少数高智能的、半人半植物的坎顿人,泰姆布立米人是最了解地球生灵的格莱蒂克人了。但尽管如此,艾萨克莱娜还是吃惊地眨着眼睛,不清楚自己究竟看到了什么。

在那棵树上最靠近树干的地方,坐着一只成年的雌性新生黑猩猩。她只穿着一条短裤,怀中抱着一个黑猩猩婴儿。这个身材矮小的母亲睁大了一双棕色的眼睛,充满了恐惧。

在她身旁是一个皮肤光滑的地球人小孩子,身穿斜纹布套装。那金发白肤的小姑娘正在朝艾萨克莱娜羞怯地笑着。

但树上另外那个生物令艾萨克莱娜惊奇而又困惑。

她想起了自己听过的一盘新生海豚的录音带,那是父亲出差回家时带给她的。当时正值泰特拉尔人的"认同与抉择"典礼刚刚结束,她在那片死寂的火山口上的表现相当古怪。或许乌赛卡尔丁希望这盘录音能有助于她克服忧郁的精神状态——向她证明地球上的那种鲸类动物实际上是一种非常迷人的生灵,根本不必担心和恐惧。当时他让女儿闭上眼睛,任由歌声漫过自己的心灵。

不管乌赛卡尔丁的本意如何,反正结果与他的期望正相反。听着狂野不羁的歌声,艾萨克莱娜突然感到自己坠入了深不见底的大洋,耳边是海水愤怒的咆哮。即便她睁开双眼,看到自己仍坐在家中的音乐室里,但还是无济于事。有生以来第一次,声音的力量征服了她的视觉感官。

艾萨克莱娜再没有听过那盘录音带,她也不知道是否还有其他东西像海豚的歌声那么古怪……直到有一天,她在罗伯特·奥尼格的意识中看到了那些怪诞的象征性景象。

而现在她又产生了那种感觉!因为,当她第一眼看到对面树上的第四个生物时,还以为那是一只体形格外巨大的黑猩猩,但卷须马上告诉她,她的判断错了。

完全错了!

那双棕色的眼睛平静而镇定地与她对视着。显然,这个生物的体重要比身边三个同伴加起来还要重,而它却以一种小心周到的姿势把那个人类孩子抱在膝头上。当小姑娘扭动身体想要离开它的时候,这个大块头只是喷喷鼻子,稍稍挪动一下身体,仍然抱着孩子毫不放手,它的目光也始终没有离开艾萨克莱娜。与普通的黑猩猩不同,它的面孔非常黝黑。艾萨克莱娜不顾身上的疼痛,慢慢向前挪动着身体,尽量不惊扰对方。"你好。"她小心地用安格力克语招呼道。

地球人孩子又笑了,而后害羞地把头埋在她那位毛发纷披的保护者厚实的胸膛上。黑猩猩妈妈畏缩地向后一撤,显然心怀恐惧。

那长着一张扁平大脸的魁伟生物只是点了两下头,又喷了喷鼻息。

它的意识中也具有智能!

艾萨克莱娜以前只见过一次——在不开化的兽类动物与接受提升的智能受庇护种族之间,还存在着过渡性的物种。这种情况在五大星系中极为罕见,因为庇护主种族一旦发现任何具有智能潜质的生物,便很快将其登记注册,进行提升培育。

艾萨克莱娜突然意识到,眼前的这种生物已经具有了相当水平的智能!

但野兽和智者之间的鸿沟似乎是根本无法逾越的! 诚然,自从大接触之前的蒙昧时代开始,某些地球人就始终抱着离奇的观点坚持不放——那些理论主张,真正的智能生命是可以自己"进化"的。但格莱蒂克人的科学早已下了定论:只有在其他智慧种族的帮助下,生命智能的提升才能越过极限,发生本质的变化,而智慧种族已经在自己庇护主的挈领下跨越了极限。

这样一代代向前追溯,便回到了数十亿年前,传说中先祖的时代,那是智能生命最早的第一个族类。

但没人能追溯到地球人的庇护主。正因为如此,他们才被称为……"狼崽子"。莫非他们原先坚持的观点确有一定的真实性?如果是这样,莫非眼前的这个生物也是加斯星球上"生命自我进化"的产物?

不,不可能!我为什么没有马上反应过来呢?

艾萨克莱娜这才突然明白,面前的巨兽并不是野生的自然产物。它不是父亲要她寻找的传说中的"加斯人"。对面树上这几个生物彼此之间的相似之处太明显了。

她端详着这几个生物,他们就像一群同族的兄弟姐妹,一同坐在那根树枝上,下面是格布鲁人施放的毒气。人类、新生黑猩猩,还有……该如何称呼它呢?

她尽力回想,父亲曾对她讲过——人类获准占据他们自己的家园星球,地球。在大接触之后,格莱蒂克公会承认了人类对地球拥有既成事实的合法占有权。不过她能确信,地球人还要受《休养生息法》和其他限制性法令的约束。

而且这些法令还特别提到了某些地球物种的名字。

眼前的巨兽散发着智能生命的潜质,它的名字会不会就在特别法令的名单之内?艾萨克莱娜忽然想起了一个比喻:"脑海中突然一亮"。她搜寻着记忆中的泰姆布立米说法,最后终于找到了自己苦苦思索的那个名字。

"可爱的大家伙,"她轻声问道,"你是一只大猩猩,对吗?"

第十六章　豪莱茨研究中心

巨兽喷着鼻息点了点它的大脑袋。在它身旁,黑猩猩母亲轻声呜咽起来,看着艾萨克莱娜时带着明显的恐惧。

但地球人小姑娘却拍起手来,她感觉这像是在做游戏,"大猩猩!乔尼是个大猩猩!看我!"说罢,孩子将小手攥成拳头,捶打着自己的胸口;而后她又扬起头,发出一声尖厉的哀号。

大猩猩。艾萨克莱娜惊奇地看着那个默不作声的大块头,尽力回想自己在很久以前听说过的那些故事。

大猩猩张开黑色的鼻孔朝艾萨克莱娜这个方向闻了闻,然后用空着的那只手朝人类孩子飞快地打着复杂的手语。

"乔尼想知道,现在我们是不是该听你的命令了?"小姑娘口齿不清地说道,"我希望你能来管事儿。刚才我看见你停下来不追本杰明了,你肯定累坏了吧?你为什么要追他?他做了什么坏事吗?你肯定也知道,他已经跑掉了。"

艾萨克莱娜更靠近了些,"不,"她答道,"本杰明没有做坏事。至少从我碰到他那时起,他没做坏事。不过我已开始怀疑了——"

　　艾萨克莱娜停了下来。孩子和大猩猩都不会明白她现在正怀疑什么。不过,那只成年雌性黑猩猩肯定明白,她那双眼睛里流露出了恐惧的神色。

　　"我叫艾普丽尔,"地球人小家伙告诉她,"这是妮塔,她的娃娃叫查查。有时候黑猩猩给孩子起的乳名特别简单,因为这些宝宝刚开始的时候说不好话。"她说道。

　　她看着艾萨克莱娜,两眼像是在闪闪发光,"你真是个泰姆……比姆……泰姆比姆米人吗?"

　　艾萨克莱娜点点头,"我是泰姆布立米人。"

　　艾普丽尔拍起手来,"噢,你们可是好人! 你看见刚才那艘大飞船了吗? 它来的时候'轰隆'一响,爸爸就让乔尼带我跑了出来,后来就到处都是烟,乔尼用手捂住了我的嘴巴,我都快憋死了!"

　　艾普丽尔扭歪了面孔,模仿着窒息的样子。

　　"到了树上之后他才松开手,我们又遇到了妮塔和查查。"说着,她瞟了一眼黑猩猩母子,"我猜妮塔给吓坏了,她一句话也说不出来。"

　　"你也给吓坏了吧?"艾萨克莱娜问。

　　艾普丽尔严肃地点点头,"是的。可我不能老是害怕。在这儿,我是唯一的人类,我得管事儿,照顾好大家。

　　"你现在能管事儿了吗? 你真是个漂亮的泰姆比姆米人。"

　　说到这儿,小姑娘又变得害羞起来。她把半张脸埋在乔尼宽厚的胸口上,露出一只眼睛,朝艾萨克莱娜笑了。

　　艾萨克莱娜不禁暗暗吃惊。在这以前,她从未注意到人类卓越的能力。尽管她的种族与地球人结盟,但她仍然怀有某种常见的格莱蒂克偏见,认为"狼崽子"还是些未经驯服的兽类。

许多格莱蒂克人都不相信人类真正具备庇护主的素质。无疑，格布鲁人已在他们的战争宣言中表明了自己的态度。

而现在这个孩子完全否定了格莱蒂克人的怀疑。不仅根据法律，而且出于习惯，小小的艾普丽尔已经在统管她的受庇护种族了，不论她的年龄有多小，她清楚地知道自己肩负的责任。

不过，艾萨克莱娜也明白了，为什么罗伯特和本杰明不愿让她来到这里。她强压住心头的怒火。迟早她要想办法让父亲对此做出解释，但那要等她证实了自己的怀疑之后才行。

她体内的生化酶反应已消退殆尽，取而代之的是肌肉和神经里生出的隐隐灼烧感，现在身体的感觉又开始提醒她，她是个泰姆布立米人。"还有其他人类也爬上树了吗？"她问道。

乔尼飞快地打出一连串手语。艾普丽尔为他充当翻译，但小姑娘并不十分明白大个子话中的真实含义。"他说，有几个人想要爬上树。但他们不够快……大多数人都跑去做'人类的事情'了。"她慢慢解释道，"碰到人类做那些大猩猩不懂得的事情，乔尼他们便会说那是'人类的事情'。"

最后黑猩猩母亲妮塔开口了："那些气……气体，"她吞了一口唾沫，"那些气体让……让人类没有力气。"她的声音非常细小，刚刚能让艾萨克莱娜听清，"我们黑猩猩闻到后，也感到有一点无力。但我觉得……大猩猩们好像没有什么感觉。"

原来如此。或许起初艾萨克莱娜对这种气体的猜测并没有错。她早就怀疑它不会马上置人于死地。大规模屠杀平民会令文明战争公会大为反感。她很了解格布鲁人，那些家伙大概有更险恶的用心。

这时，她的右侧忽然传来树枝的"噼啪"声——是大个子黑猩猩本杰明落在了两棵树之外的一根枝杈上。他朝着艾萨克莱娜喊道：

"现在好了,小姐! 我找到了塔卡博士和舒尔茨博士。他们急着要见你!"

艾萨克莱娜示意他过来,"请你先过来一下,本杰明。"

带着猿类动物典型的夸张表情,本杰明不情不愿地叹了口气。他攀住一根根树枝荡了过来,刚到三只猿类动物和那个人类女孩面前,他就目瞪口呆得差点失手掉下树去。沮丧的神情清清楚楚地写在了他的脸上。他朝艾萨克莱娜转过身,舔了舔嘴唇,而后又清了清喉咙。

"别再白费力气了,"她告诉他,"我知道你刚刚花了二十分钟时间,在乱糟糟的局面中百般周旋,极力想要掩盖真相。但没有用。我已经明白这个豪莱茨研究中心一直在做什么工作了。"

本杰明紧紧闭上嘴巴,而后耸耸肩,"那么——"他叹道。

艾萨克莱娜转向树枝上那四个生灵,问道:"你们听从我的命令吗?"

"是的。"艾普丽尔答道。妮塔看了看艾萨克莱娜,又看了看人类小姑娘,最后也点了点头。

"那么好吧。你们要一直待在这里,直到有人来找你们。明白吗?"

"是的,女士。"妮塔再次点点头。而乔尼和查查只是呆呆地瞪着眼睛。

艾萨克莱娜站起身,在树枝上把握好平衡,随即转向本杰明,"现在咱们去和你那些提升专家谈谈吧。如果毒气还没让他们完全失去意识,我就一定要听到解释,为什么他们要违反格莱蒂克法规。"

本杰明露出一副大势已去的神情,顺从地点了点头。

　　"还有，"艾萨克莱娜踏上本杰明身边的树枝，"你为了掩盖真相，已经把黑猩猩和大猩猩都打发到隐蔽处去了，没错吧？你最好追上他们，把他们都叫回来。

　　"我们需要他们的帮助。"

第十七章　法　本

逃生舱犁出的沟槽旁横七竖八地躺着被撞碎的树木,法本费尽力气才用零碎的枝干做成了一根拐杖。每当他将重心倚靠在拐杖上,那粗硬的杖头便隔着破碎的飞行制服将他半脱臼的肩膀顶得生疼。

噢,这根拐杖和我的身材还算般配,他心想,要是人类没有弄直我们的脊骨、缩短我们的手臂,我今天还真没办法走回去寻找文明世界呢。

尽管法本头晕目眩、遍身青肿、饥饿难耐……但当他穿过重重障碍、向北择路而行的时候,居然感到兴高采烈。见鬼,我还活着。我真没有什么可抱怨的。

他以前曾在穆伦山脉中待过很长时间,为"复苏计划"进行生态学方面的研究,所以他知道自己现在的位置正处于山脉右侧的分水岭上,离已探明的平原并不很远。眼前的草木全是他熟悉的品种,大部分属于加斯本地的植物,但还有一些是从外星引进的,种在这里是为了填补布鲁拉里人大屠杀造成的生态空缺。

法本感到前景乐观。到现在为止,他算是保住了性命,而且还坠落在自己熟悉的区域……这一切都令他坚信,命运女神对他还另有安排,无意将他就此了结。她之所以留下他的性命,肯定是出于某种特殊的原因——大概为他安排的宿命要更讨厌、更痛苦,不仅仅像饿死在荒野这么简单。

法本突然竖起耳朵抬头观望。刚才那声音不会出自他的想象吧?

不!那是说话声!他拄着拐杖连蹦带跳、跌跌撞撞地冲下崎岖的山路,来到了一片倾斜向下的空地上,正好可以俯瞰下面险峻的峡谷。

他翘首四顾,几分钟过去了,还是没有找到声音的来源。这片该死的雨林太浓密了!

找到了!在峡谷对面的山坡中部,六只背着背包的黑猩猩出现在法本的视线中。他们正快步穿过森林,朝太空军"普洛康苏尔号"一块仍在冒烟的残骸走去。现在他们没有作声。刚才真是侥幸,当他们从法本下方走过时,当中的什么人在讲话,不然法本肯定要和他们失之交臂了。

"喂!傻瓜们!朝这儿看!"他用右脚单腿跳了起来,挥舞双臂大声叫喊道。搜索队停住了脚步。黑猩猩们眨巴着眼睛环顾四周,法本的喊声在狭窄的山谷中回荡不息,令他们无法判断声音来自哪里。法本龇着牙齿,失望地低声咆哮起来。那帮家伙四处张望,可就是不朝他这里看!

最后他举起拐杖,用力地挥舞,然后一甩手,将它抛到了峡谷对面。

一只黑猩猩抓住同伴,大叫起来。他俩都看到那根树枝飞进了林子里。这就对了,快点呀!法本暗自催促着,快点动动脑筋,顺着抛物线的来路朝这边看啊!

那两个搜索队员朝他这里指点着,终于看到了他挥舞的手臂。他们激动地尖叫起来,不停地雀跃。

法本暂时忘掉了自己心中小小的不快,低声念叨起来:"我还真够走运的,碰到了一帮傻大兵。快来吧,伙计们。各位就别跳什么霹雳舞了①。"

不过,当他们走近他所在的这片山腰空地时,他还是咧开嘴巴笑了。在随后的拥抱和亲昵中,他已完全得意忘形,而且还发出了一两声欣喜的嗥叫。

---

①黑猩猩热衷跳霹雳舞。

第十八章　乌赛卡尔丁

他这艘小飞船是最后一架驶离海伦尼亚空港的飞行器。他的探测器屏幕上显示，入侵者的巡洋舰已经降低高度，进入了加斯的低层大气。

在空港，一小股由预备役军人和地球联邦陆战队员组成的武装力量正准备做徒劳的最后一搏。他们的挑战声明正在通过所有的频道进行广播：

……我们否认入侵者有权在此着陆。我们理应为了保护格莱蒂克文明而抵抗他们的进攻。我们拒绝格布鲁人在我们的合法租借地肆意妄为。

因此，我们已组织起一支小规模武装力量，名为"正式抵抗特遣队"，在首都的空港等待入侵者的到来。我们挑战……

乌赛卡尔丁若无其事地操纵着腕带式控制器和拇指控制键盘，驾驶小飞船以超音速沿着希尔马海岸向南飞驰。在他的右侧，辽阔的海面正在明亮的阳光下熠熠生辉。

……如果他们有胆量与我们面对面地对决，而不是畏缩在战舰中……

乌赛卡尔丁点点头，"对，地球佬，就该这样告诉那些格布鲁人。"他用安格力克语轻声说道。特遣队的指挥官曾请他对挑战书的措辞提些建议。他希望自己确实帮上了忙。

无线电广播继续如实列举着在空港中等待打击来犯舰队的武器的数量和品种，这样敌人就找不到正当理由来使用占据绝对优势的武力。在这种情况下，格布鲁人别无选择，只能投入地面部队攻击抵抗者。因而他们的人员伤亡将无可避免。

但这要看格布鲁人是否仍然遵守规则，乌赛卡尔丁提醒自己，敌人有可能根本不理会《战争法》的规定。在当前这种情况下，很难做出判断。但外星系已早有传闻……

他的座舱四周是一排显示器。其中的一台显示出格布鲁人的巡洋舰已经出现在海伦尼亚公共新闻摄像机的视野中。在其他几台的画面上，敌人快速飞行的战斗机正在空港上空呼啸而过。

乌赛卡尔丁能够听到身后传来一阵悲切的低语声，那是两名身形如同麻秆一般的印宁人在彼此安慰对方。至少这两个生灵还能坐进专为泰姆布立米人设计的座椅中——而他们那位身形庞大的主人只好站着。

不过，库尔特并没有站着不动，他正在狭小的舱室里来回踱步，头上的羽冠愤然竖起，一次次地碰到头顶的天花板。这个泰纳尼人正在大发脾气：

"为什么，乌赛卡尔丁？"他已经不止一次这样唠叨了，"为什么您耽搁了这么久？咱们是最后一个离开这里的！"

库尔特的腮缝不停地翕动，"您告诉我说咱们会在前天晚上出发！我急急忙忙收拾了一点私人物品，然后就一直等着您，可您根本没有来！我只好接着等。我错过了大好的机会，没有去雇别的交通工具，可您一次又一次地送信来，要我耐心等待。看看后来吧，您总算在天亮时赶来了，咱们快活地上了路，就像是在度假旅行，去瞻仰先祖的圣殿！"

乌赛卡尔丁任由他的同僚继续发着牢骚。他已经正式道过歉，而且支付了外交金币作为补偿。库尔特别指望他再做任何进一步的表示了。

除此以外，一切都在按照他的计划进行。

仪表板上的一个黄灯突然闪烁起来，同时传来一阵"嗡嗡"声。

"那是怎么回事？"库尔特焦虑不安地凑上前来，"他们探测到了咱们的引擎？"

"不。"听到这话，库尔特松了一口气。

乌赛卡尔丁接着说："不是引擎的问题。那个小灯亮起来，表示敌方的概率波刚刚扫描过咱们。"

"什么？"库尔特几乎尖叫起来，"这艘飞船没有防护罩吗？而且您没有使用引力能源！他们会扫描到什么反常的概率信号吗？"

乌赛卡尔丁耸了耸肩，仿佛人类这种肢体语言是他与生俱来的习惯，"他们未必能扫描到什么，也可能他们会测算出咱们两个人的生存概率、咱们的命运——在天边化作一团火球。说不定他们真能探测到这样的信息。"

他右眼的余光注意到，库尔特在发抖。泰纳尼人似乎对任何与描述可能性有关的艺术和科学全都抱有一种迷信的恐惧感。乌赛卡尔丁的卷须轻轻腾起一股精神信息流,满含对这个敌人的歉意——他提醒自己,泰姆布立米人已经同库尔特的种族正式宣战了。他有权戏弄一下这个亦敌亦友的家伙,而且他的所作所为并未超越道德标准的底线,尽管是在他的安排下,库尔特的飞船发生了故障。

"我真不该为此担心,"他说,"咱们的旅程已经有了一个良好的开端。"

没等泰纳尼人答话,乌赛卡尔丁忽然俯身向前,用格莱蒂克七号语快速地发布指令,让一台显示器放大了画面。

"真该死!"他用家乡话骂道,"瞧瞧他们正在干什么!"

库尔特转过身凝神观看。全息显示器上显现出一艘艘巨大的巡洋舰正在首都上空盘旋,将棕褐色的气体倾泻到建筑物和公园里。尽管扬声器的音量关得很小,但他们还是能够听到新闻播音员惊恐的声音。那人正在向观众描述发黑的天空,就好像海伦尼亚的每个人都需要他来翻译。

"这可不好。"库尔特的羽冠不停地碰着天花板,"格布鲁人太过激了,大大超出了事态允许的限度,也超出了他们在这里作战的战争权限。"

乌赛卡尔丁点点头。但没等他来得及开口,另一盏黄灯便开始不停地闪烁。

"现在又怎么了?"库尔特哀叫道。

乌赛卡尔丁瞪大了双眼,"这意味着咱们正被飞行器追击。"他答道,"咱们可能要展开一场战斗了。库尔特,您会操纵五十七级的武器控制系统吗?"

"不会,但我相信我的一名印宁——"

他的话还没说完,乌赛卡尔丁突然大吼一声"小心!",然后打开了飞船的引力能源开关。地面呼啸着从他们身下飞过。"我要开始做规避机动飞行了。"他叫道。

"太好了。"库尔特用脖子上的腮缝说道。

哦,愿上天保佑这个泰纳尼人的厚脑壳吧。乌赛卡尔丁想。

他努力控制着自己的面部表情,但他知道身边这位同僚就像石头一样毫无感受他人情绪的能力,肯定不会察觉到他内心的喜悦之情。

当追来的敌船朝他们开火的时候,乌赛卡尔丁用卷须唱起了欢歌。

第十九章　艾萨克莱娜

　　豪莱茨研究中心的外观涂成了树叶一样的颜色,同碧绿的森林和草地混杂在一起,似乎这座建筑有意让自己显得毫不起眼。尽管西面吹来的风最终吹散了入侵者散布的最后几缕毒烟,但在五米高度的范围之内,所有的东西都蒙上了薄薄一层沙砾状的粉末,散发出一股刺鼻的臭味。

　　艾萨克莱娜的卷须不再缩成一团地躲避那无法承受的痛苦信息流。现在,建筑物中生灵们的心情已经发生了变化。现在她能从中感到一丝气馁……还有睿智的头脑迸发出的愤怒。

　　她跟着本杰明荡过一棵棵大树,来到建筑群正面的空地近前。从树上望去,她能看到一小群新生黑猩猩正甩开内八字的大脚在内部设施里奔忙。有两只黑猩猩抬着一副担架,担架上的东西被布单蒙得严严实实。

　　"或许您真不该进去,小姐,"本杰明声音粗哑地说道,"我的意思是,尽管毒气是专门设计出来对付人类的,但我们这些黑猩猩吸入了之后也觉得有点虚弱无力。您是非常重要的人……"

　　"我是泰姆布立米人。"艾萨克莱娜平静地说道,"当受庇护种族和我的伙伴需要帮助的时候,我不能坐视不管。"

本杰明俯身鞠躬,默默地服从她的意愿。他领她顺着一连串阶梯状的树枝滑下树,最后当她的双脚终于落在地面上时,心中感到踏实了许多。在树下,刺激性的气味更浓重。艾萨克莱娜想不去理会它,但她的心脏仍然紧张地"怦怦"乱跳。

他们穿过一排房舍,这片建筑肯定是大猩猩的宿营地和训练房。另外还有几片被栅栏围起来的运动场和测试区。显然地球人在这里已经进行了规模不大但十分有效的实验。本杰明真以为把半开化的猿猴打发到丛林里藏起来就能轻松地骗过她?

她希望这些大猩猩没有遭到毒气的侵害,也不曾因事后的恐慌而受伤。她虽然只上过短短的几节地球历史课,可现在她还记得,尽管大猩猩非常强壮,却是极为敏感甚至脆弱的生物。

黑猩猩们身穿短裤,脚踩凉鞋,每一只都斜挎着工具袋,忙忙碌碌地执行着紧急任务。有几只黑猩猩看到艾萨克莱娜走近,便抬眼盯着她,但他们谁都没有停下脚步开口讲话。事实上,她也不曾听到谁说过什么话。

他们两个轻轻地踏过深色的尘土,来到了营地的中心。在这里,艾萨克莱娜和她的向导终于见到了人类——一男一女,正躺在主楼楼梯旁的长椅上。那个男人的头上没有一根头发,双眼的眼角处长着内眦赘皮。看上去他似乎勉强保持着清醒的神志。

而那个女人则身材高挑,生着一头黑发。她的皮肤非常黑,艾萨克莱娜以前从未见过如此浓郁丰厚的色泽。或许她就是那种极为罕见的"纯种"地球人,仍旧保有自己古老祖先"人种"的特征。相比之下,她身旁那些黑猩猩一片片棕色毛发下面的皮肤就显得近乎淡粉红色。

看到艾萨克莱娜走近,黑肤女子在两只面相老成的黑猩猩的帮助下,费力地用胳膊肘支起了半边身体。本杰明走上前为大家做介绍:

"塔卡博士、舒尔茨博士、穆兹韦利博士、黑猩猩弗雷德里克,以及全体地球种族,我代表你们向尊敬的客人表示敬意,这位是艾萨克莱娜女士,来自阿布–卡尔特穆尔,阿布–布尔玛,阿布–克拉尔尼斯,乌尔–泰特拉尔,泰姆布立米族类。"

艾萨克莱娜看了本杰明一眼,没想到他竟能将她的种姓尊称背诵得分毫不差。

"舒尔茨博士,"艾萨克莱娜朝左面那只黑猩猩垂首致意,而后向那女子俯身鞠躬,"塔卡博士。"最后她向余下的人类和黑猩猩低头致敬,"穆兹韦利博士,黑猩猩弗雷德里克。对于你们的营地和星球所遭受的残酷迫害,请接受我的慰问。"

两只黑猩猩深深地弯下腰,鞠躬还礼。那女子也想起身,但虚弱的身体令她未能如愿。

"多谢您的好意,"她费力地答道,"我们地球人能勉强应付过去,我能肯定……而且我承认,看到泰姆布立米大使的女儿突然出现在这里,我还真有点吃惊呢。"

我打赌你肯定会吃惊。艾萨克莱娜用安格力克语在心中暗暗说道。只有这一次,地球人风格的嘲讽令她大为得意。对于你们的计划来讲,我的到来也堪称是一个灾难,并不比格布鲁人和他们的毒气逊色!

"我有个朋友受了伤。"她高声说,"几个小时前,你们搜索队里的三只黑猩猩已经去找他了。您有他们的消息了吗?"

那女子点点头,"是的,是的。搜索队刚刚发回报告。罗伯特·奥尼格意识清醒,情况稳定。我们还派出了另一个小队去寻找坠机的飞行员,现在两班人马上就要会合,他们都带着全套的救护设备。"

艾萨克莱娜感到轻松了许多,她压在心底的忧虑终于被打消了。"很好。真是太好了。另外,我还要说一点别的事情。"

她的卷须舒展开来,形成了一股充满预感的信息流。她知道这些人根本感觉不到这片精神云团。

"首先——自从地球人赫然出现在五大星系那时起,泰姆布立米人就是你们的盟友。作为友邦的一员,我理应在紧急时刻给予帮助。我将履行同辈庇护主应尽的职责,而作为回报,我只要求诸位能帮我与我的父亲取得联系。"

"没问题。"塔卡博士点点头,"我们将满足您的要求,同时对您深表感谢。"

艾萨克莱娜向前迈上一步,"第二,我必须承认,在了解到这个研究中心的职能之后,我非常不安。我发现你们正在进行未经批准的提升活动,而提升对象竟然是……应当处于休养生息阶段的物种!"

四位主管面面相觑。现在,艾萨克莱娜已经非常熟悉地球人的表情,她明白无误地知道,他们虽然心怀懊恼,但只能顺从。"另外,"她继续说道,"我注意到,你们的行为极不得体,竟然在加斯星球上犯下如此罪行,这颗行星早已是以前一场生态灾难的牺牲品——"

"请等一下!"黑猩猩弗雷德里克抗议道,"您怎么能把我们的行为同布鲁拉里人的屠杀相提并论——"

"弗雷德①,住口!"另一个黑猩猩,舒尔茨博士,急切地插了进来。

————
①弗雷德是弗雷德里克的昵称。

弗雷德里克眨巴着眼睛。他明白现在收回自己的话已为时太晚，于是继续咕哝道："地球种族只能获准进驻这样的星球，不得不收拾外星人留下的烂摊子……"

另一个人类，穆兹韦利博士，开始咳嗽起来。弗雷德里克闭上嘴巴转过身去。

那个男性地球人抬头看着艾萨克莱娜，"您把我们送上了行刑台，小姐。"他叹了口气，"在您扣动扳机之前，我们能请求您让我们做一下解释吗？我们……我们并不代表政府，您应该明白。我们只是以个人名义……犯下了罪行。"

艾萨克莱娜生出了一种滑稽的轻松感。在大接触之前地球人拍摄的老电影中，尤其是在那些大受泰姆布立米人欢迎的惊险警匪片里，经常能看到某个古代的不法分子"杀人灭口"。她刚才还有些担心，身边这些人会不会也继承了祖先冷酷的手段。

她长出一口气，点点头，"那么好吧。鉴于当前的紧急状况，咱们先把这个问题放到一边。请告诉我这里的情况如何。敌人通过施放毒气想达到什么目的？"

"那种气体令吸入它的地球人浑身无力。"塔卡博士答道，"一个小时前敌人曾发布广播。入侵者宣称，受到毒气侵袭的人类必须在一个星期之内接受解毒药剂的治疗，否则就会死去。

"当然，他们只在城市里发放解毒剂。"

"制约性毒气！"艾萨克莱娜低声说，"他们要把整个行星上的地球人一网打尽，充作人质。"

"完全正确。我们只能自投罗网，不然就会在六天后死掉。"

艾萨克莱娜的卷须冒出不可遏制的怒火。只有不负责任的杀手才会把制约性毒气当作武器，不过，在几种被具体限定的战争中，这种手段已被纳入合法之列。

"那么,你们的受庇护种族该怎么办?"新生黑猩猩只有几百年的生存历史,不应该在无人照管的情况下被丢弃在荒野世界中。

塔卡博士露出一脸苦相,显然她也很担心,"看来大多数黑猩猩并未受到毒气的影响。但他们当中没有多少像本杰明或是舒尔茨博士这样天生具有高素质的领导者。"

舒尔茨垂下那双棕色的猿类眼睛,看着他的人类朋友,"别担心,苏珊。正如你刚才说过的那样,咱们能勉强应付过去。"而后,他朝艾萨克莱娜转过身,"我们将分批疏散地球人,今晚将从孩子和老人开始。与此同时,我们要毁掉这座设施,无论这里发生过什么,都将不会留下一丝痕迹。"

看到艾萨克莱娜想要反对,年老的黑猩猩抬起了手,"是的,小姐。我们会给您提供摄像机和助手,这样您就能先收集证据。怎么样? 我们并不会妨碍您履行职责。"

艾萨克莱娜能够感觉到这位黑猩猩遗传学家心中的痛苦,但对他并无同情,想象一下她父亲知道这个消息后会做何感想吧。乌赛卡尔丁深爱着地球人。而这桩不负责任的罪行将会深深地伤害他。

"我们没有理由授人以柄,让格布鲁人找到发动进攻的借口。"塔卡博士接着说道,"如果您愿意,您可以把大猩猩的事情提交泰姆布立米事务委员会,让我们的盟友决定下一步该如何处置——提起正式起诉,或是让我们的政府自行处罚。"

艾萨克莱娜觉得这番话不无逻辑。过了一会儿,她点了点头,"就这样办吧。请把摄像机拿来,我要开始做记录了。"

第二十章　格莱蒂克人

　　身为舰队司令官的军务宗主觉得这场争论实在太愚蠢了。但平民百姓们总是这个样子。教士和官员整天就会吵吵嚷嚷。只有战士才注重实际行动！

　　不过，司令官不得不承认，参加在三巨头之间首次召开的实时政策辩论会，的确是件令他兴奋得战栗不已的事情。只有这样，世世代代存在于格布鲁人之间的真理才能通过压力和争执、说服和雀跃表现出来，最后达到新的统一。

　　而最终……

　　军务宗主摇了摇头，驱散了这个念头。现在就期待着换羽登基未免为时过早。若想登上最高的那根栖木，肯定还要经历更多的争论、更多的竞争和更多的权谋，而后那一天才会到来。

　　在这第一次的辩论当中，司令官高兴地发现自己在两位争吵不休的同僚之间充当了仲裁者的角色。这是一个良好的开端。

　　据守在小小空港的地球人发来了措辞正式的挑战书。正道宗主坚持要派出步兵,通过近距离作战来击败守军;而政务宗主则不以为然。有好几次,他们在旗舰舰桥的指挥台上绕起了圈子,双眼死盯着对方,尖叫着申明自己的论点:

"代价必须控制在最低限度!
低到我们可以不必因为,
因为开辟其他战线而不堪重负!"

政务宗主坚持认为,这次远征只是古克须-格布鲁种族诸多消耗实力的战事之一。实际上,对加斯的围剿仅仅是一次局部战斗,而格布鲁人在整个星系的处境都非常紧张。在这种情况下,政务宗主理应恪尽职责,防止战线拉得过长。

正道宗主愤怒地抖擞着羽毛,答道:

"如果我们失败,
在祖先面前蒙受羞耻,
代价算得了什么?
我们必须行正义之道! ——呜!"

军务宗主高居在指挥栖木上,冷眼旁观两位同僚的争斗。他在等待局势明朗化,看他们谁的观点有可能会占上风。耳闻目睹这场出色的辩论让司令官激动得发抖——他未来的两位配偶踏着华丽的舞步争论不休。他们三个都是"热卵"遗传工程的最佳产物,而这个工程是专门为筛选种族的精英特质而设计出来的。

很快,他的同伴们便陷入了僵局。现在该军务宗三出来做决定了。

如果不理会那些傲慢的"狼崽子",只等待他们在制约性毒气的胁迫下投降,那么远征军将不会付出多少代价。再不然,只要一声令下,守军的工事马上就会变成熔渣。但正道宗主对这两种策略都表示不赞同。教士坚持认为,这样的行动会带来灾难性的后果。

而政务宗主也十分强硬,绝不同意为了做表面文章而白白牺牲优秀士兵的生命。

僵持不下的两位首脑绕着圈子高声叫嚣,闪闪发亮的白羽勃然竖起,这时都将目光投向了军务宗主。终于,司令官抖了抖羽毛,走上指挥台,来到他们面前:

"投入地面战斗,
便要付出代价。
但那将是光荣的牺牲,
值得尊敬。

"还有一个因素,
也能起到决定作用。
那就是我们的士兵
需要经受锻炼。
同'狼崽子'部队作战,
令战士得到锤炼。

"我们应当派出地面部队,与敌人针锋相对,一决高下。"

　　决议已经形成。一名利爪兵部队的上校敬礼之后急急忙忙地跑出去下达命令了。

　　自然，这个决议令正道宗主的地位升高了一点，而政务宗主的地位有所下降。但三人之间的权势之争才刚刚开始。

　　他们的远祖也始终这样不停地争斗着，早在古克须人将格布鲁原始种族提升为智能生命之前，这些鸟儿就一直如此。

　　不过，他们只继承了祖先的部分生理功能。随着辩论的紧张感渐渐消退，军务宗主的身体依然微微颤抖着。尽管他们三人到目前为止还没有性别，但司令官仍感到一阵短暂的战栗在他体内激发出了深深的、纯粹的性感。

第二十一章　法本和罗伯特

在地势较高的山口内大约一英里的地方，两个搜救小组相遇了。对于这次会师，大家的情绪都不算太高。早上起来就跟随本杰明出发的那三只黑猩猩，已经筋疲力尽，而从坠机地点返回的小队也累得简直抬不起头，双方最多只能点点头算作问候了。

但那两个被搭救的伤者一见面却大叫起来：

"罗伯特！罗伯特·奥尼格！他们什么时候把你从学校放出来的？你妈妈知道你在这里么？"

受伤的黑猩猩挂着一根权当拐杖用的树枝，身上穿着破破烂烂的太空军飞行制服。用过麻醉剂后正感觉昏头昏脑的罗伯特从担架上抬起头看了说话人一眼，马上咧开嘴笑了：

"法本！老天在上，你就是我在天上看到的那团焰火吧？你这家伙，究竟做了些什么？把价值一千万信用点的侦察艇爆掉了？"

法本翻了翻眼珠，"那艘船大概只值五百万。它早就是一只旧浴缸了，不过在我的手里，它表现得还不错。"

184

罗伯特生出一种奇怪的妒意，"这么说，咱们打输了。"

"可以这么说。如果是一对一的话，咱们肯定能打得很好。要是有足够的兵力就好了。"

罗伯特明白朋友的意思，"你是说，咱们能做到任何事情，只要有——"

"——只要有无数只猴子就行。"法本插进来。他喷了一声鼻息，与其说是嬉笑，倒不如说是嘲讽。

其他黑猩猩都惊愕地眨着眼睛。对于他们的脑瓜来讲，这种善意的取笑有些难以理解，但令他们担心的是，这只黑猩猩竟敢若无其事地打断行星协调官儿子的话！

"我真希望当时能同你们在一起。"罗伯特严肃地说道。

法本耸耸肩，"是的，罗伯特。我知道。但咱们谁都得执行命令。"他们沉默了很久。法本非常了解梅根·奥尼格，而且对罗伯特很同情。

"唉，我猜咱们两个都要窝在这大山里了，整天躺在床上，同那些烦人的护士打交道。"法本叹了口气，注视着南方，"肯定还得让咱们多呼吸新鲜空气呢，就是那么回事。"说到这里，他低头看着罗伯特，"这些黑猩猩告诉我研究中心遭到了袭击。把人们都吓坏了。"

"克莱妮能帮他们渡过难关，"罗伯特答道。他刚才有点走神，显然他们给他用了海豚麻醉药。"她懂得很多事情……比她自己认为的还要多。"

法本曾听说过泰姆布立米大使的这位女儿。"没错，"他轻声说，看着旁边的黑猩猩抬起了罗伯特的担架，"外星人总是能帮咱们渡过难关。但更有可能，你那位女朋友会把所有的人送进监狱，不管有没有敌人入侵这档子事！"

但罗伯特的担架已经走远了。法本突然生出了一种奇怪的感觉——那人类小伙子的面容似乎不再完全像个地球人。他刚才那梦幻般的微笑显得淡漠缥缈，带着某种……绝非地球人的味道。

第二十二章　艾萨克莱娜

　　许多的黑猩猩从藏身地回到了研究中心。弗雷德里克和本杰明开始拆毁并焚烧建筑物和里面的东西。艾萨克莱娜同两名助手在各个场地不停地奔忙，在每样东西被烧掉之前将它们小心地记录下来。

　　这个工作很累人。在作为外交官女儿的有生之年里，艾萨克莱娜从未感到如此精疲力竭。而她不敢放过任何一点证据。这是她的职责。

　　距离黄昏大约还有一个小时的时候，一队大猩猩进入了营地。同看护他们的黑猩猩相比，这些大猩猩显得更高大黝黑，身体弯得更低，而且看上去野性未驯。在精心的指导之下，他们承担起了简单的任务，帮忙拆毁他们唯一的家。

　　这些困惑的生灵眼看着他们的训练测试中心和受庇护种族营房烧成了灰烬。有几只大猩猩甚至想阻止这场破坏活动，他们走到那些身材矮小、遍身烟尘的黑猩猩面前，激动地打着手语，试图告诉这些破坏者不要做坏事。

　　艾萨克莱娜明白，在大猩猩看来，事情完全不合逻辑。但身

187

为庇护主阶层的生物似乎经常做蠢事。

最后,这些身材壮硕的受庇护种族呆立在原地,四周是盘旋飞舞的浓烟,脚下是一小堆一小堆的个人物品——玩具、纪念品和简单的工具。他们面无表情地看着这片废墟,不知如何是好。

当黄昏来临时,整个研究中心流溢出的精神信息已经让艾萨克莱娜疲惫不堪。在燃烧的营房的上风方向,她找到一根树桩坐了下来,倾听着巨猿们低沉嘈杂的呻吟声。她的助手也颓然倒在她身旁,手里拿着摄像机和一袋袋证据样品,呆望着浩劫现场,眼眼里映射着摇曳的火光。

艾萨克莱娜感到,森林谷地中所有生灵的信息流都汇集在了一起,她收拢了卷须。但即便如此,她心中的意象仍在摇动闪烁。她仿佛能用眼睛看到精神洪流在自己头脑中生出的形象——那是一面多彩的旗帜,悲哀沮丧地低垂着旗角,令人不禁落泪。

这个地方也给某些人带来了荣誉感,她不得不承认。这些科学家确实违反了租借条约,但他们并未真正违反自然规律。

无论采用何种真实的尺度来衡量,早在大接触前一百地球年的时候,大猩猩都已经像原来的黑猩猩一样具备了提升条件。但当大接触将地球人引入格莱蒂克社会的时候,人类被迫做了让步。从官方角度讲,批准他们拥有家园星球的租赁条约,本来就是为了使地球上休养生息的物种得到维持和保护,只有这样,拥有智能潜力的族类才不会很快就被庇护主用光。

但每个人都知道,尽管原始人类享有酷爱种族灭绝的恶名,但地球仍是遗传多样性的一个活生生的范例,它上面的生命形态几乎都被格莱蒂克文明了解得一清二楚。

不管怎样……当一个具有智能潜质的物种具备了提升条件

的时候，事实是无法改变的。

显然，地球人是在势单力孤的情况下被迫签署条约的。在大接触之前，他们就已经宣称新生海豚和新生黑猩猩为智能生命了。但格莱蒂克的高级种族不愿让人类比其他庇护主提升更多的受庇护种族。

因为这会让"狼崽子"成为高级庇护主！

艾萨克莱娜叹了口气。

的确，这不公平。但问题的重点并不在此。格莱蒂克社会之所以存在，就依赖于信守誓言。而条约便是种族之间庄严的誓言。任何违反条约的行为都不得秘而不宣。

艾萨克莱娜真希望现在父亲能在这里。乌赛卡尔丁肯定知道该如何对待她目睹的这些事情——这座非法研究中心暗地里进行的实验，还有格布鲁人尽管卑鄙但可能合法的军事行动。

但乌赛卡尔丁离这里太远了，远到超出了精神感应的范围。她只知道父亲独特的意识韵律仍在她内心深处搏动。当她闭上眼睛和内耳，轻轻感受父亲的这种爱意时，便倍觉抚慰。但尽管如此，那微弱的残存意念并未给予她任何指示。泰姆布立米人的亲情之爱可以留存很久，即便亲人已经逝去，这独特的信息流仍萦绕不去。她死去的母亲，玛茜克劳娜就是这样盘桓在父女两人的心中。与亡灵相通的心念就像地球上巨鲸的歌声一样悠扬飘转，长留在每个泰姆布立米人的心间。当他们的祖先仅凭双手和野火生存的时候，这些生灵就知道自己心中有一处专门留给逝去亲人的角落。

"抱歉，女士。"一个声音突然在艾萨克莱娜耳边响起，近似于刺耳的咆哮，驱散了她内心微弱的信息流。她摇摇头，睁开眼睛，看到一只新生黑猩猩站在面前。他浑身的毛发沾满了烟尘，疲惫令他耷拉着肩膀。

"女士？您没事吧？"

"没关系，我很好。有什么事？"她感到自己说出的这句安格力克语听上去非常刺耳，因浓烟和疲惫而显得怒气冲冲。

"主管们想见您，女士。"

看来又要费一番口舌了。艾萨克莱娜滑下树桩。她那两名助手夸张地呻吟起来，收拾好摄像设备和样品，跟在她的身后。

几架货运飞车停在装载区。黑猩猩和大猩猩把一只担架抬进飞车，随后，这些飞行器的引力装置发出轻轻的"嗡嗡"声，升到了四合的夜色中。很快，它们的灯光越来越弱，消失在去往海伦尼亚方向的空中。

"我想，所有的孩子和老人都已经疏散了。你们为什么还要急着把人类都运走呢？"

信使耸了耸肩。白天的紧张工作已经让大多数黑猩猩失去了惯有的活力。艾萨克莱娜能够肯定，全靠起着表率作用的大猩猩帮忙，这些黑猩猩才没有在压力下全盘崩溃。作为一个非常年轻的受庇护种族，黑猩猩干得堪称出色。

一个个传令兵在医疗所的门口忙碌地进进出出，但他们极少直接打扰那两位人类主管。新生黑猩猩科学家舒尔茨博士站在人类同僚面前，似乎正独自一人主持着大多数事务。在他旁边，艾萨克莱娜以前的旅伴本杰明，代替了黑猩猩弗雷德里克的角色。

在他们身旁的台子上摆放着一小堆文件和记录块，里面储存着在这里生活过的每一只黑猩猩的血统系谱和遗传记录。

"哦，可敬的泰姆布立米人艾萨克莱娜。"舒尔茨的话音中几乎没有普通黑猩猩常见的粗哑声。他俯身鞠躬，而后按照自己种族喜欢的方式同她握手——满把握住她的手,然后再用大拇指稍稍用力一按。

"请恕我们招待不周。"他恳求谅解,"我们本该在主厨房为您安排一次特别晚宴……算是为您饯行,但现在恐怕只能用罐头口粮来勉强代替了。"

一名矮小的雌性黑猩猩走上近前,手中托着一只大餐盘,里面是一排罐头。

"艾莱娜·苏博士是我们的营养学专家,"舒尔茨接着说道,"她告诉我说,您可能会觉得这些食品比较可口。"

艾萨克莱娜盯着这些罐头。竟然是库茨拉!在这里,离家五百秒差距的地方,居然能见到自己家乡制作的即食糕点!她控制不住地高声笑了起来。

"我们为您准备了一架轻便飞行器,装满了这些食品,还有其他给养。当然,我们建议您一旦离开此地就马上丢掉这架飞机。格布鲁人自己的同步卫星网络很快便要安排就位了,所以飞行器属于不切实际的交通工具。"

"如果飞往海伦尼亚,就不会太危险。"艾萨克莱娜指出,"这些日子里,格布鲁人应该期望人员大批涌入首都,因为大家要去领取解毒剂进行治疗。"她指了指周围狂乱奔忙的猩猩,"为什么我感到这里如此惊慌?你们为什么要这么匆忙地疏散地球人?有什么人——?"

舒尔茨似乎是不愿打断她的话,只是清了清嗓子,意味深长地摇摇头。本杰明恳求般地望了艾萨克莱娜一眼。

"求您了,"舒尔茨低声哀求道,"请您声音小一些。我们这里的大多数黑猩猩还不知道……"他没有把话说完。

艾萨克莱娜感到一阵战栗滚过头皮。她第一次从近处端详这两位人类主管,塔卡和穆兹韦利。他们一直默不作声,只是不停地点头,似乎对别人所说的每一句话都表示理解和赞同。

那黑肤女子塔卡博士目不转睛地看着她,面带微笑。艾萨克莱娜伸出卷须,但马上惊惧地缩了回来。

她猛地转向舒尔茨,"你想杀死她!"

舒尔茨可怜兮兮地点点头,"求您了,轻点。您是对的,确实如此。我给亲爱的朋友们施用了药物,让他们能在短时间内保持看上去还不错的外表,直到我手下几个得力的黑猩猩管理人员完成这里的事情,把我们的人有条不紊地送走。他们两人自己坚持要这样做。塔卡博士和穆兹韦利博士感到毒气在自己身上产生的作用发展得太快,他们已经无法支撑下去了。"他悲伤而又无力地说道。

"但你不能服从他们的命令!这是谋杀!"

本杰明看上去显得有些萎靡不振。舒尔茨点点头,"这样做并不轻松。黑猩猩弗雷德里克无法承受这种耻辱,他已经求得了自己的安宁。而我很快也会结束自己的生命,尽管我的死亡并不像我的人类同事一样不可避免。"

"你这是什么意思?"

"我的意思是,看来格布鲁人算不上优秀的化学家!"这只年老的黑猩猩苦笑道,随后咳嗽了一声,"他们的毒气已经开始杀死人类了。毒气的作用要比他们说的快得多。另外,似乎我们有些黑猩猩也受到了侵害。"

艾萨克莱娜倒吸一口凉气,"我明白了。"可她希望自己并不明白。

"我们认为您还应该了解一件事,"舒尔茨说,"我们截获了一份入侵者的最新报告。不幸的是,它是用格莱蒂克三号语写成的,而我们的翻译程序过于粗陋。但我们知道,这份报告与您父亲有关。"

艾萨克莱娜感到自己突然悬在了半空。恍惚之间,她麻木的心智采集到一个个随机出现的细节。她能感受到森林简单质朴的生态系统——小巧的野生动物偷偷爬回山谷,散发着刺激性气味的泥土让它们皱起了鼻子,纷纷避开研究中心所在的区域,因为那里仍然跃动着火焰。

"好的。"她点点头,从地球人那里学来的这个动作又让她一时之间感到怪异。"告诉我吧。"

舒尔茨清了清喉咙,"好吧,似乎他们发现您父亲的飞船离开了这颗行星,而后就派战舰追击。格布鲁人说,那艘飞船没能到达中转站。"

"当然,咱们不能把他们的话全当真……"

艾萨克莱娜左右摇晃着身体,她的髋关节稍稍有些脱位。这是泰姆布立米人表示悲恸的方式,就像人类女孩觉得孤寂悲凉时双唇颤抖一样。

不。我现在不能想这个。迟些再说吧。迟些时候我再品味自己的感觉吧。

"当然,您可以取走我们能奉上的一切东西,"黑猩猩舒尔茨继续平静地说道,"您的飞行器上装有武器,还有食物。如果您愿意,您可以飞去与您的朋友罗伯特·奥尼格会合,我们已经把他转移到了安全之处。

"但我们希望您能同意在撤离之前稍作停留,至少等到大猩猩们安全隐藏到山地中——某些人类可能侥幸得以逃脱,这些合格的管理人员能够妥善看护大猩猩。"

舒尔茨抬起头来目光真挚地看着她,那双棕色的眼睛里满含悲伤。

　　"我知道这个要求有些过分,尊敬的泰姆布立米人艾萨克莱娜,但不知您是否愿意,当我们的孩子们在荒野中流离失所的时候,暂时照管一下他们?"

第二十三章　流亡荒野

　　飞行器的引力发动机轻轻地"嗡嗡"作响,盘旋在一排参差不齐的黑色脊骨化石之上。随着恒星吉莫郊缓缓越过天顶,地上万物的影子又在慢慢变长。飞行器落在了脊骨化石之间的阴影中,引擎鸣响几声之后便沉默下来。

　　一名信使正在约定地点等候飞行器中的乘客。看到艾萨克莱娜走出机舱,这只黑猩猩将一封信交给了她。这时,本杰明正在匆忙地用反雷达伪装材料将轻便飞行器遮盖起来。

　　这封信来自胡安·门多萨,洛姆山口那边的庄园主。他在信中报告,罗伯特·奥尼格和小艾普丽尔·吴已经平安到达。罗伯特恢复得很好,再过一个星期左右,他就可以下床走动了。

　　艾萨克莱娜感到放心了许多。她非常希望能看到罗伯特,并不只是因为她需要他的忠告,帮助自己照管这些流亡的大猩猩和新生黑猩猩。

　　豪莱茨研究中心的某些黑猩猩也受到了格布鲁人毒气的侵袭,他们同人类一起进城去接受解毒治疗,但愿入侵者能够信守诺言……而且,但愿解药能够管用。她现在手下只有为数不多的黑猩猩技师能真正负起责任来帮助她。

或许还会有更多的黑猩猩露面,艾萨克莱娜告诉自己,说不定一些人类官员也逃过了格布鲁人的毒气攻击。她盼望能主持大局的人早点出现,尽快从她手里接过这个烂摊子。

门多萨庄园还送来了另一封信,写信者是一名在太空战中幸存的黑猩猩。此人要求得到帮助,以便与抵抗组织取得联系。

艾萨克莱娜不知该如何回复。在昨晚那最后几个小时里,敌人巨大的飞船降临到海伦尼亚和群岛城市的上空,整个行星上到处都是电话和无线电的呼叫声。有报告表明,空港确实发生了地面战斗。有人说那里一度展开了短兵相接的肉搏战。但随后一切都归于沉寂,格布鲁人的舰队巩固了阵地,再未遭到任何抵抗。

看来行星委员会精心安排的抵抗在不到半天的时间里就已经土崩瓦解了。指挥系统已消失得不留一点痕迹,因为没人预见到敌人会使用制约性毒气。现在行星上几乎所有的地球人都被轻易地打垮了,在这种情况下,谁还能做什么事情呢?

少数分散在各处的黑猩猩试图挽救混乱局面,他们大多只能通过电话传递消息。但没有谁能够制订出哪怕是最模糊混乱的行动方案。

艾萨克莱娜把纸片放好,谢过了信使。在疏散之后的这几个小时里,她开始感到自己内心发生了一种变化。昨天的昏乱和悲痛现在变成了倔强的决心。

我要坚持下去。父亲也会要我这样做。我不能让他失望。

无论我出现在哪里,敌人都不可能嚣张横行。

当然,她也要妥善保存好自己收集的证据。总有一天她会找到机会将证据送交泰姆布立米当局。这样她的族人也将有机会好好教训一下地球人。"狼崽子"急需学习一下格莱蒂克庇护主的行为举止,不然一切都太晚了。

但愿现在还不算太晚。

本杰明同她一起站在山脊顶端的斜坡边上。"您看!"他指着脚下的山谷,"他们来了,很准时。"

艾萨克莱娜抬手遮在眼睛上方。她伸出卷须感受着周围空气中的信息。是的,现在我也看到他们了。

一列长长的纵队正穿过山下的森林。队列中,一些矮小的棕色影子护送着大队壮硕黝黑的身形。每个大块头都背着鼓鼓囊囊的背包。当他们曳足而行时,有几只大猩猩用手的指关节支撑着地面行走。大猩猩幼崽在成年同类中间奔跑时,挥舞着双臂保持身体平衡。

执行护送任务的黑猩猩紧握波束步枪,警惕地监视着四周的动静。他们的注意力并未投向队伍或是森林,而是集中在天空。

他们的重装备已经绕道运进了山里的石灰岩洞窟。但只有当所有难民全都躲进那些地下堡垒之后,他们才算真正安全。

艾萨克莱娜想知道海伦尼亚现在的情况如何,还有那些地球人聚居的岛屿。关于泰姆布立米外交飞船企图逃跑的报告,入侵者又提到过两次,但后来就一直没有消息了。

如果再没有消息,她就要自己去查清楚,父亲是否还留在加斯,还有,他是否还活着。

她摸了摸用细细的项链挂在脖颈上的小盒子,里面装着她母亲的遗物——玛茜克劳娜的一根纤细的卷须。这冰冷的慰藉已毫无知觉。但她没有乌赛卡尔丁留下的任何纪念品。

哦,父亲。你怎能就这样把我丢到一边,不加丝毫指导?

那队黑色的身形向这里迅速接近。当他们穿过山谷时,一阵阵宛似歌声般的低沉吼叫传入艾萨克莱娜的耳中,与她以前听到的任何声音都不一样。这些生物一直都强壮有力,而提升又去除了他们广为人知的脆弱性格。尽管他们前途未卜,但的确是一个强大的种族。

艾萨克莱娜不愿无所作为,她并不想只是为一帮半开化的长毛受庇护种族充当看护妇。泰姆布立米人还有一点同地球人很相像,他们明白,在事情出错之后要马上采取行动。那位受伤的黑猩猩太空战士写的信让艾萨克莱娜陷入了沉思。

她转向自己的助手,"本杰明,我对地球人的语言并不十分精通。我要找到一个合适的词,用来描述一种不同寻常的军事力量。

"这种部队在暗夜和阴影中展开行动,发起迅速而无声的打击,通过出其不意的奇袭来弥补人数少、武器差的弱点。我记得自己曾读到过,在大接触之前地球的历史上,这样的部队很常见。他们的行事方式同所谓的'民兵'一样,不过一旦发现民兵的规矩不适合自己,他们便会随时改变。

"这应当是一支'狼崽子'部队,不同于现在任何已知的军事力量。你明白我在说什么吗,本杰明?有没有一个合适的词可以描述我所说的这支部队呢?"

"您的意思是……"本杰明飞快地看了一眼山下的纵队。那支由半提升的猿猴组成的队伍正在林间笨拙地穿行,同时还哼唱着他们低沉而又怪异的军歌。

他摇摇头,显然是在尽力按捺住自己,但他的脸逐渐变得通红,最后终于爆发出一阵无法抑制的狂笑。本杰明笑着靠在一块脊骨化石上,随后仰面躺倒在地。他在加斯的土地上打着滚儿,双脚朝天乱踢,不停地大笑着。

艾萨克莱娜叹了口气。先是在泰姆布立米老家,然后是在地球人中,现在又是这些最年轻、最朴拙的受庇护种族——她在哪里都能碰到爱开玩笑的家伙。

她耐心地看着黑猩猩,等待这愚蠢的小东西喘上气来后告诉她,到底是什么事情让他感到好笑。

第二部　爱国者

改良的狗儿伊芙琳，
心里有些吃惊——
钢琴上垂下的盖布，
流苏正在簌簌颤动。

房间里一片昏黑，
椅子们胆战心惊。
可怕的窗帘，
挡住了外面的雨声，
她简直不敢相信自己的眼睛——

一缕带着蒜味的怪风，
听上去就像鼾声，
从施坦威钢琴旁吹过，
（或许就在它里面作怪），
掀起了盖布的流苏

在黑暗里不停抖动。

狗儿伊芙琳，
刚刚经过改良。
她凝神思量，
眼前的景象——
钢琴踏板已耷拉在地上，
但还是发出巨大的回响，
传向四方。

她只好说："汪！"

——弗兰克·扎帕[①]

[①]弗兰克·扎帕(Frank Zappa,1940-1993)，美国摇滚乐手，被歌迷和同行推崇为大师。

第二十四章 法　本

在一座低平的黑色碉堡顶上，几个又细又高、鹳鸟模样的身形正在监视着大路。现在时近黄昏，在斜阳的衬托下，他们的剪影持续不变地重复着同一个动作：紧张不安地将重心在两只长腿上来回挪动，仿佛最细微的声音都能把他们吓得飞起来。

那几只鸟儿，是些一本正经的生物，而且危险得要命。

他们可不是鸟儿，法本一边赶着马车朝检查站走去，一边提醒自己，至少在地球人看来，他们不是鸟。

但他们很像鸟。他们的身体覆盖着细密的绒羽，向前突出的、毛色柔滑的面孔上伸出了尖锐的明黄色长喙。

而且，尽管古老的翅膀现在更像长满羽毛的纤细手臂，但他们会飞。虽然这些生物的鸟类祖先很久以前就丧失了飞行能力，可他们背上闪闪发亮的黑色背包弥补了这个不足。

他们是格布鲁利爪兵。法本在短裤上擦了擦手，但他依然感到掌心发潮。他用赤脚踢开一粒石子，拍了拍马肚子。这老实巴交的畜生正在啃食路边的一片蓝色嫩草。

"好了，泰可，"法本说着，拉了拉缰绳，"咱们现在没法回头，不然他们会起疑心。不管怎样你该知道,就是那些家伙向你放了毒气。"

泰可晃晃灰色的大脑袋,放了一个响屁。

"我刚告诉过你,可你还是这么不小心!"法本挥舞着双手。

马匹后面拖着一辆悬浮货车。这辆遍身坑坑洼洼、一半已经生锈的农用卡车装满了一麻袋一麻袋的谷物。显然这辆车的反重力装置仍然起着作用,但它的推进引擎已经失效了。

"快点,咱们怎么也得闯过去。"法本又拉了拉缰绳。

泰可坚决地点点头,仿佛这匹驮马当真听懂了他的话。随着挽绳绷紧,悬浮卡车晃晃悠悠地移动起来,跟在一猿一马的后面,向检查站渐渐靠近。

但没过多久,前方路上忽然响起了警笛的哀号声,提醒行人闪避。法本急忙把马车引向道旁。随着一声尖厉的呼啸,空气猛地一震,一辆装甲飞车从他们身旁疾速掠过。一整天里,不时能看到一两辆这样的车向东驶去。

法本小心地张望片刻,确保再没有什么东西横冲直撞,而后才引着泰可回到了路上。他不安地缩起肩膀。前方入侵者越来越浓的陌生味道令泰可不住地喷着鼻息。

"站住!"

法本不由自主地一跳。扩音器里的声音听上去机械呆板,单调而又生硬。"过来,到这边来……到这边来接受检查。"

法本的心"怦怦"直跳。他很庆幸自己的任务就是装作一副心惊胆战的样子。这不难做到。

"快点! 快点过来!"

法本牵着泰可朝公路右侧十米外的检查站走去。他把马缰绳系在路旁的栏杆上,然后快步朝两名等在前面的利爪兵走去。

外星人身上那种干燥的薰衣草香味令法本张大了鼻孔。不知把他们吃到嘴里会是什么味道，他的念头有点凶残。他知道这些家伙是智能生命，但对于他的祖宗八辈来讲，这一点并不重要。他的那些祖先始终认为，鸟儿就是鸟儿，永远都是鸟。

他将双手交叉在胸前，深鞠一躬，第一次从近处打量这些入侵者。

从近处看，他们并没有多可怕。诚然，尖锐的长喙和剃刀般锋利的爪子的确令人生畏，但这两个双腿细长的生物并不比法本高多少，而且看上去他们的骨骼似乎中空而又纤细。

但外表并不说明问题。他们是来自外星系的高级庇护主种族。当地球人在非洲草原上刚刚站直身体、还带着恐惧的好奇心蒙昧地打量身边的世界时，这些鸟儿借由大数据库衍生出的文化和技术就早已无所不能了。等到人类驾驶着慢吞吞的飞船接触到格莱蒂克文明的时候，格布鲁人和他们的受庇护种族已在强大的星际部族中占据了显赫的地位。自从庇护主在格布鲁家园星球找到他们并且赐予他们完善的头脑，极端的保守主义和对大数据库的灵活运用便让格布鲁人大展宏图、突飞猛进。

法本还记得，那些体形巨大、火力凶猛的战列巡洋舰，背后衬着星光摇曳的银河，在微光闪烁、不断变换颜色的力场护罩下，显得漆黑阴郁、坚不可摧……

一名利爪兵朝货车走去，那既是军刀又是步枪的武器随随便便地挂在肩头上。当他经过泰可身边时，驮马嘶叫一声，惊退着躲到了一旁。外星人爬上农用悬浮车，开始检查。另一名士兵对着麦克风叽叽喳喳地鸣叫起来。在这个生物狭窄而突出的胸骨上，柔软的羽毛中半露着一块银色的金属圆牌。随着格布鲁人的鸣叫声，那小圆牌发出了一连串发音清晰的安格力克语：

"身份……确认身份……确认你的身份和目的!"

法本蹲下身,浑身发抖,显出一副恐惧的模样。他知道,没有多少格布鲁人真正了解新生黑猩猩。在大接触之后的几个世纪中,数据库公会那庞大的官僚机构中几乎没有什么这方面的资料,更不必说各地的分支数据库了。而且,格莱蒂克人对大数据库奉若神明,几乎任何事情都要按照章程执行。

不过,重要的是演得逼真。法本的祖先早已懂得如何应对虚张声势的威胁——那就是顺从。法本知道如何装出一副柔顺的模样。他将身子伏得更低,口中发出了呻吟声。

那个格布鲁人唧唧喳喳地鸣叫着,显然很无奈,大概他以前已经遇到过这种情况。利爪兵又叽叽喳喳地说起话来,但这次语调和缓了许多。

"别害怕,你很安全。"那银色小圆牌翻译出的语句也比刚才的音量更低了一些,"你很安全……安全……我们是格布鲁人……格莱蒂克庇护主,高级种族……你很安全……只要合作,任何年轻的半开化族类都会很安全……你很安全……"

半开化族类……法本揉了揉鼻子,掩饰着心中的恼恨。当然,格布鲁人的死脑筋肯定会这样认为。而且实际上,没有多少只有四百年历史的受庇护种族能被称作完全开化的族类。

但法本还是记下了这个屈辱,留待以后算账。

听着入侵者唧唧喳喳的话音,法本能在小圆牌翻译出来之前间或明白一点其中的意思。但在学校里上过的那短短几节格莱蒂克三号语课程无法派上更大的用场,而且格布鲁人有自己的口音和方言。

"……你很安全……"翻译机继续安慰道,"地球人不配拥有如此优秀的受庇护种族……你很安全……"

法本慢慢直起身,抬起头,但仍在颤抖。别演得太过头,他提醒自己。以近乎精确的角度,他朝面前身材细长的鸟形生物再鞠一躬,表达两足低级受庇护种族向高级庇护主应有的敬意。外星人肯定不会注意到他小小的附加动作——偷偷竖起的中指——为他谦恭的姿势添加了别样的味道。

"现在,"那士兵叫道,听声音他似乎感到放心了一些,"说出你的名字和此行的目的。"

"唔,我叫法……法本……呃,长……长……长官。"他的双手在身前不停地哆嗦。这似乎有点过于戏剧化,但格布鲁人可能明白这个新生黑猩猩仍然十分紧张,本来大脑的某一部分在全力控制着双手,可现在一说话就分散了精力。

这名利爪兵显然感到很丧气。他竖起羽毛,轻轻雀跃了一下。"……此行的目的……目的……说明你进入这个地区的目的!"

法本再次飞快地鞠了一躬。

"嗯……这辆悬浮卡车不能动了。地球人也都跑了……没人告诉我们该如何操持农场……"他挠了挠头,"我猜,哎呀,城里肯定需要食物……而且可能有谁为了换粮食而把这辆车修好?"他充满希望地扬声问道。

格布鲁人转过身,朝管事的那名同伴简短地啁啾叫了几句。法本能从他说的格莱蒂克三号语中听出大概的眉目。

这辆卡车确实是农用工具车。不必非要天才才能明白,车里的转子需要解冻之后方可再次运转。这只是一个无能的农场苦力想赶着牲口把反重力卡车拉到城里,他自己连这点简单的修理都不会。

尽管管事的那个士兵张开带利爪的手盖在翻译器上,但法本还是听懂了他们对自己的看法——格布鲁人本来就对黑猩猩不屑一顾,现在更加不以为然。入侵者甚至根本没有费心去为新生黑猩猩发放身份卡。

几个世纪以来,包括人类、海豚和黑猩猩在内的地球生命一直认为,五大星系充满了危险,若想在这种环境下生存,谁都要尽量做到大智若愚才行。甚至就在敌人入侵之前,加斯上的黑猩猩中还流传着这样的话:必要时就得装出一副唯唯诺诺的样子,只需常把"是,主人!"挂在嘴边便可逢凶化吉。

这话真是一点没错。法本提醒自己。但谁都没想到所有的人类都会被抓走! 法本一想到那些人类——男人、女人和孩子——被关进拥挤的俘虏营,蜷缩在带刺的铁丝网里面,他的心肠就搅成了一团。

等着瞧吧,侵略者一定会受到惩罚。

两名利爪兵查看着地图。负责的那个格布鲁人从翻译器上拿开手,再次对着法本鸣叫起来。

"你可以走了,"那小牌子里的声音说,"前往城市东区的车辆修理厂……你可以走了……东区修理厂……你知道东区修理厂吗?"

法本连忙点点头,"是……是的,长官。"

"很好……你是个良民……先把你的粮食运到城里的仓储区,然后前往修理厂……去修理厂……良民……你明白了吗?"

"是……是的!"

法本一边后退一边鞠躬,随后转过身,弯起双腿夸张地奔向拴着泰可的栏杆。他牵着牲畜走上了道旁的泥土路基,始终避免朝格布鲁人那里看。两名利爪兵看着他从身边走过,用轻蔑的语调叽叽喳喳地发表着评论,他们觉得法本肯定听不明白。

愚蠢的呆鸟们。法本暗想。他藏在工具袋里的摄像机已经拍下了碉堡、士兵、几分钟前呼啸而过的悬浮坦克，坦克上的敌军正手脚摊开地躺在车顶晒太阳呢。

当他们冲过身边时，法本挥了挥手，那些家伙死死地盯了他一眼。

看着那些遍身羽毛的格布鲁人，他不禁想道：我敢打赌，要是配上上好的橘子酱，你们会非常可口。

法本拉了拉马缰，"快走吧，泰可，"他催促道，"咱们要在天黑前赶到海伦尼亚。"

信德谷地中的农场还在运作。

根据传统，当外星种族获准移民一个新世界时，这个星球的大陆部分要尽可能地保持自然状态。加斯也是如此，地球人的主要聚居地都设在浅浅的西海中一连串的群岛上。人类只对这些岛屿进行了改造，使之完全适合地球动植物的生长。

不过加斯也可算作一个特例。布鲁拉里人留下了一个烂摊子，地球人必须尽快采取措施帮助这颗星球危如累卵的生态系统恢复稳定，引进新物种防止生物圈彻底崩溃。这就意味着，大陆需要改造。

在穆伦山脉的背阴一侧，人们已经对一道分水岭进行了改造。来自地球的植物和动物在这里茁壮成长，在严密的监视之下朝附近的丘陵渐渐蔓延，缓慢地填补着布鲁拉里人大屠杀留下的生态空白。这种对行星生物圈行之有效的实验复杂而又精巧，但大家都认为值得做出努力。在加斯以及其他经历过浩劫的世界中，地球联邦的三大族类已为自己赢得了生物圈魔术师的名声——就连人类自己最苛刻的评论家，也不得不对如此出色的成就心悦诚服。

但现在,这里出现了不和谐的非常景象。法本一路上经过了三座生态监控站,只看到满地狼藉,四处丢弃着采样套索和追踪调查对象用的机器人。

这能说明当前的危机已经严重到了何种程度。格布鲁人将地球佬扣为人质其实算不了什么,这种打擦边球的战术已经为现代战争法所接受。但如果格布鲁人有意干扰加斯的生态复兴,星系中肯定会一片哗然。

眼前的景象并不足以说明格布鲁人企图抗拒法则。不过,一旦怪鸟们真的违反《战争法》,那将出现什么局面?格布鲁人会使用歼星武器将加斯摧毁吗?

那是司令官该考虑的问题,法本心想,我只是个间谍。而司令官是外星人专家。

至少这里的农场还有人在工作,尽管十分勉强。法本经过一片田地,里面种着小麦,另一块地里是胡萝卜。机器人农夫正在那里来回奔忙,除草灌溉。法本不时还能看到垂头丧气的黑猩猩,手里拿着蜘蛛模样的遥控器,监督机器人劳作。

有时他们朝他挥挥手,但大多数时候根本没人理会他。

刚才,路旁有两个全副武装的格布鲁人正站在一片犁过的田地里,旁边是他们的飞行器。当法本走近时,他看到那两个家伙正在呵斥一个黑猩猩农妇。两只怪鸟鼓动着翅膀,又蹦又跳,朝远处枯萎的庄稼打着手势。那只黑猩猩不快地点点头,双手在褪色的工装裤上擦来擦去。看到法本从路边走过,她看了他一眼,而外星人并未在意,仍在不停地指责发难。

显然格布鲁人急于得到粮食。法本希望这意味着敌人在为人质准备食物。但也有一种可能是,入侵者来的时候并没有带足给养。

他急匆匆地领着泰可离开大路，走进了一小片果树林。驮马在这里停下来，啃食着地上从地球引进的野草，而法本则慢悠悠地走到一棵树后解手。

他注意到，这片果园已经有段日子没有喷洒药剂清除害虫了。一种没有蜇刺的黄蜂成群结队地围着枝头的柑橘盘旋纷飞，但第二次花期在几星期前就已结束，果树不再需要蜂儿授粉了。

空气中弥漫着柑橘几近成熟时散发出的浓烈果香。黄蜂爬上果实那层薄薄的表皮，寻找机会一享蕴藏其中的甘甜美味。

突然，法本想都没想，伸出手抓住了几只黄蜂。这很容易。他犹豫一下，随后把昆虫塞进了嘴巴里。

它们味美多汁、外皮松脆，吃起来很像白蚁。"我这只是在帮忙除虫。"他自圆其说地嘟囔道，伸出棕色的双手去抓更多的黄蜂。嚼起来"嘎吱"作响的昆虫让他想起，自己已经很久没有吃过东西了。

"要想今晚在城里圆满完成任务，我总得填饱肚子。"法本低声自言自语。他环顾四周，马儿还在安静地吃草，四下里看不到一个人。

他摘下工具袋放在地上，随即后退一步，小心地注意着还在疼痛的左脚踝，而后纵身跳上卡车，接着摇摇晃晃地爬上了一根果实累累的树枝。啊哈，他兴高采烈地摘下一枚几近成熟、微微泛红的柑橘，带着皮像啃苹果那样吃了起来。但这果子又酸又涩，全然不像平时黑猩猩喜欢吃的人类风味的食物那么温和可口。

他又吞下两个橘子，随即向嘴里塞了几片树叶调和一下味道。而后他伸开四肢背靠树干，闭上了眼睛。

法本现在高高在上，耳边只有黄蜂的"嗡嗡"声，他几乎可以称得上心无旁骛，完全不去理会这个世界或是任何其他东西。战争，以及智能生物要记挂的一切愚蠢事情，都被他丢在了脑后。

法本撅起嘴巴，将富于表现力的双唇拉得老长。他放肆地挠着腋窝。

"哦，哦。"

他喷着鼻息，几乎像是在无声地大笑，想象着自己回到了就连曾祖父都不曾见过的非洲，回到了长满森林的山冈，皮肤光滑无毛、鼻子高高挺起的人类从未在那里驻足。

若是没有人类，宇宙将会是什么样子？若是没有外星人呢？若是谁都没有，只有黑猩猩呢？

迟早我们也会发明星际飞船，那么宇宙便属于我们了。

法本躺在树上，眯缝起眼睛，看着天上云卷云舒，沉迷在自己的幻想之中。黄蜂在他面前愤怒而徒劳地"嗡嗡"飞舞。他并不计较它们的无礼，随手又抓了几只当作餐后零食。

不过，法本还是尽力将自己的思绪从超然世外的环境拉回现实之中。因为他听到了另外一个声音，高空中传来另外一种"嗡嗡"声。尽管他一再努力，但终究无法装作没听到不期而至的外星人运输机在天上缓缓飞过。

在海伦尼亚城外四周起伏的地面上，竖立起了一圈三米多高的闪闪发光的围墙。这道气势恢宏的屏障是敌军入侵之后由专用机器人飞速建造起来的。围墙上开了若干城门，城里的黑猩猩正穿过大门进进出出，似乎没有守军对他们进行盘查或是阻拦。但黑猩猩们还是不由自主地对这堵突然出现的城墙心生畏惧。或许敌人建起围墙就是为了达到恫吓的目的。

法本暗自疑惑,如果首都不是粗鄙的移民星球上一座弹丸小城,而是真正的大都市,那么格布鲁人将如何玩弄这个花招呢?

他想知道人类被囚禁在什么地方。

现在已是薄暮时分,法本穿过了一大片齐膝高的树桩,这里距离外星人的城墙只有一百米。以前这个地方本来是被规划为公园的,但现在地面上只剩下七零八落的碎木,横陈在黑色的瞭望塔和洞开的城门面前。

法本鼓起勇气,盼着自己能像通过早先那座检查站一样混进城里,但令他吃惊的是,没有任何守卫走过来对他严加盘查。城门前,两座岗亭中射出的灯光在公路上洒下黯淡的光影。而在更远处,他只能看到一座座漆黑冷峻的建筑物。在昏暗的街灯照耀下,马路上似乎空无一人。

这寂静显得十分诡异。法本缩起肩膀,轻声说道:"快点走,泰可。别作声。"驮马喷了一下鼻息,慢慢腾腾地拖着悬浮货车走过了钢灰色的碉堡式岗亭。

当法本经过碉堡时,他偷偷朝里面瞟了一眼,只见两个卫兵每人都缩起一只脚,只用一根细棍似的腿站在那里,尖锐的鸟喙埋在左臂下柔软的羽毛中。两支军刀步枪横放在他们身侧的台子上,旁边是一沓格莱蒂克人的标准传真通讯板。看来这两名利爪兵已经睡着了!

法本吸了吸鼻子,外星人身上浓烈的甜香味儿让他皱起了扁平的鼻子。这已经不是第一次了。他早就发现,格布鲁好战分子那据说不可战胜的铁腕确实存在弱点。到目前为止,他们赢得非常轻松——过于轻松了。现在人类已被集中在一起,不再构成威胁,显然入侵者认为唯一可能的威胁只会来自于空中。所以,毫无疑问,法本见过的所有工事都将火力朝向天空,几乎对地面进攻没有任何防备。

法本从工具袋中抽出匕首。他一时性起,想摸进碉堡,躲过显而易见的报警光束,教训一下骄傲自满的格布鲁人。

但他终于抑制住冲动,摇了摇头。迟些再动手吧,他想,那时敌人会付出更惨痛的代价。

他拍了拍泰可的脖子,牵着驮马走过被岗亭灯光照亮的路段,穿过城门进入了城市的工业区。仓库和厂房之间的一条条街道全都寂静无声,偶尔有几只黑猩猩在空中飞过的格布鲁巡逻机的监视下匆忙赶路。

尽量避免被旁人发现的法本,赶着马车悄悄溜进了一条小巷。这座殖民城市只有一家铸铁厂,在离厂房不远的地方,他找到了一座没有窗户的仓库。他低声催促着泰可将悬浮货车拖到仓库后门旁边的阴影中。后门的挂锁上覆盖着一层灰尘,说明几个星期都没人从这里经过了。他凑上前仔细审视着锁具,随后满意地哼了一声。

法本从工具袋中取出一块布头,将它裹在锁住后门的搭扣上,然后他用双手紧紧握住布团,闭上眼睛在心中默数三下,用力一扯。

挂锁很坚固,但不出他所料,门上与搭扣环相连的螺钉已经锈蚀了。随着一声闷响,搭扣和门锁一起应手而落。法本将布片裹着的锁具轻轻收好,然后迅速推开了带滑道的门板。泰可拖着卡车,安静地跟随他走进了黑暗的仓房。里面是一台台笨重的冲压机和金属加工设备,法本先四处打量一番,记下了这间仓库的大概样貌，而后才匆忙回身关上了后门。

"你就待在这儿，不会有什么事。"他轻声说道，为驮马解下了挽具。他从卡车上拖下一袋燕麦，放在地上扯开袋口，然后又从旁边的水龙头接满一桶水。"如果我有机会，肯定会回来找你。"他随即又说道，"如果我回不来，你就吃上一两天燕麦，然后放开嗓子嘶叫。肯定有人会路过这里的。"

泰可摇了摇尾巴，抬起头恶狠狠地瞪了法本一眼，又放了一个臭气熏天的响屁。

"噢。"法本点点头，挥手驱赶着臭气，"你说得大概没错，老伙计。不过我敢打赌，当你的子孙后代从别人那里得到所谓的智慧时，他们肯定也会和我一样整天提心吊胆。"

他拍拍驮马算作告别，随后大步走到门口向外窥视。从这里可以很清楚地看到外面。巷子里甚至比加斯缺乏生命力的森林还要安静。地球联邦大厦的顶上，导航信号灯仍在不停地闪烁，但无疑它现在是为侵略者指引夜间行动的方向。远处某个地方传来一阵电器微弱的"嗡嗡"声。

离这里不远便是他要和联系人接头的地方。在这段进城冒险之旅中，最危险的部分就要开始了。

从格布鲁人开始施放毒气到完全控制各种通信途径，其间有两天时间。在这短短的两天里，地球阵营中出现了许多疯狂而又混乱的建议。从海伦尼亚到群岛乃至大陆的边远地区，人们匆忙而又狂乱地通过电话和无线电商量对策。这时人类已完全乱了阵脚，而政府的内部通信又加了密，所以电视广播中大都是以非官方身份露面的黑猩猩，他们惊慌失措地猜测着局势，提出一个个疯狂的行动方案——而其中大多数都极其愚蠢。

法本也认为那些做法愚不可及，因为谁都能猜到敌人当时正在监听。格布鲁人现在一定加深了对新生黑猩猩的认识,觉得这种受庇护物种是一帮歇斯底里的家伙。

不过,在那些胡言乱语中还是有一些合理建议的。去尽糟粕,便显精华。人类学家塔卡博士在死去之前,曾辨认出一条有用的消息。这条消息来自于她以前的一位博士后学生,盖莱特·琼斯,住在海伦尼亚。因此司令官决定派黑猩猩法本前来与他联系。

不幸的是,事情一团糟。所有的人里只有塔卡博士才知道琼斯长得是什么样子,而等有人想起要问问塔卡博士的时候,她已经死了。

法本对见面地点和接头暗号没有太大的把握。说不定碰头时间根本不是晚上。他自言自语地咕哝道。

他轻轻溜到外面,关上大门,把扭断的螺钉塞回原位,使那把锁看上去依旧挂在门上。搭扣环显得微微有点倾斜。但如果不靠近仔细看的话,没人会发现其中的蹊跷。

加斯两个月亮中大一些的那个在一个小时后就要升起来了。如果他想准时赴约,必须现在动身。

在一座小广场边,他停下了脚步,这里更靠近海伦尼亚的市中心,但尽是些藏污纳垢之所。前面有一间专供黑猩猩工人消遣的酒吧,从地下室狭长的窗子投射出片片灯光,低音乐器奏出的乐声令木制窗框上的玻璃籁籁发抖。法本能感到脚下的街道也在不停地震动。在四面所有的街区中,如果不算寂静的公寓里从拉紧的窗帘后透出的黯淡灯光;唯有这里才显出生命存在的迹象。

这时,一个"嗡嗡"作响的巡逻机器人悬浮在距地面一米高的半空,沿着街道滑行过来,法本连忙藏到了黑暗中。当那台粗短的机器人经过法本身边时,它顶部的炮塔对准了他。它的传感器肯定捕捉到了法本——在它的红外线显示器上,他是蒙胧的树丛中一个发热的光影。但机器人并未停下,大概它已认出法本只是一只新生黑猩猩。

法本曾看到另外几个像他一样身披黑色毛发的身形缩着肩膀急匆匆地穿过街道。显然,现在城市如此萧条并不是因为敌人实行了宵禁,而是由于市民们不愿在夜晚出行。占领军并不想过于苛刻地管束老百姓,因为看来并没有这个必要。

那些晚上不待在家中的黑猩猩多半都是要前往类似这间酒吧——"猿族甜果"——的地方。法本感到下巴不停地发痒,但他抑制住了搔痒的冲动。喜欢到这种地方来的黑猩猩,六都是粗鄙的工人和生殖权受到提升法案限制的家伙。

法律规定,人类在繁育后代时也要接受遗传审议。但对于他们的受庇护种族新生海豚和新生黑猩猩,相关律条则要苛刻得多。在这个地区,地球人的法律严格遵守格莱蒂克标准。这就使得黑猩猩和海豚永远都难以成为更高级的种族。地球的实力过于单薄,完全无法抗拒备受尊崇的格莱蒂克传统。

大约三分之一的黑猩猩持有绿色繁育卡,这种权限允许他们在提升委员会的指导下可以自行控制生育力,如果不慎违反法规则只需支付罚金即可。但持有灰卡或是黄卡的黑猩猩,就要受到更严格的限制。在加入群婚组织后,他们可以提出申请,要求领取和使用他们在青春期时储存在委员会的精子或是卵子。而当生育了后代之后,他们就将被迫采取例行的绝育措施。不过,如果其中有谁立下了不凡的功绩,便可以得到豁免。通常一只持黄卡的雌性黑猩猩可以依例接受胚胎移植手术,而这胚胎则是委员会的技师培育出的"改良品种"。

对于那些红卡持有者,他们连接近黑猩猩幼崽都不行。

以大接触之前的标准来看,繁育控制体系似乎非常残酷。但法本自从出生之日起就必须遵守这样的规定。当一个受庇护种族的提升进程非常迅速时,总会有不少高级种族喜欢对他们横加干涉。至少黑猩猩受了这种特别的青睐。没有多少受庇护种族像他们这么幸运。

繁育控制体系造成的社会后果便是,在黑猩猩中出现了阶层分化。在"猿族甜果"酒吧这样的地方,法本之类的"蓝卡佬"绝对不会受欢迎。

不过,是他的联系人选择了这个地方,而且后来再没有进一步的消息,所以法本别无选择,只能看看接头地点是否仍旧有效。他深吸一口气,然后跨到路边,循着那阴郁而又嘈杂的乐声走去。

他的手刚碰到门把手,左侧的阴影里就响起了一声低语:

"粉色激情?"

起初他还以为这纯粹出于自己的想象。但那声音又重复了一遍,且更响亮了些:

"粉色激情? 你是在找某个派对吗?"

法本张口结舌。窗口射来的灯光让他习惯了暗夜的眼睛一片昏花,但他还是瞥见了一张猿类的小脸,似乎像个孩子。那只黑猩猩一笑,白牙便闪闪发光:

"粉色激情派对?"

法本松开门把手,几乎无法相信自己的耳朵,"您刚才说什么?"

法本上前一步。但这时门开了，灯光和噪声一下子涌上街头。几个黑色的身影大笑着跌跌撞撞地冲了出来，浑身散发出一股毛皮浸着啤酒的恶臭，将他挤到一旁。等到这几个纵饮者离去，酒吧的门重新关上之后，昏暗的小巷再次变得空无一人。刚才那个矮小的影子已经溜走了。

法本想跟过去，哪怕只是核实一下也好。他认为刚才那只黑猩猩确实是在招呼自己。为什么对方要主动搭讪，随后又突然退缩了呢？

显然海伦尼亚的世道已经变了。没错，自从大学毕业以来，他再没来过像"猿族甜果"这样的地方。但以前即便在这片城区，黑巷子里招揽生意的皮条客也并不常见。或许在地球上常有这样的事情，过去的三维电影里也不少见，但在加斯怎么会冒出这种人呢？

他困惑地摇摇头，拉开门走了进去。

一进门，啤酒、兴奋剂和湿漉漉的毛皮散发出的浓烈味道迎面扑来，令法本张大了鼻孔。一盏频闪灯悬在小舞台上方，不停地明灭闪动，刺眼的强光让他几乎看不清脚下的门厅楼梯。几个黑色的身影正在台上疯狂地蹦跳，高高挥舞着一些像是小树权似的东西。一帮乐手蹲伏在地上，他们头顶的几只扬声器里传来狂暴的打击乐节拍，震得人脚底发麻。

顾客们躺在苇席和靠垫上，一面喷云吐雾，一面端着纸杯纵情狂饮，同时还在低声咕哝，对舞者的表演发表粗俗的评论。

法本从拥挤的柳编矮桌之间穿过，走到烟雾缭绕的吧台前，要了一品脱苦啤酒。幸运的是，看来殖民地的货币在这里还很好用。他靠在吧台上，开始慢慢地扫视着酒客，心中暗自期望，但愿自己没有把联系人发来的接头方式搞错。

他要寻找的是某个渔夫打扮的人，但从这里到阿斯皮纳湾的码头还隔着半座城市。或许无线电操作员把塔卡博士的学生发来的消息完全搞错了。在那个可怕的晚上，豪莱茨研究中心正陷入滚滚烈焰，悬浮救护车在每个人的头上不停地哀鸣。据操作员回忆，盖莱特当时好像确实提到了"一个模样落魄的渔夫"。

"太棒了，"法本在接受指令的时候咕哝道，"还真是间谍那一套。妙极了。"在内心深处他深信，肯定是那个文书把整个事情全弄搅了。

还没发起暴动就碰到这种事情可不是好兆头。但没什么可大惊小怪的，真的。只不过，对于几只接受了地球联邦军事训练的黑猩猩来讲，密码、化装和接头暗号——这些过去惊险电影里才有的东西才是真正让他们吃惊的。

大概那些预备役军官不是死了，就是被外星人抓起来了。只剩下我。而我的专长可不是搞情报或是耍手段。见鬼，我连可怜的老"普洛康苏尔号"飞船都玩不转。

抵抗组织现在只能一边干一边学，自己在黑暗中摸索。

至少啤酒的味道不错，尤其是在尘土飞扬的路上长途跋涉之后，喝上一口的确是至高的享受。法本端着纸杯慢慢啜饮，希望能放松下来。他随着霹雳舞的音乐节拍点着头，舞者们滑稽而又古怪的动作逗得他咧开了嘴巴。

当然，在频闪灯下蹦蹦跳跳的舞者都是雄性黑猩猩，而四周尽是莽汉和劣种——这种场面令人生出一种强烈的、甚至可以称作虔诚的感觉。尽管人类一直都对几乎所有形式的性别歧视表示反对，但却从未对黑猩猩的这种习俗予以干涉。受庇护种族有权发扬自己的传统，只要他们不妨碍自己履行职责或是提升就行。

至少目前这代黑猩猩都认为，雌性同类不能跳霹雳舞，绝对不行。

法本看到，一只身形巨大、浑身赤裸的雄性舞者跳上了用毯子胡乱搭起来的"乱石"顶端，手中挥舞着带响铃的树枝。那家伙在白天可能是工厂里的技工或苦力，而到晚上则变成了大出风头的"舞神"。疯狂的鼓点"隆隆"震响，在频闪灯制造的闪电的照耀下，身体一半雪亮一半漆黑的他，将那根"哗哗"作响的树枝举过头顶不停地摇动。

在响铃嘈杂的鸣声中，他随着音乐不停地暴跳，发出一阵阵嗥叫，似乎在向天上的众神挑战。

法本一直想知道，霹雳舞为什么如此大受欢迎呢？是因为新生黑猩猩们对大自然中的雷霆具有天生的、源自祖先的热爱，还是因为众所周知——地球上丛林中那些野蛮不化的黑猩猩在电闪雷鸣的时候总爱乱蹦乱跳？他怀疑，新生黑猩猩的许多"传统"都源自他们那些不开化的同类，只是对野生黑猩猩广为人知的寻常举动进行了精心修饰而已。

同许多受过大学教育的黑猩猩一样，法本时常认为自己久经世故、思想成熟，无法接受头脑简单的祖先搞的这种粗鄙玩意儿。他总是更喜欢用巴赫的曲子或是鲸歌来代替霹雳的轰鸣。

不过也有些时候，当他独自一人待在公寓里的时候，也会从抽屉里取出一盘《雷电舞曲》的带子，戴上耳机耐心倾听，看看自己的脑袋在被震得裂成八瓣之前究竟能坚持多长时间。而今晚，看着犀利的电光在舞台上闪耀，听着顿挫有力的鼓声撼动着酒徒、家具和房子，尽管这音乐和节奏同以前听过的舞曲没什么两样，但在扬声器强劲的轰击之下，他不由自主地感到一阵寒战滚过了自己的脊梁。

另一位赤身舞者向"石堆"爬去,摇晃着手里的树枝高声咆哮,向"舞神"发出挑战。他在攀爬时弯下腰,单手用指节支撑着身体,这副返祖退化的模样肯定会让整形外科医师皱起眉头,但却赢得了观众的一片喝彩声。如此逼真的表演肯定会令这家伙的脊背一直疼到明天早上,但同舞蹈的荣光相比,这算得了什么?

"山顶"的猿猴朝挑战者怒吼起来。当又一道闪电将大厅照得惨白一片时,他高高跃起,同时在空中灵活地旋转着身体,手中的树枝仍在不停地舞动。这幅图景既凶蛮又蕴含着强大的力量,让人想起四百年前,他那些充满野性的祖先也曾像这个样子,站在山冈上向暴风雨发起挑战——无须庇护主或是人类的矫形手术刀,他们也知道该如何回答上天的狂怒。

"山岳之王"咧开嘴巴一笑,随即从"石堆"上高高跃起,坐在桌边的黑猩猩看客大叫起来,纷纷鼓掌喝彩。"舞神"翻了个跟头落到地上,飞过挑战者身边时还在对手背上猛击了一掌。

这是雌性黑猩猩极少参与霹雳舞的另一个原因。成年雄性黑猩猩的体力与他们在地球上的野生同类相差无几,所以才能完成高难度的动作。若想加入进来,雌性黑猩猩通常只能在乐队中担任乐手。

法本总是很好奇,为什么人类与黑猩猩如此不同?人类中的男子好像对奏乐更着迷,而女人则更喜欢跳舞。当然,人类在其他方面也很奇怪,比方说,他们的性习惯就非常古怪。

法本扫视着四周。在这样的酒吧里,总是男比女多,但今晚雌性黑猩猩的数量显得特别少。她们大都同朋友坐在一起,身旁尽是些彪形大汉。当然,这里也有吧女,穿着仿豹皮的衣裙,在一张张矮桌间绕来绕去，为客人送上饮料和香烟。

法本开始担心。在这间喧嚣吵闹、电光闪烁的酒吧里，他的联系人怎么能认出他呢？到目前为止，他还没见过有谁长得像个脸上带刀疤的渔夫呢。

正对着舞台，三面墙围起了一片楼座包厢。顾客们俯身趴在栏杆上，敲打着栏板为舞者叫好。法本转过身扬起头，想看得更清楚……他突然惊奇地眨动着眼睛，差点绊倒在一张柳编矮桌上。

在包厢里有一片被绳子围着的区域，里面有四台悬浮战斗机器人正守护着一个格布鲁人。那家伙长着细密的白色羽毛、突起的胸骨，还有弯曲的长喙……但他头上顶着一只毛线帽，遮住了梳齿状的听觉器官。另外，他还戴着一副墨镜。

法本挪开目光。他不该显得太吃惊。显然在这短短的几个星期里，酒吧中的顾客已习惯看到外星人混迹于自己人之中了。不过，现在法本还是注意到，偶尔仍有几只黑猩猩不安地朝楼座上的包厢瞥上一眼。或许这种紧张情绪有助于解释纵酒之徒们为何如此疯狂，要知道尽管"甜果"酒吧的主顾大多是黑猩猩工人，但今晚的喧嚷似乎仍然有点不同寻常。

法本偶尔呷上一两口啤酒，又朝楼上望去。无疑，那格布鲁人戴上帽子和眼镜是为了挡住噪音和强光。尽管机器人只守在外星人身边的四方区域内，但包厢的那一侧几乎再没有旁人落座。

并不是完全空无一人。事实上，还有两只黑猩猩坐在保护区里，就坐在长着尖尖长喙的格布鲁人身旁。

他们是内奸么？法本心想，我们中间已经出了叛徒？

他疑惑地摇摇头。格布鲁人为什么要到这儿来？一个入侵者能发现什么值得注意的东西么？

法本回到了吧台旁。

显然，敌人对黑猩猩很感兴趣，而且并不是因为我们也能被扣为人质。

但究竟是为什么呢？格莱蒂克人怎么会关心一帮毛发纷披的受庇护种族？何况法本的某些同类还几乎算不上智能生物呢。

乐声突然急转直上，随着"砰"的一声巨响，霹雳舞达到了高潮，最后一阵"隆隆"的轰鸣越来越弱，似乎消失在乌云密布、风疾雨骤的远方；而震人心魄的回声又在法本的脑袋里持续了好几秒钟，才终于不见了踪影。

大汗淋漓的舞者们跌跌撞撞地回到了自己的桌旁，一面笑一面套上宽松的长袍。他们的笑声听上去还真像是发自内心，但似乎又显得有点过于热情。

现在法本已经明白这里为何充满了紧张气氛，可他很纳闷，为什么每个黑猩猩要到这儿来强颜欢笑呢？本来大家可以抵制这个有侵略者光顾的地方，根本不来登门——这是一种简单的非暴力不合作方式，也就是消极抵抗。要知道，街上没有哪只黑猩猩心里不恨这些敌人—— 一切地球生命的敌人！

在周日晚上，是什么吸引大家非要来到这里呢？

为了装样子，法本又叫了一杯啤酒，不过他已经在考虑离开了。格布鲁人让他感到不安。如果联系人不再露面，他最好还是出去自己进行调查。不管采用什么方式，他一定要摸清海伦尼亚的情况，而且要想办法同愿意组织起来展开斗争的黑猩猩建立联系。

在大厅对面,一群横躺竖卧的醉汉开始敲打着地板放声高喊。很快,叫喊声在整个大厅里蔓延开来:

"茜尔薇!茜尔薇!"

乐手们爬上舞台,重新开始演奏,这次的节奏舒缓了许多,观众纷纷鼓掌喝彩。大厅中的灯光暗淡下来,两只雌性黑猩猩用萨克斯管吹奏出一段充满诱惑力的曲子。

一盏聚光灯照亮了刚才舞者们表演霹雳舞的"小山"。一个原先不曾见过的身影从珠帘后飘然而出,站在了令人眼花缭乱的光柱之下。法本吃惊地眨动着眼睛。一只雌性黑猩猩在那里干什么?

她的上半张脸覆盖在鸟喙面具之下,头顶洁白的羽毛。灯光下,这位黑猩猩女郎赤裸的乳头上闪耀着星星亮点。她身上那件用银色箔条做成的短裙开始随着舒缓的旋律轻轻摇摆。

现在,雌性新生黑猩猩的骨盆要比她们的祖先宽一些,这样才能养育出脑容量更大的后代。尽管如此,对于黑猩猩来讲,摇摆的臀部根本无法刺激雄性的性欲,只有人类才会觉得那是种诱人的姿势。

然而,法本看着她那充满诱惑的动作,不禁心跳加速。她戴着面具,这让他一开始还以为她是个少女,但很快他就意识到,这是个成熟的雌性同类。她身上一些细微的迹象表明,她已经生养过,而这令她更加迷人。

她的短裙轻轻摆动着,法本很快就发现,构成裙子的箔条只有朝外的一面才是银色,而在每一片箔条的内侧,由下至上,颜色从银白慢慢变成了明媚的粉红。

他满脸通红,赶忙把脸转向别处。霹雳舞其实算不了什么,他自己还跳过几次呢。但眼前这舞蹈可完全不同!他先是在巷子里碰到了那个小皮条客,而现在呢?海伦尼亚的黑猩猩都变成性欲狂了么?

他忽然感到一个肉乎乎的东西压在了自己的肩膀上。法本扭脸一看,一只毛茸茸的大手正搭在他的肩头上。再往上看,是一条长满长毛的手臂,而手臂的主人是他有生以来见过的最壮硕的黑猩猩。这大块头几乎和一个矮小的人类一般高,但显然要强壮许多。这只雄性新生黑猩猩穿着一件褪色的蓝工装裤,缩起的上唇下面露出几颗粗大尖利的獠牙,一派远古祖先的风范。

"怎么?你不喜欢茜尔薇?"这巨人问道。

尽管舞蹈仍处于节奏缓慢的开始阶段,但大多数雄性观众已在嗥叫着喝彩了。法本意识到自己的脸上肯定露出了不悦之色,真是个白痴。真正的间谍就得随机应变,巧言令色。

"头疼。"他指了指自己的右额角,"今天真把我给累坏了。我想我最好现在就走。"

大个子新生黑猩猩咧开嘴巴笑了,大爪子仍然没离开法本的肩膀,"头疼?我看你是受不了这种表演吧?说不定你还是个雏儿呢,对不对?"

法本用眼角的余光看到,舞者正在摇摆、挑逗,这时她的动作还算端庄,但其中的肉欲诱惑正变得越来越浓。他能感觉到观众的欲火开始在大厅中蔓延,但猜不出最终会是什么结果。这种表演已被列为非法,人类出于许多重要的原因才禁止自己的受庇护种族从事此类活动……

"我早就不是雏儿了!"他反驳道,"我只是觉得,这里是公共场合,这……这会引发骚乱。"

魁梧的陌生人放声大笑起来,亲热地伸手捅了他一下,"什么时候?!"

"对不起……我,我没明白,你的意思是?"

"我的意思是,你是什么时候第一次和姑娘做那事儿的? 看你说话的鬼样子,我敢打赌一定是在大学的派对上。对不对? 我说的没错吧,蓝卡先生?"

法本飞快地向左右看了看。尽管只是出于感觉,但他还是认为这个大块头只是非常好奇,而且喝多了,并没有什么敌意。但法本盼着自己能早点逃掉。按在他肩头的那只手显得越来越危险,而且他们两个的对话可能会招致旁人的注意。

"没错,"他低声答道,一想起过去的事情就让他不舒服,"那是在兄弟联谊会的入会仪式上——"

在大学里,雌性黑猩猩学生可以同班里的雄性同学成为好朋友,但她们从未接受过去参加性爱派对的邀请。如果对持绿卡的黑猩猩姑娘怀有非分之想,那可就太危险了。她们对婚前怀孕和遗传审议都怕得发狂,因为她们要为之付出十分沉重的代价。

所以,当大学的雄性学生要举行派对的时候,他们往往邀请最不相干的外来女孩子——那些持黄卡和灰卡的姑娘。在她们的卡上,火焰颜色的发情期标志只是空令小伙子们兴奋万分的假造品。

并不应该以人类的标准来看待黑猩猩的行为。我们和人类在根本上是完全不同的,法本在当时就提醒自己,后来也曾这样说过很多次。不过,他还从未发现自己从这些性爱派对中得到过满足或是快乐。或许以后某一天,等他找到合适的群婚组织……

"这就对了,我妹妹以前常去参加大学里的派对。听上去很有趣。"脸上满是疤痕的大个子黑猩猩转向酒保,拍了拍锃亮的台面,"来两品脱! 一份给我,另一份给我这位大学生朋友!"他洪亮的嗓音让法本一惊。旁边几个家伙转身朝这里看过来。

"那么你得告诉我,"那位不受欢迎的朋友继续说道,把纸杯塞到法本手里,"你有孩子了吗? 说不定有的孩子都已经注册了吧,只不过你还没见过他们?"他的话听上去并非不友好,更像是羡慕。

法本慢慢喝下一大口暖暖的苦啤酒。他摇摇头,低声答道:"事情可不像你说的那样。无限制的生育权并不等于不受限制的——白卡。如果规划员用我的遗传血浆去培育新生命,我也不会知道的。"

"哎呀,你怎么会不知道! 我的意思是说,你们这帮蓝卡佬可是够倒霉的,不得不听提升委员会的命令去操那些试管,结果到头来还不知道他们用没用过那些精液……见鬼,我的群婚小组里的大老婆一年前生了孩子……没准儿你就是我儿子的亲爹呢!"大块头狂笑起来,又重重地拍了拍法本的肩膀。

这样下去可糟糕透了。更多的黑猩猩朝这里转过脸来。这些谈论蓝卡的话不会在这里为他赢得朋友。不管怎样,他不想惹人注意,而且还有个格布鲁人正坐在离这儿不到三十英尺的地方。"我真得走了,"他说道,同时开始慢慢后退,"谢谢你的啤酒……"

有人在身后挡住了他的去路。"劳驾。"法本说着,转过身,正好脸对脸地碰上了四只黑猩猩,他们穿着亮闪闪的拉链工作服,全都把手臂抱在胸前,恶狠狠地盯着他。其中一个稍高一点的家伙把法本一把推回吧台旁。

"这位先生当然已经有了孩子!"刚露面的一只黑猩猩吼

道。他精心修整了自己面部的毛发,修剪过的胡须上涂了蜡,直直地支棱着。

"看看他这两只爪子吧。我敢打赌,他没干过一天正直的黑猩猩该干的活。说不定他是个技师,也可能是个科学家呢。"听他的口气,仿佛一只带科学家头衔的新生黑猩猩就像是个被特别恩准的孩子,能够玩扮演复杂角色的游戏。

富于讽刺意味的是,尽管法本的手可能不像这里的许多人那样满是老茧,但衬衫下面却有着他以五马赫的速度坠机时留下的烧伤疤痕。但在这里讲这种事情没有任何用处。

"我说,伙计们,我还是请几位喝一杯吧……"

他刚掏出钱,穿拉链工装的家伙里最高的那个猛地在他手上打了一下,硬币顿时在吧台上四处乱滚。"这些都是一钱不值的大粪。过不了多久这样的钱就会被统统收缴去,你这样的猿猴贵族也会被人家统统收押起来。"

"住嘴!"人群中传来一声呼喝,四下全是一片棕褐色的佝偻的肩膀,大家都在关注着舞台。法本看到了茜尔薇,她还在台上不停地摇摆。随着她短裙上的箔条轻轻荡起,法本看见了让自己惊愕不已的一幕——她居然真是粉红色的……她在一瞬间露出了处在完全发情期的阴部。

穿拉链工装的家伙又推了法本一把,"怎么样,大学生先生?等到格布鲁人开始把你们这些自由生养者全都抓起来做绝育手术的时候,你的蓝卡还能派上什么用场?啊?"

新来的这四个家伙里,有一只溜肩膀的黑猩猩,长着低低的前额,此时把手伸进制服口袋里,摸出了一把利器。他贼亮的眼睛里露出食肉动物的凶光,站在那里听他长胡子的朋友说话,而自己专等着动手。

法本现在才想起来,这些家伙并没有非难那个穿工装裤的大块头。实际上,那伙计已经钻到阴影里去了。"我……我不知道你在说什么。"

"你不知道?格布鲁人已经查遍了殖民政府的记录,挑了不少像你这样的大学生抓去审讯。现在他们只是在挑选样品下手,但我有朋友已经透出风声,他们正计划来一次彻底的大清洗。现在你有什么看法?"

"快他妈的闭嘴吧!"有人喊道。这次有几张面孔朝他们这里转了过来。但法本只看到怒气冲冲的眼睛、横飞的唾沫,还有龇着的白牙。

他有些犹豫不决。他极想快点脱身,但万一这些穿拉链工装的黑猩猩说的是真话呢?如果他们说得没错,那么这无疑是一个重要的情报。

法本决定再多听几句。"那就太让我吃惊了。"他把胳膊肘支在吧台上说道,"格布鲁人都是些狂热的保守主义者。不管他们对其他庇护主种族做了些什么,我敢打赌他们绝不会干涉提升进程。这违背了他们自己的信仰。"

大胡子只是笑笑,"你在大学里就学了点这玩意儿么,蓝卡小子?现在只有格莱蒂克人自己说了算。"

他们挤在法本身旁,这帮家伙对茜尔薇煽情的扭动视而不见,倒似乎对他更感兴趣。观众们正在高声呼喊,音乐的节奏越来越强劲。法本觉得自己的脑袋就快被这巨响震碎了。

"……你还真够酷的,连工人的演出都不想看。你从来都没有干过真正的工作。可你只要打个响指,我们的姑娘就自己送上门了!"

法本察觉到事情有些不对头。大胡子的表现过于镇静,而这些奚落嘲讽也太过工于心计。在这样一个地方，充满了喧嚣和肉欲的酒吧里，一个真正的苦力不可能如此切中要害。

法本突然意识到，他们是遗传劣种！现在他注意到了能够说明问题的迹象：两只身穿拉链工装的黑猩猩脸上带着遗传缺陷的特征——极不协调的五官上布满斑点、不停地眨巴着眼睛、永远都是一副困惑的神情，一看便知他们的脑子已经搭错了线——这一切都在提醒别人，提升是一种很难掌握的工艺，总要付出代价。

在敌人入侵前不久，法本曾读过一份本地的杂志，里面讲述了劣种社区里的时髦一族，那些家伙总是喜欢穿一身颜色华丽的拉链工作服。法本一下子明白了，自己被最糟糕的家伙盯上了。现在人类已不知去向，而且城里也没有正常的民事执法机构，真不知道这些持红卡的家伙会干出什么事情。

显然，他必须离开这里。但如何才能脱身呢？几个穿拉链工装的暴徒每时每刻都挤在他身旁。

"你们瞧，伙计们，我到这儿来只是想看看是怎么回事。谢谢你的指教。现在我真得走了。"

"我有个更好的主意，"领头的黑猩猩冷笑一声，"还是让我们把你介绍给一个格布鲁人认识一下吧，他可以亲自告诉你是怎么回事。而且你还能知道，他们打算如何处置黑猩猩大学生。怎么样？"

法本大吃一惊。这些黑猩猩当真同入侵者合作了吗？

他学习过地球古代史。在大接触之前，地球经历了漫长、黑暗的岁月，孤独而又无知的人类经受过每一种可怕的折磨——从神秘主义到暴政，还有战争。他曾读过无数描述那些远古时代的资料，特别是一些故事——无助的男女同邪恶做勇敢（但经常是徒劳的)斗争。法本当初之所以加入殖民地的预备役部队，部分原因就是他抱着浪漫的幻想，希望自己能效仿过去那些勇敢的斗士——第二次世界大战期间抗击德军的法国游击队、以色列复国时代与阿拉伯联军作战的犹太人地下武装，还有人类在步入太空世界之后组成的卫星战队。

但历史也提到了叛徒：那些见利忘义、有奶就是娘的卑鄙小人，甚至不惜出卖自己的伙伴。

"快点，大学生。我来为你引见一只鸟儿吧。"

攥住法本胳膊的那只手就像一支夹紧的铁钳。看到法本又惊又痛的样子，大胡子咧开嘴巴笑了，"人类在培育我的时候给我加入了力量遗传因子，"他冷笑道，"这部分基因还真起了作用，但其他因子并没有遂他们的心愿。他们叫我'铁钳'，可我没得到蓝卡，就连黄卡也没有。

"现在走吧。咱们去找那位利爪中队的中尉，请他解释一下格布鲁人打算怎么处置聪明的黑猩猩小子。"

尽管臂上传来阵阵疼痛，但法本还是装出一副若无其事的样子："好吧。何乐而不为呢？不过，你想打个赌吗？"他轻蔑地撅起了上唇，"我在大学二年级就学过外星生物学，如果我没记错的话，格布鲁人每天的作息都处于生物钟节律的严格控制之下。我敢打赌，摘掉那副墨镜你就能看到，那只该死的鸟正在打瞌睡呢。想想吧，他被叫醒之后发现只是要同你这路货色讨论提升的奥妙，你猜他会高兴吗？"

尽管"铁钳"虚张声势，但他显然对自己的教育水平非常敏感。法本这番话暂时起到了作用，那只黑猩猩眨眨眼睛思忖着，会不会真有人在这种吵闹的地方还能睡着觉。

最后"铁钳"发出一声愤怒的咆哮："咱们这就去看看。快走。"

另外几个穿拉链工装的家伙随即挤上前来。法本知道自己应付不了这么多对手,而且他还无法报警求助。这些日子里,执法者已经变成身披羽毛的外星人了。

几只黑猩猩推搡着他,穿过一张张矮桌组成的迷宫。"铁钳"用胳膊肘推开一个个躺卧在地上的顾客,招来一阵怒气冲冲的抱怨。但这些酒徒都强压住怒火,眼睛始终不曾离开随着音乐翩翩起舞的茜尔薇。

法本回头朝台上看去,舞者肆无忌惮的扭动令他脸上发烧。他魂不守舍地向后倒退着,一不小心踩在了一只毛茸茸的脚掌上。

"噢!"椅子上那位被踩到脚的顾客大叫一声,手中的酒杯也打翻在地。

"对不起。"法本低声说道,马上退到一旁——但他的凉鞋踩到了另一只黑猩猩的手上,又召来一声呼喝。法本的脚并没离开那只棕色的手,直到被冒犯的苦主发出愤怒的尖叫,他这才扭身后退,再次道歉。

"快坐下!"从人群后方传来一声叫喊。另一只黑猩猩却叫起来:"傻瓜!快闪开!你挡住我了!"

"铁钳"怀疑地盯着法本,将他的胳膊用力一扯。法本先是抗拒着他,而后一松劲,身子猛地向前冲去,"铁钳"的后背一下子撞在了一只柳编矮桌上——桌上的酒水和烟罐子掉在地上,桌边的黑猩猩全都站起身,怒不可遏地大吼起来:

"嘿!"

"小心点,你这个劣种!"

酒精和茜尔薇的舞姿已经让这几位顾客的眼睛像是要冒出火来,他们的目光看上去已经没有一点理智了。

"铁钳"那精心修饰过的面孔因恼怒而变得惨白。他紧攥着法本的胳膊,一刻也不放松,继续朝同伙那里走去。但法本只是阴险地一笑,用胳膊肘捅了一下擒住自己的黑猩猩,然后他装出一副醉态,大声叫嚷起来:

"看看你都做了些什么?我早就告诉你,别故意找这些家伙的茬儿。你看看他们这副呆相,蠢得连话都不会讲……"

身旁这几只黑猩猩咬牙切齿地吸着气,即便周围乐声大作,法本也能听见。

"谁说我不会讲话!"其中的一个酒徒含糊不清地叫道,口中只能勉强吐出这几个字。这个烂醉的酒徒向前逼近一步,努力辨认着胆敢侮辱自己的家伙。"谁说的?"

"铁钳"威胁地盯了法本一眼,把他拉到身边,紧握着他胳膊的那只手捏得更紧了。但法本还是装出一副笑脸,眨巴着眼睛。

"说不定他们会讲话,就算他们会讲话吧。可你说的没错,他们确实是一帮衰鬼……"

"什么?!"

最靠近他们的一只黑猩猩怒吼一声朝"铁钳"扑来。这个满脸冷笑的劣种敏捷地闪到一旁,抬起空着的那只手一掌劈下。醉鬼惨叫着弯下身来,同法本撞在了一起。

但那些酒气熏天的朋友都嘶喊着冲过来。法本和"铁钳"淹没在一片棕色毛皮汇成的怒潮中,紧握着法本胳膊的那只手终于被扯开了。

一只身上系着皮质安全带的黑猩猩咆哮着朝法本一拳打来,法本连忙蹲下身子。那家伙的拳头从他头顶飞过,击中了一个穿拉链工装的恶棍,正打在下巴上。法本抬脚踢在另一个朝自己扑来的劣种的膝盖上，对方发出了一声惨叫。随后，黑猩猩们厮打着乱作一团，柳编家具四处横飞，漆黑的身影纠缠在一起。一张张廉价的小矮桌砸在他们的头上，马上就被撞得稀烂。空中则四处飞舞着啤酒的泡沫和扯下的毛发。

乐队的舞曲节拍越来越快，但在愤怒的尖叫或是狂喜的呐喊声中几乎无法听到。撒野的时刻终于到了，法本的身体被几只粗壮有力的猿臂高高举起。这帮家伙一点都不文雅。

"哇——喔！"

他飞过混战的黑猩猩头顶，落在一群并未卷入打斗的酒徒之中。顾客们一时之间都震惊而困惑地盯着他。没等他们有所反应，法本呻吟着从地上爬起来，转身冲上了过道——旧伤未愈的左脚踝传来的一阵尖厉疼痛，使他一下子摔倒在地。

战斗的范围继续向四周扩展。两个身穿鲜亮的拉链工装的家伙龇着尖牙，朝他这里冲来。更糟的是，那些被他搅扰了雅兴的酒客现在已纷纷起身，怒不可遏地咆哮起来。几双手同时向他伸了过来。

"抱歉，回头再较量吧。"法本彬彬有礼地说道，单脚跳着从追赶者身边逃开，急匆匆地在矮桌之间穿行。当面前无路可走时，他毫不犹豫地踩着一位酒吧顾客隆起的宽肩膀，纵身向前一跃，只留下那位充当跳板的醉汉对着破碎的柳编桌子喃喃自语。

法本在空中翻了一个跟头，从一排酒徒的头顶上掠过，随即单腿落地，跪在了一片宽阔的空地——舞台上。在他面前，几米之外便是那座表演霹雳舞的"小山"，迷人的茜尔薇正在那里施展她最后一种折磨人的手段，显然并未理会台下愈演愈烈的骚乱。

法本飞快地朝舞台对面奔去，他想先闯过吧台，再从后面的某个出口逃出去。但刚等他跑到舞台中央，一道炫目的光柱突然从头顶射下，令他一下子晕头转向！这时，台下各个方向都爆发出响亮的欢呼声。

显然有什么事情让观众大为开心。但那是什么事情呢？法本迎着强光抬起头，可他并没发现妖娆的舞娘又玩弄出了什么新花样，至少和刚才差不多。随即他意识到，那个茜尔薇正看着他！在那张鸟形面具的后面，他能看到她的双眼满含笑意正盯着自己。

他猛地转过身。原来大多数观众尚未加入那不断扩大的厮斗。大家正在为他喝彩。就连楼座上的格布鲁人好像也把戴着墨镜的脑袋朝他这里转了过来。

现在没时间猜测格布鲁人的意图了。法本看见几只令他头疼的黑猩猩已经从混战中杀开一条路，他们身上色彩鲜艳的衣服在台下显得特别扎眼。那几个家伙互相打着手势，想要切断他的退路。

法本努力控制住自己的惊慌。他们把他逼上了绝路。只能再找别的出路了，他飞快地转着念头。

而他马上就有了主意。演员上场的暗门，就在"小山"顶端的后面！刚才茜尔薇就是穿过那道暗门的珠帘上场的。只要快点爬上去，经过她身边，他就能脱身了！

台下再次响起了欢呼声！法本蹲在那里一动不动。耀眼的聚光灯又照在了他身上。

他快步穿过舞台，在"小山"跟前一跃而起，落在了搭成山坡形状的毯子边上。

他抬起头，神魂颠倒地看着"山顶"的茜尔薇。那舞娘舔了舔嘴唇，朝他摇摆着腰肢。

法本想避开她，但却被她强烈地吸引住了。他想爬上去抓住她——同时，他又想在树丛中找一个黑暗的角落藏起来。

台下的混战仍在激烈进行，但已不再向周围蔓延。斗士们现在只用啤酒纸杯和柳编家具作战，他们的恶斗似乎变成了兴高采烈的嬉闹，大家都在恣肆地放纵着暴力，大概已没人记得他们厮打的最初缘由了。

但在舞台边上，还站着四只身穿拉链工装的黑猩猩，他们一边死盯着法本，一边握着口袋里的凶器。看来只能走这最后一条路了。法本继续向上爬，抓住了一道用毯子做成的岩石裂缝。观众显得愈加兴奋，又一次大声喝彩。耳边的鼓噪、空气中的味道、脑海里的混乱……法本朝那一张张激动的面孔眨巴着眼睛，那些黑猩猩全都期待地看着他。接下来该怎么办？

观众中的一个动作引起了他的注意。在吧台上方的楼座里，有人正朝他挥手。那是一只小个子黑猩猩，身披带帽兜的黑色斗篷。那个小家伙的面部表情十分镇静，透着冷冷的精明，在狂热的酒徒中看上去格外显眼。

法本突然认出他就是那个小皮条客，曾在"猿族甜果"的门口主动上前搭讪。那只黑猩猩的声音无法盖过大厅中的喧闹，但法本不知何故竟然分辨出了对方的话语：

"嘿，傻瓜，朝上看！"

那张孩子气的面孔做了个鬼脸。小皮条客朝头顶指了指。

法本朝自己的上方望去……刚好看到一张闪闪发光的网正从顶梁上兜头落下！他出自纯粹的本能向旁边一跳，重重地撞在另一块"岩石"上，而那张落下的网刚好擦过他的左脚。一阵电击引起的酥麻感立刻传遍了他的左腿。

"真该死！这到底是怎么……"他大声咒骂起来。过了一会儿他才意识到,台下的呼吼声更加响亮了,观众全都在为他大声叫好。当他抱着左腿滚到一旁时,又碰巧躲过了另一个陷阱。从一块仿造的山石中飞出一张粘网,网上的十几只绳圈砰然落下,正好套在他刚刚待过的那个地方。观众的喝彩变成了欢呼。

法本尽可能保持镇定,一面揉着自己的脚,一面愤怒而又狐疑地环顾四周。他已经有两次差点像愚蠢的野兽一样被捕获。对观众来讲,这可能是莫大的乐趣,但他自己可不想落入怪异而疯狂的机关。

他看到那几个身穿闪亮拉链工装的坏种一直守在台下,分别站在舞台的左、中、右三边。而楼座上的那个格布鲁人像是已经对他产生了兴趣,但看不出有采取行动的迹象。

法本叹了口气。他的困境依然没有改变。他只能继续向上。

他谨慎地提防着四周,慢慢爬过了另一道"山梁"。看来那些陷阱只是想让他蒙受羞辱、无法动弹——而且承受痛苦——但并不致命。当然,如果他不小心,也很可能会送命。只要他落入圈套,那些讨厌的敌人便会把他捆绑起来,随意处置。

法本小心翼翼地爬上了又一块"巨石"。他突然感到右脚下面虚软无物,似乎有诈,便连忙抽回腿来。他刚抬起脚,那里的一扇陷阱活门就"砰"的一声打开了。观众们的呼吸都急促起来,看着他在洞开的陷坑边缘摇晃着身体。法本的手臂像风车一样挥舞起来,努力保持着身体平衡。而后他晃晃悠悠地伏下身,随即向上跃起,刚好攀住了更高一层的台地边缘。

法本挂在半空,脚下是张开大口的陷阱。他的呼吸越来越粗重,很快就变成了急促的喘息。他现在真希望人类并未将"不必要的"的攀缘技巧从他的身体中去除,为语言或是理智之类的琐事让出位置。若是他还拥有祖先遗传下来的这种本能就好了。

他闷哼一声，缓缓地爬上台地，终于躲过了危险的陷阱。观众大叫着："再来一个！"

法本趴在台地边缘气喘吁吁，尽力打量着各个方向。这时他慢慢意识到，一个声音盖过了看客们的叫嚣，正在他耳边一遍遍地重复，语调清晰而又机械单调，像是在对公众进行广播：

……更开化，更接近提升标准……适合于受庇护种族的背景……为大家提供机会……即便以地球人扭曲的标准来看，也是公平的……

在楼座上的包厢里，那个入侵者正在对着麦克风"叽叽喳喳"地鸣叫。就连喧嚣的音乐和兴奋的人声也无法淹没这些机器翻译出来的词句。法本怀疑，台下的观众正处于极度亢奋的状态，其中听到外星人独白的黑猩猩有十分之一吗？但是否有人听到，大概并不重要。

格布鲁人正在对黑猩猩施加潜移默化的影响！

难怪，法本以前从未听说过茜尔薇的艳舞，也从未见过这些疯狂的陷阱。原来这都是入侵者耍弄的新花招！

但他们的目的何在呢？

如果没有帮凶，敌人绝不可能做到这些。法本愤怒地想。而且千真万确，入侵者身边那两个衣冠楚楚的黑猩猩正在低声地交头接耳，同时在书写板上胡乱地写着什么。显然他们正在记录公众对新主子的反应。

法本扫视着楼座，注意到那只身披斗篷的小个子黑猩猩正站在格布鲁机器人警戒圈外面不远的地方。他花了整整一秒钟的时间记住那只黑猩猩孩子气的五官。这个叛徒！

现在茜尔薇离他已经不算很远了。舞娘朝他摇摆着粉红色的屁股,见他满脸是汗便又笑了起来。男性人类一看到异性的某些特征便会马上变得极为兴奋:浑圆的乳房、丰满的臀部,还有柔滑的皮肤。不过对于一只雄性黑猩猩来讲,这些都比不上雌性同类身上某个秘处现出的绝妙的颜色,那会令他全身滚过一阵电击般的颤抖。

法本用力摇摇头,"别陷进去。不要被她吸进去。你现在应该逃出去才对!"

法本集中精神保持住平衡,小心翼翼地避免左脚踝过分用力,而后在台地边缘弓起身体,用手和双膝向前爬去。

在上面隔着两层台地的地方,茜尔薇正低头看着他。尽管大厅里弥漫着刺鼻的味道,但法本还是能够闻到她身上的香气,这让他张大了鼻孔。

他猛地摇摇头。空气中还有另一种浓烈的气味,这是一股令人反胃的恶臭,似乎就从他身边不远处散发出来。

他用左手的小指摸索着自己将要爬上去的这层台地。在四英寸远的地方他触到了一团灼热的黏性物质。他大叫一声,猛地抽回手,但他的手已经掉了一块皮。

完全出自本能,法本将烧伤的手指塞进了嘴里。令人作呕的味道差点让他呕吐出来。

现在他已处于进退两难的境地。要是他向前或是向上爬,就会碰到那种黏东西;如果他后退,便会掉进下面的陷阱!

这座由陷阱构成的迷宫确实让他弄明白了刚才一直纳闷的事情。难怪,当茜尔薇亮出粉红色的私处时,台下的黑猩猩居然没有一只敢爬上山来求欢! 他们知道,只有狂妄自大或是鲁莽愚蠢的家伙才敢在这座山上攀爬。他们只满足于在下面看看,意淫一番就够了。茜尔薇的艳舞只是这场表演的上半部分。

如果真有哪个运气好的杂种成功地爬上来,那会怎么样?唉,那么每一位看客便会有机会继续欣赏"山顶"上的好事了!

这个念头令法本心生厌恶。当然,雄雌之间寻欢作乐是很自然的事情。但在这种场合下公开宣淫可是太恶心了!

同时他注意到,自己已经接近目的地。他感到体内的血流在不由自主地加快。茜尔薇摇摆着身体,朝他更靠近了一点。他觉得自己已经能够摸到她了。乐手奏出的节拍越采越快,频闪灯再次明灭闪动,强光像霹雳一样袭来。人造雷鸣在大厅中回荡。法本感到有几滴水点击打在身上,就像暴风雨刚开始时一样。

茜尔薇在聚光灯下婆娑起舞,挑逗着台下的观众。法本舔了舔嘴唇,发觉自己正不由自主地被吸引过去。

这时,一道雷电疾闪而过,法本看到了一个同样诱人的东西,甚至比茜尔薇催眠一般的摇摆更具魅力,蓦地将他从情欲的旋涡中拖了出来。那是一个小小的、发着绿光的指示牌,正在茜尔薇的肩头后面闪烁。

上面写着:出口。

突然,疼痛、疲惫和紧张让法本体内的某种东西一下子放松下来。他感到自己不知何故已飘升到喧嚣和骚乱之上。就在这一瞬间,他清晰地想起了艾萨克莱娜曾对他讲过的话——那时他正要离开山中的营地,准备前往城里执行任务。泰姆布立米人银色的卷须轻轻舞动,就好像纯粹的思绪汇成了一股轻风吹拂着她。

"法本,我父亲曾送给我一首诗。它是一首'俳句',是用一种叫作日语的地球语言写成的。我想让你也记下它。"

"日语,"当时他还说,"在地球和卡拉非亚星球还有不少人讲这种语言。但在加斯,懂得它的黑猩猩或人类不会超过一百!"

但艾萨克莱娜只是摇摇头,"我也不懂日语。但我要把这首诗送给你,就像父亲送给我一样。"

而后,她轻启朱唇,念颂出一串词句。那三行诗句似乎并不像是生灵的语言,而是一种有形之物,一瞬间深深地印在法本的心底。尽管声音已经停止,但其中蕴含的深意仍盘桓不去:

冬夜风雨骤,
星光露熹微,
只应奋高飞!

法本眨眨眼睛,突然之间在脑际闪过的回忆已不见了踪影,只有那几个字母还在发光:

出　口

它闪动不已,就像一处碧绿的庇护所。

现实中所有的感觉又涌回到他身旁:种种气味、雨滴般的小水点在他身上引起的尖锐的刺激。但法本现在感到,他的胸膛仿佛扩展了两倍。强光洒在他的手臂和双腿上。一切艰难险阻似乎都无足轻重了。

他深深地弯下双膝,聚积起全身的力量,随即猛地飞蹿而出,从摇摇欲坠的落脚点上凌空飞起,落到了上面一层台地的边缘,脚趾离那片灼人的黏液只有几英寸。台下爆发出一阵狂吼,茜尔薇一面为他鼓掌,一面向后退去。

法本大笑起来。他像自己所见到的那些大猩猩一样,飞快地拍打着胸膛,与滚滚的雷声相对抗。观众们喜欢这个样子。

他一边咧开嘴巴大笑,一边沿着那片黏液的边缘向前走去。凶险的胶质毒液与地面的颜色只有细微的差别,他并没有低头仔细察看,而是凭借本能避开灼人的陷阱。他伸开双臂保持身体平衡,尽管有惊无险,但他故意装出一副战战兢兢的样子,让观众提心吊胆。

在这段"石梁"的尽头是一棵"大树"——用玻璃纤维和绿色塑料缨穗制成的仿制品——高高地耸立在"小山"的斜坡上。

当然,这玩意儿肯定也暗藏机关。法本不愿浪费时间去仔细察看。他纵身跳起,轻轻打了一下离自黏液已最近的一根树枝,而后又摇摇晃晃地落在"石梁"的边缘上,小心地避开了脚边的黏液。台下的观众屏住了呼吸。

被他碰了一下之后,树枝并未马上做出反应,刚好留出了足够的时间——如果他并不只是尝试性地轻轻击打而是一开始便抓住树枝,这短短的瞬间便能让他紧紧地抓牢。随即,整棵树猛然扭动起来。它的枝杈突然变成了一条条盘绕的绳索,如果他的手臂刚才果真攀在树枝上,那么肯定会被套住。

法本欢呼一声,再次一跃而起。这次,当树枝垂下来的时候,他顺势抓住了一条摇摆的绳索,而后悠荡起身体,像撑竿跳运动员一样凌空飞过了最后两层台地——还有那位吃惊的舞娘,一直飞进大厅顶上丛林般的梁架和电线之中。

最后一刻,法本松开绳索,落在了顶棚下一条的窄窄的工作通道上。一时之间,他不得不拼命挣扎才在这难以立足的落脚处保持住身体平衡。在他四周,是一盏盏聚光灯和那些尚未被触发的害人机关。他大笑起来,在梁架上跳来跳去,释放出一个个陷阱和圈套,令电线、绳网还有乱糟糟的绳索纷纷坠下。他还踢翻了几桶灼热的、麦片粥状的黏液,这些毒汁在乐池中四处飞溅,吓得乐手们抱头鼠窜。

现在,法本能够轻易地看清敌人布下的整个机关。显然,如果他不采用刚才的办法飞过最后两层台地,就根本不可能渡过难关。

换句话说,他只能作弊。

这座"小山"并不是一种公平的测试。任何黑猩猩单凭聪明的头脑都无法赢得胜利,唯有让别人先以身涉险,在圈套和陷阱中承受痛苦和耻辱,自己才能最后取胜。格布鲁人的这个教训极为简单,但无比阴险。

"那帮杂种。"法本低声骂道。

他的兴奋感开始逐渐消退,随之而去的还有那一瞬间刀枪不入的自信。显然,艾萨克莱娜在临别时赠给了他一件珍贵的礼物,似乎是某种暗示性的咒语,帮他得以在危急关头逃脱困境。不管那首诗到底是什么意思,他知道自己应该见好就收。

现在该离开这里了。他暗想。

乐手们都在黏液的泼溅下逃之夭夭,舞曲早已停止。但格布鲁人的聒噪又响了起来,那字句清晰的念诵声听上去让人感到有点发狂:

……循规蹈矩的受庇护种族无法接受如此不检点的行为……请停止为违反规则的黑猩猩喝彩……他必须受到严惩……

格布鲁人华而不实的辞藻显得无力而又乏味,因为观众似乎已经变得完全痴呆。法本几步跳到庞大的扬声器跟前，扯掉了接在上面的电线，那外星人的长篇大论戛然而止，台下的观众爆发出一阵欢呼和叫好声。

法本俯身抓住一盏聚光灯，将灯头一扭，光柱便扫过了大厅。随着灯光四处移动，被照到的黑猩猩们纷纷将枷编小桌举过头顶，将它们撕成两半。最后，灯光照在了楼座包厢中的外星人身上，那家伙还在愤怒地摇晃着手里的麦克风。当强光袭来时，那只呆鸟哀叫一声，缩起了身体。

贵宾席中的那两只黑猩猩猛地趴在地上，因为四台战斗机器人已转过身来开始射击。法本刚刚从灯架上跳下来，聚光灯就爆裂开来，金属和玻璃的碎片像细雨一样从空中洒下。

法本就地一滚，在“小山”顶上站起身来……俨然一派山地之王的气概。他尽力掩饰自己的跛足，朝台下挥手致意。观众的欢呼声响彻大厅。

他回身朝茜尔薇逼近一步，大家立时静了下来。

眼前是他应得的奖赏。野生的雄性黑猩猩从来不会因为在旁人面前交配而感到羞臊，而且就连得到提升的新生黑猩猩也会在合适的时间和场合聚众寻欢作乐。他们并无多少嫉妒之心和隐私禁忌，相比之下，人类男子在这方面就显得颇为奇怪。

今晚的高潮提前到来——要比格布鲁人安排的进度早得多，而且外星人大概也不会喜欢现在这种局面，但晚会的主题并未改变。台下那帮家伙正等着观看最后的表演，让台上的胜利者成为自己的替身，与“山顶”的舞娘一享欢爱，从而获得心理上的满足。刚才所有的兴奋和刺激都是这最后一刻的前戏。

茜尔薇的鸟头面具也是格布鲁人施加心理影响的一个工具。她朝法本扭动着臀部，洁白的皓齿闪闪发亮。满是缝隙的短裙快速旋转起来,变成了一团起伏不定、颜色诱人的闪光。现在,就连那几个身穿拉链工装的家伙也目瞪口呆、满怀期待地舔着嘴唇,早把与法本的争斗抛到了脑后。在这个时刻,法本是他们的英雄,法本就是他们自己。

法本压下心中涌起的羞耻感。我们并不像你们想象得那么低劣……并不像你们认为的那样,只是仅有三百年历史的半开化物种。格布鲁人想让我们觉得自己比野兽强不了多少,这样我们就不会构成威胁。但我知道,在远古时代,就连人类也曾和我们现在一模一样。

他来到茜尔薇身后,舞娘扭过头朝他连连娇喘,俯下身子等着他。法本感到自己的腰部有力地绷紧起来,他伸出手,搂住了她的肩头。

法本扳过她的身体,让她面对着自己,然后用力向上一提,让她站直了身体。

本来正在欢呼的观众一下子安静下来,纷纷困惑地窃窃私语。被荷尔蒙催动得极为兴奋的茜尔薇吃惊地看着他。显然她服用了某种药物才变成了现在这个样子。

"你……你想从前面么?"她结结巴巴地问道,"可长喙先生说……说他想让咱们显得更自然些……"

法本用双手捧起她的脸。面具上装饰着复杂的扣环,很难轻易摘掉,所以他把那只向前探出的鸟嘴推到一边,温柔地吻了她一下,并未摘掉面具。

"回家找自己的伴儿去吧,"他告诉她,"别让咱们的敌人羞辱你。"

茜尔薇的身子向后一晃,就好像他刚刚对她猛击了一拳。

法本面对观众举起了双臂,"清醒一下吧,地球生灵们!"他大喊道，"大家都回家找自己的伴儿去吧！和咱们的庇护主团结在一起，咱们就能为自己的提升做主。用不着外星人告诉咱们该怎么办！"

台下传来一阵惊愕的低语声。法本看到包厢里的格布鲁人正在对着一只小盒子"吱吱"鸣叫。他意识到，那家伙大概是在呼叫援兵。

"回家去吧！"他再次喊道，"别再让外星人看咱们的笑话了！"

下面的低语声变得愈来愈响。法本在观众群中到处都能看到突然皱起眉头的面孔，那些黑猩猩茫然四顾，一脸困惑——他希望自己没理解错，那确实是困惑的表情。他们眉头紧蹙，显然脑子里生出了不快的念头。

但就在这个时候，台下的低语声中传来了一声大喊：

"怎么回事？你阳痿了吧？"

半数观众都大笑起来。随之而来的是嘲骂和口哨，前几排闹得最欢。

法本现在真得走了。或许那个格布鲁人不敢当众把他射倒，但无疑那呆鸟已经呼叫了援兵。

但法本不能放过眼前绝好的机会。他走到"山顶"边缘，回头望了茜尔薇一眼，然后冲着观众脱下了裤子。

台下的奚落声戛然而止。而后，口哨声和疯狂的喝彩声打破了短暂的沉默。

都是一帮白痴。法本想。但他还是露出了笑容，朝他们挥手致意，而后准备逃走。

这时，楼上的格布鲁人正拍打着双臂尖声鸣叫，挥搡着包厢里两个衣冠楚楚的新生黑猩猩。那两个家伙随即朝酒保大喊起来。远方传来了微弱的警笛声。

法本抱住茜尔薇，又吻了一下。这次她回吻了他，而当他松开手后，她依旧摇摆着身体。法本停下脚步，朝外星人打了最后一个手势，引得观众又笑又叫。然后他转过身，朝出口跑去。

他的脑海里响起一个细小的声音，骂他是个"人来疯"一样的白痴。司令官派你进城并不是让你来干这个的，傻瓜！

他一头扎进珠帘，但立时停下了脚步。在他面前，站着一只紧皱眉头的新生黑猩猩，披着一件带帽兜的长袍。法本认出，这就是今晚自己曾见过两次的那个小矮子——第一次是在"猿族甜果"的门口，后来这家伙又在格布鲁人的包厢外面出现过。

"是你！"他大喝一声。

"没错，是我。"小皮条客答道，"对不起，我现在没办法再请你参加粉色激情派对了。但我猜你今晚早就另有打算。"

法本皱起眉头，"从我面前滚开。"他欺身上前，想推开对方。

"麦克斯！"小矮子唤道。一个巨大的身影从黑暗中冒了出来。这就是法本在吧台前碰到的那个脸上满是疤痕的大个子。在穿拉链工装的劣种们露面之前，大块头对法本的蓝卡表示过浓厚的兴趣。现在，他的巨掌里握着一枝眩晕枪。他充满歉意地一笑："抱歉，伙计。"

法本绷紧身体想要躲开，但已经太迟了。一阵麻木的刺痛传遍他的全身，他身子一歪，倒在了小矮子的怀里。

他能感到一双柔软的手臂抱住了自己，还意外地闻到一阵香气。老天啊。晕头转向的他在心中叫道。

"帮帮我，麦克斯，"他身旁的那个声音说，"咱们得快点儿离开。"

法本感觉到，两只有力的胳膊抱起了自己。身心俱疲的他几乎期待着即将到来的昏迷,但在完全失去知觉之前,他还是暗暗一惊:这个长着娃娃脸的小皮条客竟是一只雌性黑猩猩————一个女孩子!

第二十五章　格莱蒂克人

政务宗主从最高指挥会议中退席的时候，心情依然激动不已。而且，与这两位同僚打交道总是把他累得筋疲力尽。每次都是一样，三个对手舞动着身体、兜着圈子，彼此间忽而结成同盟，忽而反目为敌，而后又再次联合，形成一个不断变化的整体。所以，只要外面的局势仍不明朗、仍然不成定局，他们就要一直这样纠缠不休。

当然，加斯星球上的事态最终会稳定下来。三位宗主中的一位最终将证明自己是最正确、最出色的领袖。一切将会在那时见分晓，尤其是，他们三个各自会变成什么颜色，变成何种性别。

但现在并不急于换羽变身。在那个日子到来之前，三人还要召开更多的会议，还会扯落更多的羽毛。

政务宗主初次辩论的对手是正道宗主，关于是否应该派出利爪兵去征服守在行星空港的地球联邦士兵，二人僵持不下。实际上，起初的辩论只能算是小小的争执，后来军务宗主插了进来，支持正道宗主的意见，而政务宗主则颇有风度地放弃了自己的主张。随后发生的地面战斗令优秀的军人付出了沉重的代价。但宗主们确实达到了锻炼士兵的目的。

政务宗主早就知道,最终三人肯定会做出那样的表决。但他并不想刚举行第一次辩论就早早获胜。他非常清楚,在同教士和将军的周旋之中,自己应当韬光养晦,采取后发制人的策略。这样一来,两个对手在一段时间内便不会对国民事务部盯得太紧。在加斯建立一整套负责控制和管理的官员体系需要付出巨大的努力,政务宗主不想在最初阶段的辩论中浪费太多的精力。

在刚才这场辩论中,他同样避开了对手们的锋芒。当政务宗主走出会议室与助手和卫队会合时,还能听到身后传来远征军另外两位首脑单调而低沉的声音。尽管会议已经结束,但那二人还在为已经决定的事情争论不休。

他们刚刚决定,军方将继续展开毒气进攻,把躲过前几轮袭击的地球人全部逼出来。命令已在几分钟前下达。

正道宗主担心毒气会伤害或是杀死过多的地球人平民,而且某些新生黑猩猩也会受到侵害。尽管从法律和宗教的角度看,这算不上什么灾难,但最终会使问题变得复杂化。格布鲁种族可能要支付赔偿金,而且如果事情闹到了星际法庭上,便会对格布鲁人大为不利。

军务宗主认为,这种事不可能会牵扯到星际法庭。现在五大星系已经乱作一团,谁会在乎弹丸之地加斯上的这样一点点小错呢?

"我们在乎!"正道宗主叫道。他拒绝走下栖木踏上加斯的土地,以此来强调自己坚决的态度。他认为,继续施放毒气会过早地使入侵行为官方化。而大家现在只能等待——太空中那场

规模不大但异常激烈的战斗,还有空港守军的挑战,全都说明了
这一点。加斯的合法租赁者们通过尽管短暂但十分有效的抵抗
让格布鲁人明白,有必要在过上一段时间之后再宣称自己正式
占领了这颗星球。在这种情况下,任何错误都将给格布鲁人造
成伤害,而且还会让他们付出沉重的代价。

申明自己的观点之后,教士抖了抖正在渐渐变换颜色的羽
毛,自鸣得意地感到胜利在握。毕竟,只要一提到代价,他就肯
定能够为自己争取到一个盟友。正道宗主觉得,政务宗主一定
会支持自己!

如果认为现在这些早期辩论的结果就能决定换羽的人选,
那可就太愚蠢了——当时政务宗主心中这样暗暗想道,随即站
到了军务宗主那一边。

"我们应该继续施放毒气,把藏起来的地球人全都找出来。"
他的话令教士大为沮丧,而将军则沾沾自喜。

事实证明,太空战斗和着陆突袭已经令他们付出了巨大的
代价。但如果不采取高压措施,他们的损失会更大。毒气进攻
已经达到了应有的目的——几乎所有的地球人都已被集中在几
座岛屿上,处在严密的控制之下。因此,军务宗主的意图很容易
理解。而政务宗主自己也有同"狼崽子"打交道的经验。如果能
把所有危险的地球人都集中控制起来,这会令人更放心。

当然,过不了多久,格布鲁政府便会采取措施缩减这次远征
的高昂成本。主宰者已经下令召回舰队的部分有生力量了。在
其他战线上,格布鲁人的局势相当危急。当务之急是要在加斯
严格控制兵力和财力的支出。不过,这需要再召开一次会议进
行讨论。

今天,军务宗主大为得意。明天呢? 三人之间的联合与敌

对关系会一再变换，直到新的大政方针最后出台。还有新的女王。

政务宗主转过身，对一个科瓦克助手吩咐道："送我回总部。"

公务悬浮车腾空而起，朝俯临大海的山岬飞去——那里有划归国民事务部使用的建筑群。在一群战斗机器人的保护下，飞行器在地球人建起的这座小城上空呼啸而过，地面上三三两两的黑猩猩纷纷仰头观望，这些浑身长着深色长毛的兽类就是地球人"狼崽子"倍加珍视的受庇护种族。

宗主大人又对助手说："到达办公室之后，把所有人员都召集起来。我们要研究一下正道宗主今天上午提出的新建议，看看该如何处置这些畜生——这些新生黑猩猩。"

正道宗主提出的很多建议都堪称挑战极限之举。政务宗主为自己未来的配偶深感骄傲，这位教士真是才华横溢。我们三个将无与伦比。

当然，如果正道宗主的这个计划不会导致灾难，那么其他事情就得做一下改变。在三巨头中，只有一人才能真正坚持到最后，看到这样的计划最终得以圆满实现——早在主宰者将三人挑选出来之前，他们就已经明白这一点。

政务宗主叹了口气，心中暗自思量自己该如何应付下一次首脑会议。明天，后天，反正就在一个星期之内，即将到来的辩论已为时不远了。终有一天，三人将达成一致，完成换羽。离这个日子越近，他们之间的争论就会越激烈、越重要。

一想到前景，充满自信的他不禁浑身发抖，欣喜若狂。

第二十六章　罗伯特

在地下深深的洞穴中，原有的居民根本无法适应这些初来乍到者——他们带来了明亮的灯光和喧嚣的吵闹。当一群群蝙蝠状的生物四散奔逃后，不速之客的面前现出了一大片扁平的、厚厚的粪便，这些宝物是经历了许多个世纪才慢慢聚积起来的。四周的石灰岩洞壁上，缓缓渗出的液滴在闪闪发光。洞底富含碱性物质的小河上，搭起了一块块木板，临时充作小桥。更干燥些的角落里，在灯泡黯淡的光亮下，来自地面上的生物们紧张不安地挪动着脚步，似乎不敢打扰这里阴冷的死寂。

如果有谁在这个地方一觉醒来，肯定会心惊胆战。四外是幢幢黑影，突兀而又冰冷，置身其中就仿佛来到了阴曹地府，令人心惊胆战。如果单单是一面嶙峋的石壁，看上去应该极为平常，但只要稍稍变换一下视角，它就立即变成了曾在梦魇中出现过上百次的妖怪那熟悉的身影。

在这样一个地方，很难不做噩梦。

罗伯特身披长袍，脚上穿着拖鞋，慢吞吞地站起身四处打量。最后，他发现这就是自己一直要找的抵抗组织的"指挥中心",心里不由松了一口气。这是一座相当宽敞的石洞,比别处多挂了一只照明灯泡,但几乎没有什么像样的家具——几只歪歪扭扭的小桌和柜子,配上几张用劈碎的石笋搭起来的长椅,另外还有一些用粗糙的木板钉成的工作隔间,木材来自距离这里很远的地面上的森林。眼前这一派潦倒之相只能让头上高高的穹顶显得更加空阔,而避难者的劳动成果也显得更加可怜。

罗伯特揉了揉眼睛。他看到几只黑猩猩正聚在一面木板隔墙旁边,一边争论,一边将带颜色的图钉按到墙上的地图上,他们的声音很轻,同时还在查阅着文件资料。

其中的一个不留神提高了嗓音,四面的通道里响起了回声,引得其他人都惊恐地抬起了头。显然这些黑猩猩仍对他们的新居心存戒惧。

罗伯特走到灯光前,"诸位,"他沙哑地说道,他已很久没有讲过话了,"这是怎么回事? 她在哪儿? 她现在怎么样了?"

他们全都吃惊地盯着他。罗伯特知道自己在别人眼里的尊容:皱皱巴巴的睡衣,邋里邋遢的拖鞋,乱糟糟的头发,胳膊上的石膏一直打到了肩膀。

"奥尼格上尉,"一只黑猩猩说,"您现在还应该卧床。您的体温——"

"哦,得了……麦克。"罗伯特想了一下才记起这个伙计的名字。而过去几星期的事情在他脑海里仍像是一团迷雾。"我两天前就退烧了。我自己会看体温记录。快告诉我,这是怎么回事! 人们都到哪儿去了? 艾萨克莱娜在哪儿?"

他们面面相觑。最后,一只雌性黑猩猩从嘴里吐出一把五颜六色的图钉,然后说道:"司令官……嗯,艾萨克莱娜小姐,她走了。她正在指挥一次突袭行动。"

"突袭……"罗伯特目瞪口呆,"突袭格布鲁人?"山洞似乎在眼前摇晃起来,他抬手捂住了眼睛,"噢,老天。"

三只黑猩猩急忙跑到一边,几乎撞在一起,为他搬来一把木制折叠椅。罗伯特重重地坐了下来。他发现眼前这些黑猩猩不是非常年轻就是上了年纪。艾萨克莱娜肯定把身强力壮的人手都带走了。

"告诉我这是怎么回事。"他命令道。

一只戴着眼镜、面相苍老的雌性黑猩猩,一脸郑重地示意同伴们继续工作,然后向罗伯特自我介绍道:"我是苏博士,在豪莱茨研究中心从事大猩猩遗传史的研究工作。"

罗伯特点点头,"苏博士,是的,我想起来了,你帮我治过伤。"他还记得她。当淋巴系统感染引起的高烧折磨着他的时候,眼前这张面孔曾透过模糊的云雾凝视着他。

"您当时病得很重,奥尼格上尉。并不只是因为手臂骨折,还因为您在发生意外时又感染了真菌毒素。现在我们相当肯定,当格布鲁人在门多萨庄园释放制约性毒气的时候,您也吸入了一点。"

罗伯特吃惊地眨着眼睛。他的记忆里还是一片模糊。在门多萨家的山地农场,他本来已经开始复原。他和法本在那里待了几天,一起聊天,制订计划,准备去寻找其他伙伴,着手做些事情。如果母亲的流亡政府还存在,他俩或许能和官方组织取得联系。艾萨克莱娜发来消息,她发现了一些洞穴,看来可以成为抵抗组织理想的总部所在地;而这片群山说不定会变成反击敌人的根据地。

一天下午,黑猩猩们突然开始疯狂地四处奔逃!没等罗伯特说上一句话,甚至没等他站起身,他们就抬起他跑出农舍,来到了山里。

随着一声声巨响，一个硕大无朋的东西出现在天空中。

"但是……我想，毒气会要了我的命，因为……"他的声音越来越小。

"因为没有解药。是的。但您吸入的剂量很小，"苏博士耸了耸肩，"即便如此，我们也差点失去您。"

罗伯特颤抖起来。"那个小女孩怎么样了？"

"她和大猩猩们在一起。"黑猩猩专家微微一笑，"目前，她和别人一样安全。"

他长出一口气，靠在了椅背上，"至少这还是个好消息。"

抱着艾普丽尔·吴的黑猩猩肯定有充足的时间跑上高处，而罗伯特显然是刚好逃过了厄运。但门多萨一家则慢了一步，被淹没在外星人飞船肚子里喷出来的恶臭的云团里。

苏博士继续说道："大猩猩不喜欢山洞，所以他们中的大部分都去了海拔较高的山谷，结成小群觅食。对他们的看管并不需要很严密，只要他们远离建筑物就行。现在敌人仍在定期对所有的建筑设施释放毒气，不管里面是不是有人类。"

罗伯特点点头，"格布鲁人做事很彻底。"

他看着墙板上满是五彩图钉的地图。图中标出了山脉四周的整片区域，从北面的信德谷地一直到西面的大海。群岛像一串项链，代表着海中的文明开化地区。在海岸上只有一座城市，那就是阿斯皮纳湾北边的海伦尼亚。在穆伦山脉的南侧和东侧，横亘着主大陆的片片荒野。但加斯最重要的区域位于地图顶端。那是一大片灰色的冰川，每年都在很有耐心而且不可阻挡地向下扩展，最终将会把加斯整个吞噬。

但图钉显示出了更近的、迫在眉睫的灾难。那排粉色和红

257

色的图钉代表着什么，很容易就能看明白。"敌人果真已经控制了全局，对么？"

那只名叫麦克的老黑猩猩端给罗伯特一杯水，而后朝着地图皱起了眉头，"是的，长官。看来战斗已经完全结束了。迄今为止，格布鲁人将兵力集中在了海伦尼亚和群岛四周。他们在山区这里没有太大的动作，只是不断派机器人来施放毒气。但敌人已经在所有的殖民点站稳了脚跟。"

"你们从哪里得到的情报？"

"消息主要来自侵略者的广播和海伦尼亚的商业电台，敌人对这些电台进行了严格的审查和监管。司令官也向各处派出不少探子。有些人已经发回了报告。"

"你刚才说，谁派出了探子？"

"是司……嗯。"麦克看上去有点局促不安，"是这样，长官，对一些黑猩猩来讲，艾萨……艾萨克莱娜小姐的名字发音很难掌握。所以，大家就……"他说到最后就不作声了。

罗伯特哼了一声。我得和这丫头好好谈谈，他暗想。

他端起水杯，问道："她派谁去了海伦尼亚？那里可不是间谍容易打进去的地方。"

苏博士不动声色地答道："艾萨克莱娜选了一个名叫法本·伯尔格的黑猩猩。"

罗伯特咳嗽起来，杯子里的水全洒在了长袍上。苏博士连忙接着说："上尉，他是个预备役军人，而且艾萨克莱娜小姐认为，在城里刺探情报需要采取……唔……不合常规的手段。"

这句话只能让罗伯特咳得更厉害。不合常规。没错，这个词对法本正合适。既然艾萨克莱娜选了老油条伯尔格去执行这个任务，就说明她的眼力非常出色。或许她并不是在摸黑乱闯。

　　然而,她只不过是个小丫头片子。还是个外星人！她还真以为自己是司令官？她能指挥什么人？罗伯特环顾四周,看着陈设简陋的山洞和一小堆一小堆的补给,那些四处搜罗来的零碎东西用一只手就能拿走。所有这一切都说明,艾萨克莱娜的军队太可怜了。

　　"这张地图画得也太差劲了。"罗伯特说着,指出了一处特别显眼的错误。

　　刚才一直没有说话的一个老年黑猩猩捋了捋颏下稀疏的胡须,"我们本来可以组织得更好一些。"他对罗伯特的批评表示赞同,"我们找到了几台中型计算机。几个黑猩猩正在借助电池编制程序,但我们没有足够的电力让计算机全部投入使用。"

　　他狡黠地看了罗伯特一眼,"泰姆布立米人艾萨克莱娜坚持要求我们先打一口地热井。但我认为,我们还是应该在地面上安装几套太阳能采集装置……当然,要在非常隐蔽的地方……"

　　他并没有把话说完。罗伯特能看出来,对于黑猩猩来讲,受一个姑娘的驱遣不会让他们感到十分激动,何况这姑娘既不属于地球种族,也不是地球联邦的公民。

　　"你叫什么名字？"

　　"约波特,上尉先生。"

　　罗伯特摇摇头,"好吧,约波特,咱们以后再讨论这件事吧。现在,哪一位愿意给我讲讲这次'突袭'呢？艾萨克莱娜想干什么？"

　　麦克和苏对望了一眼。雌性黑猩猩先开口了：

　　"他们是在黎明前出发的。现在外面已近黄昏了。这会儿应该有信使回来报告消息了。"

　　约波特又做了个鬼脸,他那张满是皱纹、因苍老而发黑的脸上现出一副悲观的表情。"他们走的时候带着钢钉步枪和震荡手榴弹,打算伏击格布鲁人的一支巡逻队。"

"其实,"老黑猩猩冷冷地补充道,"一个多小时前我们就在等候消息。恐怕他们回来得有点迟了。"

第二十七章　法　本

法本醒来时,发现四周一片漆黑,自己正像婴儿一样蜷缩在一条满是灰尘的毯子下面。

随着意识的恢复,他感觉到了疼痛。只是把右臂从眼睛上拿开,就让他拼尽了全部的意志力,而且这个动作令他几欲作呕。刚才那个昏迷的世界还在充满诱惑地召唤着他。

让他抗拒诱惑保持清醒的东西,就是刚才那些乱梦,朦胧缥缈,现在还萦回在头脑中挥之不去。是那些梦逼着他寻求清醒……那些怪诞而又可怕的情景和感觉。最后一个活生生的梦境是一片坑坑洼洼的荒漠。雷电击打在他四周赤裸的沙地上,激起闪耀着火花的沙砾石屑,劈头盖脸地砸下,任他蹲身还是躲藏,都无处可逃。

他想放声高喊,就好像自己的话能够平息雷暴,但他一个字也喊不出来。

法本集中全力,挣扎着在"吱吱"作响的小床上侧过身来。他揉了揉眼睛,勉强睁开双眼,过了一会儿才分辨出,自己正身处一间破败的斗室之中,光线十分昏暗。厚重的黑色窗帘遮在一扇小窗上，窗帘缝隙中透出一丝细细的光亮。

他的肌肉时断时续地痉挛颤抖着。他想起自己以前也曾有过类似的痛苦不堪的感觉。那是在希尔马岛上。当时一个来自地球的新生黑猩猩马戏团到加斯演出，来访的"超人"提出要和大学里的冠军比试一下摔跤，而法本竟然像个白痴一样接受了挑战。

事后他的腿跛了好几个星期。

法本呻吟着坐起身。他大腿内侧的肌肉火烧火燎地疼。"噢，我的娘啊，"他哀叫着，"我以后摔跤时再也玩不了'夺命剪刀脚'了！"

他的皮肤和毛发全都湿漉漉的。他闻到了一股"达士博"药水的刺鼻味道，这是一种强效的肌肉弛缓剂。这么说，把他捉到这里来的那些家伙还是采取了一点措施，帮他熬过了眩晕枪最糟糕的副作用。不过，当他想站起身时，还是感到大脑就像一只出了毛病的陀螺。法本抓住晃晃悠悠的床头桌，支撑着身体站了起来，然后捂着侧腹慢慢地挪到了窗前。

那道细细光线的两侧摸上去像是粗糙的布料。他抓住窗帘向两边猛地一扯，立即踉踉跄跄地向后退去，抬起双臂挡住突然射进小屋的强光，眼前只有一片片旋转的白亮影子。

"啊！"他只能吐出这一个字，听上去就像一声喑哑的蛙鸣。

这是什么地方？格布鲁人的监狱吗？肯定这不是在入侵者的战舰上。他不相信那些爱挑剔的格莱蒂克人竟会使用天然的木制家具，而且还把房间装饰成破破烂烂的史前风格。

他放下手臂，眨动着眼睛，抑制住泪水。窗外是带围墙的院落，一片缺乏照料的菜园，还有两棵树。看上去这是一户典型的社区小型住宅，属于一个黑猩猩群婚家庭。

在旁边人家的屋顶上，他能看到远处山顶上的一排桉树。这说明他还待在海伦尼亚，离海岬公园不远。

或许格布鲁人想把他留给那些叛徒来审问。或许抓住他的人就是那些恶狠狠的遗传劣种。他们可能要按照自己的计划来整治他。

法本感到嘴巴里异常干渴。他看见房间里唯一那张桌子上放着一只水罐，旁边是一只倒满水的杯子。他蹒跚着走过去，想要抓起水杯，但一失手却把它打翻在了地上。

集中精力！他告诉自己。如果你想从这里逃出去，就该让自己像真正的智能生命一样正常地思考！

但这一点很难做到。他默念的句子让脑海深处隐隐作痛。他能感到自己的头脑想要退却……放弃安格力克语，用另外一种更简单、更自然的方式去思考。

法本抗拒着一种几乎无法抵御的冲动，竭力不让自己抓过水罐直接从罐子里喝水。尽管口渴难耐，但他还是集中全部精神去思索该如何一步步地把水倒进另一只杯子。

他的手指颤抖着握住了水罐的提手。

集中精力！

法本想起了一句古老的禅宗偈语："劈柴担水，无非妙道"。

他强压住干渴，慢慢地静下心，将简单的倒水动作变成一种对身心的磨炼。他用颤抖的双手提起罐子，终于为自己倒了半杯水，另外的一半都洒在了桌子和地板上。没关系。他端起杯子贪婪地一饮而尽。

倒第二杯时就容易了很多。他的手更稳了。

对，就这样。集中精力……采用更难一点的方法、那样能多用用脑子。至少，做这种事情，新生黑猩猩要比新生海豚更轻松。作为地球人的另一个受庇护种族,新生海豚的历史比新生黑猩猩还要年轻一百年,他们为了想一件事情要用上三种语言呢!

他的精神如此专注,以至根本没注意到身后的门已经被人推开了。

"唉,别看昨夜你忙了一晚上,今天早晨精神还是不错啊。"

法本猛地转过身,杯子从手中飞了出去,里面的水都被甩到了墙上。这个动作做得太急,他立时感到天旋地转。水杯掉在了地上,他紧紧按住额角,眩晕令他呻吟起来。

他模模糊糊地看到,眼前是一只身穿蓝色宽松长筒裙的雌性黑猩猩,正端着一只托盘走上前来。法本竭力想站稳脚跟,但还是两腿一软,跪在了地上。

"真是个傻瓜。"他听见她这样说道。胆汁涌上了他的喉咙,让他无法开口作答。

她把托盘放在桌上,抓住了他的手臂:"你知道吗,你在近距离之内被眩晕枪打了个正着,居然还像个白痴一样下床乱动!"

法本咆哮一声,想把对方的手挡开。现在他记起来了!这就是"猿族甜果"的那个小皮条客。就是她曾站在格布鲁人的包厢旁边,后来当他马上就要逃脱时,又是她让同伴打晕了他。

"滚开!"他骂道,"用不着该死的叛徒来帮我!"

他想这样喝骂,但话一出口却变成了一串模糊不清的咕噜声。"好吧,随便你说什么都行。"黑猩猩姑娘不动声色地答道。她拉起他的一只胳膊,把他拖到了床上。尽管她身材娇小,但相当强壮。

法本呻吟一声,然后倒在了硬邦邦的床垫上。他还想鼓起全身的力气,但头脑中理性的念头就像海浪一样,刚刚涨起就颓然落下了。

"我给你带来了好东西。你会睡上至少十个小时。等你醒来后,我要问你一些问题。"

法本想骂她,但无法使出半点力气。他现在正竭尽全力让自己的意识保持集中,集中在某一点上,不然他马上就会昏迷过去。看来安格力克语似乎不太合适,还是试试格莱蒂克七号语吧。

"纳……卡……查……唅……"他开始口齿不清地用外星语言数数。

"好了,好了,"他听见她说道,"现在我们都知道,你确实受过良好的教育,别显摆了。"

法本睁开双眼,看到那姑娘朝他俯下身,手中拿着一只药瓶。她用手指掰断瓶颈,里面腾起了一股浓浓的气体。

他想屏住呼吸,不去闻这种麻醉性气体,但他知道自己的抵抗完全徒劳。同时,法本不由自主地注意到,她的模样十分漂亮,不仅长着小巧的孩子气的下颌,皮肤也光滑柔嫩。只是她那歪起嘴巴的坏笑让他扫兴。

"你这家伙真是个孽种。现在给我乖一点,吸气,然后好好休息。"她命令道。

法本再也坚持不下去了,只能吸气。一阵甜香冲进他的鼻孔,那味道就像森林中熟透的果实。在一片飘舞的光晕中,他的意识开始涣散。

最后法本只察觉到了一件事:她刚才讲的是格莱蒂克七号语,纯正完美,没有一点口音。

第二十八章　隐藏的政府

梅根·奥尼格眨眨眼睛,忍住泪水。她想转过身,避开眼前的惨景,但她最终还是强迫自己再看一遍血腥的录像资料。

巨大的全息投影仪投射出一幅夜景,雨中的海滩在昏暗的背景中闪烁着灰色的微光,四周是隐约可见的峭壁。图像中看不到月亮,看不到星辰,实际上那里几乎没有任何光亮。摄像机将光圈调到极限才拍下了这些画面。

在海滩上,她能勉强分辨出五个黑色的身影,他们爬到岸边,冲过沙滩,开始在不算很高但却嶙峋突兀的悬崖上攀爬。

"看得出来,他们是在严格按照程序展开行动。"地球联邦陆战队的普拉萨楚松少校解释道,"首先潜艇派出蛙人尖兵,先行进行侦察,安装监视设备;然后,当海岸看来安全无虞的时候,潜艇再释放冲锋舟开始登陆。"

梅根看到一艘艘小船出现在起伏不定的海面上,那是一些从水下进出的黑色球体,四外飞溅着泡沫和水雾,向海岸急驰而去。船只抵岸之后,舱盖纷纷打开,从里面钻出了更多的黑色身影。

"他们携带着最精良的装备。他们经受过最高等级的训练。他们是陆战队员。"

这又怎么样？梅根摇摇头。难道这就意味着他们没有母亲？

不过，她能明白普拉萨楚松的意思。如果连这些专业精英都难逃不测，那么谁还能为几个月前的战斗失利而去责怪加斯殖民者的预备役武装呢？

黑影们朝悬崖奔去，每人弓起的肩上都扛着沉重的装备。

几个星期以来，在水下深处的这座避难所中，梅根麾下的幸存者同她一起深刻反思，总结教训——他们曾为有组织的抵抗制订了周密的计划，但为什么会在旦夕之间全盘崩溃？本来所有的特工和地下破坏者已经做好准备，各个秘密武器库和行动小组也安排得井井有条，但该死的格布鲁人突然施放制约性毒气，所有精心准备的计划便在这致命的滚滚浓烟中全部落空了。

到目前为止，留在大陆上的为数不多的人类肯定已经死亡，或者说，即便有人还活着，也和死了差不多。令人沮丧的是，现在似乎没有任何人知道——就连敌人也不曾在广播中提到——有多少人及时赶到了群岛，在接受解毒剂治疗之后被拘押起来。

梅根不敢顾念自己的儿子。如果幸运的话，罗伯特此时可能正待在希尔马岛上，同他的朋友一起躲在某个客栈里，或是正在向一群富于同情心的姑娘抱怨母亲如何阻止他参战。她只能希望和祈祷——但愿儿子平安无事，乌赛卡尔丁的女儿也安全无恙。

另外一件让大家困惑而又惊慌的事情，是泰姆布立米大使本人的下落。乌赛卡尔丁本来答应，他将在行星委员会出发之后前往避难所，但这位先生却再也没有露面。据某些报告宣称，他的飞船曾试图闯出包围圈进入深层太空，但被格布鲁人击毁了。

这么多的生命都已逝去，意义何在？

梅根看着全息图像，完成输送任务的冲锋舟已开始撤回海中。人类的主力部队已经在攀爬峭壁了。

当然，如果没有人类，加斯星球上就不可能存在任何抵抗。少数最聪明的黑猩猩可能会不时地在各处向敌人实施打击，但没有了庇护主，他们能取得什么样的成果呢？

这次登陆行动的目的之一便是卷土重来，对战略战术进行调整，适应新的局势，从而再次展开斗争。

这是梅根第三次看这段录像了，她知道接下来会发生什么，但当海滩上突然亮起闪电般的强光时，她仍然大吃一惊。一瞬间，滩头所有的物体都披上了瑰丽的色彩。

首先爆炸的是那些小船，冲锋舟。

然后是人类战士。

"潜艇总算及时收起了摄像机，赶在敌人动手之前潜入了水下。"普拉萨楚松少校说道。

画面上一片空白。负责操作投影仪的陆战队女上尉打开了灯。委员会的成员们努力眨着眼睛，以适应明亮的光线。有几个人在抹拭泪水。

普拉萨楚松少校带有南亚特色的五官看上去阴郁而又严肃，他再次开口说："诸位能够看到，这就和太空中的那场战斗一样，而且他们在释放毒气的时候也知道我们每一个秘密基地的确切位置。不知为什么，敌人总是能发现我们。"

"您知道他们是怎么做到的吗？"一位委员问道。

一位陆战队女军官回答了委员的问题——梅根觉得这位上

尉的名字好像是丽迪娅·麦库。这姑娘摇摇头,道:"当然,我们已动用所有的技术人员来研究这个问题,但在找到答案之前,我们不打算再浪费兵力去偷渡了。"

梅根·奥尼格闭上了双眼,"我想现在大家没有心情再接下去讨论其他问题了。我宣布,暂时休会。"

回到自己的斗室后,梅根只想大哭一场。但她并没有这样做,而只是关了灯坐在床边,低头看着自己的双手。但在一片漆黑中,她什么也看不见。

过了片刻,梅根觉得她似乎看到了自己的手,那是一片片手指状的暗影,无力地搁在她的膝头。她感到,那些暗影如同污迹一般,泛着血腥的深红色。

第二十九章 罗伯特

在地下深处无法感觉到时光的自然流逝。不过,当罗伯特从椅子上惊醒过来时,他清楚地知道时间已过去了多久。

晚了。太晚了。艾萨克莱娜本该在几小时前就返回山洞。

如果他稍微有一点点力气,便会不顾麦克和苏博士的反对,自己回到地面去寻找迟迟未归的突击队。但事实上,为了阻止他,这两位黑猩猩科学家几乎使用了武力。

罗伯特的体温还时有回升。他擦了擦额头,抑制住一瞬间的颤抖。不,他想,我还能控制自己!

罗伯特耳边传来一阵低低的争论声。他站起身,小心翼翼地循声走去,看到两只黑猩猩正在一台抢救出来的十七级电脑前工作,显示器上闪动着珍珠色的光芒。罗伯特在他们身后的包装箱上坐下来,倾听了片刻,随后向他们提出了自己的建议。黑猩猩按照他的意见再做尝试,果然很管用。很快,他就几乎完全将自己的忧虑抛到一边,沉浸在工作之中,帮两只黑猩猩草拟出军事战术的程序设计方案,而将要运行战争程序的电脑原来的配置只适于玩玩象棋游戏。

有人送来一罐果汁,他接过便喝。又有人递给他一块三明治,他抓过来便吃。

不知过了多久,一声呼喊在地下大厅中回荡起来。木板桥上传来急匆匆的脚步声。罗伯特的双眼已经习惯了明亮的屏幕,所以他只看到在一片昏黑中,黑猩猩们从他身边急匆匆地跑过,手中拿着各式各样的武器,纷纷冲向通往地面的通道。

他站起来拉住跑到身边的一个棕色身影,"出了什么事?"

若想让这只黑猩猩停下脚步,简直就像是要拦住一头公牛。那家伙看都不看他一眼,轻轻一甩就挣脱他的手,很快便消失在坑坑洼洼的隧道中。他挥手拦住另一只黑猩猩,那小伙子看了看他,不安地停下了脚步,"是突击队,"紧张的黑猩猩解释道,"他们回来了……至少别人是这么告诉我的。"

罗伯特放掉了那家伙。他开始在大厅里四处察看,想为自己找一件武器。万一敌人跟在突击队后面追到了这旦……

很自然,他手边没有什么合用的武器。他沮丧地意识到,自己打着石膏的右臂根本无法动弹,就算手头有一支步枪也派不上用场。而且这些黑猩猩无论如何也不会让他去作战——他们更有可能把他架起来藏到远离危险的地方,钻进洞穴的深处。

突然,四外全都静了下来。几只年老的黑猩猩同他一起倾听着,等待枪声响起。

然而,外面却传来了人声,渐渐变得越来越响亮。那些叫喊听上去不像是恐惧后怕,反而显得异常兴奋。

像是有某种东西在轻轻抚摸着他,抚摸着他的头顶。自从上次的意外事故之后,罗伯特再也没有过类似的感受,但此时他的意识忽然感觉到,一缕熟悉的意念飘进了大厅。他的心中充满了期待。

一群喧闹的人影出现在隧道转弯处，罗伯特听不清他们在说些什么，只能辨认出这是一帮又丑又脏的新生黑猩猩，肩头挎着武器，有几个还缠着绷带。这时，他看到了艾萨克莱娜，心中的疙瘩一下子解开了。

但很快，他的心中又生出另一种担忧。显然，这个泰姆布立米姑娘使用了变形术。他能感到她已经近乎筋疲力尽，她的面孔消瘦而憔悴。

另外，罗伯特还能看出来，她仍在勉力工作。她的卷须蓬松竖起，闪烁着黯淡的光点。黑猩猩们像是没有注意到司令官头顶的异状，因为留在家中的同伴都拥上前急切地询问这次突袭的情况。但罗伯特明白，艾萨克莱娜正在集中全力营造出欢欣鼓舞的氛围。如果没有她的努力，这种气氛便显得过于单薄勉强，无法维持这么久。

"罗伯特！"她睁大了双眼，"你可以下床了吗？你昨天才退烧啊。"

"我很好。可是——"

"那就好。我很高兴，终于又看见你能下地走动了。"

罗伯特看到，黑猩猩们用担架抬着两个裹满绷带的身体，急匆匆地经过他身旁，朝临时救护所跑去。他感觉到，艾萨克莱娜正在尽力将大家的注意力从那两名浑身是血、可能已经垂死的战士身上转移到别处，直到伤员消失在视线之外。碍于旁边的黑猩猩，他只好压低声音平静地说："我想和你谈谈，艾萨克莱娜。"

她看着他的眼睛，一瞬间罗伯特觉得自己看到了一团微弱的虚影，在她飘舞的卷须上方回旋，令他感到心焦。

从战场归来的勇士们都在忙着吃喝，同时向急于听到战况的同伴大肆吹嘘。只有本杰明冷静地站在艾萨克莱娜身旁,他的衣袖上缝着一块中尉臂章。艾萨克莱娜点点头,"没问题,罗伯特。咱们这就找个方便谈话的地方。"

"你先别说,让我猜猜,"他直截了当地说,"你们失败了。"

黑猩猩本杰明一惊,但并未反驳。他走到一幅展开的地图前,指着一个地点:

"我们在这里打击了敌人,在荫青山口。"他说道,"这是我们的第四次突袭,所以我们认为我们了解敌情。"

"你们的第四次突袭。"罗伯特转向艾萨克莱娜,"你们这么干已经多久了?"

她正在挑剔地从一只袋子里挑拣糕点送进嘴里,那食物散发出一股刺鼻的芳香。听到罗伯特的问话,她皱起了鼻子,"大约一个星期了。但这回才算是第一次给敌人以真正的打击。"

"结果呢?"

似乎本杰明对艾萨克莱娜的精神引导没有任何反应。或许司令官有意让他保持清醒的头脑。因为她至少还需要一个助手能够在不受旁人影响的情况下做出判断。但也可能是,本杰明太聪明了。他翻了翻眼珠,"我们吃了亏。"随即他又接着解释道,"我们分成了五个小组。艾萨克莱娜小姐坚持这样做。这也救了我们的命。"

"你们的目标是什么?"

"一支小型的巡逻队。两辆轻型悬浮坦克和几辆没有装甲的越野车。"

罗伯特沉思着察看了一下地图,伏击地点位于遥向第一道山岭的一条公路旁边。他曾听别人说起过,在信德谷地很少能见到敌人。似乎格布鲁人只满足于控制太空、群岛,以及海伦尼亚四周海岸边上窄窄的一个殖民者定居区。

不过话说回来,敌人何必费神去控制人烟稀少的穷乡僻壤呢? 他们已经把几乎所有的地球人都抓了起来。加斯已经是他们的了。

显然,这个抵抗组织的前三次袭击都是在练兵——黑猩猩中少数几个曾在预备役部队任职的军官试图教会新兵如何凭借森林的掩护行军打仗。而第四次出击时,他们认为自己已经做好了准备,可以同敌人真刀真枪地干上一场了。

"似乎一开始敌人就知道我们埋伏在那儿。"本杰明继续说,"他们巡逻时,我们就跟在后面,偷偷穿过树丛,一直盯着他们,就像以前那几次一样。后来……"

"后来你们就发起了进攻。"

本杰明点点头,"我们确实怀疑,敌人可能知道我们在哪里。但我们必须证实自己的猜测。司令官制订了一个计划……"

罗伯特眨巴着眼睛,随即点了点头。他还是对艾萨克莱娜的新头衔感到不太习惯。随着本杰明继续讲述今天上午的行动,他感到越来越困惑。

他们制定好了伏击策略,五个行动小组依次向巡逻队开火,这样就能最大限度减少危险。

但也没有多少机会能伤到敌人,他意识到。队员们的位置不是过高就是过远,无法有效地射击敌人。只凭猎枪和震动手榴弹,他们能有多大的杀伤力?

在第一轮齐射中,格布鲁人的一辆小型越野车被击毁,另一辆受了轻伤。但坦克马上压制住了突击队的火力,每个小组都只能撤退。海岸那边的敌人迅速派来了空中支援,突击队员们差点没能及时逃回来。过了不到十五分钟,这次突袭行动的进攻阶段即告结束,而退却和迂回掩护则花了很长的时间。

"格布鲁人并不容易上当,对吧?"罗伯特问道。

本杰明点点头,"他们好像总是能找到我们。我们居然能打到他们,这可真是个奇迹。不过,我们能逃回来才算最六的奇迹。"

罗伯特瞟了"司令官"一眼。他想发表自己的反对意见,但忽然停下来,又看了看地图,认真琢磨起伏击地点的位置。他向本杰明询问了当时的射击阵线和撤退路线,然后在地图上仔细比对着。

"你事先已怀疑敌人可能会有所察觉,所以提前对阵地做了安排。"最后他对艾萨克莱娜说道。

艾萨克莱娜轻轻左右转动着眼珠,这是泰姆布立米人表示耸肩的动作,"我觉得我们不能靠得太近,这只是我们的第一次遭遇战。"

罗伯特点点头。确实,如果艾萨克莱娜选择了更近、更有效的伏击位置,现在就不会有多少黑猩猩能活着回来了。

她的计划十分出色。

不,不只是出色。这是一个鼓舞士气的行动策略,意图不在于重创敌人,而是要建立自信。突击队化整为零,每个人都有机会向巡逻队射击,而被敌人反击炮火击中的风险却极小,队员们回来之后便可以吹嘘一番——最重要的是,他们能活着回来。

即便如此,他们也有损失。罗伯特能够感觉到艾萨克莱娜已经极度疲惫,而部分原因就是她一直在努力维持每个队员心中的"胜利"感。

他感到艾萨克莱娜在轻抚他的膝头，于是将她的手轻轻地握在自己掌中。她修长纤细的手指紧握起来，他能感到她的心跳。

二人对视着。

"今天，我们把可能到来的灾难变成了一个小小的胜利。"本杰明说，"但敌人总是能知道我们躲在哪里。我看不出，除了同他们捉迷藏之外，我们还能不能发起更有效的打击；而且即便我们只玩捉迷藏的游戏，也要付出无法承受的代价。"

第三十章　法　本

　　法本揉着自己的后颈,气恼地盯着桌子对面的人。这么说,这就是他的联系人,塔卡博士的高徒,城市地下抵抗组织未来的领袖。

　　"你这么做算不算白痴啊?"他指责道,"你让我两眼一抹黑撞进了酒吧,傻乎乎地什么也搞不清楚。你知道昨天晚上有多少次我差点被人家逮住,差点送了命!?"

　　"那是大前天晚上的事了。"盖莱特·琼斯纠正道。她坐在一把直背靠背椅上,抚平了用蓝色真丝混纺而成的纱笼。"不管怎样,我当时就在那儿,在'猿族甜果'外面,等着联系人来接头。我看见你是个陌生人,穿着一件花格工作衬衫,一个人跑去那里,所以就上前和你对暗号了。"

　　"'粉色激情'?"法本朝她眨着眼睛,"你跑到我跟前,叽咕着什么'粉色激情',难道那个词是他妈的暗号么?"

　　平常他可从来不在年轻女士面前说这种粗话。而现在这位盖莱特·琼斯看上去更像他原先期望的那样,俨然是一位颇有教养的雌性黑猩猩。但他在其他场合已经见识过她的本领,而且

277

他可能很难忘记。

"你管那玩意儿叫暗号吗？还有，他们告诉我，我要找的人是个渔夫！"

自己这声大叫令法本身子一缩。他仍然感到自己的脑袋正从五六个地方向外漏着脑浆。尽管肌肉已不再痉挛抽搐，但他还是感到浑身发疼，脾气也很难控制。

"渔夫？在那个街区怎么会有渔夫？"盖莱特·琼斯皱起眉头，脸色马上阴沉起来，"听着，当我给豪莱茨研究中心打电话、给塔卡博士留口信的时候，所有的事情都乱作一团。我觉得她工作的地方是个保密单位，位置又在乡下，肯定会很安全。当时我没有多少时间，必须赶在格布鲁人控制电话线路之前跟她约定以后的接头方式。我认为敌人那时已经在监听记录所有的通讯联络了，所以我的留言就显得有些口语化。你该知道，格布鲁人的语言分析计算机肯定没办法翻译相当口语化的东西。"

她突然停下来，把手捂在嘴上，"噢，不！"

"怎么了？"法本向前俯过身，问道。

她眨巴着眼睛，然后挥舞着双手，"我告诉豪莱茨研究中心那个愚蠢的接线员，他们派来接头的人该穿什么衣服，应该在哪儿和我见面，然后我说，我要装扮成一个'钓凯子'的野鸡。怪不得那傻瓜以为我说的是钓鱼的渔夫——"

"'钓'什么？我听不懂。"法本摇摇头。

"那是一个老词儿。大接触之前地球人的俚语，说的是一种提供廉价、非法性服务的妓女。"

法本大叫起来："你脑子里尽是些该死的、愚蠢的、天杀的疯狂念头！"

盖莱特·琼斯怒气冲冲地回击道："那好，聪明佬儿，那我该怎么办？预备役部队已经被打得稀巴烂。没有一个人想过，如果星球上所有的人类突然无法指挥，我们该怎么办！我的主意就是这么疯狂，我要让大家奋起抵抗，白手起家，从零开始。所以我就想安排一次会面——"

"啊哈，所以你化装成一个钓凯子的野鸡，还找了一个那么好的地方，格布鲁人正打算在里面导演刺激的性闹剧呢。"

"我怎么会知道他们要干什么？我怎么会知道他们会挑那种死气沉沉的小酒吧来耍把戏？我本以为，现在这个时候社会的风化约束已经很宽松，我打扮成那个样子不会出什么问题，而且还能接近陌生人。我可从没想到，他们居然宽松到了那个地步！我是想，要是认错了人，对方只是会吓一跳，就像你那天的表现一样，而我也能轻松脱身。"

"但事与愿违，你这招并不管用。"

"没错，的确如此！在你露面之前，我已经和几个独行客搭讪过。他们的穿着打扮和约定的接头人很相似，于是我就上前搭话。结果可怜的麦克斯不得不震晕了六七个上钩的下流痞。巷子里都盛不下那些坏蛋了。但那时已经来不及改变接头地点和暗号——"

"暗号，谁都不懂的暗号！钓凯子？你早该知道，谁都听不明白这种词儿！"

"可我知道，塔卡博士能明白。我们过去常常一起看那些老电影，还时常讨论。我们研究电影里出现的老词儿。我不明白她为什么……"她看到法本脸上的表情，便停住了话头，"怎么回事？你为什么这样看着我？"

"对不起。我刚意识到，你还不知道——"他摇摇头，"他们刚收到你发来的消息，塔卡博士就死了，死于对制约性毒气的过敏反应。"

　　盖莱特倒吸一口气。能看出来,这噩耗令她的心突然一沉。"我……我一直都很担心,因为我没看到她来城里领取解毒剂。这真是……一大损失。"她闭上眼睛,把脸转向一旁,显然内心的痛苦无法用简单的语言表达。

　　但不管怎样,塔卡博士临终前还是看到了豪莱茨研究中心在滚滚烈焰里的结局,看到了被浓烟熏黑的救护车往来奔忙,看到了她的导师迟钝、垂死的面孔。那时,外星人的毒气已经在冷酷地为统计报表添加死亡数字了。法本曾看过一些录像资料,摄像机记录下了那个笼罩着恐惧的夜晚。此时那些画面还盘桓在他的脑海深处,藏在记忆中黑暗的底层。

　　盖莱特打起精神,显然已将悲恸暂且放到一边,想迟些再去哀悼亡友。她擦去泪水,朝法本转过脸,挑战般地扬起了下巴,"我当时只能那么做,找一个黑猩猩能懂、但外星人电脑不懂的词。以后我可能还要搞这样的即兴发挥。但不管怎么样,重要的是你已经来了。现在咱们双方已经接上了头。"

　　"可我差点送了命。"他指出,不过他感到,这时提这个事情显得有点无礼。

　　"可你到底没送命。而且实际上,坏事还能变成好事。你知道吗,现在外面大街小巷里,大家都在谈论你那天晚上的所作所为。"

　　莫非她的话音里有一丝模糊而又勉强的敬佩之意?或许她是想握手言和?

　　突然,法本感到无法控制住自己。他再也忍不住了。他知道自己不该这么做,而且现在也不是时候,但他就是忍不住——大笑起来。

"一个钓······"他纵声狂笑着,尽管身体每动一下都让他感到自己的脑子在颅腔里晃荡。"钓凯子的野鸡?"他仰起头大叫起来,拍打着椅子的扶手,随后滚到了地上,一边大笑一边将双脚在空中乱舞。"噢,太妙了。我还真需要找这样的人接头!"

盖莱特·琼斯怒不可遏地瞪着他,而他已笑得喘不上气来。现在就算她唤来大块头麦克斯,用眩晕枪再给他来一下,他也不在乎。

太可笑了,他实在吃不消。

如果她双眸中流露出的眼神当真能说明什么问题,那么法本知道,尽管他们已经开始结盟,但这个结盟的基础可有点不太牢靠。

第三十一章 格莱蒂克人

当军务宗主登上自己的个人座舰时,利爪兵护卫队员一齐向他行礼致敬。他的卫队由精心挑选出来的士兵组成,羽毛梳理得无可挑剔,羽冠整洁地染上各种颜色,标出了他们的军衔和单位。将军的科瓦克助手急忙迎上前来,接过他的礼袍。当大家在各自的栖木上安顿下来之后,飞行员启动引力推进装置,驾驶飞船升离地面,朝海伦尼亚东部丘陵地带那些正在修筑的防御工事飞去。军务宗主一言不发地看着窗外,新建的城市围墙已消失在身后的远方,地球人这颗小小殖民星球上的一座座农庄从他们身下倏忽而过。

利爪兵部队的高级长官——上校军阶的军务指挥次长向将军挺身敬礼,上下两片长喙一碰,发出一声脆响:"会议进行得还算顺利吧? 您还满意吗?"上校问道。

军务宗主装作没察觉到对方的轻率无礼。一个爱思考问题的次长总比一个爱梳理羽毛的次长有用得多。如果身边能多几个这样的副手,宗主便更有可能在女王选拔赛上胜出。将军朝部下傲慢地眨动了一下眼睛,表示肯定,"我们的意见已经统一,目前结果还算令人满意,今后也会如此。"

上校俯首鞠躬,回到了自己的岗位上。当然他知道,此时尚处在换羽进程的早期阶段,三位宗主达成的统一意见绝不会令人完全满意。军务宗主竖起的羽毛和疲惫的眼睛便证明了这一点。

在最近这次最高指挥阶层的会议中,三人达成的最后决议显得格外不明朗,而且其中的某些问题令将军大为恼火。

首先,政务宗主大肆施加压力,主张从他们的后援舰队中撤出相当一部分兵力,去支援格布鲁人远在其他星球的军事行动。其次,仿佛嫌这还不够,另一位首脑——正道宗主——仍然坚持要赖在自己的栖木上,让别人抬着他行动。他还是拒绝踏上加斯的土地,除非所有拘泥于形式的细枝末节完全令他满意。那教士竖起羽毛,激动不安地提出了许多问题:制约性毒气让过多的地球人丧命,加斯的生态复苏计划正面临崩溃的危险,行星分支数据库的规模小得可怜,蒙昧的半开化物种新生黑猩猩的提升状况也亟待得到改观。

对于每一个问题,宗主们都要同自己刚才的盟友决裂,然后再结新盟,都要再进行一轮气氛紧张的磋商,再为统一意见而争斗一番。

不过,同这些鸡毛蒜皮的小事相比,还有些更深层次的议题。三位宗主已经开始就一些基本原则展开辩论,而这种过程显得越来越有趣。这时,三人组合的某些令人惬意的特点便显露了出来,尤其是当他们踏着舞步低声咆哮、为重要问题争论不休的时候,那种感觉让每位宗主都欣喜若狂。

在这以前,对于将军来讲,女王地位之争似乎轻而易举,胜利唾手可得,因为他在一开始就占了上风。但现在军务宗主开始明白,一切并不像他想象的那么容易。毕竟,换羽不是无足轻重的小事。

当然,这三位精英之间的竞争更不可能是无足轻重。在挑选远征军的三名首脑时,格布鲁社会不同阵线上的各个派别全都参与了进来,因为主宰者们希望这个特殊的三人组合能够制订出一个统一的新政策,通过实施统一的政策来化解所有的矛盾,解决不同的问题。为了达到这个目的,三个候选人一定要具有优秀的头脑,而且彼此之间必须截然不同。

三人有多么优秀,彼此之间有多么不同,现在正开始变得越来越清楚。最近,另外两位同僚提出的某些想法十分聪明,但也令军务宗主十分不安。

将军不得不承认:他们说对了一件事,我们不能只是简简单单地去征服、去战胜、去打垮"狼崽子"。我们必须让他们蒙受耻辱。

军务宗主一直以来始终专注于征战,多年养成的习惯让他把自己未来的配偶也视作了敌人,他确实有一点这种倾向。

这可不对头,无礼而且不忠,将军想。

实际上,军务宗主衷心希望,政、教两位宗主能像他精通军事一样精通他们自己的本职工作。如果他们两位像将军组织入侵战一样出色地处理好自己手头的事务,那么这个三人组合必将名垂青史!

军务宗主知道,有些东西是命中注定的,在很久很久以前,早在先祖的时代就已经决定了。而很久之后才出现了那些玷污了星际文明的异教徒和卑劣种族——"狼崽子"、泰姆布立米人、泰纳尼人,还有索罗人……古克须-格布鲁种族必须成为当今乱世中的英雄!他们必须成就大业!

　　将军陷入了沉思:其实在多年之前,"狼崽子"们失败的种子就已被埋下。格布鲁军队能够察觉到地球人的一举一动,并将他们的进攻消灭于无形。而制约性毒气已完全打乱了敌人所有的计划。这一切都是军务宗主的主意——当然,还有他的私人幕僚。他们实现了多年的夙愿。

　　宗主伸开双臂,感受着屈肌①中的张力——在他的族类得到提升之前,就是这种力量让他的祖先在格布鲁家园星球那温暖干燥的气流中展翅翱翔。

　　来吧! 让我那两位同僚也能想出如此富于想象力、大胆而又杰出的主意吧……

　　让他们变得几乎——而不是完全——像我一样杰出吧。

　　宗主大人开始用长喙梳理自己的羽毛,他的座舰拉平高度,在装点着朵朵白云的天宇下向东飞去。

---

　　①一块收缩时能弯曲身体的关节或四肢的肌肉。

第三十二章　艾萨克莱娜

"我在这儿简直要憋疯了。我觉得自己就像囚犯一样被关在这里!"

在山洞中仅有的两只灯泡的照耀下,罗伯特拖着两个影子踱来踱去。岩石中渗出的水渍,正顺着地下大厅的洞壁缓缓滑落,在冷冰冰的灯光下闪闪发亮。

罗伯特用力弯起左臂,暴突的筋腱从他的拳头经过肘部一直延伸到肌肉发达的肩膀。他朝身旁的柜子猛击一拳,"砰"的一声巨响在地下通道中回荡开来。"我告诉你,克莱妮,我再也等不下去了。你什么时候才肯放我出去?"

他又一拳砸在柜子上,发泄着心中的怨气,刺耳的响声让艾萨克莱娜一惊。而至少有两次,他似乎想用打着石膏的右臂来出拳。"罗伯特,"她恳求道,"你的身体恢复得很快,用不了多久就能拆掉石膏。请你不要再这样伤害自己——"

"你不要转移话题!"他打断了她的话,"即便是带着石膏,我也能到外面去帮助军官训练部队,还能去侦察格布鲁人的阵地。但你却把我窝在这些山洞里,设计小程序,在地图上按图

286

钉！我快要给逼疯了！"

罗伯特的沮丧之情溢于言表。艾萨克莱娜以前就请求过他,要他暂且按捺住心中的焦躁。照地球人的比喻就是:给他这头坏脾气的驴子套上笼头。不知为什么,她对罗伯特的情绪波动特别敏感,他现在就像处在青春期的泰姆布立米男孩一样暴躁而又粗野。

"罗伯特,你应该知道我们为什么不能冒险让你到地面上去。格布鲁人的毒气机器人已经对我们的地上营地扫荡过好几次,他们一直在施放那种致命的气体。如果前些日子你待在上面的话,现在很可能已经被送往希尔马岛去接受治疗和囚禁了,根本无法和我们在一起。而这只是最好的结果!我一想到最坏的可能性就浑身发抖!"

艾萨克莱娜头上的软毛直竖起来,显然她又想到了罗伯特万幸之中躲过的那最悲惨的结局。她那银色的卷须在激动地飘舞。

确实仅仅是出于侥幸,罗伯特才及时从门多萨庄园逃生。他刚被黑猩猩救出来,格布鲁人的搜索机器人便从空中朝那座小小的山间农庄飞扑而下。尽管庄园已经进行了伪装,而且所有的电子器件都被拆走,但仍然没有躲过敌人的眼睛。

袭击过后,米兰·门多萨和她的孩子们立即动身前往海伦尼亚,他们大概已经及时赶到并且得到了治疗。但胡安·门多萨的运气不好。他留在后面去关闭为进行生态调查而设下的陷阱,在中毒之后出现了延迟性过敏反应,全身痉挛了不到五分钟便断了气。当时,他身边那些被吓坏的黑猩猩同伴无法提供任何救助,只能眼睁睁地看着他口吐白沫、抽搐着死去。

"罗伯特,当时你不在现场,没有目睹胡安之死,但你肯定已经读过报告了。难道你想以身犯险,也像他那样丢掉性命吗?你知不知道,我们差点就没能把你抢救过来?"

他们的目光对视在一起,罗伯特的棕色眼睛望着艾萨克莱娜带着金色斑点的灰色眼睛。她能感受到罗伯特的决心,但也发觉他正在努力控制自己难以按捺的怒气。慢慢地,罗伯特放松了左臂。他深深地叹了口气,颓然坐倒在一张帆布椅上。

"我知道,克莱妮。我理解你的感受。但你应该明白,我是这里的一分子。"他朝前俯过身,脸上的表情不再怒气冲冲,但仍然十分热切。"我服从了母亲的要求带你进山,而不是随同部队去作战。我之所以这样做,是因为梅根说我的任务很重要。但现在你已经不是我带到森林里的客人了。你组织起了一支军队!可我却觉得自己起不到一点作用。"

艾萨克莱娜叹了口气,"你我都知道,这还算不上一支军队……最多只能算是做做样子,让黑猩猩们怀有希望。而你作为地球联邦部队的军官,只要你愿意,任何时候都可以接替我的工作。"

罗伯特摇摇头,"我并不是这个意思。我不认为自己能比你做得更好,我还没有自负到这种程度。而且我天生不是担任领袖的材料,对于这一点,我很清楚。大多数黑猩猩都崇拜你,他们对你那泰姆布立米人的神秘能力非常信赖。

"不过,我大概是这片大山里唯一一个接受过军事训练的地球人……你必须让我派上用场,因为不知道我们还有没有机会——"

罗伯特突然停了下来,抬起目光看着艾萨克莱娜的肩膀后面。艾萨克莱娜转过身,看到一只矮小的雌性黑猩猩,身穿短裤,肩挎子弹带,正走进房间来行礼致敬:

"请恕我打扰,司令官、奥尼格上尉。本杰明中尉刚刚回来,嗯……他报告说,斯普林谷地的情况没有任何好转。那里已经没有人类了,但该死的毒气机器人仍然对每一条山谷中的所有前哨基地施放毒气,每天至少一次。在我们所能侦察到的所有地区,看不出有任何迹象表明它们会停止毒气袭击。"

"斯普林谷地的黑猩猩怎么样了?"艾萨克莱娜问道,"他们对毒气有什么不舒服的反应吗?"她想起了舒尔茨博士,而且在豪莱茨研究中心还有一些黑猩猩受到了制约性毒气的侵害。

传令兵摇摇头,"没有,长官。再没有任何反应。看来一切照旧。对毒气敏感的黑猩猩都已离开队伍,前往海伦尼亚。现在山地中剩下的所有人肯定都具有免疫力。"

艾萨克莱娜瞟了罗伯特一眼,他们都想到了同一件事情。

并不是所有人都有免疫力,还有一个人除外。

"那些该死的家伙!"罗伯特骂道,"他们为什么还不罢手?他们已经抓住了百分之九十九点九的地球人。难道他们还要对每一间茅屋继续施放毒气,就为了抓住那最后一个落网的人?"

"罗伯特,显然他们害怕人类。"艾萨克莱娜一笑,"毕竟你们是泰姆布立米人的盟友。而我们在挑选伙伴时可从不找没用的孬种。"

罗伯特摇摇头,怒气冲冲地瞪着眼睛。但艾萨克莱娜伸出卷须,用意念轻轻碰了碰他的头脑,让他抬起头,看着她的眼睛。那双眼睛里闪动着促狭的笑意。罗伯特不由自主地慢慢露出笑容,随后大笑起来:"哈哈,我猜那些该死的坏鸟还不算太蠢。对他们来讲,安全还是第一,总比后悔要好,对吗?"

艾萨克莱娜点点头。她的卷须上升腾出一股蕴含着赞许之意的信息流。这团意念之云很简单,罗伯特能理解。"没错,罗伯特。他们并不太蠢,但他们至少漏掉了一个地球人,所以说,他们担惊受怕的日子还远远没有结束呢。"

那个矮小的新生黑猩猩传令兵看了看泰姆布立米人,又看看地球人,随后叹了口气。在她看来,他们说的这些吓人的事情一点都不可笑。她不明白,他们为什么要笑呢?

大概其中暗藏着某种微妙而又费解的东西吧。庇护主阶层有他们独特的幽默感……冷静而又睿智。在黑猩猩中就有些古怪的家伙,他们与其他不太聪明的新生黑猩猩颇为不同,而这种区别又很难讲清楚。

她并不嫉妒这些黑猩猩。他们要肩负更多的责任,而责任这东西非常可怕,要比同强敌作战更令人胆怯,甚至比死亡还恐怖。

看着别人大笑而只有自己不明就里,或许是这一点让她感到害怕。她可能不明白他们在笑什么。但看到二人在笑,她感到放心了许多。

艾萨克莱娜转身朝传令兵下达指示,这只黑猩猩马上又站直了些。

"我想亲自听本杰明中尉做汇报。你能否向苏博士转达我的问候,并请她也到指挥室来一起听听?"

"是,长官!"雌性黑猩猩敬礼之后,跑步离开了。

"罗伯特,"艾萨克莱娜问道,"你也能来发表一下意见么?"

他抬起头,脸上露出一副冷漠的表情,"过一会儿吧,克莱妮。我要再琢磨一下作战行动。还有某些事情,我想先仔细斟酌一下。"

"好吧，"艾萨克莱娜点点头，"那么待会儿见。"她转身走出房间，循着传令兵离去的方向穿过一道被流水侵蚀出的石廊。在长长的隧道里，每隔很远的距离才有一只灯泡发出昏暗的光芒，照在从洞顶垂挂下来的钟乳石上，闪耀着水淋淋的辉光。

罗伯特望着她的背影，直到她消失在视线之外。在一片近乎死寂的静谧之中，他陷入了沉思。

现在几乎所有的地球人都已被抓获，为什么格布鲁人还要坚持对山区继续施放毒气？这样做肯定要花费极高的代价，即便那些毒气机器人只对发现了地球生命的地方进行攻击，也要消耗相当大的兵力。

还有，他们如何能探测到建筑物、车辆，甚至是失去庇护主的黑猩猩——不管这些设施和人员隐藏得多么小心，却总是被发觉？

现在，他们对地面营地施放毒气并没有多大关系。那些毒气机器人只是些机器，不知道我们正在这条山谷里训练部队。他们只是能够感受到地球生命的痕迹，随即扑下来执行自己的任务，然后掉头而去。

但如果我们开始实施军事行动，如果我们吸引了格布鲁人的注意力，那会怎么样？一旦我们被发现，那就全完了。

要寻求这些问题的答案，肯定有另外一种道理非常简单的推理方法。

情势越来越紧急，我却被困在这里无所作为！

罗伯特的耳边传来石壁上的水滴落地时微弱的"滴答"声。他凝神琢磨着敌人的意图。

显然，同撕裂五大星系的那些规模更大的战事相比，目前加斯星球上的战事只不过是一场小冲突而已。格布鲁人不可能对整个行星施放毒气。那将付出极大的代价。对于这个穷乡僻壤中的小小战区来讲，根本不值得。

所以敌人便派出廉价愚蠢、但十分有效的探测机器人来追踪任何不同于加斯本地生物的物种……任何带有地球特点的生物。而现在，几乎所有的毒气进攻都只针对那些恼怒的黑猩猩——他们对制约性毒气具有免疫力——以及行星上空无一人的建筑物。

这种策略既讨厌又有效。他一定要想出办法制止敌人。

罗伯特从桌上的文件夹中抽出一张纸，随手写下了毒气机器人有可能用以探测外星上地球生命的几种基本方法：

●光学成像法
●红外线体热追踪法
●谐振扫描法
●精神感应法
●精神现实扭曲法

罗伯特很后悔，他在大学里上了那么多的公共管理课程，却没学多少格莱蒂克人的科技知识。他能肯定，大数据库那些有数十亿年历史的资料肯定包含了许多探测方法，绝不会只有自己知道的这五种。比方说，那些毒气机器人是否能"闻出"地球人的味道，根据嗅觉追踪所有的地球生物？

这种方法行不通。他摇摇头。现在他必须先列出一个单子，然后将其中看似荒谬的可能性划掉。至少最后再考虑那些显然是不合理的猜测。

他们曾经从豪莱茨研究中心的废墟中抢救出了一个分支数据库的信息资料,他可以尝试着在其中查询一番。不过,他没有多大把握能找到军事应用方面的条目。这个分支数据库的信息量很小,全都是些大接触之前人类撰写的书籍,而且专业只限定在提升和遗传工程这两个领域。

或许我们可以向塔尼斯星球的数据库区域中心提出申请,请他们搜索一下有关文献。这个带有嘲弄意味的念头令罗伯特哑然失笑。即便沦为侵略者阶下囚的种族,也该有权在需要的时候查询格莱蒂克人的大数据库吧?先祖制订的法规中对此可是有明文规定啊。

没错!想到这里,他吃吃地笑了起来。我们可以径直走进格布鲁人的占领军总部,要求那些坏鸟把我们的请求转达给塔尼斯……请求查询侵略者自己的军事技术!

说不定他们还会同意呢。毕竟现在五大星系已陷入混乱之中,大数据库肯定会被无数查询请求淹没了。而最后他们可能真会腾出时间答复我们的请求,不过,等收到回信时大概要等到下个世纪了。

他又扫了一眼自己列出的清单。至少这些方法都是他听说过的,或是有所了解。

第一种可能性:在他们头顶有一颗卫星,拥有尖端的光学扫描功能,可以依次察看加斯上每一英亩[①]的土地,找出代表建筑物或是车辆的有规则的图形。而后这种装置便引导毒气机器人向目标实施进攻。

这种猜测还算可行,但为什么敌人要对相同的地区重复施放毒气呢?难道如此先进的卫星竟然会健忘吗?还有,当一群

---

①一英亩＝4046.86平方米。

群黑猩猩在密林的遮盖下行军时,一颗卫星怎能知道要派出机器人对他们进行俯冲进攻呢?

而红外线定位法就显得不合逻辑。那些机器人并没有追踪目标的体热。事实可以作证,它们还在对空无一人的建筑物反复施放毒气,而那些设施已被弃置了好几个星期,里面一直没有任何生物热源。

罗伯特并不具备足够的专业知识来排除清单上列出的种种可能性。无疑,对于精神感应以及与之非常相近的神秘理论——精神物理学,他几乎一无所知。同艾萨克莱娜一起相处的那几个星期让他得以对这类东西初有了解,但他只不过是个十足的新手,而许多地球人和黑猩猩都对与精神感应有关的事情抱有一种迷信的恐惧。

好吧,只要我还留在地下,就有可能再向艾萨克莱娜多学些东西。

他站起身,想去找艾萨克莱娜和本杰明。但他猛地停住了脚步。看着手中的清单,他突然意识到,自己还忘记了写下另外一种可能性。

……通过某种方法,敌人在入侵时突破了我们的防线……通过某种方法,敌人总是能够一次又一次地找到我们,不管我们藏在哪里。通过某种方法,他们挫败了我们的每一次行动。

他本来并不愿意,但内心的忠诚、正直逼着他再次拿起了笔。

他写下了两个字:

内奸。

第三十三章　法　本

当天下午,盖莱特领着法本在海伦尼亚市区游历了一番,或者说,在入侵者允许新生黑猩猩活动的区域之内转了转。

城市南端的码头上,渔船仍在进进出出,不过船只的数量还不到平常的一半,而且现在船上的船员已全是黑猩猩了。这些小船绕着大大的圈子,躲开占据了阿斯皮纳湾一半水域的格布鲁战舰。

在市场里,他们看到只有少数商品的供应还算充足。在其他大部分柜台中,只能看到稀稀落落的货架,供应匮乏和囤积居奇令架子上面几乎空空如也。用殖民地的货币还能买到一些东西,比如说,啤酒和鱼。但只有格莱蒂克钱才能买到肉类和新鲜水果。懊恼的购物者已经开始明白那个老词儿"通货膨胀"的真正含义。

看来有一半当地人在为侵略者干活。海湾南面靠近空港的地方正在修筑一些城墙。而地面上刚挖出的大片地基说明,还有更多更大的工程将要进行。

城里四处都张贴着告示,上面画着咧开嘴巴大笑的新生黑猩猩。布告向老百姓承诺,一旦足够的"正当"货币进入流通领域,市场将马上恢复充足的物资供应——敌人承诺,只要大家辛勤工作,这个日子就会来得很快。

"怎么样? 你看够了吗?"法本的向导问道。

他笑了,"根本没有。实际上,咱们只是看了一点表面现象。"

盖莱特耸耸肩,让他来领路。

唉,法本一面看着空荡荡的市场货架一面想,营养学家们一直在告诫我们,新生黑猩猩吃肉吃得太多了……比过去野生状态下的吃肉量要多得多,这对我们的身体没好处。现在寡淡的饮食说不定会有益于大家的健康。

最后,他们漫步登上了一座俯瞰海伦尼亚学院的钟楼。这片校园要比位于希尔马岛的加斯大学小一些,法本在不久前曾来这儿参加过生态研讨会,所以他很熟悉这里的道路。

他站在钟楼上俯视着学校,心中忽然生出一种奇怪的感觉。

并不是因为格布鲁人的悬浮车辆正在山顶构筑工事,也不是因为丑陋的新建城墙正从大学校园北边蜿蜒而过。让他感到奇怪的是学校里的那些学生。

正是因为在这里看到了他们,他才无比惊奇!

当然,学生们全都是新生黑猩猩。法本原以为会在海伦尼亚看到隔离区和集中营,里面挤满了生活在大陆的人类。但几天前,所有地球人男女都被转移到了群岛上。现在边远地区的数千只黑猩猩拥进城里,填补了人类留下的空间,其中包括那些前来接受解毒治疗的黑猩猩——而入侵者早已断言,他们不可能受到制约性毒气的侵害。

这些已接受了治疗的黑猩猩,拿到一小笔象征性的赔偿金,然后就留在城里工作了。

但眼前的校园看上去就像平时一样平静,这真令人吃惊。法本和盖莱特从钟楼顶上向下望去,黑猩猩们正来往于各个班级之间,四处交游。他们拿着书本,互相低声交谈。每隔一个小时左右,都会有几艘外星人的战舰从头上轰鸣而过,这时他们偶尔会偷偷抬起眼睛瞟一下天空。

法本摇摇头,心中暗暗吃惊,他们居然还在这里坚持学习。

诚然,人类早已是声名狼藉的自由主义者,他们的提升政策竟然将受庇护种族视为同侪,而格莱蒂克人在这方面的传统则一点也称不上宽宏大量。在地球联邦委员会的座席上,黑猩猩和海豚委员坐在自己的庇护主身边共同商讨议题,这会让老资格的格莱蒂克种族极端不屑地怒目而视——人类居然还放心地让这两个受庇护种族拥有他们自己的飞船。

但一所没有庇护主的大学,是不是太离谱了一点?

入侵者非常喜欢胡乱干涉加斯居民的生活,居然在"猿族甜果"这样粗鄙的地方耍弄手段。法本想知道,他们为什么会在大学里放松对黑猩猩的管制。

现在他明白了。

"模仿!他们肯定以为我们是在玩过家家的游戏呢!"他咕哝道。

"你说什么?"盖莱特瞪着他。尽管为了一起完成工作,他们两个已经达成了休战协定,但显然她并不十分乐意花上一整天时间来为他充当旅游向导。

法本指了指那些学生,"告诉我,你在下面看见了什么?"

她沉下脸来,随后叹了口气,俯身朝下面望去,"我看到了吉米·桑教授,刚从讲堂出来,正在给几个学生讲解什么事情。"他微微一笑,"大概是在讲格莱蒂克历史……我曾为他当过助教,我还记得学生们听他的课时一脸困惑的样子。"

"很好。这就是你所看到的校园。现在,你要以一个格布鲁人的眼光去看这一切。"

盖莱特皱起眉头,"你这是什么意思?"

法本比画着讲道:"你要记住,根据格莱蒂克人的传统,我们这些新生黑猩猩只是一个仅有三百年历史的智能生命受庇护种族,只比海豚的历史稍稍长一点——我们在人类的带领下要经过十万年的提升见习期,现在只是刚刚起步。

"你还要记住,很多狂热的外星好战分子都极端憎恨地球人。但人类仍然获得了庇护主的地位以及相关的所有特权。为什么会这样呢?因为他们早在大接触之前就已经提升了黑猩猩和海豚!拥有受庇护种族并成为地球族类的首脑——在五大星系中,只有这样才能获得被别人承认的身份。"

盖莱特摇摇头,"我不明白你在说什么。这些事情都显而易见,你为什么还要解释呢?"显然,她不喜欢听一只出身于穷乡僻壤的黑猩猩对自己说教,这家伙连硕士学位都没有。

"你要好好想想!人类是怎么获得自己的身份的?你还记得当时的情形吗,公元二十二世纪的时候?当五大星系要对是否承认黑猩猩和新生海豚是智能生命而进行表决时,大多数外星好战分子都投了赞成票。"法本挥舞着双臂,"那是坎顿人、泰姆布立米人和其他持温和态度的种族采用外交手段努力争取到的结果,可人类还不知道这议题究竟是什么意思呢!"

盖莱特的脸上露出讥讽之色,法本这才想起来她的专业就是格莱蒂克社会学。"当然,但是——"

"格莱蒂克人不得不接受既成事实,但格布鲁人、索罗人还有其他极端主义者并不喜欢这样。他们仍然认为我们比野兽强不了多少。他们对此坚信不疑，不然的话就等于承认——地球人在格莱蒂克社会中赢得了一席之地，代表着'狼崽子'不仅与大多数格莱蒂克人不相上下，而且比很多格莱蒂克人都要出色！"

"我还是不明白你想——"

"看看下面吧，"法本指着下面，"想想你自己是个格布鲁人，告诉我你都看见了什么！"

盖莱特·琼斯狠狠瞪了法本一眼。但最后她还是又叹了口气，"好吧，既然你坚持……"她转过身再次朝校园看去。

她沉默良久，没有作声。

"我不喜欢这样。"最后她说道。她的声音很小，法本几乎听不到。他趋身向前来到她身旁。

"告诉我你看见了什么。"

她把脸转向别处，于是他替她说出了心中的感受："你看到的是，一群聪明的、训练有素的兽类，正在模仿它们主人的所作所为。对不对？以一个格莱蒂克人的眼光来看，黑猩猩只是在假扮人类教授和人类学生……惟妙惟肖的模仿，出自迷信和愚忠——"

"够了！"盖莱特叫道，捂住了自己的耳朵。她朝法本猛地转过身，双眼中燃烧着怒火，"我恨你！"

法本知道她心里很难受。但他在最近这三天里承受了不少痛苦和羞辱，其中一部分也是她造成的。他想知道，他们两个现在算是扯平了吗？

不。她必须明白自己人在敌人眼里是什么样子！不然她怎么能知道该如何去同他们战斗呢？

他这么做没有什么不对。不过,法本暗想,让一个漂亮女孩觉得讨厌可绝不是一件令人愉快的事情。

盖莱特·琼斯靠在支撑着钟楼屋顶的柱子上,无力地坐了下来。"老天,"她用双手捂着脸叫道,"如果格布鲁人的看法没错,那该怎么办? 如果事情真是这样,那该怎么办?"

第三十四章　艾萨克莱娜

一股精神信息流悬在睡着的女孩头上，就像一片飘忽不定的浮云，在昏暗的房间里微微颤动。

这片意念之云象征着定数。任何生物都有可能预感到自己的命运，而泰姆布立米人能够从这种信息流中得知自己的未来，不可避免的未来。

而这片宿命之云正试图逃走。除此以外，它做不了任何事情。它只是一个简单而又纯粹的意象，象征着无法逃避的命运。

艾萨克莱娜断断续续地睡着，这股信息流从她的梦魂中飘然升起，一直向上，直到它那不停颤抖的边缘快要接触到岩石洞顶。当它刚刚碰到潮湿的石壁，便马上猛地缩回来，飘向它的出生之地——艾萨克莱娜的头脑。

艾萨克莱娜的头在枕上轻轻颤动，她的呼吸变得急促起来。宿命之云带着压抑的惊恐在她的头上不停地忽闪。

这片无形的梦魂之云开始分解变化，闪耀着肉眼无法看到的光彩，慢慢变成了对称的形状——一张面孔。

宿命之云乃是意念的精华，萃取自头脑中的思想。它与自己的变化相抗衡,以确保注定的命运始终不可避免。它翻卷着身体,不停地战栗,抗拒着变化,刚才幻化出的那张脸一时不见了踪影。

现在,它浮动在思想的本源之上,似乎面对着极大的危险。随即它猛然一惊,朝挂着门帘的洞口飞蹿而去,但它并没有逃走,只是身体在突然间被拉得细长,就好像它的另一端系在了拉紧的线绳上。

这股信息流拖着被拉长的身体,挣扎着想要脱身。在睡着的女孩头上,她那丛纤细的卷须摇摆着,拉住那股拼命挣扎的精神能量,将它慢慢地、慢慢地扯回来。

艾萨克莱娜颤声叹了口气。她那白皙得几乎透明的皮肤在轻轻抽搐,她的身体察觉到了某种紧急时刻正在迫近,便准备进行调整。但她无法调动自己的身体。全身各处都失去了章法。她的荷尔蒙和生化酶根本无法集中在某一个目标上发挥作用。

她的卷须向外探出,拉住宿命之云,要把它扯回头脑中。一根根卷须攀住不停挣扎的信息流,就像制作陶器的手指在轻轻安抚着黏土,让意念云团中的飘忽不定变成了确切无疑的肯定,将原始的恐惧感塑造成了一个新的模样。

最后卷须纷纷松开,可以看到,宿命之云变成了……一张面孔,挂着开心的笑容。它那猫儿一样的双眼在闪闪发光。那笑容让人感觉很不舒服。

艾萨克莱娜呻吟起来。

那张脸上出现了一条裂缝,随即从正中裂成两半,一分为二。而现在出现了两张面孔!

她的呼吸变得又快又急。

那两张面孔又从上至下分裂开来,变成了四张面孔;而后再分裂,变成八张……再分裂……十六张。这些面孔越变越多,都在无声地大笑,令人心烦意乱。

"啊——啊!"艾萨克莱娜猛地睁开双眼。她的眼睛闪耀着乳白色的恐惧之光——像注射了麻醉剂一样。她气喘吁吁地紧紧抓住毯子,坐起身盯着自己这间地下斗室,双眼拼命地寻找着现实世界中的东西——她的书桌、大厅里的灯泡穿过门帘射进来的微弱光亮。她仍然能感觉到宿命之云幻化出的那些面孔。它们已经消散,而她虽然醒了,但醒来得太迟了,太迟了!那无声的大笑似乎还在随着她的心跳而不停地震颤,艾萨克莱娜知道,即便她捂住自己的耳朵也无济于事。

难道这就是地球人所说的梦魇吗?也就是,噩梦。但艾萨克莱娜听说,那都是些模糊黯淡的东西,那些出现在梦中的怪异场景都来自平常的生活,而且醒来之后就会被忘掉。

房间里的物体和感觉渐渐变得真实可信,但那笑声并没有消失,并没有离去。她知道,它正慢慢渗进四壁,深深植入其中。它还要伺机返回。

"不祥之兆。"她用泰姆布立米语高声叹道。讲了几个星期的安格力克语之后,她现在这句家乡话听上去似乎带着怪异的鼻音。

那张大笑的人脸大概不会离开了。刚才的梦境意味着:直到发生了某种变化,或是等她将暗藏在头脑中的某个念头变成决心,而后再变成一场玩笑,不祥之兆才会烟消云散。

而对于泰姆布立米人来讲,玩笑并不总是有趣的。

艾萨克莱娜静静地坐在那里,直到皮肤下面的起伏波动渐渐平息,这是她体内自发的生化酶反应正在慢慢消退。现在用不着你们,她对身体中的酶类说,并没有发生紧急情况。走吧,让我安静地待一会儿。

自从她还是个小孩子的时候,这些主司变化的小小腺体就开始伴随着她成长,虽然偶尔会令她感到不便,但总是不可或缺。只有到了加斯之后,她才开始想象这些小小的分泌腺体就像是小老鼠似的生灵,或者是忙碌的小侏儒,在她全身迅捷地四处周游,在需要发挥作用的时候便让身体突然发生变化。

这样看待自己天生的机能可真是太怪异了!艾萨克莱娜的家园星球上,很多动物都有这种能力。早在外星系的高级生命卡尔特穆尔人将语言和准则赐予她的祖先之前,这种机能就已经在泰姆布立米星球的森林中得到了逐步进化。

当然,就因为这个原因,她在来到加斯之前还从未将腺体比作忙碌的小生灵。在尚未获得提升时,她那些半开化的祖先根本不懂得如何做怪诞的比喻;而在接受提升之后,他们已明白了自己身体中的科学机理。

可是,这些人类……来自地球的"狼崽子"……在没人指导的情况下自己变成了智能生命。对于宇宙万物中的一切奥秘,没有任何高级族类能像父母和老师为孩子传授知识一样,告诉他们现成的答案。他们由无知变成睿智,在蒙昧的黑暗中摸索了数千年。

他们想要知道答案,但根本无从知晓,于是便养成了习惯,自己去创造答案!艾萨克莱娜想起以前读到地球人的故事时,她觉得非常好玩儿。

他们曾经相信:"瘴气"或胆汁分泌过度或敌人的诅咒会让人生病……太阳驾着巨大的战车横过天空……经济状况决定历史进程……

还有,在身体里常驻着"恶"意……

艾萨克莱娜摸了摸颌下一处正在悸动的腺体，轻轻揉按起来。触摸之下，那个小鼓包似乎一下子溜走了，真像一只容易受惊的小动物——这比喻真可怕，甚至比充满不祥之兆的精神信息流还要吓人，因为它侵入了她的身体，侵入了她对自身的感觉之中！

艾萨克莱娜呻吟一声，将脸埋在双手中。这些疯狂的地球佬！他们让我变成了什么样子？

她回想起，父亲曾要她多学习一些地球人的处事方式，以此来克服她对太阳系第三颗行星上的居民们产生的那种古怪的疑虑。可结果怎么样？她发觉自己的命运已经和他们交织在一起，而且她自己根本无力控制。

"爸爸，"她用格莱蒂克七号语高声唤道，"我害怕。"

现在父亲留给她的只有记忆。就连她在燃烧的豪莱茨研究中心曾感受到的亲情之光现在也不再闪现——说不定已经熄灭了。她无法深入自己的脑海去寻找父亲的影子，因为宿命之云正潜伏在那里，就像某种深藏在地下的野兽，等着将她一口吞下。

又是比喻。她意识到。我的脑子里全是这些东西，可我自己的精神信息流却让我心惊胆战！

外面大厅里有些动静，她抬起头。门帘被人掀开，一道窄窄的光亮射进房间。门口处，昏暗的灯光映衬出一只黑猩猩微微有些罗圈腿的身影。

"请原谅，艾萨克莱娜小姐，长官。很抱歉在您休息的时候进来打扰，但我们想您肯定想知道这个情况。"

"是的……"艾萨克莱娜咽了一下口水，感觉自己喉间的腺体正在悸动，就像一只只小老鼠在窜动。她颤抖着集中起精神，用安格力克语问道:"怎么了？出了什么事?"

黑猩猩走进室内,将外面照进来的灯光遮住了一半,"长官,是奥尼格上尉。我们……我们四处都找不到他。"

艾萨克莱娜吃惊地眨动着眼睛,"罗伯特?"

黑猩猩点点头,"长官,他不见了。就这样凭空消失了!"

第三十五章　罗伯特

森林中的动物纷纷停下脚步,侧耳倾听,所有的感觉器官都变得紧张起来。越来越响的"沙沙"声和沉重的脚步声令它们十分不安。突然,它们全都逃开隐藏起来,纷纷从隐蔽处向外窥视。一只高大的野兽从它们身边疾步跑过,踏着巨石跳上树干,随后落在了林间松软的腐殖质土上。

小动物们早已对那种体形稍小的两足动物习以为常了,而眼前这只两足兽的身体则要大得多,它"呼哧呼哧"地喘息着,时而用三肢、时而用两肢,在林中蹒跚而行。身材矮小些的两足动物至少浑身长着毛发,闻起来也像兽类的味道,但现在这只高大的野兽则完全不同。它在奔跑,但不是在捕猎。它正被后面的什么东西追赶,不过它并不想甩掉追踪者。它是温血动物,但休息的时候却躺在正午的阳光下暴晒——通常只有发疯的兽类才敢这么做。

本地野生的小动物并未将奔跑的家伙同曾在这里飞来飞去、发出刺鼻气味的金属和塑料制品联系起来。因为天上那些散发怪味的东西总是发出极大的噪声,还喷吐着滚滚浓烟。

而这个……这个奔跑的家伙裸露着身体。

"上尉,请站住!"

在遍布乱石的山坡上,罗伯特跳上一块岩石。他俯身靠在另一块石头上,大口喘息着,回头朝身后的追赶者望去。

"你累了吗,本杰明?"

黑猩猩军官也是上气不接下气,他用两手撑住膝盖,弯下了腰。山坡下更远处,搜索队的其他队员被远远甩在了后面,几只黑猩猩仰面朝天躺在地上,几乎动弹不得。

罗伯特笑了。他们肯定以为不费吹灰之力就能逮到他。毕竟,黑猩猩们对森林非常熟悉,而且他们其中的任何一个队员都非常强壮,哪怕是一只雌性黑猩猩也能抓住他,令他一时无法动弹,然后将他绑起来送回家去。

但罗伯特早有准备。他一直待在开阔地上,同搜索队玩起了前跑后追的游戏。他一步迈出去,步幅要比黑猩猩大得多,这让他占尽先机。

"奥尼格上尉……"本杰明再次唤道,同时还在急促地喘息。他抬起头,向前踏上一步。"上尉,求您了,您的身体还没有复原。"

"我感觉很好。"罗伯特声称,他这是在撒谎。实际上他的双腿早已发抖,而且开始抽筋,肺部像是在灼烧。他敲碎右臂上的石膏,将多日的束缚剥掉了,但现在整条胳膊都在发痒。

而且他还赤着双脚……

"本杰明,你还是用脑子好好分析分析吧。"他说道,"你可以向我论证一下,让我明白自己病得有多厉害,那么说不定我会跟你回到那臭烘烘的山洞里。"

本杰明仰起头朝他眨巴着眼睛,随后耸耸肩,显然还是不想放过任何机会。尽管事实证明,他们不可能追上罗伯特。那说不定逻辑还可能派上用场。

"好吧,长官。"本杰明舔了一下嘴唇,"首先,您没有穿任何衣服。"

罗伯特点点头,"很好,你倒真是切中要害。我甚至可以先假定——现在我赤身裸体,最简单、最直接的解释就是,我已经疯了。不过我保留做其他解释的权利。"

看到罗伯特脸上的笑容,黑猩猩哆嗦了一下。罗伯特不禁对本杰明心生同情。以黑猩猩的观点来看,眼前的一切简直是一场悲剧,而本杰明却无法采取任何措施防止这种事情发生。

"接着说,请吧。"罗伯特催促道。

"好的。"本杰明叹道,"第二,您正在躲避本来归您指挥的黑猩猩。如果一位庇护主惧怕自己的受庇护种族,那他肯定无法完全控制自己。"

罗伯特点点头,"有哪一个受庇护种族打算把自己的庇护主塞进紧身衣?又有哪一个受庇护种族一抓到他的庇护主就马上给他灌下迷魂汤?这个论据不够好,本[①]。如果你接受我所说的前提条件——我出于某些原因要去做某些事情,那么根据这个前提你只能得出一个结论:我必须躲开你们,免得被你们这帮家伙再拖回去。"

"嗯……"本杰明又向前迈了一步。罗伯特向后退到了更高处的一块石头上。"您的原因可能不真实。"本杰明斗胆直言,"当人类患上神经官能症时,总会寻找合理的借口来为自己怪诞的行为做解释。生病的人真的会认为——"

---

①本杰明的昵称。

　　"说得好，"罗伯特高兴地赞道，"我将接受你这个论点，在接下来的讨论中，我所说的'原因'确实有可能是错乱的意识编造出来的借口。那么作为交换，你能否接受——我所说的'原因'也可能是真实有效的？"

　　本杰明撅起了嘴唇，"您跑到外面来是在违反命令！"

　　罗伯特叹口气，"一个外星人老百姓能对地球联邦的军官下命令吗？黑猩猩本杰明，你可真令我吃惊。我同意一点，艾萨克莱娜确实应该组织起一支特别抵抗部队。看上去她也的确有这个本事，而且大多数黑猩猩都很崇拜她。但我还是愿意自己单独行动。你知道，我有这个权利。"

　　本杰明露出了明显的沮丧之色。这只黑猩猩像是马上就要哭了，"但您在这里会很危险！"

　　你终于说到正题了。刚才罗伯特一直在想，本会把这个逻辑游戏再玩多久才会将所有的论点都引向真正的主题——最后一个未被敌人抓住的地球人的安全。罗伯特怀疑，在类似的场合下，许多人类都不一定能比这只黑猩猩做得更好。

　　他刚想向对方点明这一点，本杰明突然扬起了头。这只黑猩猩抬手放在自己耳边，倾听着小型无线电耳机中传来的声音。他的脸上渐渐现出一副惊恐的表情。

　　其他黑猩猩肯定也听到了同样的报告，因为他们全都摇摇晃晃地站起身，盯着罗伯特，脸色越来越惶恐。

　　"奥尼格上尉，中心发来报告，东北方向发现共振信号。是毒气机器人！"

　　"大概多长时间之后就会到达这里？"

　　"四分钟！求您了，上尉，您现在能下来了吗？"

　　"下来之后能躲到哪儿去？"罗伯特耸耸肩，"咱们根本来不及挖洞藏身。”

“我们能把您藏起来。”但本杰明的声音中满含恐惧，显然他自己知道这并没有什么用处。

罗伯特摇摇头，“我有更好的主意。但这就意味着咱们必须尽快结束这场小小的辩论。本杰明，你必须承认，我之所以跑出来是出于正当原因。现在就告诉我！”

黑猩猩盯着他，而后勉强点点头，“我……我别无选择。”

“很好，”罗伯特说，“现在脱掉衣服。”

“长……长官？”

“快脱掉衣服！还要摘掉你的声讯无线电耳机！要让小队中的所有成员全都脱光。把所有的东西都扔掉！如果你们还敬爱自己的庇护主，那么就赶快脱得一丝不挂，露出皮肤和毛发，然后和我一起钻进山坡顶上的那片树林里！”

罗伯特不等惊呆的黑猩猩对自己这个奇怪的命令有所表示，便转过身朝坡上爬去，双脚踩着乱石和树枝，自从清晨偷跑出来之后他一直赤着双脚。

不知还剩多长时间？他暗自思量。如果他想得没错的话——罗伯特知道自己这是在孤注一掷——他还需要尽可能爬得再高一点。

他不由自主地扫视着天空，搜寻即将出现的机器人。这一分神让他在到达坡顶时绊了一下，跪倒在地上。他连忙手膝并用地向前爬去，钻进了两米外的矮树丛中。根据他琢磨出来的理论，他是否隐藏起来其实并没有多大关系。不过，他还是要寻找隐蔽性强的遮盖物。说不定格布鲁人的机器人还装有简单的光学扫描仪，用以弥补追踪装置的疏漏。

他听到山坡下面的黑猩猩们正在激烈地争论。随后，从北面某个方向,传来了微弱的"嗡嗡"声。

罗伯特急忙倒退着缩进灌木丛深处,任凭尖利的树枝刮蹭着他柔软的皮肤。他的心跳得更急,嘴巴也发干。如果他猜测得不对,或者,如果那些黑猩猩决定不听他的命令……

如果在这次孤注一掷的赌博中失败,那么不久他便会启程前往海伦尼亚沦为阶下囚,或者死在这里。不管怎样,他都只能把艾萨克莱娜一个人丢下。这位群山之中硕果仅存的庇护主,将在他生命中的最后几分钟或是最后几年中痛骂自己是个该死的傻瓜。

或许妈妈说得没错。或许我确实一无是处,只是个没用的花花公子。一会儿便见分晓。

布满乱石的斜坡上传来石块滑落的声音。正当逐渐接近的"嗡嗡"声变得越来越响亮时,五个棕色的身影跌跌撞撞地冲进了树丛。黑猩猩们迅速转过身,瞪大了眼睛朝外窥视,干燥的土地上腾起缕缕烟尘。一个外星机器人出现在小小山谷的上空。

罗伯特在藏身处清了清嗓子。黑猩猩们马上紧张而又吃惊地转过脸来,显然他们因为赤身裸体而感到有些不舒服。"你们这帮家伙最好已经扔掉了身上所有的东西,包括麦克风在内。不然的话,我就得跑出去,远远地躲开你们才行。"

本杰明喷了一声鼻息,"我们全都脱光了。"他朝下面的山谷扬扬头,"哈里和弗兰克不愿意脱光衣服。我就让他们爬上另一道山坡,离咱们尽可能远一些。"

罗伯特点点头。他和同伴们一起朝空中望去,那个机器人开始盘旋着兜圈子了。黑猩猩们以前已见过这种场面,但他还是第一次在意识清醒的状态下目睹机器人的尊容。罗伯特怀着极大的兴趣屏息观看。

312

那东西大约十五米长,外形就像一颗水滴。在它尖尖的尾端,几只扫描器正在缓缓地旋转。毒气机器人从他们的左侧飞向他们的右侧,在山谷中巡行,引力发动机将身下的树叶震得瑟瑟发抖。

它在山谷中呈"之"字形迂回而上,似乎在嗅闻着地面散发的味道,一瞬间突然消失在山谷边上一道隆起的山梁背后。

"嗡嗡"声渐渐消失,但时间很短。没过多久,声音重新响起,那机器人再次在空中出现。这时,它身后拖着一团深色的毒云,汹涌翻腾。毒气机器人又飞回狭窄的山谷底部,将浓浓的气体喷洒在黑猩猩们丢弃衣服和装备的地方。

"刚才还有人发誓说那些微型通信器材肯定不会被探测到。"一只光着屁股的黑猩猩咕哝道。

"以后咱们再出门就不能携带任何电子器材了。"另一只黑猩猩不快地补了一句,看着那机器再次飞出了视线。此时的谷底已经变成了黑沉沉的一片云海。

本杰明看着罗伯特。他们两个都知道,事情还没有结束。

高音的哀鸣声重新响起,格布鲁机器人回过头朝他们这里飞来,这次飞得更高了些。它的扫描器正在探察山峦的两侧。

机器人正对着他们停了下来。黑猩猩们僵卧在原地一动不动,就好像在同一只巨大的老虎对峙。双方僵持了片刻,随后机器人拐了个直角,回到刚才的巡行路线上——

离开了他们。

没过多久,对面的山峦便被一团黑色的云雾围裹起来。他们从藏身处能听到咳嗽和叫骂声,爬到那边的两只黑猩猩正在痛骂格布鲁人用化学品保平安的卑鄙手段。

机器人开始盘旋着越升越高。显然,山谷这一边的地球生物也吸引了它的注意力。

"有谁的身上还夹带了私货吗?"罗伯特冷冷地问道。

本杰明转过身,逼视着其他两个新生黑猩猩。他打了个响指,朝他们伸出手。一个年轻的黑猩猩阴沉着脸摊开了自己的手掌,里面有个闪耀着金属光泽的东西。

本杰明抓过串在小链子上的奖章,猛地站起身扔了出去。那条链子在空中划过一条闪光的弧线,随后便消失在黑雾笼罩的下坡处。

"这样做其实并没有必要,"罗伯特说,"我是想做个实验,把机器人的注意力吸引到不同的目标和各个地方,看看它会朝什么地方释放毒气……"他说这话的样子,不仅像是在随意调侃,更像是在鼓舞士气——在鼓舞别人的同时,也在为自己打气。"我猜,敌人追踪的目标应该很简单,很常见,但肯定来自于加斯星球之外,因而它产生的共振信号将为敌人标明地球生物的位置。"

本杰明和罗伯特对视良久。他们不需要语言,也不需要辩论什么真正的原因和虚假的借口。接下来的十秒钟将证明罗伯特是对是错。

它现在该来探测我们了。罗伯特知道。老天,如果他们能遥感到地球人的DNA,那可就全完了。

机器人朝他们的头顶上飞来。大家全都捂住耳朵,眨巴着眼睛,机器人的反重力能量场没完没了地振荡着他们。罗伯特突然生出一种似曾相识的感觉,就好像在数不清的多少个前世中,他和其他人已经这样做过很多次了。三名队员用手捂住头,呜咽起来。

头上的机器人停下了吗? 罗伯特突然感到,那玩意儿确实已经悬停在他们的头顶上,马上就要……

但机器人从他们头上飞了过去,引擎的能量摇撼着十米外的树冠,然后是二十米……四十米。它在空中划出的螺旋形圈子越来越大,引擎的"嗡嗡"声也越来越低,最后渐渐消失在远处。机器人已经飞走,继续去寻找其他目标了。

罗伯特看到本杰明正盯着自己,他朝黑猩猩挤了挤眼睛。

黑猩猩喷了一声鼻息。看得出来,他认为罗伯特并不应该如此自鸣得意。毕竟上尉只是尽了庇护主应尽的职责。

而且庇护主的行事方式也很重要。显然本杰明觉得,罗伯特本该选择更得体的方式来阐明自己的观点。

罗伯特将另寻一条路回去,避免接触刚刚喷洒的制约性毒气。黑猩猩们花了很长时间才收拾好自己的东西,抖掉身上乌黑的粉末。他们将装备整理完毕,但并未穿上衣服。

并不只是因为他们讨厌身上留下的外星毒气的恶臭。这是他们第一次对这些装备心怀疑虑。工具和衣服,这些科学技术的象征物,现在却变成了告密者,变成了不值得信任的东西。

他们赤裸着身体踏上归程。

过上一段时间之后,这条小小的山谷便会重现生机。尽管最近不时有咆哮的东西从天空掠过,但它们喷出的陌生毒雾对本地那些紧张不安的小动物并没有造成任何伤害。对于这些动物来讲,怪异的云气和吵闹的两足动物一样,都与自己没有太大的关系。

本地的小动物开始不安而又畏怯地偷偷爬回它们生息、狩猎的地方。

经历了布鲁拉里人大屠杀的幸存动物显得尤为谨慎。在靠近山谷北端的地方,小动物们纷纷停下脚步,侧耳倾听,同时还多疑地嗅着空气。

更多的动物则是转身便逃。因为另外一个兽类已经进入了山谷。在它离开之前,小动物们都不敢回家。

一个黑色身形走下岩石斜坡,在积满厚厚黑灰的巨石间择路而行。黄昏到来时,它大胆地在石块上攀爬游走,丝毫无意隐藏自己,因为在这里没有任何东西能伤害它。它时而停下来四处打量,像是在寻找什么东西。

一个小亮点在迟暮的阳光下闪闪发光。那生物慢吞吞地走过去,发现闪光的东西是一条小链子,链子上挂着的小圆牌在积满黑尘的岩石中半掩半露。它捡起了这东西。

它坐下来,将这个被人丢弃的纪念品仔细端详了一会儿,沉思着轻轻叹了口气。随后,它把这闪光的小玩意儿丢在原地,继续向前走去。

只有当它蹒跚而去之后,森林里的动物才不再四处漫游,纷纷奔向自己的家,钻进秘密的洞穴和藏身处。几分钟之后,它们已忘记了白日里的一切纷乱,平凡而又琐屑一天又过去了。

总之,记忆是一种毫无用处的累赘。动物们还有更重要的事情要做,而不是苦思冥想一个小时之前发生的事。夜晚即将来临,它们该做正经事了。它们要捕猎,要逃生,要吃食物,要被吃掉,要活下去,要丢掉性命。

第三十六章　法　本

"咱们能通过很多方式打击他们而不被他们追查到。"

盖莱特·琼斯盘腿坐在地毯上,背后壁炉中的余烬闪闪发光。她伸出一根手指,向面前特别抵抗委员会的全体成员说道。

"希尔马岛和其他岛屿上的人类已经完全不可能向敌人复仇了。所以,现在只有城里所有的黑猩猩才能肩负起这个责任。因此我们在刚开始的时候一定要小心谨慎,而且要将全部的聪明才智都集中起来,然后再给敌人以真正的打击。如果格布鲁人意识到他们正面对着有组织的抵抗运动,那么就很难说他们会采取什么措施。"

法本坐在房间另一头的暗处,看到一位大学教授举起了手,这是一个新建小组的组长。"但是他们怎么会危害人质呢? 格莱蒂克的《战争法》对此可是有明文规定啊。我记得曾在哪里读到过——"

一只年老的雌性黑猩猩打断了他的话,"瓦尔德博士,我们并不能指望格莱蒂克人的法律。他们惯于通过法律玩弄狡猾阴险的手段,我们对这些东西还不了解,而现在我们也没有时间去研究了！"

"我们可以去查一查。"老教授无力地建议道，"城里的数据库还对外开放。"

"没错。"盖莱特嗤之以鼻，"现在是一个格布鲁人在那儿担任管理员。我能想象到，向一个敌人要求扫描一份抵抗战争的资料，那会是什么样子！"

"不过，照推测……"

大家的讨论照这个样子已经进行了好一会儿了。法本把手放在嘴巴前面咳嗽一声。所有与会者都朝他这里看过来。自从这个长长的会议开始以来，这还是他第一次发言。

"即便我们知道人质会安全无虞，"他平静地说道，"也不能过早下定论。盖莱特是正确的，不过说她正确还另有原因。"

她飞快地瞟了他一眼，那眼神中除了怀疑，还有一点因他表示支持而显出的恼怒。她很聪明。他想。但我们很快就要有麻烦了，她和我，谁都跑不了。

他继续说道："我们在初次发起进攻之前，必须做到神不知鬼不觉，因为侵略者现在放松了警惕，毫无戒备，而且对我们极端轻视。这种情况只能碰到一次。在整个抵抗组织能够协同行动、准备充分之前，我们绝不能轻易浪费掉这个机会。

"这意味着，我们不能过早暴露自己，一定要等到司令官发来命令再动手。"

他朝盖莱特一笑，随后靠到了墙上。她朝他皱起了眉头，但没有说什么。关于海伦尼亚的抵抗组织是否应该听从一个年轻的外星人的指挥，他们俩的意见早有分歧。现在二人的立场仍未改变。

但此时她需要他的支持。法本在"猿族甜果"表演的绝技为抵抗组织召来了几十名来自木工作坊的新兵,他们原本是一个公共社区的成员,那里充斥着格布鲁人拙劣的宣传。

"好吧。那么,"盖莱特说,"我们就先从简单的事情做起,好让你去向你的司令官报告。"她看着他的眼睛。法本只是微微一笑,静静地注视着她,而其他成员的声音则纷纷响起:

"如果咱们……"

"要是我们能炸掉……"

"或许可以发起一场全面进攻……"

法本倾听着大家慷慨激昂提出的许多建议——种种方法都意在刺激和愚弄那个古老、极富经验而且极为强大的格莱蒂克种族——他觉得,自己知道此时盖莱特正在想什么。在经历了那次令她身心疲惫而又深受启发的海伦尼亚学院之旅后,盖莱特只能想到一件事情:

如果没有了庇护主,我们还算是智能生命吗?即便我们已制订出最聪明的计划,我们是否敢于尝试,去挑战那些我们毫不理解的强大力量?

法本点点头,他同意盖莱特·琼斯的意见。是的,没错。咱们最好还是做些简单的事情吧。

第三十七章　格莱蒂克人

随着事态的发展,远征军的花费越来越高昂,但并非只有这一件事令政务宗主心烦。兴建防御太空进攻的工事,对一切可疑的或是已查明的地球佬基地进行长期的毒气进攻——军务宗主坚持要这样做,而在占领初期,他很难拒绝军事指挥官自认为必须提出的任何建议。

但审计工作并不只是政务宗主唯一的差事。他的另一个任务就是确保格布鲁种族不会因任何失误而受到损害。

自先祖开始向后延续的提升之链已经绵延了三十亿年,在这期间出现了无数高级智慧种族。许多种族都曾盛极一时,达到了前所未有的高度,最后却因为某些愚蠢但完全可以避免的错误而走向了毁灭。

这也是格布鲁权力阶层分成三大体系的另一个原因。军务宗主所在的军方,利爪兵极富积极进取的精神,敢于寻找一切机会去开拓疆土;正道宗主所在的教方,倾尽全力去维护正道,确保一切臣民都严守真理之道。除此之外,还必须要有政务宗主所在的政务机构去提醒大家,发出警告的吼声,永远让大家保持警醒——一旦军方过于胆大冒险,或是正道划定得过于严苛,也会令种族面临危险。

政务宗主在他的办公室中来回踱步。官邸四周的花园外面便是那座被地球人称作"海伦尼亚"的小城。整座建筑物里,所有的格布鲁和科瓦克官员都在勤奋工作:查阅细目、计算概率和制订计划。

政务宗主不久之后将与他的两位宗主同僚再举行一次最高指挥会议,他知道他们将提出更多的要求。

军务宗主会追问,为什么舰队中大多数飞船要被召回。那么政务宗主会让他明白,格布鲁家园星球的主宰者们需要这些巨舰到别处去发挥作用,因为现在加斯的局势看上去已经比较稳定。

正道宗主将抱怨,这颗星球上的行星数据库内容贫乏得可怜,而且看来已经被在逃的地球佬政府破坏——说不定破坏数据库的罪魁祸首还可能是泰姆布立米骗子乌赛卡尔丁呢。不管怎样,教士肯定会迫切要求在加斯组建更大的分支数据库,而这将耗费惊人的开支。

政务宗主抖了抖羽毛。这次,他感到自己充满了信心。他已经让另外那两个家伙放纵了一段时间,但现在形势已稳定下来,一切尽在他的掌握之中。

那两位宗主毕竟还年轻一些,稍稍有点缺乏经验——相当聪明,但过于鲁莽。现在是该让他们认清形势的时候了。那二人必须明白,如果要制订健全而又合理的政策,他们该如何表现。政务宗主让自己放心,在这次会议中,他一定会成功!

宗主擦了擦长喙,望着窗外午后宁静的景色。外面是一片片可爱的花园、宜人的草地,种植着从数十个外星世界引进的树木。这些美景的前任主人早已不在这里了，但仍能从四周的环境中体会到那些地球人的欣赏品位。

居然没有多少格布鲁人能理解或是关心其他种族的审美心理，真令人伤感！有一个词是专门用来描述这种对于另类事物的赞赏的。在安格力克语中，它叫作"感同身受"。当然，某些智慧种族在这方面做得有些太过分。泰纳尼人和泰姆布立米人，这两个族类尽管方式不同，但行事都极为荒唐，热衷于与异族沟通，却将他们自身的独有特质抹杀得一干二净。不过，在格布鲁的主宰者中也有某些派系，他们认为对异类稍稍表示一点赞赏将对今后非常有用。

不只是有用，现在为了警醒同胞就需要这样做。

政务宗主已经安排妥当。他那两位同僚制订的精巧计划将在他的领导下达成统一。新政策的大致方略已经开始逐渐成形了。

生命是极其严肃的，政务宗主沉思着。然而就从此时直至将来，生命将变得格外惬意！

他心满意足地低声吟唱起来。

第三十八章　法　本

"一切都已准备就绪。"

高大的黑猩猩在工作服上擦了擦手。为防止油污弄脏自己的毛皮,麦克斯戴着长长的袖套,但他采取的这个措施并非完全管用。他把工具包放到一旁,蹲在法本身边,拿起一根小棍在沙地上画起了粗糙的草图。

"这里是进入使馆区的城市氢气输送管道,这里是穿过办公楼底下的管道。我和我的伙计已经在那片杨树林外侧的管道上装好了一个接头。只要琼斯博士一发信号,我们就会向管道里注入五十公斤 D-17。那玩意儿应该能在这场恶作剧里发挥关键性的作用。"

法本点点头,看着大个子黑猩猩擦掉草图,"听起来很棒,麦克斯。"

这是个出色的计划,非常简单,但更重要的是,不论行动是否能成功,敌人都极难追查到线索——至少大家都希望不会被敌人追查到。

他想知道艾萨克莱娜将对这个计划做何感想:同大多数黑

猩猩一样,法本也总是根据影视剧和大使先生的言辞来判断泰姆布立米人的个性。从这些印象来看,地球人的首席盟友似乎非常喜欢开玩笑。

但愿如此。他默默地想道。她要有足够的幽默感才会对我们准备在泰姆布立米大使馆采取的行动表示赞赏。

他感到有些不可思议,自己此时竟然正坐在这片开阔地上,距离使馆区只有一百米,四周是俯瞰着希尔马海的海岬公园那连绵起伏的山峦。在旧时代的老战争片里,人们总是涂黑了面孔,在夜里出发执行这样的任务。

但那些故事都发生在黑暗时代,高科技和红外线探测仪还不曾出现。在当今这个时代,若是等到天黑后再开始行动,则只会引起侵略者的注意。因此,破坏者们选在白天动手,假借对公园进行日常修缮来掩饰自己的行动。

麦克斯从他那件肥大的工作服里掏出一块三明治,趁等待的当儿大嚼起来。这个大块头盘腿坐在地上,看上去还是像那晚在"猿族甜果"酒吧里那么显眼。看着他宽阔的双肩和暴突的獠牙,无论谁都会认为他是个返祖的劣种,未能通过遗传审核的淘汰品。而实际上,提升委员会并不在乎麦克斯的外表,他们看重的是这家伙冷静沉着的性格。他已经当了父亲,而且在他的群婚家庭中,另一个妻子正要为他生第二个孩子。

当盖莱特还是个小姑娘的时候,麦克斯就为她的家族工作。后来当盖莱特从地球上的学校回来之后,他又一直在照顾她。他对她忠心耿耿,谁都能看出来。

在城市地下组织的成员中,没有几个像麦克斯这样持黄卡的黑猩猩。盖莱特坚持只招募蓝卡和绿卡队员,这让法本心里很不舒服。不过,他还是能够理解她的用意。他们都知道某些黑猩猩正在与敌人合作,所以最好还是由那些在格布鲁人的统治下遭受损失最大的成员来组建他们的行动小组网络吧。

但法本仍然觉得这种歧视性做法不太合适。

"你感觉好些了吗?"

"什么?"法本抬起了头。

"我是说,你的肌肉。"麦克斯解释道,"现在不太疼了吧?"

法本只能露出笑脸。麦克斯已经道过很多次歉了:首先,当那帮劣种在"猿族甜果"里开始骚扰法本的时候,他并未出手相助;而后,在盖莱特的命令之下,他又用眩晕枪打昏了法本。当然,现在回想起来,那两次失误都情有可原。一开始他和盖莱特都不清楚法本的真实身份,而后来为了谨慎行事,他们只能将错就错。

"是的,好多了。只是偶尔有点刺痛。谢谢。"

"唔,那就好。我很高兴。"麦克斯满意地点点头。法本私下里注意到,他还从未听盖莱特对他所遭受的磨难表示过任何歉意呢。

法本此时正装作修理一辆沙地/草地两用清洁车,他又拧紧了一只螺栓。当然,机器确实出现了故障,万一格布鲁人的巡逻队在他们身边停下来检查,这样就能防止被敌人看出破绽。不过到目前为止,他们的运气一直不错。大多数侵略者都集中在阿斯皮纳湾的南侧,正在监督修建他们那些神秘的工程设施。

法本从工具袋中偷偷取出一只望远镜,调好焦距窥视着大使馆。在使馆区四周,竖立起了一道低矮的强化塑料围墙,墙头盘绕着闪光的电线,每隔一段距离便悬浮着一只小小的防护探测器,旋转着身体监视四外的动静。那些不断转动的小圆盘看上去像是只起着装饰作用,但法本明白其中的蹊跷。任何常规武器都无法直接攻击那个防护系统。

在使馆区有五座建筑物。最大的是办公楼,泰姆布立米人在楼上安装了全套的现代化无线电设施、精神感应装置,以及量子波天线。显然,正因为这里设备齐全,所以原来的房客刚刚逃走,格布鲁人就搬了进来。

在敌人入侵之前,使馆中的绝大多数职员都是雇来的地球人和黑猩猩。真正被派驻在这座小小前哨站的泰姆布立米人只有三个:大使、他的助手,以及他的女儿。

但入侵者并未遵循这个先例。现在使馆区里挤满了那些鸟儿。只有一个地方例外:法本对面,俯瞰大海的小山顶上有一座小型建筑,唯有那里看不到成群结队的格布鲁人和忙碌地来来往往的科瓦克人。那座金字塔形状的建筑没有窗户,看上去不像房子,更像是一座石冢,而且在它四周二百米的范围内,没有一个外星人。

法本想起来,在他即将离开山地的时候,司令官曾对他说起过一件事情:

"法本,要是你有机会的话,请察看一下使馆的外交资料贮藏室。如果格布鲁人出自某种原因还没有闯入贮藏室,你可能会在那儿找到我父亲留下的消息。"

说这话的时候,艾萨克莱娜头上的软毛一下子直竖了起来。

"还有,如果格布鲁人侵犯了那个地方,你也一定要让我知道。这个情报会对我们非常有用。"

但现在看来,法本似乎没有机会满足她的要求,无论外星侵略者是否遵守不得擅闯贮藏室的律条,他都不可能进入使馆。他只能从远处拍摄视频资料去向司令官做报告。

"你看到什么了?"麦克斯问道。他若无其事地嚼着三明治,就好像天天都会发生游击队突袭的事情。

"等一下。"法本将放大倍率调到更大,他真希望自己能有一副更好的望远镜。现在他只能看到,山顶上的那座石冢似乎没有受到侵扰。在那座小小的建筑物顶端,正闪耀着一个细小的蓝色光点。是格布鲁人把它放到那里的吗?他暗自疑惑。

"我还不能肯定,"他说,"但我认为——"

正在这时,工具袋中的电话响了起来——自从开战以来,老百姓的正常生活都已结束,唯有无线电话还能代表一点过去的影子。商业通信网络仍在运转,不过肯定处在格布鲁人语言计算机的监听之下。

他拿起电话,"是你吗,宝贝儿?我早就饿了。正盼着你给我带午饭来呢。"

盖莱特·琼斯没有马上答话。当她开口时,话音略显尖刻。"好的,亲爱的。"她在按照他们事先约定的暗语讲话。但她显然并不觉得假扮的身份合自己的胃口。"今天派勒一家休假,所以我邀请他们和咱们一起野餐。"

法本不由自主地顺势发挥起来——当然,这是为了显得更逼真,"好啊,宝贝儿。说不定咱俩还能抽出点时间钻到树林里去——你明白,哦——哦——"

没等她来得及发作,法本赶快挂断电话:"待会儿见,可人儿。"收起电话之后,他发现麦克斯正看着自己,脸上还沾着一块三明治的渣子。法本扬了扬眉毛,麦克斯耸耸肩,像是在说:"跟我没关系。"

"我该去看看德韦恩,这家伙千万别出什么差错。"麦克斯说着,站起身,拍掉工作服上的沙土。"等着瞧热闹吧,法本。"

"就看你的了,麦克斯。"

　　大个子黑猩猩点点头，而后悠闲地朝山坡下走去。

　　法本将机器引擎的上盖扣好，然后发动了清洁车。车的马达发出阵阵尖啸，氢气催化器同时也轻轻地轰鸣起来。他跳上车，缓缓地朝山下开去。

　　现在是周日的午后，公园里相当拥挤。这也是计划的一部分，为的是让鸟儿们对黑猩猩的举动习以为常——从上个星期开始，黑猩猩们就频繁地出现在这片地区。

　　这是艾萨克莱娜的主意。法本并不确信自己喜欢这个点子，但古怪的是，盖莱特竟然全盘接受了泰姆布立米人的这个建议。法本鄙夷地想，人类学家想出来的开局策略能好到哪儿去!?

　　他驾车来到小溪边的一片柳树林，使馆区就在不远处，树林旁便是围墙和一只只不停旋转的小防护探测器。他关闭发动机跳下车，走到溪边，跨出几个箭步后纵身一跃，跳上了一棵大树。他找到一根合宜的树枝爬了上去，从这里可以看到整个使馆区。一切停当之后，法本掏出一袋花生，"喊嚓喊嚓"地剥着皮，一次一颗，悠闲自得地吃了起来。

　　离他最近的那只正在旋转的圆盘状探测器像是突然停顿了一下。无疑，它已经用包括 X 光乃至雷达波在内的所有波束对他扫描了一遍。当然，它会发现法本并未携带武器而且不具任何威胁性。最近一个星期以来，每天大约这个时候都有一只不同的黑猩猩带着自己的午餐来这里休憩。

　　法本想起了"猿族甜果"酒吧那个夜晚。或许艾萨克莱娜和盖莱特说得没错，他想道，如果这些呆鸟想对我们潜移默化地施加影响，我们为什么不能以其人之道还治其人之身呢？

　　他的电话又响了起来。

"喂?"

"嗯,多纳尔肚子疼,可能是胃肠胀气。恐怕他不能去野餐了。"

"噢,太糟了。"他低声叨咕着,放下了电话。到目前为止,一切顺利。他又剥开一粒花生。D-17已经注入使馆的氢气输送管道。还要再过上几分钟,他一直盼望的事情才会发生。

尽管他心存疑虑,但还是承认这次计划非常简单。整个破坏行动看上去应该像是一次意外事故,而且行动进程必须严守时间,以便盖莱特那支没有武器的分遣队到达指定位置。这次突袭无意造成多大伤害,只是想制造一场骚乱。盖莱特和艾萨克莱娜都想知道,格布鲁人在突发事件中将采取什么样的应急程序。

法本的角色是司令官的耳目——她的眼睛和耳朵。

在使馆区内,法本能看到鸟儿们正在办公楼和其他建筑物之间来来往往。外交资料贮藏室的顶部,那点蓝光在碧海云天的衬托下不停地闪烁着。一架格布鲁人的悬浮车轰鸣着飞到使馆区上空,开始朝宽阔的草坪徐徐下降。法本满怀兴趣地观望着,只等令人兴奋的时刻快点来临。

D-17与城市气体输送系统中的氢气长时间接触之后便会变成一种强力腐蚀剂,它将快速蚀穿管道。而当它暴露在空气中时,将会产生另外一种化合反应。

它将臭气熏天。

法本并没有等太久。

当办公楼里传来第一轮惊愕的尖叫时,法本笑了。刹那间,随着一连串快速的爆炸声,建筑物的门窗向四外迸射开来,外星人从房子里蜂拥而出,"叽叽喳喳"地叫着,不知是出于惊慌还是厌恶。法本并不能确定那些家伙乱叫的真正原因,但他对此也毫不关心。他只顾着大笑了。

行动的这部分是他的主意。他剥开一粒花生,扔到空中,再用嘴接住。眼前这场好戏可比棒球比赛精彩多了!

格布鲁人四散奔逃,许多呆鸟没有背反重力装具就从高层阳台上跳了下来。几个摔断了胳膊腿的家伙在地上拼命挣扎打滚。

这就更好了。当然这种行动只能给敌人带来一点不便,而且只能实施一次。其真正的目的在于了解看格布鲁人如何应对紧急事件。

警报开始哀鸣。法本看了一眼手表。从骚乱开始到现在,时间过了整整两分钟。这表明敌人的警报是手动控制的。所以,格莱蒂克人自我吹嘘的防御计算机并非无所不能。它们的配置还不够完善,对恶臭没有任何反应。

防护探测器一齐从墙头升到半空,它们比刚才转得更快,还发出一阵威吓般的"呜呜"声。法本将花生壳从膝头拂去,慢慢坐起身,小心地盯着这些致命的东西。如果它们的程序被设计成在紧急情况下可以自动扩展防御范围,他可就有麻烦了。

但它们只是在那里转动,闪闪发光,提高了警戒级别而已。又过了三分钟——法本又看了看手表——空中传来一连串三声巨响,宣告了作战飞船的到来。它们飞快地从低空掠过现在已经空无一人的办公楼,机身前端圆滑的箭头状凸起物看上去就像凶猛的食雀鹰。草坪上的格布鲁人似乎过于紧张不安了,以至于没有多少鸟儿因为战船的到来而欢呼雀跃。飞船巨大的声波令树木和他们身上的羽毛一阵阵发抖。

一位格布鲁官员在使馆区里昂首阔步地走来走去,抚慰般地鸣叫着,让惊慌的下属冷静下来。法本不敢拿出望远镜,因为围墙的防卫设施已处于高度警戒状态。他只能用肉眼窥视,想要更仔细地看看那只身份高贵的鸟儿。那个格布鲁人的某些特征显得与众不同。例如,他那身白羽看上去更加鲜亮,比别的鸟儿更富于光泽。他的脖子上还套着一只黑色的织带。

几分钟后,一架多用途飞行器飞临使馆区上空。它悬停在半空,等待下面"吱喳"乱叫的鸟儿们退到一旁为它腾出着陆的地方。落地后,飞行器的机腹中走出了两名格布鲁人,他们都带着装饰华丽、带羽冠的呼吸面罩。二人向那位官员鞠躬施礼,然后大步走上台阶进入了办公楼。

显然那位主管官员已经意识到,被腐蚀的管道中散发出的臭气其实并没有什么危险,喧嚣和骚乱对他属下的职员和规划员造成的影响要比臭味大得多。看得出来,他心烦意乱,因为这个工作日已经完全给毁了。

又过了几分钟,法本看到一辆地面车拉响警笛开了进来,让这些激动不安的国民公仆再次变得紧张而又慌乱。格布鲁官员不停地拍打着双臂,直到喧嚣声最终沉寂下来。随后,那位显贵朝悬停在头顶的超音速战舰匆匆打了一个手势。

那几艘飞船掉过头,立刻飞走了,就像刚才来的时候一样迅捷。冲击波再次摇撼着窗子,令办公楼的职员们发出一阵尖叫。

"这帮家伙太爱激动了。"法本评论道。格布鲁士兵应该要比文员更能适应眼下这种情况。

法本在树枝上站起身,向公园的其他地方望去。现在围墙外面已经聚集了不少黑猩猩,而更多的人正从城里朝这里拥来。大家敬畏地同围墙上的监视装置保持着一定距离,但都在互相兴奋地交头接耳。

围观者中不时能看到盖莱特·琼斯派出的观察员，他们正在测定时间，将外星人的每一点反应都记录下来。

"当格布鲁人通过数据库的资料来研究你们这个种族时，"艾萨克莱娜曾告诉过法本，"他们要查阅的第一个概念几乎总是所谓的'猿猴本能反应'……指的是，你们这些类人猿每当发现骚动便会跑去观看，完全是出于好奇。

"保守的种族认为你们的做法很奇怪，而地球人类和黑猩猩共有的这种脾性尤其令起源于鸟类的种族感到怪异，要知道，格布鲁人看起来往往都缺乏幽默感。"

当时她笑了起来。

"我们要让他们对这种做法习以为常，直到他们逐渐相信——那些古怪的地球受庇护种族总爱朝出麻烦事的地方跑——只是去看热闹。

"他们会懂得，没必要对你们怀有戒心，只是在同你们打交道的时候，应该……像猴子对猴子那样。"

法本明白她的意思，其实泰姆布立米人同地球人和黑猩猩一样天生具有好奇的性格。艾萨克莱娜令他充满信心，但他突然看到她皱起了眉头，快速而又轻声地自言自语，显然已经忘记他也懂得格莱蒂克七号语。

"猴子……猴子对猴子……老天！难道我总要用比喻法去想问题吗？"

法本感到十分困惑。幸运的是，他并不是非得理解艾萨克莱娜不可。他只知道，只要她一声令下，他便会马上去行动，去满足她的要求。

过了一会儿，许多维修工人乘坐地面车辆赶到了使馆区，其中还包括大量身穿城市供气局制服的黑猩猩。当他们进入办公楼时,草地上的格布鲁行政人员都躲在远处的阴凉里,怒气冲冲地抱怨着依然十分浓烈的臭气。

法本不想责怪他们过于娇气。现在风向已变,正朝他这里吹来。他不禁嫌恶地皱起了鼻子。

好了,到此为止吧。我们让他们耽误了一下午的工作,而且我们还收集到了情报。现在该回家去评估战果了。

他并不急于见到盖莱特·琼斯。尽管她聪明又漂亮,但太喜欢管闲事,而且显然对他心怀嫉恨——就好像是法本用眩晕枪打昏了她,然后又把她塞进了一只麻袋!

好了,今晚他就要走了,和泰可一起回到山里,为司令官带回一份报告。法本自幼在城市长大,但他还是更喜欢乡下姑娘,她们比那些最近在城里泛滥成灾的摩登女郎不知要好上多少倍。

他转过身,双臂抱住树身开始向下滑去。正在此时,身后突然袭来一股很大的力量,就像一只巨掌,狠狠拍在他的背上,震得他七荤八素。

法本紧紧攀住树干。他的脑袋"嗡嗡"作响,眼睛里满是泪水。随着一波突如其来的声浪,一根根树枝猛地飞扬起来,树叶纷纷飞散,他用尽全力才勉强用手抠住了粗糙的树皮——整个树身都在疯狂地晃动,就像是要把他甩掉!

冲击波过后,他的耳朵里仍在"砰砰"地响个不停。疾速掠过的气流发出的巨响此时已稍稍减弱,变成了"隆隆"的吼声。大树摇摆的幅度也越来越小。最后,法本仍然死死地抠住树皮,壮起胆子扭头向身后望去。

使馆区的草坪中央,办公楼已经变成了一片废墟,一道巨大的烟柱腾空而起。火焰舔舐着断壁残垣,乌黑的烟尘朝各个方向蔓延开去,这说明高热的气体在爆炸时冲向了四面八方。

法本吃惊地眨着眼睛。

"新鲜滚烫的鸟肉大餐!"他咕哝道,并未因为自己总想着口腹之欲而自惭。现在他眼前的烤鸟肉足够海伦尼亚一半的市民大吃一顿,其中有些鸟儿已被烤得外焦里嫩,有些还在地上挣扎。

尽管他的嘴巴干得冒火,但还是不由自主地吧嗒着双唇。

"还要再来点烧烤酱。"他叹了口气,"这得要整整一卡车烧烤酱才行。"

法本爬回到刚才栖身的那根树枝上,躲在被撕碎的树叶中。他看着自己的手表。爆炸发生后过了大约一分钟,警报声才迟迟响起。不久之后又传来一阵警报声,停在草地上的多用途飞船升离了地面,摇摇晃晃地抵御着大火生成的高温热浪。

他转过脸,想看看围墙外的黑猩猩们正在做什么。透过向四外飞散的烟云,法本发现大家并没有逃走。如果有什么变化的话,只是人数变得更多了。黑猩猩们纷纷从附近的房子里跑出来看热闹。他们之中,有的在起哄,有的在尖叫,兴奋的棕色眼睛汇成了一片海洋。

法本满意地哼了一声。这样很好,只要敌我双方都不做出什么具有威胁性的举动,就不会有事。

随即他注意到了另一件事情,这让他激动得直打哆嗦——防护探测器完蛋了!顺着整道围墙,可以看见那些圆盘全都散落在地上。

"全都死翘翘了!"他咕哝道,"愚蠢的呆鸟们为了省钱竟然连自动机器人都不肯使用。围墙上这些防护装置全都是遥控的!"

当办公楼爆炸的时候——天晓得什么原因会让它炸成了这个样子——操纵围墙防护器的中央控制室也随之灰飞烟灭了。如果现在有谁头脑还算清醒,偷偷取走几只防护探测器,那么……

他看到左侧一百米处,麦克斯已跑到一只落在地上的圆盘旁边,正在用小木棍捅它。

好样的。法本想,随即暗自下定了决心。他在树枝上站起身,将身体靠住树干,甩掉了自己的凉鞋。他屈伸着双腿,试了试树枝的支撑力。放手一搏吧,反正也没什么大不了的。他叹了口气。

法本弯下腰,顺着细细的树枝向前跑去。最后他蹭到枝头,将上下弹动的树枝当作一块跳板,纵身一跃飞上了半空。

围墙离小溪尚有一段距离。当法本从墙上飞过时,一根脚趾擦到了墙头的电线。他以一个笨拙的滚翻姿势落在了墙内的草坪上。

"噢!"他叫道。幸运的是,他那旧伤未愈的脚踝并未着力,但是肋骨生疼,而且当他喘息的时候,又吸进了一大口火焰冒出的烟气。他一边咳嗽,一边从工作服里摸出手帕,将它捂在鼻子上,然后朝灾难现场跑去。

草坪上到处都是死去的入侵者。眼前就是一个科瓦克人四肢摊开的尸体,法本从这个覆盖着一层烟灰的四足生物身上跳过,低头穿过一股翻卷的浓烟。他差点撞上一个还活着的格布鲁人。那家伙尖叫着逃走了。

入侵者的职员们已经完全陷入混乱之中,他们挥舞着手臂四处乱窜,疯狂的尖叫盖过了四外所有的声音。

空中传来一声声巨响,军方的战舰又回来了。法本忍住咳嗽,庆幸自己已被浓烟完全遮住。现在头顶上的任何人都无法发现他,而地面上的格布鲁人都忙于逃命,无暇顾及任何事情。他从一只只烧焦的鸟儿身上跳过。即便他继承了祖先对烧烤飞禽的好胃口,火焰中散发的臭气也让他没有了一点食欲。

而实际上,他觉得自己马上就要吐了。

他飞快地从燃烧的办公楼旁跑过。这座建筑物已经完全被大火吞噬,他右臂上的毛发都被高热烤得鬈曲起来。

在旁边一所房子的背阴处,他碰到了一大群挤作一团的鸟儿。他们正围在一具特殊的尸体周围哀悼——是那位长官,他一度鲜亮洁白的羽毛现在已是污迹斑斑、焦烂不堪。法本出现得相当突然,这些格布鲁人马上四散奔逃,发出阵阵惊叫。

我是不是迷路了?现在到处都是浓烟。他转身茫然四顾,想要找到某个标记来确定方向。

在那儿!法本瞥到一点蓝光正透过黑雾频频闪动。他朝那里撒腿狂奔,不过此时他的肺里已经像火烧一样灼痛。最后,他冲进了围绕着悬崖顶端生长的一片小树林,终于将喧嚣和高热甩在了身后。

浓烟让法本判断错了方向,等他冲出树林,竟发现泰姆布立米人的外交资料贮藏室已赫然在目。差点摔倒在地的他猛地停下脚步,弯下腰大口大口地喘着粗气。

这时他意识到,自己刚才停下来可能正是时候,说不定还晚了一点,因为石冢顶端的那个蓝色球体突然显得不太友好。它朝他忽明忽暗地闪耀着蓝光,一面旋转一面颤动。

到目前为止,法本一直都是见机行事,临时做出了一连串飞快的决定。大爆炸是个意想不到的机会。他一定要好好利用。

好吧,我已经到了目的地。现在会发生什么事情?那个蓝色球体可能是泰姆布立米人安装的设备,但也可能是入侵者的防护装置。

警报声在他身后响起,悬浮车陆续到达,发出阵阵轰鸣。那些巨大的飞行器往复起降,搅起一股股浓烟,在他身旁飞旋。法本希望盖莱特布置在附近屋顶上的观察员能将所有这一切都记录下来。当自己人得到消息的时候,他们大多数肯定会惊得目瞪口呆,不然就会激动得欢呼雀跃。不过,他们还应该从今天下午意外得来的好运中学到不少东西。

他朝石冢迈上一步。蓝色球体仍在朝他明灭闪动。他又抬起了左脚。

一道明亮的蓝光激射而出,击中了他马上就要踩到的地方。

法本跳起来足有一米高。他刚落地,那道蓝光又已射到,这次离他的右脚只差几毫米。地上被它烤焦的树枝冒出一股轻烟,与办公楼火场升起的浓云汇集在了一处。

法本想抽身后退,但那该死的小球却不让他走!一道蓝色闪电将他身后的土地烧得"嘶嘶"作响,他只能跳向一侧。这时他发现自己正在被逼上另一条路!

他跳起来,蓝光便"嗞"的一声射到。等他咒骂着再次跳起,蓝光又"嗞"的一声再次射来。

光束的射击位置非常准确,不可能出自偶然。那个球体并不想杀他,但显然也不愿让他走掉!

在电光来袭的间歇中,他疯狂地思索着,自己如何能逃出这个陷阱……这个可恨的恶作剧……

他一下子明白过来。尽管他刚从一块焦痕上跳了起来,可还是激动地打了个响指。肯定如此!

格布鲁人并没有擅闯泰姆布立米人的贮藏室。从那只蓝色球体的表现来看,它也并不像是鸟儿们的工具。它肯定是乌赛卡尔丁留下的某种东西!

一道擦过脚边的闪光稍稍灼伤了法本的一根脚趾,他咒骂起来。该死的外星人! 就连他们当中的好人也让别人无法忍受! 他咬紧牙关,被逼着又向前走了一步。

蓝色光束击中了他脚边的一块小石头,将它精确地一劈两半。心中的本能要他马上再次跳起来,但他抑制住冲动,将脚留在原地,然后从容不迫地向前走了一步。

通常,像这样的防御装置都已被设置好程序:当来犯者的距离较远时,它只是发出警告;当对方靠近时,它当真会痛下杀手。如果按照这个逻辑推测,法本的行动可是太愚蠢了。

蓝色球体险恶地跳动起来,射出一道电光。法本左脚拇趾和二趾之间的地上腾起了一缕轻烟。

他不为所动,接着又抬起了右脚。

首先发出警告,然后再动真格的。地球人设计的自动防御武器通常都是按照这个原理工作。但一个泰姆布立米人会怎样设置他的机器看守呢? 法本拿不准是否应该为一个疯狂的猜测而用自己的皮肉去赌博。烈火浓烟中,一个受庇护种族能分析出什么东西呢? 尤其是此时,他还正在电光下疲于奔命呢!

现在只能全凭自己的直觉了。他暗想。

他的右脚落在地上,踩到了一根橡树枝。蓝色球体像是在考虑他是否真会坚持下去,随后又一道蓝色闪电飞速射来,这次击中了他身前一米处的地面。但光束并未消失,而是将地上的腐殖质灼烧得"嗞嗞"作响,呈"之"字形朝他缓缓逼近。光束点燃了草叶,发出"噼噼啪啪"的声音,离他越来越近,声音越来越响。

法本竭尽全力要自己坚持下去。

它被设计出来并不是为了夺人性命！他一遍又一遍地告诉自己。可它为什么会是这个样子？格布鲁人早在远距离之外就能轻易把这个圆球轰掉。

不，它的用途肯定是要做出一种姿态，申明格莱蒂克外交礼节所保护的权利。同地球上日本天皇的宫廷礼节相比，格莱蒂克人这些错综复杂的规矩要古老得多，而且更为繁复华丽。

它设计出来是为了要捉弄一下格布鲁人。

法本站在原地一动不动。空中又传来一连串巨响，摇撼着树林。他觉得身后的空气越来越烫，大火似乎烧得更旺了。

格布鲁人都是强大的斗士。他提醒自己。不过，他们太容易激动……

蓝色光束越逼越近。法本张大了鼻孔。若想将目光从这道致命的射线上移开，只有一个办法，那就是，闭上眼睛。

如果我猜得没错，那么这就是泰姆布立米人搞的另一个该死的……

法本睁开眼睛。光束正从一侧朝他的右脚逼近。他蜷缩起脚趾，按捺住自己想要跳起来的本能。胆汁涌到了他的嘴里，灼热的光刀切开了脚旁两英寸之外的一颗卵石，继续前进……

那道光划过了他的脚！

法本一下子喘不上气来，竭力压抑住嗥叫的冲动。他错了！他感到天旋地转，眼看着光束划过他的脚面，然后在他双脚之间的地面上画出一道冒着烟的细细的轨迹。

他盯着自己的脚，简直不敢相信他的眼睛。他刚才打赌，在马上就要烧到他的脚之前，那道光束肯定会在最后一刻停住。但它并没有停下来。

可是……他的脚毫发无损。

这时,光束点燃了一根干树枝,继续移动,马上就要爬上他的左脚。

他感到脚上有一丝微弱的触动感,他知道那是心理作用。当光束接触他的身体时,只是一个普通的光点。

不过,等到光束移到脚边一英寸远的地方时,地面又开始灼烧起来。

法本的心还在怦怦乱跳。他抬头望了一眼蓝色小球,想要开口咒骂,但嘴巴干得几乎说不出一句话。

"真有趣。"他低声说道。

在石冢顶端肯定有一个小小的精神感应投射装置,因为法本确实感觉到,在他面前的空气中似乎有一副笑脸……那淡淡的笑容扭曲而又怪异,就好像这个玩笑微不足道,根本不值得大笑。

"真够精明的,乌赛卡尔丁。"法本做了个鬼脸,强迫发抖的双腿听从他的命令,带着他摇摇晃晃地朝石冢走去。"真够精明的。如果有什么恶作剧能让你捧着肚子大笑,可千万别对着我来,那会让我恨死你的。"很难相信艾萨克莱娜居然与具有如此幽默感的人同出一族。女儿总是一本正经,可父亲却热衷于让人心惊肉跳的玩笑。

不过同时法本也暗自期望,当头一个格布鲁人走近外交资料贮藏室时,他能在场好好看个热闹。

蓝色球体仍在明灭闪动,但它已经不再射出愤怒的光束了。法本走到石冢近旁,绕着这座建筑物仔细察看。走到一半时他发现了一个入口,正对着二十米外俯瞰大海的悬崖。当法本看到门上那一排锁具、搭扣、螺栓、插槽和钥匙孔时,他吃惊地眨巴起眼睛来。

好了，没什么了不起的，他告诉自己，这不过是一间保存着秘密外交资料的贮藏室而已。

但这些锁具意味着他根本没机会进入室内并找到乌赛卡尔丁留下的信息。艾萨克莱娜曾告诉过他几个有可能派上用场的密码，当他有机会来到这里时可以试一试，但现在这些大锁根本就是另外一回事！

此时，消防队已经赶到了火灾现场。透过烟雾法本能看到，来自城市防火警备队的黑猩猩正磕磕绊绊地跳过直挺挺的外星人尸体，手中扯着一条条水龙带。用不了多久，便会有人出面指挥，平息这场混乱。如果他在这里确实再起不到什么作用，那他就该趁着容易脱身时快点溜走。俯瞰希尔马海的悬崖上有一条小路，他大概能从那里逃脱。走那条路可以绕过大多数敌人，而且跑出去后不用走多远就能坐上公共汽车。

法本俯下身，再次打量着贮藏室的入口。呸！这扇装甲大门上居然装了二十四把锁！本来拉起一根红丝带就能将入侵者拒之门外。不管敌人是否尊重法规，禁止入内的标志还不都是装装样子么？这些锁具到底能派上什么用场？

法本哼了一声，他突然明白了。当然，这是泰姆布立米人开的另一个玩笑。不管格布鲁人有多聪明，他们永远也不会明白其中的奥妙。有些时候人性要比智慧重要得多。

或许这意味着……

凭着某种直觉，法本跑到了石冢的另一面。他的眼睛被烟雾熏得直流泪，他用手帕擦了擦鼻子，在入口处背面的这堵墙上仔细搜寻。

"只能靠愚蠢的猜测来试试。"他一面咕哝，一面在光滑的石块上爬来爬去,"只有泰姆布立米人才会想出这样的鬼主意……不过,像我这样呆傻糊涂、脑筋不灵、半进化的黑猩猩受庇护种族也能——"

他右手下面的一块石头略微有些松动。他开始用力撬动它的表面,盼着自己要是能有泰姆布立米人那样细长灵活的手指就好了。法本恼怒地咒骂起来,他的手指甲被扯掉了一块。

最后那块石头终于被抠了出来。他大吃一惊。

他猜得没错,石冢背面果然有一个秘密的藏物处。只不过,这个该死的窟窿里空无一物!

这次法本再也忍不住了。沮丧令他浑身发抖。他已经受够了。他一甩手,将那块石头丢进了灌木丛。法本趴在贮藏室倾斜的石壁上,爆发出一连串的咒骂。早在提升之前,当他的祖先对狒狒的血统和个人习惯严加痛斥时,就已经在使用这种精致优雅、富于表现力而且满含着怒火的腔调了。

法本发作的时间并不长,但发过脾气之后,他感觉好多了。他的嗓子又哑又疼,刚才在震怒之中捶打过坚硬石块的双手现在也开始疼痛,不过,至少他心中的沮丧之感已经发泄了不少。

显然现在他该走了。隔着一股飘动的浓烟,法本看到一架巨大的悬浮车已经降落在远处。机腹中伸出跳板后,一队全副武装的格布鲁人匆匆踏上了烧焦的草坪,每个士兵身旁都悬浮着两只小巧的球状机器人。没错,开溜的时候到了。

法本刚要爬下石壁,又决定还是再看一眼泰姆布立米人石冢里的那个密龛。这时,一缕轻风吹来,弥漫的烟雾暂时消散开来。阳光照在了石壁上。

一道细小的银色闪光映入他的眼帘。他把手伸进密龛,掏出了一根蛛丝般的细线——刚才这根线正嵌在密龛后部的一条石缝里。

与此同时,法本听到一声扩音器里传出来的尖叫。他猛地转过身,发现一队格布鲁人的利爪兵正朝这里赶来。一名军官摸索着喉咙上的翻译器,正在设置自动翻译选项。

"……加斯徒–普什弗齐姆夫……

"……卡–库–基,克基! 依–依–依! 克……

"……嘶嘶,砰砰,噼啪! ……

"……普纳布里伏特曼纳纳林……

"……你在那儿干什么! 受庇护种族的良民不应该乱动自己不懂得的东西!"

这时,那名军官发现了石壁上洞开的密龛,而且看到法本把什么东西塞进了工作服的口袋。

"站住! 让我们看看那是……"

法本没等士兵把命令说完,就朝石冢顶端爬去。当他经过那只蓝色球体旁边时,小球再次颤动起来。他跳过尖顶,顺着另一面的石壁滑下,心中的恐惧突然被一阵有力而又干涩的笑声驱赶到了一旁。他"砰"的一声落在地上,"嗤嗤"作响的激光束从他头顶掠过,被击中的石块碎片在他身边四处横飞。

此时,法本心中只有一个念头——让泰姆布立米人的幽默感见鬼去吧。他爬起身,朝唯一可能脱身的方向冲去。他在石冢阴影的掩护之下,径直奔向陡峭的悬崖。

第三十九章　盖莱特

麦克斯把满满一包失去效用的格布鲁防卫圆盘丢在盖莱特·琼斯脚边的屋顶上。"我们轰掉了他们的防护装置。"他报告道，"不过，对这些玩意儿还得多加小心。"

他们旁边的奥科斯教授"咔嗒"一声按下了秒表按钮。这只上了年纪的黑猩猩满意地咕哝道："他们再次撤回了空中掩护。显然敌人已经断定这只是一次意外事故。"

一份份报告接踵而至。盖莱特不安地走来走去，不时将目光越过屋顶的护墙，朝海岬公园那里的火光和骚乱处望去。我们可没计划要达到这样的效果！她暗想。这次真是运气太好了。我们收集到了这么多情报。

不过，这也可能会变成一场灾难。现在还很难说。

但愿敌人追查不到我们。

一只年轻的黑猩猩，年纪不超过十二岁，放下手中的望远镜，转向盖莱特说道："长官，下面发来信号报告，除了一只黑猩猩外，我们派出的观察员都已经回来了。但那个失踪的观察员没有任何消息。"

"那是谁?"盖莱特问道。

"长官,嗯,是从山区来的预备役军官,法本·伯尔格。"

"我早该猜到是他!"盖莱特叹了口气。

麦克斯本来正在摆弄那堆外星人战利品,这时他抬起头,沮丧地做了个鬼脸。"我看见过他。敌人建起的围墙失效时,他跳了进去,一直走向火场。唉,当时我觉得我不该跟着他,其实我本可以同他一起去。"

"麦克斯,你确实不该那么做。你一点都没错。全怪那个爱出风头的家伙!"她叹道,"我早就应该明白,他肯定会做出这样的事情。如果他被敌人抓住,把我们供出来……"说到这里,她停了下来。不到万不得已,她不能随便怀疑别人。

不管怎样,她不禁生出一丝负罪感,那只傲慢自大的黑猩猩肯定已经丢掉了性命。

不过她还是掩饰住心中的念头,走到护墙边,朝夕阳那个方向望去。

第四十章　法　本

　　法本身后传来熟悉的"嗞嗞"声,那只蓝色球体又在开火了。格布鲁人并没有像他想象的那样惊惶地尖叫——毕竟,那些家伙是当兵的。不过,他们还是叫喊起来,而且被分散了注意力。法本猜不出贮藏室的防御装置是在掩护他撤退,还是只是遵循普通设计原理对入侵者进行骚扰。现在他来不及琢磨这些事情。

　　单单从悬崖边朝下一望,就足以令他心惊胆战。峭壁并不十分光滑,但郊游野餐的人要想前往下面闪闪发光的沙滩,绝不会选择从这里爬下去。

　　格布鲁人正在向蓝色球体射击,时间不可能拖太久。法本打量着陡峭的斜坡。说到底,他还是更愿意活得长久,平静地度过一生。他只求在乡下当一个生态学者,在需要的时候贡献出自己的精子,或许还能加入一个真正有趣的群婚家族,总之还要继续混日子,而不是现在就送命。

　　"啊!"他像人类一样大吼一声,随即走下了长满野草的悬崖边缘。

无疑,要想从崖壁上逃生,他必须四肢并用才行。法本用左脚的脚趾紧紧握住一块凸起的岩石,将身体向下一荡,扑向第二块可以抓牢的岩石,以便够着下一道突出的石梁。如果荡悠一小段路,他还能轻松应付,这样做需要手脚同样具有攀握的力量。谢天谢地,人类提升了黑猩猩之后,还让他们保有这种能力。如果法本的脚变得和人类一样,他早就掉到悬崖下面去了!

大汗淋漓的法本伸出脚尖四下摸索,想找到一处落脚点,突然崖壁猛地一晃,像是朝他冲了过来。这时上面传来一声爆炸的巨响,他感到山体在一阵阵发抖。法本的脸一下子撞到了坚硬的石壁上。为了保住性命,他的手只能死死扣住岩壁不放,双脚在半空中乱踢乱晃。

这该死的……头顶上的悬崖边缘落下一股尘土,法本一边咳嗽,一边吐着唾沫。他用眼睛的余光看到一块块灼热白亮的石头碎片正飞溅到空中,然后旋转着落到下面的海水中,发出一阵"嘶嘶"的响声。

肯定是那座石冢被炸掉了!

这时,不知什么东西"嗖"的一声朝他的脑袋飞来。他急忙闪避,但还是被一道蓝色的闪光击中了头部,令他的脑海深处回荡起一阵怪异的笑声。突然,似乎有某个东西拂过他的后脑勺,那兴高采烈的声音也变得越来越响亮,随即蓝光呼啸着从他身边飞走,落到海面上之后擦着浪尖朝南方疾射而去,而他头脑中的笑声也随之渐渐止息。

法本喘着粗气,疯狂地舞动双腿,想要寻找一处落脚点。最后,他的脚终于接触到了支撑物,于是接着向下爬去,找到了下一个还算安全的栖身处。他将身体挤进一条狭窄的石缝,从上面根本看不到这里。直到这时,他才挤出一点点多余的力气咒骂起来。

等着瞧吧，乌赛卡尔丁。总有一天我要你好看。

法本抹去落在眼睛上的尘土，低头向下望去。

从崖顶到沙滩的路，他已走了大概一半。如果可以安全到达悬崖底部，那么他就能很轻松地走到阿斯皮纳湾西北角上已经关闭的游乐园。只要到了那里，他便可以轻易地消失在城里的小巷中。

一切都取决于接下来这几分钟。格布鲁人巡逻队的那些队员可能以为他已在刚才的爆炸中身亡，与贮藏室的碎片一起被气浪掀到了海里。要不然，他们就会认为他已经从另外一条路逃走了——毕竟只有白痴才敢在没有任何工具的情况下从这样的悬崖上爬下去。

法本但愿自己的猜测没错，因为如果他们当真下来找他的话，他的屁股肯定会像办公楼大火里的那些鸟儿一样被烧得焦糊。

在他的正前方，夕阳正朝西方的地平线徐徐坠下。下午的大火生出的浓烟在天空中伸展得又高又远，在落日的照耀下，辉映出灿烂的棕红色。他能看到海面上漂浮着几艘小船，其中有两艘货运驳船正缓慢地朝远方的群岛驶去。在它们的甲板上，能看到一些矮小的棕色身影。无疑，这两艘船正在为群岛上的地球人人质运送食品。

加斯星球上海水中的某些盐分物质能够对海豚产生毒性作用，这可真是太糟了。如果地球生命群体中的第三种族可以在这里安身，敌人便不可能轻易将群岛上的居民完全隔离起来。另外，新生海豚具有自己独特的思维方式。或许他们还能想出一两个法本的伙计们没想到的好主意。

南面的海岬挡住了法本的视线，让他看不到港口。但他能看到空中一条条闪光的银色轨迹，那是格布鲁人的战舰和补给船正在防御太空进攻的工事上空忙碌。

还好，法本想，现在还没人来找我。那么，我也别着急。先喘口气再接着往下爬吧。

他该休息一下了。

法本把手伸进口袋，从里面掏出了他在密龛里找到的那根闪亮的细线。它很可能只是一根蛛丝，或是类似的无关紧要的东西。但只有这一件东西能证明他这次小小的历险。他不知该如何告诉艾萨克莱娜，他费尽辛苦结果只换来了这个玩意儿。不，并不是只有它。泰姆布立米人的外交资料贮藏室也被毁掉了。他还得再做一番解释。

法本取出望远镜，拧开了镜头盖。他摘下镜片，然后小心地把那根细丝盘绕在镜头盖内侧，再将盖子装回原位。

眼前这幅落日的景色十分别致。大火中冒出的火星闪闪发光，被山崖上来来往往的格布鲁救生飞船搅动成了一缕缕飞旋的光流。法本想把手伸进口袋找找还有没有花生，这样他就能边吃边看，但现在对他来讲，干渴比饥饿更厉害。大多数现代黑猩猩的饮食中，蛋白质摄入量还是太多了。

格布鲁人该明白，生活太艰难了，他想着，同时想在这条狭窄的石缝中找一个更舒服的地方，但受庇护种族的日子也不好过啊。

本来你正在雨林里自得其乐，满足于享受自己的小天地，但突然一下子，一个专横的家伙以为自己是了不起的神仙，蹿过来压在你身上，逼着你吞下智慧树上结出的果子。从那以后，你就变得和周围的世界格格不入，因为你得用庇护主的"高标准"来要求自己、衡量自己。你失去了自由。你不能由着自己的性子生养后代，而且还担负起了那些"责任"。在丛林逍遥的时候，谁听说过"责任"这个词儿？你得为自己的庇护主负责，为子孙后代负责……

这个买卖做得真不合算。但在五大星系里，如果你不认命，不咬牙坚持，那就只有一个结果——灭绝。瞧瞧加斯的前任租客吧，那就是下场。

法本舔了舔嘴唇上咸咸的汗水，他知道自己太紧张了，这才一时变得牢骚满腹、愤世嫉俗。不管怎样，指责别人没有一点用处。既然他肩负着责任，既然在地球联邦和格莱蒂克公会面前，他代表着所有的新生黑猩猩，那么他就应该面对现实继续奋斗下去。法本明白，其实自己只是有点得过且过罢了。

我猜那些格布鲁人已经把我给忘了。他在心中暗暗想到，今天的好运让他着实吃惊。

西天的美景已达到极致，落日在空中渲染出壮丽的颜色和轮廓，将浓烈的红色和橙色光带铺散在加斯星球清浅的海面上。

见鬼，度过了这样的一天之后，再摸黑从峭壁上爬下来，这叫什么事呢？这个结局太令人扫兴了。

"你到底跑到哪儿去了!?"盖莱特·琼斯朝筋疲力尽走进门口的法本问道。她怒气冲冲地走上前去。

"哦，大人，"他叹了口气，"别骂我了。我今天已经够受的了。"他把她推到一边，步履沉重地穿过图书室，里面到处都是图表和文件。法本径直从铺在地板上的一张大地图上走过去，根本不理会盖莱特手下那两个观察员恼怒的吼叫。他跌跌撞撞地迈过那两个家伙的头顶，两只黑猩猩连忙缩头躲避。

"任务报告在几个小时前就已经结束了!"盖莱特跟在他后面叫道,"麦克斯设法偷来了敌人的几只防护圆盘……"

"我知道。我看到他动手了。"法本咕哝着,一头扑进了分配给他的那个小房间。他站在原地开始脱衣服。"有什么吃的吗?"他问道。

"吃的?"听上去盖莱特好像不相信她自己的耳朵,"我们正等着你做汇报呢,这样才能把格布鲁人的行动统计图表填全。谁都没预料到会发生爆炸,我们没有派出足够的观察员。当那刺激的时刻来临时,一半观察员都傻呆呆地站在那里,干瞪着眼睛。"

"噗噜"一声,法本的工作服落在了地板上。他从衣服堆里走出来。"吃的可以等等再说。"他嘟囔道,"我得先喝点东西。"

盖莱特·琼斯一下子满脸通红,把头转向了一旁。"你应该有一点起码的礼貌,别再搔痒了。"她说道。法本转过身,灌下一大口味道浓烈的橙子白兰地,然后好奇地看着她。难道两个星期前就是这同一个姑娘曾用"粉色激情"之类的话勾引过他么? 他拍打着胸脯,空气中荡起一缕缕尘土。盖莱特嫌恶地看着他。

"我盼着能洗个澡,但现在还是免了吧。"他说道,"现在我太困了,得休息一下。明天我就要回去了。"

盖莱特眨巴着眼睛,"回山里去?"

法本点点头,"我要先找到泰可,然后回去向司令官报告。"他有气无力地一笑,"别担心。我会告诉她,你在这儿干得非常出色。棒极了。"

黑猩猩姑娘厌恶地哼了一声,"整整一下午,一直到天黑,你滚成了个土猴子,现在还喝起了酒! 预备役军官就这副德行么?! 我还以为你是个科学家呢!

"好吧,下次你那位可敬的司令官若想联络城里的抵抗运动组织,还是另派别人来吧! 你听到了吗?"

她猛地转过身,狠狠地一摔门走了。

我说什么错话了? 法本呆呆地望着她的背影。他模糊地感觉到,自己本该表现得更好些。但他太累了。从烫伤的脚趾到灼痛的肺部,他浑身没有一处不疼。他勉强摸到床边,一头栽倒在床上。

在梦里,他看到一团蓝光在不停地旋转、颤动。那团光晕中微弱地浮现出某种奇怪的东西,像是一张冷笑的面孔。

挺有趣,它似乎在说,确实很有趣,但并不值得一笑。

来日方长,今天只算是一道开胃小菜。

法本在睡梦中呻吟起来,随即坠入了另一个梦境:一只矮小的新生黑猩猩,返祖现象非常明显,长着两道细瘦的眉棱骨,一双长臂搁在他胸前的一只键盘显示面板上。这只返祖的黑猩猩不会说话,但看到他咧嘴一笑,法本不禁浑身发抖。

而后他的睡眠变得更加平和,最后他终于舒心地沉浸在其他美梦之中。

第四十一章　格莱蒂克人

正道宗主不可能在大道未行的土地上落足。因此,他高踞在镀金栖木上,身前是一队振翅飞舞的科瓦克助手。同格布鲁庇护主低沉的鸣音相比,科瓦克人"咕咕"不停的鸣叫声听上去更让人感到快慰。尽管提升令科瓦克人的世界观越来越接近格布鲁人,但他们还是不够庄重,从骨子里缺乏高贵威严的气质。

这群毛茸茸、圆滚滚的受庇护种族一面喋喋不休地鸣叫着,一面拉着反重力栖木离开了已故政务宗主的尸体陈放地。正道宗主决定对科瓦克人的这些差距还是要宽容一些。尽管他们的行为可能不雅,但能听到这些毛球正在低声议论,不知主宰者将会选谁来代替死者。谁会成为新的政务宗主呢?

很快就会有结果了。远征军已经向家园星球的主宰者递交了报告,但如果必要的话,应该从此地前线上提拔一位高级政务官员。必须保持三人组合的连贯性,尽量不要中断。

正道宗主并不觉得科瓦克人令自己不快,反而感到他们能让他平静下来。那种单调的鸣声在他听来,可以聊作消遣。即将到来的日子肯定会充满压力。对同僚的哀悼和吊唁只是他要顾及的诸多任务之一。不管怎样,现在必须将制订新政策的基本要素重新恢复起来——而且当然,谁都得将这场惨案对换羽造成的影响考虑进去。

泰姆布立米大使馆办公楼的断壁残垣还在闷烧,旁边一片东倒西歪的小树林里,调查员们正在恭候宗主的到来。正道宗主朝他们点点头,示意他们开始汇报。这些调查员便开始欢蹦乱跳着,用肢体语言和视频资料向教士报告他们对火灾和爆炸起因的判断。当调查员用省略了许多音节的清唱般的调子叙述他们的发现时,宗主努力集中起注意力——毕竟,这是一桩棘手的大事。

根据法规,格布鲁人可以占领敌方的大使馆,但如果因为自己的失误而给使馆造成任何损失,他们还是要负责任的。

是的,大人,调查员报告道,整座建筑物是从里向外被毁掉的。

没有发现故意破坏的痕迹。没有迹象表明这个事件出自敌人的预先安排,没有迹象表明我们受到了进攻和欺骗。

即便是泰姆布立米人的大使破坏了自己的使馆,那又有什么了不起的?只要事故的原因不是我们自己造成的,我们就不必赔偿损失!

宗主大人短促地鸣叫了一声,以示惩戒。根本轮不到调查员来决定什么是正道,他们的任务只是对事实进行判断。而且,牵扯到代价和赔偿之类的事情属于新任政务宗主手下那些官员的职责范畴,一旦他们在灾难之后重新组织起办公机构,便会处理此事。

调查员们满怀愧疚地蹦跳着,向大人致歉。

宗主有些发呆,他一直在思索接下来将要发生的事情。三巨头马上就要举行一次最高指挥会议,而这次的小小事故完全颠覆了三位宗主之间脆弱的势力平衡。即便在主宰者指定新的政务宗主之后,这个插曲也势必会对将来造成许多影响。

就目前来说,形势对两位幸存的宗主有利。军方可以不计任何代价去随意追猎剩余的少数地球人,而教方可以继续进行研究和调查,再不必总是听那些关于花费之类的吹毛求疵的废话。

但也要考虑到孰执牛耳的问题。在最近这些日子里,已故政务宗主的重要性变得越来越明显。出乎大家的意料,正是他在组织两位宗主的辩论,吸取二人的最佳创意,在双方之间促成折中之策,引导他们走向一致。

正道宗主素来雄心勃勃。他并不愿意被别人牵着鼻子走,也不愿意看到自己精明的计划被一个官僚修补、篡改,再加以利用。特别是他那些奇妙的点子:与外星人相沟通!

不过,事情还不算太糟。新的三人组合会更合正道宗主的心意,更行得通;而且在新的势力平衡中,接替者将处于不利地位。

如此说来,我还有什么可担心的呢? 高级教士暗想。

正道宗主抖了抖羽毛,集中精神将自己的思绪拉回到身边,听取调查员的报告。他们似乎正在暗示,大火的起因应当归咎于地球佬常说的"意外事故"。

应已故同僚的要求,宗主大人最近一直在学习安格力克语。这种同格莱蒂克语完全相异的"狼崽子"语言非常怪异,宗主感到吃力而又沮丧,而且既然语言计算机可以应付裕如,再学它还有什么用处呢?

不过正道宗主坚持了下来,而且令教士大人吃惊的是,他发现自己居然能从如此野蛮的兽语中学到某些东西,比方说,"意外事故"这个词里就蕴含着某些神秘的含义。

显然,对于调查员们所说的这里曾发生的事情,这个词就很适用:许多无法预料的因素组合在一起,而且当人类督察者离开之后,城市供气局的工作相当不力。然而,地球佬对"意外事故"的定义根本就是大错特错! 在安格力克语中,这个词根本没有准确的含义!

甚至地球人还有一句至理名言:"世界上没有任何巧合或者意外。"

既然如此,怎么还会有词语来描述一个不存在的东西呢?

意外……这个词可以用来将一切出乎意料的灾难都解释成真正的偶然事件,一场概率等级为七级的风暴也算是个意外! 任何事情的"结果"都能被看作是偶然的"意外"。

试想一个在星际纵横驰骋的种族,一个被视为高级庇护主的种族,怎么会在看待世间万物时如此昏聩、如此暧昧、如此依赖于因果环境? 同这些地球佬相比,邪恶的江湖骗子泰姆布立米人就显得睿智而又清醒,简直像天宇一样明净澄澈!

一想起这种令人不快的思维方式,教士大人就对前政务宗主无比痛恨! 那位身亡的宗主最恼人的脾性之一,就是他这种同地球人一样的思想方法!

不过,这种思想方法也最可爱、最宝贵,最值得怀念。

当三人的意见统一遭到破坏,当他们的搭配组合半途而废,混乱便会降临。

正道宗主坚定地鸣叫起来,嘴巴里迸出一连串果断的词句。尽管反省令人疲惫不堪,但他必须做出决定,准备好应对即将发生的一切事情。

将来格布鲁人有可能要向泰姆布立米人——甚至是地球佬——赔偿损失，为了这片高地上发生的破坏事件向他们支付赔偿金。一想到这个，宗主便感到不快。然而，如果格布鲁人的宏图大略得以实现，这屈辱便可以避免。

五大星系中其他地方的局势将决定这一点。这颗星球是个微不足道的弹丸之地，必要时只要给它来一次迅速而有效的打击就能轻松解决问题。总之，考虑如何节省开支是新任政务宗主的职责。

而教士的任务是，保证格布鲁联盟——远古精神的继承者——在先祖归来之际，能够成功地寻求正道。

让疾风把那个日子快些吹来吧，他祈祷着。

"现在暂时不必做出评判。"宗主大人高声宣布。调查员们马上合起了文件夹。

对使馆办公楼的调查已告结束。接下来教士要前往山顶，那里还有一桩破坏事件需要做出鉴定。

"咕咕"叫个不停的科瓦克助手簇拥过来，拉起正道宗主的栖木。这些毛茸茸的受庇护种族聚成一团，平稳地从他们那些遍身羽毛、跳来跳去、极易激动的庇护主中间穿过，向山顶进发。

一直到现在，外交资料贮藏室仍在冒烟。宗主大人仔细地倾听着调查员的报告，有时一个接一个地单独听取汇报，有时把大家聚在一起，听他们齐声讨论或是捉对儿争辩。根据这些乱糟糟的吵闹，宗主渐渐在脑海中勾画出了事发时的情景。

一只来自本地的新生黑猩猩事先并未经过占领军的允许便擅闯禁地，在贮藏室四周闲逛，显然这种行为违反了战时法规。没人知道这只愚蠢的畜生为什么会来到这里。或许它是受了"猿猴本能反应"的驱使——那种惹人烦的、不可思议的心理需要总是驱使地球生命去寻求刺激,而不是审慎地避开麻烦。

一支武装小分队在火灾地点四周执行保安巡逻任务时,刚好撞见了那只新生黑猩猩。小分队的队长急忙向那只浑身是毛的人类受庇护种族喊话,要它马上站住并且表现出应有的恭顺态度。

那黑猩猩真是地球人培养出的典型劣种,它顽固而又执拗,非但没有表现出文明有礼的举止,反而逃之夭夭。在试图制止它逃走的过程中,石冢上的防护装置被触发。在接下来的交火中,石冢遭到了破坏。

宗主大人断定,这个事件的结果非常令人满意。不管那只黑猩猩是否算作受庇护种族,从官方意义上讲,它就是邪恶的泰姆布立米人的盟友。是它胆大妄为才导致贮藏室这一禁地受到了侵犯!利爪兵有权不受限制地向黑猩猩或是防护装置开火。宗主大人做出了裁决:士兵的行为并未违反正道。

调查员们松了一口气,快活地雀跃起来。当然,在先祖即将归来之际,只要严守古老的法则,格布鲁人的羽衣便会愈加灿烂辉煌。

让疾风把那个光荣的日子快些吹来吧。

"现在要马上进入贮藏室,"教士大人命令道,"去调查里面有什么秘密!"

贮藏室中的绝大多数资料肯定已经毁掉了。不过,很可能还有某些有价值的情报能够被破译出来。

结构简单的锁具被迅速拆掉,士兵们调动了专用设备来对付厚重的大门。这要花些时间。这期间,教士大人一直在忙于对一个连队的利爪兵履行自己的职责——通过讲道来加强他们对古老价值观念的信仰。重要的是,不能让他们失掉警惕,不能

被眼前看似平静的表面现象所迷惑,因此宗主大人提醒他们
——最近这两天里,在这座城市东南方向的山区,已有几支战斗
小组失踪。他们要好好利用现在这段时间,记住自己的生命应
当属于格布鲁人的社稷。除了社稷和荣誉之外,其他的一切都
无关紧要。

大门上最后一颗难对付的螺栓终于被拆卸下来。尽管泰姆
布立米人以善于玩弄花招而闻名,但他们好像并没有那么聪
明。格布鲁撬锁机器人没花太大力气就解决了重重门禁。一台
无人驾驶的搬运机用几条有力的手臂抬走了大门。调查员们端
着各种仪器,小心翼翼地走进石冢。

过了一会儿,随着一连串的惊叫声,一个调查员冲出门口,
他的长喙叼着一个黑色的水晶状物体。里面的其他人很快就跟
着他跑了出来。调查员们兴奋地狂舞着,将找到的晶体放在宗
主悬浮栖木前的地上。

完好无损! 他们雀跃不已。两只数据存储器未受损害。在
石冢被利爪兵摧毁时,塌落的石块挡住了贮藏室自毁爆炸的冲
击波!

欢乐的气氛在调查员之中洋溢开来,也感染了旁边的士兵
和围观的文官。就连科瓦克人也快活地低声吟唱起来,因为他
们也明白这一发现意义重大。地球佬的受庇护种族中的一员用
自己的不敬行为侵犯了贮藏室禁地,这证明地球人的提升确实
存在缺陷。而最后的结果也是大获全胜——他们找到了敌人的
秘密!

泰姆布立米人和地球人将要蒙羞,而古克须-格布鲁种族将
得到敌人更多的情报!

疯狂地欢庆是格布鲁人的天性。但正道宗主只雀跃了几秒

钟。他的种族历来对周围的事物忧心忡忡,而他更要加倍小心。宇宙中有太多的事物令他怀疑,也有太多的事物最好被毁掉,以免将来对格布鲁人的社稷构成威胁。

宗主摇头晃脑地仔细端详着那两只数据存储器,它们在烧焦的地面上闪动着黝黑的光泽。被缴获的记录晶体摆放在那里,样子十分古怪。宗主大人不由生出一种捉摸不定的恐惧感。

这种感觉并不是清晰可辨的精神感应,也不是某种符合科学道理的预感。宗主大人有些后悔,他本该下令当场就让这两个小方块化为尘土。

这种感觉……太奇怪了。

宗主大人突然战栗起来,他觉得这两块晶体就像一双眼睛,就像一条极度危险的巨蛇的眼睛,闪耀着凶光,像太空一样漆黑。

第四十二章　罗伯特

　　他正在奔跑，手持一张崭新的木弓。他气喘吁吁地爬上林间的山路，一只样式简单、用土布织就的箭袋在背上轻轻弹动，里面装着二十支簇新的羽箭。他那顶草帽的材质来自河中的水草，身上的缠腰布和脚上的软皮鞋都是用本地的小山羊皮制成。

　　这个年轻人在奔跑时稍稍留意了一下自己的左腿。在大腿部位的绷带下面是一道浅浅的皮外灼伤。即便是伤口处传来的疼痛也令他满心欢喜，因为这能提醒他记住自己的好运，一道致命的死亡光束曾经擦身而过，但终究没有夺走他的性命。

　　令他险些丧命的是一只大鸟，最后那家伙惊疑地瞪着射进自己颅骨的羽箭，随着死神降临而慢慢松开利爪，任那枝激光步枪滚落在森林的肥土上。

　　山冈上十分宁静，他只能听到自己沉稳的呼吸声，还有软皮鞋踏在石子上发出的轻轻的"沙沙"声。林间拂过一阵轻风，他的双臂和双腿马上起了一层鸡皮疙瘩，身上的汗水很快就被吹干了。

　　罗伯特正在奋力攀爬，山风令他精神一振。随着小路的坡度渐渐变缓,他发现自己已经来到高耸在山顶之上的脊骨化石丛中,俯瞰着脚下的森林。

温暖的阳光一下子照在身上,令他感到舒心惬意。他的身体早就被晒得像大树的阴影一样黝黑。他的皮肤也变得坚韧粗厚,再不惧怕荆棘和苎麻的戳刺。

我大概看上去越来越像个旧时代的印第安人了。罗伯特快活地想。他跳过一棵横卧在地的树干,拐上了左面的一条岔路。

当他还是个孩子的时候,他就非常看重自己的家族名誉。就连玩联邦起义的游戏时,小小的罗伯特·奥尼格也绝不扮演坏人的角色。他总是当一名切洛基族或莫霍克族战士,口中发出"嗬嗬"怪叫,穿着自己制作的太空服,把脸上涂画得狰狞可怖,在"电力卫星之战"中击败独裁暴君手下的士兵。

打完仗以后我要好好研究一下我们家的家谱,罗伯特想,不知我们家有多少美国人的血统。

天空中朵朵蓬松的白云向北方飘去,似乎正在跟随着他的脚步。他顺着一道道山冈平稳轻松地奔跑着,穿过一座座绵延的山岭。他正在回家的途中。

回家。

现在,每当他来到森林和天空下执行任务,这个词便在心中油然而生。现在他已经把那些石洞当作了自己的家——因为有好几次,这些洞穴确实起到了避难所的作用。

而且,艾萨克莱娜在那儿。

这次他出行的时间要比计划略微长些。他取道深入群山,一直走到了斯普林谷地,沿途招募志愿者、建立通信网络,同时还要让大家都知道毒气机器人定位地球生命的秘密。

当然,他和游击队中的同伴们还与敌人发生过一两次小规模战斗。罗伯特知道,那些敌人都是小股武装力量——战士们在各处设伏,全歼了格布鲁人的一支支小型巡逻队。抵抗组织只在有必胜把握的情况下才会出击。而且他们不能留下任何活口,不然格布鲁人的指挥阶层就会得知,地球佬已经学会了隐身。

至少这些胜利已经创造了奇迹,鼓舞了士气。不过,尽管他们能在山地打击一下格布鲁人,但如果敌人躲在够不着的地方,你又能怎么办呢?

罗伯特在这次出行中所干的工作,绝大多数都与抵抗组织没有太大的关系。无论他走到那里,都会被黑猩猩们簇拥起来。一看到他——硕果仅存的地球人——那些家伙便欢呼鼓噪,无比兴奋。令他沮丧的是,他们看来非常乐于请他解决争执、仲裁纠纷,或是为新生儿做教父。以前他从未感觉到,庇护主在提升之中还要肩负这么多沉重的责任。

当然,黑猩猩无可指责。罗伯特心想,在这个种族短短的历史中,有太多的新生黑猩猩与人类隔绝得太久了。

无论他走到哪里,黑猩猩们都知道,这山地中的最后一个人类从来不会前往任何一座在敌人入侵之前建造的建筑物,也从来不去会见任何一个穿着衣服的人——而且同他见面的人,身上不得携带任何非加斯本地出产的人造物品。外星毒气机器人定位目标的方法已被广为传扬开来,黑猩猩整群整群地离开旧居。修建茅屋的行业一下子变得十分热门,黑猩猩们重新学习失传已久的纺纱织布技术,而且开始自己漂染布料,手工缝制衣服。

实际上,山区中的黑猩猩工作得非常出色。食物供应很充足,小孩子还能去上学。在各地还有一些负责任的科研人员甚至已经开始重新实施加斯生态复苏计划,他们临时代替无法工作的人类专家,将最紧急的项目继续开展下去。

或许没有我们,他们也照样能过得很好。罗伯特记得自己曾这样想过。

但人类在自己的环境意识觉醒之前,差一点就把地球家园变成了生态地狱。就在最后的千钧一发之际,他们才悬崖勒马,避免了一场可怕的灾难。而现在这么多所谓的受庇护种族竟然表现得比大接触之前一百年时的庇护主还要理智,这无法不让地球人类汗颜。

难道我们当真有权在这些生命面前扮演上帝的角色吗?或许,当这里的纷争结束之后,我们就该径自离开,放手让他们为自己的未来去努力。

这个念头有些异想天开。当然,他们至少还面临着一个阻碍。

格莱蒂克人是不会让我们随心所欲的。

所以,他便任由他们围在自己身旁,请他发表意见,用他的名字给婴儿命名。然后,当他尽自己所能满足了大家的要求之后,便顺着小路下山回家。现在他是一个人,因为黑猩猩们无法跟上他的大步。

最后一天这段孤独的旅程让他颇感惬意,因为他有时间独自一人好好思考。罗伯特还记得那个可怕的下午,他懊恼地用拳头发泄着怒气,而艾萨克莱娜进入他的意识去安抚解救他,在以后这几个星期、几个月里,他开始对自己有了更深刻的认识。真怪,好像神经官能症在他内心深处制造出来的野兽和怪物都已变得微不足道。一旦他敢于面对它们并知道它们存在的原因,便可以轻松对付那些怪兽。不管怎样,还有很多人受困于旧日的经历，背负着沉重的负担，同他们相比，他的情况大概不会更糟。

是的，不会更糟。而罗伯特现在要面对的更重要的问题是——他是一个人类。尽管他对自身的探索才刚刚开始，但他喜欢这段旅程的终点。

他顺着山路转了个弯，走出了大山的背阴处，任阳光暖暖地照在背上。前方，在南面，横亘着嶙峋崎岖的石灰石岩层，"石窟山谷"就隐藏在那里。

罗伯特突然停下脚步，一个闪烁着金属光泽的亮点吸引了他的视线。大约十英里之外，在山谷对面的高地上，有个东西正闪闪发光。

那是毒气机器人。他想。本杰明手下的技师已经开始在那个区域里到处放置各种各样的试验品，从电子器件到金属物品乃至服装织物应有尽有。他们想研究一下格布鲁机器人到底在追踪什么物质。罗伯特希望，在自己离开的这段时间里他们已经取得了一些进展。

不过，从某种意义上讲，他几乎不再对此在意了。他手中的新式长弓用起来非常有效。山区里的黑猩猩更喜欢威力强大的十字弓和硬弩，使用者不必具有出色的身体协调能力，只要拥有猿类的蛮力把它们拉开就行。三种武器的效果基本相同……都可以直取那些鸟儿性命。"狼崽子"种族用上了古老的技巧和工具，这与他们神话般的身世非常协调，而且又平添了些激励斗志的勇武之气。

不过，这种凶蛮的尚武精神也带了令人心烦的后果。有一次，在成功伏击敌人之后，他注意到一些山区出生的本地黑猩猩偷偷溜出了营地。他悄悄藏在阴影中，跟着他们来到一条小山谷中，黑猩猩们在那里生起了一堆秘密的灶火。

每当他们歼灭敌人之后，一般都是尽数拿走格布鲁人的武器，然后将尸体移走处理掉。以前他就曾注意到，有些黑猩猩偷偷地瞟着他，似乎心中有鬼。而那个晚上，他躲在漆黑一片的山坡上暗中观瞧，看见那些生着长臂的影子在晴朗的星空下围着篝火欢闹起舞。火上支着一把烤肉叉，他们正在烤什么东西。风中飘来一股熏烤肉类的香味。

罗伯特当时意识到，这些黑猩猩有些秘密不想让他们的庇护主看到。他慢慢退到暗处，返回了营地，让他们随意享受自己的盛典。

但那些景象就像凶蛮残暴的梦境，仍不时在他的头脑里闪动。罗伯特从未问过他们如何处理格莱蒂克人的尸体，但从那以后，每当他想到敌人，便会记起那股香味。

如果能将更多的敌人引到山里来就好了，他沉思着，看来只有在森林里才有可能干掉他们。

下午即将过去。漫长的回家之路马上就要结束了。罗伯特拐过山坳，开始朝山谷中走去。正在这时，他突然停住了脚步，眨动着眼睛。空气中有一个模糊不清的东西，在他视线的边缘处闪动，就像一只狡猾的蛾子在他目光的盲区中飞舞，令他无法看得清清楚楚。

噢，罗伯特在心中叫道。

他不再集中注意力去正视它，而是将目光朝别处看去，让这个古怪的不可见之物反过来追逐他。在它的轻轻触动之下，他的心灵就像阳光下的花朵一样慢慢展开了花瓣。这个不断闪动的东西羞怯地飞舞着，像是朝他眨着眼睛……它是一股含义简单的精神信息流，满含友爱和欢欣……即便他是个四肢发达、手臂多毛、浑身发臭、晒得通红的地球人，也能明白其中的含义。

"真有趣儿，克莱妮。"罗伯特摇摇头，但内心的花瓣仍在继续绽放，他感受到了一股暖意。不必别人言明，罗伯特就已经知道该往哪里走了。他转身离开山间的大道，跳上了一条狭窄的小径。

在向山顶攀爬了一半路时，他碰到了一只棕色的黑猩猩，正懒懒地躺在一丛灌木的树荫里。那家伙放下手中的一本纸质书，朝他懒洋洋地挥挥手。

"嗨，罗伯特，你好啊。你的气色看上去比我上次见到你时好多了。"

"法本！"罗伯特咧开嘴巴笑了，"你是什么时候回来的？"

黑猩猩忍住一个疲倦的哈欠，"噢，大约一个小时以前。山洞里那些小子打发我上这儿来面见司令官大人。我从城里给她带回了一点东西。抱歉，没给你带什么礼物。"

"你在海伦尼亚碰到什么麻烦了吗？"

"唔，怎么说呢，是有些小插曲。忙乱了一会儿，受了点小伤，还大呼小叫了一阵子。"

罗伯特笑了。法本在透露重大消息之前总要卖卖关子，有意轻描淡写，为正题做铺垫。如果情况允许，他会一直顾左右而言他，整晚上说些不着边际的怪话。

"得了，法本……"

"好的，好的。她在上面。"黑猩猩朝山顶打了个手势，"要是你问我的话，我会说她现在好像神经兮兮的。不过你还是别问我了，我只是一只黑猩猩。回头见吧，罗伯特。"他重新拿起书本，看上去并不像一个受庇护种族那么恭敬。罗伯特笑了。

"谢了，法本。回头见。"他顺着小路匆匆向上跑去。

艾萨克莱娜不必转头就知道他来到了自己身后,因为他们刚才已经打过招呼。她站在山顶,面朝西方,正对着夕阳,将双手伸向前方。

罗伯特马上就感到,此时艾萨克莱娜舞动的卷须上方正悬浮着另一股精神信息流。而这片意念云团着实非同一般。她刚才小小的问候跟眼前这玩意儿相比,简直就是小巫见大巫。他看不到它,而且也无法感受其中蕴藏的复杂含义,但它确实就在那里,他被艾萨克莱娜唤醒的精神感应几乎能触摸到它。

罗伯特还注意到,她的双手拿着一样东西……像是一根细线,闪耀着无形的火光,但他的印象只是出自直觉,而不是真正看到。那根线呈一道弧形,在她两手之间划过。

“艾萨克莱娜,那是什么——”

他突然住口,因为他走到她身旁看到了她的面孔。

她的五官改变了模样。他们逃亡期间她脸上现出的那些人类的轮廓仍然留在原位,但被它们所取代的一些特征又回到了她的面孔上,也可能只是一时之间——泰姆布立米人的相貌露出了原形。在她那双布满金星的眼睛里,闪动着怪异的光彩,这光彩在轻轻舞动,似乎应和着她头顶那几乎无法看到、但正在不停搏动的精神信息流。

罗伯特的精神感应能力已经增长了不少。他再次向她手中的那根细线看去,感觉到自己心头一阵战栗,他好像能认出那是——

“……你父亲?”

艾萨克莱娜的皓齿闪闪发光,“维茨-塔纳,乌赛卡尔丁,百利纳里-苏,豪乌纳达!……”

她从张开的鼻孔中深吸一口气。她的双眸睁得大大的,像是要冒出火焰。

"罗伯特,他还活着!"

罗伯特眨着眼睛,一时间脑海里涌出无数个问题,"太好了! 不过……不过,他在哪里? 你有我母亲的消息吗? 政府呢? 你父亲说了些什么?"

艾萨克莱娜并没有马上回答。她举起那根线。阳光似乎正顺着绷紧的细丝上下滑动。罗伯特可以发誓,他确实听到了某种声音,那根轻轻弹动的丝线确实发出了真正的声音。

"维茨-塔纳,乌赛卡尔丁!"艾萨克莱娜仿佛直视着太阳。

她大笑起来,不再是他认识的那个严肃的女孩子。她在"咯咯"地笑,只不过是以泰姆布立米人的方式。而罗伯特很高兴,她并非在为他而发笑。泰姆布立米人独有的幽默感总是意味着,令他们发笑的人自己根本不可能笑得出来。

罗伯特顺着她的目光朝信德谷地望去,在那里,一支正在天空飞过的格布鲁人的运输机组,传来微弱的轰鸣声。除了大致轮廓之外,他再也无法从她的精神信息流里看出什么,于是他的意识便在其中细细搜寻,终于发现了某种与地球人类似的东西。他的精神感应告诉他,那是地球人常常会用到的——比喻。

突然,艾萨克莱娜的笑容显得有些凶残,就像一只饿猫。而在她眼睛里映出的那些飞船,似乎变成了一群洋洋自得、毫无戒心的老鼠。

第三部 加斯人

人类并不是在最近这一万年中由驯顺的动物进化来的，而是经历了百万年的磨难才从野兽渐渐转变成了智能生命，因为人类本来就是而且永远都是狂野的生灵。

——查尔斯·高尔顿·达尔文[①]

自然选择很快将变得无关紧要，不会像有意识的选择那么普遍。我们将自我开化、自我改变，令自己达到我们理想的要求。下一代的人类将改变得连自己都认不出来。

——格雷格·贝尔[②]

[①]查尔斯·高尔顿·达尔文（Charler Galton Darwin，1887-1962），进化论奠基人查尔斯·罗伯特·达尔文之孙。

[②]格雷格·贝尔（Greg Gear，1951- ），美国科幻作家。

第四十三章　乌赛卡尔丁

在飞船坠毁地的四周,沼泽地上溅满了漆黑的污点。乌浊的油料从破裂、下沉的油箱中慢慢渗出来,流进了河水,漂浮在宽阔而又平坦的河口滩涂上。油迹碰触到哪里,哪里的昆虫、小动物,以及生命力极强的盐草,就全都死去。

这艘小飞船在坠地时弹跳滑行了一段距离,在沼泽上留下了一道七扭八歪的擦痕,最后才一头扎进了又湿又软的河口泥滩中。在随后的几天里,这具残骸一直斜卧在它的落地处,慢慢地泄漏着燃油,逐渐陷进泥浆之中。

无论雨水还是潮汐,都无法洗去战争留在船壳两侧的焦黑伤痕。这艘飞船的表皮曾一度光亮夺目,现在却被一条条擦过船身的死亡光束烧灼得满目疮痍。坠毁在泥潭只是它遭受的最后一次伤害。

在临时建造的小船上,泰纳尼人坐在船尾,庞大的身躯显得极不协调。他扫视着横亘在眼前的一片片低平的沙洲,又看了看远处浸在泥浆中的难船,他停下手中的船桨,思量着严酷的现实。

　　显然，坠毁的太空船已不可能再飞行。而更令他痛心疾首的是，落地时的撞击令这片沼泽惨不忍睹。他的羽冠直竖起来，鸡冠似的头顶上夅着一排排灰色的长毛。

　　乌赛卡尔丁抬起自己的那只船桨，彬彬有礼地等待这位难友结束庄严肃穆的沉思。他盼着泰纳尼外交官千万不要再发表另一番有关生态责任和庇护主职责的长篇大论。但是，库尔特就是库尔特，谁都拿他没办法。

　　"我们冒犯了这里的安宁与祥和。"大块头说道，他的腮缝发出一连串粗哑的声音。"我们这些智能生命不应该将战争引到这样一片孕育着生命的净土中来。我们的太空毒剂污染了它们。"

　　"世间万物都无法避免死亡，库尔特。而悲剧和逆境能促使生物进化。"他语含讥讽，但库尔特还是把他的话当真了。泰纳尼人喉咙上的腮缝沉重地一张一翕。

　　"我明白，我的泰姆布立米同行。正因为如此，大多数记录在案的休养生息地才获准在不受干预的情况下去完成自然生命的循环过程。冰河时代的严酷折磨和小行星的撞击都是自然法则的产物。正是在这样的挑战之下，自然界的万物才能通过自我调节达到本质上的飞跃。

　　"但这里发生的事情可是一个特例。像加斯这样一个遭受过严重创伤的星球，如果再经历这么多的灾难，那么它很快就会出现生态休克，最终完全变成一片不毛之地。不久之前，布鲁拉里人刚刚在这里实施了疯狂的暴行。从那以后，这个世界才逐渐开始复苏。而现在我们的战争又为它增添了更多的压力……比方说，那片肮脏的油渍。"

　　库尔特指了指从难船中泄漏出来的油液。他的厌恶之情溢于言表。

　　这次乌赛卡尔丁决定自己还是保持沉默为好。当然,从表面看来,每一个庇护主级别的格莱蒂克种族都是环保主义者。他们始终遵循这条最古老而且最伟大的法规。如果有哪些星际物种对生态控制法规连一点起码的尊重都没有,那么为了保护高级智能生命的子孙后代,这些害群之马将被孤立在群体之外。

　　但格莱蒂克人遵守法规的程度也各不相同。例如格布鲁人,他们对处于休养生息状态的星球并不在意,而是更热衷于让半开化物种变得与格布鲁部族一样保守而又狂热。与之不同的是索罗人,对羽翼刚刚丰满的受庇护种族颐指气使总能让他们享受到极大的乐趣。而坦度人则完全是凶残暴虐的讨厌东西。

　　库尔特的族人有时令人非常不快,他们总是摆出一副伪善的嘴脸去追求生态环境的纯洁性,不过乌赛卡尔丁至少能理解他们这种执着的心态。焚毁森林或是在受到保护的星球上建造城市——这些损害带来的后果可以在短时间内消除,但是,向生物圈中排放效用长久的毒物则是另外一回事。有毒物质将被生物吸收,在它们体内聚积起来。乌赛卡尔丁自己也对这片浮油极端厌恶,只是稍逊库尔特。但现在他们无能为力。

　　“库尔特,地球佬在这颗星球上有一支非常能干的污染紧急清理队。不过,入侵者肯定令他们无法正常工作。或许格布鲁人能抽出时间自己亲自来处理这个烂摊子。”

　　库尔特将上半身扭向一旁,这泰纳尼人像打喷嚏似的啐了一口。一团黏液飞到了他们身旁的草叶上。乌赛卡尔丁明白,这表示库尔特绝不相信格布鲁人会做出这等好事。

　　“格布鲁人都是些懒鬼和异教徒！乌赛卡尔丁,您怎么会这么天真、这么乐观?”库尔特的羽冠颤抖起来,眨动着皮革般的眼皮。乌赛卡尔丁只是看了自己的难友一眼,紧紧闭着双唇。

"啊哈，"库尔特粗声粗气地叫道，"我明白了！您这是故意说反话，想试试我有没有幽默感。"泰纳尼人的羽冠一下子直竖起来，"真逗。我明白您的意思。确实如此。我们继续前进吧。"

乌赛卡尔丁转身拿起自己的船桨。他叹了口气，头上生出一股沮丧的精神信息流——好好一个笑话居然没人懂得欣赏。

这个阴沉的家伙之所以被选出来到一个地球佬星球做大使，说不定是因为他在泰纳尼人当中是最富于幽默感的一个。正相反，泰姆布立米人选派乌赛卡尔丁来加斯……是因为他的性格比较严肃，善于自我克制而且老练机智。

不，乌赛卡尔丁想，此时他们正奋力划着桨，从一片片盐草丛中挣扎着前行，库尔特，我的朋友，你根本没明白这个笑话是什么意思。但你会明白的。

他们的河口之旅真可谓历尽艰险。飞船坠毁时，他和库尔特在半空中弹出船舱，跳伞落到这片荒野中。从那时到现在，加斯已经自转了二十多圈。泰纳尼人手下那两个不幸的印宁人被吓破了胆，两只降落伞纠缠在一起，结果二人双双摔死了。于是，这两位外交官便只能相依为命了。

至少现在是春天，他们不会被冻僵。这也能算作是某种安慰吧。

他们用树枝和降落伞的布料临时凑合起了一只救生船，可小船慢得要命。坠毁的飞船同他们之间的距离只拉开了几百米，但这段路却花了他们四个小时的时间。而在这四个小时里，他们几乎一直在蜿蜒的水道中绕来绕去。尽管这里地势平坦，但高高的野草挡住了他们大部分的视线。

这时，他们前方突然又冒出了那艘小小的飞船，一度光滑的船壳现在已变得支离破碎。

"我还是不明白,为什么我们要回到残骸这里来?"库尔特声音粗哑地问,"我们已经带了不少食物,足够坚持到登上陆地。等到事情平息下来,我们再来——"

"您在这里等一下。"乌赛卡尔丁说道,他没在意自己打断了对方的话。谢天谢地,泰纳尼人并不疯狂地拘泥于这种小节。他轻轻地从船舷一侧下到水里。"现在没必要我们两个人都去冒险接近那片毒油。我一个人继续前进,去探探路。"

乌赛卡尔丁非常了解自己这位难友,他能明白无误地察觉到库尔特的不快之感。泰纳尼人极端看重个人的勇气——尤其是被星际旅行吓得心惊胆战之后,他们更要表现出勇敢的样子。

"我要陪您一起去,乌赛卡尔丁。"大块头把船桨放到一边,"那里可能会很危险。"

乌赛卡尔丁抬手制止了他,"没有必要,我的同僚和朋友。您的体形并不适合在这片泥潭里行走,而且您可能会把船弄翻。我只离开几分钟。"

"那么好吧。"库尔特显然松了一口气,"我就在这儿等您。"

乌赛卡尔丁走过浅滩,在黏稠的泥浆中试探着落脚处。他小心地绕过飞船中漏出的油迹,朝前面的浅滩走去,飞船破碎的后半截船身正高高地翘起在那片沼泽之上。

他步履维艰。他感到自己的身体正试图发生变化,以便能更省力地穿过这片泥潭。但乌赛卡尔丁抑制住了体内的反应。他的头上生出一股精神信息流,通过意志竭力阻止身体中激素的奔涌,将本能的变身反应控制在最低限度。这段路并不很远,不值得他因为调节器官功能而付出代价。

他头上的软毛伸展开来,部分原因是要维持住精神信息流,另一部分原因是要在杂草中感应生灵的意念。其实,这里不一定有什么东西会伤害他。布鲁拉里人早就杜绝了隐患。不过他还是一边跋涉,一边探察四周的动静,用心神轻抚着沼泽中各种生命编织出的意念之网。

他四周到处都是小动物,全都属于最基本的标准生命形式:羽毛光滑、身体细长的鸟儿,遍身鳞片、嘴边生有角质突起的爬行动物,还有些在芦苇中奔逃的毛茸茸的小兽。众所周知,呼吸氧气的动物通过三种最典型的方式来遮蔽自己的身体:皮肤细胞向外鼓胀便生出了羽毛;皮肤细胞向内收缩便生出了毛发;皮肤细胞变厚、变平、变硬,便生出了鳞片。

这三种形态的动物都在这片沼泽里茁壮成长,而且形式极为典型。对于鸟儿来说,羽毛是非常理想的覆身之物,因为它们需要让自己的体重保持在最低限度,同时又要达到最佳的保温效果。温血兽类身披毛皮,因为它们绝不能让自己的热量散失。

当然,这只是动物们的外表形态。它们的内部生理结构采用了几乎无数种方法来解决自己的生存难题。每一种动物都是独一无二的,每一个星球都是生物多样性的绝妙实验室。一颗行星应当是一只巨大的温床,它培育生命的职能理应得到保护。乌赛卡尔丁和他的同伴都对这一点深信不疑。

根据文明战争公会的划定,泰姆布立米人和泰纳尼人是相互敌对的两方——当然不像格布鲁人和加斯上的地球人那样势不两立,但也确实彼此对抗。种族间的斗争有许多种形式,大多数都非常危险而且后果极为严重。不过,乌赛卡尔丁还是有些喜欢这个泰纳尼人。同你喜欢的人开玩笑,总是来得更轻松一些。

乌赛卡尔丁艰难地登上泥滩,他的绑腿挡住了漂浮着毒油的污水。在检查了一下辐射强度之后,他轻轻地朝支离破碎的飞船走去。

　　库尔特看着泰姆布立米人消失在难船的侧腹旁。他像自己答应过的那样,一动不动地坐在原地,偶尔用船桨拨动几下缓缓流动的河水,躲开漂来的油污。他的腮缝中冒出一股股黏液,以便驱散袭来的恶臭。

　　五大星系中尽人皆知,泰纳尼人都是坚强的战士、勇敢的星际种族。只有当他们在某一颗生机勃勃的行星上落脚时,库尔特和他的同族才有机会放松下来喘口气。在其他时候,他们不得不严阵以待、提心吊胆。正因为如此,泰纳尼人的战舰就像他们的家园星球一样,既坚固又耐用——他们制造的侦察艇就绝不会像这艘泰姆布立米飞船一样被区区一束万亿瓦的激光从天上打下来! 泰姆布立米人并不看重装甲,而是更热衷于速度和灵活性,但这次的灾难便可以证明泰纳尼人有多么明智。

　　飞船坠毁让他们没有多少选择的余地。若想突破格布鲁人的封锁线,机会非常渺茫,而另一个办法就是同幸存的地球人官员一同躲起来。几乎再没有别的出路了。

　　或许坠机已经是他们最好的下场了。至少这里只有些污泥浊水,而他们还活着。

　　库尔特抬起头,发现乌赛卡尔丁已重新出现在飞船残骸的一边,手中拿着一只小包。那位泰姆布立米人使节突然脚下一滑,摔倒在水中,头上的软毛一下子完全直竖起来。库尔特以前就知道,泰姆布立米人头顶的毛发并不像泰纳尼人的羽冠一样能够有效地发散过剩的热量。

　　在库尔特的种族里,某些群体总爱用这种事情来证明泰纳尼人天生优越于其他种族;但库尔特属于另一个阵营,他们的见解更仁慈一些。他们相信,每一种生命形式都理应在宇宙的生命整体中拥有自己的一席之地。即便是野蛮而又难以捉摸的"狼崽子"地球人,甚至是那些异教徒,也都有生存的权利。

乌赛卡尔丁费力地朝小船走回来,头上的卷须蓬然竖起,但这并不是因为他的体温过高。他正在努力营造一股特殊的精神信息流,它能渗进别人的意识,勾起对方的好奇和疑惑。

这片意念云团在明亮的阳光下盘旋飘动。它从乌赛卡尔丁的卷须上升起,聚合在一块儿,而后急切地向前弹出,朝库尔特飞去,在那个泰纳尼大块头的羽冠上舞动,似乎欣喜而又好奇。

显然,这个格莱蒂克人并未在意。他对任何东西都无动于衷,但谁也不该因此而责怪他。毕竟,精神信息流是一种无形的意念,并非实实在在的物体。

库尔特帮乌赛卡尔丁爬到船上,他抓住乌赛卡尔丁的腰带,将他大头朝下拉上了摇摇晃晃的小船。"我又找了一点食物,还有些工具,我们可能用得上。"乌赛卡尔丁用格莱蒂克七号语说道,摇摇晃晃地爬起身。库尔特伸手扶住了他。

那只小包突然裂开,里面的一只只瓶子滚落在降落伞布做成的船底上。那股精神信息流依旧在泰纳尼人的头顶上盘旋,正在等待合适的时机。当库尔特伸出手准备收拾掉落的东西时,旋转着的信息流发起了突袭!

它撞在泰纳尼人赫赫有名的顽固脑袋上,被弹了回来。库尔特的意识迟钝而又麻木,根本无法渗透。在乌赛卡尔丁的激励之下,精神信息流重新跃起,然后又朝库尔特的羽冠猛扑过去;这时,泰纳尼人刚刚挑出一只分量比较轻的瓶子,正要递给乌赛卡尔丁。不过,外星人那与尘世格格不入的头脑再次将意识云团顶得摇摇晃晃。

乌赛卡尔丁决心再做一次努力。他装出一副笨拙的样子接过那只小瓶，将它放在一旁，驱动精神信息流发起了最后的冲锋。但这一次，泰纳尼人头脑中坚固无比的堡垒将袭来的意识之云撞得四分五裂。

"您还好吧?"库尔特问道。

"噢，我没事。"乌赛卡尔丁头上的软毛无力地耷拉下来，他沮丧地叹了口气。不管怎样，他也要想方设法激起库尔特的好奇心!

没关系，他想，我从没奢望自己能轻松地达到目的。还有的是时间。

在他们的前方横亘着数百公里的荒原，然后就是穆伦山脉。当他们最终穿过信德谷地之后，便能到达海伦尼亚。乌赛卡尔丁有位神秘的伙伴正等在那里，已经准备好再同库尔特开一个大玩笑。对泰纳尼人来讲，那将是一段漫长而又难熬的经历。还是耐心点吧，乌赛卡尔丁告诉自己，最出色的恶作剧总是要花些时间的。

他把小包放到粗陋的座位下面，用一根线绳将它紧紧绑住，"我们出发吧。我相信我们会在远处那片浅滩捕到不少鱼，而那些树林能为我们遮挡正午的烈日。"

库尔特粗声粗气地表示赞成，随即拿起了自己的船桨。二人一起努力，划动小船穿过沼泽，将那艘被抛弃的飞船留在身后，缓缓陷进正在不屈不挠地吞食着它的淤泥之中。

第四十四章　格莱蒂克人

在俯临行星的太空轨道上，入侵者部队的军事行动已经进入了一个新阶段。

在入侵初期，格布鲁人发起的进攻主要是针对地球佬那场短暂而又令人惊讶、激烈但几乎毫无意义的抵抗。随后，他们在加斯上的势力逐渐稳固，便开始实行一系列弘扬大道、清除余孽的计划。在这段时间里，舰队的首要任务是防守。

五大星系完全陷入了混乱之中。所有其他的星际同盟也在寻找机会控制加斯星球。不然的话，尽管地球人-泰姆布立米人联盟在别处已经有不少麻烦，但他们势必将在这里发起反击。格莱蒂克人的战术分析计算机已经推测出，"狼崽子"们可能会愚蠢地铤而走险，不过，地球佬全都难以捉摸，谁也无法知道他们具体会采取什么行动。

古克须-格布鲁种族已经在加斯这个舞台上倾注了太多的精力。他们无法承受失败的打击。

因此，舰队已布置妥当。一艘艘战船都在严密监视着超空间的五个层面，监视着附近的中转站，监视着模样好似彗星一般的跃迁节点。

好消息频频传来：地球人疲于奔命，泰姆布立米人处于绝望之中，那些江湖骗子曾试图争取联合麻木不仁的中间派种族，但遇到了不少困难。信守中庸之道的温和派一直没有干预加斯事件，因而事态渐渐变得明朗起来——他们不会对格布鲁人构成威胁。

但另外一些强大的种族开始忙碌起来。其中有几个种族行动很快，想要抢得先机；有些人正在忙乱而又徒劳地搜寻失踪的海豚飞船；而另一些人则以混乱为借口，趁机向宿敌报仇。数千年来订立的协约顷刻间土崩瓦解，像超新星爆发时的气体星云一样消失殆尽。五大星系赖以维系的古老社会体制面临着烈焰的舔舐。格布鲁家园星球发来了新的指令。一旦加斯的陆基防御体系建造完毕，舰队的大部分有生力量必须离开这旦去执行其他任务。剩下的部队应当足以守住加斯，抵御任何可以预料到的威胁。

主宰者们在下达命令的同时也对诸位宗主做出了补偿。军务宗主得到了嘉奖。正道宗主则得到承诺，加斯星球上将为远征军建造一座更完备的行星分支数据库。

新任的政务宗主不需要任何补偿。对这位继任者来讲，撤回部队的命令本身就是一个胜利。因为在国民事务部官员的骨子里，谨慎是第一要素。审计警备局的事务官大人为自己的换羽赢得了点数——为了同那两位更有经验的同僚竞争，他太需要这个资本了。

一艘艘战舰出发前往最近的中转站，他们确信加斯的局势已处在牢牢的掌握之中。然而看着硕大无朋的飞船纷纷离去，留下来的地面部队对前景并没有十足的把握。有迹象表明，在这颗行星上隐藏着小股抵抗组织。边远地区的新生黑猩猩正在展开某种行动，尽管那只算是小小的骚扰。既然他们是地球人类的伙伴和受庇护种族，这种讨厌而又不得体的行为也并不令人吃惊。格布鲁最高指挥系统早已采取了预防措施，于是便把注意力转到了别的方面。

某些来自敌方的情报引起了三巨头的主意，这事关加斯星球本身的存亡。情报中暗示的线索有可能会让格布鲁种族做出的一切努力全部落空。但如果消息准确无误，那就会引发数不清的可能性！

无论如何，这种事情一定要得到重视。格布鲁人占据的优势地位可能岌岌可危。对于这一点，三位宗主完全同意。这是他们第一次真正地统一了意见。

一个排的利爪兵注视着考察队向山地进发。身体细长的鸟儿们身穿作战服在树顶掠过，背上的飞行装具发出微弱的"呜呜"声，带着他们轻盈地穿越一道道狭窄的山谷。一辆悬浮坦克在他们头顶上来回巡游，另一辆则掩护着行军队伍的后翼。

坐在悬浮运兵车里的科学家调查员，处于重兵保护的中心。这些交通工具浮升在一层薄薄的气垫之上，朝山坡上"隆隆"开去。它们必须要避开嶙峋起伏的山脊。不过队伍的行进并不匆忙。他们要去追查的传闻可能根本就是无稽之谈，但宗主们坚持要查个水落石出，只为以防万一。

第二天晚些时候，他们的目标出现在视线之内。那是一条狭窄的山谷，谷底有一片平地。许多建筑物在不久前被烧成了一片瓦砾。

悬浮坦克分别守在了这片焦土的两端。随后，格布鲁科学家和他们的科瓦克助手走出了运兵车。废墟还在散发着恶臭，鸟儿们站在远处，"叽叽喳喳"地向"嗡嗡"作响的取样机器人下达命令，指导它们搜寻线索。浑身雪白、毛茸茸的科瓦克人不像自己的庇护主那么讲究，他们径直冲进了断壁残垣之中，一边嗅闻，一边探察，嘴里还兴奋地叫个不停。

他们很快就得出了结论。这是一次故意的破坏行动。肇事者有意通过烟雾和废墟来掩盖某种东西。

亚热带地区的黄昏总是突然降临。不久，调查员们就只能在聚光灯的强光下费力地工作了。最后队长命令大家暂停。他们不得不等到明天早晨才能进行全面的调查和分析。

专家们回到运兵车里过夜时，还在喋喋不休地谈论着刚才的发现。他们找到了不少线索，令人兴奋而又极度不安。

不过，明天还有充裕的时间来完成工作。技师们关紧车门，将黑夜挡在门外。六名自动防卫机器人无声地升到空中，机械而又勤恳地恪尽职责，在车辆上方不停地旋转着。星光下，加斯星球也在缓缓旋转。森林中传来微弱的"沙沙"声，这是那些夜行动物在忙自己的正经事——捕猎和牺牲。机器人对它们毫不理睬，仍在泰然自若地继续转动。暗夜慢慢过去。

黎明前不久，一些外来的身影在星光照耀下的林间穿行。野生的小动物们纷纷躲藏起来，侧耳倾听，那些不速之客慢慢地从它们身边爬过，小心地不弄出一丝声响。

自动防卫装置也注意到了这些新来者，便按照自身程序设定的标准对它们进行衡量。分析结果是——这些生物完全无害。于是，机器人又一次没有采取任何措施。

第四十五章　艾萨克莱娜

"那些笨鸭子，要收拾他们简直太容易了。"本杰明说道，此时他正在西面山坡上观察敌情，位置居高临下，而且十分隐蔽。

艾萨克莱娜抬起头看了她的助手一眼。本杰明所做的比喻让她一时没有反应过来。笨鸭子？或许他是指敌人都是鸟儿？

"你的意思大概是说，他们看来颇为自满、毫无提防？"她说道，"但他们自有道理。格布鲁人对战斗机器人非常依赖，而我们泰姆布立米人则不然，因为我们觉得这种装置既昂贵又死板。尽管如此，那些机器人还是非常强大，不容忽视。"

本杰明严肃地点点头，"我会记住您的教诲，长官。"

不过，艾萨克莱娜感觉他并未真正受到触动。他同海伦尼亚抵抗组织派来的代表一起参与制订了今天早晨的进攻计划。本杰明乐观地坚信，这个计划肯定能够成功。

城里的黑猩猩将在黎明前对信德谷地发起进攻，而后这里将按计划开始行动。这次袭击的主要目的是要在敌人之中制造混乱，而且或许可以教训一下他们。艾萨克莱娜拿不准这个方法是否能奏效，但她还是同意冒险。她并不希望格布鲁人能从豪莱茨研究中心的废墟里发现太多的线索。

至少她现在还不希望。

"他们在旧主楼的废墟下面宿营,"本杰明说,"就跟咱们期望的一样。"

艾萨克莱娜不安地看了看黑猩猩那只晶体夜视望远镜,"你能肯定敌人探测不到咱们那些装置?"

本杰明点点头,眼睛没有离开望远镜,"是的,长官。我们曾把类似的装置放在一道山坡上,就在一个巡逻的毒气机器人旁边,而那家伙的飞行路线一点也没有改变。敌人能够探测到的材质,我们已经大体掌握。很快……"

本杰明停住了话头。艾萨克莱娜感到他突然紧张起来。

"怎么了?"

黑猩猩向前俯下身,"我看到树林里有一些影子,肯定是咱们的人正在就位。很快咱们就能知道,那些战斗机器人的程序设定是不是跟您估计的一样。"

本杰明此时紧张得要命,并未把望远镜递给她。这就是*庇护主和受庇护种族之间的礼节*,艾萨克莱娜想。这无关紧要。她还是更愿意用自己的精神去感应。

她感觉到,下面有三种不同的两足类动物已包围在格右鲁人考察队的四周。如果本杰明用望远镜看到了他们,那么他们肯定已处在敌人防卫机器人的探测范围之内。

而那些机器人居然没有任何反应!时间一秒一秒地过去,旋转的机器人并未向树林里渐渐逼近的身影射击,同时它们也没有向自己熟睡的主人发出警报。

她长出一口气,心中的希望渐渐增大。机器人的反应是个至关重要的信息。看到它们仍在无声地旋转,她知道——并不只是在加斯,而是在其他所有的地方,包括在天顶闪烁的星河——整个五大星系之中,有一件事情终于露出了端倪。

生态保护法则仍在起作用,艾萨克莱娜想,格布鲁人仍然受约束。

同其他许多狂热的好战种族一样,格布鲁联盟不会忠实地信守《行星生态控制法》的规定。艾萨克莱娜知道,这些鸟儿都是些偏执狂,如果此时法规在五大星系中仍然有效,他们便会对防卫机器人的程序做出相应的设定;若是法规被众族践踏,事情将全然不同。

如果五大星系完全失控,格布鲁人肯定会设定机器人的程序,要它们消灭方圆数百英亩范围内的所有生命,绝不会让自己冒一点被攻击的风险。

但是,如果法规仍然有效,那么敌人就不敢轻易违反。因为一旦战局失利,这些法规同样也能保护他们自己。

第九百一十二条法规是这样规定的:在可能的情况下,一切非战斗人员都不得受到伤害。这条规则适用于与战斗无关的所有生命,甚至并不限定于单独的个体。尤其在加斯这样饱受灾难蹂躏的星球上,除交战双方之外的一切族类都应受到保护——具有十亿年历史的传统在保护着本地的生命形式。

"你们这些卑鄙的东西,现在因为自己的想当然而陷入了绝境。"艾萨克莱娜用格莱蒂克七号语说道。显然,格布鲁人在设定机器人的程序时,要它们探测的是由智能生命的工厂制造出来的武器、衣服、机械——他们永远都想不到,前来袭营的敌人竟会赤裸着身体,同森林里的野兽没有任何区别!

她微微一笑,想起了罗伯特。这部分方案是他的主意。

半透明的灰色曙光在天边展开,渐渐将愈发微弱的星光遮没。艾萨克莱娜的左侧是他们的军医，艾莱娜·苏。这位上年纪的雌性黑猩猩看了看自己那块全金属材质的手表，而后意味深长地轻轻敲了敲表蒙子。艾萨克莱娜点点头，允许实施下一步行动。

苏博士抬手放在嘴边呈喇叭状，发出了一声尖厉的号叫，那是加斯星球上法乌阿鲁鸟的叫声。艾萨克莱娜没听到谷底三十支十字弓齐射时弓弦的鸣响，她一下子紧张起来。如果格布鲁人已经发明了更高级的机器人……

"成功了！"本杰明欢叫道，"六个小家伙，全都给击碎了！所有的机器人都被打掉了！"

艾萨克莱娜松了一口气。此时，罗伯特就在下面。现在或许她能相信，他和其他战士确实运气不错。她拍了拍本杰明的肩膀，那只黑猩猩不情愿地把望远镜递了过来。

敌人肯定注意到监视器的屏幕变成了空白。下面传来微弱的"嗡嗡"声，一辆悬浮坦克的顶部舱盖打开了，一名戴着头盔的利爪兵从舱门中钻出来，察看着寂静的草地。当他看到身边一具机器人的残骸时，马上张开长喙发出警报。突然，他近旁的树枝猛地一动，什么东西从附近的一棵树上猛然跃起。士兵连忙转身，拔出了激光枪。一道蓝色的电光向那个黑影射去。

光束没有击中目标。慌乱的格布鲁枪手无法看清那个模糊的身形，因为那东西既不是飞，也不是跳，而是抓着一根长藤在空中悠荡！随后又闪出两道明亮的光束，不过此时士兵失掉了最后的机会。那个影子的双腿已紧紧夹住鸟儿细长的身体，只听"咔嚓"一声，格布鲁人的脊骨就被拧断了。

艾萨克莱娜的心狂跳起来，因为她看清了，那是罗伯特。他跳过利爪兵扭曲的尸体，站在坦克的炮塔上，举起一只手臂发出了信号。突然间,谷底的空地上到处都是奔跑的身影。

黑猩猩们手持一只只陶瓶,冲到了坦克和运兵车周围。在他们后面,摇摇晃晃地跑着一些更大的家伙,全都扛着笨重的大包。艾萨克莱娜听到本杰明带着压抑的不满低声自言自语了一句。让大猩猩参加行动是艾萨克莱娜的主意,而这个决定并未得到广泛的支持。

"……三十五……三十六……"艾莱娜·苏正在一秒一秒地计时。随着曙光来临,他们已经能够看到黑猩猩爬上了外星人的车辆。这又是一个冒险之举。出其不意的突袭能够让敌人来不及做出反应吗?

就在第三十八秒,袭击者的好运溜走了。警报声首先从打头阵的坦克那里响起,随即殿后的那一辆也开始发出尖叫。

"小心!"下面有人在高喊。

利爪兵从运兵车中仓皇而出,他们的军刀步枪射出一道道灼热的光束。黑猩猩们有的尖叫着倒在地上,扑打着燃烧的皮毛;有的已被射穿了身体,无声地栽倒在树丛中。艾萨克莱娜紧紧揾住她的卷须,这才没有被伤亡者极大的痛苦震撼得昏厥过去。

这是她第一次接触真正的战争。现在这一切完全不再是开玩笑,只有痛苦和可怕的死亡。

这时,利爪兵开始一个个倒下。鸟儿们四处蹦跳着寻找消失在树丛中的目标,立时被飞来的羽箭射倒在地。剩下的士兵连忙调试手中的武器,想要搜寻能量来源,但他们追踪不到任何激光武器,也没有脉冲发生器,甚至连火药击发的弹丸枪也找不到。但同时,十字弓的羽箭如同飞蝗一般袭来,格布鲁士兵一个接一个地抽搐着死去。

　　两辆悬浮坦克接连升到激荡着爆炸声的半空中。先头的那辆坦克转过头，三管炮筒中喷射出一束束强光，从森林中扫过。

　　光束所到之处，一棵棵高耸的大树从中心部分爆炸开来——在那一瞬间，它们的树冠像是悬挂在半空中，而后在烟雾和飞扬的碎木中直落而下。崩断的藤蔓像痛苦的毒蛇一样来回甩动着身子，将体内来之不易的汁水喷溅到各个方向。黑猩猩们从碎裂的树枝丛中四散奔逃，不断发出阵阵尖叫。

　　这一切都值得吗？啊，什么事情值得生命付出如此高昂的代价？

　　此时，剧烈的精神震撼令艾萨克莱娜的卷须铺散开来，她感到自己头上正逐渐生出一股精神信息流。她愤怒地抗拒着这股尚未成形的意识云团——她刚才那个问题的答案。现在，她再也无法忍受这种只有泰姆布立米人才能体会到的强烈痛苦。她只想哭，像地球人一样大哭，但她不知道如何才能哭出来。

　　森林中充满了恐惧，野生动物们纷纷逃命。有些动物从艾萨克莱娜和本杰明的头顶飞蹿而过，惊恐而又绝望地尖叫着逃向远处。具有致命杀伤力的战车朝视线中的所有目标射击，屠杀激起的死亡气息向四周急速蔓延。到处都是爆炸和火光。

　　这时，就像刚才突然开火那样，先头坦克突然停止了射击。它的炮管一根接一根地冒出白里带红的光，随即哑然无声。战场上的轰鸣马上减弱了一半。

　　另一辆坦克似乎也遇到了同样的麻烦，但还在试图继续射击，不过它的炮管也在"噼啪"作响，随即缓缓地耷拉了下来。

　　"快趴下！"本杰明大吼一声，扯着艾萨克莱娜伏低了身子。幸亏山坡上的队员们隐蔽及时，因为这时随着一道灼热的闪光，殿后的那辆坦克发生了爆炸。金属装甲和塑料型材的碎片从他们的头顶上呼啸而过。

艾萨克莱娜眨动着双眼,刚才的强光耀得她眼前白花花一片。超负荷的感官刺激令她的头脑一时之间混乱不堪。

"另一辆被卡住了!"有人在高喊。这时艾萨克莱娜已恢复了视力,她能清楚地看到,先头坦克的护甲上升起一团浓烟,炮塔发出一阵阵磨咬的噪音,看来它已经动弹不得了。在燃烧的草木散发出的浓烈味道中,混杂着一股腐蚀剂的刺鼻气味。

"果真有效!"艾莱娜·苏欢呼一声,随即翻过山脊,跑去救护伤员了。

本杰明和罗伯特以前就提出过建议,打算使用化学物质对付格布鲁人的巡逻车队。后来艾萨克莱娜对这个计划做了改动,以便能达到她自己的目的。她不想将格布鲁人全部杀死——到目前为止,他们一直都将敌人消灭得干干净净。这次她要留几个活口。

现在艾萨克莱娜达到了目的,敌人都被困在车里,既不能逃走,也不能反抗。他们的通信天线已经融化,无法与外界联络,而此时信德谷地的攻击肯定已经开始了。格布鲁人的高层指挥机构只能先解决自己身边的麻烦。支援这里的援兵要等一会儿才能到达。

空中的碎片纷纷飘落在地上,一时间森林中寂静无声。尘埃渐渐落定。

这时,山下传来阵阵尖叫,越来越响亮——在人类开始干涉黑猩猩的遗传因子之前,那些生灵就已经在这样欢呼了。艾萨克莱娜还听到另外一种声音,一阵高低起伏的嗥叫,洋溢着胜利的喜悦,那是罗伯特的"泰山吼"。

太好了,她想,这样一场杀戮之后,他还活着。

但愿他以后能遵照计划行事,而且不要总是逞一时之勇!

黑猩猩们从东倒西歪的树丛中爬出来,其中一些战士连忙赶去帮助苏博士照顾伤者;另一些则严阵以待,围住了动弹不得的车辆。

本杰明望着西北方向,那里还有几颗晨星,正在黎明的光华中渐渐隐去。能听到那个方向传来的微弱的"隆隆"射击声。"不知法本和城里的那些小伙子进行得怎么样了。"他说道。

艾萨克莱娜现在才放开了对卷须的控制。她头上缓缓生出一股精神信息流……意味着一切都尚未成定局,还需要再等待。"咱们对那儿无能为力,"她告诉他,"只有这里,在这个地方,才是咱们的天地。"

她举起一只手,示意山坡上的队员继续前进。

第四十六章　法　本

　　信德谷地的方向冒出滚滚浓烟。麦田和果园中四处升起熊熊烈焰，飘飞的灰烬烟尘让晨光很快就变得苍白而暗淡。

　　法本此时正在一百米高的空中飞翔。他趴在一架手工制作的大风筝那粗糙的木制框架上，用野战望远镜扫视着散布在地面上的一片片火光。信德谷地的战斗仍在继续。抵抗组织原想策划一次"打了就跑"的快速突袭，以此来有效地打击敌人，但他们的进攻被击溃了。

　　此时，飘浮在空中的烟云开始缓缓坠下，就好像漆黑的浓烟和战士们的沮丧情绪令它不堪重负。很快，法本就看不到一公里之外的景物了。

　　"法本！"

　　盖莱特·琼斯在下面朝他挥舞着手臂。她身边左侧不远处就是风筝投下的阴影。"法本，你看到C组了么？他们拿下格布鲁人的据点了吗？"

　　法本夸张地摇摇头。

　　"看不到他们！"他叫道，"但那里有敌人装甲部队掀起的烟尘！"

"在哪儿？敌人的数量多吗？我们把系缆再放开一些，好让你升得再高一点，你大概就能看清——"

"千万不要！"法本大喊起来，"我现在就要下去。"

"可我们需要情报——"

他坚决地摇摇头，"前面到处都是敌人的巡逻队！咱们得快点离开这里！"法本朝控制着他的系缆的黑猩猩们使劲招手。

盖莱特咬住嘴唇，点了点头。大家开始收紧系缆，把法本扯下来。

当他们的进攻失败、互相失去联系之后，盖莱特想要得到情报的欲望变得越来越狂热。平心而论，法本并不能因此而责怪她。他自己也急于想知道到底发生了什么事情。前方也有他的朋友！但现在最好还是想想他们自己的安危吧。

刚开始的时候事情进行得非常顺利。他一边慢慢下降一边想。上个星期，在格布鲁人工事中工作的黑猩猩就已将爆炸物小心地安放在工地中。起义一开始，这些工人便引爆了炸药。八个目标中，有五处建筑燃起了大火，熊熊烈焰朝着黎明的天空翻卷而上。

但随后，敌人的先进技术开始显示出优越性。格布鲁人的自动防御系统马上做出了回应，简直令人根本反应不过来。非正规军的黑猩猩战士刚刚开始进攻，敌人的火力便像长柄大镰刀一样在冲锋的起义者阵形中扫过。据法本所知，黑猩猩没有攻克一处重要目标，更不要说据守了。

一句话，事情绝对不妙。

粗糙原始的滑翔机急剧下降，猛地一歪，法本不得不控制风筝，尽量兜住向上涌来的气流。地面朝他疾冲过来，他弯曲双腿准备落地。随着一声刺耳的巨响，木制框架上的一根立柱经受不住着陆的撞击,砰然断裂开来。

还好,立柱断了总比骨头断了强。法本咕哝着,解开身上的安全带,挣脱了土布背带的沉重束缚。真正的滑翔翼伞都装有合成材料框架和高强度蒙布,比现在这玩意儿不知要结实多少倍。但黑猩猩们还不知道入侵者追踪人造物品的原理,因此法本坚持要乘坐这个笨重而又拙劣的土造飞行器上天。

脸上满是疤痕的大个子黑猩猩麦克斯站在一旁看着他,手中擎着一枝缴获来的格布鲁人激光枪。他伸出一只手,"法本,你还好吧?"

"谢了,麦克斯,我很好。快点把这玩意儿拆掉吧。"

队员们连忙将风筝拆开,搬到了附近的树林中。从黎明前这场倒霉的袭击开始起,格布鲁人的悬浮车和战斗机便不停地从他们头顶飞过。其实这只风筝几乎无关紧要,因为敌人的雷达波和红外线根本扫描不到它。但起义者在白日里使用它还是过于冒险。

盖莱特在果园边上等着他们。她好不容易才勉强相信格布鲁人确实拥有某种秘密武器,能够探测到地球人类的工业制品。但尽管法本一再坚持,她还是只采纳了他的部分意见。这位黑猩猩姑娘身穿半长的棕色外袍和短裤,外罩土布上衣,手中抓着记事本,胸前还别着一支记录笔。

法本费了不少唇舌才让她丢掉了便携式数据显示屏。

法本之前恍惚觉得,当盖莱特看到他从散架的风筝中站起身时,她似乎松了一口气。但法本发现自己错了。现在她一门心思只想着一件事情。

"你看见什么了?敌人从海伦尼亚派来的增援部队多吗?约西那个组现在离天网炮台有多近?"

今天早晨有多少优秀的黑猩猩失去了生命,可看来她只关心她那该死的情报!

格布鲁人的防御太空进攻的要塞,是几个只能抓准时机进行攻击的目标之一。到目前为止,山地中的几次小规模伏击尚不足以引起敌人的注意。法本一直坚持,城市黑猩猩的第一次进攻必须要给格布鲁人以沉重的打击。以后,敌人可绝不会再像现在这样毫无防备了。

但根据盖莱特的计划,在信德谷地展开的行动要以她派出的观察员为主,而不是战斗小队。对她来讲,情报要比打击敌人重要得多。而令法本大为吃惊的是,司令官竟然同意了盖莱特的安排。

他摇摇头,"炮台那个方向有很多浓烟,所以我想约西可能有所进展。"法本拍了拍身上的尘土。他那件土布织成的外套上已撕开了一条口子。"我看到敌人的大批增援部队正在四处活动。情报都装在这里了。"他敲了敲自己的脑袋。

盖莱特做了个鬼脸,显然她现在就想得到消息。但此时他们已经大事不妙,再耽搁一会儿肯定会更糟。"好吧,迟些再听你汇报。现在你我之间算是扯平了。"

你这是在开玩笑吧。法本满含嘲讽地想。他转过身。"伙计们,你们把那玩意儿埋起来了么?"

在一棵树隆起的树根旁,风筝小组的三只黑猩猩正在用脚将树叶归拢起来,盖住地上一个矮矮的土墩。"完活了,法本。"他们走到旁边的一棵树下去拿自己的猎枪。

法本皱起眉头,"我想,咱们最好还是扔掉这些枪吧。它们都是地球人的制品。"

盖莱特坚决地摇摇头,"扔掉它们,我们用什么来作战? 只有手头这六到十支缴获来的格布鲁激光枪,我们能干什么? 就是让我一丝不挂去进攻敌人,我也愿意,但就是不能没有武器!"她那双棕色的眼睛像是在冒火。

法本感到自己的怒气也在勃然上升,"你倒是想去进攻敌人。你干吗不用削尖的铅笔去捅那些该死的呆鸟呢!? 你最喜欢的武器不就是你那支笔么?"

"你这么说可是太不公平了! 我记下所有的事情是因为——"

她话没说完,麦克斯猛地大吼一声:"快隐蔽!"

突然传来的破空之声在刹那间变成了一声巨响,一个白色的东西在近旁的树顶一闪而过。树叶被纷纷撕离枝头,飞旋着飘向草地。法本根来不及扑倒在虬结的树根后面藏身,他刚一抬头,正好看到外星人的战船飞到了对面的山顶上,先在那里转弯,而后又朝这边飞了回来。

他感到盖莱特就在自己身边。他左侧的麦克斯此时已爬上了一棵大树。其他的黑猩猩都向右侧逃去,正在奔向草地旁的果园。

法本看到那几只黑猩猩朝再次飞来的敌船举起了枪。

"不!"他叫道,但明白自己已经太迟了。

泥土和烂草突然从果园边的草地喷向天空,就像是被愤怒的魔鬼肆意抛掷。眨眼间,一个巨大的旋涡在旁边的果树丛中横扫而过,将粉碎的树叶、枝条、泥土、血肉和骨头甩向四面八方。

盖莱特盯着眼前的惨景,目瞪口呆。法本猛扑在她身上,二人刚刚倒地,爆炸的冲击波便訇然滚来。白色的敌船从他们上方轰鸣着呼啸而去,法本能感觉到从身上扫过的飞船的尾流。

未被炸碎的树木猛烈摇摆着,在气浪中不住地颤抖。碎片如同雨点一般打在了法本的背上。

"噢——!"

盖莱特挣扎着从他的臂下露出脸来。她喘息着说:"我快要憋死了!快从我身上起来,你这个臭烘烘、满身跳蚤、吃蛾子的……"

法本看到敌船消失在远山之外,他迅速站起身。"快点,"他说着,将她一把拉了起来,"咱们得离开这里。"

盖莱特刚站直身体,口中那些花样翻新的詈骂马上就戛然而止。格布鲁武器的杰作令她喘不上气来,她简直不敢相信眼前恐怖的场景竟然是真的。

遍地的碎木中夹杂着三位黑猩猩战士狼藉的残骸,令人毛骨悚然。他们的猎枪散落在四处。

"你现在可以捡起一支枪,自己去和敌人拼命,小妹妹。"

盖莱特眨巴着眼睛,摇摇头,嘴里吐出了一个字:不。她彻底信服了。

突然,她猛地转过身:"麦克斯!"

她朝刚才最后一次见过麦克斯的地方走去,要寻找她那位壮硕而又阴沉的仆人。但正在此时,空中传来了一阵"隆隆"声。

法本拉住了她,"这是敌人的运兵船。咱们没有时间了。如果他还活着,肯定会安然脱险的。咱们走吧!"

敌人运输机的轰鸣声越来越近。但她还在坚持。法本催促道:"噢!看在老天的分上,你还得保住你的情报呢!"

这句话才算说到了点子上。盖莱特任由他拉着自己,跌跌撞撞地在他身后走了几步,随即跟着他迈开了大步,最后他们一同奔跑起来。

这个女孩子,法本想着,同盖莱特一起在树木的掩蔽下狂奔,尽管她是个讨厌的家伙,但至少还算有胆量。这肯定是她第一次见到这种场面,她居然没有吐出来。

是吗? 在他心中又响起了另一个声音,那你第一次见到这种场面是什么时候? 你不也是头一回吗? 同刚才的惨景相比,太空战要干净利落得多。

法本暗自承认,他之所以没有呕吐,最主要的原因就是,那会让他在这个不同寻常的姑娘面前浪费掉自己的早餐。他绝不会让她得意的。

二人趟过一条满是淤泥的小溪,继续向前去寻找藏身之处。

第四十七章　艾萨克莱娜

现在全要看本杰明的了。

艾萨克莱娜和罗伯特从坡顶向下观望,看到他们的朋友正朝格布鲁人的车队走去。有两只黑猩猩陪伴在本杰明的身旁,其中一只黑猩猩的手中高举着一面休战旗。旗帜上的图案与大数据库的标志一模一样——向外辐射而出的螺旋线.那是格莱蒂克文明的象征。

三位黑猩猩使者已脱去土布外衣,换上了银色的长袍,这种礼服的裁剪样式与他们的两足动物体型和身份恰好相配。他们这样贸然上前确实需要一些勇气。尽管车队已经动弹不得——半个多小时以来,敌人没有任何动静——但三只黑猩猩肯定都在提心吊胆,不知敌人会做何反应。

"那些呆鸟很可能会先派一个机器人来应付。"罗伯特沉思着说道,双眼紧盯着望远镜的显示屏。

艾萨克莱娜摇摇头,"那可不一定,罗伯特。快看,中间那辆运兵车的门开了!"

二人在高处可以将谷底空地上发生的一切事情都看得清清楚楚。一辆悬浮坦克仍在冒烟,它身后阴沉沉地耸立着豪莱茨研究中心的断壁残垣。另一辆坦克毫无用处的炮管垂头丧气地耷拉着。倾斜的车身四周,护甲已变成了碎片。

在这两辆被击毁的飞行机器之间,从一辆一动不动的运兵车中,冒出了一个浮动的身影。

"我猜对了。"罗伯特厌恶地哼了一声。那确实是个机器人,也举着一面飘动的旗帜,旗上也绘有放射的螺旋线,只是图案样式与黑猩猩的不同。

"这些该死的呆鸟始终认为黑猩猩不过是地上的爬虫。格布鲁人只有在被逼无奈的情况下才会公平地看待黑猩猩。"罗伯特说道,"他们想用机器来摆平事端。我只盼本杰明没忘记自己该做什么事情。"

艾萨克莱娜碰了碰罗伯特的胳膊,这样做也是为了提醒他把声音放低,"他知道该干什么,"她轻轻说道,"而且还有艾莱娜·苏帮他呢。"不过,二人在观望时都不由生出一股莫名的无助之感。现在本应由双方的庇护主出面会谈,而不该让受庇护种族独自应付这种情况。

显然,悬浮在半空的机器是格布鲁人的样品采集机器人,它在匆忙之中才肩负起了这项外交重任。这时,三只走上近前的黑猩猩已停下脚步,将休战旗插进了地面。机器人在他们面前四米处停了下来,发出一连串尖厉而又愤怒的唧啾声,艾萨克莱娜和罗伯特听不清它在叫嚷什么。不过,那声调听起来十分蛮横。

两只黑猩猩后退一步,紧张地咧开嘴巴笑了。

"本,你能对付它!"罗伯特低吼道。艾萨克莱娜看到,青筋在罗伯特肌肉发达的双臂上虬结暴起。若是换作泰姬布立米人，这些凸起的筋脉肯定代表着让身体发生变化的腺体……这种比较令她浑身颤抖起来，随即又将目光转到了望远镜的显示屏上。

下面的山谷中，黑猩猩本杰明像岩石一样纹丝不动，显然对那台机器毫不理会。他只是静静地站在那里等待。最后，机器人怒气冲冲的长篇大论终于结束了。一时之间，谷底中一片寂静。随后，本杰明挥动手臂，做了一个简单的动作——就像艾萨克莱娜教给他的一模一样——智能生命的事情用不着机器来插手，没有生命的东西趁早滚开。

机器人再次尖叫起来，这次它的声音更尖厉，腔调中还透出一种绝望。

黑猩猩们仍然站在原地等待着，这次甚至根本不去屈尊理会机器的争辩。"看他多傲慢自负啊！"罗伯特赞叹道，"干得好，本。让那帮家伙瞧瞧，你们也有自己的身份和地位。"

几分钟过去了。双方一直在僵持。

"格布鲁人的这支车队竟然没有配备精神感应防护装置就进了山！"艾萨克莱娜突然叫道。她用手轻轻按住自己的右额角，头上的卷须在舞动，"也可能他们的防护装置在袭击中被摧毁了。但不管怎样，我能感觉到他们正变得越来越紧张。"

但敌人仍旧装备着某些传感器。他们肯定能探测到森林中的动静，能够感觉到伏击者们正朝他们步步逼近。第二支攻击部队马上就会赶到，而这次黑猩猩们携带的是现代化武器。

抵抗组织保存了绝大部分实力以达到出其不意震慑敌人的目的。反物质武器产生的谐振在很远的距离之外就能被探测到。现在，他们该亮出自己所有的底牌了。事到如今，敌人会明白自己并不安全,即便是躲在装甲车里也难保无虞。

突然,机器人猛地升到空中,逃向车队中央的运兵车,完全顾不得半点礼仪和风度。随后,经过短暂的停顿,紧锁的圆形车门打开了,从中又钻出了两个新的使者。

"科瓦克人。"罗伯特说。

艾萨克莱娜按捺住头脑中的精神信息流,没让自己发出沮丧的叹息。她这位地球人朋友总爱对显而易见的事情多加解释。

那两只浑身雪白、毛茸茸的四足动物,格布鲁人忠实的受庇护种族,一面相互间兴奋地"咯咯"叫着,一面朝谈判地点走来。当他们来到黑猩猩面前时,身材显得格外高大。每个科瓦克人长满羽毛的粗脖子上都挂着一只翻译机,但那机器一声不响。

三只黑猩猩将双臂交叉在胸前,一同躬身施礼。他们的头颅全都以大约二十度的角度微微垂下,而后直起身,等待对方的反应。

科瓦克人站在原地一动不动。谁都能看得出来,这次是谁在对谁不屑一顾。

艾萨克莱娜在望远镜里看到本杰明开始讲话。现在她只能在远处观望,却听不到只言片语,这让她不禁咒骂起来。

不过,黑猩猩的话还是发生了作用。科瓦克人"叽叽喳喳"地叫着,显得既慌乱又愤怒。翻译机发出的声音太微弱,从远处根本听不到他在说什么,但双方的交涉几乎马上就显出了结果。本杰明并未等他们把话说完。他和同伴拔出休战旗,转身便走。

"好小伙子。"罗伯特满意地说道。他了解黑猩猩。现在尽管他们步履沉着,但肩上的刀锋肯定已在蠢蠢欲动,渴望着杀戮。

　　为首的那个科瓦克人闭上了嘴巴。他呆呆地瞪着远去的黑猩猩,显得困惑而又茫然。而后他跳起来,开始大声尖叫。而他的同伴看上去也十分不安。现在,山冈上的艾萨克莱娜和罗伯特能够清楚地听到翻译机中传出一声声被放大的命令:"……回来!"那家伙一遍又一遍地尖叫着。

　　黑猩猩们头也不回,继续朝树林走去。最后,艾萨克莱娜和罗伯特听到科瓦克人叫道——

　　"请回来!"

　　地球人和泰姆布立米人相视一笑。有了敌人这句话,这次战斗的目的便已达成了一半。

　　本杰明一行人猛地停下脚步。他们转过身,懒散地走了回来。将带有螺旋线条的旗帜插好后,三只黑猩猩静静地站在那里,等待对方有所表示。终于,敌方长满羽毛的使节尽管因为巨大的耻辱而浑身发抖,但还是无奈地鞠躬施礼。

　　对方只是稍稍躬身——他们身体的四条腿中,只有两条稍稍打了点弯——但这就已经足够了。这表明,格布鲁人的受庇护种族承认自己与人类的受庇护种族完全平等。"那些家伙本来宁可死去也不愿屈尊。"尽管是艾萨克莱娜一手策划了这场交锋,但她的话音中还是充满了敬畏,"以地球时间计算,科瓦克人的历史已有将近六万年。而新生黑猩猩成为智能生命,只有区区三百年,而且他们是'狼崽子'的受庇护种族。"她知道罗伯特不会因为她的用词而恼怒,"科瓦克人已在提升过程中经历了漫长的岁月,他们有权选择死亡来避免蒙受这样的羞辱。但现在看来,他们和格布鲁人肯定已经头脑麻木了,而且没有想到屈尊行礼的后果。大概他们还无法相信所发生的事情呢。"

　　罗伯特咧嘴一笑,"咱们再等等,看看他们听本杰明把话说

405

完之后有何反应。他们肯定会后悔自己敬酒不吃吃罚酒。"

黑猩猩以同样的角度躬身答礼。随后,那些身形巨大的鸟形动物中的一个开始快速地讲起话来。那家伙做作的仪态令人反感,翻译机中传出一连串安格力克语。

"科瓦克人大概正在要求同伏击部队的首脑对话。"罗伯特猜测道。艾萨克莱娜表示同意。

本杰明答话时挥舞着双手,看上去显得有些局促不安。不过,这并无大碍。他朝废墟打着手势,又指了指被摧毁的悬浮坦克,还有一动不动的运兵车和四周的森林——急于复仇的黑猩猩士兵正聚集在里面等待把最后的工作干完。

"他告诉他们,他就是首脑。"

当然,这话是事先安排好的对白。作为始作俑者,艾萨克莱娜感到十分惊奇,她居然如此轻易地将泰姆布立米人绝妙的掩饰本领与地球人明目张胆的撒谎技巧结合得恰到好处。

根据本杰明的手势,她能猜出双方的谈话内容。通过精神感应和自己的想象,艾萨克莱娜觉得她可以将使节们的对话推断得八九不离十。

"我们已失去了自己的庇护主。"本杰明按照预先设计的台词说道,"是你们和你们的主子从我们身边夺走了他们。我们想念他们,而且盼望他们尽早回来。然而我们知道,徒劳的悲恸并不能让他们为我们感到骄傲。或许只有依靠实际行动,我们才能证明自己是经过提升的智能族类。

"所以,我们将按照他们教我们的方式行事——我们的所作所为要像有头脑、有荣誉感的智能生命一样。

"因而,现在我以荣誉之名、并根据格莱蒂克《战争法》,要求你们和你们的主子放下武器,不然你们只能面对我们因合法的义愤而采取的行动!"

"他干得真棒。"艾萨克莱娜有些吃惊地低声说道。

罗伯特尽力按捺住大笑,结果咳嗽起来。在本杰明讲话的当儿,科瓦克人显得越来越沮丧。他刚一说完,遍身羽毛的四足动物便跳跃着尖叫起来。他们一边用长喙梳理着爹起来的羽毛,一边高声地表示反对。

但本杰明并未被他们唬住。他看看腕上的手表,然后说出了三个字。

科瓦克人突然住口,不再抗议。他们肯定接到了格布鲁人的命令,因为三只四足大鸟马上鞠躬施礼,然后转过身,朝车队中央的那辆运兵车飞步跑去。

太阳已升到了东方的山峦之上。一道道晨光穿过被炸得七零八落的树丛射到了谷底的空地中。这里变得越来越热,但三只黑猩猩仍站在原地等待着。本杰明不时看一下手表,然后大声向敌人报出他们还有多少剩余时间。

艾萨克莱娜看到,在森林边缘处,他们的特种武器部队已经在搭建反物质武器投射装置。格布鲁人肯定也知道对手们在干什么。

她听到罗伯特在轻声地、一分钟一分钟地数着时间。

终于,在倒计时的最后一刻来临之前,三辆悬浮运兵车的舱门全都打开了。每辆车中都走出一支队伍。车上的格布鲁成员全都身穿高级庇护主的闪光长袍,走在队伍的最前列——他们吟唱着一支音调高昂的歌曲,忠实的科瓦克人用低声部为他们伴奏。

这壮观浮华的场面反映出古老的传统。早在久远的年代之前,地球还远未出现生命,这种传统便已扎根在格布鲁人的心中。因此不难想象，看到投降者聚在自己面前，本杰明和他的伙伴会生出什么样的感觉。罗伯特觉得自己的嘴巴都有些发干。"千万别忘了鞠躬。"他低声催促道。

艾萨克莱娜一笑，她的卷须已经探察到了本杰明的内心，"别担心，罗伯特。他忘不了。"确实如此，只见本杰明将双手交叉在胸前，像低级受庇护种族对待高级庇护主一样满含敬意。三只黑猩猩全都深鞠一躬。

不过，本杰明口中白牙一闪，泄露了他的心迹，这家伙笑得嘴巴已咧到了耳朵边上。

"罗伯特，"艾萨克莱娜满意地点点头，说道，"你们的受庇护种族只有不到四百年的历史，但已经相当出色了。"

"不必如此夸奖我们，"他答道，"我们压根儿就是些野蛮不化的劣种。"

投降的鸟儿们步行朝信德谷地出发。无疑，过不了多久便会有同类接应他们。即便格布鲁人不来收容这些败兵，艾萨克莱娜也下达了命令，让大家把她的话传出去：所有人都要确保鸟儿们毫无麻烦地回到基地。无论哪只黑猩猩，只要碰了鸟儿的一根羽毛，他的基因原浆便会被倒进下水道，他传宗接代的权利便会被剥夺。这绝不是开玩笑。

那支队伍消失在山路的尽头。随后，费力的工作开始了。

一组组黑猩猩忙碌起来，他们要趁敌人报复之前，在这段宝贵的时间里将废弃的车辆拆散。大猩猩们不耐烦地喷着鼻息，相互间一边梳理毛发，一边打手势，等待将物资装备运到山里。

这时，艾萨克莱娜已将她的指挥部转移到两英里外深山中一座覆盖着脊骨化石的山梁上。她用望远镜看着最后一批战利品被装妥运走,建筑物废墟的阴影中只剩下格布鲁人车辆的一只只空壳。

在艾萨克莱娜的坚持之下,罗伯特早早离开了指挥部。他明天还要外出执行另一个任务,现在他需要好好休息一下。

她的卷须在轻轻飘舞,没等本杰明的脚步在山路上轻轻响起,便已感觉到了他的到来。黑猩猩开口说话时语气十分严肃。

"司令官,我们通过旗语信号得知,在信德谷地发起的进攻失败了。只有少量的外星人设施被炸毁,除此之外,这次袭击简直就是一场灾难。"

艾萨克莱娜闭上了双眼。她已料到了这个结果。首先在安全方面,山下的黑猩猩便有不少麻烦。法本早就怀疑,叛徒令城里的抵抗组织面临着危险。

不过,艾萨克莱娜并未否决这次袭击行动。城里的进攻已经起到了非常有效的牵制作用,分散了格布鲁守军的注意力,令敌人的快速反应部队疲于奔命。她只盼望在吸引入侵者的怒火时丧生的黑猩猩不是太多。

"白天与黎明的战果正好相抵。"她对自己这位助手说。她知道,他们只取得了象征性的胜利。若想凭武力将敌人驱走,一切努力都是徒劳。她对地球人的比喻越来越熟悉,用"狼崽子"的话来讲,与格布鲁人作战就好比一只毛虫想要撼动大树。

不,我们要以智取胜,迂回制敌。

本杰明清了清嗓子。艾萨克莱娜低头看着他,"你依然认为咱们不应该放俘虏一条生路。"她对他说。

他点点头,"是的,长官,我确实不同意这样做。我想我能理解您的教导,有些事情就是要做给敌人看……而且我感到很自豪,您认为我们在逼降敌人时表现得很出色。但我还是觉得,咱们该把那些家伙全都干掉。"

"为了复仇么?"

本杰明耸耸肩。他们两个都知道大多数黑猩猩的想法。战士们并不太在乎对待敌人的方式和策略。地球上的各个生命种族认为,谦恭地鞠躬施礼和格莱蒂克人琐细的阶级划分都是些装腔作势的愚蠢表现,代表着呆鸟们那种腐朽而又颓废的文明。

"您知道,我并非只想着复仇。"本杰明答道,"而且我也同意您的逻辑——今天逼着格布鲁人不得不同我们直接对话,确实是一招妙计,但同时也出现了一个疏漏。"

"什么疏漏?"

"呆鸟们也得到了机会在豪莱茨研究中心四处探察。他们发现了提升的蛛丝马迹。而我无法排除一种可能性:他们亲眼看见了藏在树丛里的大猩猩!"本杰明摇摇头,"在这种情况下,我认为咱们真的不该放他们走掉。"他说道。

艾萨克莱娜把手放在助手的肩上。她没有开口,因为她好像无话可说。

她该怎样向本杰明解释呢?

她的头顶生出一股精神信息流,那是一种预感,预感到某个凶险的恶作剧正要露出端倪。这片意念云团急速旋转,其中还夹杂着她的满足感——事情进展顺利,一切都正如她父亲的安排。

不,她现在还不能向本杰明解释——她为什么坚持要大猩猩参加战斗,她为什么要把他们安插在突击队中——因为这是一连串策略中的一个环节。他们父女二人为敌人准备好了一个漫长而又麻烦的恶作剧,这个策略只是其中的一个步骤。

第四十八章　法本和盖莱特

"把头低下来!"法本吼道。

"你别老是冲我乱叫好不好?"盖莱特恼火地回敬道。说着,她爬起上半身,又把头伸出了草丛。"我只是想看看——"

没等她把话说完,法本便把她支撑着身体的双臂猛地一推。盖莱特趴倒在地上,被摔得口中吭哧一声,随即翻过身吐出嘴里的泥土。"你这个一身腌臜、活该被跳蚤吃掉的——"

法本抬手紧紧捂住她的嘴巴,只露出她那两只燃烧着熊熊怒火的眼睛。"听我说,"他低声道,"他们有传感器。如果你能看见他们,那就意味着他们已经看见了你。咱们现在只能像虫子一样在地上爬,想方设法回到城里去!"

不远处传来农业机械发出的"嗡嗡"声,正是这种声音才引得他们俩来到了这里。如果二人能够去跟农夫们混在一起,或许就可以逃过入侵者的搜捕。

据法本所知,在这次不走运的谷地突袭中,大概只有他和盖莱特两人幸存下来。很难想象,在艾萨克莱娜的指挥下,山里的游击队能好到哪里去。现在,从他潜伏的草丛中看身边这个世界,似乎从来不曾发生过一场动乱。

他从盖莱特的嘴巴上收回手。看着她的眼神,他不禁思忖,不知一个人的目光是不是能够杀人。她的毛发纠结在一起,溅满了泥污。现在,从她身上再也看不到以前那个冷静而又睿智的黑猩猩姑娘的影子。

"我……想……你……曾……说……过……"她故意压低声音,现出一副冷静的模样,"如果咱们只穿戴用本地材料制造的衣饰物品,敌人就没法发现咱们。"

"那就要看他们是不是犯懒,是不是只想指望他们的秘密武器来对付我们。但你别忘了,他们还有红外线探测设备、雷达、地震声呐、精神感应装置——"他突然停了下来。从他左侧传来一阵低沉的轰鸣声。如果这声音来自他们刚才听到的那台收割机,那么现在他们搭便车的机会大概到了。

"你等在这儿。"他低声嘱咐道。

盖莱特抓住他的手腕,"别走。我要跟你一起去!"她飞快地向左右扫视一圈,而后垂下了眼帘,"别……别把我一个人留在这儿。"

法本咬紧嘴唇,"好吧。但你一定要伏低身体,紧跟在我后面。"

他们将身子紧贴地面,一前一后向前爬去。那轰鸣声变得越来越响。很快,法本便感到他的后脖颈上传来一阵阵微弱的麻刺感。

这是引力发动机,他想,离得很近了。

但他不知道那机器究竟离自己有多近。最后,收割机突然出现在两米之外的草丛上方。

他本以为这是一个大型车辆,没想到这玩意儿只有篮球一般大小,表面上覆满了银亮的、透明的球形传感器。它在午后的微风中轻轻颤动,直瞪瞪地盯着他们。

噢,见鬼。法本叹了口气,随即坐直身体,听天由命地垂下了双臂。不远处传来微弱的话语声,无疑,那是这机器的主人。

"这是个军用机器人,对吗?"盖莱特无力地问道。

法本点点头,"是个探测器。我想,是廉价型,但并非无能,单凭它就足以发现咱们,并把咱们控制住。"

"那咱们该怎么办?"

他耸耸肩,"咱们能怎么办? 最好还是投降吧。"

说着,他却偷偷地把手伸向背后,在黑色的泥土中摸索起来,最后他紧紧握住了一块光滑的石头。

远处的说话者正朝这里走来。会是谁呢? 他暗想。

"听我说,盖莱特。等我一动手,你就马上逃开。尽快离开这里。把你的记录送给艾萨克莱娜——如果她还活着。"

随即,没等盖莱特来得及提出任何异议,他大吼一声,用尽全身力气把石头向机器人抛去。

刹那间发生了好几件事情。法本的右手腕突然传来一阵剧痛;同时他还看到一道闪光,亮得耀眼,令他头晕目眩;随后,正当他向前跃出的时候,猛地感到数不清的尖针刺中了自己的胸口。

法本向机器人冲了过去,心中突然生出一种奇怪的感觉,似乎他以前就曾像现在这样做过,像现在一样疯狂而又凶暴——不止一两次,而是成百次——在上百个前世中,他这样做过上百次了。头脑中忽隐忽现的记忆碎片唤起了熟悉的感觉,像浪潮般席卷他的全身,催动着他一个鱼跃扑倒在机器人脉动的引力场下面,将外星探测器紧紧搂在怀里。

那东西在法本手臂中剧烈挣扎,想要把他甩到一边,令他感到天旋地转。机器人射出道道激光,击打在他的影子上,被点燃的草叶纷纷爆裂开来。法本为了保住性命,只能将机器人死死搂住不放,天空和大地在他眼前变得一片模糊,令他头晕欲呕。

似曾相识的感觉越来越强烈,这似乎帮了法本的忙。他感到自己已经历过无数次现在这样的拼斗。在头脑深处一个小小的、理性的角落中,他知道其实自己并未经历过这种事情,但错乱的记忆却固执己见,令他错误地产生了自信——而现在他确实需要这种自信——他冒险松开了受伤的右手,摸索着寻找机器人的控制盒。

法本的眩晕感一时消失,大地和天空重新出现在他面前。他抠住控制盒的盖子用力一撬,折断了一截指甲。但他已顾不上许多,径直伸手进去抓住了里面的电线。

那机器人好像觉察到了他的意图,将身体一歪,猛地旋转起来。法本再也无法夹紧的双腿被甩了开去,只剩双手还抓着机器人。他像个被人拎着胳膊拎起来的布娃娃似的围着机器人滴溜乱转,随后他终于松开了左手,而揪住电线的右手也越来越无力,只能任凭自己的身子被一圈又一圈地甩到半空……

此时在他眼里,这个世界只有一样东西不是模糊的虚影:机器人激光器的透镜,正笔直地对着他的面孔。

再见了。他想,闭上了双眼。

但就在这时,控制盒里的线头突然松脱开来。法本一下子飞了出去,右手还紧抓着电线。尽管他的飞行姿势非常完美,但落地动作却惨不忍睹。他哀叫一声,向旁边一滚,刚好躲过了地上一片燃烧的草丛。

法本感到肋骨疼痛难忍,就好像豪莱茨研究中心个头最大的雌性大猩猩刚刚同他交好了整整一个晚上。他身上至少被激光器射中了两处。他还以为这次肯定要丢掉性命呢。不管接下来会发生什么，只要能活着就是好事。

他眨眨眼睛，抖掉眼皮上的泥土和烟尘。五米外，外星人探测器的残骸正在一圈焦黑冒烟的草丛里"嘶嘶"作响，身体内部发出一阵阵"噼啪"声。格莱蒂克人自夸的上乘质量也不过如此。

到底是哪一个外星奸商把如此不堪一击的臭大粪卖给了格布鲁人？法本暗想。不过，我才不在乎呢。即便这个卖家是个整天臭气熏天的约弗尔人，我也会毫不犹豫地抱住他亲上一口。我说到做到。

有人在兴奋地用安格力克语说话，还有奔跑的脚步声。法本心中突然生出一丝希望。他本以为随着探测器被破坏，格布鲁人马上会跟着出现。可现在看来，来者好像是黑猩猩！他挣扎着想站起身来，但剧痛令他全身一缩，不由得捂住了肋下。不过，他还是笑了。

但是，当他看清来人是谁时，笑容凝结在了脸上。

"哎呀，哎呀，看看我们在这儿碰见谁了？原来是蓝卡先生！看来这次你又在障碍赛场上跑了不短的路吧，大学生。你已经晕头转向了，挨了揍都不知道是谁打的。"

面前高大的黑猩猩精心修整了自己面部的毛发，修剪过的胡须打着卷儿，还涂了蜡。法本认出，这就是"猿族甜果"酒吧里曾与他打过交道的流氓头子，自称"铁钳"的那个家伙。

天下有那么多黑猩猩，为什么偏偏让我遇上他？

其余几个恶棍也走上前来。这些无赖仍旧穿着亮闪闪的拉链制服，但身上又增添了新饰物：他们每人都身披绶带，佩戴着

415

臂章。臂章上带有同样的全息标志……一只向前伸出的利爪，尖锐的爪尖闪闪发光，显得凶险异常。

他们手持改良过的军刀步枪，将法本围在正中。显然，这几个家伙就是传闻中投靠了格布鲁人的卖国分子，法本和盖莱特对这支刚刚成立的伪军早有耳闻。

"还记得我吗，大学生？"铁钳问道，咧嘴一笑，"我想你该记得。我可是还记得你哩。"

法本叹了口气，他看到两个痞子牢牢地抓着盖莱特，将她推上前来。"你没事吧？"她轻声问道。法本不明白她眼神的含义，只是点点头。似乎他也没什么可说的。

"快走，两位享受遗传特权的妙人儿。"铁钳大笑起来，伸手攥住法本的胳膊，紧紧掐在他受伤的右手腕上方。"我们想让二位去见见某些人。这次可不会像上回那样被搅了局。"

说罢，他将法本的胳膊用力一扯。法本正盯着盖莱特，被铁钳一拽，差点跌倒在地，他再也没有力气做无谓的挣扎了。

劣种们推搡着法本，让他走在盖莱特身前。现在他才第一次有机会打量一下四周的环境，但马上大吃一惊，这里距离海伦尼亚的城墙居然只有几百米！不远处停着那辆收割机，两只身穿工装棉布裤的黑猩猩正站在踏板上吃惊地盯着他们。

法本和盖莱特被凶徒押着朝城墙上的一道小门走去。外星人修建的这道城市屏障随着地势缓缓起伏，将郊野隔离在外——就像一只鸟巢，安安稳稳地保护着格布鲁人的性命。

第四十九章　格莱蒂克人

正道宗主蓬起羽毛，在布道栖木上轻轻雀跃了几下，这表明他心中正激动万分、极度焦虑。耽搁了这么久之后，山中遇袭的残兵败将才来到他面前接受询问和评判，而当他得知有关消息时，竟已晚了一天多的时间！

遭到伏击的幸存者们仍处于震惊之中。他们回来后，想到的第一件事便是向军务首脑报告。但军方当时正忙于收拾残局，平息反叛者在附近平原地区发起的最后几起不成功的暴乱。毕竟，敌人对深层空间防御炮台的进攻差一点就要得逞，与此相比，山地发生的一次小规模战斗还算得了什么呢？

正道宗主完全理解为什么会出现这样的差错——自己居然长时间被蒙在鼓里。但尽管如此，他还是非常沮丧。要知道，山区的袭击事件具有重大意义，远不像冒险的游击骚扰那么简单。

"你们本该自行了断才对！"

宗主对面前的格布鲁科学家们又叫又跳，高声责难。这些专家们仍然羽毛凌乱，显然从山地跋涉而归后一直没有整理仪容。现在听了宗主大人的话，都更加垂头丧气了。

"你们居然临阵投降,这损害了我们的正道和荣誉。"最后宗主叱骂道。

如果这些家伙是军人,高级教士肯定会要求他们自己和家庭为这次耻辱付出代价。但护送他们的卫队成员大多数已在袭击中丧生,而科学家们通常都不像士兵那样关心和了解正道。

宗主大人决定宽恕他们:

"不过,你们在万般无奈的情况下才做出了那样的选择,原因是可以理解的。我认可你们的行为,也会实现你们在投降时向敌人许下的诺言。"

技术专家们都松了口气,纷纷雀跃舞蹈起来。当他们返回家园后,将不会受到羞辱和更糟糕的待遇了。官方认可了他们的庄重誓言。

然而他们向伏击者许下的诺言将使格布鲁人蒙受巨大的损失:这些科学家必须立即离开加斯,至少一年之内不得回来。此外,入侵者还要施放同等数量的被扣押的地球人!

正道宗主突然有了一个主意。这念头令他生出一种难得而又奇特的快活之感。好吧,他可以下令放掉十六名地球人,但山地中的黑猩猩甭想再见到他们那些危险的主人。格布鲁人会将被释放的人类直接送往地球!

这样做当然合乎诺言之中的正道。如此解决问题确实代价高昂,但绝对不会让那些畜生再次在加斯的大地上为所欲为!

一想到新生黑猩猩可能确实像败兵们报告的那样神通广大,宗主大人便心惊肉跳。怎么会这样?根据观察,城市和谷地中的地球人第一大受庇护种族几乎不可能具有如此高明的手段。

难道说,还有漏网的地球人?

这念头令正道宗主一惊,而他不明白地球人怎么可能会逃过劫数。人口普查的数字资料显示,加斯上至今没有下落的地球人数量已是小而又小,简直无关紧要,绝不会影响大局。从统计学的角度看,那些"狼崽子"肯定已经死掉了。

当然,毒气进攻还应该继续加强。新任政务宗主肯定会抱怨,因为事实证明这个行动确实代价不菲。但现在正道宗主已经完全站到了军务宗主一边。

正道宗主突然感到内心一阵骚动,就像是一阵刺痛。莫非这就是性别变化的先兆么? 但不应该这么早,现在大局未定,而且三位首脑之中还不曾有一人能够支配全局。换羽还要等上一段时间,直到正道得以大行天下,直到全体的意愿达到统一,那时便能清楚地知道,谁是最强者!

正道宗主"叽叽喳喳"地鸣叫起来,向先祖祈祷,旁边众人马上低声应和。

如果现在能知道格莱蒂克星系中的战事进行得怎么样就好了! 海豚飞船已被发现了么? 是否有某些同盟族类的舰队正在接近回归的古老先祖,从而将一切事端全部终结?

大变革的时代果真已经开始了么?

若是教士大人能够确定格莱蒂克的法律已经无可挽回地彻底崩溃,他便可以毫不理会手下人在投降时许下的令他难堪的诺言,也绝不把新生黑猩猩所谓的本领放在眼里。

当然,其实他并不必为黑猩猩大伤脑筋。即便有了地球人类的指导,这些近乎野兽的动物也绝不可能知道如何正确地利用宗主大人的担心来制造麻烦。"狼崽子"种族就是这样。他们无法领会格莱蒂克古老文化的精妙之处,只会直来直去、奔撞无知地蒙头乱闯,而且到头来几乎总是自寻死路。

不必担心,正道宗主啁啾着说道,是的,不必担心,胜利将属于我们。

但还有一件事需要考虑,而且在将来,这件事很可能将成为最重要的环节。教士大人再次开口,向远征军的官员说道:

"这些人在投降时已经答应,今后我们中的任何人都不得重新回到事发地。"

科学家们跃动着身体,承认他们确实做出了这样的承诺。在加斯上将有一小块地方,禁止格布鲁人踏入,直到宇宙中的群星陨落,或者——直到规则发生变化。

"还有,在敌人发起进攻之前,你们发现了某些痕迹,说明他们确实在进行神秘的遗传研究,说明他们在秘密提升新的受庇护种族?"

投降的残兵败将已经报告了这一情况,但宗主大人还是仔细地询问每一个细节。当时研究人员的时间不多,只是粗略地检查了一番,但他们发现的线索已经非常有说服力。种种迹象都引出了同一个令人惊愕的结论。

黑猩猩们居然在群山中隐藏了一个即将成为智慧生命的族类! 在格布鲁远征军侵入加斯之前,黑猩猩和他们的地球人庇护主就已经开始提升一个新的受庇护种族了!

没错! 宗主大人舞动着身体。从泰姆布立米人的石冢中缴获的资料并没有撒谎! 真是个奇迹,加斯这个祸患之地竟然酝酿出了一个珍宝! 而现在,尽管格布鲁人控制着大地和天空,可地球佬的种族们还在继续私自进行非法的研究开发!

怪不得加斯上的分支数据库中有关提升方面的资料被洗劫一空! 这些"狼崽子"想要隐藏证据。

但现在我们把一切都搞清楚了。宗主大人欣喜若狂。

"你们将被遣送回家,尽快登船。"宗主大人对眼前这些狼狈不堪的科学家说道。随后,他转向自己的科瓦克助手,那些忠仆都聚集在大人的栖木之下。

"联系军务宗主,"他的命令显得不同寻常地简洁,"告诉我那位同僚,我希望立即同他会谈。"一名毛茸茸的四足科瓦克人马上鞠躬,随后疾步跑开,去呼叫军方首脑了。

正道宗主静静地站在栖木上。他仍然受困于神圣的习俗——在正道大行之前,他还不能踏足于加斯的土地。

他一次又一次地挪动着身体的重心,随后将长喙埋在胸前,陷入了沉思之中。

第四部　叛　徒

不要谴责自然，
她尽了她的责任，
你只要尽你的。

——约翰·弥尔顿,《失乐园》

第五十章　秘密政府

信使坐在议事厅角落的一张沙发上,将毯子紧裹在肩头,正啜饮着一杯热气腾腾的汤。这只年轻的黑猩猩不时一阵阵地颤抖着,但看来他只是筋疲力尽,除此以外并无大碍。他湿漉漉的毛发铺散在乱蓬蓬的毯子里,这小伙子刚刚游过冰冷的海水,方才结束了这段危险的旅程。

他能来到这里真是个奇迹。梅根·奥尼格一边看着他一边想。我们派到岸上去的特工和侦察小组,全都携带着最精良的装备,但没有一个人活着回来。可这只小黑猩猩却做到了。他驾着一只用树干扎成的小木筏,撑起土布船帆,竟然找到了我们。

还带来了我儿子的消息。

梅根又擦了擦眼睛,她想起了信使刚才所说的第一句话——那时,这只黑猩猩游过最后一段地下水道,刚到达秘密政府位于岛屿地底深处的防御工事。

"夫人,奥尼格上尉让我捎来了好——好消息。"

他从身上取出一个用油性树脂做了密封防水处理的小包

裹,递给她之后便一头栽倒在救护人员的怀里。

罗伯特发来的消息,她惊愕地想,他还活着。他并未被敌人抓住。而且,他还在一支部队中担任指挥员。一想到这个,她不知自己应该欢呼还是颤抖。

当然,这值得她为儿子感到骄傲。现在,罗伯特可能是唯一一个在加斯大地上自由活动的成年地球人。而且,即便他的"部队"只是一支由猿猴组成的游击队,但他们取得的成就要比她手下这支小心躲藏起来的正规行星军大得多。

尽管她为罗伯特感到骄傲,但还是大吃一惊:莫非这孩子具有更卓越的才能,而她以前一直不曾发现?或许是当前的逆境激发了他内在的潜质?

可能他身上还是有很多的地方像他父亲,超乎我的想象。

萨姆·特纳斯是一位飞船驾驶员,大约每五年才会在加斯暂作休整,他是梅根的三位航天员丈夫之一。这三个男人全都要在长途飞行后回加斯待上几个月,然后再次踏上征程,不过他们几乎从不同时回来。若是换作别的地球女人,恐怕不会这样安排自己的婚姻,但作为一个职业女性,一个政务人员,她的生活与航天员倒是正好相配。在三位丈夫当中,只有萨姆·特纳斯同她育有一子。

我从未想让自己的儿子成为一个英雄。她突然意识到。我过去对他太苛刻了,我想我并不真的希望他成为一个萨姆那样的人。

毕竟,如果罗伯特不是一个富有才干的人,他现在肯定十分安全——此刻他大概正和其他地球人一同被拘禁起来,同他的朋友们一起寻欢作乐——而不是与威力无比的敌人展开这场孤注一掷而又徒劳的斗争。

别担心，她安慰自己，他的信可能有些夸大其词。

在她左侧，流亡政府的成员们正在详读这封用土造墨水写在树皮上的信，大家惊愕的低语声变得越来越热烈。"狗娘养的！"她听到米尔昌普上校骂出了声，"原来就因为这个他们才一直都知道我们在哪里，没等我们动手就能洞察我们的意图！"

梅根走到桌旁，"您来总结一下吧，上校。"

米尔昌普抬头看了看她。这位大块头、红脸膛的预备役军官抖着那几页信纸，最后还是旁人上前抓住他的胳膊，从他手中将信件夺了过去。

"原来问题出在光纤上！"他叫道。

梅根摇摇头，"您说什么？"

"光纤无处不在。每一根电缆、电话线、通信管道……这个星球上面，几乎每一台电子设备都有光纤！这些光纤全被做了手脚，产生的谐振信号正好与那些该死的鸟儿发射的概率波属于同一波段……"米尔昌普上校因为狂怒而声音哽咽。他猛地转过身，大步走开了。

梅根的困惑神色肯定非常明显。

"或许我能做一下解释，协调官大人。"约翰·凯里说道。这是个高大的男子，面容灰黄。一看肤色便知他已当了一辈子的航天员。在和平时期，凯里的职业是一艘星系内货运飞船的船长。他的商船也参加了那次效力低微的太空阻击战，是少数"幸存"的船只之一——用"幸存者"来称呼这艘船不知是否恰当。在那场空战中，"希望号"被敌人强大的火力压倒，但仍在坚持战斗，用它的常规激光武器猛轰格布鲁人如同小行星一般的作战飞船。最后，这艘船勉强拖着弹痕累累的残躯，好不容易才回到了海伦尼亚。而它之所以没有继续航行，只是因为敌人已经从容不迫地在整个吉莫郊星系巩固了控制。现在它的船长成了梅根的船务顾问。

凯里愁容满面，"协调官大人，您是否还记得，嗯，二十年前，我们曾做过一笔绝好的交易？购买一座马上可以投入使用的工厂来生产电子和光子设备？对于我们这样一个小小的移民世界来讲，那座微型自动化工厂拥有尖端科技，相当完美。"

梅根点点头，"那时你的叔叔是这里的协调官。我想，你执行的第一次商务使命就是与供货方达成协议，并把整座工厂运回加斯。"

凯里点点头。他显得有点垂头丧气，"这座工厂的主要产品之一便是光纤。有人讲，我们同科瓦克人达成的这个交易太划算，简直令人生疑。但谁能想到，他们竟然打着这样的鬼主意？而且会在这么久之后才显露端倪？要知道，他们达到目的机会极小极小——"

梅根倒抽一口凉气，"科瓦克人！他们是格布鲁人的——"

"格布鲁人的受庇护种族。"凯里点点头，"那些该死的鸟儿肯定当时就盼望将来的某一天会发生现在这种事情。"

梅根想起乌赛卡尔丁曾试图让她明白的事情：格莱蒂克人做事总是深谋远虑，而且就像他们那些在轨道上运行了亿万年的行星一样冷静而又耐心。

旁边有人清了清嗓子。这是普拉萨楚松少校，一个身材矮小、体格精悍的地球联邦陆战队军官。经历过太空阻击战和海伦尼亚宇航着陆场那次象征性的抵抗之后，少校和他的特遣队是政府麾下仅有的职业军人。现在，普拉萨楚松和凯里负责主持后备委员会的工作。

"问题太严重了，协调官大人。"普拉萨楚松说，"这颗行星上几乎每一台军用和民用设备都使用了那座工厂生产的光纤,而这些设备几乎遍布每一座建筑物。我们能确信您儿子的发现准确无误吗?"

梅根想要无可奈何地耸耸肩,但政治家的本能及时制止了她。我怎么知道?她想,这孩子令我感到陌生。她瞟了一眼信使,那只小黑猩猩拼死才给她带来了罗伯特的信。她过去可从来都不曾想象过,罗伯特能够在别人身上激发出这样的献身精神。

梅根暗想,自己是不是在嫉妒儿子?

随后,一名陆战队女军官开口了:"一同签署这份报告的人还有泰姆布立米人艾萨克莱娜,"丽迪娅·麦库上尉指出。这位年轻的军官抿紧了嘴唇。"这应当算作双重确认吧。"她暗示道。

"多谢提醒,丽迪娅,"普拉萨楚松答道,"但这个泰姆布立米人还只不过是个孩子。"

"她是乌赛卡尔丁大使的女儿!"凯里突然插话,"另外,黑猩猩技术人员都参与了有关试验。"

普拉萨楚松摇摇头,"但并没有真正够格的目击证人来证明他们的试验结果。"

有几位委员喘息起来。与会者中唯一的新生黑猩猩成员,苏津·本尼什克博士,面红耳赤地低下头看着面前的桌子。但看来普拉萨楚松并未意识到自己的失礼。众所周知,少校并不是个圆滑机敏的人。而且,他是一名联邦陆战队的军官。梅根提醒自己。在地球联邦的这支精锐作战部队中,只有极少数海豚和黑猩猩服役。而且,联邦陆战队招募的兵员绝大多数都是男性,那里堪称旧时代男性至上主义的最后一座堡垒。

凯里指挥官仔细审视着罗伯特·奥尼格发来的外观粗糙的

报告，"但您必须同意，少校，这份报告看上去相当可信。它能够解释我们为什么屡屡受挫，为什么无法同群岛和大陆取得联系。"

沉思片刻之后，普拉萨楚松少校点点头，"看上去相当可信，是的。但尽管如此，我们还是应该先自己进行调查，待确认情况属实后再采取行动。"

"您这样说到底是为什么，少校？"凯里问道，"您是不是不愿意放下相位射枪而去使用弓箭呢？"

普拉萨楚松的回答出乎意料地温和："根本不是因为这个，长官。只要敌人也使用同样的装备同我们作战，我绝不会含糊。但问题是，他们手中都是尖端武器。"

众人沉默良久。看来没有任何人再能提出什么意见。最后，米尔昌普上校回到桌前，将手掌朝桌面一拍："不管情报是真是假，我们在这里干坐着到底有什么用？"

梅根皱起了眉头，"您这是什么意思，上校？"

米尔昌普怒气冲冲地答道："我的意思是，我们的部队躲在地底下有什么好处？我们大家都因为长期困在地下而慢慢发疯。可与此同时，在这个关键时刻，地球正在为保卫自己而奋斗！"

"在星际空间并没有您所谓的'关键时刻'。"指挥官凯里评论道，"更不存在什么'同时'，那只是一种无稽之谈。尽管这种概念已经在安格力克语和其他地球语言中根深蒂固，但——"

"好了，您不要扯什么宇宙哲学了！"米尔昌普喝道，"问题的关键是，我们要打击敌人！"他拿起树皮信件，"多亏了游击队，我们才知道格布鲁人的主要行星基地设在哪里。不管那些鸟儿靠大数据库玩弄什么该死的花招，可他们没办法阻止我们朝他们发射巨震弹!"

"但是——"

"我们现在还藏着三颗巨震弹,在太空阻击战中一颗也没有使用,而且格布鲁人不可能知道我们有这种武器。如果这些导弹能够出色地打击坦度人,震碎他们带有七个心室的心脏,那么肯定也足够轰掉格布鲁人的地面目标!"

"可我们这么做能有什么用处呢?"麦库上尉温和地问道。

"我们能敲掉几个格布鲁人的鸟嘴! 乌赛卡尔丁大使曾说过,在格莱蒂克人的战争中,象征性的行动和胜利其实非常重要。现在他们可以声称,加斯上的地球物种连一场像样的仗也打不了。但一次象征性的进攻,只要能打击他们,便会告诉整个五大星系,我们绝不会任由敌人摆布!"

梅根·奥尼格捏着自己的鼻梁上端。她闭着眼睛说道:"我的祖先美洲印第安人有个说法叫作'奇袭制敌,全身而退'。说来奇怪,这种古老的战术居然在当今科技极度发达的太空星系中照样适用。"说着,她抬起头,"当然,如果我们找不到其他有效的策略,那就只能发起进攻了。

"但您肯定还记得,乌赛卡尔丁也建议我们耐心等待。"她摇摇头,"米尔昌普上校,请您坐下来。诸位,我决定,现在还不能耗尽全力去打一场只为了做做样子的战斗。只有当我明白那是打击敌人的唯一手段时,我们才能那样做。

"请记住,这颗行星上几乎所有的地球人都作为人质被扣押在群岛上。他们的生命取决于格布鲁人究竟给他们施用多少解毒剂。而大陆上只有那些可怜的黑猩猩,他们被自己的庇护主抛在一旁,孤立无助。"

与会者全都沮丧地坐在桌前。他们心灰意冷了,梅根想,但我并不能怪他们。

当初战争迫近时，人们开始想方设法抵抗敌人的入侵，但没有谁曾提出过这样的建议，令大家考虑是否有可能施展奇招打击敌人。或许，如果一个人对大数据库中精巧复杂的花招越熟悉，对历史悠久的格莱蒂克人掌握的神秘战争技巧越了解，便可以对抵抗战争准备得越充分。但在实战中，格布鲁人使用的战术令地球人谨慎的防御计划全部落空。

她之所以否决发起象征性攻击的提议，其实还有一个原因，只不过她并未言明。格莱蒂克人行事历来拘泥于繁文缛节，而地球人则因不通世故而臭名远扬。万一这场为了荣誉而发起的进攻被搞砸，反而会让敌人有借口来干出更恐怖的暴行。

唉，听起来太具讽刺意味了。如果乌赛卡尔丁说得没错，那么导致这场危机的起因只是一艘小小的地球飞船，到这里的距离要穿越半个五大星系呢！

地球佬们确实总爱自找麻烦。他们一直都拥有这种天赋。

梅根抬起头，看到大陆来的那只小黑猩猩、罗伯特的信使正朝桌边走来。他仍旧裹着毯子，深棕色的双目中满含困顿之色。

"怎么了，皮特里？"她问道。

黑猩猩鞠躬施礼：

"长官，医生说我现在应该上床休息。"

她点点头，"好的，皮特里。我想，我们迟些会再找你听取汇报……问更多的问题。但现在你应该休息了。"

皮特里点点头，"是，谢谢您，长官。不过还有一件事。我想最好趁我还没忘记，现在就向您报告。"

"哦？什么事？"

黑猩猩看上去有些不安。他瞟了一眼四周的众人，而后将目光重新投向梅根，"这是件私事，长官。奥尼格上尉要我一定记清楚，并向您报告。"

梅根笑了，"噢，好吧。诸位，恕我失陪片刻，好吗？"

她和皮特里一起走到大厅的尽头。

随后她坐下来，双目正对着小个子黑猩猩的眼睛，"告诉我，罗伯特都说了些什么。"

皮特里点点头。他的目光变得茫然起来，"奥尼格上尉要我告诉您，现在是泰姆布立米人艾萨克莱娜在负责部队的主要领导工作。"

梅根点点头。她已猜到了这一点。尽管罗伯特可能变得更足智多谋、更深沉内敛，但他绝不是个天生的领导者。

皮特里继续说道："奥尼格上尉让我向您报告，泰姆布立米人艾萨克莱娜应当拥有黑猩猩名誉庇护主的合法身份。他说，这一点很重要。"

梅根再次点点头，"很好。我们会为此投票表决，然后回复你们。"

但小个子黑猩猩摇摇头，"呃，长官。我们等不了那么久。所以，嗯，我必须向您报告，奥尼格上尉和泰姆布立米人艾萨克莱娜已经结成了……配偶关系……我想是应该这么称呼这种关系。我……"

他的声音越来越小，因为这时梅根一下子站了起来。

她慢慢转身，面对墙壁，把前额靠在冰冷的石壁上。这该死的蠢孩子！一个声音在她心中骂道。

他们只能这样做，她心中的另一个声音应道。

这么说，现在我已经当婆婆了，头一个声音满含讥讽地说道。

这两个年轻人的结合肯定不会生下一男半女——不同族类间的通婚并不是为了传宗接代,但会涉及其他方面的事情。

她身后,与会者正在激烈地争论。他们翻来覆去地讨论着各种备选方案。几个月以来,他们为制订计划已经绞尽了脑汁。

要是乌赛卡尔丁能在这里就好了。梅根暗想。我们需要他的经验、他狡黠的智慧,还有他的幽默感。我和他可以像往常那样好好谈谈。或许他能为我解释一下,为什么眼前这些事情会令一个母亲倍感失落。

她在内心中承认,她非常想念那位泰姆布立米大使。她对他的期待竟比对自己那三位丈夫更强烈。老天在上,乌赛卡尔丁甚至比那个行事乖张的儿子更令她挂念。

第五十一章　乌赛卡尔丁

　　看着库尔特同南方平原土生土长的松鼠玩耍真令人着迷。他伸出泰纳尼人特有的巨掌,用手中几粒成熟的坚果将那只小动物逗引到自己面前。他已经这样玩了一个多小时,这段时间里,他和乌赛卡尔丁一直在等待中午酷热的太阳落到一丛茂密的荆棘树林后面。

　　眼前的情景令乌赛卡尔丁感到十分惊讶。宇宙万物始终让他惊奇万分。就连虚张声势、胸无城府而又终日昏昏然的库尔特居然也不断做出惊人之举。

　　那只松鼠紧张地发抖,鼓起勇气来到近前。它朝泰纳尼人的巨掌跳了两步,伸出前爪,捧起了一粒坚果。

　　真令人吃惊。库尔特怎么会有如此神通?

　　乌赛卡尔丁在潮湿闷热的树荫中歇息,他所在的这片丘陵正可俯瞰他的飞船坠毁的那道河口。他叫不出身边植物的名字,但已经越来越熟悉周围的环境:看似平静的林间空地上,弥漫着芸芸众生发出的气味、声音,还有,它们意识中涌流不息的痛苦正在悸动。

他的卷须能够感受到一些小型食肉动物的精神触动。现在它们正在等待白日中最炎热的时光慢慢流逝。但过不了多久，它们便会重新开始狩猎，去捕捉体型更小的牺牲品。当然，这里没有大型动物。可乌赛卡尔丁感觉到，一大群紧贴地面爬行的昆虫幼虫正在附近的碎石堆中挖掘，为它们的王后寻找珍馐美味。

紧张的小松鼠再次上前，从库尔特的手中取食。它现在有些犹疑不定，既为了自身的安全而小心谨慎，但又贪求面前的美食。

他不该有这样的本事啊。乌赛卡尔丁很纳闷，松鼠怎么会如此信赖这个泰纳尼人，这个身材高大、模样吓人、孔武有力的大块头。在经历过布鲁拉里人的大屠杀之后，加斯上的生命都变得紧张不安、疑神疑鬼。在穆伦山脉东面和南面远处的片片草原上，仍然笼罩着死一般的阴郁之气。

库尔特无法像泰姆布立米人那样通过精神感应来安抚这只松鼠，他不会用轻柔的信息流对着小动物吟唱。

但库尔特在用他口音浓重的格莱蒂克方言说话。乌撒卡尔丁静静地听着。

"你知道什么是命运吗，小东西？你的身体里是否有优越的基因，能让你的后代成为星际遨游者？"

小松鼠的嘴巴塞得满满的，双颊鼓起，浑身发抖。随着库尔特的羽冠一起一伏，随着他的腮缝呼出潮湿的热气，这只加斯星球的本地动物似乎被催眠了。泰纳尼人无法同这只动物沟通，他没有乌赛卡尔丁的本事。但是，松鼠像是通过某种途径感受到了库尔特的爱意。

这可真具有讽刺意味。乌赛卡尔丁想。泰姆布立米人终日在精神感应的洪流中过活,但他却无法与眼前的小动物在精神上融为一体。毕竟,这只松鼠只是加斯上数千万动物中的一员。他为何要在乎这个小小的个体呢?

然而,库尔特热爱这只动物。他没有精神感应能力,也无法建立直接的精神沟通途径,他的爱完全发自理性。他心仪的对象只是这小动物所代表的东西——它的潜在智能。

许多地球人仍然声称,一个人不需要精神感应能力便能理解和认同别人的思想。乌赛卡尔丁沉思着。有个说法叫作"自己的脚穿别人的鞋",这句古老的比喻说的便是设身处地,换位思考。他过去一直以为,这只是大接触时代之前地球人那些离奇古怪的观念之一,但现在他可不敢肯定。或许,地球佬司旁人进行精神沟通的能耐已介于泰纳尼人和泰姆布立米人之间。

库尔特的族人都极度热衷于提升,他们坚信不同生命形式所具有的潜在智能最终都会发展为高等智慧。创造了格莱蒂克文化的先祖久已不见踪影,但早在数十亿年前,他们便命令后世子孙坚守这个信条。而泰纳尼人始终认真地遵照先祖的指示。这些家伙对这个问题执着的狂热早已超出了令人敬佩的程度。某些时候——就像在当前这场格莱蒂克人的危机中——他们也因狂热而变得十分危险。

但富于讽刺意味的是,现在乌赛卡尔丁却要指望这种狂热来帮忙。他打算对库尔特缺乏理智的热情加以诱导,使之按照他自己的计划发挥作用。

小松鼠从库尔特摊开的手掌上取走最后一粒坚果,随即决定结束这顿美餐。只见它将扇形的尾巴一扫,就飞快地窜进了树丛之中。库尔特转身看着乌赛卡尔丁,他的腮缝随着呼吸一张一合。

"我研究过地球佬生态学者们搜集到的基因组报告。"泰纳尼使节说道,"仅仅在几千年前,这颗星球上潜在智能生命的数量还相当可观。真不该把这样一座宝库拱手让给布鲁拉里人。结果加斯上的高级生命形式被毁灭殆尽,这真是一场可怕的灾难。"

"纳哈利人因为自己受庇护种族的罪行而受到了责罚,对吧?"尽管乌赛卡尔丁已经知道答案,但他还是这样问道。

"没错。他们的身份又变回了受庇护种族,被贬到一支负责任而且资历更高的庇护主种族属下去接收培育提升。实际上,他们成了我们泰纳尼人的受庇护种族。这简直太悲惨了。"

"为什么要这么说?"

"因为纳哈利人其实是一个成熟而又优秀的种族。他们只是没有理解提升纯粹的食肉动物时需要注意的微妙之处,因此才在受庇护种族布鲁拉里人这件事情上栽了大跟头。但并非只是他们自己有错,格莱蒂克提升公会也难辞其咎。"

乌赛卡尔丁强压下只有地球人才会露出的微笑,但他的卷须上盘旋着生出一缕微弱的精神信息流,库尔特看不到。"如果加斯这里的生态环境有什么好消息,会对纳哈利人有好处吗?"他问道。

"当然。"库尔特用翕动的羽冠做了一个相当于耸肩的姿势,"灾难发生时,泰纳尼人同纳哈利人并没有任何关联。但当他们降级并被置于我们的监管之下后,事情变了样。现在,我的种族收养了纳哈利人,因而也对这片受伤的土地负有责任。正因为如此,我们才派遣使节到这儿来,确保地球佬没有给这个不幸的世界带来更多的伤害。"

"他们干了么?"

库尔特闭上眼睛,而后重新睁开,"他们干了什么?"

"地球佬给这里带来伤害了吗?"

库尔特的羽冠再次摆动起来,"没有。尽管我们处于战争状态——泰纳尼人和地球人——但我在这里没有发现任何新的证据说明地球佬犯下了什么罪孽。他们的生态管理计划堪称其他族类效法的楷模。

"不过,我倒是打算就格布鲁人的所作所为提交一份报告。"

乌赛卡尔丁相信自己能够理解库尔特话语中蕴含的苦涩之感。他们两人都已经看到,地球人为恢复环境而做的努力被毁坏殆尽。两天前,他们曾从一座生态复苏工作站旁边经过。那座设施已经人去楼空,采集样品用的捕猎装置和试验笼全都锈迹斑斑。由于制冷设备停止工作,贮藏基因样本的柜橱散发出一阵阵恶臭。

他们在房子里找到了一本笔记簿,上面用痛苦的笔调记录了一位新生黑猩猩生态助理员所做的抉择——他不得不决定放弃自己的工作去救助一名遭到毒气侵袭的地球人同行。为了获得医治制约性毒气的解药,他们肯定要长途跋涉才能达到海岸地区。

乌赛卡尔丁想知道他们是否成功地到达了目的地。显然,这座设施被格布鲁人用毒气彻底地熏蒸了一遍。从这里到最近的文明社会的边缘地区要走相当远的路,即便是乘坐悬浮车也要花上很长时间。

显然,格布鲁人很乐意让这座工作站空无一人。"如果到处都是这种状况,我一定要将一切都写进呈文中。"库尔特说道,"我很高兴您听从我的劝告,领我回到有人居住的地区,这样我就能收集更多的资料,检举这些罪行。"

这次，库尔特的措辞令乌赛卡尔丁笑了出来，"或许我们会找到某些有趣的东西。"他赞同道。

当恒星吉莫郊开始从它辉光灼人的顶点缓缓下降时，二人重新踏上了旅程。

穆伦山脉东南方向的片片平原向远处延伸开去，就像柔波轻荡的大海上一串串起伏的浪峰被大地之神牢牢冻结在原地。与信德谷地和山脉另一侧的那些开阔地不同，这里看不到地球生态学者引进的任何动植物，只有加斯本地的生物。

还有那些没有任何生命存在的荒地。

乌赛卡尔丁感到，不毛之地上毫无生机，就像是这片原野上洞开了一张空荡荡的大口。他的脑海中突然冒出一个地球人的比喻：就像一件少了一半琴弦的乐器。

没错，这比喻很合适。恰如其分，富有诗意。他盼着艾萨克莱娜能够听从他的建议，学习地球佬这种看待世界的方式。

昨夜，在他内心深处，通过亲人之间的精神沟通，他梦到了自己的女儿。在梦里，艾萨克莱娜的精神信息流中满含可怕的预感。她伸出卷须，触探着意念云团中暗藏的危险而又恐怖的神奇之物。乌赛卡尔丁颤抖着，不由自主地惊醒过来，就好像是本能逼着他逃开了那股精神信息流。

其实，如果没有那股信息流，乌赛卡尔丁本可以探查到更多关于艾萨克莱娜的情况，但充满不祥之兆的意念云团一直在闪烁着微光。从闪光中，他只知道女儿还活着，再没有更多的消息。

现在这种情况下，既然女儿还活着，其他事情也只好作罢。

库尔特扛着他们的大部分装备。高大的泰纳尼人步履平稳，乌赛卡尔丁无须太费力就能跟上他。尽管身体变化能暂时让艰苦的跋涉变得轻松一些，但乌赛卡尔丁压制住了冲动，因为他最终还是要为这短暂的轻松付出代价。他满足于缓步而行，同时尽量张大鼻孔——他令自己的鼻孔变得又扁又宽，这样既能吸进更多的空气，又能挡住无处不在的灰尘。

前方，与他们脚下的小路不同的方向，朝着远处那片微微发红的群山，在一道河床边横亘着一排绿树成荫的小山丘。乌赛卡尔丁察看了一下指南针，他有些纳闷——这些山丘看起来为何这般熟悉？他很后悔坠机时丢掉了惯性导航记录仪。只要他能确定……

那是什么？他眨眨眼睛。莫非那里刚刚闪过的一道微弱蓝闪只是他的想象？

"库尔特。"

泰纳尼人笨拙地停下脚步，"啊?"他转过身面对着乌赛卡尔丁，"是您在叫我吗，同行?"

"库尔特，我想我们应该朝那个方向走。这样我们就能赶在天黑前在那片山丘下扎营吃饭。"

"哦，那里和我们这条路不是一个方向。"库尔特喘息片刻，说道，"好吧，我听从您的建议。"他毫不迟疑地转过身，朝那三座顶部一片翠绿的小丘大步走去。

离日落大约一个小时的时候，他们来到河道旁边，开始扎营。库尔特支起他们的伪装帐篷，而乌赛卡尔丁则负责检查那些从近旁的树枝上摘下的微微泛红、柔软多汁的椭圆形水果。他的便携式测试仪显示，这些水果富含营养。它们散发着一股浓烈的甜香。

不过，果实内部的种子却坚硬无比，经过动物的消化系统之后,胃酸只能腐蚀核壳,种子的大部分将随粪便排到地上。在很多星球,生有果实的树木都具有这种普遍的适应能力。

大概一度曾有某种体型巨大的杂食动物以这种水果为食,同时作为补偿,它也将果实的种子到处播撒。既然它为了取食而在树上攀爬,那么就可能生有进化尚不完全的双手。或许它还具有潜在的智能。本来这类生物可能在某一天演变为智能生命,进入提升的圈子,而最终成为一支成熟老练的高级族类。

但这一切都被布鲁拉里人毁掉了,而且死掉的还不止那些大型动物。现在由于没有采食者,树上的果实都落在根部近旁。没有几粒种子的胚芽能够突破坚硬的核壳,而核壳之所以如此坚硬,是因为它已进化演变到刚好能被食用者的胃酸销蚀殆尽,但此时那些生物已经销声匿迹了。即便少数种子成功发芽,它们长出的小树苗在父辈大树的阴影里也显得凋萎柔弱。

这里本该是一片森林,而不是一小片凌乱芜杂的树丛。

不知这里是不是我要找的地方。乌赛卡尔丁暗想。在这片起伏的原野上没有多少显眼的地标。他环顾四周,但再也没看到那逗弄人的蓝色闪光。

库尔特坐在帐篷的入口处,用他的腮缝低声吹着不成调子的口哨。乌赛卡尔丁将满满一抱水果放在泰纳尼人面前,随后朝汩汩作响的流水信步走去。小溪从一堆半透明的石块上流过,而在黄昏天光的映衬下,那些石头泛着隐隐的红色。

就在那里,乌赛卡尔丁找到了人造物品。

他弯腰捡起它,仔细审视。

这东西由加斯本地的燧石制成,经过切削和打磨,边角像玻璃一样光滑,一侧又钝又圆,正好能被一只手握住……

乌赛卡尔丁银亮的卷须摇摆起来,从中又一次飘出了那股能渗进别人的意识并勾起对方好奇和疑惑的精神信息流。随着乌赛卡尔丁在手中来回翻转这只小巧的石斧,他的意念云团也在缓缓游动。他对着这件远古时期的工具沉思默想,而他的精神信息流却已瞄向库尔特,那家伙还在山坡上自顾自地吹口哨呢。

意念云团绷紧身体,而后朝身躯笨重的泰纳尼人飞了过去。

石制工具——标志着潜在的智能。乌赛卡尔丁想。他曾嘱咐艾萨克莱娜,要她留心有关迹象,因为已经有流言……有传闻讲述了加斯荒野中发生的目击事件……

"乌赛卡尔丁!"

他猛地转过身,同时将那件人造制品藏在背后,看到大块头泰纳尼人正站在面前。"什么事,库尔特?"

"我……"库尔特显得有些犹豫,"麦托坎米,布托伊尔弗……我……"库尔特摇了摇头。他闭上眼睛,而后又睁开。"我想知道,您是否已经检查过那些水果? 它们适合我和您食用吗?"

乌赛卡尔丁叹了口气。库尔特明明是在找借口来这儿,他想干什么? 莫非泰纳尼也有好奇心么?

他松开背后的手,任由那块粗糙的人造物品滑落到河泥中。"放心吧,我的同行。它们富含营养,只要您别忘了补充其他必需的养分就一点也没问题。"

乌赛卡尔丁同这位伙伴一起走回营地,他们没有生火,在越来越明亮的星汉照耀下吃起了晚餐。

第五十二章　艾萨克莱娜

在狭窄的峡谷两侧陡峭的石壁上，大猩猩们顺着树藤结成的绳索向下攀爬。他们小心地滑过一条条还在冒烟的岩缝，不久前一连串的爆炸将峭壁撕出了许多裂口。现在仍有发生山崩的危险。但尽管如此，他们的下滑速度还是很快。

下落过程中，他们穿过一道道闪耀着柔光的彩虹。大猩猩们的毛发蒙上了细小的水滴，也在闪闪发光。

他们向下爬去，大瀑布在耳边发出可怕的咆哮。洪亮的声响在岩壁间回荡不息，盖过了他们吃力的喘息声。这声音还盖过了战斗的喧嚣，盖过了仅仅几分钟前还在怒吼的死神的呐喊。那些声响只是在一瞬间能与震耳欲聋的瀑布相抗衡，但转眼便消失在洪流的声浪之下。

以前，瀑布飞坠咆哮的急流一直冲击着光滑闪亮的石头，此时却在破碎的金属和聚合物上泼溅出团团水雾和泡沫。从崖壁上崩塌的巨石又砸在瀑布脚下刚刚出现的残骸上，现在，在流水的冲击下，这堆狼藉之物平平地铺散在水中。

艾萨克莱娜从峭壁顶端向下俯瞰，"我们可不想让敌人知道我们是怎么设下埋伏的。"她对本杰明说道。

"我们安置在瀑布下面设伏用的绳索已经过预先处理,很容易便会被水泡烂。几个小时之内,绳索便会被冲走,长官。等敌人派来救援队的时候,他们绝不会知道我们是如何变这个罗网戏法的。"

他们看到,大猩猩同一队黑猩猩战士汇合在了一起。这些黑猩猩正在三辆刚刚被摧毁的格布鲁人悬浮坦克中搜寻侦察。最后,在确认一切平安无事之后,黑猩猩们背起十字弓,开始将一件件战利品从车里拖出来,同时指导大猩猩将碍事的巨石或是破碎的装甲护板搬开。

刚才,敌人的这支巡逻队循着隐藏的猎物留下的气味,来得非常迅速。他们的仪器显示,有人躲在瀑布下面,而那里是个非常符合逻辑的庇护所,拥有一道令追踪者的常规探测器很难洞察的天然屏障。只有通过专用的谐振扫描装置,敌人才能发现那些采用科技手段在水下藏身的地球佬。

为了能出其不意地突袭隐藏者,格布鲁人的坦克直接从峡谷的河水中顺流而下,执行空中掩护任务的是一大群最高质量的战斗机器人,他们已准备好投入战斗。

但他们唯独没有想到,并没有什么战斗在等着他们。实际上,在瀑布的洪流后面根本没有地球佬。只有蛛丝般纤细的罗网。

还有一根一触即发的绊索。

另外,在两侧峭壁上已经埋好数百公斤的土造硝化甘油炸药。

爆炸声震撼着高耸的山壁,黑色的火山石从天空中如雨点一般洒落下来。飞溅的水滴驱散了漫天烟尘,湍急的旋流卷走了无数碎片。不过,格布鲁人突击队中的大部分车辆残骸仍留在谷底。艾萨克莱娜看到,一只黑猩猩从残骸中冒了出来。他大叫一声,手中举着一只小巧却致命的格布鲁人导弹。很快,外星人的军需给养被等在一边的大猩猩源源不断地装进了背包。那些身材高大的半开化智能动物穿过五颜六色的水雾,开始向上攀爬。

艾萨克莱娜抬起头,透过森林的缝隙望着头顶上的一条条蓝色天空。几分钟之后,入侵者的战斗机便会赶到这里。地球殖民地的非正规部队必须马上撤退,不然他们的命运将同上星期在信德谷地发起暴动的黑猩猩们一样悲惨。

那次溃败之后,几名逃亡者费尽力气来到了山里。但法本·伯尔格不在其中,而且也没有信使带来盖莱特·琼斯答应要报告的敌情。由于情报匮乏,艾萨克莱娜的参谋人员只能凭猜测来判断格布鲁人再过多久便会为这最后一次伏击做出反应。

"快点,本杰明。"艾萨克莱娜意味深长地瞟了一眼自己的手表。

她的助手点点头,"我去催促他们,长官。"随即,他转身朝旁边的信号手下达了命令——那位年轻的雌性黑猩猩马上开始挥舞信号旗。

更多的黑猩猩出现在艾萨克莱娜所处的悬崖顶端,那里尽是湿漉漉、亮闪闪的野草。当这些打扫战场的清道夫从被流水侵蚀出的岩缝中爬出来的时候,都朝艾萨克莱娜咧嘴一笑,然后便匆匆离开,领着他们那些身材魁梧的大猩猩近亲朝森林中的秘密小路走去。

现在,艾萨克莱娜再也不必采用诱哄和劝导的方式来对付这些手下了,因为她已经成为一位名誉地球人。就连以前那些因为要听从"外星人的指使"而愤愤不平的黑猩猩，现在都迅速而心甘情愿地执行她的任何命令。

这真富于讽刺意味。在签署了与罗伯特结成伴侣的文件之后，他们二人待在一起的时间却比往常更短了。她不再需要罗伯特行使"加斯上唯一自由成年地球人"的特权来帮助她，因此他便前往其他地方，自己领导黑猩猩展开破坏和袭扰。

我真希望自己以前更透彻地学习过这些东西，她沉思着。她只是搞不清楚，在见证人面前签署一份文件究竟在法律上意味着什么。通常在公干方面，跨越种族的"婚姻"往往比其他任何方式都能提供更多的便利。在一家商业合资企业中，尽管两位合伙人来自完全不同的遗传宗族，但仍有可能"成婚"。起源于爬虫类动物的白格人可以同生有甲壳的弗希安人结为夫妻。没人会指望这种结合能生出什么后嗣，但大家都明白，这对伴侣都对彼此的公司颇为赏识。

整件事情令艾萨克莱娜感到非常好笑——感觉怪怪的，她现在居然有了一位"丈夫"。

而他不在这里，不在她身旁。

玛茜克劳娜也和我一样，她也曾独自一人度过那些漫长的岁月。艾萨克莱娜一边默想道，一边用手指抚摸着挂在项链上的小盒子。在这只小盒子里，乌赛卡尔丁和玛茜克劳娜的卷须紧紧缠绕在一起。或许他们的精神也紧紧拥抱在一起，就像那两根纤丝一样。

或许他们两个人身上有些一直不为我所理解的东西，而我现在才开始理解。她感到有些纳闷。

"长官？……嗯，夫人？"

艾萨克莱娜眨眨眼，抬起头来。原来是本杰明正在小路尽头唤她,那里,一片略带粉色的水洼四周,丛生着加斯上随处可见的藤蔓。一位雌性黑猩猩技术员蹲在藤蔓丛的开口处,正在调试一台精巧的仪器。

艾萨克莱娜走上前,"有罗伯特的消息了吗?"

"是的,长官。"那只雌性黑猩猩答道,"他随身携带着几种化学药剂,我确信已经探测到了其中某种化学物质留下的痕迹。"

"什么痕迹?"她紧张地问道。

雌性黑猩猩咧嘴一笑,"左旋腺嘌呤,我们已事先约好,这种化学物质象征着胜利。"

艾萨克莱娜稍稍松了口气。这么说,罗伯特率领的部队也取得了胜利。他们的任务是袭击格布鲁人位于洛姆山口以北的一座小观察站,肯定在昨天就已经与敌人交过火。在这短短的时间内,加斯抵抗军取得了两次小胜利,根据这个速度计算,再过一百万年,他们就能将格布鲁人慢慢消耗光。

"请回复他,我们也达到了目的。"

本杰明微笑着,递给信号手一小瓶清澈的液体。雌性黑猩猩将液体倒进了水洼。用不了几个小时,在许多英里之外就能探测到这种带有特殊标记的分子。或许明天,罗伯特的信号手便可以向他报告艾萨克莱娜的消息了。

这种传递信息的方式速度很慢。但艾萨克莱娜认为,格布鲁人绝对搞不懂其中的含义——至少暂时还搞不懂。

"大家马上就要把战利品搬完了,司令官。咱们最好尽快撤退。"

她点点头,"好的。我们应该尽快撤退,本杰明。"

一分钟之后,他们已经在密林中的小路上迅跑,朝山口和自己的家奔去。

没过多久，他们身后的树木便开始猛烈摇摆起来，霍鸣声震撼着天宇。随着"隆隆"巨响，空中传来一阵恶鸟的尖啸，充满了复仇未成的沮丧，一时间盖过了瀑布的怒吼。

你们来得太迟了。艾萨克莱娜朝敌机投去轻蔑的一瞥。

这次你们来得太迟了。

第五十三章　罗伯特

　　敌人已开始在战斗中使用更精良的战斗机器人。这次，额外的军备投入令格布鲁人避免了被全歼的厄运。

　　被击溃的格布鲁人巡逻队正在撤退，他们在茂密的丛林中炸出了一条二百米宽的通道。树木分崩离析，蜿蜒的藤蔓像受难的蠕虫一样在空中摆动着身躯。悬浮坦克一直在开火，最后他们来到了一片可容重型运输机降落的开阔地上。幸存的车辆面朝外围成一圈，继续朝各个方向不停地射击。

　　罗伯特正在观望，突然看到一队携带弹弓和化学手榴弹的黑猩猩竟然冒险接近敌人。他们马上被爆裂的树木吞没了。在如同冰雹般四射的碎木片中，战士们纷纷倒地，被不分目标一味杀戮的死亡武器撕成了碎片。

　　罗伯特连忙打手势发信号，让一个班接一个班把命令传下去：大家立即撤退并且分散开来。现在他们根本无法对付这支车队，而格布鲁人援军无疑已经在赶往这里的路上了。他的几名警卫员抱起缴获来的军刀步枪，围在他的身前和两侧，护着他朝树荫中奔去。

罗伯特讨厌黑猩猩们的保安措施,他们无时无刻不在他身边罩起一张保护网,除非确保万无一失,否则绝不允许他接近作战地点。可尽管如此,他们还觉得不放心。这些家伙真让他不胜其烦。

受庇护种族在保护自己的庇护主时,应当将每一位庇护主都视作单独的个体严加呵护;但反过来,在庇护主眼里,受庇护种族只是一个物种,是一个整体,无须再为其中的个体操心。

似乎艾萨克莱娜能够更好地适应这类事情。她所出身的文化从刚一开始就认定,庇护主和受庇护种族的这种关系乃天经地义。而且,罗伯特承认,她对阳刚尚武的男子气概毫不在意。现在令罗伯特头疼的是,他极少能看到或是接触到敌人。而他现在正渴望能碰碰那些格布鲁人。

在天空布满外星人的战机之前,抵抗军就已经成功地完成了撤退。罗伯特属下的地球佬游击队化整为零,分成了一支支小股部队,沿着不同的道路前往分散在密林中的各个营地。直到树藤通信网络召唤他们重新武装起来的时候,战士们才会再次集合出击。罗伯特所在的这个班回头向高地撤去,他们的岩洞总部就设在那里。

他们必须绕很远的一段路,因为现在他们位于穆伦山脉东部深处,而敌人已在几座山峰顶端建起了前哨站,很容易就能获得空运补给,并且利用太空基地的强大武器作为防守支援。其中一座前哨站正好位于抵抗军返回基地的捷径上,因此,黑猩猩侦察员带领罗伯特一行人钻进了洛姆山口北面丛林中的一道裂谷。

具有传递化学养分功能的藤蔓像绳索似的四处伸展。的确,它们简直就是一种奇迹,但在位于高地下方的基地中,藤蔓的传输速度变得很慢。前些日子,罗伯特有足够的时间好好思考一下。他最想搞明白的问题就是,格布鲁人跑到山里来究竟想干什么。

哈,他很高兴他们能来,因为这就让抵抗组织有机会打击他们。否则,游击队就只能朝装备着大量尖端武器的敌人啐啐唾沫。

但格布鲁人为什么要大费周章来镇压穆伦大山里的小股游击队呢?他们明明已经牢牢控制住了这颗行星的其他大部分地区。他们围剿抵抗组织每一块孤立的根据地,难道只是想要做做样子——遵照格莱蒂克人的传统走走过场?

但这也无法解释为什么山顶上的那些前哨站驻有大量非战斗人员。格布鲁人正将大量的科学家安插进穆伦山脉。他们像是在寻找什么东西。

正在撤退的罗伯特突然认出了眼前这片地区。他发信号让大家停下。

"咱们暂时休息一下,看看大猩猩们怎么样了。"他说道。

他的副官艾尔茜,一位戴眼镜的中年雌性黑猩猩,皱起眉头怀疑地看了看他:"长官,敌人的毒气机器人总是毫无缘由地对任何一个地区随时施放毒气,完全没有规律。只有您安全地回到地下之后,我们这些黑猩猩才能休息。"

罗伯特打心眼里一点都不愿再回到那些山洞中去,尤其是现在,艾萨克莱娜出去执行她自己的任务,几天之内不会回来。他察看了一下指南针和地图:

"好了,咱们的庇护所离这条路只有几英里远。不管怎样,我对你们这些来自豪莱茨研究中心的黑猩猩都很了解,你们肯定要把这些无比宝贵的大猩猩藏在一个比山洞更安全的地方。"

他的话切中要害，而艾尔茜显然明白他的意思。她把手指含在口中，快速地打了个呼哨。听到信号后，走在前面的侦察员连忙转向另一个方向，飞快地穿过一道道树冠，朝西南方腾跃而去。

尽管地形崎岖，但罗伯特还是主要在地面上行走。他无法像黑猩猩那样一英里接一英里地顺着纤细的枝条在树上飞荡。对于这种事情，人类到底还不在行。

他们在另外一道狭窄的山谷中攀爬，这道山谷其实只不过是巨大石壁中的一条裂缝。石缝下部飘荡着一缕缕轻雾，在多重折射的日光下现出乳白色。这里也有彩虹，而且有一次，当太阳出现在罗伯特身体后面和上方的时候，他低头一看，发现自己的身影投射在下面飘曳的雾气上，影子四周围绕着一圈三色光晕，就好像古代画像中的圣徒一样。

这光晕叫作光轮……是一种非常恰当的技术术语，专指完美的、翻转了一百八十度的彩虹。它比那些飞架在薄雾弥漫之地的普通彩虹更为罕见，无论清白无辜还是罪孽深重的生灵看到它，心神都会为之飞扬。

如果我的头脑不是这么清醒就好了。他暗想。如果我不知道这轮光环是什么东西，肯定会将它当作是一个征兆。

他叹了口气。没等他转身继续前行，那离奇的幻影便消失了。

实际上，有些时候罗伯特非常羡慕自己的祖先，他们生活在二十一世纪之前无知的黑暗时代，似乎总是要花上一生中的绝大多数时间去为世界杜撰一些古怪而又浮华的解释，以此填补他们因蒙昧而造成的巨大知识空缺。那时，人们的信仰可谓五花八门、无奇不有。

地球人对自己的行为所做的解释极为愚蠢而又相当华丽，但显然这些解释是否正确根本没有关系。没人会去用清楚明了的实践证据向你证明——任何事情都无法轻松找到答案，世上没有解决棘手问题的神奇法宝或免除灾难的灵丹妙药，人类只能通过自己那朴素而又乏味的心智来探索世界。

回首过去，地球人历史上的"黄金时代"显得多么短促。在黑暗时代结束之后，同格莱蒂克社会接触之前，只有不超过一个世纪的时间。在那大约一百年的岁月里，地球人并未真正理解战争的含义。

现在瞧瞧我们吧，罗伯特暗想。我想知道，莫非整个宇宙都在联合起来同我们做对么？我们终于成长起来了，平息内乱，实现和平……并且脱颖而出，去探察已被疯子和怪物占据的星系。

不，他纠正自己，他们并不全是怪物。实际上，大多数格莱蒂克部族都相当正派得体。但是，不管在过去的地球还是当今的五大星系，狂热的极端分子极少允许占大多数的中间派平平安安地过日子。

或许黄金时代根本不可能维持太久。

在纵横交错的本地土生藤蔓当中，在巍然四合的嶙峋石壁之间，声音的传播显得非常古怪。一时之间，罗伯特感到自己好像正在一个全然无声的世界中攀爬，似乎一缕缕闪闪发光、不停翻卷的雾霭变成了层层叠叠的棉絮，将他包裹起来，隔绝了一切声音。但马上，他又突然能听到谈话的只言片语——只是几个字——他知道，这是某种奇特的声学现象在玩弄花招，将他手下两名侦察员的低语送到他的耳边，他们可能正在数百米之外。

他看着那些黑猩猩。他们仍旧显得紧张不安。就在几个月前，这些游击队员还是农夫、矿工或蛮荒林区中的生态工作者。

但随着日子一天天过去,他们变得愈发自信,变得更加顽强、坚毅。

而且变得更加凶猛。罗伯特同时也意识到——此时那些黑猩猩正在莽莽丛林中的枝头上摇荡腾跃,从他的视野中飞掠而过。他们跳过一根根树枝,将犀利的目光投向四处,那副前行的样子显得凶蛮而又狂野。每一只黑猩猩似乎不需要语言就能知道同伴的意图:通常,一声呼噜、一个飞快的手势或是扭歪一下面孔,便足以令他们沟通心意。

这些黑猩猩大多数并未佩带弓箭和便携式武器,而是浑身赤裸。使他们摆脱野蛮状态的服饰、鞋子和工厂制造的纺织品等一应文明之物,全都被丢掉了。随之一起消失不见的,还有他们头脑中的错误观念。

罗伯特低头看了看自己——赤裸的双腿、身上的围腰布、鹿皮鞋,还有土布织成的背包;他的皮肤每天都承受着蚊虫的叮咬,布满擦伤,变得越来越坚韧;他的指甲里尽是污垢;碍事的头发只在前额处草草剪掉,其余都系在脑后;很久以前,他的胡须就已经不觉得发痒了。

有些外星人认为地球人还需要进一步提升,认为我们只比野兽强一点点。罗伯特纵身一跃,抓住一根藤蔓,荡过了一片黑沉沉、样子凶险的荆棘丛,随后轻巧地伏身落在了一根倾倒的树干上。格莱蒂克人大都这么想。我能对谁去说他们是错的呢?

前方行进的队伍显得有些匆忙纷乱。黑猩猩信号手在树丛的缝隙之间飞快地打着手语。罗伯特身旁直接为他的安全负责的卫兵示意他向西顺着峡谷逆风的一侧绕道而行。攀爬了几十米之后,他明白了绕道的原因。即便透过重重湿气,他还是能闻到制约性毒气那种霉臭而又过于甜腻的、金属腐蚀的味道,还有死亡的气息。

　　不久，他来到一处落脚点，从这里能够望到小山谷对面一道狭窄的创痕——那里已经覆盖上了一层层新近长出的植被——一艘曾经光滑闪亮的飞行器皱缩在那里，现在被烧得焦黑，毁坏得不成样子。

　　负责侦察的黑猩猩们相互低语着，打着手势。他们紧张地走上近前，开始在那具残骸中搜寻检视，而另外一些黑猩猩则紧握武器，仰头望着天空。罗伯特觉得自己好像看到，在残骸中突现出嶙嶙白骨，尸体上的筋肉已被永远都饥饿难抑的丛林销蚀得干干净净。如果他此时再靠近些，黑猩猩们肯定会上前阻拦，于是他停下脚步，等待艾尔茜回来报告情况。

　　"这是一艘超载的难船。"她说道，拨弄着手中小小的黑色飞行记录仪。显然，强烈的情感冲动令她难以说出话来。"在敌人首次施放制约性毒气的第二天，这架飞行器满载中毒者飞向海伦尼亚，船上的乘客数量明显超载。中毒者中有些人已经显出症状，而这艘船是他们唯一的交通工具。

　　"它没能越过那座山峰，就在那里，"说着，她指了指南面云遮雾绕的高山，"肯定在岩石上撞击了十几次才弹到了这么远的地方。我们……我们是不是该留下几名黑猩猩，长官？安葬……安葬这些死者？"

　　罗伯特用脚蹭了蹭地面，"不必了，在这个地方做好标记，并且在地图上标出这个位置。我要问一下艾萨克莱娜，是否应该回头来拍照，以作证据。

　　"还是让加斯大地从这些人身上取走它所需要的东西吧。我……"

　　罗伯特转开脸。现在并不只是黑猩猩发觉自己说不出话来。他点点头,让队伍继续赶路。他一面向上攀爬,一面任心中的怒火熊熊燃烧。他一定要找到办法,让敌人受到的惩罚比他们犯下的罪行更惨酷!

几天前,在一个没有月光的暗夜,他目送十二名挑选出来的黑猩猩从山上滑翔而下,去袭击格布鲁人的一座营地。突击队员们搭乘土造的纸制滑翔机,完全不可能被人发觉。他们突然从天而降,丢下自制的硝化甘油炸弹和毒气弹,而后没等敌人明白过来,便借着星光溜之大吉。

敌营中传出"隆隆"巨响,烟火升腾,掺杂着尖叫和喧嚣,乱成一团,罗伯特无法知道这次突袭取得了什么样的效果。不过他还记得,当他从远处眺望战场时,心中充溢着多少愤恨。他是个训练有素的飞行员,说到执行这样的任务,他比任何一个山地黑猩猩都有资格!

但艾萨克莱娜下了死命令,每一只新生黑猩猩都必须严格遵守——严禁罗伯特参加战斗,他的性命神圣而又宝贵。

这他妈的全是我自己的错。他思忖着,爬过一片茂密的灌木丛。他同艾萨克莱娜结成正式配偶,便给了她额外的身份,她需要这身份来指挥这支小小的抵抗部队……同时,她也有了比他还要高的权威。他再也不能随心所欲了。

这么说,她现在勉强算是他的妻子了。我们结了婚。他想到。现在艾萨克莱娜依然一直在调整自己的外表,让自己看上去更像个地球人,但这样做的结果只是在提醒罗伯特,她无论如何也变不成地球人。这让他心灰意冷。不同物种间的通婚少之又少,这肯定也是原因之一!

不知梅根听到这个消息后会有何感想……不知我们派去的信使是否能抵达目的地……

"嘘——!"

他猛地朝右侧看去。艾尔茜正在一棵大树的枝条上稳住身体,她指着山坡上方——那里,浓雾散开了一个口子,露出一片深蓝色的天空。高天上,片片云朵好似一艘艘装有观光玻璃船底的小艇,在目光无法探查到的气压层中飞掠而过。在云团下方,他能看到一座高山长满树木的斜坡。一缕缕翻卷的烟霭正从大山两侧积满雾气的地方盘旋而上。

"那是弗塞山。"艾尔茜简短地说道。罗伯特马上就明白了,为什么黑猩猩会认为这里是个安全的地方……即便对于他们那些珍贵的大猩猩来说,这里也足够安全了。

希尔马海的海岸边只排列着为数不多的几座半休眠火山。然而,在整条穆伦山脉中仍有一些地方偶尔会发生地震,而且,在极为少见的情况下,熔岩会喷涌而出。山脉的身躯还在不断生长。

弗塞山正在"嘶嘶"作响。一只只地热孔上方腾起形状扭曲而又浓稠的蒸汽,满溢着热水的池塘雾气蒸腾,间歇泉不时喷溅出滚烫的泡沫。无处不在的藤蔓从四面八方汇聚到此地,纠结成一条条粗大的索缆,顺着半休眠火山的斜坡蜿蜒而上。从这些颜色晦暗、烟气弥漫的池塘里,藤蔓将灼热的岩石中过滤下来的微量元素吸入体内,最终把它们输送到森林的生态系统之中。

"我早该猜到这个地方。"罗伯特笑了起来。在此地,格布鲁人肯定探查不到任何异状。这里到处都弥漫着混杂在一起的高热、泡沫和化学物质,山坡上几只不穿衣服的类人猿根本不会显露形迹。即便入侵者当真前来察看,大猩猩和他们的守护者也会及时潜入四周的丛林,待敌人离开之后再回来。

"在这里藏身，是谁的主意？"他问道，这时他们借着一片高大的森林投下的暗影，正向那块灼热之地走去。硫黄的气味变得越来越浓烈。

"是司令官的主意。"艾尔茜答道。

不出我之所料。罗伯特并未感到懊恼。即便在泰姆布立米人里，艾萨克莱娜也算得上是个聪明人物，而他也颇有自知之明：自己的才智并不比一般地球人高多少。"为什么我事先不知道这个地方？"

艾尔茜看上去显得有些不安，"嗯，您从来都没有问过我们，长官。您一直在忙着做实验，查找光纤和敌人探测方式中存在的诡计。而且……"她的声音越来越小。

"而且什么？"他追问道。

她耸耸肩，"而且我们拿不准，您可能迟早难免会中毒气。一旦遭遇不测，您就只能前往城市去接受解毒剂治疗。到时敌人肯定会审讯您，而且可能会对您做精神感应扫描。"

罗伯特闭上双眼，而后睁开，点了点头，"好吧。我也拿不准，你们是不是信任我。"

"长官！"

"没关系。"他挥挥手。艾萨克莱娜的决定一直都非常正确，符合逻辑——这次的决定仍然没有任何不妥之处。他只想尽量不去琢磨这件事。

"咱们去看看大猩猩吧。"

大猩猩们以一个个家庭小组为单位散坐在四处，从远处就能很容易地将他们分辨出来——与他们的新生黑猩猩近亲相比，这些生物更高大、毛色更黑、毛发也更浓密。他们棱角突起的大脸就像黑曜岩一般黝黑，面上都带着平和之色，一个个聚精会神，有的在吃饭，有的在为同伴梳理毛发，有的在从事指派给他们的主要任务——织布，以备战时之用。

一张张宽大的木制织布机上，梭儿横着飞来飞去，拖着用土法捻成的纬线，同排列齐整的经线交织在一起。织机"咔嗒咔嗒"的声音抑扬顿挫，与巨猿们低沉的歌声交相应和。罗伯特一行人朝避难地的中心走去，身旁一直回荡着织机声和大猩猩不成调子的低吟。

不时有一名织工停下自己的工作，将织梭放到一旁，飞快地舞动着双手，同身旁的伙伴交谈。罗伯特懂得手语，足以用这种语言与旁人闲谈，不过，大猩猩们使用的似乎是一种方言，与幼年黑猩猩常用的手语大不相同。没错，大猩猩的语言相当简单，但自有其优美之处，带着一种他们特有的温文之态。

显然，大猩猩并不是个头较大的黑猩猩，而是一种完全不同的种族，他们走的是另一条生命之路，但最后仍发展成为智能生命，与黑猩猩殊途同归。

每一个大猩猩家庭群组，似乎都是由若干成年雌性大猩猩、她们的幼崽、少数少年成员和一只身形巨大、后颈下方毛发呈银白色的雄性成年大猩猩组成。这位家长脊梁和两肋上的毛发通常都是灰色。他的头顶高高隆起，令人过目难忘。提升技术改变了新生大猩猩的身体姿态，但个头大些的雄性大猩猩在走路时仍然至少用一只手的指节支撑着地面——巨大的胸膛和双肩令他们头重脚轻，无法自如地直立行走。

与之相反，大猩猩那些肢体柔软的幼崽在用双腿行走时却显得相当灵便。他们的前额浑圆光滑，尚未生出高凸的眉棱骨——这些内心温顺的生灵，以后才会变成那副徒有其表的凶暴模样。罗伯特感到很有趣:大猩猩、黑猩猩和人类,这三个物种的幼儿长得太相像了。只有在生命旅程中的晚些时候,遗传与命运为他们带来的戏剧性差异才会完全显现出来。

有个说法叫作"幼态持续"①。罗伯特想。事实证明,这种在大接触之前便已出现的经典理论并非不实之词。支持这种理论的人提出,高级生命之所以具有智慧,其奥秘之一就是:这个物种可以尽可能地保持孩童状态,而时间要尽可能长。打个比方,地球人类即便进入成年期之后,仍保留着与幼年类人猿相似的面孔、适应性,以及永不满足的好奇心(如果类人猿幼崽的好奇心确实还没有被现实世界磨灭的话)。

难道智慧生命的这一特点纯属某种巧合? 难道是这种巧合令具有智能潜力的"能人"完全依靠自身的努力实现了想来根本不可能的飞跃——将自己提升成为跨越星系的智能生命? 不然,莫非果真像长期以来人们假定的那样,已然不知所终的神秘庇护主曾经干涉过地球人的遗传基因,从而将神力赐予人类?

所有这些都只是推测,但有一件事很清楚:地球上的其他哺乳动物大都在青春期刚刚过去的时候便已丧失了学习和玩耍的兴趣,只有人类、海豚——现在随着一代代发展,又有了新生黑猩猩——仍然保留着对身旁这个世界的迷恋。

总有一天,成长起来的大猩猩可能也会具有同样的特点。而现在,地球智能生命的大家族中,新生大猩猩这个成员已经变得愈加聪明起来,而且对事物的好奇心要比他的同族兄弟们保持得更为长久。总有一天,他们的子孙后代会在自己的一生中都永葆童心。

这就要看格莱蒂克人是不是允许了。

①指某个物种在成熟期仍保持幼年特征。

　　大猩猩幼崽们四处闲荡，好奇地探看每样东西。但大家谁也不曾打骂他们，长辈们只有在他们碍事时才将他们轻轻推到一旁，通常只是轻拍一下，或是开心而又友爱地咕哝几句。当罗伯特从一个家庭群组旁边经过时，他看到一片矮树丛中，一只灰背雄性大猩猩正与他的一位雌性配偶同欢共好。三只幼崽趴在雄性大猩猩宽阔的脊背上，吃力地扳着他粗壮的双臂。但那位家长丝毫不予理会，仍然闭着眼睛俯下身去履行他传宗接代的职责。

　　又有更多的幼崽急匆匆地穿过树丛，跌跌撞撞地跑到罗伯特面前。他们嘴里垂挂着的丝丝缕缕的塑料状物体，已被这些小家伙嚼得稀烂。有两只幼崽抬眼盯着他，脸上似乎挂着敬畏的表情。随后又来了一个小家伙，他不像同伴们那么害羞，朝罗伯特热切地挥动着小手，像是在用不太准确的手语说话。罗伯特微笑着将小家伙抱了起来。

　　罗伯特看到在山坡高处，一连串雾气缭绕的地热泉上方，有一些棕色的身影在树林中穿行。"那是年轻的雄性大猩猩，"艾尔茜解释道，"还有一些过于年老无法继续维持自己家长地位的前任首领。在敌人入侵之前，豪莱茨研究中心负责制订计划的工作人员曾试图决定是否该对大猩猩的家族制度进行干预。没错，大猩猩有自己的生活方式，但那些雄性成员太可怜了——只能享受一两年的欢欣和荣光，可代价却是要在几乎整个余生中忍受孤独寂寞。"她摇摇头，"在格布鲁人来之前，我们一直没能下定决心。现在在看来再也没有机会了。"

　　罗伯特按捺住自己，没有开口。他讨厌对受庇护种族采取约束性的干预措施，而艾尔茜的同事在豪莱茨研究中心所做的事情也令他不快。那简直是傲慢自大,居然想自作主张,为一个生命物种去做决定。那样做肯定没有什么好结果。

当他们朝那片地热泉走去时,罗伯特看到黑猩猩们正在认真地来回奔忙。一只黑猩猩正拿着牙科工具检查一只大猩猩的口腔,而那个大块头比他的牙医整整要魁梧六倍。另外一只黑猩猩正在耐心地教十来个大猩猩幼崽学习手语。

"这儿有多少黑猩猩负责照管大猩猩?"

"有研究中心来的德·史莱沃博士、大约十二名同她一起工作过的黑猩猩技师,再加上二十名卫兵和附近定居点来的志愿者。如果需要派大猩猩去支援作战,黑猩猩的数目就不一定了。"

"拿什么东西来喂养所有这些大猩猩呢?"罗伯特问道,此时他们正取道而下,朝一眼地热泉走去。他手下的一些黑猩猩已先于他俩到达,正躺卧在泉水旁边啜饮着杯中的热汤。附近的一座小山洞临时充作了储藏室,身穿围裙的殖民地黑猩猩工人正在舀出一杯杯热气腾腾的汤。

"食物确实是个问题。"艾尔茜点点头,"大猩猩的消化能力非常强,而且很难让他们获得营养平衡的饮食。在地球上非洲的生态保护区中,一只大个子的银背大猩猩每天需要消耗六十磅的蔬菜、水果和昆虫。野生大猩猩必须四处巡游才能得到足够的食物,可我们没办法让大猩猩外出觅食。"

罗伯特趋身下到潮湿的石头上,放下了大猩猩幼崽,小家伙拔腿奔到泉边,口中还在嚼着散碎的塑料条。"听上去真是个令人进退两难的问题。"他对艾尔茜说道。

"是啊。可幸运的是,舒尔茨博士在去年找到了解决办法。我真高兴,他在去世前终于完成了心愿。"

罗伯特脱掉鹿皮鞋。泉水看上去相当烫。他用脚趾试试水温,马上把脚缩了回来,"噢! 他是怎么做到的?"

"哦,您说什么?"

"舒尔茨找到了什么解决办法?"

"微生物技术,长官。"她猛地抬起头,双眼闪闪发光。"哦,咱们的汤来了!"

罗伯特从一位雌性黑猩猩手里接过一杯汤,这只黑猩猩身上的围裙肯定是用大猩猩织布机上的布料做成的。她走起路来一瘸一拐。罗伯特心想,她是不是在某次战斗中负了伤。

"谢谢。"他说道,十分赞赏汤的香味。他现在才意识到自己已经非常饿了。"艾尔茜,你刚才说微生物技术,那是什么意思?"

她优雅地啜饮着自己的汤,"我是指,肠道细菌、共生生物。我们每个人体内都有这些微生物。这些小东西就生活在我们的肚子里、嘴巴里。它们中大多数都是无害的好伙计,帮助我们消化食物,顺便喂饱它们自己。"

"哦。"当然,罗伯特知道什么是共生生物,学校里的孩子都知道。

"舒尔茨博士设法培养出一组细菌,它们能帮助大猩猩消化吸收加斯出产的所有植物,而且令大猩猩感到这些食物非常美味。这些细菌——"

这时,一声短促的高叫打断了她的话。这声音绝不是任何猿猴能发出来的。"罗伯特!"那尖细的声音叫道。

罗伯特抬起头,马上笑了起来,"艾普丽尔! 小艾普丽尔·吴! 你好吗,快活的机灵鬼?"

小姑娘打扮得就像丛林女郎茜娜①。她坐在一只年轻雄性

①流行漫画中的女主人公。

大猩猩的左肩上，那位大块头的黑眼睛显得既有耐性又温和。艾普丽尔向前倾身，飞快地打着一连串的手语，大猩猩便松开了她的双腿。小姑娘爬起身，在伙伴的肩头上站了起来，扳着他的头稳住自己的身体。她的守护者只是忍让地咕哝了一声。

"接住我，罗伯特！"

罗伯特连忙站起身，他还没来得及开口阻止，小姑娘便纵身一跃，被太阳晒成棕色的身体像风车一样飞转起来，金发在空中划过一道流光。罗伯特扑上前，抓住了她的双腿。当他抓牢之才发觉，自己的心跳得比作战和爬山时还要快。

他已得知，出于安全原因，小姑娘一直和大猩猩们待在一起，处在黑猩猩的照顾之下。现在罗伯特才懊恼地意识到，他自从伤愈以来有多么忙碌。他太忙了，以至于从未想到过这个小姑娘，群山中另外一个未被敌人抓住的地球人。"嗨，小不点，"他对她说，"这些日子你过得怎么样？你好好照顾这些大猩猩了吗？"

她严肃地点点头，"我好好照顾这些大猩猩了，罗伯特。我们要肩负起责任，因为这里只有你我两个地球人。"

罗伯特紧紧地抱了抱她。此时，他突然感到自己非常孤独。以前他一直没有意识到，他有多么想念地球人同类。"是啊，这里只有你和我了。"他轻声说道。

"你和我，还有泰姆布立米人艾萨克莱娜。"她提醒他。

他注视着她的眼睛，"但不管怎样，你还是很听德·史莱沃博士的话，对不对？"

她点点头，"德·史莱沃博士人真好。她还说，我过不了多久就能去见妈妈爸爸了。"

罗伯特心里一惊。他真该同德·史莱沃博士谈谈关于哄骗小孩子的事情。负责照顾她的黑猩猩大概不忍心将真情告诉这个人类孩子,不忍心告诉她——今后他们还要照顾她很长一段时间。如果现在把她送往海伦尼亚,就意味着大猩猩的秘密将要被泄露出去,而艾萨克莱娜已经决定要保守这个秘密。

"把我放下来吧,罗伯特。"艾普丽尔甜甜一笑,指着一块平坦的石块要求道。那只大猩猩幼崽正在石块上蹦蹦跳跳,罗伯特属下的几个战士就坐在石块跟前。黑猩猩们被小家伙滑稽的动作逗得开怀大笑。罗伯特能够理解他们的笑声为何如此满足而又略带得意。一个年轻的受庇护种族会自然而然地对比自己更年轻的种族生出这种感觉。对大猩猩来讲,黑猩猩绝对称得上主人和父辈。

而罗伯特感到自己真有点像个父亲,面前摆着一项令人不快的任务:他必须以某种方式对自己的孩子挑明——过不了多久大猩猩便不会再从属于他们了。

他抱着艾普丽尔跳到泉水边,将她放在石块上。这里的水温还能够忍受。不,应该说水温相当合适,简直妙极了。他踢掉鞋子,在令他感到麻酥酥的热水中活动着脚趾。

艾普丽尔和大猩猩幼崽坐在罗伯特两边,都将手肘搁在他的膝盖上。艾尔茜也到他身旁坐下了。这是一个短暂而又宁静平和的时刻。如果此时奇迹发生—— 一只新生海豚出现在水中,张大嘴巴笑着跃出水面——那么这个场面肯定会是一幅出色的全家福照片。

"嗨,你的嘴里是什么东西?"他朝大猩猩幼崽伸出手,小家伙迅速后撤到他够不着的地方,只是睁大好奇的眼睛看着他。

"他在嚼什么?"罗伯特问艾尔茜。

"看上去像是塑料条。但……但这东西怎么会在这里? 这里本不该存在任何加斯的工业制造品。"

"它不是加斯的工业制造品。"有人说道。大家抬头一看,是为他们送汤的那只雌性黑猩猩在说话。她微微一笑,在围裙上擦了擦手,而后弯腰抱起了大猩猩幼崽。小不点儿乖乖地交出了嘴里的塑料条。"所有的小家伙们都在嚼这些东西。我们已经做过测试,这东西很安全,而且我们完全肯定,它绝对不会令格布鲁探测器发现地球生物。"

艾尔茜和罗伯特困惑地对视了一眼,"你们怎么会这样肯定呢? 这东西到底是什么?"

雌性黑猩猩逗弄着小家伙,拿着塑料条在他面前轻轻舞动,引得他"吱吱"叫起来。他伸手抓住塑料条,马上又把这嚼起来滋味无穷的东西塞进了嘴里。

"当我们第一次在豪莱茨研究中心的废墟成功地伏击敌人之后,有些大猩猩父母把一块块这东西的碎片带回来给了自己的孩子。他们说这东西'味道好极了'。现在小家伙们整天都在嚼它。"

她咧开嘴朝艾尔茜和罗伯特笑了,"这是格布鲁人战车上的超级塑料纤维。你们知道吗,就是那种防弹装甲的材料。"

罗伯特和艾尔茜目瞪口呆。

"嗨,康吉。味道好吗?"雌性黑猩猩对着大猩猩幼崽轻声说道,"你这个聪明的小东西。我说,既然你这么喜欢嚼装甲片,那么下次来点真正美味的东西怎么样? 你想不想尝尝城市的味道? 咱们找个容易对付的城市吧,纽约中你的意吗?"

小家伙张大嘴巴,一段又湿又烂的碎条从他口中夺拉了下来,露出满嘴尖利闪光的牙齿。

雌性黑猩猩笑了,"啊! 你们瞧,康吉喜欢我这个提议。"

第五十四章　法　本

"别动。"法本告诉盖莱特,此时他正用手指梳理着她的皮毛。

其实他没必要这样叮嘱。因为尽管盖莱特被他扳着转过身,背对着他,但他还是知道,当他为她清理毛发的时候,刹那间她脸上肯定闪过了快活的表情。当她平静下来、身心放松、陶醉于普普通通的搔痒时,平时严苛的面容便忽然焕发出神采,令她完全换了一副模样。

不幸的是,盖莱特的喜悦只维持了一分钟。她的毛发中,一点微小而又急促的骚动吸引了法本的注意。于是,他趁着那小虫子尚未消失在她绌密的毛丝中,便伸手抓了过去。

"噢!"她尖叫一声,法本的指甲抠下了一小块皮肉,还有一只蠕动着的小虱子。她在他脚上用力打了一掌,她身上的锁链"哗啦哗啦"直响。"你想干什么!?"

"吃掉它。"法本咕哝着,将扭动着的小东西放在齿间一咬,发出"噼啪"一声。即便这样,那虫子还是没有停止挣扎。

"吃掉它? 你撒谎。"她说道,声调中透着不信任。

468

"那我张开嘴巴让你看看？"

她哆嗦了一下，"好了，别费事了。接着干你手里的活吧。"

法本吐出嘴里的死虱子，不过一想到抓住他们二人的那些家伙整天让他们吃些什么，他就觉得自己真该补充一下蛋白质。在这之前，他曾有几千次同别的黑猩猩互相清理毛发，那些伙伴有他的朋友、同学，还有希尔马岛上群婚家族里的成员，但他从未像现在这样清楚地想起清理毛发这一老习惯原本的初衷——源自很久之前的丛林生活——让其他同伴免受虫豸骚扰之苦。他盼着盖莱特也能放下架子，为他捉虫理毛。在稻草垫子上睡了两个多星期之后，他开始感到浑身痒得要命。

他的双臂也在作痛。为了够到盖莱特，他只能用力向前探出身子，因为他们两个被锁链拴在石头囚室中不同的位置，他俩尽量互相凑近之后，他才刚好能为室友搔痒。

"哎呀，"他说道，"我马上就要完成任务了，至少已经挠遍了你愿意让我挠的那些地方。我真不敢相信，一位黑猩猩姑娘，在两个月前曾用'粉色激情'之类的话勾引我，她居然是个如此故作正经、连身体都不愿袒露的老古板。"

盖莱特并未屈尊答话，只是轻蔑地哼了一声。当她昨天见到法本的时候，似乎显得很高兴——那时黑猩猩叛徒们刚把法本从前些日子关押他的牢房带到这里。这么多天来的单独囚禁，让他们两个在见面时就像失散已久的兄妹一样欣喜。

但现在她似乎又开始给法本没完没了地找茬了，"再给我挠挠，"她要求道，"向左边一点。"

"要命，要命，真要命！"法本低声抱怨着，但他还是听从了她的命令。黑猩猩需要身体间的互相接触，或许比他们的地球人庇护主更看重这种交流；而那些人类有时会在公众面前携手言欢,可极少再有真正亲密的举动。法本觉得,这种时候如果有人能给自己搔搔痒,那可是太妙了——简直就像为别人搔痒一样妙不可言。

读大学的时候,他在一本书上看到,人类曾严格限制与异性发生身体接触,即使同自己的性伴侣也不例外。在黑暗年代,某些父母甚至都不能拥抱自己的孩子!那些蒙昧之徒肯定几乎从未做过类似相互间梳理毛发的事情——其实,黑猩猩彼此之间搔痒、梳毛、按摩,完全与性无关,只是为了享受接触和交流的乐趣。

令法本吃惊的是,他在大数据库里草草搜索了一下,发现这种对人类的侮蔑性传闻居然确有其事。历史上还从来没有什么逸闻趣事曾让法本认识到,过去那些可怜的人类男女忍受了多少愚昧和疯狂的折磨。因此,当他看到旧时动物园和狩猎战利品的照片时,对人类生出的宽恕之心还不算太勉强。

这时,突然传来钥匙的"叮当"声,将法本从沉思中拖回到现实世界。老式木门轻轻开启,有人敲敲门,而后走了进来。

来的是为他们送晚饭的雌性黑猩猩。自从转到这个牢房以来,法本一直不知道她的名字,但她那张心型面孔颇具魅力,而且不知何故令他感到有些眼熟。

她身上亮闪闪的拉链制服与格布鲁人手下那帮劣种的打扮一模一样。这套装束的脚踝和手腕部位带有松紧带,臂章上是那个全息标志,张开的恶鸟利爪,浮在臂外几厘米处的空中。

"有人要来看看你们俩,"雌性劣种缓慢而又轻柔地说道,"我猜你们并不想见他。抓紧时间准备一下吧。"

盖莱特冷冷地点点头,"谢谢你。"她看都不看那只黑猩猩。但法本并不在乎自己当前的处境,一直目送着这位看守扭动着臀部转身离去。

"该死的叛徒!"盖莱特低声骂道。她拉紧束缚着自己的那条细细的锁链,将它摇得"叮当"作响。"噢,有好多次我真希望自己是一只雄性黑猩猩。我……我……"

法本仰头望望天花板,叹了口气。

盖莱特挺直身子扭头看着他,"怎么! 你有什么意见吗?"

法本耸耸肩,"是啊。如果你是一只雄性黑猩猩,或许就能挣断这条细链子。但你要想想,如果你真是雄性,他们就会用专门对付你的锁链来拴住你,对不对?"

他抬起自己的手,尽量张开双臂,刚好能让她看见。沉重的锁链"哗啦"直响。他右腕上缠着绷带的伤口骤然作痛,令他的双手无力地耷拉到水泥地板上。

"我猜,她之所以想变成雄性,还另有原因。"门口处传来一个声音。法本抬起头,看到了那个名叫"铁钳"的劣种,叛徒首领。这只黑猩猩抬手卷弄着他涂着蜡的胡须,脸上现出夸张而做作的笑容,法本一见他那副模样就觉得恶心。

"抱歉,朋友们。我刚才无意中听到了你们最后的谈话。"

盖莱特轻蔑地撅起上唇,"那么你就是在偷听。这说明了什么? 这说明你不仅是个鬼鬼祟祟的偷听者,还是个叛徒。"

那只身材健硕的黑猩猩咧嘴一笑,"那么我也算是个窥淫狂喽? 我为什么不早把你们两个拴在一起呢,啊? 那会有不少乐子,你们两个都这么中意对方。"

盖莱特哼了一声。她猛地从法本跟前挪开身子,拖着脚步走到了最远处的墙根。

法本可不愿因为自己答话而让这家伙感到得意。他只是淡然盯着"铁钳"的眼睛。

"实际上，"劣种沉思着说道，"我完全能够理解，像你这样的雌性黑猩猩会盼着自己变成雄性。尤其是，你们拿着白卡。瞧瞧，一张白卡用在姑娘身上，可真他妈的浪费！

"让我想不通的是，""铁钳"对法本说道，"为什么你们两个会做下这种蠢事——屁颠屁颠地为人类跑腿当兵？真让我想不通。你有一张蓝卡，她有一张白卡。唉，只要她发情，你们随时可以做爱。不需要吃药控制，不需要征求她的守护者同意，不需要事后去向提升委员会赔罪。只要愿意，你们就能生养自己的孩子。"

盖莱特用冰冷的眼神瞪了这只黑猩猩一眼，"你真让我讨厌。"

"铁钳"面红耳赤。他刮过须毛的苍白双颊上，红色尤其明显。"为什么我让你觉得讨厌？就因为我对自己被剥夺的权利感到着迷吗？就因为我无法拥有自己应得的东西？"

法本低吼一声，"应该说，是因为你没有能力做到自己该做的事情。"

"铁钳"的脸更红了。他意识到他的情绪暴露了内心的弱点。他弯下腰，脸正对着法本的面孔。"你就这么硬挺着吧，大学生。说到能力，你的命运已经掌握在我们手里，谁理会你有能力做什么事情呢？"说罢，他咧嘴一笑。

法本皱起鼻子，"你该明白，对于黑猩猩来讲，繁育卡片的颜色并不能代表一切。比方说，如果你能勤漱漱口的话，或许能泡上更多的姑娘——"

"铁钳"一拳打在法本的肚子上，法本闷哼一声弯下了腰。要寻开心就得付出代价。法本告诉自己，他费力地喘息着，胃部一阵阵地抽搐。不过，看到这叛徒脸上的表情，他知道自己尽管吃了些苦头,但还是击中了对方的要害。"铁钳"的反应充分证明了这一点。

法本抬起头,从盖莱特·琼斯的眼中看到了关切的神情,但那目光马上变成了怒视。

"你们两个就此打住吧! 你们简直就像小孩子……就像半开化的——"

"铁钳"猛地转过身,死盯着她,"你懂什么? 啊? 你是这方面的专家吗? 你是那该死的提升委员会的成员? 你生养过孩子了?"

"我是学习格莱蒂克社会学的学生。"盖莱特呆板地答道。

"铁钳"挖苦般地笑了起来,"好一个奖励给聪明猴子的头衔! 你肯定在杂要架子上玩了不少花样才得到了那张货真价实的博士文凭,只不过它的尺寸要比你那些人类主子的学历证书小得多!"

他蹲在她面前,"你还想不明白吗,小姐? 让我给你说清楚吧。你我全都是该死的半开化畜生! 好吧,你尽可以否认。你来证明我是错的吧!"

现在轮到盖莱特满脸通红了。她看了法本一眼。法本知道,她记起了海伦尼亚大学的那个下午。当时他们爬上钟楼俯瞰校园,里面已经没有一个地球人,只剩下黑猩猩学生和黑猩猩教员装出一副什么事情都不曾发生的样子。盖莱特肯定还记得,当时她试着以格莱蒂克人的角度去看待那个场面,而自己的心情竟然那么痛苦。

"我是有智慧的生命。"她低声道,显然是在尽力使自己的声音显得自信一些。

"没错,""铁钳"冷笑一声,"不过,你的意思其实是,你比我们这些家伙更接近……更接近提升委员会为新生黑猩猩制定的目标，更接近他们认为我们应当变成的那副模样。

"但你要告诉我——试想一下，如果你乘太空船前往地球，可船长却错误地进入了D层面超空间，因而当你到达目的地时已是几百年之后了——那会怎么样？你认为你那张宝贝白卡还会管用吗？"

盖莱特把脸转向一旁。"正所谓风光不再啊。""铁钳"打了个响指，"那时你就成了老古董，过时的货色，被无情的提升进程丢在一旁的废物。"他大笑起来，伸手托住盖莱特的下巴，要她看着他的眼睛，"那时，你就也成了个劣种，宝贝儿。"

法本向前猛扑过去，但被锁链拉住了。链子骤然一扯，令他的右腕爆发出一阵剧痛，但法本在暴怒之下几乎没有注意到自己的疼痛。满腔怒火的他，说不出一句话，只能向对方发出愤恨的咆哮和吼叫。此时，他模糊地感觉到，盖莱特肯定同样怒不可遏，而令他们更为气恼的是，这种恼羞成怒的反应只能证明那个杂种说得没错。

"铁钳"与法本对视良久，这才放开了盖莱特。"若是在一百年前，"他继续说道，"我肯定只能算作某种非同一般的生灵。人类会原谅并且忽略我的'怪癖和缺点'。他们也会发给我一张白卡，因为我既聪明又强壮。"

"时代不同，境遇便不同，我可爱的小黑猩猩伙计们。一切都取决于你出生在什么年代。"

"铁钳"站直身子，"不然的话——？"他笑了，"或许也取决于你的庇护主是谁，对吗？如果标准发生了变化，如果在庇护主心目中未来智慧物种的理想概念发生了变化，那么……"他摊开双手，让对方自己去领会他话中的含义。

盖莱特先开口了：

"你……竟然……想投靠……格布鲁人……"

"铁钳"耸耸肩，"时代在变化，亲爱的。我可能会比你们两个生养更多的子孙。"

法本设法驱走了令他说不出话的愤怒，终于开了腔。他大笑起来，笑声越来越狂野，"是吗？"他咧开嘴巴笑着问道，"哎呀，你先得解决另一个问题，小子。阳痿的劣种到底打算怎么传宗接代呢——"

这次袭来的是"铁钳"的赤脚。法本早有准备，向旁边一滚避开了对方的踢打，但更多的打击如雨点般接踵而至。

但尽管如此，"铁钳"再也不说一句话，法本只飞快地看了他一眼，便知道现在轮到这劣种的舌头打结了。那家伙的嘴巴一张一合，喷溅着唾沫，发出低沉的呼喝。最后，这只高大的黑猩猩终于沮丧地停止了踢打。他转过身，跺着脚走了出去。

掌管钥匙的那只雌性黑猩猩看着他走出去。她站在门边，显得有点不知所措。

法本咕哝着翻过身躺在地上。

"噢。"他摸了摸自己的肋下，疼得身体一缩。看来并没有骨折。"至少这位西蒙·莱格里①没能讲出一套得体的退场白。我还真有点盼着他能说上一句'等着瞧，我会回来的！'或是'生来平等'之类的鬼话。"

盖莱特摇摇头，"你招惹他能有什么好处？"

法本耸耸肩，"我自有原因。"

他小心翼翼地退回墙根。身上的拉链制服起伏有致的雌性黑猩猩正看着他，但当他们的目光相遇时，她飞快地眨眨眼，转

---

①小说《汤姆叔叔的小屋》中的人物，一个严酷残暴地折磨奴隶的工头。

身离开房间,顺手关上了房门。

法本扬起头,张大鼻孔,深吸了几口气。

"现在你打算做什么?"盖莱特问。

他摇摇头,"没什么,只是打发时间呗。"

当他再回过神来时,看到盖莱特已转身背朝着他。她像是正在哭泣。

这可真让我小小吃了一惊。法本想。盖莱特现在沦为囚徒,想到自己曾领导了一场反抗行动,她大概并不会感到多么有趣。他们两个都知道,城里的抵抗组织已被消灭,彻底完蛋,而且他们再没什么理由可以相信山中的游击队会有更好的下场。艾萨克莱娜、罗伯特和本杰明可能已经死去,也可能已被敌人俘获。海伦尼亚还控制在恶鸟和内奸手中。

"别担心,"他尽力想让她高兴起来,"你听别人说过黑猩猩要经受的真正的智能测试是怎么回事吗?你肯定从来都没听说过吧?通常总要等黑猩猩累得挺不住的时候才进行那种测试,为什么非要这样呢!"

盖莱特擦擦眼睛,转过头看着他,"得了,住嘴吧。"她说道。

好吧,这个笑话太老套了,法本暗自承认,但为了让她快活起来,尝试一下总还是值得的。

可是,她示意法本转过身去:"快点,现在该你了。或许……"她浅浅一笑,似乎拿不准是不是要以她自己的方式开个玩笑。"或许我也能在你身上找到点塞牙缝的东西呢。"

法本咧开嘴巴笑了。他慢吞吞地转过身,拉紧锁链,让自己的脊背尽可能凑到她面前,并不在乎链子将身上各处伤口扯得生疼。法本感觉到她的手指正在理顺他纠结的长毛,他不由得转动着眼珠。

"啊,啊。"他叹道。

另外一名看守为他们送来了午餐——一份稀汤配着两片面包。这个雄性劣种一点都不像"铁钳"那么能说会道。实际上,当法本逗引他说话时,这家伙连最简单的短语和吼叫都很难发出来。他的左颊时常因神经抽搐而痉挛。盖莱特小声告诉法本,这只黑猩猩眼中的凶光令她紧张不安。

法本想转移她的注意力,"给我讲讲地球吧,"他要求道,"它是什么样子的?"

盖莱特正用一块面包皮蘸着最后几滴汤,"有什么可讲的?谁都知道地球是什么样子。"

"没错。但大家都是从录像资料和存储记忆块的书籍中看到的。谁都没有亲身去过那儿。你小时候曾跟着父母去过地球,对吧?你就是在那里拿到博士学位的?"

她点点头,"雅加达大学。"

"后来呢?"

她的目光投向远方,"后来我申请到了一个在格莱蒂克研究中心受训的岗位,在拉巴斯。"

法本知道那个地方。地球上的许多外交官、使节和特工都在那儿接受训练,学习五大星系物种的思想和行为中蕴藏的古老文化。如果地球上的领导阶层想要为人类、海豚和黑猩猩制订发展方略、令他们能在危险的宇宙空间中开拓前进,在中心里学习格莱蒂克人是一道至关重要的程序。"狼崽子"族类的命运基本上都掌握在格莱蒂克研究中心毕业生的手中。

"你能申请到这样一个位置就已经令我大为敬佩了,"他认真地说道,"那么……我的意思是,你被淘汰了?"

她点点头，"我……差点毕业。我的测试成绩合格，刚好过关。如果我的得分再稍稍高一点的话，他们说我就一点问题都没有了。"

显然，这段往事令盖莱特心痛不已。她显得有点犹豫，似乎想换个话题。她摇摇头，"后来他们告诉我，他们还是更希望我能回到加斯。他们说，我应该从事教育职业。他们直截了当地告诉我，我只有在这里才会起到更大的作用。"

"他们？你说的'他们'指的是谁？"

盖莱特神经质地揪扯着手背上的毛。她意识到自己的不安之后，便将双手静静地搁在膝盖上。"提升委员会。"她平静地说道。

"可是……可是他们凭什么指派你去执教，他们怎么能对你自己的职业选择指手画脚呢？"

她看着他，"如果他们认为新生黑猩猩或是新生海豚的遗传进程面临危险，他们便会有很多说词，法本。打个比方，如果他们担心你宝贵的遗传血浆遭受宇宙射线的辐射，便会不让你当宇航员。如果他们担心你产生无法预料的突变，便会制止你选择化学行业作为职业。"

她拾起一根稻草，在手中慢慢捻动，"唉，其实咱们比其他年轻的受庇护种族享受到了更多的权利。对此我心知肚明，而且我总是提醒自己别忘了这一点。"

"可他们断定你只在加斯才有用处。"法本低声道。

她点点头，"格莱蒂克研究中心实行的是分数制。如果我在中心的测试成绩真能拿到高分的话，肯定不会有问题。有些黑猩猩确实过了关。

"但我正好擦边。他们没有录取我，而是给了那张该死的白卡,就好像那玩意儿是某种安慰奖,或许可以算作圣餐中的圣饼,随后他们就把我打发回了我的生身之地,可怜的加斯。

"似乎我在这个世界上存在的理由只是我将来要生那些孩子。其他一切都不重要。"

她笑了起来,显得有些酸楚,"见鬼,现在倒好,我这几个月来一直在违反法规,让自己的生命和子宫面临危险,还搅进了这次暴动。哪怕万一我们取得了胜利,太空军也只会发给我一枚大勋章,或许在彩带招展的欢庆仪式上出出风头,但这并没有什么意义。等到热闹劲一过去,我还是会被提升委员会投进监狱!"

"唉,真他妈的……"法本叹了口气,颓然坐倒在冰冷的石头上,"但你还没有,我是说,你还没有——"

"我还没有生育过,对吗?你说得一点没错。作为一只有白卡的雌性黑猩猩,为数不多的几点好处之一就是我可以选择任何一只拥有蓝卡或是更高等级的雄性做孩子的父亲;而且我还能自己选择生育时间,只要我在三十岁之前生养三个或是更多的孩子就行,甚至我都不必亲自抚养他们!"她再次酸楚而又刺耳地笑起来,"见鬼,为了能获准收养我生育的孩子,加斯上一半的群婚家族都会争破头的。"

她把自己的处境讲得可真悲惨,法本想。然而在这颗星球上,能被提升委员会如此看重的黑猩猩肯定不会超过二十只。作为受庇护种族的一员,这种待遇可算是最高荣誉了。

不过,他还是能理解她的处境。她回到加斯时就该知道——不管她的事业有多么辉煌,不管她的建树有多么伟大,她取得的成就只能令她的卵巢更有价值……只能令她更频繁而又痛苦地重复自己的遗传基因库之旅,只能令她承受更大的压力,尽可能让自己的子宫多做贡献。

　　自然，盖莱特轻易便能受邀加入群婚家族或是夫妻配偶家庭，太容易了。但她根本不可能知道，这些家族希望她加入是不是因为看中了她本人。单身的雄性求婚者之所以追求她，很可能只是为了谋取她的孩子给父亲带来的地位。

　　而且她还会遭到嫉妒。法本能够感受到这种处境。黑猩猩通常并不善于隐藏自己的真实情感，尤其是妒忌之心。相当多的黑猩猩都会直截了当地表达自己的嫉恨。

　　"'铁钳'说得没错，"盖莱特说道，"雄性和雌性黑猩猩确实不一样。对于雄性来讲，一张白卡意味着乐趣，我明白这一点。但对于雌性呢？对于一只胸怀大志的雌性黑猩猩呢？"

　　她把脸转向一边。

　　"我……"法本绞尽脑汁想找出什么话来说，但一时间他只能呆坐在原地，感到自己愚蠢而又迟钝，头脑发木。或许将来有那么一天，他多少代之后的子孙会变得足够聪明，能够知道该用什么话来应付此时这种局面，来安慰眼前这个深陷痛苦、渴望安慰的心灵。

　　或许在提升之路上经过几十代之后，提升得更完善的新生黑猩猩会变得那么机灵吧。但法本知道自己没有这个本事，他只是一只猿猴。

　　"咳咳，"他咳嗽一声，"我记得从前有一次，在希尔马岛上，肯定是在你回加斯之前——我想，大概是十年前的事情了吧？那时我还只是个大学新生……"他叹了口气，"总之，那年整个岛上都兴奋激动，因为伊戈尔·帕特森要来大学演讲，还有演出。"

　　盖莱特的头微微抬起了一点，"伊戈尔·帕特森？那个鼓手吗？"

　　法本点点头，"你听说过他？"

盖莱特挖苦般地冷笑一声，"有谁没听说过他呢？他——"她摊开双手，然后掌心向上垂下了手臂。"他简直绝妙至极。"

这句评语概括得非常恰当。因为伊戈尔·帕特森确实出类拔萃。

霹雳舞只是新生黑猩猩所热衷的节奏艺术之一，而打击乐则是他们最喜爱的音乐形式。从水星上模样离奇的农庄田地到地球上复杂精致的摩天大厦，所有的黑猩猩都将打击乐视若珍宝。即使是在早些时候，那时黑猩猩不得不通过胸前带键盘的显示器来交流，他们这支新生种族就对定音鼓的节拍迷恋至极。

而且，原先地球和各殖民星球上所有伟大的鼓手都是人类，直到伊戈尔·帕特森出现。

他是第一个，第一个黑猩猩，拥有绝佳的手指协调能力、善于微妙地掌握时机、能够恣肆地放开自己，从而成了最优秀的鼓手。听帕特森演奏《碎瓷之光》绝不只是一种快乐的体验——这曲子会令黑猩猩油然爆发出自豪之情。对于大多数同类来讲，他的存在意味着黑猩猩并非只是在提升委员会的提携下亦步亦趋，而是在为他们自己的理想努力。

"那次是在卡特基金会的赞助之下，他在各个殖民星球做巡回演出。"法本继续说道，"他的出行巡演可算作是一次对边远黑猩猩社区的友好访问，当然也是为了让大家分享他成功的好运。"

盖莱特喷了一声鼻息，表明自己对此早就知道得一清二楚。自然，帕特森拥有一张白卡。就算他没有那么迷人、没有那么聪明、没有那么漂亮，就算他不是所有新生黑猩猩追捧的偶像，提升委员会的黑猩猩成员也肯定会坚持发给他白卡。

而法本认为，自己知道盖莱特另外生出了什么感慨。对于雄性黑猩猩来讲,拥有白卡根本算不上什么麻烦事。这种生活只不过就像一场漫长的狂欢而已。"我敢打赌,大家都会分享到他的好运。"她说道。法本从她的话音中听出了明显的嫉妒之意。

"没错,唉,他开音乐会的时候,你真该在场。我也算幸运者之一,不过我的座位在最后面,还特别偏,而且我那晚又患了重感冒。我的运气真他妈的好透了。"

"怎么?"盖莱特的双眉蹙在一起,"感冒和看演出有什么关系……噢,"她朝他皱起眉头,拉长了下巴,"噢,我明白了。"

"我打赌你肯定明白。当时空调就在我头顶上方,而旁边的家伙还是说大厅里那股特殊的味道太重。我的鼻子什么也闻不到,但只能浑身打着哆嗦,坐在冷风下面,差点要了我的命——"

"拜托你不要跑题好不好?"盖莱特的双唇抿成了细细的一条线。

"好吧,你肯定会猜到,岛上每一位持绿卡或蓝卡而且又在发情期的雌性黑猩猩都搞到了一张音乐会的门票。她们谁也没在身上喷除臭剂。所以,大厅里的味道可想而知。她们来这儿之前大都已得到了家族丈夫的允许,一个个涂着烈火似的红色唇膏。"

"我能想象到当时的场面。"盖莱特说道。一瞬间法本好像看到,正在想象当时情景的盖莱特脸上似乎闪过了一丝淡淡的笑容。如果他看得没错,那么这丝笑意只在紧蹙的眉宇间闪了片刻。"后来怎么样了?"

法本伸展着身体,打了个哈欠,"你以为会怎么样?当然是一场放荡不羁的狂欢了。"

她目瞪口呆,"真的吗?在大学里?"

"一点不错。"

"可是——"

"啊,刚开始的几分钟一切都还正常。我要说,老伊戈尔的演奏水平绝对名副其实。听众变得越来越兴奋,就连替补乐队都感受到了那种气氛。但后来局面就开始失去了控制。"

"可是——"

"你还记得老教授奥尔芬吗?就是地球联邦传统系的那个老家伙。他总爱戴一只单片眼镜。这老猩猩整天四处游说,想让立法院颁布法令施行黑猩猩一夫一妻制。"

"是的,我知道他。"盖莱特点点头,眼睛瞪得滚圆。"他在音乐会上干了什么?"

法本抬起双手做了个特别的手势。

"不,这怎么可能!大庭广众之下?那个奥尔芬教授?"

"而且同他乱搞的那个伴儿居然是该死的营养学院的院长。"

盖莱特发出一声尖叫。她将身子转到一旁,抬手按在胸前,看上去就像在打逆嗝。

"当然,奥尔芬的老婆后来原谅了他。老头妻子的宽宏大量让一个有十名成员的群婚家族倍感失落——他们看上了老家伙做那事的风格。"

盖莱特拍打着胸口咳嗽起来。她转过身,从法本身边走开,使劲地摇着头。

"可怜的伊戈尔·帕特森,"法本接着说道,"那晚他自己当然也遇到了麻烦。一些足球运动员被挑来担任保镖。当局面失控的时候,那些家伙居然想用灭火器平息骚乱。这个办法不仅没有控制住混乱局面,反而让现场更糟糕。"

盖莱特高声咳嗽一声,而后说道:"法本……"

"那个晚上真是糟透了,"他沉思着大声说道,"伊戈尔开始演奏一节妙极了的蓝调连复段①,鼓槌重击着鼓面,敲出一连串你根本无法想象的绝妙节奏。我兴奋到了极点……可这时,一只四十岁左右的雌性黑猩猩,就像海豚一样光溜溜一丝不挂,从顶棚的屋椽上直直地朝伊戈尔落了下去。"

盖莱特弯下腰捂着肚子。她抬起一只手,求法本饶了自己:"别讲了,拜托……"她无力地哀求道。

"谢天谢地,她砸中的是小鼓。她挣扎了半天才从一片狼藉中站起身,而伊戈尔趁这工夫溜到后台,刚好赶在疯狂的观众涌上来之前逃走了。"

盖莱特的身子歪倒向一旁。法本一时之间感到很担心,她的面孔涨得通红。她高叫一声,拍打着地板,脸上挂满泪水。最后,她终于仰面朝天躺倒在地上,一面摇晃着身体,一面放声大笑起来。

法本耸耸肩,"而骚乱开始时,帕特森才刚刚演奏第一曲——他为国歌专门改写的特别版本!真令我遗憾啊。我从此再也没能听到他为《在天堂的花园里》②改编的那首变奏曲。

"不过,现在我仔细一想,"他又叹了一口气,"或许还是没听过的好。"

晚上八点钟,电钟准时鸣响起来,监狱也不例外。日落前,天起了风,不久之后,他们囚室中小小的百叶窗便被刮得"咔嗒咔嗒"直响。风儿从海上吹来,裹挟着浓重的盐水味道。远方传

①有节奏的乐句,尤指即兴演奏中不断重复的句子。

②美国铁蝴蝶摇滚乐队的经典曲目。

来阵阵微弱的"隆隆"声,一场初夏的风暴就要来临了。

法本和盖莱特蜷缩着睡在自己的毯子里,在锁链长度允许的范围内尽量靠在一起。他们头对着头,在黑暗中彼此都能听到对方的呼吸。他们呼吸着石头散发出的柔和的特殊气味——还有稻草的霉味,同时轻轻发出一阵阵梦呓。

盖莱特的双手微微抽动,像是在应和着梦境中的某种韵律。她的锁链发出了轻微的"叮当"声。

法本一动不动,但不时眨眨眼,他的双眼偶尔睁开,而后又闭上,但目光中并无意识。有时他的呼吸会突然停顿,好长时间不出气,最后才一下子吐出来。

他们听不到外面过道上传来的低沉的"嗡嗡"声,也并未注意到从木门的裂缝中透射进来的灯光。门外的石板地上响起了拖沓的脚步声,还有鸟爪落地的"噼啪"声。

钥匙在门锁中"咔嗒"作响,法本猛地惊觉,随即侧身坐了起来。他揉揉眼睛,这时铰链发出"吱吱嘎嘎"的声音,盖莱特也抬起了头。她抬起手挡住眼睛,门口高挂在杆子上的两盏灯射来了刺目的强光。

法本打了个喷嚏,他闻到了薰衣草和羽毛的味道。几名身穿拉链制服的黑猩猩揪着他和盖莱特站起身,一个粗暴的声音叫嚣着,他听得出来,说话的正是他们的俘获者头子,"铁钳"。

"你们两个最好老实点。有贵宾来访。"

法本眨动着眼睛,尽力想适应眼前的强光。最后他终于分辨出一小群身披羽毛的四足动物,就像一个个雪白的大绒球,身上装点着勋带和绶带。其中有两个各挑着一盏明亮的灯笼,其余的都围在一根短杆四周,短杆顶端是一个狭小的平台。那上面栖着一只模样极为奇特的鸟儿。

鸟儿也佩戴着色彩鲜艳的勋带。这个身材高大的两足动物——格布鲁人正不安地在两条腿上交替挪移着重心。灯光照在这外星人的羽毛上，显出丰富多彩的色调，比平常他们身上那种灰白色亮丽得多。这让法本想起了什么，似乎他以前在某个地方曾见到过这名入侵者，或是见过与这只鸟非常相像的某个家伙。

这玩意儿想干什么，大晚上出来溜达？法本很纳闷。我一直以为，他们都讨厌夜间活动啊。

"你们要对可敬的尊长表现出应有的尊敬，他是高等种族古克须-格布鲁人！""铁钳"厉声说道，推了法本一下。

"我肯定会表现出足够的尊敬。"法本嗓子里发出一声粗鲁的爆响，他在积聚一口浓痰。

"别！"盖莱特叫了起来。她抓住他的胳膊，急切地低声说："别，法本！求你了。看在我的分儿上，跟着我做！"

她那双棕色的双眸中充满恳求。法本吞下唾沫，"哦见鬼，盖莱特。"她朝格布鲁人转过身，将双臂交叉在胸前。法本模仿着她的动作，也跟着她低低地躬身施礼。

格莱蒂克人凝视着他们，先是用一只大大的一眨不眨的眼睛，而后又用另一只盯着二人。鸟儿拖着脚挪向栖木另一头，下面抬着栖木的跟班们连忙调整平衡。最后，格布鲁人开始"叽叽喳喳"地发出一连串尖厉而又清晰的叫声。

那群四足动物之中冒出一种伴唱似的怪声。这声音突然响起，起伏不定，听上去就像是一阵"呜呜"声。

一名科瓦克仆从缓步上前，他颈间链子上挂着一只亮闪闪的金属圆盘。那只圆盘中发出了低沉而又磕磕绊绊的安格力克语翻译声：

"我们已经做出判决……以荣誉之名……
以正道之名予以判决……
你们两个并未犯下罪行……
并未违反……
行为法规……和战争法则。
呜——

"我们宣判，你们的行为是正当的……
因为你们还处在极为幼稚的阶段……
我们仁慈地相信……
你们是在为自己的庇护主而奋斗。
呜——

"我们知道……
知道你们两个的身份……
此时此地，你们是……
黑猩猩物种里的首脑。
呜——

"因此我们赐……
光荣于你们……
并令你们……
有机会获得恩赐。
呜——

"此乃荣光……恩惠……

你们被选中去……

为你们的种族……

创造未来。

鸣——"

而后,这声音戛然而止,就像它突然响起一样。

"再鞠躬!"盖莱特低声催促道。于是,法本便学着她的样子,交叉双臂俯身施礼。等他再抬起头时,那一小群外星鸟儿已经转身朝过道走去。经过门口时,跟班们将栖木放低,但高大的格布鲁人还是不得不低下头,张开布满羽毛的双臂保持平衡。"铁钳"跟在后面。临走前,这劣种恶狠狠地瞪了他们两个一眼,目光中充满憎恨。

法本的脑袋"嗡嗡"直响。他一开始就听不明白那只鸟儿口中古怪而又正式的格莱蒂克三号语,而后来的安格力克语翻译也让他不明所以。

伴随着科瓦克人一片含糊不清的"咯咯"声,那帮人顺着过道远去,刺眼的灯光慢慢消退。在昏暗之中,法本和盖莱特转过身,互相看着对方。

"那家伙到底是谁?"他问道。

盖莱特皱起眉头,"他是一位宗主。三巨头之一。如果我没猜错的话——我猜得应该没错——他是正道宗主。"

"你跟我说这些名词可真是太管用了。我怎么知道正道宗主是个什么玩意儿呢?"

盖莱特挥挥手,没理会他的问题。她额头紧蹙,集中精力沉思起来。"他为什么要来找咱们,而不是让咱们去见他?"她高声念叨着心中的疑问,不过显然并非想征求法本的意见,"他为什么要在晚上和咱们见面?你注意到了么,他根本没有留下来听听咱们是否接受他的恩赐?他亲自来访可能是被迫而为,出于正道的需要。但他的手下迟些就会得到咱们的答复。"

"答复什么?接受什么恩赐?盖莱特,我根本就没听明白——"

但她神经质地挥动着双手,"现在别打扰我。我要好好想想,法本。给我几分钟时间。"她走回墙边,坐在稻草堆上,面对着空无一物的石壁。法本怀疑,她需要的大概不止几分钟,可能要长得多。

你就好好忍耐吧。他告诉自己,既然你爱上了一位天才,那么就理应逆来顺受⋯⋯

他眨眨眼,摇摇头。你刚才说什么?爱上⋯⋯

但这时走廊上的动静令他分了心,没去再琢磨刚才突然冒出脑海的念头。一只黑猩猩走了进来,抱着一捆稻草和几条叠着的深棕色织物。这些东西挡住了这只个头矮小的新生黑猩猩的面孔。一直到她把物品放在地上之后,法本才认出来,这是早些时候曾盯着他看的那只雌性黑猩猩,就是他觉得有些面熟的那个。

"我给你们带了些新鲜稻草,还有几条毯子。这些天晚上很冷。"

法本点点头。"谢谢你。"

她没有看他的眼睛,只是转过身朝门口走去。即便穿着拉链制服,她的动作还是显得自然优雅。"等一下!"法本突然叫道。

她停下脚步,仍旧面对着房门。法本朝她走过去,直到被沉重的锁链拉住。"你叫什么名字?"他轻声问道,并不想打搅在角落中苦思冥想的盖莱特。

那黑猩猩的双肩一耸,她始终让自己的面孔避开法本的目光。"我叫……"她的声音压得很低,"有……有人叫我茜尔薇……"

即便是敏捷地转身走出房门,她的一举一动看上去都透着舞女的灵动之感。门外传来钥匙的"叮当"声,随即是匆忙的脚步声,沿着走廊远去,渐渐悄无声息。

法本瞪着空无一物的房门,"唉,我真是个大傻瓜。"

他转过身,走回墙边。盖莱特坐在那面墙的一角,身子前倾,双肩上披着一条毯子,正在低声自言自语。法本回到自己那个角落,颓然倒在散发着甜香的稻草堆上。

第五十五章 乌赛卡尔丁

湖边浅滩上生满了泡沫状的水藻,几只本地生的长腿小鸟正在这里漫无目的地啄食昆虫。四周的草原边上,丛生着茂密的灌木。

从这片小小湖泊的岸边,延伸出一行足迹,一直通向一旁覆盖着灌木的山坡。只需对这行拖泥带水的足迹看上一眼,乌赛卡尔丁便知道,脚印的主人走起来肯定是内八字。那生物似乎在用三条腿走路。

他飞快地抬起头,因为他眼角的余光突然捕捉到蓝光一闪,正是同样的闪光将他引到了此地。他试图将目力集中在这道闪烁不定的微光上,但没等他追踪到,那光芒便消失了。

他跪下身,仔细审视泥地上的脚印。他用手掌测量着足迹的大小,脸上现出了微笑。多好看的印记啊!那第三条腿远远偏离另外两条腿,而且它留下的足印要比另两只脚小得多——好像这足迹是某种两足动物拄着一根钝头手杖从湖边走向树丛时留下的。

乌赛卡尔丁捡起一根掉落的树枝,刚想将印记扫掉,却迟疑起来。

我是不是该把足迹留下?他暗想,真有必要隐藏它们吗?

他摇摇头。

不。就像地球人说的那样,不要等计划进行到一半的时候突然改变策略。

他来回挥动着树枝,足迹不见了。他刚干完手头的工作,就听到身后传来了沉重的脚步声和灌木的断裂声。他回身一看,库尔特正从一条狭窄的小路上转过弯,朝草原上的这片小湖走来。那股意在勾起疑心的精神信息流仍在这泰纳尼人生有羽冠的大脑袋上盘旋跳荡,好似一只灰心丧气的寄生昆虫,"嗡嗡"叫着飞来飞去,想找一个柔软的地方攻击,但看来永远也无法如愿。

乌赛卡尔丁的卷须就像累坏了的肌肉一样隐隐作痛。他任由精神云团在库尔特绝对迟钝的脑壳上又弹跳了一分钟,最后终于认输。他把那片失败的精神云团收回头脑中,将树枝丢到了地上。

不过,泰纳尼人并未理会地面上的情形。他的注意力都集中在他巨掌中的一个小小仪器上。"我越来越怀疑,我的朋友。"库尔特说着,来到泰姆布立米人身边。

乌赛卡尔丁感到热血在自己后颈的动脉中涌动。莫非这大块头终于生出了疑心?他思忖着。

"怀疑什么,我的同僚?"

库尔特收起手上的小玩意儿,将它塞进了背心上多个口袋中的一个。"有一些迹象……"他的羽冠摇摆起来。"我监听到了格布鲁人的明码电报,似乎发生了某种很古怪的事情。"

乌赛卡尔丁松了口气。库尔特那个一根筋的头脑正全神贯注于另外一件事情上。要想通过微妙的暗示来转移他的注意力,根本没有用处。

"那些入侵者想干什么?"他问道。

"首先,我探测到格布鲁人正在大量撤军。他们突然像是要从山地那些小规模战斗中抽调兵力,但前些日子他们曾派去重兵。您肯定还记得,咱们两个曾经都很纳闷,他们为什么花费这么大的努力去镇压小股游击队。"

其实,乌赛卡尔丁相当肯定,他自己知道格布鲁人为何那么疯狂而又惶恐。从当时的种种迹象来看,他和库尔特能够推断出,入侵者急于在穆伦山脉中找到某种东西。他们在荒野之地投入大量士兵和科学家,不计后果地消耗着资源,显然为此付出了沉重的代价。

"您能想到战事趋冷是出于什么原因吗?"他问库尔特。

"从电报中很难判断出原因。有一种可能性,格布鲁人已经找到并掌握了他们拼命寻找的东西——"

这可不一定。乌赛卡尔丁深信这种可能性不大。要想把鬼魂关进笼子,可是很难做到的事情。

"也可能他们放弃了搜寻——"

这倒很有可能。乌赛卡尔丁同意这个猜测。那些鸟儿迟早会意识到,他们受了愚弄,从而停止追寻那扑朔迷离的目标。

"另外,还有可能,"库尔特推断,"格布鲁人只是已经将敌对势力镇压完毕,杀光了所有反对者。"

乌赛卡尔丁暗自祈祷,但愿这最后一个推断不是真的。既然他巧为安排、逗引敌人陷入了狂怒之中,那么他肯定也要冒这种风险。他现在只希望,自己的女儿和梅根·奥尼格的儿子没有因为他设局愚弄那些恶鸟而付出生命的代价。

"嗯，"他说道，"您刚才说还有别的什么东西让您困惑？"

"是这样，"库尔特继续说道，"六十天过去了，在这些日子里，格布鲁人从未做过任何对这颗星球有益的事情，而现在他们突然发布公告，对生态复苏部门的前成员施行特赦，而且还为他们提供新职位。"

"是吗？唉，或许这意味着他们已经在加斯站稳了脚跟，现在能顾及一点他们应尽的责任了。"

库尔特哼了一声，"或许如此吧。但格布鲁人都是天生的会计师，账算得非常精明。他们是些毫无幽默感、自私而且爱找麻烦的家伙。他们疯狂地拘泥于自己感兴趣的某些格莱蒂克传统，但几乎从不费神去保护原始星球，将它们辟为休养生息地。他们只关心自己的受庇护种族眼前的状况。"

尽管乌赛卡尔丁同意这番评价，但他还是认为，库尔特并不能算作一个毫无偏见的评论者，而且泰纳尼人几乎没有资格责怪别人没有幽默感。

不过，有一件事显而易见。只要库尔特一直因为想着格布鲁人而心烦意乱，那么就没办法将他的注意力吸引到细微的线索和地下的脚印上。

乌赛卡尔丁能够感觉到四周草原上的风吹草动。小型肉食动物和它们的猎物都在寻找藏身地，钻进石缝或是地洞等待正午过去。这时夏季的酷热席卷各处，追猎或是逃跑都会消耗过多的能量。在这方面，高大的格莱蒂克人也不例外。"来吧，"乌赛卡尔丁说，"太阳升得很高了。咱们一定要找个阴凉地休息一下。我看到对岸有一些树木。"

库尔特没说什么，径直跟在他身后。对于这位大块头来说，路上稍稍绕一点似乎并没有多大关系,只要远方的群山每天都显得离自己近了一点就行。现在望去,山顶覆盖着白雪的远山已不再是天边一道模糊的线条。到达山脚下可能需要几个星期,而穿过一道道不知名的山口前往信德谷地就不知还要花上多长时间了。不过,只要觉得目标与自己的意图相符,泰纳尼人总是非常耐心。

在一片密不透风的矮树下面,乌赛卡尔丁终于为他们找到了休憩之地。尽管他瞪圆了眼睛仔细搜索,但还是没有发现蓝色的闪光。不过,他的卷须还是感觉到一丝狂野的喜悦之情,这缕精神意念来自藏身于草原之中的某个头脑,来自于某种身形硕大、聪明而又令他感到熟悉的生灵。

"别人当真认为我是一位同地球人打交道的专家呢。"库尔特说道,此时他们正在扭曲多节的树枝下交谈。小昆虫围着泰纳尼人的腮缝"嗡嗡"地飞舞,但每次刚一靠近就被吹到了一旁。"另外再加上我在生态学方面的专长,我才得到任命来这颗星球担任使节。"

"别忘了,您还颇具幽默感呢。"乌赛卡尔丁补充道,同时微微一笑。

"没错。"库尔特的羽冠一下子张开,就相当于点点头。"在家乡时,大家都认为我是个胆大妄为的鬼家伙。对付'狼崽子'和泰姆布立米捣蛋鬼真是再合适不过了。"说罢,他快速、低沉而又刺耳地喘息了几声。这显然是在有意装模作样,因为泰纳尼人根本不会发笑。不过这没关系。乌赛卡尔丁想。考虑到泰纳尼人少得可怜的幽默感,库尔特的这种表现已经很不错了。

"您同地球佬直接打过很多交道么?"

"是啊,"库尔特说,"我去过地球。在那颗星球的雨林中漫步、观察千奇百怪的生命形式,真是一件赏心乐事。我还见过新生海豚和鲸。要知道,我们的人坚信,地球人根本算不上经历了完全提升的物种,他们还需要在适当的引导之下再磨合几千年,但尽管如此,我必须承认,地球人的世界非常美丽,他们的受庇护种族前途远大。"

泰纳尼人之所以卷入当前这场战争,原因之一便是希望通过强制收养的手段对当前地球上的三大智慧种族进行改良——当然,"全是为了地球人好。"不过,很明显泰纳尼自己人之中对此也有不同意见。例如,库尔特所在的党派更愿意采用长期耐心劝说的方式——用"爱"来说服地球佬自己同意被高等族类收养。

显然,库尔特的党派并未在现政府中占据支配地位。

"而且,我在为格莱蒂克移民公会工作时还结识了几个地球人,当时我和他们一同去和法泛法人谈判。"

乌赛卡尔丁银色的卷须打着旋儿飘舞起来,这是泰姆布立米人明显大吃一惊的反应。他知道,即便是库尔特也能看明白他这副震惊的样子,但他并不在意。"您……您还同那些呼吸氢气的生命打过交道?"他不懂得这种超级外星人的名字该如何发音,这古怪的音节同正规格莱蒂克语的发音方式大相径庭。

库尔特又让他吃了一惊!

"法泛法人。"库尔特的腮缝抽动起来,再次模仿着大笑。这次,他的笑声听上去更逼真一些。"那次谈判是在波尔-克兰天区进行的,离地球人所说的猎户座星区不远。"

"那么就和地球人的迦南殖民区很近了。"

"是的。因此他们才受邀参加谈判。呼吸氧气和呼吸氢气的生命极少会面,而且两种文明之间的会见总是极为重要而又相当微妙。不过带上几个地球人也好,他们可以见见世面,学习一下高等外交的玄妙之处。"

莫非自己是因为吃惊而感觉混乱——乌赛卡尔丁一时之间忽然觉得,他似乎真真切切地感受到了库尔特头脑中散发出来的精神信息……那是一丝肯定会让泰纳尼人烦恼的深奥意念。他并没有告诉我全部实情,乌赛卡尔丁意识到,地球人卷入那次会见肯定另有原因。

数十亿年来,呼吸氧气和呼吸氢气的两种文明平行发展而且完全独立,二者之间始终保持着一种不稳定的和平状态。其实,所谓的五大星系差不多可以说是十大星系,因为其中有不少性质稳定的星球包裹着氢气大气层,它们的数目至少同加斯、地球和泰姆布立米这些行星一样多。就这样,两条生命线几乎没有任何共通之处,各自培育出了数量巨大的物种和生命形式。法泛法人对呼吸氧气的生命世界没有任何非分之想,而他们自己的世界又过于辽阔、寒冷和沉闷,不会令格莱蒂克人觊觎。

另外,法泛法人生存和发展的时间等级或时间标准似乎与格莱蒂克人全然不同。这些呼吸氢气的物种在太空旅行时更喜欢选择速度缓慢的途径,他们宁愿通过D层面超空间甚至普通空间穿越星空,穿越那片受相对论原理支配的领域,从而将更迅捷的星际通道留给传说中先祖的后代,那些生存速度更快的物种。

有时两种文明会发生冲突,整个星系和种族走向灭亡。对于这样的战争,并没有法则约束。

两类生命之间也时而进行贸易,格莱蒂克人用金属交换法泛法人的气体,用机械设备换取大数据库中都不曾记录过的奇怪物品。

　　每隔一段时间,两种文明的其中之一便会在某地进行大规模的迁移活动,将整条星系旋臂的辽阔空间弃置不用。每过大约一亿年,格莱蒂克移民公会就要组织氧气生命搞几次这样的大搬家。公会对此正式宣布的理由是,这样做可以让大范围内的星区能够在一段时期内得到休整,从而使其中的行星有时间孕育发展出具有智慧潜质的新生命。不过,大家都知道另外一个原因——大规模迁移的真实原因——当氧、氢两类文明的势力范围过于接近以至于无法视而不见时,就必须要在他们之间分隔出一片空间。

　　而现在据库尔特讲,最近就在波尔-克兰天区进行过一次谈判,而且地球人也去了那里。

　　我怎么就从来没听说过这件事?乌赛卡尔丁感到很惊讶。

　　他想循着这个话题继续追问下去,但苦于没有机会。很明显,库尔特不愿在这方面深谈。泰纳尼人又开始说起刚才提到的话题。

　　"乌赛卡尔丁,我还是认为,格布鲁人的电报有些反常。从通信内容看,他们显然正在海伦尼亚和群岛这两个地区细细搜索,查找地球佬的生态学和提升方面的专家。"

　　乌赛卡尔丁只得决定,暂且让自己的好奇心迟些再得到满足吧——这对泰姆布立米人来说可不是件容易的事情。"哦,我刚才说过其中的可能性,或许格布鲁人终于下定决心,要为加斯履行自己应尽的职责了。"

　　库尔特发出一串咕噜声,乌赛卡尔丁知道他这是在表示怀疑。"即便您说的没错,他们也只会需要生态学者,但他们找提升专家做什么?"库尔特推断道,"我凭直觉感到,那些家伙正在干某件古怪的事情。因为我发现,曾有几兆秒的时间,格布鲁人表现得极为躁动不安。"

即使没有库尔特掌上那个小小的接收器,即使没有空中电波泄露的消息,乌赛卡尔丁也知道格布鲁人为何如此激动。几星期来,他一直追寻的忽隐忽现的蓝色闪光便暗示着敌人的骚动。那道闪烁的光芒意味着,泰姆布立米外交资料贮藏室已被侵占。他放在石冢中的诱饵,连同其他大量的暗示和线索,只会令有头脑的生物得出唯一的结论。

显然,他同格布鲁人开的这个玩笑令敌人付出了高昂的代价。

然而,但凡好事都有终了的时候。现在,格布鲁人肯定已经意识到自己受了泰姆布立米人的捉弄。鸟儿们并不算十分愚蠢。他们迟早都会发现,根本就不存在什么"加斯人"。

圣贤说过,玩笑不能开得太过火,否则便会铸成大错。我向库尔特开同样的玩笑是不是也算犯了错误?

不过,引库尔特上圈套可是要费尽天大的力气!愚弄这位泰纳尼人要更耗时、更艰难,而且还需乌赛卡尔丁亲自动手。

但为了打发时间,我又有什么别的事情好做呢?

"您还有什么怀疑,请多给我讲讲吧,"乌赛卡尔丁高声对同伴说道,"我非常感兴趣。"

第五十六章　格莱蒂克人

出乎大家的预料,新任的政务宗主居然颇具本领。他的羽毛刚刚显出女王候选人所特有的高贵色调,他起步的时间远远落后于同他竞争的那两个同僚,但尽管如此,当他舞动着身体高谈阔论的时候,其他两位宗主只能站在一旁,留心倾听他措辞严谨的论证。

"这是一次被误导的行动,代价高昂,极不明智。"他带着抑扬顿挫的节奏一边鸣叫,一边旋转着身体,"我们花费了财富,浪费了时间,也失掉了荣誉——

去查找

去追寻

去捕捉

虚构出来的怪物!"

这位新上任的事务官大人的确拥有一些有利条件。他是由自己的前任、那位令人印象深刻的已故政务宗主一手训练出来的。另外,他前来参加这次高层会议时带来了一系列用于非难对手的事实证据,同样令人印象深刻。此时,存储着证据资料的数据块散落在地板上。这位国民事务部的首脑刚才展示的东西,的确具有毁灭性的效果。

"这颗星球上根本不可能隐藏着躲过布鲁拉里人大屠杀的智慧生命!我们被愚弄、被欺骗、被邪恶的'狼崽子'和泰姆布立米人暗算了。他们让我们——

浪费

滥用

丢弃了

宝贵的财富!"

对于正道宗主来讲,这番责难简直是奇耻大辱,而且,也绝不啻为一场灾难。

前些日子,前任政务宗主刚刚去世,新任事务官尚在选拔之中,教士和将军便安然分享着最高权力,没有谁对他们掣肘牵制。其实他们两个都非常清楚,不受第三方的约束而专权并非明智之举,但当良机在前方诱人地招手时,什么才算是明智之举呢?

将军趁机加紧追击山中的游击队,执行搜寻和清剿任务,从而为他自己的荣誉增添光彩。而教士则下令修建造价昂贵的新工程,并匆忙赶工准备建立一座新的行星分支数据库。

二人专政的过渡期真是一段美好的时光。军务宗主支持教士大人的每一项采购计划,而正道宗主祝福利爪兵的每一次出击。一支接一支的特遣队被派往山中,重兵保护下的科学家急切地搜寻着无价的战利品。

他们确实犯了不少错误。"狼崽子"在伏击战中表现得极为凶残，而且就像野兽一样狡诈莫测。但是，只要找到了想搜寻的东西，就绝不会有谁在代价上面吹毛求疵。本来这一切努力都很值得，只要……

但我们上了当，想傻瓜一样被愚弄了。教士大人酸溜溜地想。他们要追寻的珍宝只是一个谎言。而新上任的政务宗主正在代价方面大做文章。这位事务官首脑跳起了舞步华丽的惩戒之舞，一心要惩罚毫无节制的挥霍行为。他已经在几个议题上占了上风，其中包括：在找到一个付出代价较少便可消灭抵抗者的方法之前，不应再对山地进行徒劳无功的清剿搜捕。

军务宗主羽衣上的色调开始悲惨地消退。教士大人明白，这肯定令将军无比懊恼。但他们两人都被惩戒之舞中不容置疑的正确性迷住了心神。在三巨头中，如果一方明显正确的话，另外两个便无法遵行少数服从多数的原则。

现在，事务官首脑开始用另一种抑扬顿挫的调子鸣叫起来，跃动着身体跳起新的舞步。他建议，目前实施的工程计划要马上放弃，这些工事根本无法帮助格布鲁人守住这颗星球，修造这些建筑是以找到"加斯人"为前提的。现在继续建造超空间分路站和典礼台已经毫无意义！

他的舞蹈动作不仅有力、令人信服，而且还有图表和统计资料做后盾。正道宗主意识到，既然对手已经采取了行动，他自己就一定要尽快有所反应，不然这位新来的暴发户很可能会在今天的会议中一直占上风。真令人难以想象，两位宗主的身体刚开始感觉到换羽初期的刺痛，现在形势却突然发生了逆转！

即使不考虑换羽的先后问题，主宰者们发来的信息也不能置之不顾。家园星球的王公贵族正在急切地询问，加斯星球上的三位宗主拿出具有胆识的新政策了吗？据估计，现在的当务

之急便是尽快制订新颖而又富于想象力的策略,否则这个先机
将永远落入其他族类手中。

如果落到步他人后尘的命运,那将多么恐怖啊!

不过,看这位新任的事务官大人过于明显的手腕和精心梳
理的外表,便能清楚地知道:他缺乏去世的前任那种很深的城府
和明晰的远见。正道宗主明白,浅薄可鄙而又目光短浅的苔蔷
鬼制订不出什么宏图大略。

那么就一定要采取措施,现在就行动!教士大人摆出一副
警告的样子,伸展开羽毛光鲜的双臂。事务官首脑马上彬彬有
礼——甚至是宽容地停止了舞蹈,垂下长喙,现出恭顺之态。

正道宗主开始缓慢地在他的栖木上挪动脚步。教士大人有
意用自己的对手刚刚用过的那种抑扬顿挫的调子鸣叫起来:

"尽管加斯人可能并不存在,但我们仍有机会、仍有可能使
用

我们花费巨大代价

精心设计

建造的

典礼台。

"我有一个计划,仍然可以

为我们的种族

赢得

荣光

尊严

正道。

"这个计划的重点和中心便是

我们将

检验

审查

'狼崽子'的受庇护种族。"

会议室对面的军务宗主抬起头来。本来满心沮丧的将军眼中闪烁着希望的光芒。教士大人知道，自己暂时取得了一次胜利，或者说，至少拖延了对手取胜的时间。

不过，一切还要取决于今后的日子，取决于他这个大胆的新计划是否可行。

第五十七章　艾萨克莱娜

"你看到了么?"罗伯特从高处向她叫道,"它晚上挪动了地方!"

艾萨克莱娜必须抬手挡住阳光,才能仰头看到她的人类朋友。罗伯特此时正栖身于高高的树枝上,距离森林的地面有三十多英尺。他身上系着一根叶绿色的绳索,绳索另一端固定在更高处,呈四十五度角垂下来,拉住了他的身体。

"你能肯定那是你昨晚割了切口的那根藤蔓吗?"她喊道。

"肯定没错! 我昨天爬上来,在它分叉的地方切了个小口,然后灌了一公升的富铬水,这种藤蔓最喜欢金属铬了。切口就在那儿,在我头顶上方。现在你能看到,藤蔓自己挪动了位置,它的卷须缠在那里!"

艾萨克莱娜点点头。她感到他的话语中透着认真之意,于是答道:"我看到了,罗伯特。现在我相信了。"

她不由得微笑起来。有时罗伯特的行为举止真像个泰姆布立米小伙子——敏捷、冲动、淘气,而且还稍稍有点令人不安。不过,外星人的行事方式通常都古怪而令人费解,他们可并不完全像……泰姆布立米的男孩子。

　　但罗伯特可不是外星人,她提醒自己,他是我的丈夫。而且不管怎样,她已在地球生命中间生活了这么长时间,她觉得自己大概已经开始像地球人一样思考问题了。

　　我满脑子都是地球人的比喻和"狼崽子"怪异的心态。如果可能的话,当我回到故乡,会不会把周围的人都吓一跳呢? 大家都会很吃惊吧? 会让我觉得有趣吗?

　　战事暂时出现了停顿:格布鲁人不再派遣易受攻击的搜索队进山,他们的前哨站也没有动静,就连不停"嗡嗡"轰鸣的毒气机器人也有一个多星期不到高地的山谷中袭扰了。黑猩猩农夫和村民倒是大大松了一口气。

　　艾萨克莱娜和罗伯特曾经约定,等他们有空时要找个机会一起出去一天,以此来加深了解。毕竟谁也不知道何时又会重新开战。下次还能再有机会吗?

　　他们两个都需要放松一下心情。现在,罗伯特的母亲仍然没有回音,而乌赛卡尔丁大使也一直下落不明,艾萨克莱娜只是隐约感到父亲在制订某种计划。她现在能做的只有尽全力履行自己的职责,并希望父亲还活着,能够履行他自己的职责。

　　"好吧,"她抬头朝罗伯特喊道,"我承认,你确实可以对藤蔓加以训导,尽管那只能勉强叫作训导。你快下来吧! 你脚下那根树枝看上去很不牢靠。"

　　但罗伯特只是一笑,"我会下来的,但要我自己愿意。你了解我,克莱妮。我没法抗拒像现在这样的机会。"

　　艾萨克莱娜变得紧张起来。她感觉到,罗伯特的意识边缘似乎又一次冒出了离奇古怪的念头,那念头并不同于泰姆布立米小伙子想搞恶作剧时卷须四周生出的精神信息流。

罗伯特开心地拽了拽那根藤蔓,然后深吸一口气,把胸腔扩张到了泰姆布立米人无法比拟的程度,随即"砰砰"地快速捶打着自己的胸部,同时用真假混合嗓音发出一声悠长的啸叫。他的叫声在森林中回荡不绝。

艾萨克莱娜叹了口气。对了,他这一定是在向"狼崽子"的神祇"泰山"致敬。

罗伯特双手紧握藤蔓,从树枝上一跃而起。他双腿前伸,身体朝下斜斜划出一道圆滑的弧线,在林间草地上方腾空而过,擦着矮树丛的树梢飞了过去。同时,他仍在高声欢呼。

很自然,这种奇怪的举止是地球人在往日黑暗的年代中自创出来的,那时他们的智能尚不成熟,还没有开始掌握科学知识。而大数据库培养出来的格莱蒂克人,甚至包括泰姆布立米人,从来都不曾想出过这种交通方式。

此时罗伯特再次悠荡而起,朝着一棵巨树繁茂浓密的枝叶飞去。突然,他撞进了那团枝叶之中,发出一阵"咔嚓咔嚓"的碎裂声。他悠扬的颤音戛然而止,人也不见了踪影。

细碎的断枝残叶像小雨一样不断落下,打破了寂静。艾萨克莱娜迟疑片刻,而后大叫起来:"罗伯特?"

高处那团稠密的枝叶中既无人答话,也没有动静。"罗伯特!你没事吧?快回答我!"她觉得安格力克语在自己唇间显得含混不清。

她试着用卷须来查找他的位置,于是绷紧双耳上方那些纤小的细丝,向前伸去。还好,他就在那里……她知道,他感到有些疼痛。

她跑过林间草地,越过低矮的障碍物,同时身体在生化酶的作用下发生了变化。她的鼻孔自动扩张,为的是吸进更多的空气,她的心率也加快了两倍。当她奔到树下时,手脚上的指甲开始变得坚硬。她踢掉软底鞋,随即立刻向上爬去,一边迅速在粗糙的树皮上寻找着力点,一边晃动着身体顺着巨大的树干攀上了第一根树枝。

加斯上随处可见的藤蔓在这里也蟠蟠虬结,扭曲的藤身朝着吞噬了罗伯特的绿叶陷阱蜿蜒而上。她抓住一根绳索状的藤蔓试了试,而后顺着它向更高处的树枝爬去。

艾萨克莱娜知道她不能操之过急。作为泰姆布立米人,她的行动迅速而又灵活,但肌肉组织不如地球人强壮。另外,她的卷须并不能像地球人的汗腺那样方便地散热。不过,在目前这种危险情况下,她无法放慢速度。

罗伯特陷身的这一大团枝叶里昏黑一片,密不透风。艾萨克莱娜刚一钻进黑暗中,便眨巴着眼睛用鼻子嗅着四周。这里的气味提醒她,这是一个蛮荒世界,而她并不是个以原始密林为家的"狼崽子"。艾萨克莱娜不得不收起卷须,以免纠缠在枝杈上。也正因为如此,她才毫无知觉地上了当,突然被阴影中伸出的什么东西抓了个正着。

激素在她周身奔涌。她喘息着扭转身想要挣脱偷袭者的控制。正在此时,她感受到了罗伯特的精神信息,他那地球人特有的体味就在近旁,就是他那两条强壮的臂膀正抱着她。艾萨克莱娜体内的应急生化酶骤然停止了分泌,这令她一时间头晕目眩。

就在她因身体变化而僵直的时候,在眩晕震惊之中,她又感到加倍地吃惊。因为罗伯特正在用嘴巴接触她的双唇。起先,他的动作似乎愚蠢而又毫无意义,但后来,随着她的卷须伸展开来,她开始再次感受他的情感……于是,她马上记起了自己在地球人的戏剧中见过的场面,那些异性交合和嬉戏的场面。

情感风暴卷遍艾萨克莱娜的全身,这种令她心中充满矛盾的感觉是如此强烈,以至于又过了好一会儿她才能够动弹。另外,使她浑身无力的另一个原因,是罗伯特温和而又有力的双臂。而只有当罗伯特放手之后,艾萨克莱娜这才飞快地从他身边退开,背靠在巨树的树身上,气喘吁吁。

"安……安-斯维拉斯比埃纳! 纳哈……你……你这个布兰舒克! 你怎么敢……你这个……克莱斯-特纳波……"她一口气没接上来,不得不停下双重语言的詈骂,缓缓地喘息着。罗伯特脸上挂着一副温和而又快活的表情,看来这一番咒骂并未影响他的好心情。

"哎,我没听明白,艾萨克莱娜。尽管我努力学习,但我的格莱蒂克七号语一直相当糟糕。告诉我,布兰……布兰舒克是什么意思?"

艾萨克莱娜歪了歪头,泰姆布立米人的这种姿势相当于地球人恼怒地耸耸肩,"你别打岔! 现在你告诉我,你是不是受了重伤? 如果不是的话,你为什么要做刚才那种事情?

"还有,你居然哄骗我,还偷袭我! 你要告诉我,有什么理由可以让我不去惩罚你!"

罗伯特瞪大了双眼,"别把这事看得那么严重,克莱妮。你冲过来救我,让我非常感激。我想我现在还是有点头晕,刚才一看见你就高兴得失去了自制力。"

艾萨克莱娜张大了鼻孔。她的卷须摇摆着,正准备散发出不知有多么刻薄的精神信息流——罗伯特明显地感觉到了这一点。他连忙举起一只手,"好的,好的。我一个接一个地回答你的问题。我没有受重伤,只是有点擦伤。实际上,那很有趣。"

看到她脸上的表情，罗伯特收起了笑容。"对于你的第二个问题——我那样子对待你，是因为那是地球人普通的求爱方式。尽管我知道你可能无法理解，但我还是情不自禁。"

艾萨克莱娜皱起了眉头。她的卷须困惑地蜷曲了起来。

"还有你的最后一个问题，"罗伯特叹了口气，而后说道，"我想不出什么原因能让你不因为我的冒昧而惩罚我。你有权惩罚我，同样，如果我未经允许就对地球人女性做这种事情，人家就有权拧断我的胳膊——而且，我并不怀疑你也可以这样做。

"作为辩护，我只能说，生为一个年轻的地球男人，为了这种事情而被打断胳膊是注定要冒的风险。通常情况下，如果男方没有任何冲动的话，求爱几乎不可能开始。如果他正确领会了对方的心意，那么女方便会喜欢他的行动，因而也不会让他皮肉受苦。不过，如果他领会错了女方的意图，便要付出代价。"

艾萨克莱娜看到罗伯特现出一副沉思的表情。"你知道吗?"他继续说道，"以前我从来没有把这种事情讲得这么清楚。不过，我说的千真万确。或许地球人都是些疯狂的克莱斯-特纳波。"

艾萨克莱娜眨眨眼睛。她的紧张感开始从卷须的末梢慢慢减轻、消退，她的身体也恢复了正常。在她皮肤下面，那些主司变化的小小腺体正在搏动着重新吸收生化酶。

这些腺体，就像一只只小老鼠。这次她一想起这个比喻，颤抖得并不像原来那么厉害了。

实际上，她发觉自己正在微笑。罗伯特奇怪的忏悔几乎是可笑地将事情的原委变得相当合乎逻辑。"真令人吃惊，"她说道，"同别的事情一样，你刚才说的这一切与泰姆布立米人的行事方式也很相似。在求爱这种事情上，我们的男人们也必须要碰运气呢。"

而后她停下来,皱起了眉头,"不过从表面形式上来讲,你们的技巧也太拙劣了!出错率肯定大得惊人,因为你们没长着卷须,无法感觉女性的情感。除了不完善的精神感应之外,你们只能依靠暗示、卖弄风情或是身体语言去试探异性。我真觉得奇怪,你们冒冒失失惹了这样的祸,肯定会被对方干掉,怎么居然还能生儿育女、繁衍子孙啊!"

罗伯特的面色稍稍变深了一些,艾萨克莱娜知道他脸红了。"噢,我说得有点太夸张了,对吧?"

艾萨克莱娜不由自主地又笑了,这并非只是挂在嘴边的微笑,而是实实在在、咧着嘴巴会心一笑。

"就此打住吧,罗伯特,我已经猜到是怎么回事了。"

这个地球人的面孔变得更红了。他低头看着自己的双手,默不作声。艾萨克莱娜感到内心深处一阵悸动,一股最单纯的精神信息流油然而生:这个小伙子只不过是做了男孩子通常必然要做的事情。此时罗伯特坐在那里,毫不掩饰自己羞窘而又真挚的情感,这让他那副同泰姆布立米人大不相同的外表——目光呆滞、鼻子硕大——显得似乎并不怎么怪异,艾萨克莱娜觉得她对他的熟悉程度甚至超过了她旧日的大多数同窗。

最后,艾萨克莱娜从自卫时藏身的那个布满灰尘的角落里轻轻走了出来。

"好了,罗伯特,"她叹口气,"我愿意听你解释,为什么你会情不自禁地对我,对一个不同族类的成员,尝试这种地球人的经典求爱方式。我猜那是因为你我已经签署了婚姻协约,你觉得你为了遵循地球人的传统就应该履行配偶的职责?"

罗伯特耸耸肩,把脸转到一旁,"不,我不会拿婚约来做借口。我知道异族通婚一般来讲都是为了做交易。我想,唉,我之所以那样做只是因为你既漂亮又聪明,而我又很孤单,另外……另外,或许我有点爱上你了。"

艾萨克莱娜的心跳加快了。这次并不是因为生化酶的化学反应。她的卷须纷纷竖起,但并未生出精神信息流。她感到自己的卷须正顺着一根根坚韧的纤丝朝他伸过去,就像受了偶极电场的感应一样。

"我想,我想我能理解,罗伯特。我希望你知道……"

艾萨克莱娜觉得很难想出该说什么。她不能确定自己此时正在想什么。她摇摇头,"罗伯特?"她轻声唤道,"你能帮我一个忙吗?"

"我愿意为你做任何事,克莱妮。任何事都行。"他睁大了双眼。

"很好。那么,当心以后别再被冲昏头脑了。或许你该继续解释解释,再示范一下,你刚才抱住我,是要干什么……都会出现什么样的身体反应?不过这一次,你要和缓一点,好吗?"

第二天,他们漫步走在返回岩洞的路上。

她和罗伯特信步闲游,偶尔停下来端详投射在林间空地上的阳光,或是站在一片片彩色的小水洼边,高声猜测着随处可见的藤蔓正在积聚哪一种微量化学元素,但他们并不真正在乎答案是什么。有时,二人只是手拉着手,默然不语,倾听加斯星球森林中万物恬静安谧的天籁之声。

他们不时坐下来,轻柔地体验着身体接触带来的奇妙感觉。

艾萨克莱娜很惊奇,她发现自己的身体并不缺少适于从事这种古怪游戏的传导神经。她根本不需要在内心深处进行自我暗示,只需稍稍转换少许毛细血管和感受抚按的神经的位置,就能轻松地体验身体接触的乐趣。显然,泰姆布立米人也一度盛行过拥抱接吻的求爱方式。至少他们的身体还具有这种功能。

她将身体变回了原形,这样便能让她的嘴唇、喉咙和双耳充分发挥泰姆布立米人天生的适应性。她和罗伯特漫步前行。轻风吹在身上,令他们倍觉惬意,也让艾萨克莱娜感到,像是有一股轻松和悦的精神信息流正在自己的卷须末梢颤动。而拥吻时温暖的压迫感,还有令人心旌摇荡的激情,引发了她内心最原始的情感。

当然,如果地球人和泰姆布立米人不是如此相像的话,眼前这一切就根本不可能发生。在他们两个人各自的种族中,为了解释这种巧合,天真无邪的人里面流传着许多有趣而又愚蠢的理论,其中之一便是——两个族类可能共有同一个祖先。

当然,这种说法很荒谬。不过,艾萨克莱娜知道自己的遭遇并非首开先例。几个世纪以来,两个族类间的亲密联盟导致了不少跨种族通婚,有些情侣甚至公开承认他们的关系。以前肯定已经有很多人经历过她今天的体验了。

从小到大,艾萨克莱娜始终以为这些异族通婚的故事都是些丑恶污秽的流言,她并不明白其中的奥妙。现在她意识到,自己那些泰姆布立米家园星球上的朋友肯定一直都觉得她是个故作正经的女孩子,而她现在的所作所为将会让他们大吃一惊!

她还是无法肯定,若是设法重返家园之后,她真的希望同胞中有谁认为她和罗伯特的结合绝对不是交易吗? 乌赛卡尔丁可能会一笑置之。

没关系,她坚定地对自己说,我起码要为了今天而好好活着。体验一下这段奇妙的情缘有助于打发时间,而且也确实令人愉快。另外,罗伯特可算是一位热心的老师。

当然,凡事都有限度。比方说,尽管她愿意调整胸部脂肪组织的分布,让自己更像个地球人,而且新增的神经末梢令她享受到不少感官乐趣,但如果涉及根本原则问题,她绝不会让步。她不会对自己的基本生理机能做任何改变……绝不会为任何地球人而做改变!

在返回的路上,他们停下来检查了几处游击队的前哨站,还同几支战斗小组中的黑猩猩战士略作交谈。大家士气高涨。经历了三个月艰苦战斗的老兵们都询问,什么时候他们的首脑才能想出办法把更多的格布鲁人引到山里来,引到游击队够得着的地方。艾萨克莱娜和罗伯特双双大笑着,答应一定尽自己所能来解决士兵们缺少靶子的问题。

不过,二人都发觉真应该好好想想办法。毕竟恶鸟们已经饱尝血的教训,怎么会再上钩呢?或许现在该主动将战火引到敌人那里去了。

但问题是,现在缺乏可靠的情报,他们无法知道信德谷地和海伦尼亚的情况。上次城市暴动中的几名幸存者流浪进山后报告,他们的组织已经一团糟。自从那倒霉的一天之后,再也没有谁见到过盖莱特·琼斯或法本·伯尔格。尽管游击队已和城里的几个黑猩猩取得了联系,但这种联系既混乱又零碎,根本不成气候。

他们也考虑过再派新的谍报人员进城。格布鲁人发布公告,高薪招募生态学者和提升专家,这似乎正是一个机会。但现在那些鸟儿肯定已经准备好了讯问装置,并且开发了一套专门针对黑猩猩的测谎设备。不管怎样,罗伯特和艾萨克莱娜都下定决心,不再冒这个风险。至少现在还不能去做无谓的牺牲。

他们顺着一条难得有人踏足的狭窄山谷向上攀登,朝营地进发。这时,一道南面朝阳的斜坡出现在他们脚下,一大片低矮的奇特植物在山坡上四处蔓延。二人静静地伫立,俯瞰着那片由一只只扁平的、倒扣的"大碗"构成的绿野。

"我还从来都没有请你吃过烤碟藤根呢。"最后罗伯特干巴巴地说道。

他这句自嘲的话令艾萨克莱娜嗤之以鼻。上次出事的地点距离这里很远。不过,眼前这道崎岖不平的山坡勾起了他们鲜活的记忆——那个可怕的下午,他们二人开始"山中冒险"的那个下午。

"那些植物得病了吗? 为什么看上去不对头?"艾萨克莱娜指着大片的碟藤问道,一只只巨碟紧密地交搭在一起,就像一头睡龙的鳞片。最上面几层的碟片看上去并不像她记忆中那么光滑油亮。尤其是这片聚生物最顶端的那些大"帽子",也不再显得厚实强健。

"哦。"罗伯特弯腰审视着身边的碟藤,"不久夏天就要过去了。现在暑热正把最上层的碟片慢慢烤干。到了仲秋,当东风从穆伦山脉吹下来的时候,这些大'帽子'就会变得像华夫饼干一样又薄又轻。我告诉过你吗? 它们是携带孢子的飞荚。到时候大风会把它们吹起来,飞上天空,就像一大片蝴蝶。"

"是的,我记得你的确说过。"艾萨克莱娜沉思着点点头,"但你可没告诉我——"

突然,一声叫喊打断了她的话:

"司令官! 奥尼格上尉!"

几个黑猩猩气喘吁吁地顺着狭窄的林中小路朝他们跑来。

其中两个是二人的警卫,而第三个竟然是本杰明!他看上去精疲力竭,显然是从山洞营地一路跑来迎接二人的。

艾萨克莱娜感到,罗伯特因突如其来的担心而变得紧张起来。但借助卷须,她知道本杰明带来的并不是坏消息。并未发生紧急事件,敌人没有发动攻击。

但是,她这位黑猩猩助手显得困惑而又狂乱。"出了什么事,本杰明?"她问道。

本杰明用土布手帕擦了擦前额,随后把手伸进另外一只口袋,拿出一块小小的黑色立方体,"长官,咱们的信使,年轻的皮特里,终于回来了。"

罗伯特上前一步,"他找到庇护所了?"

本杰明点点头,"他到了那里,很顺利,而且还带来了委员会的回信。给您。"他递上小方块。

"梅根的回信?"罗伯特低头看着存储器,听上去有些喘不过气来。

"是的,长官。皮特里说她很好,而且还带来了她的问候。"

"这——这简直太棒了!"罗伯特大叫起来,"我们和总部恢复联络了!我们再也不是孤军作战了!"

"是的,长官。一点不错。其实……"艾萨克莱娜看到本杰明正在费力地寻找合适的字眼,"其实,皮特里并不只带来了回信,另外还有五个人正在山洞里等您。"

罗伯特和艾萨克莱娜都吃了一惊。"五个人类吗?"

本杰明点点头,但看他的样子似乎拿不准"人类"是不是最合适的名词。"五个地球联邦陆战队的军人,长官。"

"哦,是这样。"罗伯特应道。艾萨克莱娜不作声,她不仅在倾听,而且还在用心去感受探察。

　　本杰明点点头，"长官，他们都是职业军人。五个人类。我发誓，您大概难以相信我们的感觉，这么长时间没有——我是说，在这之前只有你们两位领导我们。他们的到来让黑猩猩们非常激动。我想，如果你们能尽快回去，那就再好不过了。"

　　罗伯特和艾萨克莱娜几乎同时开了口：

　　"当然。"

　　"好的，咱们马上出发。"

　　几乎令人难以察觉的是，艾萨克莱娜和罗伯特之间的亲密关系骤然间发生了变化。本杰明跑来之前，他们一直手拉着手，但现在他们都没有再去握对方的手。似乎当他们顺着小径回营时，携手而行已显得不太合适。一个新的未知因素悄悄出现在二人之间。不需要相互看上一眼，他们就知道对方在想什么。

　　不论情况好坏，事情已然发生了变化。

第五十八章　罗伯特

普拉萨楚松少校正在凝神细看像棕色树叶一样铺散在绘图桌上的数据文件。罗伯特明白,尽管这里看上去乱成一团,但混乱只是表面现象,因为当他看到普拉萨楚松工作时,发现这位矮小黝黑的男子从不需要费神寻找任何东西。他只要想看什么东西,只需眨动一下他那阴郁的眼睛或是挥挥长满老茧的双手便能如愿。

这位联邦陆战队的军官不时抬头看看全息投影仪,低声对着喉间的麦克风说上一两句。投影仪中的数据图像正在旋转移动,随着他的命令而发生细微的变化。

罗伯特等在一旁,稍息着站在一张做工粗糙的木桌前。这是普拉萨楚松第四次唤他来回答一些言简意赅的问题,而每次传唤都让罗伯特对这个人表现出的精准和娴熟更加敬畏。

很明显,普拉萨楚松少校是一位专业人士。刚刚到达一天之后,他和他的小组就已开始调整游击队临时拼凑出的战术计划,重新调整数据,制订出业余抵抗战士们永远都想象不到的方案,敏锐地洞察一切,做出决断。

普拉萨楚松具备抵抗组织开展行动所需要的一切素质。他就是大家一直在期盼的人。

对此完全无可置疑。但罗伯特不喜欢少校身上的决绝果敢。此刻他正在琢磨其中真正的原因。

不过，我讨厌他并不是因为他让我一声不吭地站在这里，等着他准备完毕。罗伯特意识到，少校之所以这样做，是在用一种简单的方式来强调委员会在回信中的指示——到底该由谁说了算。明白这一点大概可以让罗伯特有风度地接受指挥。

尽管少校身上唯一的军用饰物是左肩上的军衔标志，但他看上去完全像是一位地球联邦突击队的高级指挥官。普拉萨楚松穿着一套极不合身的土布衣服，是大猩猩们在硫黄弥漫的火山口下秘密织造的。不过，即便罗伯特换上全套军服，他站在少校面前时还是像个小兵。

眼前这个地球人正用手指敲击着桌面。反反复复的敲击声提醒罗伯特，他已经花了一个多小时的工夫想要驱除这种令人头疼的声音。但不知为何，他排遣烦恼的方法未能奏效。他感到自己的意识被这声音包裹起来，就像患了幽闭恐惧症一般，他喘不上气来。而且他的感觉似乎越来越糟。

最后普拉萨楚松终于抬起了头。令罗伯特吃惊的是，这个人说出的第一句话竟然似乎是褒奖之辞：

"唉，奥尼格上尉，"普拉萨楚松说道，"坦白地说，我一直很担心，生怕这里的情形会比我预料的更糟糕。"

"现在听到您这么说，我感到放心了许多，长官。"

普拉萨楚松眯缝起双眼，似乎他怀疑罗伯特的声音中暗含着讥讽之意，"准确地讲，"他继续说道，"我担心你会在送交流亡委员会的报告中撒谎，如果是那样，我将不得不枪决你。"

罗伯特按捺住咽口水的冲动,尽力保持着冷漠的表情,"我很庆幸您不必做出那样的决定,长官。"

"我也很庆幸。如果你真出了差错,我肯定第一个动怒的人会是你的母亲。实际上,我一直在提醒自己,严格地讲,你这支部队只有业余水平,但我还是认为,你在这儿干得不错。"

普拉萨楚松少校摇摇头,"不,我对赞扬的话如此吝啬,显得不太公平。还是让我换个方式来说吧。如果换作我在这儿主持大局,我肯定有更大的成就——但同正规军可怜的战绩相比,你和你的黑猩猩确实表现得非常出色。"

罗伯特感到自己心虚的感觉开始和缓起来,"我肯定,黑猩猩们听到您这么说会非常高兴,长官。不过,我还是冒昧指出,我并不是这里唯一的指挥官。泰姆布立米人艾萨克莱娜也肩负着相当一部分的重担。"

普拉萨楚松少校沉下脸来。罗伯特拿不准长官为何不快。是因为艾萨克莱娜是个泰姆布立米人,还是因为身为预备役军官的罗伯特本应自己一人掌控所有的指挥权?

"哦,对了。那位'司令官'。"普拉萨楚松故作宽容地一笑,显出一丝屈尊俯就的神情。他点点头。"我会在报告里提到她的帮助。乌赛卡尔丁大使的女儿无疑是个机智多谋的外星人。我希望她愿意今后多多少少地为我们提供一点帮助。"

"黑猩猩们都很崇拜她,长官。"罗伯特指出。

普拉萨楚松少校点点头,抬眼望着对面的墙壁,用沉思的语气说道:"我知道,那是泰姆布立米人营造出的神秘气氛在作怪。有时候我真纳闷,传媒机构是不是知道自己在做什么? 他们居然杜撰出那么荒谬的点子,对外星人大加吹捧虚构。不管有没有星际盟友,我们的人民应该明白,从根本上讲,地球人永远都要孤军作战。我们绝不能轻信任何格莱蒂克人。"

这时,他似乎发觉自己说的有点太多,于是摇摇头,换了个话题,"现在谈谈即将发起的对敌行动——"

"我们一直在考虑这个问题,长官。他们在山地的神秘扫荡行动像是已经结束,不过我们不知道这种休战局面能维持多久。但是,我们详细讨论了一些作战方案。如果敌人回来,我们有办法对付他们。"

"很好,"普拉萨楚松点点头,"但你一定要明白,今后我们要与其他行星部队在穆伦山脉协同作战。非正规军根本无法伤及敌人的真正要害。其实已有先例证明了这一点,城市的黑猩猩暴动者在试图进攻海伦尼亚的炮台时被彻底消灭了。"

罗伯特明白普拉萨楚松的意思,"是的,长官。不过后来我们也缴获了一些军火,可能会有用。"

"是的,我知道,几枚导弹。等我们研究出如何使用这些武器时,它们大概就能派上用场。尤其重要的是,我们需要得到正确的情报,需要知道该把导弹瞄准哪里——

"我们手头的资料太少了,"少校继续说道,"我希望能收集到更多的情报,向委员会报告。毕竟,我们的任务就是做好准备,为委员会即将采取的任何行动提供支持。"

罗伯特终于提出了在他心中盘桓已久的问题——当他回到营地,发现普拉萨楚松和人类军官小组已经在这里把岩洞庇护所翻了个底朝天,对任何事情都严加审核并且接管了指挥权,自从那时起,他就一直想问这个问题:"长官,您打算怎么安排我们的建制?艾萨克莱娜和我,我们两个把一些黑猩猩提拔成了在职军官。但除了我之外,这里没有谁真正得到过殖民星球当局的委任。"

普拉萨楚松抿紧双唇,而后说道:"嗯,对你的安置将非常简单,上尉。显然你应该好好休息一下。你可以陪着乌赛卡尔丁大使的女儿一起返回政府庇护所,并且带回我们的下一份报告,同时也带上我的推荐信,申请为你晋升官阶并颁发奖章,我想,协调官大人也希望如此。你可以告诉大家,你是如何成功地发现了格布鲁人的谐振跟踪技术。"

听他说话的口气,罗伯特知道少校在申明——如果罗伯特乖乖听话,普拉萨楚松将不会亏待他。"但从另一方面讲,我还是希望你能加入我领导的团队,除了殖民政府对你的委任之外,我再额外授予你联邦陆战队中尉的荣誉军阶。我们需要借助你的经验。"

"谢谢您,长官。我想,如果您不反对,我希望能留在这里。"

"很好。那么我们将令派别人去陪同——"

"但艾萨克莱娜也希望能留下。"罗伯特急忙说道。

"哦?那么好吧。我确信她暂时还能帮上一些忙。听我说,上尉。我将致信委员会,把这个问题提请他们做决断。但你我必须搞清楚一件事。她不能再拥有军人身份。黑猩猩们也不得再称她为司令官。你明白吗?"

"是的,长官,我非常明白。"罗伯特只是想知道,怎么才能强制那帮老百姓出身的新生黑猩猩服从这种命令呢?那些家伙往往都是凭自己的喜好随便用任何头衔称呼任何人。

"很好。现在咱们谈谈那些曾在你麾下效力的黑猩猩……我碰巧随身带来了几张空白的殖民政府委任状。对于那些表现优秀、富于进取心的黑猩猩,我们可以给予提拔。我相信你能推荐一些黑猩猩的名字。"

罗伯特点点头,"我会的,长官。"

　　他想起来，在这支"部队"中，除了他自己之外，还有一些成员已经属于预备役编制了。一想到法本——这家伙肯定已死去多时——罗伯特立时感到更加沮丧。这些山洞快要把我逼疯了！要让我在这里继续忍受下去，简直越来越难。

　　普拉萨楚松少校是一名训练有素的军人，在委员会的地下庇护所里已经熬过了好几个月。但罗伯特的性格可不像他那样沉稳坚定。我一定要出去！

　　"长官，"他飞快地说道，"我想请求您允许，让我离开营地几天，前往洛姆山口附近……豪莱茨研究中心的废墟。"

　　普拉萨楚松皱起了双眉，"就是那个对大猩猩进行非法遗传干预的地方？"

　　"我们在那里赢得了首次胜利，"罗伯特提醒自己的长官，"而且，我们在那里逼格布鲁人投降并接受了我们的条件。"

　　"嗯，"少校哼了一声，"你想到那儿去找什么？"

　　罗伯特按捺住自己的冲动，没有耸肩膀。突如其来的幽闭恐怖正变得越来越可怕，只要能离开这里，他急于找到任何借口。这时，他心中忽然冒出一个主意，而在此之前，这个念头只是他潜意识中一种模糊的感觉。

　　"我可能会找到某种合用的武器，长官。我有个想法，如果这种武器能够发挥作用，肯定会帮上大忙。"

　　这话勾起了普拉萨楚松的兴趣，"你想找什么武器呢？"

　　"我现在还不能说得过于明确。以前我一直没机会核实自己的几个想法。这次我至多只去三四天。我向您保证。"

　　"嗯，好吧。"普拉萨楚松抿紧嘴唇，"我们把眼下这些数据系统整理就绪，也正好要花这么长的时间。在资料完备之前，你在这儿只会碍事。但三四天之后，我可就用得着你了。我们要准备一下提交给委员会的报告。"

"是的,长官。我快去快回。"

"那么很好。你要带上麦库中尉。我希望我自己的人能去了解一下乡野的情形。该让麦库看看,你是如何走好你这着妙棋的。你还要把她介绍给那个地区各主要黑猩猩游击队的首领,然后马上回来,不能耽搁。解散。"

罗伯特立正站好。现在我知道我为什么讨厌他了。罗伯特一边敬礼一边想,然后向后转,掀开挂在洞口充作这间地下办公室房门的毯子,走了出去。

今天早些时候,当罗伯特被召回地下岩洞时,他看到普拉萨楚松正和助手们像主人一样四处巡视,对黑猩猩们摆出一副屈尊俯就的模样,评判着这段时间大家做过的一切事情。从那时起,罗伯特便不由自主地感到自己就像个孩子,获准在家长不在的时候玩了一个非常有趣的游戏,扮演了一个绝妙出彩的角色。而现在,大人回来了,拍拍孩子的脑袋以示夸奖,而孩子只得忍受这令人难堪的爱抚,即便这是一种褒扬。

这种比喻让罗伯特感到相当困窘,不过他知道,从某个方面来讲,这绝对是事实。

罗伯特无声地叹了口气,随后快步离开办公室和他曾与艾萨克莱娜共同管理的昏暗的军械库。现在,这些地方已经完全由"大人"们接管了。

只有最终回到森林的荫庇之下时,罗伯特才感觉到自己又能自由地呼吸了。树木发出熟悉的香味,像是能把他肺叶中山洞的阴冷之气清除干净。在前方和两旁飞奔的侦察员都是他熟识的战士,一个个行动敏捷、忠心耿耿,身上背着的十字弓和乌黑的面孔令他们看上去凶蛮而又狂野。我的黑猩猩们啊,他想着,脑海中的这几个字令他稍稍有些心虚。但不管怎样,他确实感到自己就是这些黑猩猩的主人,就像以前他感到自己拥有权威、受人信赖一样——其实那只是昨天之前啊。

他的遐想突然被打断,因为这时麦库中尉开了腔。

"群山中的这些森林简直太美了。"她说道,"我真后悔自己没在战前找时间到这儿来一趟。"这个地球人军官在山路边停下来,伸手去摸一朵生有蓝色脉纹的山花,但花儿一下子在她指间合拢起来,缩回了茂密的树丛之中。"我在书上读到过这些植物,但亲眼看到它们这还是第一次呢。"

罗伯特含糊地支吾一声。他想尽量表现得礼貌一些,愿意回答任何直接的提问,但他没有兴趣聊天,尤其没有兴趣同普拉萨楚松少校的副官聊天。

丽迪娅·麦库是个身体强健的年轻女子,面孔黧黑,五官俊秀。她的动作就像个突击队员或杀手一样灵活敏捷,同时也相当优雅。她身穿土布短裙和宽松的短衫,倘若不看她像怀抱婴儿一样揽在臂弯处的机弩,旁人会以为她是个乡间的跳舞女郎。在她臀后的两只口袋里装着一支支羽箭,能够将百米内任何一个格布鲁人的身体射穿。她的双腕和双踝处各绑着一只刀鞘,里面的匕首可不只是为了做做样子。

她似乎不必费什么力气就能跟上罗伯特飞快的脚步,同他一起穿过交错丛生的藤蔓罗网。这样正好,因为罗伯特根本不想放慢脚步等她。不过,罗伯特私下里还是知道,自己这样做并不公平。作为一名职业军人,麦库可能是个非常令人愉快的人;但出于某种原因,似乎她的任何一点可爱之处此时都让罗伯特更加烦心。

罗伯特原本希望艾萨克莱娜能同自己一起出来，但她坚持要留在岩洞附近的那片林间空地上，对驯顺的藤蔓做实验，生出一股股古怪而又华丽的精神信息流——罗伯特的精神感应能力还相当弱，远远不能理解那些意念云团中蕴藏的微妙内涵。他觉得自尊心受了伤害，便怒气冲冲地扬长而去，刚上路的时候就把自己的护卫人员甩在后面好几公里远。

"真是生机盎然。"地球人女子跟在他身旁，大口大口吸着空气中浓郁的芳香。"这是个宁静的世界。"

你这么说可真是大错特错。罗伯特想，心中生出一丝轻视之感。她那地球人特有的迟钝感觉无法领会加斯的真正实质，无法探察到他所感到的、身边的这个真正的加斯。在艾萨克莱娜的教导之下，现在他已经可以将自己的意识伸到头脑之外，尽管时间很短而且十分笨拙，但他还是能够捕捉到在寂静的森林中涌动的生命之波。

"这是一片伤心之地。"罗伯特简单答道。尽管她困惑地看了他一眼，但他并未解释。她混乱的意识令他原始的精神感应能力望而却步。

二人默不作声地走了一段路。上午的时光慢慢过去。侦察员曾发出一阵呼哨声，大家便钻进茂密的树丛里隐蔽起来，等待敌人巨大的空中巡洋舰从头顶"隆隆"飞过。当危险解除之后，罗伯特一声不吭地重新踏上了小路。

最后，丽迪娅·麦库又开口了："咱们要去的那个地方，"她问道，"那个豪莱茨研究中心，你愿意给我讲讲那里的事吗?"

这个要求很简单。罗伯特无法拒绝回答，因为普拉萨楚松派她一起来就是为了让她了解情况。不过，罗伯特讲话时一直没有看她那双漆黑的眸子。他本想不带任何感情色彩地平铺直叙,但声调中还是流露出了激动之情。在丽迪娅·麦库并不算急切的敦请之下,罗伯特给她讲述了那些背弃约法的科学家进行的不幸而且误入歧途、但仍然十分卓越的工作。当然,他母亲对豪莱茨研究中心一无所知。他也是在敌人入侵前一年左右的时候才偶然听说了那里发生的事情,而当时他就决定,自己要对此保持沉默。

当然,那项冒失的试验现在已经结束了。即便奇迹发生也难以使新生大猩猩免遭绝育的下场,现在这个秘密已不再是秘密,像普拉萨楚松少校这样的人已经知道了内幕。

普拉萨楚松可能怀着一种近乎狂热的激情痛恨格莱蒂克人的文化,但他明白,最重要的是地球人不能违背他们与格莱蒂克公会签订的神圣契约。现在,地球唯一的希望都寄托在先祖那些古老的法规上面。强横之徒完全有可能找任何借口对地球人发动攻击。为了得到那些法规的保护,为了不让敌人找到借口,弱小的种族不得不谨言慎行,表现得无可指摘。

丽迪娅·麦库一直在专注地倾听。她生着高高的颧骨,一双眼睛在眼窝的暗影中显得热力四射。但是,每当罗伯特看着她的双眼,便感到极不自在。这对眸子看上去好像生得太近,而且过于呆滞。他只好将自己的注意力集中在前方弯弯曲曲的山路上。

但尽管如此,这位年轻的联邦陆战队军官还是用轻柔的声音逗引罗伯特敞开了心扉。他发现自己谈到了法本·伯尔格,谈到了他俩一起从门多萨庄园那次毒气攻击中死里逃生,谈到了他这位朋友第一次下山前往信德谷地的冒险经历。

还有,当法本第二次去信德谷地之后,就再也没有回来。

他们爬上一道山脊,峰顶凸现着怪诞的脊骨化石,而后来到一片开阔地，正可俯瞰洛姆山口西面一条狭窄的山谷。罗伯特指了指谷底几座烧毁的建筑物七扭八歪的阴影，"那就是豪莱茨研究中心。"他平淡地说道。

"你们就是在那儿逼迫格布鲁人承认了黑猩猩战士的地位，对吧？而且敌人就在那儿投降并答应了条件？"丽迪娅·麦库问道。罗伯特听出她的语气中暗含尊敬之意，猛地转身看着她。她迎着他的目光微微一笑。罗伯特觉得自己的脸有些发烧。

他连忙转回身，指着研究中心近旁的山坡，飞快地讲起他们如何在那里设下圈套、如何发起突袭，只是略过了他自己像荡秋千一样跳出去干掉格布鲁哨兵的那一段。不管怎样，他扮演的角色并不太重要。在那天上午，是黑猩猩起到了决定性的作用。他希望这位地球人军人能知道这一点。

他刚讲完他的故事，艾尔茜便来到他们近前。这位雌性黑猩猩立正敬礼——在联邦陆战队到来之前，这套礼节可是完全没有必要。

"我不知道下面的实际情况如何，长官。"她认真地说道，"敌人已经对那些废墟表现出了极大的兴趣。他们可能还会回来。"

罗伯特摇摇头，"上次本杰明有条件释放敌人的残兵时，条件之一便是要他们远离这条山谷，而且从那时起绝不对该地区进行监视。有没有什么迹象表明他们要食言？"

艾尔茜摇摇头，"没有。但是——"她的双唇紧闭在一起，似乎她觉得自己应该忍耐，不对"相信外星人的承诺是否明智"这个话题发表意见。

罗伯特微微一笑，"那么好吧，咱们快点动身。如果大家抓紧时间的话，在黄昏前就能返回。"

艾尔茜耸了耸肩。她迅速地打了一连串的手势。几名黑猩猩卫兵从脊骨化石丛中飞蹿而出,顺坡跑进了下面的森林。片刻之后,那里传来一声呼哨,表示安全无事。于是,那支保安警卫小队中的其余成员都疾步穿过了山顶到森林之间的空地。

"他们可真棒。"回到树林中之后,丽迪娅·麦库轻声对罗伯特说道。

罗伯特点点头。他注意到,她并未像普拉萨楚松那样加上一句"对外行军人来讲已经不错了"。罗伯特对此虽是感激不尽,但还是希望她不要老这样和善。

不久之后,他们已开始朝着坍塌颓败的废墟择路而行,同时小心翼翼地搜寻着蛛丝马迹,看看自从上次战斗以来,这几个月里是否还有旁人来过这儿。似乎没有什么可疑之处,但黑猩猩们高度的警觉性并未因此而减少。

罗伯特试图调动精神感应能力去探察入侵者的踪迹,但他自己混乱的思绪却总来碍事。他真希望艾萨克莱娜能在这儿。

靠近之后,罗伯特看到了豪莱茨研究中心断壁残垣的全貌,要比从山坡上看得更清楚。现在,疯长的丛林植被已经蔓延到原先的草坪上。在植物的覆盖和压迫之下,被火焰熏黑的建筑物坍塌得更厉害了。格布鲁人的那几辆军车横在齐腰深的茂密乱草中,车上有用的设备早就被黑猩猩们拆光了。

是的,显然再没人来过这儿。罗伯特想。他用脚拨弄着荒草,穿过废墟。这里已经没剩什么令人感兴趣的东西了。我为什么坚持要到这儿来呢?他暗自纳闷。但他知道,自己这样做确实出于直觉——且不论这直觉是否正确——而不单单是为了找借口逃离山洞,远离普拉萨楚松。

而且还要把头脑中那些令他不安的模糊感觉抛到脑后。

他之所以选择来此,或许还有一个原因:就在这里,他同敌人有过短暂的、面对面的交锋。

也可能他盼着重新找回几天前的那种感觉：无拘无束地旅行，没有旁人指手画脚。但他希望自己身边的女人不是现在这位女军官——麦库中尉跟在他身后，双眼不停地左右扫视，用专业的眼光细细审视着周围的一切。

罗伯特驱走心中的思绪，朝废弃的外星人悬浮坦克走去。他单膝跪地，拨开了又高又密的野草。

坦克的内部构造展露在他面前，格布鲁人的机械：齿轮、推进器、重力装置……

许多部件的表面都覆盖着一层薄薄的黄锈。在一些地方可以看到，本来闪闪发光的机件啮合部位已经褪色、变薄，甚至出现了破损。罗伯特轻轻一抠，便有一小块锈蚀物从机器上脱落下来，落在他的手中。

乖乖隆地咚！我是对的。我的直觉没错。

"这是什么？"麦库中尉在他身后问道。

罗伯特摇摇头，"我还无法确定。但看来它把好多部件都蚀穿了。"

"我看看行吗？"

罗伯特把这片锈蚀的金属陶瓷递给了她。

"你到这儿来就是为了这个？你早就有所怀疑？"

他觉得没必要向她详述这次出行的复杂动机，尤其是同他个人有关的原因。"很大一部分原因就是为了这个。我认为，从这个现象中我们或许能开发出一种武器。科研人员从研究中心这里撤走时，烧毁了所有的记录资料和设施设备，但他们无法将舒尔茨博士实验室培养出来的所有微生物消灭干净。"

罗伯特没有说自己的背包里正装着一小瓶大猩猩的唾液。

他早有打算。如果来这儿之后,他没有发现格布鲁人的装甲出现损蚀,他就要自己动手用唾液做实验。

"哦。"丽迪娅·麦库用手一捏,那东西就变成了碎末。她伏下身,爬到了机器下面去检查有哪些部件受到了侵蚀。最后,她爬出来,坐到了罗伯特身旁。

"估计它能派上用场,但现在问题是如何使用。我们不敢冒险出山把这些小玩意儿喷洒到海伦尼亚城里格布鲁人的设备上去。

"另外,生物破坏武器发挥效用的时间很短。我们只能一次性全面施放,出其不意发起突袭,因为对方一旦发现问题,便会立即采取有效的防范措施。几星期之后,敌人就能完全化解这种微生物造成的麻烦——通过化学手段,或是在设备上喷覆涂层,还可以克隆出另外一种微生物,把我们的吃掉。

"不过,"她拿起另外一块碎片在手中翻转审视,而后抬头朝罗伯特一笑,"你真了不起。你以前就立下奇功,而现在又……你找到了进行游击战的正确方式!我非常喜欢。咱们想办法对这个发现加以利用吧。"

她的笑容显得直率而又友善,罗伯特无法不予以回应。而就在二人相视而笑的时候,他心中又涌起了一股他一直压抑着的躁动。

该死,她很有魅力。罗伯特沮丧地意识到。现在他的身体向他的大脑传送着强烈的信息,这种感觉甚至比当他同艾萨克莱娜在一起时还要强烈。而他几乎对这个女人毫不了解!他并不爱她。他不会同她有什么密切的关系,不会像跟自己的泰姆布立米人妻子那样亲密。

但当她看着他时,他还是觉得嘴巴发干,心怦怦直跳。这个目光呆板、鼻梁纤细、眉弓高耸的地球女人……

"我们该动身回去了。"罗伯特快速地说道,"我去搜集一些样品,中尉。应该把它们带回基地测试一下。"

他没有理会麦库长久的注视,站起身朝艾尔茜发了信号。不久之后,他们的背包里便装满了样品,而后就重新踏上旅途,朝着山顶的脊骨化石攀爬而上。始终保持警惕的卫兵们明显松了口气,纷纷背起步枪,重新跃进了树林。

罗伯特并未对脚下的山路多加注意,只是尾随自己的卫队向上攀登。他尽力不让自己去想走在身边的同类,于是皱起眉头,沉浸在自己浑浑噩噩的思绪之中。

第五十九章　法　本

　　法本和盖莱特坐在一起,处于头戴面罩的格布鲁技师不动声色的监视之下。那些家伙以一种不带感情而又客观冷静的精确性,将各种仪器对准了这两只黑猩猩的身体。带有多重透镜的球状和碟状设备排成一列列,飘浮在半空中,从各个方向居高临下地监视着他们两个。这间实验室中,闪闪发光的管子和面板锃亮的器械全部经过抗菌消毒处理,组成了一座怪异的丛林。

　　不过,这里仍然充斥着外星鸟儿的臭味。法本皱起鼻子,努力克制住自己对格布鲁人不友善的想法。这些模样吓人的机器中,肯定有几台是精神感应探测器。而且,尽管它们不一定能真正"看穿他的思维",但格布鲁人肯定能够追踪他的浅表意识。

　　法本尽力去思索另外一些东西。他转向左边,朝盖莱特说道:

　　"哎,今天上午,他们来找咱们之前,我同茜尔薇谈过。她告诉我,自打我初次前往海伦尼亚的那个晚上之后,她再也没有回过'猿族甜果'酒吧。"

　　盖莱特转身看着法本。她绷紧了面孔,露出一副不以为然的表情：

"那又怎么样？她那种跳脱衣舞的把戏现在可能已经过时了，但我敢肯定，格布鲁人一定正在寻找其他方法来利用她独特的天赋。"

"从那以后，她再也不干那种行当了，盖莱特。真是！我不明白你为什么对她有这么多敌意。"

"我也很难理解，你为什么要对一个看守这么友好！"盖莱特厉声说道，"她是个劣种，而且还是个通敌分子！"

法本摇摇头，"其实茜尔薇根本不是劣种，甚至不拿灰卡或黄卡。她拿的是张绿卡。她加入他们是为了——"

"我才不稀罕听她说的原因呢！得了，我能想象出来，她给你编造了什么样的悲惨故事。你这个大笨蛋，她忽闪着眼睫毛诉说苦衷，你这家伙就心软了——"

这时，他们近旁的一台机器发出了低沉而又没有音调的声音："年轻的新生黑猩猩、智慧生命们……安静一点。安静一点，年轻的受庇护种族……"那声音安抚道。

盖莱特扭回头，面对前方，紧紧闭起了嘴巴。

法本悻悻地眨眨眼睛。但愿我能了解她是怎么想的。他想道。他经常搞不懂什么事情会引得盖莱特火冒三丈。

正因为盖莱特总是胡乱发脾气，他才想起去和茜尔薇交谈，其实也只是随便聊聊。他想对盖莱特解释一下，但马上断定这样做没有好处。最好还是等等。她会摆脱现在这种沮丧抑郁的心情的。她总是能够变得开朗起来。

就在半个小时之前——接受智能测试的时候，他们还大笑着你争我抢，笨手笨脚地摆弄一套复杂的机械拼装玩具。在那几分钟时间里，他们终于能够忘掉紧盯着自己的机器和外星人的眼睛,二人通力协作,挑选出合适的零件然后组装在一起。最终完工之后,看着自己建造起来的机械高塔,他们两个都知道,他们已经让测试记录者大吃一惊了。在那个志得意满的时刻,盖莱特的手,天真而又亲热地——探进了他的手心里。

这样的囚禁也还算过得去。有时法本甚至觉得他正得益于这种经历。比方说,这是他有生以来第一次真正有工夫坐下来好好思考。现在,看守已允许他们读书,法本便抓紧时间读了很多自己一直想看的书。同盖莱特的交谈让外星社会的神秘世界展现在他面前,而他反过来也给她讲述了地球生物在加斯星球上进行的伟大工作——悉心呵护一个面临毁灭的生态系统,让它慢慢恢复健康。

但随着被监禁的日子一天天过去,总还是有许多漫长而又阴郁的时间要打发,这太平常不过了。在这些时候,他和盖莱特的心头便笼罩着一片无聊可厌的阴霾。四壁将他们紧紧围裹起来,与世隔绝,他俩的谈话总是要回到战争上面,总是要回忆起那次失败的起义和死去的朋友,总是要悲观沮丧地揣测地球自身的命运。

在这些时候,法本觉得自己愿意用一辈子的生命去交换一个小时的自由,在树林中和明净的天空下无拘无束地奔跑。

因此对他们两个来讲,格布鲁人今天进行的新测试堪称一种调剂。至少可以聊作消遣。

没有任何先兆,一台台机器突然撤到两旁,在他们坐的长椅前腾出一条通道。"我们已经结束,已经结束……你们的表现很出色,很出色,你们……现在跟在球体后面,跟着它,离开这里。"

法本和盖莱特刚站起身,一个棕色的八面体投影图像出现在他们面前。他俩没有看对方一眼,便跟着这个全息图像走过一个个默不作声、似乎正在苦思冥想的鸟儿技师,离开测试室,来到了长长的走廊上。

几台勤务机器人一面用抑扬顿挫的机械语音轻声低语,一面从他们身边快速经过。半路上,一名正要急匆匆走出办公室的科瓦克技师,吃惊地看了他们一眼后马上躲回到了房间里。最后,法本和盖莱特穿过一道"嘶嘶"作响的气闸,来到了明媚的阳光之下。法本不得不遮住眼睛。今天虽然天气晴朗,但空气中已有一丝凉意,似乎说明短暂的夏季马上就要结束。在格布鲁人的大楼对面,大街上随处可以见到黑猩猩——一个个都穿着运动衫和胶底鞋,从他们的穿戴也能感觉到,秋天快要来了。

没有任何一只黑猩猩朝这里看。由于相隔的距离太远,罗伯特看不出他们的心情如何,也不奢望有谁能认出他或盖莱特。

"咱们不坐来时的那辆车回去。"盖莱特低声说,她顺着门外长长的矮墙指了指下面的坡道。没错,他们来时乘坐的那辆棕褐色军用货车此时已换成了一辆巨大的敞篷悬浮车。在驾驶员的座位后面立着一座装饰华丽的支架,几名科瓦克仆人正在调试支架上的遮阳伞,以免吉莫郊强烈的阳光晒到他们主人的长喙和羽冠。

他们认得支架上那个高大的格布鲁人。上次在城郊的监狱里,在隐秘的黑暗中,他俩见过这家伙。同上次相比,这鸟儿浓密的、闪耀着淡淡光泽的羽毛显得颇为蓬松散乱,这副模样让他看起来更加不同于他们见过的普通格布鲁官员。在他微微变幻着异彩的羽衣上,有些地方已开始显出破败的迹象。这位鸟儿贵族佩戴着一条领圈似的东西,正在栖木顶端不耐烦地来回踱步。

"哎呀,"法本咕哝道,"那不是咱们的老朋友吗? 他叫什么来着？礼仪管家？"

盖莱特哼了一声，听上去有点像嘲笑："他叫作正道宗主，"她提醒道，"他脖子上的项圈说明他是教士阶层的首脑。现在你要记住，行为规矩一点。别老是抓耳挠腮，看我是怎样做的。"

"我肯定要学您的样子，不差一丝一毫，女主人。"

盖莱特没有理会他的挖苦，径自跟在棕褐色的向导全息图像后面，顺着长长的坡道朝色彩明亮的悬浮车走去。法本放慢脚步，走在她身旁稍后一点。

他们刚到上车的地点，引路的投影图像便消失了踪影。这时，一个翎颌上点染着俗艳粉红色的科瓦克人走上前来，朝他们两个微微躬身，"你们有……有幸……获得召见……我们的庇护主……高贵的庇护主将屈尊为你们……为你们这些半开化的生灵……指明你们的命运。"

这个科瓦克人并没有借助翻译机来说话。其实这算不上奇事，因为这种生物的发音器官极为发达。实际上，他讲的安格力克语相当清楚，只是说话的节奏像是有些喘不上气来，使人觉得这个外星人紧张不安而又满怀期待。

看来，大概正道宗主并不是宇宙中最容易侍候的老板。法本学着盖莱特的样子鞠躬施礼，默不作声地听着她答话。"你的主人是伟大种族的高级庇护主，承蒙他赏光眷顾，我们深感荣幸。"她缓慢而又小心地用清晰的格莱蒂克七号语说道，"但尽管如此，我们仍以自己庇护主的名义坚持我们的权利，对你主人的所作所为提出异议。"

就连法本的呼吸都变得急促起来。聚在一旁的科瓦克人怒气冲冲地"咯咯"叫起来，同时威胁般地蓬起了羽毛。

这时，突然响起三声高昂的啁啾声，喝止住了他们的怒号。

为首的科瓦克人迅速转过身,朝宗主躬身施礼,只见教士大人已疾步走到栖木的尽头,趋近两只黑猩猩。这个格布鲁人微微张开长喙,俯身注视着盖莱特,先是用一只眼睛,而后又用另一只看着她。法本发现自己已经汗流浃背了。

最后,这个外星人直起身体,用他那极为清晰、带着变音的格莱蒂克三号语尖声鸣叫起来。法本看到,随着一阵轻颤,盖莱特紧张挺直的脊背慢慢放松下来。他听不懂宗主大人做作的言辞,但近旁的一只翻译机开始把鸟儿的话迅速翻译成安格力克语:

"说得好,很好……地球人是我们的敌对种族,作为他们的受庇护种族,你们在被俘之后能说这样的话……说得好,很好……那么你们来,来瞧瞧……来听听,有一项交易在等着你们,你们肯定不会有异议的。"盖莱特和法本对视一眼,而后一起鞠躬施礼。

临近午时,空气明净澄澈,而空中淡淡的臭氧气味并非预示着一场风雨即将到来。在科技高度发达的今天,古老的气象先兆已完全不合用了。

悬浮车一路向南,经过海伦尼亚港口边已经封闭的栈桥,驶到了海湾的水面上。这是法本第一次有机会看看自从外星人来到之后,港口发生了什么样的变化。

首先,捕鱼船队已经瘫痪。四艘拖网渔船中,除了一艘之外,其余的不是搁浅在沙滩上,便是歪倒在干涸的船坞中。主商业港口也同样死气沉沉。一队灰头土脸的外海商船无精打采地泊在锚地上,显然已有好几个月不曾开动了。法本看到,一条还在工作的拖网渔船绕过海湾的岬角,缓慢沉重地驶进他的视野。或许那艘船因为意外的好运而提前满载而归，也可能在海上发生了机械故障，而黑猩猩船员无法修复，所以只得返航。那艘船底好似浴缸一般的渔船驶到了外海与海湾的交界处，在壁立的巨浪中上下颠簸。船员们正在奋力工作，因为海湾入口处的航道已比和平时期狭窄了许多。现在，一道高耸的悬崖堵住了海峡中一半的水面，那是一艘格布鲁人的战船，就像一座用外星金属建起的雄伟要塞。

这艘巨舰似乎正在淡淡的雾霭中闪烁着微光。它的防护屏在边缘处凝满了水滴，辉映出彩虹般的光华。当挣扎着前行的拖网渔船终于费力地驶过海湾北部的长岬时，一片薄雾笼罩在了船身上。宗主大人的悬浮车从渔船上空呼啸而过，法本看不清楚下面那些黑猩猩船员的面孔，但他还是看到，当那艘船终于驶入平静的水域之后，几个生着长臂的身影像是松了一口气似的颓然倒在了甲板上。

海湾北方的岬角叫作"北角"，它犹如一条臂膀伸进海中。北角顶端的东北方向几公里外便是海伦尼亚。除了一座小小的导航灯塔之外，北角粗糙的高地上再没有任何其他建筑。生在山脊上的松枝在海风的吹拂下波荡起伏。

然而，在南面，狭窄的海峡对面，景观可是大不一样。那艘立在水中的巨舰背后，地形发生了极大变化。森林被移走，断崖被截平。在南部海岬后面，目力看不到的某个地方，正腾起漫天烟尘。一群悬浮车和重型运输机像云雾一样在那个方向盘旋浮动，"嗡嗡"作响。

在南面更远一些的地方，就在去往太空港的方向，竖立起了一座座圆顶建筑，那是格布鲁人防御网络的一部分。在上次那场以失败而告终的暴动中，城市游击队只是对这些设施造成了一点无关痛痒的破坏。但悬浮车似乎并未驶向那里，而是掉转机头，向阿斯皮纳湾和希尔马海之间那片狭窄多山的斜坡飞去，那里已立起一座新建筑。

法本知道自己不可能去问东道主他们要去哪里。科瓦克技师和仆人都彬彬有礼，但只像是在严守一种固定程式，而且他们不会再透露半点消息。

盖莱特来到他身边，趴在扶手上，捅了捅他的胳膊肘，"瞧。"她压低声音说道。

悬浮车飞过崖顶，二人一起注目观看。

海岸线旁，一座小山顶已被削得平平坦坦。在山脚四周，围着一幢幢建筑物，法本认出那是质子发电站，将一根根电缆顺着山坡送上山顶。而在山顶上，面朝天卧着一座半球形建筑，像一只用大理石打造的巨碗在阳光下闪耀着柔光。

"那是什么？力场投射器？某种武器？"

法本点点头，随即又摇摇头，最后耸耸肩膀道："真把我给难住了。那东西看上去不像军用设施。但不管它是什么，肯定要消耗巨大的能量。你看山下那些发电厂。我的乖乖！"

一个影子悄然笼罩在他们身上，那并不是一团轻柔蓬松、凹凸不平的云朵从太阳下飘过，带给他们清冷凉爽之感；而是某种坚实巨大的东西"隆隆"飞过他们的头顶，随之而来的是突然而又强烈的寒意。法本打了个冷战，但并不全是因为温度降低。原来，这是一架身形庞大的运输机从他们头上仅仅一百米处掠过，他和盖莱特都不由得蹲下身来。但那些鸟儿，格布鲁人和科瓦克人，看上去却丝毫不为所动。宗主大人平静地站在栖木上，并未理会令黑猩猩浑身发抖的强大力场。

他们不喜欢大吃一惊的感觉，法本想，但在已经了解事态的情况下,他们便显得沉着而又冷静。

　　他们的悬浮车绕着下面的建筑设施,缓慢而又慵懒地兜着长长的圈子,法本凝神琢磨着下面那只洁白的、口朝天的"大碗"。这时,翎颌点染成粉色的科瓦克人来到他身边,微微垂首施礼,说道:

　　"我们的大人屈尊纡贵,慷慨施恩……他将提出建议,有意与你们共存共荣……向相同的目标努力。"

　　在车厢对面,能够看到正道宗主像帝王一般巍然端立在栖木上。法本真希望自己能读懂格布鲁人的表情。那只老鸟究竟在想什么? 他暗自纳闷。不过,法本拿不准自己是不是真想知道答案。

　　盖莱特浅浅躬身,向科瓦克人答礼:"请转告你可敬的庇护主,我们将谦恭地倾听他的提议。"

　　宗主大人讲的格莱蒂克三号语做作而又正式,还辅以矫揉造作、温文尔雅的舞步。翻译机无法给法本帮上什么忙,他只好盯着盖莱特,而不是那个外星人,尽力猜测他们在谈论什么。

　　"……名正言顺地重新举行'抉择仪式'来选择提升顾问……在紧要关头由最重要的受庇护种族代表做出修改……这要看他们是否能为自己的庇护主种族谋得最大的利益……"盖莱特抬头看着格布鲁人,显然她正在发抖。她的双唇紧闭成一条细线,攥在一起的手指因为用力而发白。当那位宗主说完之后,翻译机接着又鸣响了一会儿,而后才沉寂下来。大家全都一言不发,飞车上只能听到气流的呼啸声和悬浮发动机微弱的轰鸣声。

　　盖莱特咽了口唾沫。她俯身鞠躬,看上去一时难以讲出话来。

你能行。法本默默在心中为她鼓劲。大概任何黑猩猩都遭遇过语言障碍的问题，尤其是在当前这种压力之下，但他知道自己无法做任何事去帮她。

盖莱特清清嗓子，又咽了一口唾沫，而后终于开了腔。

"尊……尊敬的长者，我们……我们不能代替我们的庇护主表态，甚至也没有资格代表加斯星球上的全体黑猩猩。您要求……要求……"

宗主大人再次开口，似乎认为她已经回答完毕；也可能他认为，一位庇护主打断受庇护种族的话并非无礼之举。

"你们不必……不必……现在答复。"翻译机说道，这时格布鲁人正"叽叽喳喳"地叫着，在栖木上轻轻舞动着身体。"还是好好考虑一下……考虑一下我们给予你们的条件。这个机会将对你们大为有利。"

"吱喳"声停了下来，随后，翻译机也不再鸣响。宗主大人似乎不想再理会他们，紧紧闭上了双眼。

这时，悬浮车的驾驶员似乎接到了某种法本无法看到的信号，他倾斜车身，猛地一转弯，驶离了被削平的山顶上喧嚣忙乱的机群，而后驾车回头向北穿过海湾，朝海伦尼亚飞去。不久之后，港口处那艘岿然不动的巨大战船就被他们甩在身后，远远地，在水雾和彩虹中闪闪发光。

法本和盖莱特跟着一名科瓦克人回到悬浮车后部的座位上。"这到底是怎么回事？"法本低声问道，"刚才那个死玩意儿说的是什么仪式？他想让咱们干什么？"

"嘘！"盖莱特示意他闭嘴，"我迟些再向你解释，法本。现在拜托你，让我静下来好好想想。"

盖莱特坐在角落里，用双臂搂住膝头，心不在焉地挠着左腿上的毛。她目光茫然，甚至当法本打了个手势要为她理毛时，也没有回应。她只是望着远方的地平线，似乎思绪已飞到千里之外。

回到牢房之后，他们发现囚室发生了不少变化。法本盯着他们变了样的牢房，说道："我猜咱们已经通过了测试。"

几个星期前那个漆黑的夜里，宗主大人第一次来访，他走后不久，他们身上的锁链就被解除了。同时，自那次会见之后，地板上的稻草也换成了床垫。他们还能看书。

但是，原先的一切同此时的囚室相比，都显得过于简陋。现在，地板已铺上长毛绒地毯，一副昂贵的全息壁毯几乎覆盖了整整一面墙壁。另外，室内摆放着床、椅子、桌子之类令人感到舒适惬意的家具，甚至还有一张音响控制台。

"这是在用小恩小惠贿赂咱们。"法本一边在一堆立方体记忆块中挑挑拣拣，一边咕哝道，"见鬼，咱们对他们来讲还真有利用价值。可能抵抗组织并没有被消灭。或许艾萨克莱娜和罗伯特正在不断地打击刺激他们，所以他们才想利用咱们俩——"

"现在这一切同你那位司令官没有半点关系，法本。"盖莱特压低嗓门，用法本刚好能听到的声音耳语道。"或者说，至少与她没有太大的关系。事情要比你想象的重大得多。"她的表情非常紧张。今天回来这一路上，她始终一言不发，显得焦虑不安。有好几次，法本觉得自己像是听到了她的大脑高速运转的声音。

盖莱特示意他跟着自己来到崭新的全息壁毯前。此时，墙上正显示出一幅由不同形状、样式的抽象图案组成的三维立体画。画面上光滑闪亮的立方体、球体和棱锥体汇成一道无边无际的洪流，朝遥不可及的远方奔涌而去。她盘腿坐下，摆弄着控制器。"这台全息机可不便宜，"她说道，似乎有意提高了声音，"咱们还是找找乐子吧，看看它都能干什么。"

法本刚坐到她身边，那些几何图案就变得模糊起来，最后不见了踪影。盖莱特按动控制按钮，一幅新图像突然出现在他们面前。现在这面墙壁像是豁然洞开，正对着一片宽广而又松软的沙滩。从天顶到远方低低的灰色天际线，空中浓云密布，正孕育着一场暴风骤雨。不到二十米外的海面上，层层浪花翻卷涌动。眼前的一切是如此真实，以至法本张开鼻孔，想去呼吸带着盐水味道的空气。

盖莱特凝神摆弄着控制器。"下面这幅画对咱们才合适呢。"他听见她咕哝道。几近完美的海滩风景一闪之后便消失了，在它原来的位置上突然现出了一道叶绿色的墙壁，画面换成了丛林景色。这片碧绿的森林仿佛近在咫尺，而且极为真实，以至法本觉得自己马上就能纵身跳进树木之中，藏身于绿色的雾霭里。他们似乎并非面对着一幅高清晰的全息图像，而是像幻想小说中虚构的一样，被神奇的"远距离传输装置"送到了真正的森林里。

法本凝视着盖莱特选择的画面。他几乎马上意识到，眼前并不是加斯星球上的丛林风景。这片四处盘绕着爬藤的雨林中，满是丰富的色彩和千姿百态的生灵，洋溢着无限的生机和活力。

那么，这肯定是地球，法本想。他暗自猜度，格莱蒂克人会不会让他圆了自己的梦想，有朝一日去看看他的家园星球。看样子根本不可能。

盖莱特开口说话，将他的思绪引回到现实之中："我来做一下调整吧，可以让它更真实。"说着，她调高了全息画面的音量。

丛林中的喧嚣声在他们四周訇然大作。她想干什么？法本很纳闷。

突然，他注意到了蹊跷之事。盖莱特右手拨弄着音量钮，左手却在打着狂乱而又意味深长的手势。法本眨眨眼。这是一种幼儿手语，所有的黑猩猩幼崽在四岁之前，也就是在最终熟练掌握口语之前，都使用这种方式交流。

他们在窃听。她用手语说道。

房间中满是丛林的种种声音，在四壁间回荡。"好了，"她低声说道，"现在他们没办法窃听了。咱们可以放心说话。"

"可是——"法本想要表示反对，但他看到盖莱特又在打手势：小心，他们还是能听到……

他不由得再次由衷地钦佩盖莱特。她当然知道，尽管采取了这种简单的防范措施，但窃听者依然能听到他俩说的每一个字。但格布鲁人和他们的特工可能以为，愚蠢的黑猩猩会相信自己的小小伎俩能够得逞！所以他和盖莱特现在要装作丝毫不担心被窃听的样子……

我们要为敌人布下重重谜团。法本想。只有真正的间谍特工才有这本事。从某种意义上讲，还真有趣呢。

但他知道，这样做也极为危险。

"正道宗主遇到了麻烦。"盖莱特高声对他说。她的双手静静地放在膝盖上。

"这是他告诉你的？但如果格布鲁人有麻烦，那为什么——"

"尽管我认为格布鲁人的境况不妙，但我并不是说他们遇到了麻烦，有麻烦的是正道宗主。他和另外两位同僚之间有些不太和睦。这位教士大人曾经在某些事情上面做得相当过分，而现在看来他要为之付出代价了。"

法本坐在原地,心中感到十分惊奇。尊贵的外星宗主居然会屈尊对草芥一般的地球人受庇护种族讲这种事情。这种情况让他深感不安——正道宗主竟对他们两个如此信赖,很可能居心不良。"他在什么事情上做得过分了?"他问道。

"唉,头一件事,"盖莱特挠了挠膝盖,继续说道,"几个月前,他坚持派遣多支利爪兵和科学家进山。"

"进山干什么?"

盖莱特的脸上露出一副努力自我克制的表情,"他们奉命进山搜寻……搜寻加斯人。"

"搜寻什么?"法本大吃一惊,而后大笑起来。但马上他看到盖莱特双目中闪动着告诫之意。她正挠着膝盖的手蜷曲起来,做了一个表示警告的动作。

"搜寻加斯人。"她又重复道。

那绝对是迷信的胡扯,法本想。那些无知的、持黄卡的黑猩猩总爱编造些"加斯人"的假话来吓唬他们的孩子。好笑的是,就连久经世故的格布鲁人居然也上了这些吹牛大话的当。

但看来盖莱特并不觉得这种事情好笑,"法本,你应该能想象到,当宗主大人觉得自己有理由相信加斯人可能存在时,他为什么会激动万分。你想象一下吧,如果格布鲁人宣称自己将要收养一种在布鲁拉里人大屠杀之后得以幸存的智能生命作为受庇护种族,那会取得多么出色的效果啊。随后,他们就能顺理成章地马上取消地球人的租赁权,对加斯实行接管。"

法本明白了她的意思,"可是……可是,到底这家伙因为什么才认为这里存在加斯人——"

"看来,法本,宗主之所以坚信这种事情,泰姆布立米大使乌赛卡尔丁应该负主要责任。你还记得使馆办公楼爆炸的那一天吗？你在那天还想闯进泰姆布立米人的外交资料贮藏室呢。"

法本呆呆地张开了嘴巴，而后又连忙闭上。他绞尽脑汁，暗暗琢磨：盖莱特这是在玩什么把戏？

从盖莱特这句问话中可以看出，显然正道宗主已经知道，他法本就是大家在泰姆布立米使馆爆炸那天看到的那只黑猩猩，曾经在浓烟和烤焦的格布鲁职员散发出的恶臭中乱窜。宗主肯定也明白，法本就是那个与外交资料贮藏室的卫兵玩了一场追捕游戏的家伙。而且，就是他，最后在一队利爪兵的鼻子底下溜掉，跃下悬崖逃之夭夭。

宗主知道这些，难道是因为盖莱特告诉了他实情？如果是这样，她是不是也告诉了宗主另一件事情——法本在石冢背后找到了秘密信息并已交给艾萨克莱娜？

但他无法向盖莱特询问这些事情。看着她双目中警告般的眼神，他只能保持沉默。但愿她知道自己在做什么。法本衷心祈祷着。他感到双臂冷汗直流，抬手从眉棱骨上抹下一滴汗珠。"接着说下去。"他冷冷地说道。

"你的唐突造访不仅令贮藏室的外交豁免权失效，也让格布鲁人得到了他们一直在寻找的借口来闯入那片外交圣地。后来的发现让格布鲁人觉得自己走了红运。贮藏室的自动毁灭系统并未完全发挥作用，而里面隐藏着证据，法本，那是泰姆布立米大使对'加斯人'问题进行私人调查时所搜集到的证据。"

"乌赛卡尔丁搜集的证据？可是……"法本突然恍然大悟。他圆睁双眼，盯着盖莱特，随后弯下腰大声咳嗽起来，他只有这样才能不让自己纵声大笑。乐不可支的感觉就像一团蒸汽，在他胸口乱撞，几乎马上就要喷出来。盖莱特被惊得一时说不出话来,这才没有出言制止。他又咳嗽了几声,而后拍了拍自己的胸口。"抱歉。"他低声说。

"格布鲁人现在明白,这些证据是伪造出来的,他们被人狡猾地愚弄了。"盖莱特接着说。

但不能算作是欺骗。法本默不作声地想。

"除了伪造证据资料之外,乌赛卡尔丁还巧做安排,去除了行星数据库中与提升有关的文档,这就让宗主感觉到,似乎某些东西被隐藏起来了。因而,格布鲁人花费了巨大的代价去搜寻乌赛卡尔丁诱骗他们寻找的东西。一个例子便是,格布鲁人运来了整整一座专门用于研究的行星数据库,而且没等他们查明事情的真相,就在山里损失了几名科学家和士兵。"

"损失?"法本向前倾身问道,"怎么损失的?"

"黑猩猩游击队干的。"盖莱特简单答道,同时又警告般地盯了他一眼。得了,盖莱特,法本想,我不是白痴。他完全明白自己绝对不能提到罗伯特和艾萨克莱娜。他甚至总是避免让自己想到他们。

不过,他还是禁不住露出一丝微笑。怪不得刚才那些科瓦克人变得如此彬彬有礼!如果黑猩猩们在战争中体现出聪明才智,而且又有官方法则的约束,那么敌人在对待黑猩猩时肯定要表示哪怕是最低限度的尊重。

"山里的黑猩猩坚持了下来!他们肯定让侵略者不胜其苦,而且还在继续打击敌人!"他知道,自己现在可以表现出一点欢欣得意的样子。这才符合他的性格嘛。

盖莱特淡淡一笑。这个消息肯定令她百感交集。毕竟她自己领导的暴动只落得失败的下场。

这么说,法本想,乌赛卡尔丁精心施展的诡计终于诱使格布鲁人相信,这颗星球上存在着某种东西;而对敌人来讲,这东西的价值至少和对这片殖民地进行挟制一样重要。加斯人!想想吧。格布鲁人在山里费尽力气,却不过是在追逐一个虚构出来的幻影。而司令官艾萨克莱娜便有办法趁敌人进入打击范围之后对其造成伤害。

唉,我以前对艾萨克莱娜司令官的老爸真是看走了眼,实在太可惜了。乌赛卡尔丁,你开了一个多么绝妙的大玩笑啊!

但现在入侵者已经知道了真相。这该如何是好……

法本抬起头,看到盖莱特正专注地盯着他,似乎正在揣测他的每一个念头。最后,法本终于明白,有一个原因令她无法开诚布公地同他放心交流。

我们必须做决定,他意识到,我们是不是该向格布鲁人撒谎?

他和盖莱特可以稍做尝试,将乌赛卡尔丁的恶作剧再继续维持一段时间。他们可能会成功地说服那位宗主,让他再次派兵去追寻虚构出来的加斯人。如果能将更多的格布鲁人引进山地战士的伏击圈,这样的努力还算值得。

但他和盖莱特有本事把这个诡计维持下去吗?他们该怎么做?他想象不出来。难道他们只需这么说——千真万确,主人,确实有加斯人,一点不假,主人。您尽管相信我们这些黑猩猩吧,我们不说假话——而格布鲁人就会轻易上钩?

或许他们要换一种做法,尝试去利用敌人的逆反心理来让自己脱身:求求你们,别……别把我丢到荒山里面去!

当然,这些主意都与乌赛卡尔丁的行事方式毫无相似之处。那个狡猾的泰姆布立米人用微妙圆滑的手段轻松误导了敌人,而法本连想都不敢想,自己如何能运作如此复杂的计划。

　　另外,如果格布鲁人发现他和盖莱特在撒谎,那么他两便会丧失今天下午正道宗主想要提供给他们的特殊身份。法本不知道那家伙希望从他们两个身上得到什么,但那可能意味着一个机会,说不定他可以趁机查清入侵者在希尔马海边修建了什么设施。那可能是极为重要的情报。

　　不,为了情报并不值得冒如此大的风险,法本暗下决心。

　　现在他面临着另外一个难题——如何把这些想法告诉盖莱特。

　　"即便是最老练的智能种族也会犯错误。"他缓慢而又小心地说道,"尤其是当他们置身于一个陌生的星球时,更有可能出现失误。"说罢,他装作在身上找跳蚤,偷偷朝盖莱特打着手语:现在游戏结束了?

　　显然盖莱特同意他的意见。她坚定地点点头。"现在这个恶作剧已经结束。他们有把握,加斯人纯属虚构。格布鲁人确信那只是泰姆布立米人设下的圈套。总之,我已有了一个印象,另外两位与这个高级教士共享指挥权的宗主绝不会允许再进行那些毫无意义的山地扫荡了。在那里,游击队会像大猩猩一样野蛮地攻击他们。"

　　法本猛地抬起头。一时间,他的心怦怦直跳。而后他才明白了盖莱特的意思……她最后那句话并非暗藏深意。现代安格力克语从古英语、古汉语和古日语中继承了许多粗陋的缺点,引申比喻便是其一。格莱蒂克语经过精心调整和设计,可以用最精练的词汇最大限度地表达语义,而且去除了模棱两可的模糊用语;但"狼崽子"的语言在进化中变得更粗糙,更难于掌控,夹杂了大量的特异风格,而盖莱特刚刚使用的这种比喻便是一例。

　　法本发觉自己握紧了双拳。他强迫自己放松下来。她并没有专指大猩猩,只是在形容游击队。她并不知道山地中秘密进行的提升方案,法本暗自安慰自己,她不知道她刚才说的话多么富于讽刺意味。

不过,出于另一个原因,乌赛卡尔丁开的这个"玩笑"也必须马上结束。对于豪莱茨研究中心,这位泰姆布立米人并不比他的女儿了解得更多。如果乌赛卡尔丁早知道那里进行的秘密工作,他肯定要选择另一种方式为敌人设下圈套,而不会把格布鲁人引进同一片山脉中。

再不能让格布鲁人回到穆伦山脉去,法本意识到,他们没有发现大猩猩纯粹是侥幸。

"那些呆鸟,"他咕哝道,顺着盖莱特的意思说下去,"想想吧,他们傻乎乎地上了当,轻信在'狼崽子'中流传的愚蠢谎言,居然去追查所谓的加斯人,他们接下来该追查什么了?彼得·潘①吗?"

盖莱特装出一副斥责的表情,"你应该对格布鲁人表现出更多的敬意才对,法本。"不过,他在内心中能感到她强烈的赞许之意。尽管他俩的出发点不同,但目前确实已达成一致:乌赛卡尔丁的玩笑该结束了。

"他们接下来要找的,法本,是咱们。"

法本眨眨眼睛,"咱们?"

她点点头,"我猜,星际战局对格布鲁人并不十分有利,他们肯定还没有找到那艘大家在星系另一边苦苦追寻的海豚飞船;而挟制加斯并不能令地球人或泰姆布立米人就范。我敢打赌,他们这样做只能让抵抗变得更加激烈,而且还可能使一些原本属于中间派的种族转而对地球人产生同情。"

---

①英国作家詹姆斯·巴里创作的著名童话形象。

法本皱起了眉头。他已经有很长时间没有着眼于宏观范围去思考了。这么长时间里，他还从未想到过席卷五大星系的骚乱，从未想到过"奔驰号"和包围地球的恶势力。盖莱特都知道些什么，而此时他们最起码应该考虑些什么呢？

在全息图景墙上，一只黑色的大鸟扑棱棱落在他们面前的树枝上，紧挨着他们所坐的地毯。这鸟儿生着色彩亮丽的巨型长喙，一步步向前走来，像是在端详法本，先是用一边的眼睛，而后侧过头用另一只眼看着他。这只巨嘴鸟让法本想起了正道宗主，他不由得打了个寒战。

"不管怎样，"盖莱特继续说道，"现在格布鲁人在加斯支撑的体系看来正大量消耗着他们的资源，而他们已经有点不堪重负了。另外，如果格莱蒂克社会不能重归和平，不消几十年时间，文明战争公会便会强令他们归还加斯星球，这样格布鲁人就更不划算了。我估计他们肯定觉得前途渺茫，现在急于从眼前的烂摊子中为自己谋取一点好处。"

法本突发灵感，"所以他们才在海湾南侧的岬角上修造那座建筑物？那是正道宗主为了挽回被自己搞糟的局面而实施的策略之一？"

盖莱特抿紧双唇，而后说道："你这个推断倒是很精彩。你想出他们正在建造什么东西了么？"

树枝上那只五颜六色的鸟儿尖叫一声，似乎在嘲笑法本。但当他猛地抬头朝那里望去时，鸟儿已经飞回林间的地面，郑重其事地用长喙在虚幻的碎石中挑拣觅食了。法本扭头看着盖莱特。"还是你来告诉我吧。"他说道。

"我无法肯定自己是否还能记清宗主所说的话，所以很难把那些话给你翻译清楚。你大概还记得，我当时太紧张了。"她闭上眼睛,回想了片刻,"你……你能告诉我,一听到'超空间分路站'这个词,你会想起什么?"

听到这话,法本一跃而起,向后退了起码一米远,墙上的鸟儿猛地展开羽翼,腾空而去。他怀疑地低头瞪着盖莱特:

"什么? 可那……那也太疯狂了! 居然在一颗行星表面建造分路站? 那肯定不是——"

但他马上停了下来,因为他记起了那只大理石般的巨碗,还有那些庞大的发电站。法本的嘴唇颤抖起来,他合拢双手,轮番揪扯着自己的两根大拇指。法本是在通过这种方式提醒自己,他基本上同人类没什么两样,他完全可以像人类一样,在面对匪夷所思之事的时候,静下心来琢磨出其中的奥妙。"那到底是什么……"法本嘀咕道,他舔舔嘴唇,凝神思索,"它是做什么用的?"

"我还不太清楚。"盖莱特说道。在人造仿真森林的一片喧嚣之中,法本几乎听不到她的声音。她放低手指偷偷在地毯上打着手语,意思说她也是满头雾水。"我认为,建造那东西的初衷是为了举行某种仪式。大概格布鲁人是想,找到加斯人之后,他们要利用这座建筑举行收养加斯人的仪式。现在正道宗主需要替代品来挽救他们已经付出的投入,说不定能让这座分路站另派用场。

"如果我没领会错这位格布鲁人首脑的意思,法本,他是想利用分路站来举行收养咱们新生黑猩猩的仪式。"

法本重新坐倒在地上。在很长时间里,他俩都没有看对方一眼。房间里只能听到人造丛林的喧嚣声。多彩的雾气散发着冷光,在全息雨林中的树叶间静静飘过。在一片难以捉摸的恐惧中,两只黑猩猩用低得听不见的声音喃喃自语着。墙壁的画

面里，一只色彩明艳的鸟儿站在高高的树枝上，无声地看着他们
两个。然而片刻之后，当幽灵般的雾霭变成虚幻的细雨，那鸟儿
便展开本来并不存在的双翅，飞到了视野之外。

第六十章　乌赛卡尔丁

泰纳尼人真是顽固而又执拗。看来没有任何办法能触动他的心智了。

库尔特看上去简直就像是和他那些同类用一个模子刻出来的：总爱虚张声势，凡事直来直去，即便知道自己的目标是错误的也死心塌地将其视为荣誉，而且还极易信赖他人。这一切都让乌赛卡尔丁一阵阵地感到灰心丧气。泰姆布立米人的头顶升腾出一股精神信息流，充满了对牛弹琴的感慨，但还是无法表达他的沮丧之情。最近这几天，乌赛卡尔丁的卷须开始生出一些稀奇古怪的东西，蕴含在他意识云团中的念头显得辛辣而又尖锐，令人想起地球人独特的比喻手法。

他意识到，自己要被"惹火了"。

究竟怎样才能让库尔特起疑呢？乌赛卡尔丁琢磨，自己是不是该假装睡着，然后叨咕些惊心动魄的梦呓给库尔特听。那些暗示和坦白能在泰纳尼人厚厚的脑壳里激起些微的反应吗？或许干脆放弃巧妙的手段，把事情和盘托出，直接告诉库尔特算了！

　　乌赛卡尔丁知道,同一族类中的每个个体都可能会大不相同。而即便作为一个泰纳尼人,库尔特也显得太不寻常了。这家伙大概永远都不会想起来去窥探自己泰姆布立米同伴的思想。乌赛卡尔丁感到很难理解,库尔特是怎么在外交使团中谋到差事的?

　　幸运的是,泰纳尼人天性中的那些阴暗面也同样没有在库尔特身上被放大。库尔特所在党派的成员,似乎并不像主持种族政务的当权派那样自鸣得意地假装正直或彻底地自以为是。而令乌赛卡尔丁感到有些遗憾的是,如果他搞的这个恶作剧最终成功,所有的敌方都将遭受损失,而泰纳尼人中温和派的力量也将不可避免地受到削弱。

　　这真有些可惜。但乌赛卡尔丁提醒自己,即便奇迹发生,也很难让库尔特所在的党派掌权。

　　不管怎样,事情已经发生了,他只得面对道德上的两难困境,为自己这个恶作剧的后果忧心忡忡。眼下,这种担心已无时无刻不在困扰着他。这趟旅程就让他极为灰心丧气——唯一的安慰是,他们尚未落入格布鲁人的拘禁营中。

　　他们脚下这片起伏不定的蛮荒低地,冷漠地朝着穆伦山脉的南坡绵延而去。随着地势缓缓升高,荒原上几近不毛的生态系统逐渐发生了一些变化:片片低矮的树丛和被风雨流水侵蚀的地台形成了一片片红褐色的层面,在晨曦的照耀下闪闪发光,像是在眨动眼睛,似乎深藏着流逝已久的岁月留下的秘密。

　　二人一路跋涉,距离群山越来越近,乌赛卡尔丁一直在调整行进路线。指引他择路而行的向导是远方一点闪烁不定的蓝光,那道闪光非常微弱,有时几乎让他的双眼难以分辨。他知道,库尔特的视觉器官根本捕捉不到这点微光。乌赛卡尔丁对此早有安排。

　　他精确地跟随着时明时灭的光点,在库尔特前面引路,同时小心地观察着身边暗藏玄机的蛛丝马迹。每当乌赛卡尔丁发现这样的痕迹,便恪尽职守地将其清除掉:擦去脚印再用泥土淹盖好,偷偷丢弃突然出现在面前的石制工具。他小心地做好记录,然后趁流亡同伴刚好出现在身后的小路转弯处,便急忙把笔记本藏起来。

　　到如今,换作任何人都肯定会对他的行动充满好奇。但库尔特仍然无动于衷,没有任何反应。

　　这天上午,正巧泰纳尼人走在前面。他们绕过一片泥泞的平地,新近下过的一场秋雨让那里仍然满是泥水。突然,在他们的小路前方横着出现了一道足迹,显然那是某种生有两条腿的生物在几个小时前刚刚留下的,看样子那东西在走路时还用一只手的指关节撑着地。但库尔特丝毫没有在意,径直迈着大步走了过去,他只顾用巨大的腮缝在空气中东闻西嗅,同时直着嗓门大声赞叹:“今天的空气可真新鲜啊!”

　　乌赛卡尔丁大步走到库尔特前头,同时暗暗安慰自己一定要从长计议,尽管他的方案成功的机会很小,可一旦大功告成便会效果惊人。大概现在还不是计划开始见效的时候吧。

　　或许我只是还不够聪明。或许库尔特和我的种族都把最愚钝的蠢材派到了这颗荒僻的星球上。

　　即便在地球人类之中,也有一些人肯定能想出更绝妙的点子。比方说,地球联邦委员会里那些传奇般的特工就是这样的能人。

　　当然,当危机爆发时,加斯星球上并没有什么特工,也没有比乌赛卡尔丁更富于想象力的泰姆布立米人。他不得不尽全力来制订自己所能想出的最佳计划。

乌赛卡尔丁一直在琢磨他这个恶作剧的另外一部分。显然格布鲁人已经落入了他布下的圈套。但他们陷得有多深？这个玩笑给他们带来了多少麻烦，让他们付出了多大的代价？而从格莱蒂克外交官的角度来看，还有一个更重要的问题，格布鲁人经受的困窘到底有多么严重？

如果格布鲁人像库尔特这么愚笨迟钝……

不，格布鲁人还是能指望得上的，他们不是傻瓜，乌赛卡尔丁劝慰自己。至少，格布鲁人都是些老谋深算、虚伪奸诈、伪善做作的家伙。把他们树为敌人要比与泰纳尼人为敌容易得多。

乌赛卡尔丁抬手遮在双眼上方，估计着上午的时光已过去了多久。气温变得越来越高。随着一阵"嗖嗖"声，树枝纷纷断裂，"噼啪"作响。这是库尔特在作怪。他大步流星出现在乌赛卡尔丁身后几米远的地方，口中哼着节奏缓慢的进行曲，正用一根长棍子在灌木丛中横扫，为自己开出一条道路。乌赛卡尔丁有些纳闷。既然我们双方的种族已经正式宣战，库尔特为什么不对我多加注意呢？我这么明目张胆地在他眼皮底下藏东西，他怎么会注意不到？

"喂，"大块头泰纳尼人走上前来，咕哝道，"我的同僚，您为什么不走了？"

这话是用安格力克语问的。近来他们在玩一个游戏，每天都换一种不同的语言来交流，聊作练习。乌赛卡尔丁指了指天空。"快到正午了，库尔特。吉莫郊的阳光越来越强烈。咱们最好找个地方躲过日头。"

库尔特头顶的羽冠一下子支棱起来，"躲过日头？可咱们怎么躲……哦，啊哈，哈哈哈。只有'狼崽子'才这么说话。真好笑。没错,乌赛卡尔丁。当吉莫郄升到天顶的时候,那感觉真像是快被日头烤熟啦。咱们确实得找个阴凉处躲躲才对。"

不远处,正好有一小丛灌木立在一座小丘顶端。这次库尔特走在前面,挥动自制的手杖,在又高又密的野草中清出了一条小道。

现在,他们已经能相当熟练地按照固定程序来分工办作了。库尔特负责干重活:挖掘出一个舒适的容身处,一直挖到地下凉爽的土层;而乌赛卡尔丁则用灵巧的手指把泰纳尼人的斗篷固定在头顶,做成一只遮阳篷。然后他们坐下来,靠在背包上休息,等待这一天最炎热的正午时刻慢慢过去。

乌赛卡尔丁开始打盹儿,库尔特则趁这工夫在他的便携式存储器上输入资料。他捡起身边的细枝、浆果、一块块泥土,用粗大有力的手指擦弄一番,而后把擦下的土渣送到腮缝前嗅闻味道,最后再用他从坠毁的飞船中抢救出的那套小仪器进行检验。

泰纳尼人这股勤奋而又细心的劲头更令乌赛卡尔丁感到沮丧:尽管库尔特如此认真地考察本地的生态系统,但不知为何,他始终对乌赛卡尔丁有意布下的那些蛛丝马迹全都置若罔闻。或许正因为是我故意让他看到的,他才熟视无睹。乌赛卡尔丁沉思着。泰纳尼人是个做事有条理的种族。可能库尔特对世界的观察视角已是根深蒂固,他已习惯于通过悉心研究来发现和探索,以这种方式就能轻松看到的东西反而会被他忽略。

这可太有趣了。乌赛卡尔丁头顶的卷须冒出一股精神信息流——充满了惊喜,因为突然之间他发现,这个泰纳尼人的行事方式可能并不像自己想象的那么粗笨。他本以为,库尔特是因为愚钝才对那些有意安排的线索置之不理,但是……

但是那些线索毕竟全是假的。我派到荒野树丛里的那个同谋之所以留下这些提示性的痕迹，就是为了让我能"找到"并且"隐藏"。而库尔特对它们毫不理会，难道是因为他那顽固的观察方式具有辨别真假的超能力？事实证明，他确实几乎无法被愚弄！

不管是真是假，这种猜测非常有趣。乌赛卡尔丁头上的意念云团盘旋摇摆着想要腾空升起，但他的卷须依然无力地低垂着，他现在已没有兴致去怂恿自己的精神信息流了。

他的思绪转到了艾萨克莱娜身上。

他知道自己的女儿还活着。但如果他尝试获得更多的信息，肯定会招来敌人精神感应探测装置的追踪。然而，在他内心深处对亲人的感念之中，依然传来一丝丝悸动，告诉他，如果父女二人还能在这个世界再次相见的话，他早该有些艾萨克莱娜的新消息了。

"到最后，父母对孩子的指导总是会有限度的。"在半梦半醒之间，一个轻柔的声音对他说道，"而当父母的关怀无法顾及的时候，孩子的命运便掌握在她自己手中。"

到底是什么样的陌生人进入了她的生活？乌赛卡尔丁问道。他闭着双眼，但只能看到自己去世已久的妻子站在面前，全身闪闪发光。

"亲爱的丈夫，你想问那些陌生人是谁？他们将塑造她的生命，而她也会帮助他们成长。但我们呵护女儿的日子已经过去了。"

她的面孔是如此清晰……这是一个梦，据说地球人类都是这样做梦的，但泰姆布立米人却极少碰到这种事情。在这梦境中，眼前的情景真实可见，其中的意义更容易用语言来表达，而不是精神信息流。一股情感之流令他的指尖微微颤动起来。

玛茜克劳娜的眼波轻轻流转,她的微笑让他想起了旧日的时光,那是在首都,那一天他们的卷须第一次轻轻相触……一时间他无法挪动脚步,头晕目眩,呆立在人潮如涌的街头。不知名的精神信息流令他神魂颠倒,看不清周围的一切。他追寻着她留下的痕迹,穿过街巷,跨过小桥,走过昏暗的咖啡馆,一路寻找,心中越来越绝望,直到最后,他发现她正坐在一张长椅上等候着他,而那里距他第一次感觉到她的那个地方只有几步之遥。

"你明白了么?"她问道,梦幻般的声音一如多年前的那个女孩。"你我的生命都得到了塑造。我们发生了改变。但我们的过去,永远都不会改变。"

乌赛卡尔丁猛然惊醒。妻子的身影一阵波动,而后在摇摆不定的光晕中寂然消失。她刚才待过的地方,只留下一股精神信息流,悬在半空……其中蕴含着喜悦。当谜团正待化解时,人们心中便会生出那种喜悦。

他叹口气,坐起身,揉揉眼睛。

不知何故,乌赛卡尔丁总觉得明亮的日光会驱散那股信息流。但现在那片意念云团并不只是一个梦。突然,尽管乌赛卡尔丁的心念未动,信息流却自己升腾起来,慢慢朝那大块头泰纳尼人飘了过去。

库尔特此时正背对着乌赛卡尔丁,仍沉迷在自己的研究之中,完全没有意识到身后正在发生微妙变化的信息流。现在,那团意念之云满含着恶作剧的乖张念头,在库尔特的头顶上方慢慢飘落,一直下降,钻进羽冠之中,最后不见了踪影。乌赛卡尔丁目瞪口呆,惊奇万分,只见库尔特轻哼一声,抬起了目光。泰纳尼人的腮缝"呼哧呼哧"地响着,他放下手中的仪器,朝乌赛卡尔丁转过脸来。

"我的同僚，这里有某种东西让我感到非常奇怪。是某种让我很难解释的东西。"

乌赛卡尔丁舔了舔嘴唇，而后说道："尊敬的大使先生，您一定要告诉我，是什么让您这么担心。"

库尔特用低沉的声音答道："似乎是某种生物……不久前刚在这片浆果丛中觅食。乌赛卡尔丁，几天前我就看到过它吃食时留下的痕迹。这东西个头很大……太大了，不可能是加斯本地的生物。"

乌赛卡尔丁仍旧习惯于认为，是刚才那股神通广大的精神信息流攻克了多少机敏狡黠、强大有力的意识云团始终不曾突破的堡垒。"真的吗？ 这发现很重要吗？"

库尔特略停了停，似乎拿不准是否该多说一点。但最后泰纳尼人叹了口气，继续说道："我的朋友，这简直太古怪了。可我必须告诉您，自从布鲁拉里人的大屠杀之后，不应该有任何动物能在地势这么高的灌木丛中生存。而且，这东西的觅食方式非常特别。"

"怎么个特别法？"

库尔特的羽冠快速地支棱了几下，这说明他正处在困惑之中。"我请求您，我的同僚，千万不要嘲笑我。"

"嘲笑您？ 绝不会的！"乌赛卡尔丁撒谎道。

"那么我就对您说了。乌赛卡尔丁，现在我确信，这生物长着两只手。我能肯定。"

"哦？"乌赛卡尔丁含糊地应道。

泰纳尼人把声音压得很低："我的同僚，这里出现了一个神秘之物。就在这儿，加斯星球上，发生了非常古怪的事情。"

乌赛卡尔丁按捺住自己的卷须,不让它动弹分毫。同时,他竭力控制自己的面孔,以免显露出任何表情。现在他终于明白了,为什么那团满是恶作剧的乖张念头的信息流能取得前所未有的成功。

这个玩笑开到了我自己头上!

乌赛卡尔丁的目光越过遮阳篷的边缘,向远方望去。远山顶上流溢出的云雾正开始将明亮的午后天空渲染得多姿多彩。

外面的矮树丛里,他的同谋几个星期以来一直在散布"线索"。自从乌赛卡尔丁有意让飞船坠毁在山脉南面远处的沼泽边缘,这项秘密工作就已经开始了。小乔乔,那只退化的黑猩猩,除了用手之外无法与人交流的低能儿,始终走在乌赛卡尔丁他们前面,像动物一样赤身裸体,留下令人生疑的脚印,削凿出石制工具丢在他们的必经之路上,同时用贮藏室防护装置上的蓝色小球与乌赛卡尔丁断断续续地保持着联系。

本来这个错综复杂的计划是为了要引诱泰纳尼人无可避免地下结论——加斯存在潜在的智能生命。但库尔特居然没有看到任何线索!没有发现任何一处精心设置的提示!

而最后,库尔特却注意到了乔乔本人……那只小黑猩猩在荒野中觅食时留下的痕迹!

乌赛卡尔丁意识到,刚才那股信息流中满是恶作剧的乖张念头,对他来说简直太合适了。他跟自己开的这个玩笑确实非常精彩。

一时间,他觉得自己又听到了玛茜克劳娜的声音。她像是在说:"你永远都不会知道……"

"令人惊奇,"他对泰纳尼人说,"真是令人惊奇。"

第六十一章　艾萨克莱娜

　　她时常担心，自己对身体的变化可能过于习惯了。重新调整的神经末梢、重新分配的脂肪组织、现在像地球人一样滑稽地向前探出老远的鼻子——这一切都让她习以为常，以至有时她都感到疑惑，不知自己是否还能恢复到泰姆布立米人的标准形态。

　　这念头让艾萨克莱娜心惊胆战。

　　在此之前，一直都有许多重要的原因要求她保持这些形似地球人的变化。在领导一支由半开化的"狼崽子"受庇护种族组成的部队时，如果她能长得像一名人类女性，那要比足智多谋、精明审慎管用得多。正是因为她变得像个地球人，才将她与黑猩猩和大猩猩维系在一起。

　　还有罗伯特。她记起来。

　　艾萨克莱娜想知道，他们两个还能再像上次那样冒天下之大不韪，尝试异族之间甜蜜的调情吗？现在看来，好像不太可能。他们的配偶关系日渐疏离，此时已只停留在树皮文书的那两个签名上——而这夫妻名分只是出于形势需要才保留下来。

564

其他的一切都与往日截然不同。

艾萨克莱娜低下头,面前的一洼黑水中映出她的面容。"非驴非马,不伦不类。"她用安格力克语低声说道。尽管不记得自己在哪里读到或听说过这句成语,但她明白其中的比喻意味。任何一个泰姆布立米男子看到她现在这副模样,肯定会忍不住放声大笑。还有罗伯特,唉,不到一个月之前她还觉得二人之间很亲近呢。那段时间里,他对她的吸引力与日俱增,他那"狼崽子"独有的、原始的欲望显得大胆而又冒失,令她欢欣愉悦。

但现在他和自己人在一起。只剩下我独自一人了。

艾萨克莱娜摇摇头,下定决心要驱走这些思绪。她拿起一只烧瓶,把四分之一公升灰白色的液体倒进水洼里,搅散了自己的倒影。随着岸边的池水泛起一缕缕泥痕,如丝带一般从头顶伸到水中的藤蔓那一片片细网状的须根变得模糊起来。

这里距离山洞基地有几公里之遥,中间横亘着一连串小水塘,此时艾萨克莱娜正伏在最后一洼水塘边。她全神贯注地工作,同时仔细做着记录,因为她知道自己并不是训练有素的科学家,只有凡事都小心翼翼才能弥补这一不足。现在,她这些简单的实验已经开始显示出令人乐观的结果。如果助手们能带着她通过藤蔓发送出的信息从旁边的一条山谷及时返回,她就有可能让普拉萨楚松少校看看某些重要的成果。

也许我看上去像个怪物,可我依然是个泰姆布立米人!尽管那些地球人认为我并不是战士,但我将用事实证明自己还是有用处的。

她凝神工作,而森林中又是如此寂静,因此耳边突然响起的声音就像雷鸣一样让她蓦地一惊:

"原来你在这儿啊,克莱妮!我到处跑遍了都没找到你。"

艾萨克莱娜猛地转过身,差点把手中一小瓶棕色的液体洒在地上。四周的藤蔓突然变得像一张网,将她困在其中。她忍住心脏的怦怦狂跳,这才看到了罗伯特。小伙子正站在一棵大橡树弓起的树根上,低头看着她。

他穿着鹿皮鞋、柔软的皮革短上衣和紧身裤。交叉背在身后的长弓和羽箭,让他看上去就像旧时代"狼崽子"传奇故事中的英雄——艾萨克莱娜还是个孩子的时候,妈妈常给她读那些故事。她费了好大劲儿才恢复了镇定。

"罗伯特。你吓了我一跳。"

他的脸一下子红了,"对不起。我不是有意的。"

他这话并不完全属实,她知道。她能感觉到,罗伯特的精神感应场比以前强了许多,而且显然他因为自己能不被察觉地悄悄来到她近前而颇为自得。在罗伯特的头顶上悬着一股尽管简单却相当清晰的精神信息流,就像一个小精灵一样不停地闪动。那团意念之云中充满了泰姆布立米男孩子们精灵古怪的念头。如果艾萨克莱娜闭上眼睛,她几乎能感觉到一个泰姆布立米年轻男子正站在面前……

艾萨克莱娜打了个寒战,她断定自己受不了这种念头的折磨。"过来坐下,罗伯特。跟我说说,你近来都在做什么。"

罗伯特伸手抓住身边的藤蔓纵身一荡,便轻巧地落在了撒满落叶的地面上。他大步迈过艾萨克莱娜摆在黑色水塘边的实验箱,利落地摘掉弓箭,而后盘腿坐了下来。

"我一直在四处察看,想找个有用的办法来对付敌人。"他耸耸肩,"普拉萨楚松已经不再总缠着我追问情况了。现在他想让我充当一名无比荣耀的专职军官,去鼓舞黑猩猩的士气。"他提高声音,模仿着那位地球联邦陆战队军人的南亚口音,"我们一定要让这些小家伙保持高昂的士气,奥尼格。要让他们觉得自己是抵抗运动的重要一员!"

艾萨克莱娜点点头,她明白罗伯特的言外之意。不管游击队员们过去取得了多少功绩,显然普拉萨楚松认为,黑猩猩都是些不必要的累赘,至多在转移敌人注意力时才能派上用场,或者只能充作普通步兵。行星协调官大人这个年轻的儿子没经受过多少锻炼,想来也是娇生惯养,派他去和那帮小孩子般的受庇护种族打交道简直再合适不过了。

"你已经找到了办法,用分解细菌来对付格布鲁人。我想普拉萨楚松喜欢你这个主意。"艾萨克莱娜说。

罗伯特轻蔑地抽了抽鼻子。他拾起一根嫩枝,在手指间灵活地旋动着。"哦,他确实承认,大猩猩的内脏寄生物居然能够蚀穿格布鲁人的装甲,这个主意很有趣。他同意派本杰明和一些黑猩猩技师来落实我的计划。"

艾萨克莱娜尽力追踪着罗伯特情感中沉郁的阴影。"麦军中尉帮你劝说他了吗?"

罗伯特一听她提起那个年轻的地球女人,便将目光转向了一旁——同时他的精神感应场也猛然一动,这证实了艾萨克莱娜的某些猜测。

"是的,丽迪娅帮了我。但普拉萨楚松说,没等我们把足够的细菌发送到格布鲁人的重要设施那里,他们就会有所察觉并将细菌清除掉。我觉得,普拉萨楚松认为我的建议根本无关紧要,大概只能在他实施主要计划时起到一点点辅助作用。"

"你知道他是怎么想的吗?"

"他只是笑笑,说他要好好教训一下那些呆鸟。我们得到情报,格布鲁人正在海伦尼亚以南建造某种设施,那东西应该可以被定为一个绝佳的攻击目标。但他不愿再深谈任何细节。你知道,毕竟战略和战术是专业人士该去考虑的问题,与我无关。

"不管怎样,我到这儿来可不是为了讲普拉萨楚松。我带了一样东西想给你看看。"罗伯特取下背包,把手伸进去掏出一件用布包着的东西。他打开包裹,说道:"你看着觉得熟悉吧?"

一眼看上去,那东西像是一团皱皱巴巴的破布,边角上垂挂着纠结的线头。靠近后仔细审视,艾萨克莱娜这才认出罗伯特膝头上的东西是某种皱缩在一起的菌类。罗伯特揪住最粗大的一个线结,其实那是许多根细纤维纠结成的包块,只见他用力一扯,薄膜似的菌体组织便在轻风中完全展开了。

"它……它看着很眼熟,罗伯特。我得说,这就是一只降落伞啊,可它显然是天然的……似乎来自某种植物。"说着,她摇了摇头。

"猜得差不多了。你想想,克莱妮,几个月之前有那么一天,相当悲惨的一天,我受了伤……我想,你我永远都忘不了那一天。"

他的话有些含糊,但其中隐约闪动的感情火花催动着她的记忆。"这东西?"艾萨克莱娜伸出手指触摸着柔软的、几乎是透明的菌体组织。"这东西来自碟藤?"

"说对了。"罗伯特点点头,"到了春季,碟藤的上面几层帽盖就会变得十分光滑,如同橡胶一样富有弹性,而且非常结实,你可以在把它们翻过来,像乘雪橇一样——"

"那需要你具有良好的协调能力。"艾萨克莱娜朝他揶揄道。

"啊,是的。但等到秋天一过去,上层的碟片就会凋零枯萎,最后变成这个样子。"他揪住纤维状的线结,挥了挥手中软塌塌、降落伞一般的叶片,碟片一下子被风吹得鼓胀起来。"再过几星期,它们会变得更轻。"

艾萨克莱娜摇摇头,"我记得你解释过这种现象。它们为了繁殖要飞上天,对吧?"

"没错。这就是携带孢子的飞荚——"他摊开手掌,撑起叶片表面,露出纤维汇集处的一只小小的果荚。"借助晚秋的风力,它被'降落伞'带到空中。到时候,天上满是这些东西,有时真会给空中的飞行器带来危险呢,它们能把山下的城市搞得一团糟。

"幸运的是,我猜过去那些为碟藤授粉的古老动物都已在布鲁拉里人的大屠杀中绝种了,而且几乎所有这些孢子都不能发芽。如果不是这样,我想现在信德谷地有一半都会长满了碟藤。过去曾以这种植物为食的生物也在很久之前就绝迹了。"

"真有意思,"艾萨克莱娜感觉到罗伯特的情绪中出现了一丝悸动,"你想利用这些东西,对不对?"

他折好飞荚的伞衣,把它收了起来。"对。至少这是个想法。但我估计普拉萨楚松不会采纳我的主意。他早对我抱有成见,这要多谢我的妈妈。"

的确,那位地球人军官之所以如此看待罗伯特并将他打入冷宫,梅根·奥尼格确实应该负有部分责任。艾萨克莱娜想知道:一个母亲怎么会这么不了解自己的儿子呢?尽管她知道地球人在经历黑暗时代之后取得了长足进步,但还是为这些没有庇护主提携的可怜"狼崽子"感到遗憾。他们还需要学习很多东西才能真正认识自己。

"普拉萨楚松可能不会直接采纳你的建议,罗伯特。但他尊重麦库中尉。她肯定会听取你的意见并且转告少校。"

罗伯特摇摇头,"我不知道。"

"为什么?"艾萨克莱娜问道,"这个年轻的地球女人喜欢你,我知道这一点。实际上，我相当肯定，我已经在她的思维中探察到——"

"你不该那么做，克莱妮。"罗伯特厉声说，"你不该通过那种方式去窥探别人的情感。那……那不关你的事。"

她低下头，"或许你说得没错。但你是我的朋友，是我的配偶，罗伯特。如果有什么事让你感到紧张或是沮丧，那对我们两个都没有好处，不对吗？"

"我想是的。"他没有正视她的眼睛。

"那么告诉我，这位丽迪娅·麦库是否对你产生了异性的吸引力？"艾萨克莱娜问，"你觉得自己是不是对她怀有某种情感？"

"我不明白你为什么要问——"

"因为我没办法同你心神相通，罗伯特！"艾萨克莱娜打断了他的话，一半是因为恼怒。"你不再对我敞开胸怀。如果你心中存在这样的感情，你就该让我一同去感受它！或许我能帮你。"

现在他抬头看着她，满脸通红，"帮我？"

"当然。你是我的配偶，我的朋友。既然你对自己同族的这个女人心怀欲望，难道我不该同你一起合作？我不该帮你得到快乐吗？"

罗伯特只是吃惊地眨着眼睛。但艾萨克莱娜此时已在他牢固的精神防线上找到了突破口。她感到自己的卷须在耳边飘荡，正在探察罗伯特意识中的松动之处，随即生出了一股精巧的信息流。"莫非你对自己的这种感情感到愧疚，罗伯特？你认为这是对我的不忠？"艾萨克莱娜大笑起来，"但来自不同族类的两个配偶可以拥有自己的情人，可以同自己的同族异性结为夫妻呀。你该知道的！

"你能从我这里得到什么呢，罗伯特？我肯定无法为你生儿育女！即便我能,你能想象到他们会是什么样的混血儿吗?"

这次罗伯特笑了。他转开了目光。二人之间,艾萨克莱娜的精神信息流变得越来越强。

"还有,说到我们俩之间的性事,你知道我的生理构造无法与你同欢共好,只能让你失落沮丧。你简直傻透了,真是个蠢猴子似的男人！既然你找到了一个能与你一起分享这些乐事的女人,为什么我就不能为此感到高兴呢?"

"这……这可不像你说的这么简单,克莱妮。我……"

她马上伸出一只手,微笑着求他住口,不要再执拗下去,"我就在这儿啊,罗伯特。"她柔声说道,"对我敞开心扉吧。"

年轻人混乱的内心就像不稳定的量子电势,正在两种状态间犹豫摇摆。他抬起双目,凝神观望,试图把目力集中在艾萨克莱娜营造出的那片虚无之上。这时,他突然记起自己曾领会到的精神沟通的精髓,便将目光转到一旁,让自己的意识完全敞开,迎接那股精神信息流,迎接她的馈赠。

意识云团满含着情人间的狎昵亲密之情,在空中盘旋飞舞,令他心神摇荡。罗伯特长吁一口气。他吃惊地睁大了双眼,发现自己的意识正在不由自主地完全敞开,像花朵一样舒展绽放。这时突然有某种东西,同艾萨克莱娜的信息流一模一样,从他的头脑中冒了出来,继而变得越来越大,与先前那团意念之云交相呼应,按照同样的频率振动飘舞。

两股虚无之物构成的云流,一股来自地球人,一股来自泰姆布立米人,轻轻相触,而后嬉戏般地骤然分开,随即又聚在一起。

"别担心你会失去那些与我共同拥有的东西,罗伯特。"艾萨克莱娜轻声说,"毕竟……有哪个地球人情人能和你一起分享我们现在做的这种事情呢?"

听到这话,罗伯特不禁莞尔。二人一起大笑起来。在他们的头顶上,两股如出一辙的精神信息流结成一对,亲昵地互相逗弄嬉戏。

一直到罗伯特离开之后,艾萨克莱娜才解除了内心深处的精神屏蔽。她刚才一直紧锁着自己最隐秘的情感,不曾流露出一丝一毫。只有当他走了之后,她才可以真正去体会心中的嫉妒之情。

现在他去找她了。

艾萨克莱娜知道,不论用任何标准去衡量,自己刚才的所作所为都是正确的。她做得非常得体。

但是,这又是如此地不公平!

我是个怪物。在来到这颗星球之前,我就已经是个怪物了。而现在,我更是一无是处,再没有任何地方会让别人觉得我还正常。

罗伯特可以拥有一个地球人情人,但艾萨克莱娜只能忍受孤独寂寞。在这颗星球上,根本没有同族能为她带来这样的安慰。

没人能抚摸我,抱着我,将他的卷须和身体同我交缠在一起,让我感到自己像是在燃烧……

艾萨克莱娜感到有些吃惊,她注意到,这是自己第一次产生这样的感觉……渴望与自己的同族男子厮守在一起,而那人既不是朋友,也不是同学,而是情人,能与自己同欢共好的情人。

玛茜克劳娜和乌赛卡尔丁曾告诉过她,总有一天她会产生这样的感觉。这是迟早的事,只是因人而异,每个女孩子都各不相同。然而,如今这种感觉终于来临了,却只让她觉得痛苦,令她感到更加孤独。她开始在内心中责怪罗伯特,责怪地球人种的局限性。若是他也能让自己的身体发生变化就好了。他怎么就不能对自己屈就一点呢!

但她是泰姆布立米人,是"能够适应一切的大师"。这时,艾萨克莱娜又显示出了自己卓越的顺应性——她感到自己的双颊变湿了。这是她有生以来第一次流泪,而她只能悲伤地擦去那些咸涩的泪滴。

几小时后,助手们完成了她分派的差使,回来向她报告时,看到她正坐在一洼浑浊的小水塘旁边。她的头顶上,秋风从树梢间呼啸而过。蕴积着骤雨的浓云在风儿的吹送下,疾速飞向东方一道道灰色的山峦。

第六十二章　格莱蒂克人

政务宗主忧心忡忡。所有的迹象都表明,换羽的吉期即将到来,而事情的发展趋势却与他的期望相左。

大厅对面,军务宗主正在一群助手面前踱来踱去,看上去比往常更显得挺拔庄严。在蓬乱的外层翎毛下面,军事指挥官的贴身绒羽已然开始泛出淡红色的光彩。任何一个格布鲁与会者都无法不去注意哪怕一丝那种颜色。过不了多久,或许只需十几天,他身上发生的这种转变便会逐渐定型,不会恢复原来的颜色。

这样的话,新女王将在占领军营垒中诞生。

政务宗主梳理着自己的翎毛,暗自抱怨这一切太不公平。他的羽衣也开始发生变化,但仍没有明显的迹象表明最终会变成什么颜色。

前任宗主身故之后,他便被率先提拔为事务官和女王候选人。他一直梦想能拥有这样出类拔萃的命运,而不是在一个已经无可发展的三头政治组合中甘居中游! 他的同僚们已经开始转变,到时候便会拥有性别。他不得不奋起直追。

开始的时候,他觉得局势并无大碍。他刚进入三人小组便

574

为自己赢得了许多点数，令所有人大吃一惊。他发现，另外两位同僚在二缺一的执政过渡期间表现得相当愚蠢，而这一发现令他这个新任政务宗主取得了飞跃性的进步。

随后，三人间形成了新的平衡。将军和教士在固守他们的政治地位时，显得相当聪慧而且富于想象力。

但最终谁能换羽，应该取决于他所施行的政策是否正确！这最高奖赏应该属于最明智、最审慎的首脑。这才符合正道！

然而，事务官大人知道，这类事情常常取决于偶然情况或是突发事件。

有时两人联合起来对付第三方也会决定大局。他提醒自己。政务宗主正在琢磨，在最近这几个星期里，他一直支持军务宗主与正道宗主对抗，已经令将军具有几乎无法超越的优势，这样做是否明智？

但他别无选择！他必须反对正道宗主的所作所为，因为这位教士大人似乎已经完全失去了控制！

首先是那些关于"加斯人"的胡说八道。如果前任政务宗主还活着，或许能压制住铺张奢侈的挥霍行为。然而，巨额资金都被浪费掉了……引进一座全新的行星分支数据库，派遣一支支搜索队深入危机四伏的山地，还建造了一座超空间分路站，为的是举行收养仪式——当这一切工作都开始之后，他们居然还不知道加斯星球上是否存在可供收养的族类！

其次是关于生态控制的问题。正道宗主极力坚持，当前最基本的任务就是重新开展地球佬在加斯施行过的生态复苏计划，至少要恢复到最低水平。但军务宗主断然表态，他绝不允许任何地球人离开群岛。因此，他们花费了巨大代价从加斯以外求得帮助。一艘飞船满载着在当前的危机中保持中立的林顿人园丁,正朝加斯飞来。而家园星球的总部只知道他们要为这一船园丁支付工钱!

现在,超空间分路站马上就要完工,而正道宗主和军务宗主马上就会公开承认,关于"加斯人"的传闻只是泰姆布立米人要弄的诡计。但他们会下令停止建造分路站吗?

不会的。看来三方中的每一个人都有理由希望工程完工。如果事务官也同意继续施工,三人便会达成一致,这就朝着最终国策出台又迈进了一步,而主宰者们一直在热切地盼望国策能够尽早订立。但他怎么会同意继续做如此毫无意义的蠢事呢!

政务宗主沮丧地鸣叫起来。正道宗主正在进行另一场会谈,一直迟迟不露面。

事务官心中的正义感让他无法再对自己的同僚谦恭有礼了。

从理论上讲,到了现在这个阶段,三位候选人之间最初的竞争本该开始转化为互相尊重,然后滋生爱意,最后结成爱侣;但现在换羽的吉期迫在眉睫,他们却仍在跃动着舞步相互攻讦,彼此间满含嫌恶。

目前事态的转变令政务宗主相当不快。但是,尽管局势继续向前发展,至少还有一件事情让他感到满意——正道宗主最终会从他那傲慢的栖木上自己走下来。

事务官大人的助手走上近前,呈上一只信息记录板。宗主看过上面的内容,站起身陷入了沉思。

大厅外传来一阵骚动……显然,第三位同僚终于到达了。但此时,政务宗主仍在思索着他的间谍发来的那份情报。

用不了多久,是的,很快我们就要实施秘密计划。尽管那些计划可能不算什么妙计良策,但或许我们将会看到变化,性别的变化……用不了多久,快了。

第六十三章　法　本

他感到头疼。

当他还在大学读书的时候,也曾不得不一个小时接一个小时地埋头苦学,在考试的前几天刻苦用功。法本从未奢望自己能成为一名学者,而且有几次甚至一到考试临近他就觉得恶心。

但至少那时候他还能从事课外活动、回家旅行,找机会喘息一下,自由自在地乐一乐!

而且在大学时代有几位教授还真让法本喜欢。可现在,他只能忍气吞声地面对着盖莱特·琼斯。

"这么说,你认为格莱蒂克社会学既单调又乏味?"盖莱特厉声责问他,因为他刚把几本书厌恶地丢在地上,大步走到了房间最远处的角落里。"唉,我真感到遗憾,你擅长的行星生态学现在派不上用场。"她说,"不然,可以由你来当老师,我来当学生。"

法本喷了一声鼻息,"你承认有这种可能?那真是要多谢你才对。我正以为你是位无所不知的先生呢。"

"你这么说可真不公平!"盖莱特把膝头厚重的书本放到一边,"你知道,再过几个星期就要举行仪式了。到时候,他们可能会把你我请到台上,以我们整个种族代言人的身份抛头露面!难道咱们就不该尽可能地多做些准备吗?"

"你倒是很自信,你怎么知道到时候会用到哪些知识?你怎么知道行星生态学就是无关紧要的呢,嗯?"

盖莱特耸耸肩,"哪里,你的行星生态学肯定能派上大用场。"

"算了吧,天知道什么知识有用! 力学、太空领航学? 喝啤酒的本事? 还是我的性能力?"

"如果是那样的话,咱们的种族会很庆幸你能被选中作为代表,对吧?"盖莱特反唇相讥。随后二人都瞪着对方,陷入了长久而又紧张的沉默中。最后,盖莱特抬起一只手。"法本,对不起。我知道你觉得灰心丧气。但你该知道,我也并不想主动充当现在这种角色啊。"

没错,但那有什么关系? 法本想。你生来就是干这种事情的材料。若论在举行仪式的时候表现得体、沉着冷静,新生黑猩猩里可再也挑不出比你更合适的人选了。

"至于格莱蒂克社会学,法本你明白吗,出于很多理由,它都将是你最应该掌握的知识。"

盖莱特的眼睛里又现出那种警告般的眼神。法本知道,这意味着她的话里有话,暗藏玄机。

从表面上看,她的意思是,两名黑猩猩代表应当懂得正确的礼节,而且要在收养仪式上通过严格的测试,不然提升公会的官员将宣称仪式无效。

正道宗主已说得非常清楚,一旦出现那种情况,结果将令大家极为不快。

但盖莱特之所以想让他尽可能了解更多的知识,还另有原因。过不了多久,我们就不能再回头了……到时候我们就无法改变主意,只能与宗主合作。盖莱特和我没办法公开讨论这事。格布鲁人随时都在监听我们的谈话。现在不能让敌人发觉我俩之间还存在分歧,而对盖莱特来说,这就意味着我应当听从她的教导。

也有另一种可能,盖莱特只是不想在需要做出决定的时候独自一人承担责任?

在被俘之前,法本对格莱蒂克文明就已经有了很多了解。或许他根本就不想知道这么多。这个拥有三十亿年历史的文明体系错综复杂,由上千个形形色色、争吵不休的族类组成,而每个族类都有自己的庇护主和受庇护种族。古老的公会和传统构成了组织网络,在这个网络的维系之下,体系中的每一分子被松散地结合在一起。这一切都把法本搞得晕头转向。他总是冷笑着,厌恶地躲到一旁——他深信,格莱蒂克人并不比健壮的、被宠坏的小孩子强多少。在人类发展成熟之前,旧时代的地球上曾出现过许多部落联盟,而格莱蒂克人的文明体系集中了这些部落联盟最糟糕的特点。

但他还需要明确掌握一些知识,而盖莱特会为他解释某一传统或是法则,这些条文体现了离奇古怪的细微奥妙和夹之不易的聪明智慧,经历了数亿年才发展成熟。

一想到这些事情,他就觉得头昏脑涨,简直不知道脑子里该想什么。“我要呼吸一下新鲜空气。”他对盖莱特说,“我要去散散步。”他走到衣帽架旁边,拿起自己的风衣,“一个小时以后再见吧。”

他敲敲门。门板悄然滑开。他走出去,关上门,没有朝身后看一眼。

"让机器人陪你一起去吧,法本?"

说话的是茜尔薇。她拿起一只便携式存储器,匆匆按动着上面的按键。今天她穿了一件样式简单、下摆及踝、带长袖的裙袍。看她现在的模样,真难想象当初在"猿族甜果"酒吧的舞台上,她居然会令一群群雄性黑猩猩几近疯狂。她脸上的笑容显得犹犹豫豫,甚至有点羞怯。法本发觉,今晚不知何故她看上去很紧张。

"如果我反对会怎么样?"他问道。看到茜尔薇惊惶的目光,他马上咧开嘴巴笑了。"我只是开玩笑。我当然要照规矩行事,茜尔薇。把十二号机器人派给我吧。这家伙很友好,不会把本地的动物们吓坏。"

"呼叫看守机器人RVG十二号。行动记录:陪同法本·伯尔格外出散步。"她对着数据存储器说道。她身后走廊上的一扇门轻轻开启,一个圆球状的遥控机器人飘了出来。这种装置其实是一种构造简单的战斗机器人,唯一的任务就是随同囚犯出行,保证犯人不会逃跑。

"祝你散步愉快,法本。"

他朝茜尔薇眨眨眼,装出一副轻松的腔调说道:"唉,姑娘,对一个囚犯来讲,出去溜达溜达能不愉快吗?"

当然,法本回答自己,等你到绞架下面去溜达的时候就愉快不起来了。不过,他只是快活地挥挥手。"走吧,机器人。"他走出前门,门扇在他身后"嘶嘶"地闭合在一起。现在是下午,秋风正在肆意发狂。

自从被俘以来,很多事情都发生了变化。他和盖莱特的监禁条件已有一些改善,看来他俩在正道宗主那高深莫测的计划中变得越来越重要了。可我还是讨厌这个地方,法本一边想着,一边走下水泥台阶,穿过荒芜凌乱的花园,朝院落的大门走去。一台台精密复杂的监视机器人正在高墙的各个角落里缓缓旋转。快到大门的时候,法本遇上了黑猩猩卫兵。

幸运的是,"铁钳"没有露面,但这些执勤的劣种也并不怎么友好。因为尽管格布鲁人仍付他们薪水,但似乎近来他们的主子不再理会这些奴才的初衷。加斯星球上的提升程序并未被推翻,金字塔形的优生体系也没有突然颠倒过来。宗主大人想在新生黑猩猩的提升方式上挑地球人类的毛病,法本知道。但他肯定没达到目的。不然的话,他为什么要青睐我和盖莱特这样的蓝卡和白卡持有者,让我们参加仪式?

实际上,入侵者将劣种收为跟班,便是为自己埋下了祸根。黑猩猩大众全都对此深恶痛绝。

法本和穿拉链制服的卫兵并未搭话。双方见面时已形成了惯例:法本根本不理睬他们,而他们一见法本过来就闲荡到一边,但尽量不让他抓住把柄去告他们玩忽职守。有一次,大门看守为了拿钥匙而耽误了很长时间,法本便径自转身回到了院子里,甚至同茜尔薇也没说一句话。当他回来时,卫兵已经走了。一直到出门,法本再没见过他们。

而这一次,法本纯粹出于冲动,打破惯例开了口:"天气不错,对吧?"

两个劣种里面个子高些的那个吃惊地抬眼看着他。法本突然觉得这只穿拉链制服的黑猩猩有些眼熟,真古怪,可他俩以前肯定没见过面。"什么,你在开玩笑吧?"卫兵瞟了一眼发出"隆隆"雷声的积雨云。一股冷气流的前锋正在慢慢靠近,快要下雨了。

"没错,"法本咧嘴一笑,"我是在开玩笑。说实在的,这天儿真有些过于好了,不合我的口味。"

卫兵怒气冲冲地瞪了法本一眼,站到一旁。大门"吱吱嘎嘎"地打开了,法本来到一条小街上,道路两旁是爬满常春藤的高墙。他和盖莱特还从未见过任何一个邻居呢。大概,由于常常要遇到"铁钳"那帮劣种和外星人的看守机器人,住在附近的黑猩猩大都不愿抛头露面。

他吹起口哨朝海湾走去,尽量不理会悬在身后一米远、紧紧跟随的看守机器人。当法本第一次获准出来散步时,他有意避开海伦尼亚的居民区,专门在偏僻的小巷和几乎空无一人的工业区中穿行。近来,尽管他仍然远离主要的商业区——因为在那些地方囚犯会招致聚众围观——但他已不再像过去那样不敢见人了。

早些时候,他也曾见过别的黑猩猩在看守机器人的陪同下走在大街上。起初,他以为那些是和自己一样的囚犯——身穿工作服的男女黑猩猩纷纷闪避,让出一条宽宽的路,就像对待他一样。

但随后他注意到了区别。那些被护送的黑猩猩衣冠楚楚,举止傲慢。跟在他们身边的机器人都将目视装置和武器朝向外面,而不是对着监护目标。原来是内奸。法本明白了。他高兴地看到,当那些爬上高位的通敌分子转身离去时,许多黑猩猩百姓的脸上露出了难以掩盖的愠怒和鄙夷之色。

回到囚室后,法本充满自豪地把两个大字"囚犯"写在了风衣背后。从此,追随着他的目光变得不再那么冰冷,大家都很好奇,甚至包含着敬意。

机器看守的程序不允许他与旁人说话。有一次,一位雌性黑猩猩偷偷把一张折好的纸条丢在他面前的路上,法本想试试机器人究竟有多么宽容,便弯腰去捡那张纸条……

不知过了多久,当他在机器人铁钳般的怀抱中苏醒过来时,发现他正在返回监狱的路上。此后又过了好几天,他才获准再次出去散步。

没关系。这次尝试很值得。关于他的传闻在人群中散布开来。现在当他走过店铺的门面和等待领取定量配给品的队伍时,黑猩猩们都向他点头致意。有些老百姓甚至还悄悄用手语向他表示支持。

敌人并没有令我们屈服。法本骄傲地想。几个叛徒算不了什么。只有大众的行动才能真正说明问题。法本记得他在书上读到过,大接触时代之前,当最恐怖的世界大战在地球蔓延时,小国丹麦的老百姓就曾坚持不懈地抗拒纳粹占领军每一次试图泯灭人性的招安企图。敌人并未得逞,反而使人民表现出了令人吃惊的团结精神。这段历史值得后人深思。

我们要坚持下去。他用手语答道。地球联邦没有忘记我们,他们会来救我们。

尽管这个期望变得越来越难实现,但他始终不曾放弃。跟盖莱特学习了格莱蒂克法律那些精深微妙之处后,他开始意识到,即便星系各条旋臂全部实现了和平,也不足以利用局势将入侵者赶出加斯星球。格布鲁人素来老奸巨猾,善于施展各种诡计,有很多方法能够使一个弱小种族对加斯这样的星球丧失租赁权。但显而易见的是,恶鸟敌人中也有一个派系希望结束地球人对此地的租赁,将加斯据为己有。

法本知道,正道宗主并未搜寻到证据,无法证明地球人在加斯实施的生态复苏计划违反了星系法规。现在,占领军付出了大量的艰苦工作,结果搞得一团糟,他们不敢再提起这个话题了。

宗主大人还花了几个月的时间去追寻神出鬼没的"加斯人"。如果事实证明这种神秘的智能生命确实存在,那么一旦格布鲁人声称自己收养了加斯人,便可以证明他们在这儿付出的一切代价都没有白费。可最终,他们看穿了乌赛卡尔丁的把戏,但并未停止努力。

自从入侵以来,格布鲁人始终在努力找寻新生黑猩猩提升方式中的过错。尽管他们似乎已经承认像盖莱特这样的优等黑猩猩的地位,但并不意味着他们放弃了初衷。

现在他们又要举行该死的收养仪式,可对于这仪式的复杂含义,不管盖莱特解释多少遍,法本还是记不住。

他并未留心注意街道上的黑猩猩,只是低头踢着被风吹落的树叶,脑海中再次浮现出盖莱特曾为他做的一段段解释:

"……受庇护种族的提升过程要经历一个个阶段,而每一阶段结束时都要举行格莱蒂克提升公会所认可的仪式,作为提升晋级的标志……举行这些仪式需要花费高昂的代价,而且政治势力可能会对其进行操纵和阻挠……格布鲁人提议,由他们支付费用,为'狼崽子'地球人的受庇护种族举行仪式,这绝对是空前之举……宗主大人也答应,他的族类将实行新政策,停止对地球的敌对行为……

"……当然,其中一定有诈……"

法本当然能想象到,其中肯定有诈!

他摇摇头,似乎想把这些词句从头脑中驱走。盖莱特真有些不正常。提升本来是件非常好的事情,而且她堪称新生黑猩猩中无人可媲美的典范,但如果这样不停地思考、交谈,却不让大脑休息休息透透气,那绝对不正常!

最后,他来到船坞旁,渔船都被拴在这里,以防被即将到来的风暴卷走。海鸟"叽叽喳喳"地叫着,从空中俯冲而下,想赶在海上起风浪之前享用最后一道美餐。一只鸟儿冒险飞得过靠近法本,看守机器人便赏给它一记警告性的电击。从生物学角度讲,那只鸟与恶鸟入侵者的血缘关系并不比法本跟它们的更近。它愤怒地尖叫一声,掉头向西飞去。

法本坐在码头尽头的一张长椅上,从口袋里掏出半块三明治。他平静地嚼着,闲看云飞浪涌。此时,他至少可以不再思考,不再忧虑,而且再没什么话语在他头脑中回响。

现在,只需一只香蕉和一杯啤酒就能让他高兴起来,当然,还有自由。

大约一小时之后,看守机器人开始不停地"嗡嗡"作响。它飞到法本和海水之间,固执地上下晃动。

法本打了个手势站起身来,拍拍身上的尘土。他顺着船坞开始往回走,不久便踏上了街道,经过一堆堆落叶,朝城里的监狱走去。街上刮着大风,几乎看不到黑猩猩。

当法本来到大门前时,那个面熟得有些古怪的卫兵朝他皱起了眉头,但在放他进门时并未耽搁。进监狱总要比出监狱容易些。法本想。

茜尔薇仍在桌前值班,"散步愉快吗,法本?"

"当然。你哪天真该和我一块儿去。咱们可以在公园歇歇脚,我会模仿猎豹让你看。"他朝她亲热地眨眨眼。

"我早就见过了,你还记得吧?现在回想起来,你的本事还真不怎么样。"但茜尔薇的语调并不像开玩笑。看上去她很紧张。"进去吧,法本。我得把看守机器人打发走。"

"好吧,"随着一阵"嘶嘶"声,房门轻轻打开,"晚安,茜尔薇。"

　　盖莱特正坐在全息影像墙前面的一张长毛绒小地毯上,现在墙上的画面换成了暑气蒸腾的热带草原。她从膝头的书本上抬起目光,摘下读书用的眼睛。"感觉好些了?"

　　"是啊,"他点点头,"抱歉,我下午态度不好。我猜我是患了幽闭烦躁症,而且病得还很厉害。现在我要踏踏实实坐下来,重新开始干正事。"

　　"不必。今天的功课已经学完了。"她拍拍小地毯,"你何不过来给我挠挠背呢?然后我再为你效劳。"

　　这种事情不用请求法本两遍。他必须承认一件事,盖莱特作为一个搔痒搭档可真是棒极了。他脱掉风衣,走过去坐在她身后,开始用手指在她的毛发中梳理搜索。她懒懒地把一只手放在他的膝上,不久便闭上眼睛,呼吸变成了轻柔低沉的叹息。

　　若想为他和盖莱特之间的关系下个明确的定义还真不容易。他们不是情人。对于大多数雌性黑猩猩来说,只有当她们生理周期中特定的某个阶段到来时,才有可能与雄性黑猩猩成其好事。而盖莱特早就言明,自己的生理周期纯属个人隐私,她的性观念更像人类女子。法本表示理解,并未勉强她。

　　但麻烦的是,她在他的脑海中始终挥之不去。

　　他提醒自己,不要把自己的性冲动与其他事情混为一谈。我可能迷上了她,但绝没有发疯。与这只雌性黑猩猩做爱需要他俩之间形成一种真正亲密的关系,而他现在还拿不准自己是否已准备好去发展这种关系。

　　他在盖莱特后颈处的毛发中摸索梳理,感到她的肌肉紧张地纠结着。"哎,你怎么这么紧张!怎么回事?是不是该死的——"

　　放在他膝盖上的手指狠狠掐了他一把,但盖莱特表面上还

是一动不动。法本飞快地转着念头,马上改了口:

"——是不是该死的卫兵又在找你的麻烦?那些劣种又要什么新鲜花招了?"

"他们就是耍了,你能怎么样?你会跑过去保护我的荣誉?"她笑了起来。但通过她的身体,法本感到她松了一口气。确实发生了什么事情。他还从未见过盖莱特如此激动。

在为她挠背时,法本的手指摸到了一个深藏在毛发中的小东西……又小又薄,圆盘状。"我想,我背上有一片毛发打了个结。"盖莱特飞快地说道,这时法本正在把它扯出来。"小心点,法本。"

"嗯,好的。"他俯下身,"啊,你说得没错。确实打了个结。看来我得用牙齿把它弄下来。"

她的脊背在微微颤抖,法本把脸凑过去,闻到她身上散发出一股夹着汗味的香气。果然不出我所料,这是个微型信息存储器!当他的眼睛与它保持水平时,存储器中微小的全息投影仪开始发亮。一道细细的光柱射进他的虹膜,自动调整焦距,在他的视网膜上生成了图像。

信息只是短短的几行字。但他仔细一看,不禁大吃一惊。这段文字中居然写有他的名字!

声明——为我的所作所为做如下解释。
记录者:新生黑猩猩,中卫[①]法本·伯尔格

虽然我在被俘后待遇良好,而且对所受到的友善关照十分感激,但恐怕我还是要离开此地。战争仍在继续,我的职责要求

[①]此处有意出错,请参见下文。

我一有可能便越狱逃走。

我试图越狱出逃，并非有意对正道宗主大人无礼，也无心欺辱格布鲁种族。此举只出自我对地球人类和自己种族的忠诚。因此我不得不冒昧为之。

文字下方有一小片区域正在闪烁着红光，似乎满怀期待。法本眨眨眼，稍稍退后了一点，信息立即消失了。

他当然知道这样的记录信息是怎么一回事。他只需看着闪动着红光的区域，头脑中真心诚意地想"我同意"，那只圆盘状存储器便会记录下他的同意意见，同时还有他的视网膜图像。

就像在纸质文件上签下自己的名字，这份电子文档至少具有相同的约束力。

逃出去！这个念头令法本的心狂跳起来。可是，怎么才能逃出去呢？

他注意到，记录中只提到了他的名字。如果盖莱特想同他一起走，肯定也会写上她自己的名字。

另外，即便他有可能成功出逃，但这么做对吗？他被正道宗主选中，作为盖莱特的搭档去做一件既复杂又有潜在危险的事情，这简直可以记入黑猩猩种族的历史。在这种时刻，他怎能置盖莱特于不顾呢？

他将双眼贴近微型信息存储器，又读了一遍那段信息，脑子里疯狂地思索着。

盖莱特什么时候找机会写下这个的？难道她通过某种方式与抵抗组织取得了联系？

还有，这段文字令法本觉得有些不对头，并不只是因为文中存在拼写错误或是语法疏漏。法本只需一眼便可看出，这段声明有好几处需要做大改动才能显得更规范。

当然应该是这样的——不是盖莱特,而是另外什么人写了这几行字。盖莱特只是转给他看!

"茜尔薇刚才来过。"盖莱特说,"我们还互相搔痒理毛呢。她的毛发也总是打结。"

原来是茜尔薇!怪不得那黑猩猩姑娘早先显得那么紧张。

法本仔细琢磨着,想理清心中的谜团。肯定是茜尔薇把存储器藏在了盖莱特身上……不,肯定是她先藏在自己身上,让盖莱特读,征得盖莱特同意之后,又偷偷把小圆盘转移了过去。

"大概原先是我误解了茜尔薇。"盖莱特继续说道,"现在我才意识到,她其实是个相当不错的姑娘。我拿不准她有多可靠,但我猜她内心很单纯。"

盖莱特这是想说什么?莫非这不是她的主意,而是茜尔薇一手安排的?如果盖莱特此时是在考虑茜尔薇的建议,她可不该这么大声说出来——她更不该给法本什么提示。至少不能公开提示。

"这个疙瘩可真难对付。"法本说着,一屁股坐了下来,盖莱特背上的毛发被他弄湿了一小片。"我先歇一会儿,稍后再试吧。"

"没关系。别着急。我相信你肯定能把它弄下来。"

法本开始梳理她右肩处的毛发,但他的思绪已飞到了远方。

快点,快点想。他催促自己。

但这一切都太难想清楚了!格布鲁人技师怎么会把他甄别为"优等"新生黑猩猩呢?当时宗主大人那些奇怪的测试仪器肯定都出毛病了。此刻,法本可完全不想再被任何人树为智能生命的标准典范。

好吧，他凝神思索，看来有人给了我一个机会，让我越狱。事不宜迟，应该马上行动，但能成功吗？

首先，茜尔薇可能是个探子。她的提议可能是个圈套。

但敌人这么做根本没有任何意义！法本从未许下过诺言，从未答应即便有机会也不逃跑。其实，作为一名地球联邦的军官，他有责任逃跑。尤其是，如果他可以斯文地逃走，还能照顾格莱蒂克人拘泥礼节的毛病呢。

实际上，同意越狱可能是正确的抉择。如果这又是格布鲁人的一项测试，他更应该表示同意。因为这会令那些想法怪诞的外星人感到满意……让他们知道，他明白受庇护种族的职责所在。

另外，这可能是个货真价实的出逃机会。法本记得，今天早些时候茜尔薇显得很不安。最近几个星期以来，她对他一直非常友好，而她的种种关爱看上去是那么真挚，法本绝不愿怀疑她是在做戏。

好吧。可就算这是真的，她又打算如何实现她的计划呢？

无疑，只要出逃便一定得瞒过监视系统。或许真有什么办法能做到这一点，但这办法只能让茜尔薇使用一次。现在只能通过一种方式了解茜尔薇的打算，那就是去问她。一旦他和盖莱特开始挑明询问茜尔薇，那么他们就必须面对选择，做出决定。

那么我真正该决定的事情就是，是否要去问茜尔薇："好吧，让我们听听你的计划吧？"她讲完之后，如果我答应越狱，那我就该做好准备，动真格的。

是的，可我能去哪里呢？

当然，这个问题只有一个答案：上山，向艾萨克莱娜和罗伯特报告他了解到的一切情况。这就意味着,他必须先逃出海伦尼亚,先逃出这座监狱。

"索罗人中间流传着一个故事。"盖莱特低声说。这时,法本正揉按着她的肩膀,她闭上双眼,显得轻松惬意,"故事讲的是一位帕哈族战士,当时帕哈人正处于提升之中。你想听听吗?"

一头雾水的法本点点头,"当然,给我讲讲吧,盖莱特。"

"好吧。嗯,你肯定听说过帕哈人。他们都是些顽强的战士,对庇护主索罗人忠心耿耿。当时,他们在提升公会的测试中表现得非常出色,因此有一天,索罗人决定让他们肩负起一定的责任,于是便派一组帕哈人保护一名使节前往七旋人的星球。"

"七旋人……嗯,他们是机械文明,对吧?"

"是的,但他们也受格莱蒂克法律的保护。有几种机械文明作为名誉成员加入了格莱蒂克社会,七旋人便是其中之一。他们通常隐居在密度极高的星系旋臂地区,那些地方不适于呼吸氧气或是氢气的生命居住。"

她这是在暗示什么? 法本很纳闷。

"言归正传。当索罗人使节在为购买七旋人的废弃物而讨价还价的时候,故事的主人公、那个帕哈人正驾驶着侦察艇巡逻,他在当地星区的边缘处探测到某种东西,便仔细察看了一下。

"啊,说来真巧,他突然在屏幕上发现七旋人的货运飞船正在遭受机器恶徒的攻击。"

"你是说狂暴战士? 星际破坏者?"

盖莱特颤抖了一下,"你真是科幻小说看多了,法本。不,那只是些想劫掠物资的机器人歹徒。话说当时,我们这位帕哈人呼叫主人寻求指示,但没有得到回复,于是他决定自己做主,便冲进敌阵,发炮射击。"

"让我猜猜,他救了那艘货运飞船?"

盖莱特点点头,"他打跑了歹徒。七旋人也非常感激。作为回报,他们让出一笔利润。而对索罗人来讲,本来并不可靠的生意变成了赚钱的买卖。"

"这么说,帕哈战士成了英雄。"

盖莱特摇摇头,"不。他带着耻辱回了家,因为他在没有得到指令的情况下擅自行事。"

"外星人都是些疯子。"法本咕哝道。

"不,法本。"她碰了碰他的膝盖,"这个问题非常重要。鼓励新的受庇护种族自由发挥、积极进取是件好事,但当时两个格莱蒂克种族正在进行非常敏感的谈判啊。你能信任一个聪明的孩子自己去操控一座核聚变发电厂吗?"

现在法本明白了盖莱特的用意。格布鲁人要和他们两个做一笔交易,条件听上去对地球非常有利,至少从表面上看是这样。正道宗主提议出资为新生黑猩猩举行一场规模宏大的收养仪式。格布鲁人将终止他们的阻挠政策,不再试图动摇地球人类的庇护主地位,并且停止针对地球的一切敌对行为;而作为交换,似乎宗主大人只希望法本和盖莱特在超空间分路站向五大星系宣告,格布鲁人是个崇高伟大的种族。

看起来,这只是正道宗主为了挽回面子而做的表面文章,是他对地球人施行的一种巧妙的安抚策略。

但法本想知道,他和盖莱特有权做这样的决定吗?这件事会不会产生他们两个根本意想不到的后果——可能致命的后果?

正道宗主曾告诉他们,出于某些原因,他们不得同自己被囚禁在岛上的地球人庇护主商讨这件事。宗主与另外两位同僚的竞争已到了千钧一发的时刻,那两个宗主可能不会同意他打算做的让步。教士大人需要出其不意地智胜对手,让他们面对既成事实而无话可说。

正道宗主的逻辑令法本感到非常古怪。但话说回来,外星人确实与地球生命截然不同。他无法想象任何一个地球社会会如此行事。

那么,盖莱特是想告诉他,他们应该不去参加那个仪式? 很好! 对于法本考虑的这些事情,她可能已经下定了决心。毕竟他们只能拒绝格布鲁人……当然要谦恭地拒绝。

盖莱特说:"故事还没结束呢。"

"还有下文?"

"是啊。几年后,七旋人上门拜访,还带来了证据,证明这位帕哈人战士确实在加入战斗之前尽了最大的努力呼叫主人请求指示,只是当时子空间的屏蔽使他的信息未能发送出去。"

"结果呢?"

"这对索罗人来讲可是太重要了! 首先,帕哈战士勇于承担并非自己分内的责任;另外他在当时的情况下已经尽力而为,而且表现出色!

"这名卫士终于被宣判无罪,不过当冤案昭雪时,他已经不在人世。但他的后辈获得了优先提升权。"

二人陷入了长久的沉默。法本默默地思索着。突然,他心中豁然开朗。

不管结果如何,只要做出努力就行。这就是她的意思。不请教自己的庇护主而与宗主合作,将是不可原谅的错误。我可能会失败,非常可能失败,但我必须勇于尝试。

"我再看看那个疙瘩吧。"他弯下腰,将眼睛凑近那只微型存储器。几行字再次出现在他的眼中,红点仍在闪烁。法本盯住那点像是充满期待的红光,脑子里拼命想着——

我同意。

那片光区马上变换颜色,表示已确认了他的意见。现在该怎么办?法本坐下来,满怀疑惑。

很快,他的问题就得到了答案。门轻轻开启,茜尔薇走进房间,仍穿着那件垂到脚踝的裙袍。她走到二人面前,坐了下来。

"监视系统已经失效。我正在各个监视器上播放循环影像。这样的话,在计算机起疑之前,我们至少有一个小时的时间。"

法本从盖莱特的毛发中拔出那只小圆盘。盖莱特伸出手,把它要了过来。"请等一下。"她低声说着,迅速走到她的数据处理器旁边,把那小东西放了进去。"我不想冒犯你,茜尔薇,但你写的那些话需要做一下改动。法本会授权同意我做的修改。"

"你并没有冒犯我。我知道你得再做修改。我只是想尽量把文字写得清楚一点,好让你俩明白我的提议。"

事情发生得太快了。法本感到肾上腺素正在自己的血管中奔涌。"这么说,我要走了?"

"咱们一起走,"茜尔薇纠正他道,"你和我。我已经找到藏身处,也准备了化装用品,另外还选好了一条出城的路线。"

"这么说,你是地下组织的成员?"

她摇摇头,"我当然想加入,但这次是我一个人的主意。我……我这样做是有条件的。"

"你想要什么?"

茜尔薇又摇摇头,看来她是想等盖莱特忙完之后再谈。"如果你们俩同意利用我提供的机会,我会回到外面,把值夜班的那个黑猩猩卫兵叫进来。他是我仔细选中的目标,我下了好大工夫才让'铁钳'派他在今晚值班。"

"那家伙有什么特别的?"

"大概你注意到了,法本,那个劣种长得很像你,而且你们两个的身材也很相似,我猜,这足以在黑暗中瞒过甄别计算机,起码可以暂时蒙混一段时间。"

怪不得守门的那个黑猩猩看着那么眼熟!法本恍然大悟。"你是想对他下药,把他留在牢房里,和盖莱特待在一起,而我换上他的衣服,靠他的证件溜出去。"

"实际上要麻烦得多,信不信由你。"茜尔薇显得很紧张,而且有些筋疲力尽。"但你猜得大致不错。再过二十分钟,我和他都要换班了,所以咱们必须抓紧时间。"

盖莱特走过来,把小圆盘递给法本。他拿起来凑在一只眼睛前面,仔细阅读着修改过的文字,这并不是因为他打算对盖莱特的工作品头论足,而是想尽量把它逐字背下来,以便回去向艾萨克莱娜和罗伯特报告。

盖莱特完全重写了这段信息。

意图声明
记录者:地球人类属下的黑猩猩,地球联邦的受庇护种族公民,加斯殖民地防卫军预备役中尉,法本·伯尔格

我在被关押期间承蒙优待,谨表感谢。伟大的格布鲁种族诸位尊贵宗主的悉心关照也令我深感于怀。然而,目前我的阵营正在同格布鲁种族交战,而职责要求我作为战士参加战斗,因

此我不得不谦恭地拒绝东道主请我继续淹留此地的好意。

承蒙高贵的宗主大人垂青,我被视为自己族类的代表。尽管我决定出逃,但绝非有意轻视此等荣光。我将继续投身光荣的抵抗运动,反对格布鲁种族对加斯星球的占领,希望以此来证明,我是在履行一名受庇护种族成员应尽的职责,我理应服从自己庇护主的意愿。

现在我将采取行动,我认为自己的所作所为符合我所领教并理解的格莱蒂克社会传统。

没错。法本已在盖莱特的教导之下领教了足够多的格莱蒂克传统,他看得出这个版本确实好了许多。他再次授权同意,记录光点再次变换了颜色。随后,法本把小圆盘交还盖莱特。

重要的是我们做了努力。他告诉自己,心里明白这次冒险几乎没有成功的希望。

"现在,"盖莱特转向茜尔薇,"告诉我,你的条件是什么? 你想要什么?"

茜尔薇咬住自己的嘴唇,她面对着盖莱特,却指了指法本,"我要他,"她飞快地说道,"我想要你和我共同拥有他。"

"什么?"法本一下子站起身,但盖莱特打了个手势让他闭嘴。"请你解释一下。"她向茜尔薇请求道。

茜尔薇耸耸肩,"我不知道你们两个之间的关系属于哪一种婚姻形式。"

"我们什么婚姻形式都没有!"法本怒气冲冲地嚷道,"这到底是——"

"住嘴,法本。"盖莱特平静地对他说,"他说得没错,茜尔薇。我们之间不存在任何婚姻形式,无论是群婚关系还是一夫一妻,全都没有。这有什么关系吗? 你想要他就是为了这个?"

"难道还不清楚吗?"茜尔薇看了一眼法本,"不管他以前是什么提升等级,现在他实际上已经属于白卡一级了。他的作战记录令人注目,而且还在海伦尼亚奋不顾身地挫败了外星人,不是一次,而是两次。这些成就已足够让他的蓝卡晋升到白卡。

"还有,现在宗主大人邀请他当我们种族的代表。这种荣耀将伴随他一生。不管是哪一方赢得战争,这个身份都会一直有效。你明白这一点,琼斯博士。"

茜尔薇最后总结道:"他是白卡,我是绿卡,而且我碰巧还真喜欢他这种类型。道理很简单。"

我? 我怎么会是一个该死的白卡佬? 这简直太荒谬了,法本不由爆发出一阵大笑。正是茜尔薇所指的这种黑猩猩才总是瞧不起他。

"无论哪一方打赢,"茜尔薇并未理会他,继续静静地说道,"无论是地球人还是格布鲁人,我只希望自己的孩子能被列为最高提升等级,并且得到提升委员会的保护。我要我的孩子生来就有一条好命。那样我才会有孙辈,也才会对未来有一丝希望。"

显然茜尔薇对此充满了期待,但法本没心情去应和她。这全是一套不着边际的废话! 他想。而且这番话并没有对他本人讲。茜尔薇是在对盖莱特说,在恳求她!"喂,难道我就不能对这件事发表自己的意见吗?"他抗议道。

"当然不能,你这个傻瓜。"盖莱特摇摇头答道,"你是一只雄性黑猩猩。你们离不了性交这事,若是找不到合适的伙伴,就会去干一只山羊,或是用树叶来解决问题。"

这话有点太夸张了,但其本意并非不切合实际。法本满脸通红，"可是——"

"茜尔薇很有魅力，而且发情期也快到了。如果我们大家事先商量好，让你既履行了职责又能享受到乐趣，你还有什么不满意的呢？"盖莱特挪动了一下身体，"不，这事轮不到你来做决定。现在我最后告诉你一遍，法本，你给我住嘴吧。"

盖莱特回身又去问茜尔薇另一个问题，但此时法本已听不到她们在说些什么。他的双耳中响起一阵轰鸣，盖过了其他一切声音。现在他想到的只有那位鼓手，可怜的伊戈尔·帕特森。噢，老天，救救我吧！

"……雄性黑猩猩都是那副德行。"

"是的，当然。但我觉得，不管你们是不是有正式关系，你和他确实很亲密。从道理上讲，你的话不错，但谁都能看出来，他真想对你从一而终呢。如果他觉得你不愿意我和他好，他可能会犟到底，根本不依我。"

姑娘们内心里就是这样看待我们雄性黑猩猩的？法本沉思着。他想起中学时上过的生理卫生课，小伙子们都要被召集起来去听有关生殖权利的讲座，看性病方面的科教片。同其他男孩子一样，他常常纳闷，在这种课上黑猩猩姑娘们要学些什么内容呢？如今她们这套冷酷无情的逻辑都是学校灌输的？不然就是，冷酷无情的事实让她们不得不面对现实？难道真是我们这些雄性黑猩猩的错？

"他并不属于我。"盖莱特耸耸肩，"可怜的朋友，他不属于任何人……只属于提升委员会。"她皱起了眉头，"我对你只有一个要求，你要把他安全带进山里。在那之前他不能碰你，明白吗？等他安全地找到游击队之后，你就可以获得自己的回报了。"

一个男性人类可绝不会容忍这种交易。法本怒火中烧。但话说回来,男性人类并不是尚未完全获得提升的受庇护种族,不会"离不了性交这事,若是找不到合适的伙伴,就会去干一只山羊,或是用树叶来解决问题",不对吗?

茜尔薇点点头,表示同意。她伸出自己的手。盖莱特握住了它。两个雌性黑猩猩对视许久,然后把手收了回来。

茜尔薇站起身,"我大概十分钟后回来。再进来时我会先敲敲门。"她看了法本一眼,一副心满意足的样子,似乎正在庆幸自己出色地谈妥了一桩买卖。"在我回来之前你们要做好准备。"说罢,她转身走了出去。

看到她离开,法本这才能说出话来:"你过于信奉自己那套油腔滑调的理论了,盖莱特。你到底为什么能这么肯定——"

"我什么也不能肯定!"她厉声吼道。她脸上慌乱而又痛苦的神情令法本大吃一惊,今晚发生的一切事情都不足以让他如此惶恐。

盖莱特抬起一只手捂住自己的眼睛。"对不起,法本。你想说什么都行,只是别觉得自己受了冒犯。现在咱们谁都不能太看重自己的面子。不管怎样,实事求是地讲,茜尔薇的要求并不算过分,不对吗?"

看着盖莱特目光中压抑的紧张之色,法本的怒火慢慢消退,变成了对她的担忧,"你……你能肯定自己会没事吗?"

她耸耸肩,"我猜没问题。正道宗主大概会为我找个搭档。我会尽力拖延时间。"

法本咬住自己的嘴唇,然后说道:"我们会回来找你,为你带回人类的嘱托,我保证。"

她的表情告诉他,她并不抱太大的希望。但她还是微微一笑,"你能做到,法本。"她伸出手,轻轻摸了摸他的脸颊,"你知道,"她低声说,"我会想你的。"

　　短暂的时刻转瞬即逝。她抽回手,脸上重新现出郑重之色,"现在你最好把想带走的东西都收集起来。同时,还有几件事我希望你能向你的司令官报告。你不会忘掉,对吧?"

　　"是的,当然。"但一时之间他心如刀绞,不知以后是否还能再看到她眼中闪过的温柔目光。现在她又变得一本正经,一边跟着他在房间里四处搜罗食物和衣服,一边不停地叮嘱。几分钟之后,门上传来了敲门声。

第六十四章　盖莱特

　　他们走后，房间里一片昏黑，她用毯子蒙住头，在床垫上抱膝而坐，和着孤独的节拍缓缓摇晃着身体。

　　在黑暗里，她并不是独自一人。实际上远非如此。盖莱特能感觉到那只黑猩猩正在她身边沉睡。他裹着法本的睡衣，轻轻的呼吸中散发出麻醉药微弱的气味，正是这迷药使他陷入了昏睡之中。劣种卫兵还会睡上很久。盖莱特知道，这寂静的时刻维持不了多长时间，不等那家伙醒来就会被打破。

　　是的，她并不是独自一人。但盖莱特·琼斯以前还从未感到过如此孤独，如此与世隔绝。

　　可怜的法本，她想，或许茜尔薇说得没错。*他的确是我所见过的最出色的黑猩猩。可是……*她摇摇头，*可是他只明白这个计划的其中一部分。而我却无法向他和盘托出。不然，暗藏的窃听者便会窥探到真相。*

　　盖莱特无法确定茜尔薇是否诚实。*她在看人这方面从来都不太擅长。但我敢用性命打赌，茜尔薇根本不可能瞒过格布鲁人的监视系统。*

　　一个黑猩猩女孩子居然用这种方法瞒过了外星人的监视器，而敌人竟没有马上发觉，盖莱特绝对不相信这种事情。不，这一切都太容易了。肯定有诈。

　　但是谁安排了这个圈套？为什么？

　　这样做真有什么意义吗？

　　当然，我们别无选择。法本只能接受茜尔薇的提议。

　　盖莱特不知自己是否还能再次见到法本。如果这次出逃只是正道宗主安排的另一项智能测试，那么法本很可能明天就会回来，又一次被判定为"做出了适当的反应"——证明他是一名特别优秀的新生黑猩猩、受庇护种族同类中的精英。

　　她不由得浑身发抖。在今晚之前，她从未仔细琢磨过"精英"这个字眼中暗藏的含义，但茜尔薇讲得太明白了。就算她和法本还能重聚，他们俩的关系也跟以前完全不同了。如果说，以前她的白卡就像挡在二人之间的一道高墙，现在法本的白卡便是一个无底的深渊。

　　不过，盖莱特早就开始怀疑，这次出逃可能并不是正道宗主安排的测试。如果她的直觉没错，应该是格布鲁人集团中的某个派系策划了今晚的越轨之举。或许是另一位宗主，不然就是……

　　盖莱特又摇摇头。她了解的情况太少，甚至都不足以做猜测。没有足够的情报，但也可能，她只是太盲目、太愚钝，无法审时度势。

　　现在，一出戏正在他们身边上演，而在每一段剧情中，他们似乎都无法选择该去向何方。今晚，无论出逃机会是不是圈套，法本都不得不离开。她只能留下，与一个个令她难以掌控的狂乱念头苦苦缠斗。这是她注定的命运。

受人操控、无力决定自己的命运——尽管法本只是刚开始习惯这种感觉,但盖莱特对此已是很熟悉了。看来无助感将与她一生相伴。

旧时代的地球曾有一些宗教宣扬宿命论——信徒们认为,自从创世之初,一切事情都已预先注定,而通常所说的"自己掌握命运",只不过是人们的错觉。

大接触后不久,大约二百年前,地球人类的哲学家初次遇到格莱蒂克人时便虚心请教,询问他们对这个问题以及另外许多观点的看法。一直以来,外星圣贤们倒也屈尊作答,但回答总是一句话:"正因为'狼崽子'的语言不合逻辑,所以才会出现这些问题。"他们断然宣称:"宇宙间根本不存在似是而非、互相矛盾的理论。"

而且,也并不存在有待于揭示的秘密……至少不存在地球佬之流有资格研究的问题。

实际上,对于格莱蒂克人来讲,宿命论并不难理解。他们大多数人都认为,"狼崽子"种族注定要身世凄苦、命不久长。

这时,盖莱特突然想起从前有一次,当时她还住在地球上,见过一只新生海豚。那是一位年长的退休诗人,跟她讲述了不少故事——他尾随巨鲸群畅游,连续几个小时听它们吟唱呜咽般的哀歌,歌咏那些远古时代的鲸类神祇。随后,那位上了年纪的海豚专门为她写了一首小诗,令她欣喜而又着迷。

无端谁抛球,
晴空飞落知何处?
回击莫踌躇!

　　盖莱特猜测，如果用三重音念颂这首俳句，诗意会更强烈，新生海豚通常都使用他们那种特有的混合语言来吟诵诗句。当然，她听不懂三重音，但即便使用安格力克语来读，这段寓言般的诗句仍然令她难以忘怀，铭记于心。

　　现在，这首小诗再次浮上心头，盖莱特细细品味，逐渐领会到了其中的深意，脸上露出微笑。

　　没错，回击莫踌躇！

　　身边的沉睡者轻轻地打着鼾。盖莱特用舌尖轻轻扣动门牙，倾听着想象中的鼓声。

　　几小时之后，正当她仍坐在原地沉思时，房门突然滑开，巨响和亮光从过道上涌了进来。几只四足鸟形动物走进房间。是科瓦克人。盖莱特认出走在最前面的正是正道宗主的高级侍从，那个翎羽上点染了颜色的家伙。她站起身，微微鞠躬，但对方并未答礼。

　　这个科瓦克人死盯着她，随后指了指毯子下面躺着的身躯，"你的同伴为什么不起来？这么做太不得体了。"

　　显然，没有格布鲁人在身边，这位侍从便觉得自己也不必讲究礼貌。盖莱特望着天花板答道："或许他有些不舒服。"

　　"他需要医生吗？"

　　"我想，就是没有医生，他也能自己康复。"

　　科瓦克人恼怒地拖着生有三只腿趾的双脚蹽起步来，"我有话直说。我们希望对你的同伴进行检查，确定他的身份。"

　　盖莱特扬了扬眉毛，不过她知道，眼前这家伙根本看不明白她的表情，"你以为他是谁？邦佐老爹①？你们这些科瓦克没有

————————
①欧美国家的影视和文学作品中，许多猩猩的名字都叫邦佐。

盯紧自己的囚犯?"

那鸟儿变得更恼怒了,"这片监禁区归新生黑猩猩后备队管辖。如果出了什么问题,也只是因为他们都是些无能的畜生。这些愚蠢的呆子总是疏忽大意。"

盖莱特大笑起来,"放屁。"

正在怒气冲冲舞动着身体的科瓦克人猛地停下脚步,听自己的便携式翻译机解释这两个字的含义,随即他瞪着盖莱特,一句话也说不出来。盖莱特摇摇头。"科瓦克人,你别再自欺欺人了。你和我都知道,让黑猩猩劣种在这里当班只是装样子。如果当真存在保安缺陷,那问题只能出在你们内部。"

侍从的长喙微微张开,飞快地弹动着舌头,盖莱特现在明白这代表着强烈的憎恨。只见这外星人打了个手势,两个球形机器人便哀鸣着来到近前。它们小心而又稳稳地用引力场抬起沉睡的黑猩猩,但并未掀起毯子,随即带着他朝门口走去。科瓦克人根本不想费神看看毯子下面到底是谁,很明显,他已经知道那个黑猩猩的真实身份了。

"我们要进行调查。"他保证道,说罢转身要走。盖莱特知道,几分钟之后,他们就会看到法本留下的"临别赠言",那封信就放在酣睡的卫兵身上。而此时盖莱特决定,她还要为法本再多争取一点时间。

"好啊,"她说道,"同时我想提一个请求……不,不是请求,而是要求。"

侍从正领着焦躁不安的随从朝房门走去,听到这话便停下了脚步,可这样一来,却让身后的同伴撞在了一起。乱作一团的随从们愤怒地"咯咯"叫起来,纷纷朝盖莱特恼恨地弹动着舌头。羽毛染成粉红色的首领转过身,面对着盖莱特:

"你没有权力提要求。"

"我以格莱蒂克传统的名义提出要求。"盖莱特坚持道,"你不要逼我直接向正道宗主阁下申告。"

科瓦克人沉默良久,似乎在估量是否会有这种风险。最后,他问道:"你到底想提什么蠢要求?"

但盖莱特仍旧保持沉默,等待他有所表示。

终于,侍从不耐烦地躬身施礼,但他只是微微弯了弯腰,几乎令人难以察觉。盖莱特用同样的姿势还了礼。

"我想去数据库。"她用完美无缺的格莱蒂克七号语说道,"事实上,作为一名格莱蒂克公民,我有这个权利。我坚持自己的权利。"

第六十五章　法　本

用药迷倒卫兵,再穿上他的衣服走出牢房,这显得太轻松了。而当茜尔薇教给法本一个简单的口令去应付悬浮在大门上方的机器人时,更容易得简直近乎荒谬。门口仅有一只黑猩猩值班,这个正在大嚼一块三明治的家伙只是看了他们一眼,便挥手把二人放了出去。

"你要带我去哪儿?"刚把监狱那爬满常春藤的黑色墙壁甩在身后,法本便连忙问道。

"去码头。"茜尔薇扭头答道。她在潮湿的、落叶飘飞的人行道上快步前行,领着他经过一幢幢黑漆漆、空荡荡、具有人类风格的住宅。随后,他们穿过了一片黑猩猩生活区,这里尽是些高大、凌乱、居住着群婚家族的房屋,每一座房子都涂刷成亮丽的颜色,一扇扇窗子像门一般大小,还搭起了结实的架子,专供孩子们攀爬。他们匆匆赶路,法本不时能看到许多家紧闭的窗帘上映出的一个个身影。

"为什么要去码头?"

"因为那里有船!"茜尔薇简短答道。她的眼睛来来回回地扫视着四周,同时不安地拨弄着左手手指上带计时器的戒指,而且还总是回头张望,像是担心敌人会跟来。

她显得相当紧张,但这很正常。不过,法本已经忍无可忍,他抓住茜尔薇的胳膊,让她停下脚步。

"听着,茜尔薇。到目前为之,你做的每件事都令我感激不尽。但是,你不认为现在该让我了解一下你的计划吗?"

她叹了口气,"是的,我想也是时候了。"她不安地咧嘴一笑,这笑容让法本想起了"猿族甜果"酒吧的那个夜晚。他一直以为,那晚她心中燃烧着野兽般的欲火,但现在才意识到,她的内心实际上就像今夜一样充满了恐惧,只是虚张声势地有意压抑掩饰而已。

"除了走城门之外,咱们只能乘船离开这座城市。我的计划是偷偷溜上一条渔船。晚上出海的渔夫要在——"她看了一眼戒指手表,"—— 一个小时之后启航。"

法本点点头,"然后怎么办?"

"然后,等渔船就要驶出阿斯皮纳湾的时候,咱们偷偷爬上甲板,跳海游到北角公园。到那儿之后,咱们要向北顺着海滩走一段很难走的路,但应该能在天亮前到达丘陵地带。"

法本点点头。这个计划听上去相当不错。他喜欢一条路分几段走,这样如果遇到麻烦或是运气不好,他们还来得及改变主意。比方说,他们可以不去北角,而是去海湾南侧的岬角。敌人肯定想不到两个逃亡者会直奔新建的超空间分路站!那里应该停放着不少建筑设备和运输工具。一想到能偷走一架格布鲁人的飞船,法本就心痒难当。如果能取得这样的成果,他还真应该得到一张白卡呢!

他摇摇头,一下子驱走了这个念头,因为这让他想起了盖莱特。见鬼,他已经开始想念她了。

"听上去你的计划确实经过了深思熟虑啊,茜尔薇。"

她谨慎地笑笑,"谢谢,法本。嗯,现在咱们能走了吗?"

他示意她在前面带路。不久,他们沿着曲折的街道蜿蜒前行,路旁是打烊的商铺和食品售货亭。天上乌云压顶,看上去异常凶险,夜晚的空气中能够闻到即将到来的风暴的味道。西南风又冷又猛、时断时续,把落叶和纸片吹到两个行路者的脚踝上。

天开始下起了毛毛细雨,茜尔薇撩起风衣的帽兜罩在头上,但法本并未这样做。他并不介意毛发被淋湿,只要能看到、听到周围的动静就行。

大海那个方向的天空中划过一道闪电,伴随着遥远而又阴郁的"隆隆"声。见鬼,法本想,我的脑子有毛病了! 他又抓住了同行者的胳膊,"茜尔薇,没人会在这种天气出海。"

"我找的那条船的船长就会,法本。"她摇摇头,"我本不该告诉你,但他……他是个走私贩子。在战前就干这种行当。他的船能经受住恶劣天气的考验,而且还能潜到水下航行一段时间。"

法本吃惊地眨眨眼,"如今他走私什么货?"

茜尔薇向左右看了看,然后说:"他经常把黑猩猩偷偷运进或运出希尔马岛。"

"希尔马岛! 他要把咱们带到那儿去?"

茜尔薇皱起了眉头,"法本,我答应过盖莱特,要把你送到山里。而且,我还不放心让这位船长送咱们去希尔马岛呢。"

但法本只觉得头晕目眩。这颗星球上一半的地球人类正被扣押在希尔马岛上! 相比之下,那些人就像大学中的专家学者,而罗伯特和艾萨克莱娜只不过是两个小孩子。现在他明明可以带着盖莱特的问题去见那些更高明的人,何必还要非进山不可呢!

"咱们见机行事吧。"他含糊地应道,但已暗自下定决心,要好好利用一下这位走私船长。说不定在暴风雨的掩护下,他真有可能达到目的! 法本一边思量,一边跟着茜尔薇重新上路。

不久,他们便已接近了码头。实际上,这里离法本下午看海鸥的地方并不太远。雨忽疾忽缓,一阵接一阵地滂沱而下。每当大风吹来,雨势暂歇,空气便惊人地清新,而各种气味则显得更强烈——从腐烂的死鱼散发出的恶臭到街对面渔人酒馆里飘出的熏人酒气,应有尽有。渔人酒馆里仍亮着几点灯光,一阵低沉哀婉的乐声渗入了茫茫夜色之中。

法本觉得,好像有什么东西在变化无常的雨夜中时隐时现,他张大鼻孔,用力嗅着,想要把那东西找出来。他的感觉激发了他的想象力,令他相信自己的怀疑确有可能。

茜尔薇领着法本绕过一个墙角,三座码头出现在他们眼前。几个庞大的黑色阴影依次排开,横卧在泊位上。毫无疑问,其中便有那艘走私船。法本又伸手按住了茜尔薇的胳膊,让她停下。

"咱们最好还是抓紧时间。"她催促道。

"别太着急了。"他答道,"船上地方狭小,而且味道不好。到我这儿来。过一会儿有些事可能就没机会做了。"

茜尔薇困惑地看了他一眼。他拉着她走到墙角后面的阴影里,伸出双臂把她抱在怀中。她一下子绷紧了身体,而后放松下来,扬起了脸。

法本吻着她。她温和地回吻了他。

他的双唇轻轻啃咬着她的左耳,然后顺着腮际向下吻到了她的脖颈。茜尔薇嘤然叹道:"哦,法本。如果咱们有时间就好了。如果你知道我有多么……"

"嘘。"他松开手,对她说道。他用夸张的动作脱掉风衣,铺在地上。"你要干什么……?"她问道。但他并未答话,只是拉她坐在这张临时的"毯子"上,随即在她身后坐了下来。

法本用手指梳弄着她的毛发,开始为她理毛。这时,她的紧张感才稍稍缓和了一点。

"哦——,"茜尔薇说,"刚才我还以为——"

"以为我要做什么?亲爱的,你应该知道,我可不是那种猴急的家伙。我喜欢慢慢来,循序渐进。咱们不必着急。"

她转过头,朝他一笑,"我很乐意。一个星期后我才到发情期。不过,我的意思是,咱们不必真要等那么久。只要——"

她的话突然打住,因为法本的左臂已牢牢地勒住了她的喉咙。他飞快地把手伸进她的风衣,从她的衣袋里掏出一把折刀,"啪"的一声打开。看到锋利的刀刃顶在自己的颈动脉上,茜尔薇惊惧地瞪圆了眼睛。

"别作声,"他对着她的左耳低声说,"只要发出一点声响,今晚你就得喂海鸥了。明白吗?"

她连连点头。从刀锋处传来的一阵阵震颤,让他能够感觉到她的心跳。法本自己的心跳得也并不比她慢。"你说话时,要只动嘴不出声,"他哑声道,"我会看口型,懂得唇语。现在你告诉我,你把追踪器藏在身上什么地方了?"

茜尔薇眨眨眼睛,随即大声叫道:"我不懂——"但刚说到这里,她的声音戛然而止,因为法本握刀的手马上增加了力道。

"再来。"他低声说。

这次她无声地动起了嘴唇：

"我不懂……你在……说什么，法本？"

他在她耳边用刚刚能听到的声音说："他们正等着咱们呢，不是吗，亲爱的？我说的可不是你虚构出来的那些黑猩猩走私贩。我说的是格布鲁人，宝贝儿。你想把我领进他们的圈套。"

茜尔薇挺直身体，"法本……我……不！不，法本。"

"我闻到了那些恶鸟的气味。"他压低声音咆哮道，"他们就等在那儿，没错。我刚才一闻见那种味道就全明白了！"

茜尔薇默不作声，但她的目光已吐露了实情。

"唉，盖莱特肯定认为我是个头号傻瓜。现在我明白了，这次出逃一定是事先安排好的！实际上，具体日期也早已定好。你们大概没料到这场暴风雨会让渔船没法出海。关于走私船长的故事编造得倒也高明，只为了打消我的疑虑。这套谎话是你自己想出来的吗，茜尔薇？"

"法本——"

"住嘴。编造得还挺吸引人呢！想想吧，居然有聪明的黑猩猩能随意往返于大陆和希尔马岛之间，而且就在敌人的眼皮底下！我的虚荣心让我差点上了你的当，茜尔薇。但你记得吗？我以前可是个驾驶侦察艇的飞行员。我知道你所说的这一切有多么难以实现，尤其是在这样的天气里！"

他嗅着空气，又闻到了那种明显的陈腐味道。

现在他细细回想才意识到，在过去的几个星期里，敌人还从未对他和盖莱特做过有关嗅觉方面的测试。格莱蒂克人认为那只是动物的残存本能。

他觉得有水滴落在手上，可现在雨已暂时停了。原来是茜尔薇在流泪。她摇摇头：

"你……不会……受伤害,法本。宗主大人只是想问你几个问题。然后他就会放你走!他……他答应过了!"

这么说,这次出逃还真是又一次测试。法本觉得自己非常可笑,他原先还相信自己真有可能逃走呢。我猜,我很快就能重新见到盖莱特了,要比我想象的快得多。

他开始感到惭愧,自己居然如此恐吓茜尔薇。毕竟,这一切只是一场"游戏"。只是一次考验。在这种情况下,没必要太认真。她只是在尽自己的职责。

法本慢慢松开了勒紧她喉咙的手臂,这时,茜尔薇刚才说的一句话突然令他一惊。

"宗主大人说他会放我走?"他低声说道,"你的意思是,他会把我送回监狱吧,对吗?"

她用力摇头,"不!"她无声地说道,"他会放咱们进山。我和宗主已经谈妥,只要你回答了他的问题,他答应放掉你和盖莱特——"

"等等,"法本猛然打断她,"你说的并不是正道宗主,对吧?"
她点点头。

法本突然感到头昏眼花,"哪个……是哪个宗主在等着咱们呢?"

茜尔薇吸了一口气,"是……政……政务宗主。"她低声答道。

法本明白过来之后,吓得闭上了眼睛。这终归不是一场"游戏",更不是测试。老天。他想。现在他必须想想该如何保住自己的小命。

如果等着询问他的人是军务宗主,那么法本就只能乖乖认命、俯首就戮了。因为这意味着,格布鲁人所有的军事力量都已准备好对付他，而他几乎没有机会逃脱厄运。但既然是政务宗主……法本开始想办法。

政务宗主的手下会是什么人？政务官员，财会人员，保险代理人？或许如此吧，法本想，或许如此。

但在采取行动之前，他必须先对付茜尔薇。他不能把她捆起来丢在这里。而且他也不是个冷血杀手。那么就只有一个选择。他必须赢得她的合作，而且要快。

他可以告诉她，政务宗主可不像正道宗主那样恪守真理之道。如果那鸟儿原本就打算欺骗茜尔薇，便绝不会信守诺言放他们走掉。

实际上，按照入侵者信奉的标准来衡量，政务宗主今晚对自己同僚干的勾当简直就是非法的。把两只已经了解内幕的黑猩猩放出来乱跑，这个策略愚蠢透顶。法本对格布鲁人已经相当了解，他猜测政务宗主大概确实会放掉他们，但不是放他们进山，而是把他们放到飞船的气闸外面，直接丢进深层太空。

但如果我告诉她这些，她会相信吗？

他不能碰运气。但法本知道，他还有另外一个办法能让茜尔薇死心塌地。"我要你仔细听清楚，"他对她说，"我不打算去见你那位宗主大人。我不想去，原因很简单。据我所知，如果我真去见他，你和我就要同我的白卡彻底永别了。"

她死盯着他的双眼。一阵战栗顺着她的脊梁骨直滚而下。

"你要明白，亲爱的，我的所作所为必须像个真正的黑猩猩楷模，这样才不会辜负这个光荣的称号。可有哪个超级黑猩猩明明知道摆在面前的是个陷阱，还非要自己钻进去不可？如果我干了这样的蠢事，还有资格拿到白卡吗？嗯？

"我不会这么做，茜尔薇。不管怎样，咱们还是有可能被抓住。但咱们只能在尽了全力可还是无法逃脱的情况下被抓住才行,否则以前的努力全都没有价值!你明白我的意思吗?"

她眨了几下眼睛,最后点了点头。

"哎,"他亲切地低声唤道,"振作起来吧!我识破了这个花招,你该高兴才对啊。这意味着,咱们的孩子将非常聪明,绝不会是普普通通的小杂种。他以后肯定前途无量,说不定没等长大就有本事把他的幼儿园轰掉呢。"

茜尔薇又眨眨眼睛,随即迟疑地一笑,"是的,"她轻声说,"我猜你说得没错。"

法本丢下刀子,松开茜尔薇的喉咙,然后站起身。现在才是真正的关键时刻。因为她可能会高喊一声,政务宗主的手下马上就能赶到。

但她并没有那样做,而是摘下戒指手表递给了法本。这就是追踪器。

他点点头,伸手扶她起身。她刚站起来,脚下一个趔趄——她还在因为刚才的惊吓而浑身发抖。法本抬起手臂搂住她,领着她回头穿过一个街区,朝偏南方向走去。

现在就要看我的主意是不是管用了。他想。

法本没有记错。在与港口毗邻的黑猩猩生活区中,一幢疏于照管的群婚家庭住宅后面,他找到了那座鸽棚。显然每个人都在熟睡。但他还是尽可能不发出一点声响地剪断几根铁丝,蹑手蹑脚地钻进了小屋。

屋里阴冷潮湿,散发着鸟儿身上那种令人不爽的气味。鸽子轻柔的"咕咕"声,让法本想起了科瓦克人。

"来吧,孩子们。"他低声对它们说道,"今晚你们要帮帮忙,糊弄一下你们家的那些傻亲戚。"

他曾在一次散步时留意过这里,所以现在才想起了这个地方。附近的环境便于隐藏,这大概是最关键的要素了。在处理掉追踪器之前,他和茜尔薇根本不敢离开港区。

鸽子见到法本扑上前来,便纷纷躲避。法本让茜尔薇把风,自己把一只身体肥硕、强壮的鸟儿堵在墙角,抓在了手里。他用细绳把戒指手表绑在了鸽子脚上。"在这么美好的晚上做一次长途飞行,你觉得怎么样?"他低声说着,随后走到门外,把鸽子抛向空中。为了保险起见,他同样处理掉了自己的手表。

离去时,法本有意让门敞开着。这样,如果鸽子早早飞回来,格布鲁人会跟着追踪器的信号寻到这里——但等他们到来时,嘈杂聒噪的响动会把鸽群惊飞,到时候敌人只好接着再玩一次捕鸟游戏了。

法本一面庆幸自己聪明机智,一面领着茜尔薇朝东面跑去,离开了港口。不久之后,他们来到了一片年久失修的工业区。法本知道这个地方。他头一回在敌人入侵后进城执行任务,曾牵着听话的泰可来过这里。没等走到那座仓库的墙边,法本打了个手势,示意他们停下来。他吃力地喘着粗气,可茜尔薇看上去照样安详从容。

唉,她是个舞女嘛,当然比我禁得起折腾。他想。

"好的,现在咱们脱衣服。"他对她说。

茜尔薇真是好样的,听了他这话眼睛都不眨一下。法本的逻辑无懈可击。她的手表可能并不是他们身上唯一的追踪器。她飞快地脱光衣服,随后站在他面前。当二人身上所有的东西都在地上堆成一堆之后,法本朝她赞赏地吹了一声短短的口哨。茜尔薇的脸一下子红了。"现在该做什么?"她问道。

"现在嘛,咱们要去城墙那里。"他答道。

"城墙? 可是法本——"

"好了。我早就打算从近处好好看看那玩意儿。"

外星人在海伦尼亚城四周垫平地面,划出了宽宽的一圈隔离带。现在二人已来到隔离带旁,城墙仅在前面几百码之外。茜尔薇颤抖起来,因为沿着那道高墙,每隔很长一段距离便设置了一个球状的看守机器人,而此时那些机器人正在闪闪发光,将城墙映得阴森可怖。

"法本,"茜尔薇看到他抬脚踏上了隔离带,连忙说道,"咱们没办法从这里出去。"

"为什么?"他问道,不过是停下脚步,转身看着她,"你是不是知道有谁曾做过类似的尝试?"

她摇摇头,"为什么要问有没有别人这么干呢? 这不明摆着就是疯子才会做的事么! 那些看守机器人……"

"对了,"法本沉思着说道,"我还正纳闷呢,需要多少这样的机器人才能绕着整个城市组成一道防线? 一万个? 两万个? 还是三万个?"

他想起了泰姆布立米使馆办公楼爆炸的那一天——法本那次当真领会了外星人的幽默感——在使馆四周的外墙上设置的防卫机器人,个头更小,但更敏感。同看守机器人或是格布鲁利爪兵用来作战的标准战斗机器人相比,那些小圆盘似的设备看上去显得并不起眼。

这些玩意儿可真有意思。他想着,又向前走了一步。

"法本!"茜尔薇听上去已是心惊胆战,"咱们还是试试走城门吧。咱们可以告诉那些警卫……咱们可以告诉他们,咱们被抢劫了。咱们是乡下人,从农场来到城里逛逛,结果衣服和身份证都被人抢走了。如果咱们装得够傻,说不定他们能放咱们出去!"

是啊,没错。法本继续向前走去。现在他离高墙只有五六米远。他能看到,这道屏障其实是由一根根狭长的板条组成的。这些板条并排而立,顶端和底脚被铁丝固定在一起,连成一排。他尽量让自己的前进路线处于两个球状机器人的正中间,但当他接近围墙时,心中还是生出了一种强烈的感觉:他们正在监视着自己。

法本突然感到自己必定无法逃脱,他一时之间满心气馁,只想放弃努力。现在,格布鲁士兵肯定正在赶往这里的路上,几分钟之后就会到达。而他最应该做的事情就是转身,跑,快跑!

他回头看了一眼茜尔薇。她还站在原地。法本很容易就能看出来,她宁可躲到世上其他任何一个地方,也不愿待在这里。他不明白她为什么要留下。

法本用右手攥住左腕,他的脉搏又快又细弱,嘴巴里干得像块沙地。尽管浑身颤抖,但他还是鼓起勇气,又朝围墙走了一步。

很快,一阵几乎可以触摸得到的恐惧将他紧紧围裹起来。在那场徒劳无益的太空战中,当法本听到西蒙·莱文临死前的惨叫时,心中便是现在这种感觉。他有一种凶险的预感,注定的厄运正在阴沉沉地逼上前来。他必死无疑,而生命也将显得毫无意义。

法本缓缓转过身,看着茜尔薇。

他咧开嘴巴笑了起来。

"格布鲁人都是吝啬小气的呆鸟!"他轻蔑地说,"墙上这些家伙根本不是看守机器人! 他们是愚蠢的精神感应发射器!"

茜尔薇吃惊地眨眨眼。她张开嘴巴，然后又合上。"你能肯定?"她怀疑地问。

"你过来自己试试。"他催促道，"你一走到那儿就会突然感到自己被监视。然后会认为全太空的利爪兵都在追赶你!"

茜尔薇咽了口唾沫。她攥紧拳头，踏上了空无一物的隔离带。法本看着她向前走了一步又一步。茜尔薇确实值得赞许。换作稍微胆小一点的黑猩猩姑娘，没等走到法本身边便会尖叫着转身逃掉了。

断断续续的雨又开始下了。她的额头渗出一滴滴汗珠，同雨水交汇在一起。

她赤裸的身体令法本颇为赞赏，他的肾上腺素开始急速奔涌。这倒有助于分散他的注意力。看来她确实生育过。有些愚蠢的雌性黑猩猩经常伪造浅淡的生产纹和哺乳体征，为的是让自己看上去更有魅力，但显然茜尔薇当真生过孩子。我真想听她说说自己的经历。

她终于来到他身边，紧闭着双眼，喃喃道:"我……我这到底是怎么回事?"

法本仍陷在自己的情感中无法自拔。他想起了盖莱特，她因为失去了自己的朋友和保护人、黑猩猩巨人麦克斯而悲恸不已。他想起了自己亲眼见到的、在敌人强大的火力下被炸碎的黑猩猩们。

他想起了西蒙。

"你肯定能感觉到，好像你在这世间最好的朋友刚刚死去。"他柔声对她说道，握住了她的手。她紧紧地抓住他，但脸上闪过一丝轻松的表情。

"精神感应发射器。就……就是这个样子?'她睁开双眼，

"那些……那些吝啬小气的呆鸟!"

法本大笑起来。慢慢地,茜尔薇也笑了。她用空着的那只手掩住了自己的嘴巴。

他们站在大雨里,站在伤心之河的中央,放声大笑。他们笑着,当泪水终于不再横流时,他们一起走到了围墙跟前,依旧手牵着手。

"等我说'推'的时候,就使劲儿推!"

"我准备好了,法本。"茜尔薇蹲在他身下,双脚牢牢蹬地,用肩膀顶住墙上的一根板条,双手紧扒着相邻的那块墙板。

法本站在她身后,也摆出相同的姿势,双脚插进了泥巴里。他深吸几口气。

"好的,推!"

他俩一齐挺身用力。两根板条间本来已经有几厘米的间隙,随着他和茜尔薇的推挤,他觉得这道缝隙正开始变得越来越宽。进化并非没有用处啊,他一面拼尽全力向前推,一面想着。

一百万年前,人类正在经历自我提升的万般苦楚,朝着智能生命艰难进化——而格莱蒂克人认为,这种思考的能力、这种渴望占有繁星的能力,只有靠别人给予才能获得。

与此同时,法本的祖先并没有游手好闲。我们也在进化,变得越来越强壮! 法本凝神想着这个念头,汗水从他的额头上不停地冒出来,包裹着塑料外壳的板条在"吱吱嘎嘎"地呻吟。他因为用力而闷哼起来,能够感到茜尔薇也在拼命使劲儿,她的脊背顶着他的腿,正在簌簌发抖。

"啊!"茜尔薇的脚在泥地上一滑,双腿便离了地,让她重重地向后摔去。法本被撞得转了个身,富于弹力的板条猛地弹回来,将他打翻在地,正压在她身上。

大概有一两分钟,他们两个谁也动弹不得,只能躺在那里,浑身发抖,气喘吁吁。最后,茜尔薇说话了:

"拜托,亲爱的……今晚别想好事了。我有点头疼。"

法本大笑起来。他从她身上爬下来,仰面朝天躺在地上,不停地咳嗽。他们需要幽默。精神感应波仍在不断袭来,幽默是他们最佳的防御武器。恐慌感在二人心中刚刚萌发,正在他们的意识边缘处蠢蠢欲动,而笑声能把它拒之门外。

他们相互扶持着站起身,审视着刚才努力的结果。现在缺口已经明显增大,大概有十厘米宽。但还是不够宽。而且法本知道,他们的时间已经不够用了。要想在天亮前到达丘陵地带,他们至少需要三个小时。

如果要想成功逃走,看来还要暴风雨帮忙。当又一阵急雨泼洒到他们身上时,法本和茜尔薇重新开始努力,再次把身体顶在板条上。最近这半小时里,闪电离地面越来越近。雷声一阵阵滚过,摇撼着树木,震得房屋的窗子"咯咯"直响。

这真是祸福参半啊。法本想。这是因为,大雨不仅妨碍了格布鲁人的扫描装置,同时也让他们很难抓牢围墙上滑溜溜的板条。泥泞的地面更是祸根。

"你准备好了吗?"法本问道。

"当然,不过如果你能把你那玩意儿从我脸上挪开,我就更方便了。"茜尔薇说着,抬头看了他一眼,"你该知道,它让我分神。"

"亲爱的,你明明告诉盖莱特,你想和她一起分享我这个宝贝啊。另外,你以前在霹雳舞台上就已经见过它了。"

"没错,"她笑笑,"但现在它看上去和以前可不太一样了。"

"噢,你给我住嘴,使劲儿推吧!"法本大吼道。二人重新挺直了身体,竭尽全力推挤起来。

松动吧! 你给我松动吧! 他能听到茜尔薇的喘息声,他自己的肌肉也像是快要痉挛了。这时,围墙"嘎吱"一响,稍微动了一下,随后,又是"嘎吱"一声。

这次轮到法本滑倒了,弹性板条又猛地一弹。他俩再次摔倒在泥地上,大口喘着粗气。

此时雨水不再忽急忽缓,已变得连绵不绝。法本从眼睛上抹去一道水流,又看了看缺口。现在大概有十二厘米了。老天在上! 这还远远不够啊。

他能够感到,精神感应机器人正在用令人神魂颠倒的力量将阴郁沮丧之感传播进他的脑壳。他知道,那种感觉正在慢慢销蚀他的力气,逼迫他和茜尔薇放弃努力。他慢慢地站起身,靠在顽固不化的围墙上,但脚下一滑,又重重跌倒在地。

见鬼,我们已经做过努力了。我们将为此而得到褒扬。而且,差一点就成功了。如果……

"不!"他突然大叫起来,"不! 我不会放过你!"他猛地把身体挤进缺口,在里面挣扎扭动,想要从那条倔强的缝隙中硬挤过去。一道闪电在远方的黑色天空中划过,照亮了横亘着农田和森林的原野,照亮了更远处穆伦山脉脚下那片令人心动的山丘。

激雷大作,震得围墙微微摇晃。板条把法本紧紧夹在中间,他痛苦地嗥叫起来。几经挣扎他才得以脱身,疼痛令他半身麻木,立足不稳,摔倒在茜尔薇身旁的地上——但他马上站起了身。这时,又一道电光照亮了密布的阴云。他朝天空放声尖叫。他捶打着地面,抓起泥块和石子向空中掷去。雷声再次轰鸣,他投出的石块像是被雷电挡了回来,重重地打在他的脸上。

　　此时，他已无法用言语表达自己的情感。他说不出话来。他的大脑中，懂得如何讲话的部分已经因为震惊和狂怒而丧失了功能，但作为补偿，某些更古老、更顽强的意识控制了他的精神。

　　现在他只能感觉到暴风雨。狂风和暴雨。闪电和雷霆。他敲打着前胸，撅起嘴唇，朝着射向自己的雨点龇出森森白牙。暴风雨在向法本歌唱，歌声在大地和空中回荡。他答以一声长啸。

　　此时，这种乐声全然没有拘谨而又讲究的人类风格。其中全无诗意，绝不同于海豚们如梦似幻的清唱。法本能够听得清清楚楚，这音乐正在自己的骨髓深处共鸣。它撼动他，摇晃他，把他像一个布娃娃似的抓起来，狠狠丢到泥水中。他重新站起身，轻蔑地吐着唾沫，继续高叫。

　　他能感觉到，茜尔薇正盯着自己。她拍打着地面，睁大双眼看着他，激动而又兴奋。而这只能令他更用力地捶击前胸，更响亮地尖叫。他知道，现在自己绝不会被吓倒！他把石块不停地投向空中，挑战般地朝着暴风雨嘶喊，呼唤雷电来应战。

　　雷电果然应邀而至。刹那间，整个空中电光弥漫、明亮耀眼，让法本的根根毛发直竖起来，迸出点点火花。无声的怒吼震得他向后飞去，好似巨人的大手从天而降，一掌拍在他身上，让他直直地撞向围墙。

　　法本尖叫一声，撞在了板条上。在失去知觉之前，他清晰地闻到了毛发烧焦的气味。

第六十六章　盖莱特

黑暗中,能听到雨点打在屋顶的瓦片上"噼啪"作响,盖莱特猛然睁开了眼睛。她站起身,把毯子裹在身上,来到窗前。

外面,一场暴风雨正在席卷海伦尼亚,宣告着秋天的真正到来。漫天阴云威胁般地发出一阵阵"隆隆"的怒吼。

从这里看不到东方,但盖莱特还是把脸颊紧贴在冰冷的玻璃上,面朝着那个方向。

房间里很暖和,令人感觉舒适惬意。突然,一股寒意袭来,她闭上双眼,禁不住浑身颤抖。

第六十七章　法本

眼睛……眼睛……到处都是眼睛。它们旋转飘舞,在黑暗中闪闪发光,嘲笑般地看着他。

一头大象出现了,横冲直撞穿过丛林,瞪着通红的眼睛高声吼叫。他想逃跑,但大象抓住了他,用长鼻子将他卷起,带着他继续向前冲去。他只觉得身体剧烈地上下颠簸,肋骨都快要被象鼻挤断了。

他想告诉这头野兽,干脆吃掉他,不然就把他踩扁……趁早给他一个了断! 但不久之后,他开始习惯了这种折磨。难以忍受的疼痛逐渐变得迟钝,变成一种悸动着的隐痛,颠簸感也慢慢和缓下来,变成了有节奏的晃动……

醒来后,他意识到的第一件事就是,不知为什么,他的脸上感觉不到雨点的击打。

他仰面而卧,身下像是草地。暴风雨仍在他的四周肆虐喧嚣,丝毫不曾减弱。他能感觉到疾雨正浇在自己的双腿和胸腹上。可是,他的鼻子和嘴巴却没有落上雨点。

法本睁开眼睛,想看看为什么会这样……而且,他还想顺便搞清楚,为什么自己碰巧还能活下来。

眼前的一个身影挡住了天上乌云黯淡的辉光。这时,不远处的空中划过一道闪电,一瞬间照亮了俯在他面孔上方的那个脸庞。是茜尔薇,她把他的头放在自己的膝上,正低头关切地看着他。

法本想要开口询问。"这是哪儿……"但话一出口却变成了喑哑的呻吟。看来他几乎发不出什么声音来了。法本模糊地想起刚刚发生的那一幕,他放声嘶喊,朝着天空嗥叫……怪不得现在他的喉咙这么疼。

"现在咱们已经在城外了。"茜尔薇告诉他,声音只能勉强盖过喧嚣的雨声。法本眨眨眼。城外?

尽管疼痛令他退缩,但他还是尽量抬起头,环顾四周。

在如磐的风雨交织成的夜色中,很难看清四周的景物。但法本仍能辨认出模糊的树影,还有低缓起伏的小山。他朝左边望去。没错,海伦尼亚城在那里现出黑魆魆的轮廓,城外一圈细小的光点尤其明显,那是格布鲁人的城墙。

"可是……咱们是怎么来到这儿的?"

"我背你来的。"她平淡地答道,"你冲破围墙之后就再也走不了路了。"

"我冲破了……围墙?"

她点点头,眼睛里现出一抹光彩,"法本·伯尔格,我不是没有看过霹雳舞,但我敢发誓,你盖过了其他所有人。即便我活到九十岁,还有了一百个懂事的孙儿,可到那时我大概还是没法肯定,自己能不能相信今晚发生的事情。"

现在,法本模糊地回忆起了刚才的一些经过。他记得自己的愤怒。当时,他被失败逼得透不过气来,便爆发出了狂怒。一想起自己曾那样容易被挫折所刺激,那样容易屈服于内心深处的兽性,他就觉得羞耻。

我还指望能得到白卡呢。法本喷了一声鼻息,心中暗想,正道宗主怎么就这么愚蠢,居然会挑我这样的黑猩猩来扮演这种角色。

"我肯定是一时失去了控制。"

茜尔薇碰了碰他的左肩。他疼得身体一缩,扭头才发现那里有一块严重的烧伤。真奇怪,他并不觉得这个伤口比身上那些轻一点的青肿更疼。

"你嘲弄奚落了暴风雨,法本。"她用抚慰的声调说道,"你向它挑战,引它从天上下来和你决斗;而当它来了之后……你又让它听从你的命令。"

法本闭上眼睛。哦,老天,她怎么尽说些迷信的蠢话!

可在内心深处,他竟由衷地感到满足。似乎他的潜意识相信这一切都事出有因,相信他当真做了茜尔薇所说的那些事情!

法本打了个哆嗦,"帮我坐起来,好吗?"

一时之间,地平线像是突然倾斜过来,他只感到一阵头晕眼花。但当茜尔薇帮他坐稳之后,眼前的世界就不再摇晃了。法本打了个手势,要她帮他站起来。

"你应该休息,法本。"

"等咱们到了穆伦山脉再休息吧。"他对她说,"过不了多久,天就要亮了。暴风雨也不会永不停息。别耽搁了,你可以扶着我。"

她把他那只没有受伤的胳膊搭在自己肩上,架着他费力地站起身。

"要知道，"他说道，"别看你个头不大，可你这姑娘还真有劲儿啊。哦，你把我从城墙那儿一直背到了这里，是吗?"

她点点头，看着他，眼睛里闪动着光芒。法本笑了，"好啊，"他说道，"真是好样的。"

他们一起出发，一瘸一拐地朝着东方那片黑色的山丘走去。

第五部　复仇者

很久很久以前,那时海神波塞冬还统治着世上的汪洋,那时人类的船只还像干树枝一样脆弱,一条色雷斯人的货船遭遇了厄运,在初冬的一场风暴中沉没,整条船粉身碎骨,所有的水手都葬身无情的波浪中,只有这条船的吉祥物,一只猴子,活了下来。

也是它命不该绝,正当猴子气息奄奄的时候,一只海豚出现了。猴子知道人类和海豚之间非常友爱,便大喊道:"救救我!在雅典我还有可怜的孩子啊,看在他们的分上救救我吧!"

海豚马上飞快地游过来,让猴子爬到自己宽宽的脊背上。"你看上去怪模怪样,又小又丑,不像个人类呀。"海豚说道,这时猴子死命地抓住了它。

"可在人类当中,我还算相当漂亮呢。"猴子答道。它一面咳嗽,一面紧紧抱住海豚,让它载着自己朝陆地游去。"你说你是个雅典人?"机警的海豚问道。

"当然了,如果我不是雅典人,干吗非要说自己是呢?"猴子说。

"那你认得比雷埃夫斯①吗?"心存怀疑的海豚接着问道。

猴子飞快地转了转念头。"啊,认得!"它叫道,"比雷埃夫斯和我是好朋友。我在上个星期还刚刚和他聊过天呢!"

听到这话,海豚恼火地腾空跃起,猴子就这样被丢到海里淹死了。看来这个故事是要告诉我们,当一个人假扮别人的时候,就该弄明白自己冒充的对象到底是怎么回事。

——M.N.普拉诺②

---

①希腊中东部城市。
②作者大卫·布林的笔名。

第六十八章　格莱蒂克人

全息显示器中的图像在闪烁颤动。这并不奇怪，因为图像来自许多秒差距之外，是通过普米恩中转站的折叠空间辗转传送到这里的。黯淡的画面不停地抖动，忽而清晰，忽而模糊。

不过，对于正道宗主来讲，这段图像信息的含义可是再清楚不过了。

全息图像显示出一群形态各异的生物，正站在宗主大人的栖木前。他凭外貌就能分辨出这些人的种族。其中有皮拉人，个头矮小，毛发纷披，长着又粗又短的双臂；还有身材细高的臧人，站在蜘蛛模样的塞伦廷人身旁；白格人正懒洋洋地盘起蛇形身体，瞪着阴郁的眼睛。但宗主大人没能马上认出白格人身边的那个生物，可能那是个受庇护种族，也可能只是一头宠物。

让宗主大人感到沮丧而又惊愕的是，这个代表团的成员中还有一个辛希安人和一个地球人。

地球人！

但正道宗主根本无权抱怨。既然加斯星球已被注册为"狼崽子"的租赁地，那么地球人就可以名正言顺地成为这些官方观察员中的一员，只要这个地球人合格就行。但宗主大人觉得，提升公会的有关部门过去肯定没有雇用任何一个地球人！

或许这又是一个征兆，说明五大星系的政局正变得愈加糟糕。家园星球的主宰者们发来通知说，星系旋臂间的局势发生了严重的逆转。战事进行得相当不顺利。事实证明，盟友们并不可靠。坦度人和索罗人的舰队控制了一度为格布鲁人带来极大利益的贸易通道，而且现在他们自己垄断了对地球的包围。

对于伟大强盛的古克须-格布鲁种族来讲，艰难时刻已经到来了。现在，一切希望都取决于那些有实力的中间派庇护主种族。如果能把一两个这样的族类拉过来结为盟友，胜利可能仍然属于正义的格布鲁人。

但反过来讲，如果任何一个中间派转而与伟大的格布鲁族类作对，那就将导致灾难性的后果！

当初正道宗主之所以提议攻取加斯，主要原因之一就是想通过军事行动造成影响，以便稳定胜局、巩固盟友。本来，这次远征是要挟制人质，以便逼迫地球的高级指挥层吐露海豚飞船的秘密。然而，精神因素总是能够在看似不可能的情况下发挥决定性的制胜作用。"狼崽子"真是些顽固透顶的家伙。

唉，主宰者们当初之所以采纳教士大人的建议，是因为这次行动有可能为种族大业带来荣誉，通过出人意料的绝妙策略，把举棋不定的中间派争取为新盟友。而起初事态的发展是那么顺利！第一位政务宗主——

教士大人低沉地吱唧一声，抒发着心中的悲痛。他以前从未意识到，他们失去的那位同伴有多么睿智。已故的事务官大人用自己深奥而又值得信赖的判断力制止了两个年轻人轻率的莽撞之举。

如果他还活着，我们将会团结一致，达成共识，制订高明的政策。

可是现在，缺乏团结的三头政治组合内部还在无休止地争斗，坏消息又接踵而至。地球人居然加入了提升公会的官方观察团。其中的含意让教士大人一想起来就颇觉不快。

而且最糟糕的事情还在后面！宗主正沮丧地看着图像，那个地球佬上前一步，竟然充当了发言人的角色！那家伙开始用清晰的格莱蒂克七号语讲话：

"古克须-格布鲁种族军队中的三位首脑，你们好。据悉，目前你们的军队有争议地占据了限制性租赁星球加斯。我以提升公会主测试官考弗奎因三号的名义向你们致以问候。我们在飞船启航之前，预先通过最快捷的渠道向诸位发送了这段信息，以便你们提前做好准备迎接我们的到来。据估计，超空间和中转站的状况应当能够确保我们出席你们提议举行的仪式，而且我们可以在你们要求的时间和地点进行相关的智能生命测试。

"另外，我们还要告知诸位，格莱蒂克提升公会已经极度宽容，尽量对你们提出的不寻常的要求给予通融。首先，我们不得不如此匆忙地履行自己的职责；其次，你们提交的有关信息又如此有限。

"提升仪式是欢庆大典，尤其在目前这样的动乱时期更是难得。仪式的目的便是，以最可敬的先祖的名义，不断地弘扬格莱蒂克文明。受庇护种族是我们自身文明的希望和未来，而我们也将在这样的场合证明自己的职责、荣誉，还有爱。

"因而，我们着手开始工作，同时充满了好奇，不知古克须-格布鲁人将把哪一个受庇护种族展现在五大星系面前。"

随后，画面消失了，只剩下宗主大人深切思考这段信息。

当然，如果现在撤销邀请、取消仪式，那已经太迟了——就连另外两位宗主也是同样的看法。分路站必须完工，他们也必须准备好迎接贵宾。不然的话，格布鲁种族的大业便会遭受无法挽回的损失。

宗主大人跃动着愤怒而又沮丧的舞步。他压低声音，短促而又凶狠地诅咒起来。

诅咒邪恶的骗子，泰姆布立米人！现在回想起来，加斯人——在布鲁拉里人大屠杀之后幸存下来的土生智能生命——这个念头简直太荒谬了。可是，那些虚假证据留下的痕迹看上去又是那么令人难以置信地真实，让人一想到其中可能暗藏的机会便神魂颠倒！

当这次远征刚开始的时候，正道宗主本来处于领先位置。当第一位政务宗主过早死去时，他竞争换羽的地位似乎更加巩固。

但是，后来一切都变了。他们找不到加斯人。事态越来越明显：正道被彻底愚弄了。还有，他找不到证据，无法证明地球人滥用了加斯的资源或是错误地提升了受庇护种族。这意味着，宗主依然无法踏足这颗星球的土地。但这样一来，就使他在成功之后变性封王的激素分泌得愈加迟缓。所有这些因素都在加剧事态的恶化，令最终的换羽人选变成了疑问。

而新生黑猩猩的暴动，则帮助军务宗主占据了竞争的领先位置。现在将军大人正在迅速地崛起，变得比两位同僚更加引人注目，势不可挡。

即将到来的换羽让正道宗主心中充满了不祥的预感。但即便是失败的竞争者，也本应对这种事情满怀胜利的喜悦，自认卓越而又优秀。换羽的吉期是实现种族更新和完成性别飞跃的大好日子。这个伟大时刻的到来,代表着新政策的成形,标志着大家已经达成一致,共同致力于正确的行动。

然而,现在大家还远未达成一致。关于这次换羽,某件事情其实是大错特错了。

三位宗主所取得的唯一共识就是,超空间分路站必须投入使用——举行提升仪式,不然的话简直就等于自杀。但除了在这一点上达成一致之外,他们之间便全是分歧。三人之间无休止的争论已经对整个远征军造成了影响:越来越多笃信宗教的利爪兵喜欢同战友争吵;曾在军中服役的行政官员站在了过去的战友一边,为他们申请后勤经费,而当主管官员驳回他们的请求之后,这些官吏就闹起了情绪,意志消沉;另外,连教士派系中也时常出现纠纷,对本来已经达成一致的意见重新争论不休。

教士大人最近才认识到派系斗争的后果。分裂将最终导致相互间的背叛! 不然的话,他狱中那两名黑猩猩种族领袖中的一位为什么会被偷走呢?

现在,政务宗主坚持要再挑选一只新的雄性黑猩猩。无疑,对于黑猩猩法本·伯尔格的"出逃",事务官大人肯定应该负首要责任! 那只黑猩猩是个多么具有潜力的家伙啊! 此时他肯定已经灰飞烟灭,被毁尸灭迹了。

当然,既然那只黑猩猩已死,教士大人便根本无法将这件事归罪于任何一位同自己竞争的宗主。

一个科瓦克侍从走上前来跪倒在地,他的长喙中衔着一只数据存储记忆块。得到允许之后,这个侍从将记忆块插进了播放器中。

房间昏暗下来,正道宗主看到了一台摄像机在暴雨和黑暗中摄下的画面。图像中,丑陋、潮湿而又污秽的"狼崽子"城市令他不由得打了个哆嗦。

摄像机扫过阴暗的小巷中一片泥泞的地面……一间用铁丝和木板搭起的小屋，破破烂烂，地球人在那里面饲养鸟类当作宠物……一堆湿透的衣服，旁边是一间关闭的厂房……杂沓的足迹，一直延伸到一片被踩得稀烂的泥地，然后是一段弯曲的围墙，已经被捣毁……更多的足迹，伸向漆黑的荒野……

不等调查员报告自己的结论，宗主大人就完全明白了其中的含意。

那只雄性黑猩猩识破了为他设下的圈套！看来他已经成功脱逃了！

宗主大人在栖木上舞动着身体，只有出身古老世系的贵胄才会迈出如此矫揉造作的舞步：

"我们的计划
遭到了严重损害。
但并非
无法补救！"

看到大人打了个手势，科瓦克随从们急忙上前。宗主直截了当地下达了命令：

"我们必须增加承诺的条件，
进一步引诱和鼓励。
通知那只雌性黑猩猩，
我们接受她的请求——

"她可以去数据库。"

仆从躬身施礼,其他科瓦克人都一齐低声吼道:"呜——!"

第六十九章 流亡政府

当星际传送的信息结束后，全息投影仪的图像骤然消失。灯光亮起，委员会的成员们困惑地面面相觑。"这……这段信息到底意味着什么？"麦文上校问道。

"我说不准，"凯里指挥官答道，"但显然格布鲁人正在酝酿什么事情。"

庇护所管理官陈慕用手指敲击着桌面，"看来，图像中的那些人是提升公会的官员。似乎入侵者计划举行某种提升仪式，并且已经邀请见证人前去赴会。"

这些都显而易见。梅根想。"你们认为，这件事同海伦尼亚南面那座神秘的建筑有什么关联？"她问道。近来，他们对那个地方进行过不少讨论。

麦文上校点点头，"以前我不愿承认有这种可能性，但现在我只能承认，确实可能有关联。"

黑猩猩成员说话了："他们是想在加斯星球上为科瓦克人举行提升仪式吗？那没有任何意义。难道那样做有助于他们取消我们的租赁权，从而把加斯据为己有？"

"我觉得不大可能。"梅根说,"或许……或许那座建筑并不是为科瓦克人建造的。"

"但那又是为谁建造的呢?"

梅根耸耸肩。凯里说道:"提升公会的那些官员似乎也不知道是怎么回事。"

大家良久无语。后来凯里再次开口打破了沉默:

"看到地球人充当发言人,你们认为这有什么意义吗?"

梅根笑了,"显然这意味着对格布鲁人的奚落。那个地球人大概只不过是当地提升分会中的一个低等实习职员。把他放在皮拉人、臧人和塞伦廷人前面,意在表明地球还没有被打垮——颇有些实力派想让格布鲁人明白这一点。"

"嗯,皮拉人,那可是些难对付的家伙;索罗人更不是善类。让地球人担任发言人的角色可能会是对格布鲁人的一种侮辱,但并不能保证地球就可以安全无虞。"

梅根明白凯里的意思。如果现在是索罗人控制着地球所在的太空,难受的日子就还在后头呢。

房间中再次陷入长久的沉默。过了一会儿,麦文上校说话了:

"他们提到了超空间分路站。建造那种东西可要付出高昂的代价。格布鲁人肯定对这个仪式寄予了厚望。"

一点不错。梅根想。她知道,有一项对格布鲁人发起进攻的动议已被提交到委员会等候核准。泰姆布立米大俣先生曾经建议,对待格布鲁人还需谨慎,不可轻举妄动,而她也一直在支持乌赛卡尔丁的意见。但这次她意识到,说不定自己继续坚持下去会错失良机。

"你是想建议我们袭击那个目标吗,上校?"

"确实如此,协调官大人。"麦文坐直身体,直视着她的眼睛,"我认为这是我们一直在等待的机会。"

与会者纷纷点头表示赞同。大家这是在集体表决,他们全都厌烦了枯燥无聊的地下生活,不愿再继续消沉沮丧下去,幽闭烦躁症快要把他们逼疯了。梅根明白这些。另外,难道这次不是绝佳的机会吗? 如果不抓住便会永远失去。

"一旦提升公会的使节到来,我们就无法发动攻击了。"梅根强调道,她发现大家也都明白这一点的重要性。"不过,我觉得或许机会能对我们敞开一扇窗口,我们可以趁机实施打击。"

显然大家已经达成一致意见。但在内心中,梅根觉得这件事还应进行更慎重的商讨。不过,她和其他人一样,早已急不可耐了。

"那么,我们将要向普拉萨楚松少校下达新命令。他可以全权自由决策,唯一的条件就是,他必须在十一月初之前完成攻击任务。诸位同意吗?"

与会者纷纷举手表示赞成。指挥官凯里犹豫了一下,最后也附和众议,举起了手。

我们肩负起了责任。梅根想。她心中暗自思忖,地狱中是不是专为那些把自己儿子送上战场的母亲预留了位置?

第七十章　罗伯特

她根本不必离开,不是吗? 她自己说过她不介意啊。

罗伯特揉搓着生满胡茬的下巴。他觉得自己该洗个淋浴再刮刮胡子了。天大亮之后,普拉萨楚松少校可能会召集开会,而那位长官喜欢看到自己的军官仪表整洁。

我真正需要做的事情是睡觉,罗伯特知道。他和丽迪娅刚刚温习过了情人在晚上需要做的全套功课。现在抓紧时间休息才是明智之举。

昨晚他断断续续睡了一两个小时,醒来后发现自己十分兴奋,浑身充满了骚动不安,让他无法再躺在床上。于是,他起床来到自己的小桌前,摆好数据处理器的位置,留心不让屏幕上的光打扰同屋另一个人的清梦,随后从头到尾看了一遍普拉萨楚松上校的详细作战安排。

这个计划非常巧妙,而且一看就知道出自内行人之手。少校列出了不同的选择方案,可以通过许多有效的方式来利用有限的兵力去打击敌人,而且能够重创敌人。最后只剩下一件事要做,那就是选择正确的进攻目标。普拉萨楚松已经注明几个待选目标,而进攻其中的任何一个都应该可以奏效。

然而,整个计划让罗伯特感到有点不对头。看过这份文件后,他并未增加信心,并没有像他希望的那样备受鼓舞。他感到自己的头顶上似乎正在生成某种东西,朦胧而又模糊,就像暴风雨中笼罩在群山之上的乌云。其实,这是一股精神信息流,反映出了他内心的不安。

在这个小房间的另一头,床上的那个人动了动,一只修长的胳膊从毯子下面伸出来,还露出了一截光洁的腿。

罗伯特集中心神,驱散了那团来自他意念的虚无之物,因为它刚才侵扰了丽迪娅的梦,而罗伯特觉得,让自己内心的躁动去干扰她,这有些不公平。尽管两个人近来的肉体关系十分亲密,但在精神上,他们相互间还是感到有些生疏。

他提醒自己,这些日子还是有些值得高兴的事情。比方说,这份作战计划表明,普拉萨楚松终于认真考虑了罗伯特的某些想法;而且,同丽迪娅的相处也并不只给他带来了肉体上的快乐。在此之前,罗伯特从没意识到,他多么怀念自己的女性同类那种简单的爱抚。或许人类比黑猩猩更能经受孤独的折磨,因为一旦黑猩猩长期缺乏为自己理毛的伙伴,便会精神沮丧、嫉妒消沉。但是人类男女也有着同这些猿猴一样的需求。

可是,罗伯特发现自己无法稳住心神。即便当他与丽迪娅共同体验似火的激情时,他还是在想着另外一个人。

她真必须要走吗?从逻辑上讲,她根本没有必要去弗塞山。那里的大猩猩已经得到了妥善的照管。

当然,大猩猩可能只是艾萨克莱娜找的一个借口——借以避开那个时时不满、处处非难的普拉萨楚松少校,借以避开地球人类迸射着火花的激情。

艾萨克莱娜说的可能没错,罗伯特找自己的同类为伴并不是什么错误。但逻辑并不能代表一切。她也有感情,年轻而又孤单,会因为一件自己明明知道是正确的事情而受伤害。

"见鬼!"罗伯特咕哝道。普拉萨楚松报告中的文字和图表在他眼前模糊起来。"见鬼,我真想她。"

将这间石室与外面的山洞隔开的布帘外面响起了一阵喧闹声。罗伯特看了看手表,现在不过凌晨四点。他站起身,穿上裤子。现在这个时候,任何打破常规的骚动都很可能意味着出了坏事情。不能只因为敌人安静了一个月,就认为他们会永远按兵不动。或许格布鲁人已经听到风声,现在抢先发起了攻击!

外面传来赤脚踏在石头地面上的"啪嗒"声。"奥尼格上尉?"一个声音隔着布帘唤道。罗伯特大步赶过去拉开了帘子。一个黑猩猩传令兵气喘吁吁地站在他面前。"出了什么事?"罗伯特问道。

"呃,长官,您最好赶快来一下。"

"好的,让我先带上枪。"

黑猩猩摇摇头,"不是打仗,长官。是……是有两只黑猩猩刚从海伦尼亚来到这儿。"

罗伯特皱起了眉头。一直接连不断有黑猩猩从城里赶来投奔游击队。这次有什么值得兴奋的呢?他听到丽迪娅已经被说话声吵醒了。"好的,"他对黑猩猩说,"我们等一会儿就去见他们——"

黑猩猩打断了他的话,"长官,是法本。法本·伯尔格,长官。是他回来了。"

罗伯特大吃一惊,"什么?"

他感到丽迪娅来到了自己身后。"罗伯特?"丽迪娅问道,"怎么——"

罗伯特大叫起来,喊声在密闭的空间中激起了回音。他先是抱住那只惊呆的黑猩猩连连亲吻,然后抓住丽迪娅,一把将她抛到了空中。

"怎么——"她正要问他,但又住了口,因为罗伯特早已跑得无影无踪了。

其实罗伯特不必太着急。他们说话的当儿,法本和同行者离山洞还有一段距离。丽迪娅穿好衣服,同罗伯特一起爬上了高崖,这时,法本一行人刚刚出现在视线之中,他们胯下的马匹正喘着粗气在自北向南的山间小路上攀登呢。现在,破晓时分的灰色天光正将最后几颗黯淡的晨星隐去。

"大家都起来了,"丽迪娅说道,"他们把少校都给叫醒了。黑猩猩们四处乱跑,兴奋地又吵又闹。回来的这只黑猩猩肯定很受大家欢迎。"

"你是说法本?"罗伯特大笑起来,朝双手吹了口气,说道,"没错,可以说老法本确实不同寻常。"

"我猜也是如此。"她抬手挡住东方射来的光线,看着那支马队在狭窄的"之"字形小径上攀爬。"裹着绷带的那个是他吗?"

"哦?"罗伯特眯起了眼睛。丽迪娅在联邦陆战队中受训时通过生物有机技术提高了视力水平,这让他很羡慕。"那没什么可奇怪的。无论法本出去执行什么任务,回来时总是要裹着绷带。他说自己讨厌裹绑带,还说他屡屡负伤全是因为天生笨手笨脚,老天故意和他作对。可我总怀疑,真正的原因是他太爱惹麻烦。我还从来没有见过这样的黑猩猩,他出生入死好像只是为了以后能吹吹牛。"

很快，他能看清朋友的五官了。他高喊一声，扬起了手。法本咧嘴笑着，也招招手，但左臂正用吊带固定着。法本身边是一只骑着白色母马的雌性黑猩猩，罗伯特并不认识。

一名从岩洞赶来的传令兵敬礼道："两位长官，少校要你们等伯尔格中尉一到，就和他马上下去。"

罗伯特点点头，"请告诉普拉萨楚松少校，我们会尽快赶到。"

看着前方那些马儿爬上最后一个"之"字形转弯，丽迪娅悄悄把手伸到了罗伯特手中。罗伯特突然感到心中既欣喜又内疚。他捏捏她的手，尽量不让自己的矛盾心理显现出来。

法本还活着！他想，我一定要告诉艾萨克莱娜。她肯定会兴奋得发抖。

普拉萨楚松少校有个习惯，他总爱神经质地扯自己的耳朵，不是这只就是那只；而且在听下属汇报时，他总会在椅子里扭来扭去，不时趴到数据处理器前含糊地说些什么，快速地检索某个信息。每当这时，他就显得心不在焉，但如果说话的人停下来或者只是放慢了讲话的速度，少校便会不耐烦地打起响指。显然，普拉萨楚松思维敏捷，能够同时处理好几个问题。然而，他这些举止令一些黑猩猩很难适应，经常让他们紧张不安、张口结舌。而反过来，少校因此也对这些不久前归罗伯特和艾萨克莱娜指挥的非正规军更为不满。

但这对法本不是问题。只要别人能源源不断地为他斟上橙汁，他就不会中断自己的故事。普拉萨楚松不时打断汇报问一些问题，毫不留情地深究细节。但后来，法本讲到了损失惨重的谷地暴动、随后自己被俘、与正道宗主的手下会面、接受测试、盖莱特·琼斯博士所做的种种推测,这时,少校沉默下来,开始一言不发坐在那里侧耳细听。

罗伯特偶尔看一眼法本从海伦尼亚带来的那只雌性黑猩猩。茜尔薇坐在一边,两旁是本杰明和艾尔茜。她坐得笔直,表情沉着。有时,少校请她证实或是解释某件事情,她便用平静的声音细细作答。在其他时候,她的目光始终不曾从法本身上挪开。

法本尽可能按照自己的理解仔细描述了格布鲁人内部的政治局势。当故事讲到出逃之夜时,他说起了"政务宗主"布下的圈套,而后总结道:"所以我和茜尔薇决定,我们最好不走海路,另选一条路线离开海伦尼亚。"他耸耸肩,"我们从围墙的一个裂口里爬出来,最后挣扎着走到了抵抗组织的前哨站。最后,我们就来到了这里。"

这个家伙!罗伯特暗自冷笑,法本当然不会在这里细说自己如何受伤又如何脱逃。毫无疑问,他在向少校写报告的时候会添上细节,但别人要想知道那些惊险的情节,肯定得贿赂他才行。

罗伯特看到法本朝自己这儿望过来,还眨了眨眼睛。我敢打赌,若想听他讲自己的历险记,我大概要付出五杯啤酒的代价。罗伯特想。

普拉萨楚松向前倾身问道:"你是说,你确实亲眼见到了那座太空分路站? 你知道它的具体位置?"

"少校,我接受过侦察员训练。我知道那玩意儿在哪儿。我可以在书面报告中画出一幅地图,再配上一幅那座设施的草图。"

普拉萨楚松点点头,"若不是其他报告中也提到了那东西,我是绝不会相信你的。可是,现在我不得不相信了。你认为,即便按格布鲁人的标准来衡量,那座设施的造价仍然非常高昂,对吗?"

"是的,长官。我和盖莱特都这样认为。试想,在大接触后的这么多年里,地球人只是随随便便地为自己的两个受庇护种族各举行了一次提升仪式,而且每次都是在泰姆布立米人的星球举行。因此,像科瓦克人这样的受庇护种族才有机会取笑我们。

"当然,地球人举行的提升仪式之所以这么仓促,部分原因是有格布鲁人和索罗人这样的敌对种族采用政治手段从中作梗;而另外一个原因就是,以格莱蒂克人的标准来看,我们太穷了。"

显然,法本学到了不少东西。罗伯特意识到,其中部分知识肯定来自于那个名叫盖莱特·琼斯的黑猩猩。罗伯特的精神感应能力已经有所增强,他能感觉到,每当那个雌性黑猩猩的名字被提起,法本的意识中便会出现一阵微弱的颤动。

罗伯特看了茜尔薇一眼。唉,看来法本的生活变得复杂了。

当然,这也让罗伯特想起了自己的处境。并不止法本一个人的生活变得复杂了。他暗想。他一直都希望能学得更敏感,能更好地理解他人和自己的情感。现在这个心愿终于得到了满足,可他却恨死了这种感觉。

"老天啊!"普拉萨楚松重重地捶了一下桌子,"伯尔格先生,你的情报来得正是时候!"他转身向丽迪娅和罗伯特说道,"诸位,你们知道这意味着什么吗?"

"嗯——"罗伯特开始发表意见。

"意味着攻击目标,长官。"丽迪娅简洁地答道。

"没错,攻击目标!这正好与我们刚刚从委员会收到的指示非常吻合。如果我们能摧毁这座分路站——最好在提升公会的高级官员到来之前动手——那么就会击中格布鲁人最关键的要害!"

"可是——"罗伯特想要提出反对意见。

"你听到我们的特工刚刚说过什么吧?"普拉萨楚松说道,"格布鲁人的重兵正忙于在太空中作战!他们的战线拉得过长,加斯星球上的三个首脑又在互相争斗,而这次行动可能会决定整个战局!哈,说不定我们能抓住时机,趁格布鲁三巨头同时出现在同一个地点的时候下手!"

罗伯特摇摇头,"您不认为我们应该仔细想想整个事情吗,长官?我的意思是,那个正直宗主——"

"是正道宗主。"法本纠正他道。

"对,正道宗主。那个正道宗主向法本和琼斯博士提出的条件,您认为如何?"

普拉萨楚松摇摇头,"很明显,那是个圈套,奥尼格。你应该多用点心思。"

"我非常用心,长官。对于这些事情,我并不比法本更内行,而且肯定也不如琼斯博士。当然我承认那可能是个圈套,但至少从表面上看,格布鲁人的提议像是对地球非常有利!我认为我们不能自作主张,在不向委员会报告的情况下就予以拒绝。"

"没有时间了。"普拉萨楚松摇摇头说道,"我接到的命令是,我可以自行做出决断,如果时机合适,就要在格莱蒂克官员到达之前行动。"

罗伯特感到愈发绝望,"那么至少我们该和艾萨克莱娜商量一下吧?她是外交官的女儿,可能会分析出某些我们无法预见到的后果。"

普拉萨楚松紧蹙的双眉说明他已极不耐烦,"如果有时间的话,我当然会很乐意征求这位年轻的泰姆布立米人的意见。"但显然,罗伯特提出找泰姆布立米人咨询,已经让自己在少校的眼中变得更微不足道。

普拉萨楚松将桌子一拍,"现在我认为,我们最好召开一次现役军官参加的参谋会议,讨论可行的进攻战术,来拿下这座超空间分路站。"他转身朝几只黑猩猩点点头,"就到这里吧,法本。非常感谢你勇敢而又及时的行动。同样向你表示感谢,小姐。"他再次朝茜尔薇点点头,随后对法本说,"我等着你的书面报告。"

艾尔茜和本杰明站起身,来到门边。他们只是名誉军官,不能算作普拉萨楚松的内部参谋人员。法本也站起来,在茜尔薇的搀扶下慢吞吞地朝门口走去。

罗伯特连忙向普拉萨楚松低声说道:"长官,我想您可能只是一时疏忽,法本已经是殖民地防卫军的现役军官了。如果把他也排除在与会人员之外,那未免有些,嗯,说不通。"

普拉萨楚松眨了眨眼睛,不快的表情只是在他脸上一闪而过,但罗伯特知道,自己这次又没有给长官留下好印象。"哦,当然,"少校干巴巴地说道,"请告诉伯尔格中尉,如果他不觉得过于疲劳,我欢迎他留下。"

说罢,他转身来到数据处理器前面,开始调出文件。罗伯特能够感到丽迪娅正盯着自己。我一点都没有待人处事的机灵劲儿,大概让她失望了。他一面想一面赶到门口,拉住了正要离开的法本的胳膊。

老朋友朝罗伯特咧嘴一笑,"我猜大概只有成年人才能待在这儿吧。"法本压低声音说道,同时朝普拉萨楚松那个方向瞟了一眼。

"你想得美,老猩猩。我刚刚为你讨来了荣誉成年人的光荣称号。"

如果法本的目光能够致人伤残,那么普拉萨楚松可就要遭殃了。看到法本那副深恶痛绝的神情,罗伯特陷入了沉思。我还以为在游击队里能够打破条条框框,让有本事的人大显身手呢。

法本捏捏茜尔薇的肩膀,然后转身一瘸一拐地回到房间去了。茜尔薇看了他片刻,随即转身跟着艾尔茜朝走廊走去。

只有本杰明稍稍逗留了一会儿——他发现罗伯特悄悄暗示他留下。罗伯特走过去,偷偷把一张小小的磁盘放在黑猩猩的手中。他不敢高声说话,只是用左手做了个简单的手势。

"去找阿姨。"他用手语说道。

本杰明迅速点点头,走出了房间。

当罗伯特回到桌边时,普拉萨楚松和丽迪娅已经深深地沉迷在复杂而又深奥的作战计划之中了。少校转身对罗伯特说道:"恐怕没时间使用细菌武器了,不过,你想出的点子总是非常巧妙,富于灵性……"

罗伯特并没有听进这些话。他机械地坐下,心里只想着一件事:他刚犯下有生以来的第一桩重罪。刚才他偷偷地录下了质询的全过程,包括法本所做的长长的报告,因此他违反了正常程序;而把磁盘交给本杰明,他又违背了行为准则。

还有,命令黑猩猩把记录送给一个外星人,他犯下了叛国罪。

第七十一章　麦克斯

　　一只身材魁梧的新生黑猩猩在宽敞的地下大厅里踉跄而行,他的双手被铐在一起,而手铐又同一条粗粗的锁链相连。他尽量不去靠近押送他的黑猩猩,那些叛徒身穿入侵者赏赐的制服,正拖着锁链的另一头走在前面。但是,他不时挑战般地仰起脸,恶狠狠地瞪着正在头顶天桥上看着他的外星人技师。

　　他的面孔原先就不是毫无瑕疵,而此时在一片片毛发脱落之处,更触目惊心地显露出一道道粉红色的疤痕——这些伤口最终会愈合,但绝不会变得好看。

　　"别磨磨蹭蹭的,反贼。"一名黑猩猩看守说着,把这个囚犯向前推了一把。"鸟儿们想问你几个问题。"

　　麦克斯尽力压抑住心头的怒火,没有理会那个劣种。他被拖着朝大厅中央的一片隆起处走去,几个科瓦克人正在那儿等着他,他们站在一架升离地面的平台上,平台上安放着各种仪器。

　　麦克斯双眼平视前方,盯着其中一个显然是首领的科瓦克人,微微俯身施礼。他的态度不卑不亢,弯腰的角度既不失尊严，又迫使对方不得不鞠躬还礼。

科瓦克人旁边还站着三个黑猩猩叛徒，其中两个衣着讲究的家伙，在向格布鲁人提供建筑设备和工人的买卖中获得了可观的收益。曾有一些风言风语讲，他俩某些生意的本钱都来自于他们那些已经失踪的地球人合伙人。还有一些传闻说，被拘禁在希尔马岛和其他群岛上的人类商人已经同意或是默许了他们的做法。麦克斯不知道自己该相信哪一种说法。平台上那第三只黑猩猩，便是劣种后备队的指挥官、高大而又傲慢的"铁钳"。

麦克斯同样知道该如何同这些叛徒打招呼。他咧嘴一笑，露出口中又长又尖的獠牙，朝他们脚下吐了一口唾沫。劣种们大叫着，抓住他的锁链猛地一扯，让他跟跄着差点摔倒。看守们纷纷举起手中的短棍。但为首的那个科瓦克人飞快地尖叫一声，趁棍棒还没打下便喝住了那些黑猩猩。他们听话地退后，弯腰鞠躬。

"你能肯定，肯定这就是……就是那个我们要找的黑猩猩？"遍身羽毛的军官问"铁钳"。那劣种头子点了点头。

"我们是在盖莱特·琼斯和法本·伯尔格被俘的地点附近抓到他的，当时他受了伤。他和琼斯在暴动之前就混在一起，而且据我所知，之前他曾在她家当了多年的仆人。我已经准备好了一份分析报告，能够证明他与这些黑猩猩之间的关系值得我们对他密切注意。"

科瓦克人点点头，"你表现得非常机智。"他对"铁钳"说，"你应当得到奖赏，应当被提拔到更高的位置上。最近正道宗主的一个候选黑猩猩不知怎么竟然逃出了我们的控制，我们正要再挑一个黑猩猩来顶替他。如果有消息，我们会告诉你的。"

　　麦克斯在格布鲁人统治下过活的日子已经不短,他完全能够认出这些鸟儿是行政官吏,政务宗主的手下。但是,他不知道他们想从他这里得到什么,也不知道自己能在他们内部的钩心斗角中起到什么作用。

　　他为什么会被带到这儿来？这个地方深藏在与海伦尼亚隔湾相望的人造高山之下,就像是一只由机器和"嗡嗡"作响的供电设备构成的蜂巢,令人望而生畏。刚才,麦克斯用了很长时间才乘升降机来到地下深处。在下降途中,他能感到自己的毛发因为静电而直竖起来,那是格布鲁人和他们的受庇护种族在测试那些巨型装置。

　　科瓦克官员转过身,用一侧的眼睛看着麦克斯,"你将发挥两种作用,"他对麦克斯说,"有两种用处。你要把你的前任雇主的情况告诉我们,另外,你还要帮助我们做一个实验。"

　　麦克斯又笑了,"你说的这两件事情,我都不会做,而且我才不在乎自己是不是无礼呢。我能告诉你的就是,你最好还是换上一件小丑的衣服去骑三轮车吧。"

　　科瓦克人听着计算机的翻译,眨巴了一下眼睛,接着又眨了一下。随即,他和同伴"叽叽喳喳"交换了一下意见,然后回身面对着麦克斯。

　　"你误解了我们的意思。我们不会提任何问题。你根本不必说话。我们并不需要你的配合。"

　　他话中那种洋洋自得的自信听上去令人心惊胆战。突如其来的不祥预感让麦克斯不寒而栗。

　　在他刚刚被俘的时候,敌人就试图从他身上逼问出情报。他竭尽全力坚持了下来,始终不曾屈服,但他的内心其实已经相当动摇,因为敌人似乎只对一件事情感兴趣:"加斯人"。他们一遍又一遍地问他："那种生物在什么地方？"

加斯人？

尽管敌人对他动用了各种吐真药和精神感应探测器，但他还是轻易地骗过了他们，因为敌人早已先入为主地坚信加斯人确实存在，实在愚蠢透顶。想想吧，格莱蒂克人居然相信了哄小孩子的故事！他早就接受过专门训练，学到了许多窍门来蒙骗审讯者。

比方说，他拼命分辩，绝不"承认"这颗星球上存在什么加斯人。因而有一段时间，敌人像是更加确信自己抓住了症结所在，便对这个话题更加热心。

最后，他们放弃了努力，把他丢在一旁不再理会。或许他们终于明白自己被愚弄了。但不管怎样，当麦克斯被指派到一处建筑工地去干活的时候，他觉得敌人可能已经把他忘记了。

显然敌人并没有忘了我。现在他知道了。科瓦克人那一番话让他心烦意乱。

"你是什么意思，你们不会向我提问题？"

这次劣种头子做出了回答。"铁钳"珍爱地摸了摸自己的胡须，说道："他的意思是，你知道的每一件事情都将被从你身上'榨'出来。这台机器——"他朝四周挥挥手，"——将会对准你，不用费什么劲儿，就能从你的心里找到答案。你根本不用说话。"

麦克斯急促地呼吸着，感到自己的心怦怦跳得厉害。他之所以能稳住心神，是因为自己已经下定决心：他绝不会让叛徒们得意，绝不会让他们看到他张口结舌！他集中精神，竭尽全力吐出了几个字：

"这……这违反了……《战争法》。"

"铁钳"耸耸肩,让科瓦克官员来解释这个问题。

"法规只适用于整个物种和整座星球,而绝不会保护某个个体。何况不管怎样,你在这儿见到的人没有一个是虔诚守法的教士!"

原来如此。麦克斯明白了。我落到了狂热分子的手里。他在心中暗暗向群婚家族中的黑猩猩男女和孩子们告别,特别是家中的那个大老婆,他知道自己再也见不到她了。同时,他在心里俯身亲吻着自己的亲生儿子,向他道别。

"你们犯了两个错误。"他对敌人说道,"首先,你们说漏了嘴,让我知道盖莱特还活着,而且你们告诉我法本又愚弄了你们一次。只要让我知道了这些事情,你们对我做什么我都不在乎了。"

"铁钳"咆哮起来:"你没有多长时间了,好好乐吧。不管你怎么犟嘴,很快你就能帮上大忙,让你的前任雇主威风扫地。"

"你说得也许没错。"麦克斯点点头,"但我还没说你们犯的第二个错误呢。那就是,用这玩意儿拴着我——"

他刚才一直奋拉着双臂,此时突然弯起胳膊猛地一拉,用尽全力扯动锁链。顿时,两个劣种看守被拽倒在地,松开了手中的锁链。

麦克斯叉开双脚站稳身体,将沉重的锁链像鞭子一样挥舞起来。他身边的敌人连忙四散奔逃,但并不是所有人都及时躲过了袭击。斜飞的锁链将一名黑猩猩承包商打得头骨爆裂,而另一个商人拼命就地一滚刚避开致命一击,却把那三个科瓦克人撞得像保龄球瓶一样倒在地上。

麦克斯快活地大吼起来。他旋转着那条临时充作武器的铁链,直到敌人不是摔倒在地就是逃出了攻击范围。随后,他变换了一下旋转角度,将锁链向一侧抡去。他刚一用劲儿,锁链便斜着向上飞起,一端缠在了头顶天桥的栏杆上。

挥起沉重的铁链并不是一件难事。敌人都被惊得七荤八素,根本来不及做出反应来阻止他。但是,他在天桥上解开锁链时却浪费了宝贵的几秒钟。锁链还连着他的手铐,他无论走到哪儿都必须带着它。

带着它去哪儿呢?麦克斯一面琢磨,一面收拢锁链。他转过身,突然发现自己右侧有一片片白色的羽毛在闪动。于是他选择了另外一条路线,飞快地登上一段楼梯,来到了上一层。

当然,如果指望自己能成功逃走,那可就太荒谬了。现在他眼前只有两个目标:尽可能多地造成伤害,而且要在被迫出卖盖莱特之前结束自己的生命。

第一个目标比较容易实现,他一面跑一面舞动锁链,把够得着的每一个旋钮、每一条管子、每一台模样精致的仪器打碎。有些设备比看上去要结实得多,但另外一些却被砸成了碎片,发出悦耳的脆响。一只只工具托盘凌空飞出平台边缘,里面的工具朝着下面那些敌人倾泻而下。

不过,他始终在留心,以便实现另一个目标。如果他找不到现成的办法或是武器来防止自己被敌人制服,那就该爬到足够高的地方,翻过栏杆一跃而下,让敌人的如意算盘彻底落空。

一名格布鲁技师和两个科瓦克助手绕过拐角出现在他前方,三个家伙正用他们那种"叽叽喳喳"的语言专注地讨论着技术问题。他们刚抬起头,麦克斯大吼一声挥起了锁链,其中一个科瓦克人挨了重重一击,伤处的羽毛纷纷飞散。麦克斯高叫着回手又是一击,"砰"的一声打中了目瞪口呆的格布鲁人,那家伙发出一声哀叫,飞了出去,只在身后留下了一团飘舞的翎毛。

"向您致敬。"麦克斯朝着那鸟儿的背影说道。他不知道摄像机是否正在记录下发生的这一切。盖莱特告诉过他，杀鸟儿并不是坏事，只要他保持彬彬有礼的风度就行。

警报声在四处响起。麦克斯把一个科瓦克人推倒在地，然后跳过另一个，飞快地爬上了另一段楼梯。在这一层，他发现了一个目标。它太吸引人了，他绝不能错过。那是一辆巨大的推车，上面装了大约整整一吨轻巧易碎的光子学部件。这辆车子孤零零地停在一个装货平台的边缘处，而旁边的升降机竖井四周并没有栏杆。麦克斯不理会四面越来越近的叫喊和嘈杂声，他冲过去猛地用肩膀顶住了推车的后帮。走！他闷哼一声，车身开始向前移动。

"喂！他在这边！"麦克斯听到有个黑猩猩大喊了一声。他加大力道，更加拼命地向前推着，暗自祈求身上的伤口不要让自己变得这么虚弱。车子开始向前滑行。

"嘿！你这个造反的孽障！不要推了！"

身后传来了脚步声，不过他知道，要想阻止惯性发挥作用，已经太迟了。此时谁也无法拦住那辆车子。推车带着上面的货物冲出了平台边缘。现在我该跟着它跳下去了。麦克斯想。

但他刚向自己的双腿下达了跳跃的命令，便感到腿上突然一阵痉挛。麦克斯明白，只有中了神经振荡枪才会如此痛苦。他身子一歪，转了过来，刚好看见了那只持枪的黑猩猩，"铁钳"。

麦克斯痉挛着攥紧了双手，就好像正掐住那个劣种的脖子。在绝望之中，他只盼自己能向后倒下，掉进升降机的竖井中。

成功了！麦克斯一头扎下了平台，心中充满了胜利的狂喜。又痛又麻的感觉不会折磨他太久了。现在你我打了个平手,法本。他想。

　　但一切还并未结束。麦克斯突然感到他的身体在空中猛地停住,然后慢慢上升。他模糊地觉得,自己神经麻痹的双臂像是快要从腋窝的关节处脱落下来。手铐在他的手腕上磨出了鲜血淋漓的口子,而与手铐相连的那条锁链正被人拖着,拉向上面的平台。透过平台的金属网地面,他能看到"铁钳"正用尽全身力气扯动着铁链。那个劣种慢慢低下头,看着他,笑了。

　　麦克斯绝望地叹了口气,闭上了眼睛。

　　麦克斯刚一恢复知觉,便闻到了一股恶臭,他喷着鼻息,下意识地把头转向一旁。他眨眨眼睛,模模糊糊地看到一个留着髭须的新生黑猩猩,手中拿着一只掰断的胶囊。那只胶囊散发着熏人的气味。

　　"啊哈,瞧,他醒了。"

　　麦克斯感到疼痛难忍。当然,在中了振荡枪之后他会浑身发疼,而且几乎无法动弹。但他的双臂和手腕也在火烧火燎地作痛。尽管胳膊被反绑在身后,但他能猜到,自己的双臂大概已经断了。

　　"这……我这是在哪儿?"他问道。

　　"你在超空间分路站的正中心。""铁钳"语气平淡地告诉他。

　　麦克斯啐了一口,"你是个天杀的骗子。"

　　"随你的便。""铁钳"耸耸肩,"我只是觉得应该向你解释一下。你瞧,这台机器是分路站的一种专用设备,名字叫作影像放大器。它能从大脑中提取影像,然后将影像放大得极为清晰,让大家都能看到。在提升仪式上,格莱蒂克公会将控制这种装置,但现在他们的代表还没有到达。所以今天我们要让它超负荷工作一会儿,就算是做个测试。

"通常这台机器的使用对象都很合作,所以使用起来也比较容易。但是今天,唉,其实你是不是合作都无关紧要。"

"铁钳"身后传来一声刺耳的、"叽叽喳喳"的抱怨。麦克斯看到,一道狭小的舱门外站着几名政务宗主手下的技师。"抓紧时间!"为首的科瓦克人叫道,"快点,别磨蹭了!"

"有什么可着急的?"麦克斯问道,"你们担心另外那两帮格布鲁人听说这里发生了骚乱,正朝这里赶来吗?"

"铁钳"关上舱门,抬眼看着麦克斯,耸了耸肩膀。

"我们这么着急就为了问你一个问题。不过机器会办到的。告诉我们关于盖莱特的一切事情。"

"休想!"

"你会身不由己。""铁钳"大笑起来,"你试过不让自己想某件事情吗?你根本无法让自己不去想她。一旦机器找到了容易下手的地方,便会把其余的一切都从你的脑子里揪出来。"

"你……你……"麦克斯拼命想说出话来,但这次终于张口结舌了。看到一条条粗大的管子盘卷在一起,从四面八方对准了自己,他扭动着身体,想从这可怖的焦点上挪开。但他没有一点力气。他什么事情也做不了。

千万不能想盖莱特·琼斯。但如果尽力让自己不去想她,他自然就已经想到了她!麦克斯呻吟起来,机器也开始发出一阵低沉的轰鸣,像是在给他伴奏。这时他马上感到,似乎有一百艘星际飞船的引力场正来来回回地穿透他的皮肤。

同时,他的脑海中飞旋着上千个影像。越来越多的影像中出现了他那位前雇主、他的朋友。

"不!"麦克斯拼命想着办法。其实他不必让自己不去想某件事情。他应该做的是要去想另外一件事情。在被撕碎之前的这几秒钟里，他必须找到另一件事情来集中自己的注意力。

当然！他让敌人来做自己的向导。几个星期以来，他们一直在审问他，而且只向他询问加斯人，加斯人，别的什么也不问，只问加斯人。这个话题翻来覆去，已经变成了单调的梦呓。而现在对他来讲，这个字眼变成了一个神奇的咒语。

"那种生物在什么地方？"他们不停地追问。尽管身上的伤痛像是要令他大笑，麦克斯还是集中起了精神。"那些……愚蠢的……傻瓜……白痴……"

他心中充满了对格莱蒂克人的蔑视。他们想要他头脑中的影像？好啊，让他们好好看看这个吧！

他知道，在外面，在群山和森林的世界中，此时已经快要天亮了。他在心中想象着森林，描摹着他能想象到的、与"加斯人"最接近的东西，而他想象出来的这个生物让他大笑起来。

他在生命的最后一刻还在大笑，嘲笑愚不可及的生命。

第七十二章　艾萨克莱娜

秋天的暴风雨又回来了,只不过这一次打前锋的是狂风,在信德谷地席卷而过。到了山里之后,风力骤然加大,变成凶暴的狂风,将树叶从枝头撕下,卷到空中,形成了一个个致密的旋涡。石屑碎土将有形的身体赋予了这些飞旋的魔鬼,让它们在灰色的天宇中现出狰狞之态。

像是与狂风相交呼应,火山也开始"隆隆"作响。同风声相比,它的轰鸣显得更低沉、更缓慢,但山体内部的震动却让森林里的动物更紧张。它们一个个要么蜷缩在巢穴里,要么紧紧抱住摇摆不定的树干。

智能生命的感知力更无法抵御狂暴天气带来的阴郁气氛。乌云笼罩的山谷中,黑猩猩们躲在帐篷里,互相紧抱在一起,倾听着疾风的呼啸声。不时有一只黑猩猩被紧张感压迫得再也无法忍受,便尖叫着冲进森林,但过不了一个小时,他就会毛发凌乱、局促不安地跑回来,身后拖着一团团被狂风撕碎的树叶。

大猩猩也很敏感,但它们的表达方式不同。到了晚上,它们都抬起头,带着一种平静而又专注的神情凝视着如巨浪一般奔腾翻滚的乌云,不停抽动着鼻子,似乎在充满期待地搜寻什么东西。艾萨克莱娜无法断定那一夜大猩猩的样子让自己想起了什么,只是后来,在自己那座密林中的帐篷里,她一直都能清楚地听到它们用低沉的、不成调子的歌声回应着肆虐的风暴。

那歌声就像摇篮曲安抚着她,哄她入睡,但她也要付出代价。

歌声中充满了期待……当然,这种声音肯定要唤回那些永远都不会完全离去的东西。

尽管已经睡去,但艾萨克莱娜的头仍在枕上辗转反侧。她的卷须摇摆着伸向空中,搜寻着什么,然后缩回来,再伸出去探察,然后再缩回来。渐渐地,一种熟悉的感觉慢慢地、不慌不忙地成形了。

"不祥之兆……"她无声地低语道,既无法醒来,又不能在梦中躲开那种无可逃避的感觉。满含着可怕预感的精神信息流出现在她头上,但它的样子与以前大不相同。

"不祥之兆,远离我吧……"她用格莱蒂克语发出一连串祈求。

泰姆布立米人遇到这种情况便会祈求命运女神的怜悯,让自己摆脱不祥之兆的威胁。但艾萨克莱娜已经发生了变化,她不再是个纯粹的泰姆布立米人。现在,预示着凶险的精神云团有了新的盟友。一幅幅可见的影像同信息流汇集在一起,那些是由地球人特有的比喻形成的意念。这样一来,不祥之兆的威胁就变得更加强大,几乎可以触摸到,充满了地球人才会有的噩梦。"……远离我吧……"她叹息道,在沉睡中抗拒着魔魇,发出梦呓般的祈求。

夜风掀动着帐篷的门帘,她梦中的意念幻化为巨鸟的双翼,恶狠狠地飞过树梢,睁着闪亮的眼睛,搜寻,搜寻……

火山微微战栗起来,摇撼着她睡袋下的地面。艾萨克莱娜有规律地发出一阵阵颤抖,在脑海中描摹着地下的穴居生物,那些生灵早已死去,在很久以前就被布鲁拉里人消灭掉了。本来它们有可能成为这颗星球上的智能生命,但已被完全断送,至今仇冤未雪。它们在震颤不已的大地之下蠕动潜行,也在搜寻……

"远离我吧,不祥之兆!"

她摇摆的卷须像是拂到了蛛网和许多小蜘蛛的脚。奔涌的生化酶让她的体内生出一个个小疙瘩,就像地球人传说的地下侏儒,在她的皮肤下扭动前行,忙着生成那些自发的变化。

艾萨克莱娜呻吟一声,因为满含不祥之兆的精神信息流盘旋着越降越低,审视着她,朝她逼过来——

"司令官?艾萨克莱娜小姐。请原谅,您醒了吗?很抱歉打扰您,长官,但是——"

前来报告的黑猩猩突然住口。本来他已经掀开帐篷的门帘走了进来,但现在却惊慌地向后退去,因为这时艾萨克莱娜猛地坐起身,圆睁着双眼,猫儿般的瞳孔张得老大,睡梦中的恐惧让她龇牙咧嘴,满脸惊恐。

看来她并未意识到黑猩猩传令兵的存在。他目瞪口呆,吃惊地看着一股股波动顺着她的喉咙和双肩慢慢滚下。一瞬间,在她不停颤抖的卷须上方,他看到了一个可怕的影子。

他差点转身逃走,但还是竭尽全力鼓起勇气,克制住了心中的恐惧,结结巴巴地向她说道:

"长……长官,拜……拜托。是我啊……我是萨……萨米……"

慢慢地，像是在纯粹的意志力的驱使之下，艾萨克莱娜那双闪耀着金星的眸子里才现出意识之光。她闭上眼睛，然后又睁开。随着一声颤抖的叹息，她打了个哆嗦，但马上向前倒了下去。

萨米站在那儿，抱着她，让她在自己的怀中呜咽。这时，他又惊又怕，只能感觉到她在自己的臂弯里显得那么娇柔，那么脆弱。

"……到了这个时候，盖莱特才开始确信，如果这个仪式纯属花招，那么其中的阴谋肯定非常诡秘。

"你们瞧，在黑猩猩提升这个问题上，正道宗主的态度似乎来了个一百八十度的大转弯。开始的时候，他坚信自己能找到证据来证明地球人的失误，而且或许能以此为借口将新生黑猩猩从地球人手中夺过来。但现在，这个宗主又像是在热心地寻找……寻找合适的黑猩猩种族代表……"

在艾萨克莱娜那张用原木草草制成的桌上放着一只小小的录音机，里面传出了法本·伯尔格的声音。她正在听罗伯特送来的录音。这只黑猩猩做的报告里，有些地方非常有趣。法本具有天生的温良性格和机智的冷面幽默，让情绪低落的艾萨克莱娜提起了兴致。但是现在，当法本提到盖莱特·琼斯博士对格布鲁人的意图进行的分析，他的声音低沉下来，似乎对自己的意见有所保留，甚至听上去有些窘迫。

从声音中，艾萨克莱娜能够感觉到法本的不安。有时，一个人不需要他人出现在身边就能感受到他们的内心。

其中的讽刺意味让她微笑起来：他开始认识真实的自我，可这又让他害怕。艾萨克莱娜深感同情。一个心智健全的生命总是希冀安宁与平静，而不是总要细细品味宿命带来的种种变故。

她手中握着那只小盒子，里面是母亲遗下的纤丝，还有父亲的。至少在这个时候，不祥的预感被她挡在了心灵之外。任不知为什么，艾萨克莱娜知道，那股凶险的意识云团总归还是要再回来。其实，精神信息流是量子力学最为人熟知的表现形式之一。从本质上讲，它是一种概率振动，一团由不确定性构成的云雾，"嗡嗡"作响，不停悸动，其中充斥着亿万种可能性。决定它本身性质的波函数一旦失效，那么一切都将取决于命运了。

"……微妙而又复杂的政治权谋无处不在——在驻加斯的侵略军首脑之间，在格布鲁家园星球的各个派系之间，在格布鲁人和他们的敌人以及所谓盟友之间，在格布鲁人和地球人之间，在不同的格莱蒂克公会之间……"

艾萨克莱娜抚摸着小盒子。确实如此，有时一个人不需要他人出现在身边就能感受到他们的内心。

现在情况太复杂了。罗伯特把录音磁盘给她，是想达到什么目的？难道她有本事深入了解高深莫测的格莱蒂克智慧？她有什么破解谜团的咒语？她能想出妙计指引他们渡过难关？渡过现在这种诡秘费解的难关？

她叹了口气。爸爸，我肯定太让你失望了。

在她战栗的手指拂弄下，小盒子似乎轻轻颤抖起来。一时之间，艾萨克莱娜似乎陷入了恍惚之中，只觉得愈发绝望。

"……老天啊……"

普拉萨楚松少校的声音让她猛地警醒过来。她继续听下去。

"……攻击目标！"

艾萨克莱娜打了个哆嗦。原来如此。情况确实太可怕了。

现在一切问题都有了答案。尤其是她为什么突然生出了那片暗藏凶险、烦躁不安的精神云团。当录音放完之后,她转向自己的助手,艾莱娜·苏、萨米、德·史莱沃博士。这些黑猩猩正耐心地看着她。

"现在我要去高处看看。"她对他们说。

"可是——可是现在正刮着暴风啊。我们说不准风什么时候才会停,而且火山也很危险。我们正商量是不是该撤退呢。"

艾萨克莱娜站起身,"我不会去太长时间。请不要为我派警卫,我也不需要照料。他们只会打扰我,让我在做事情的时候更不顺手。"

她走到帐篷的门帘前,又停下了脚步。她能感到狂风正扑打着篷布,想要找个缝隙钻进来。*耐心些吧,我马上就来。*当她再次开口嘱咐黑猩猩时,声音变得很低沉:"请准备好马匹,我一回来就要用。"

门帘在她身后垂下。黑猩猩们面面相觑,随后默不作声地散开,去为白天的工作做准备。

在弗塞山的很多地方,地下的蒸汽来不及完全化作晨露便滚滚升向空中。这时暴风已经减小了势道,但不时又变回突发的阵阵狂飙。树木在风中一颤抖,细密的水滴便从树叶上飘洒下来。

艾萨克莱娜顽强地爬上一条狭窄的小径。她知道,她的意愿得到了黑猩猩们的尊重。他们都留在下面,不来打扰她。

现在,新的一天刚刚开始,迅飞的低云遮没了一座座山峰,远远望去就好像一支空中侵略军的先头部队。透过云隙,她能看到一片片深蓝色的天空。若是换作地球人,可能还会看见几颗迟迟不愿隐去的星斗。

艾萨克莱娜向高处爬去，但为了能一个人独处，她还要爬得更高。在山峰的绝顶处，森林动物的踪迹便会更稀少。她要找一个尽量空旷、不受打扰的地方。

艾萨克莱娜看到不远处，被风暴卷起的碎片堵住了小径，那是一片片织物模样的东西。她很快就认出来了——那是碟藤的伞衣。

这让她想起一件事。在山下的营地里，黑猩猩技师们一直在努力工作，他们严格地按照一张时间表上的要求，对大猩猩的消化道细菌进行变异开发，以便在大自然规定的时间到来之前完成任务。但现在看来，普拉萨楚松少校的作战安排并不允许罗伯特的计划得以实现。

太愚蠢了，艾萨克莱娜想，我真纳闷，人类这么愚蠢，怎么还能生存到现在？

他们肯定很幸运。她曾在书中了解过地球二十世纪的历史，那时看来真是全赖命运女神的眷顾，他们才侥幸躲过了几乎注定的毁灭……不仅毁灭他们自己，而且连他们那颗丰饶星球上所有的潜在智能生命都无法逃脱。或许正是听说了地球人九死一生的故事，许多种族才对这些"狼崽子"非怕即恨。在当今社会看来，地球人当时的行为简直离奇得不可思议，根本无法解释。

地球佬有一种说法："全赖上苍的厚爱，我们才有了现在的一切。"他们自认全凭运气才走到今天这一步。看看现在这颗贫瘠的、饱受摧残的、草芥一般的加斯星球吧，他们可能轻易就把地球变成了这个样子。

在这种环境下，我们中有多少人能比他们做得更好呢？那些强大的种族在地球人面前总是摆出自鸣得意、高人一等的样子,而且对"狼崽子"肆意鄙薄,不过他们心中也都有这样的疑问,因为他们从未像无知的地球人那样经受过岁月的磨炼。试想一下,如果没有庇护主,没有数据库,没有先贤的智慧,只凭自己的意识那明亮的火焰,无人指引,不加疏导,自由地挑战宇宙,或是享用自己的星球,那会是什么样的感觉? 没有多少种族有胆量问自己这样的问题。

艾萨克莱娜把小小的伞衣推到一边,侧身绕过了那团被撕碎的孢子飞荚,继续向上攀登,沉思着反复无常的命运。

最后她爬上了一道石头斜坡,向南可以看到更多的峰峦,而且在更远的地方,倾斜的草原隐约现出一抹斑驳的颜色。她深吸一口气,拿出了爸爸送给她的小盒子。

阳光变得越来越强烈,但并未从她摇摆不定的卷须中驱走那股已经开始成形的精神信息流。这次,艾萨克莱娜不打算阻止这股信息流。她对它毫不理会——如果不想把可能性变成现实,不加理会永远都是最好的办法。

她的手指按动搭扣,小盒子轻轻开启,她翻开了盒盖。

你们的婚姻才是真正的婚姻。她对自己的父母默念道。因为盒子里原本放着两根纤丝,但现在变成了一根,而且变得更粗更长,在天鹅绒般的衬里上闪烁着微光。

纤丝的一端蜷曲起来,盘在了她的一根手指上。她揪住另一端,将这根细细的丝线缓缓拉直。小盒子掉在了脚下的岩石上,静静地躺在那里,被她忘在了一边。纤丝在她两手之间伸展开来,发出低沉的"嗡嗡"声,起先还非常和缓,但随着她把它举到面前拉紧,让疾风从线身上吹过,她开始听到了阵阵和音。

或许她之前该吃些东西,为自己的这次行动积攒体力。她的种族里,极少有人做过这种事情。只有当泰姆布立米人死去时……

"请帮助我,乌赛卡尔丁。"她无声地祈求道,然后又唤着母亲的名字,"请帮助我,玛茜克劳娜!"

纤丝上的搏动越来越强烈,似乎顺着双臂传进了她的身体,与她的心跳产生了共鸣。艾萨克莱娜自己的卷须也应和着节奏颤抖起来,全身开始摇晃。"请帮助我,乌赛卡尔丁……"

"非常完美,太好了。或许再工作几个星期,就能让它发挥作用,但这一批已经不错了,而且等到碟藤的伞荚飞起来的时候,咱们肯定能按期完成任务。"

德·史莱沃博士把培养菌放回培养箱。他们这座将就凑合起来的实验室位于大山侧腹的避风处,因而暴风并未干扰这里的实验。现在看来,他们的劳动果实马上就要成熟了。

但她的助手咕哝着发起了牢骚:"它能有什么用处? 格布鲁人肯定会想出对策。而且少校还说过,不等这些玩意儿投入使用,进攻就要开始了。"

德·史莱沃摘下眼镜,"问题的关键在于,我们必须一直工作下去,除非艾萨克莱娜小姐要我们停下。我是平头百姓。你也是。或许法本和罗伯特只能服从命令,不管他们愿不愿意。但你和我可以选择……"

她的声音越来越小,因为她发现萨米并没有在听她说话。他正盯着她的身后。她连忙转过身,想搞清楚他正在看什么。

如果说今天早晨艾萨克莱娜在经历过噩梦之后显得古怪又可怕,那么现在她的模样真能把德·史莱沃博士吓得喘不过气来——这个衣衫不整、卷须凌乱的外星人姑娘眯缝着双眼,而后又

疲惫地闭上,紧紧抓住帐篷的立柱,他们见状连忙赶上前去。可是,当两只黑猩猩想把她搀扶到一张折叠床旁时,她摇了摇头:

"不,"她只是说,"带我去找罗伯特。马上去找罗伯特。"

大猩猩又开始吟唱,哼着低沉而又不成调子的歌曲。萨米跑出帐篷去找本杰明,德·史莱沃扶着艾萨克莱娜坐在了一把椅子上。一时之间,她不知该做什么好,便花了一点工夫为年轻的泰姆布立米人拂去头上的树叶和泥土。德·史莱沃的手指能够感觉到,艾萨克莱娜的卷须像是在冒着浓重而又芳香的热气。

而在她的卷须上方,充满可怕预感的精神信息流正搅动着空气,就连头脑糊涂的黑猩猩似乎都有所察觉。

艾萨克莱娜坐在那儿,倾听着大猩猩的歌声,第一次感到自己像是能够听懂其中的含义。

现在她知道了:所有的、所有的人都要发挥自己的作用。即将发生的事情可能会让黑猩猩感到不快,但那是他们自己的问题。每个人都有自己的问题。

"带我去找罗伯特。"她又低声说道。

第七十三章　乌赛卡尔丁

他背对着升起的太阳站在那儿,浑身颤抖,感觉自己的身体仿佛已被吸干,变得像一只干果荚。

从没有哪一个比喻能够这么贴切。乌赛卡尔丁眨了眨眼睛,慢慢将心神拉回眼前这个世界……回到这片枯干的草原上,穆伦山脉正赫然耸立在前方。他似乎一下子变老了,而这个世界显得比以前任何时候更都沉重。

在内心深处,对亲人的感念之中,他生出了一种麻木感。他无法知道,远方的艾萨克莱娜从父亲身上吸收了那么多意念之后,还能安然无恙吗?

她肯定急需帮助。乌赛卡尔丁想。这是女儿第一次索取父母并未给她准备好的东西,而且她也无法从学校中学到。

"您终于回过神来了。"库尔特平淡地说道。这位数月来一直与乌赛卡尔丁为伴的泰纳尼人挂着一根粗短的手杖,正在几米之外看着他。他们此刻置身于一大片棕色的荒草海洋之中,随着太阳渐渐升起,二人长长的身影正在慢慢缩短。

"您刚才是在接收什么信息吗?"库尔特问道。他居然能像那些擅长通灵之术的人一样好奇,这对他来讲可是太不正常了。

"我——"乌赛卡尔丁舔了舔嘴唇。但他该如何解释呢? 他根本没有接收任何东西。其实,是女儿从他这里接收了信息。当初他把自己和亡妻的纤丝放在艾萨克莱娜手中时,就是向女儿许下了诺言,答应满足她的一切要求。而刚才她召唤着双亲,要他们偿还欠下孩子的债务——他们没有经过女儿同意就把她带到了这个奇怪的世界中,因而要付出代价。

如果一个人不知道自己的诺言实现之后会带来什么后果,就真不该提前做出承诺。

这话说得一点没错,她把我耗干了。他感到自己体内已空无一物。而且,他无法确定孩子是否能吃得消。但愿她此时仍能保持健全的神智。

我是不是该躺下来等待死亡降临? 乌赛卡尔丁颤抖起来。

不,我想现在还不是时候。

"我刚才确实在做某种交流。"他对库尔特说。

"格布鲁人会探测到您刚才做的事情吗?"

乌赛卡尔丁连耸耸肩都没有力气了,"我想不会。或许不会。"他的卷须平平地耷拉在头上,就像地球人的头发。"我不知道。"

泰纳尼人叹了口气,翕动着腮缝说道:"但愿您能对我开诚布公,我的同僚。如果我不得不承认您在对我隐瞒某些事情,那可就太令我伤心了。"

当初为了让库尔特说出这样的话,乌赛卡尔丁做了多少努力啊! 而现在他却对此一点都不在乎。"您这是什么意思?"他问道。

泰纳尼人恼怒地发作起来,"我的意思是,我发现了那种奇怪生物留下的痕迹,而我现在已经开始怀疑,您对它的了解要比您告诉我的多得多。我要警告您,乌赛卡尔丁,我正在组装一台设备,它能为我破解这个谜团。您要是希望我对您客气一点的话,就趁早对我说实话,别等我自己查出真相!"

乌赛卡尔丁点点头,"我理解您的警告。不过,现在咱们最好还是继续赶路。如果格布鲁人察觉到了刚才发生的事情,便会前来调查,我们应该在他们赶到之前尽量远离此地。"

他欠艾萨克莱娜的还是太多了。在她能把刚刚吸收的东西投入使用之前,乌赛卡尔丁不能被敌人抓到。

"好吧,"库尔特说,"咱们迟些再谈。"

乌赛卡尔丁领着同伴向山地进发。他在选择方向时并未多用心,或许只是出于老习惯,仍旧追随着那点只有他自己才能看到的蓝色闪光。

第七十四章　盖莱特

新建的行星分支数据库真是太漂亮了。在泰姆布立米使馆以南一公里处，海岬公园的最高点上，新近清理出了一片空地，分支数据库浅褐色的身躯正在那里闪闪发光。

与老分支数据库不同，这座建筑与海伦尼亚的新弗勒瑞特风格非常不协调。但尽管如此，它的样子仍然令人惊叹——它是一个没有窗子的巨型立方体，柔和的色彩同身旁耸出地面的白垩色岩石形成了绝妙的对照。

飞车降落在停机坪上，干燥的粉尘像云雾一般腾起，盖莱特从里面走了出来。她跟在科瓦克押送人员的后面，踏上一条用地砖铺就的人行道，朝大厦的正门走去。

几个星期前的一天，海伦尼亚城中绝大部分居民都出来观看：一架如同格布鲁人的战斗飞船一般大小的巨型运输舰慢吞吞地出现在钢蓝色的天空中，随后把这座建筑缓缓吊放下来。那天下午的大部分时间里，太阳一直笼罩在云翳中——来自数据库公会的技师忙碌地将这座知识的圣殿牢牢固定在它的新址上时，掀起了漫天的烟尘。

　　盖莱特有些疑惑,这座新数据库果真能为海伦尼亚的市民造福吗? 在大厦的四面八方都设有停机坪,但格布鲁人并未在这片高岬和城市之间修筑任何道路,因而城里的百姓根本无法乘车、骑自行车或是步行来到这里。当盖莱特经过装饰华丽的立柱走进大门时,她意识到,自己大概是第一个进入这座建筑的黑猩猩。

　　数据库的大厅里,拱形天花板投射出似乎同时来自四面八方的柔光。在大厅中央,高悬着一只巨大的淡红色立方体,盖莱特马上明白,这座建筑确实造价高昂。这里的主数据存诸仓要比几英里之外的老数据库大出许多倍,甚至超过了地球上位于拉巴斯的主数据库——她曾在那儿查过资料。

　　但这座巨大的建筑内部却显得有些空空荡荡,而盖莱特早已习惯了过去数据库内二十四小时忙碌不停的景象。为数不多的使用者中有格布鲁人,还有科瓦克人,他们正站在一座座分散在大厅各处的研读操作台旁。另外,还有一些鸟儿三三两两地聚成小群。盖莱特看到,他们摇头晃脑,剧烈地颠动着长喙,一面争论,一面不停地挪动着双脚——但从那一片片隔音屏蔽区里根本传不出任何声音。

　　根据这些鸟儿身上的缎带、肩头的垂布[1]和点染的羽毛,盖莱特能分辨出他们究竟属于官吏、教士,还是军人。总的来讲,每一个派系的成员都待在自己的区域里,与其他团伙保持一段距离。而当一位宗主的追随者与对手靠得太近时,双方便会竖起羽毛怒目相向。

　　然而,在一个地方,一群来自不同派系的格布鲁人却拍动着翅膀聚在一处,这说明各派之间依然存在着交流。这些鸟儿更

①神职人员长袍上从肩头垂下的装饰性披盖布。

加趾高气扬,一面点头摆喙,一面朝悬在空中的一幅幅全息画面打着手势,显然都在极力摆出一副实事求是、充满理智的架势。

当盖莱特从这群又跳又叫的鸟儿身边快步走过时,其中的几个家伙转过身盯着她,用脚爪和尖喙指指点点,这让盖莱特感到,他们知道她是谁,也知道她将要扮演什么角色。

她没有迟疑,也没有停下脚步,只觉得双颊发热。

"小姐,有什么能为您效劳的吗?"

一开始盖莱特还以为,是一棵装饰植物立在五大星系螺旋线标志正下方的服务台旁,可现在它居然对她说话,让她小小吃了一惊。

这"植物"讲的是地道的安格力克语!盖莱特注意到,它生着圆圆的球茎状叶片,上面点缀着一块块银亮的饰物。每当它挪动身体,那些小银片就"叮当"作响。在它棕色的主干下端是一丛能够移动的细根,长满了节瘤,使得这种生物能缓慢笨拙地曳足而行。

这是个坎顿人,她明白了。原来如此,格莱蒂克公会为这里配备了一位数据库管理员。

植物体智能生命坎顿人是地球人的老朋友。自从大接触后不久,坎顿人就一直在为地球联邦委员会出谋划策,帮助"狼崽子"在那片错综复杂的格莱蒂克政治体系的丛林中迂回穿行,从而赢得了独立种族的庇护主身份。尽管如此,盖莱特还是极力按捺住了心中涌起的希望。她提醒自己,这些为格莱蒂克公会当差的生物为了更神圣的使命,肯定早已抛弃了原先对地球人的热忱之心,甚至对自己的种族也不会偏袒。而她现在最需要的就是公正无私。

"呃,是的。"盖莱特答道,同时她并没忘记鞠躬,"我想查一查与提升仪式有关的资料。"

那些小银铃似的东西大概是这个生物的感觉器官，它们发出的清脆响声听上去非常悦耳。

"这个主题的涉及面可是太广了，小姐。"

盖莱特正盼着对方能如此作答，而且已经准备好了回应。不过，眼前这个智能生命身上根本没有任何一处哪怕是稍微有点像一张脸的地方，同它对话总让人觉得紧张。"那么如果您愿意的话，我想先简单地总体浏览一下。"

"没问题，小姐。二十二号操作台是专为地球人和新生黑猩猩设计的。请您在那里自便吧。您只需按照蓝色线条的指示就能找到那儿。"

盖莱特转过身，看到身边出现了一道闪闪发光的全息线标。这条蓝色的光带像是悬在半空，绕过服务台，一直伸向大厅远端的一个角落。"谢谢您。"她轻轻说道。

当她顺着光带的指示离去时，似乎听到身后又响起了雪橇铃铛的"叮当"声。

二十二号台让盖莱觉得既熟悉又亲切。这是一张标准的全息控制台，旁边配着桌椅和一只豆袋沙发①。架子上整整齐齐地摆放着名牌数据存储器和记录笔。盖莱特满心欢喜地坐在桌边，她刚才一直在担心，说不定自己得踩上高跷、探着脖子去使用格布鲁人的专用操作台呢。

不过她还是感到有些紧张。随着"啪"的一声轻响，显示器突然亮了起来，盖莱特略微吃了一惊。只见全息屏的中央现出了安格力克语文字：

"请口述指令，以便调整查询状态。接到指令后，本机将开

_____

①一种用小球作为填充物、形状可随体形变化的坐具。

始对'提升仪式'的有关信息进行后补查询。"

"后补查询……"盖莱特低声咕哝道。不过,最好还是能从最简单的步骤开始? 那样不仅能让她确保自己没有忘记某些至关重要的基础知识,而且还能了解到格莱蒂克人眼中提升仪式的根本要素。

"继续。"她对操作台说道。

侧面的显示器上开始发光,显示出图像,这是一张张面孔,一张张不同生命族类的面孔。无论从空间还是时间上讲,他们的世界都离这里极为遥远。

"每当大自然中出现一种新的潜在智能生命,整个格莱蒂克社会便充满了喜悦。因为这表示一次提升历险马上就要开始了……"

很快,那些古老的面孔就开始讲述他们自己的经历。盖莱特在奔涌而来的信息海洋中畅游,从知识的圣杯中狂饮着甘露。她在便携式存储器里装满了笔记和交叉引用语。没过多久,她便忘记了时间。

食物出现在盖莱特的桌面上,而她却没察觉到它是怎么来的。当她不得不起身方便时,便在近旁的一个卫生间里解决问题。

在格莱蒂克历史上的某些时期,提升仪式曾经纯属一种礼仪形式。庇护主种族有责任声明自己选择了合适的受庇护种族,对他们进行提升。而庇护主所做的声明只被简单地看作是他们已准备好履行职责。但是在另一些时期,提升公会所发挥的作用要强得多,比如在苏姆布卢姆精英执政的时代,提升仪式的整个过程都要处在公会的直接监督之下。

而当前提升仪式的性质介于两个极端之间,既突出了庇护主的责任,又有公会在施加广泛的影响。在距今四万至六万格莱蒂克年①之前,一连串轻率的提升失误引发了几场严重而又令人难堪的生态大屠杀(请参见:格尔卡赫什人、布鲁拉里人、斯钦人、穆胡恩人),从那以后,提升公会的参与便逐渐增多。如今,庇护主已不得独自对受庇护种族的提升进行担保。有关的提升进程应处于受庇护种族的提升期同伴和提升公会的密切关注之下。

现在,提升仪式已不只是简简单单的庆典,而是要发挥两个重要作用。首先,在仪式上,受庇护种族要在严峻而又苛刻的条件下接受测试,以便让公会确信这个种族已准备好在下一个提升阶段中行使权利并履行义务。其次,仪式让受庇护种族有机会选择下一阶段的提升期新同伴,对自己进行监督,而且在必要时为自己充当调解人。

测试时,采用的标准须取决于受庇护种族所达到的提升程度。其他重要的测试项目还包括:食性分类(例如:肉食类、草食类、自给自足类,或是借助外部能量类)、行动方式(例如:两足生物、四足生物、两栖生物、滚动行进生物,或是无活动能力生物)、思维方式(例如:联想思维型、推断思维型、直觉思维型、全面思维型,或是无定式思维型)……

她慢慢地看完了所有的"后补"资料。这些长篇大论让人读起来真是费力而又乏味。若想让海伦尼亚那些肚子里没有多少墨水的黑猩猩使用这座巨大的知识宝库,分支数据库还真需要更新翻译程序。假如今天换了等闲之辈来这里,这些资料在他们眼里还不像天书一般?

但尽管如此,这幢大厦还是相当出色,它要比过去那座可怜

---

①一格莱蒂克年约等于十四个地球月。——作者注

兮兮的小分支数据库大上许多倍。同时,它也不同于拉巴斯的地球数据库,这里没有那种无休止的拥挤和忙乱,看不到成百上千的使用者挥舞着标有排队顺序的纸条为了谁先谁后而争吵。盖莱特感到自己像是能在这个地方待上几个月或是好几年,不停地吸取知识,直到学问从身上的毛孔中漏出来。

她这样想不是没有道理。比方说,她刚在这里看到了一篇参考文章,说的是如何进行特殊安排以使提升在机械文明社会中得以实现,可在那里又出现了一段令她心痒的短文,介绍一个呼吸氢气的生命种族如何从那种与我们相对等的神秘文明中脱离出来,而且居然请求加入格莱蒂克社会。盖莱特渴望能顺着这一条条令人着迷的线索做深入了解,但她知道自己根本没有时间。她不得不把注意力集中在某些法则上,这些法则专门涉及处于第二提升阶段的受庇护种族,而这些受庇护种族应当是两足、温血、杂食、具有多重思维方式的智能生命。可即便如此,她需要阅读的资料清单仍然多得令人望而生畏。

只能再继续缩小范围了,盖莱特想。于是,她将目标集中在有争议或是在战时举行的提升仪式上。但是,尽管筛选的限制条件已经很多,她仍然发现,要想通读这些被搜索出来的资料简直太难了。每一段资料都那么复杂难解!她感到十分绝望,自己的种族怎么就这么无知呢?

……无论两个庇护主是否已事先约定共同参与一个受庇护种族的提升仪式,格莱蒂克公会都必须对此进行慎重核实并做出裁决,同时还要考虑到有关双方或多方当事人的惯例做法……

盖莱特想不起自己是什么时候在豆袋沙发上睡着的。她只觉得自己正乘坐一只木筏漂浮在阴沉的大海上。随着她呼吸的韵律,木筏在轻轻晃动。过了一会儿,雾霭包围过来,聚成一团,让她的梦境变成黑白两色,里面充满了模糊的形体,阴森可怖——她在其中看到了一个个死者扭曲的影像,有她的父母,还有麦克斯。

"不,不,"她低声呻唤道,突然全身猛地一震,"不!"

她想要醒来,开始试着挣脱睡梦的束缚。她的眼皮微微颤动,梦境的碎片还固执地攀附在上面。她似乎看到,一个格布鲁人正悬在头顶,手中拿着一个神秘的装置,就像那些曾经监测和窥探过她和法本的仪器一样。但是,那只鸟儿刚一按动机器上的按钮,它的身影就突然晃动起来,随后化为齑粉。她猛地向后一缩,那个格布鲁人又重新出现在她不安的梦里,同刚才那些影像混杂在一起。

乱梦渐渐远去,盖莱特的呼吸变得舒缓下来,她陷入了沉睡之中。

不知过了多久她才醒来,模模糊糊地感觉到一只手正在抚摸自己的腿。然后,那只手抓住她的脚踝,用力一拉。

盖莱特吓了一跳,急忙坐起身,但眼睛一时还看不清东西。她的心怦怦狂跳着,随后视线才清晰起来—— 一只非常高大的黑猩猩正蹲坐在她身边。他的手还留在她的腿上,而她马上就认出了那副笑容。他涂着蜡的八字胡须更让她厌恶。

由于突然从熟睡中惊醒,她过了一会儿才说出话来:"你……你在这儿干什么? 这儿有你什么事?"她尖刻地问道,从他的手中抽回了腿。

"铁钳"显得很开心。"得了,难道你一见到像我这样对你格外重要的人,都要这样打招呼吗?"

"你对我确实很重要,"她承认,"因为你时刻在提醒我什么是卑鄙小人！"盖莱特揉揉眼，坐起来。"你还没回答我的问题。你为什么要烦我？格布鲁人再也不会让你们这些无能的劣种当看守了。"

这只雄性黑猩猩的表情只是稍微有点不快，显然有某种事情让他沾沾自喜。"啊，我只是觉得我应该来数据库学习学习，就像你一样。"

"你？在这儿学习？"她大笑起来，"我能来这儿是得到了宗主的特别许可。你有什么资格——"

"我也正要说这话呢。"他打断她。

盖莱特吃惊地眨眨眼，"什么？"

"听好了，我要告诉你，是宗主大人让我来这儿和你一起学习的。毕竟搭档之间应该互相多了解才对，现在尤其要抓紧时间，因为我和你马上就要作为种族代表一同出现在大庭广众之前了。"

盖莱特倒抽一口冷气，"你……"她猛地把头扭向一旁，"我不相信你！"

"铁钳"耸耸肩，"你不必这么大惊小怪。我的遗传评测得分都在九十分以上，几乎胜过所有同类……只不过有两三个小科目不太尽如人意，可那些枝节问题根本算不上什么。"

盖莱特对这话完全相信。很明显，"铁钳"相当聪明，而且机智敏锐，此外他那超常的力气只能被提升委员会视为珍宝。但有时这种珍宝需要让人付出极高的代价，因而令人望而生畏。"这么说，你那些卑劣的缺点肯定比我想象的还要糟糕。"

雄性黑猩猩仰面大笑起来，"哈哈，以人类的标准来看，我想你说得没错。"他承认，"可那是些什么样的标准啊！那些标准规定，大多数劣种都不准靠近雌性黑猩猩和孩子！不过，标准正在改变。现在我有机会翻身了。"

盖莱特打了个哆嗦，"铁钳"话中的含义令她不寒而栗。

"你在撒谎！"

"好吧，我承认自己撒了谎，是我的错。"他装模作样地捶打着胸膛，"但是，我确实要在仪式上接受鸟儿们的测试，对于这一点我可没说假话，一同接受测试的还有我手下几个能干的小伙子。你要明白，自从你那位妈妈的乖儿子、你那位老师的宠儿跟着茜尔薇逃进丛林以后，事情发生了某些改变。"

盖莱特只想在他脸上啐一口唾沫："法本比你们这些遗传劣种要强上十倍！正道宗主绝不会选你来顶替他！"

"铁钳"咧开嘴巴笑了，伸出食指举到她面前，"啊哈，看来咱们彼此之间存在着误会。你明白吗？你和我说的宗主可不是同一只鸟。"

"什么……"盖莱特的呼吸急促起来。她抬手按在胸口上，"噢，老天！"

"你终于明白了，"他说道，点了点头，"你真是一只聪明而又高贵的小猴子。"

盖莱特心里一沉。而让她最吃惊的是，自己居然如此哀痛。此时，她感到自己的心像是被撕碎了。

我们原来一直在被人利用，她想，啊，可怜的法本！

这就可以解释，为什么法本那一晚同茜尔薇走后就再也没有被带回来。第二天，第三天，他还是没有回来。盖莱特原来一直确信，事实会证明那次"出逃"肯定是对行为和智力的又一次测试。

但现在看来，事实并非如此。一定是另外那一位或两位格布鲁人的首脑策划了这个阴谋，或许他们想以此来剐弱正道宗主的力量。而除了把那个精心挑选出来的"种族代表"偷走之外,还能有什么更好的方法呢?行窃的盗贼不可能被抓到,因为根本不会找到法本的尸体。

当然,格布鲁人还会继续为仪式做准备。现在要想取消对提升公会的邀请,已经太迟了。而三位宗主都有自己的如意算盘,都盼着出现对自己有利的结果。

法本……

"那么,教授?咱们从哪儿开始学呢?你可以先教教我,如何像一个真正的白卡佬那样举止得体。"

她闭上眼睛用力摇摇头,"滚开,"她说道,"请你快点滚开。"

其实她还有很多话可以说,还有很多讥讽之言可以骂。但是,一种麻木的痛苦让她不愿再开口,直到她感觉"铁钳"已经走开,这才让强忍已久的泪水流出来。她把身体埋进柔软的沙发里,就像躲进了母亲的怀中,开始哭泣。

第七十五章　格莱蒂克人

另外那两位宗主正绕着栖木舞动着身体,竖起羽毛趾高气扬地鸣叫。他们二人同声唱道:

"请下来吧,请下来吧,
——下来,请下来吧!
请从您的栖木上下来吧。

"加入我们,加入我们,
——我们,加入我们!
加入我们求得统一!"

正道宗主浑身颤抖,与眼前的变故奋力抗争。现在,他们完全团结在一起和他作对了。政务宗主已经对女王的位置放弃了希望,转而支持军务宗主争夺统治权。现在事务官大人的目标是第二个位子——换羽后成为雄性亲王。

这样就形成了二对一的局面。但他们为了达到最终目标,既换羽变性又能出台政策,就必须让正道宗主走下栖木。他们必须逼他站到加斯的土地上。

正道宗主奋起抵挡,找准时机发出一串串尖叫,以此来干扰他们的节奏,同时用合乎逻辑的言辞驳斥他们的请求。

正当得体的换羽可不应该以这种方式完成。这是在施加压力,而不是求得统一。这是威逼。

主宰者们绝不会希望三人组合中出现这种局面。他们需要的是方针政策。需要的是智慧。而另外那两位宗主似乎已忘了这一点。他们两个想在提升仪式这个问题上走捷径。他们想进行一次可怕的冒险,孤注一掷,不惜违抗法规。

如果已故的政务宗主还活着就好了!教士大人悲痛欲绝。有时候,只有当一个人逝去之后,别人才能真正意识到他的价值。

"请下来吧,请下来吧,
请从您的栖木上下来吧。"

当然,面对二人团结一致的声音,他无法一直对抗下去,这只是时间早晚的问题。他们的合唱声穿透了教士大人用荣誉和坚毅在自己四周建起的壁垒,攻入了他心中由激素和本能占据的领地。尽管换羽的吉期悬而未决——由于一位成员的顽抗而受到了阻碍,但绝不会永远停滞不前。

"请下来吧,请下来吧,
加入我们求得统一!"

正道宗主颤抖着,继续抵抗。但还能坚持多久,他不知道。

第七十六章 岩 洞

"克莱妮!"罗伯特高兴地叫道。他正和一只黑猩猩抬着一枚导弹走出岩洞,看到几个骑在马上的身影出现在前方小路的拐弯处,便大喊一声,差点把导弹掉在地上。

"嘿! 小心这玩意儿,你这……上尉。"普拉萨楚松手下的一名下士叫道,这名军士在最后一秒钟才改过口来。最近这几个星期,他们开始变得对他恭敬了一点——他理应得到尊重——但这些大兵有时还是流露出对非正规军人那种根深蒂固的轻视。

另一只黑猩猩赶上来,从罗伯特的手中轻松地抬起了导弹的锥形弹头,脸上露出不屑的神情,似乎在说—— 一个人类居然还想抬东西呢!

罗伯特并未理会这来自人类和黑猩猩的双重轻慢。他朝小路跑去,这时那队人马已经来到面前,他伸手拉住了艾萨克莱娜的马缰,同时向她伸出了另一只手。

"克莱妮,我真高兴你能……"一时间他的声音变得踌躇起来。她捏捏他的手,他眨巴着眼睛,想要掩饰心中的尴尬,"……

呃,真高兴你能来。"

艾萨克莱娜的笑容同他记忆中的样子没有一点相似之处,而从她的心神中,他还能察觉到一种以前从未感受过的忧伤。

"我当然要来,罗伯特。"她微笑着,"你觉得我有可能不回来吗?"

罗伯特帮助她下马时感觉到,尽管她表面上在极力控制自己,但还是在发抖。亲爱的,你变了很多。艾萨克莱娜像是知道他在想什么,伸手轻轻抚摸了一下他的脸颊。"格莱蒂克人和地球人在某些想法上还是有共通之处的,罗伯特。你们这两个族类的圣贤都说过,生命就像车轮。"

"'车轮'?"

"是的。"她的双眸闪烁着光芒,"车轮转动前行,生命也往复不止,一直发展;而且车轮并不改变自己的形状,生命也保持着不变的本质。"

他感到一阵轻松,他又感觉到过去的那个她了。在表面的变化之下,她还是艾萨克莱娜。"我想你。"他说道。

"我也想你。"她微微一笑,"现在给我讲讲这位少校和他的计划吧。"

狭小的储藏室里,堆积起来的各种配给品一直顶到了高悬的钟乳石,罗伯特正在里面来回踱步。"我可以和他辩论。我可以试着去说服他。见鬼,就是我朝他大叫,他也不会在乎。只要我不在大庭广众之下冒犯他,他才不管我说什么呢,因为一等辩论结束,只要他说一声'跳',我还是会乖乖地蹦出两米远。"罗伯特摇摇头,"我没办法主动去阻止他,克莱妮。我是军人,不要让我违背自己的誓言。"

　　显然，罗伯特既要忠于事实，又要忠于上司，他觉得左右为难，在矛盾中进退维谷。艾萨克莱娜能感觉到他的不安。

　　法本·伯尔格的手臂还固定在吊带里，他看着他俩争辩，但始终一言不发。

　　艾萨克莱娜摇摇头，"罗伯特，我向你解释过，普拉萨楚松少校的计划很可能会造成惨重的损失。"

　　"你该去对他讲！"

　　她当然已经做过努力。当天晚上用餐时，她详细解释了进攻格布鲁人的仪式举行地可能会导致哪些后果。普拉萨楚松彬彬有礼地倾听着。但当她说完之后，他只问了一个问题：这次袭击将会被看作是针对地球人的敌人，还是针对提升公会？

　　"当提升公会的使团到达之后，那个地方就归他们所有了。"她答道，"如果对那里实施攻击，便会给人类带来灾难性的后果。"

　　"可是，如果我们在他们到来之前下手呢？"少校狡黠地问道。

　　艾萨克莱娜焦急地摇摇头，"在他们到来之前，那里归格布鲁人所有。但那个地方不是军事设施！它被建造起夹之后，可能会举行神圣的仪式。如果不能处理得当的话，攻击行为的性质将会被质疑……"

　　二人之间的交锋又持续了一段时间，最后他们彼此都明白，再争论下去已毫无意义。普拉萨楚松答应要慎重考虑她的意见，便结束了谈话。但大家都知道，这位联邦陆战队的军官怎么会采纳一个"外星人小孩子"的忠告呢？

　　现在，在这间储藏室里，三人聚到了一起。"我们可以给梅根发一封信。"罗伯特建议道。

"我相信你已经这么做了。"艾萨克莱娜答道。

罗伯特皱起了眉头,他的反应证实了艾萨克莱娜的猜测。越过普拉萨楚松向上级报告,这种行为无疑已经违反了制度。最起码这就像是一个被惯坏的孩子在向妈妈告状。说不定罗伯特还会因此被送上军事法庭。

但他还是这样做了,这就证明——罗伯特之所以畏首畏尾、迟疑不定,并不是害怕直接对抗自己的指挥官,而是出于对自己入伍誓言的忠诚。

而他是对的。他的正直令艾萨克莱娜心生敬意。

但我可不会受他那种约束。艾萨克莱娜暗想。这时她发现,一直默不作声的法本正望着她的眼睛。那黑猩猩意味深长地翻了翻眼睛。显然他和艾萨克莱娜都对罗伯特抱有完全相同的看法。

法本开口道:"我其实已经向少校做过暗示,端掉仪式场地可能会帮敌人一个忙。毕竟他们是为了加斯人才造了这么一个玩意儿。不管他们想在我们黑猩猩身上打什么主意,看来他们是想做最后一次努力来挽回他们的损失。难道说那地方就像是已经投了保险? 我们轰掉它,他们就要归罪于我们,向我们收赔偿金?"

"普拉萨楚松少校向我提到过你的看法。"艾萨克莱娜对法本说,"我认为你的观点很敏锐,但恐怕他认为这种可能性不大。"

"您是说,他认为我的想法只是一堆臭大——"

正说到这儿,他们忽然听到外面冰冷的石头地上响起一阵脚步声。"打扰诸位了。"一个女人的声音隔着帘幕问道,"我能进来吗?"

"请进,麦库中尉。"艾萨克莱娜答道,"我们反正也快要说完了。"这位淡黑色皮肤的女人走进来,坐在了罗伯特身边的一只板条箱上。他朝她淡淡一笑,但马上又低下头端详起自己的双手。他一松一紧地捏着拳头,双臂上的肌肉也随之上下鼓动。

艾萨克莱娜只觉得心如刀绞,因为她看到麦库把手放在罗伯特的膝盖上,对他说:"头儿要大家在睡觉前再召开一次作战计划研讨会。"说完,她朝艾萨克莱娜转过脸,微微俯首邀请道,"如果你愿意的话,也欢迎你参加。艾萨克莱娜,你是我们可敬的贵客啊。"

艾萨克莱娜这才想起,眼前的女人是这片岩洞的女主人,也是统领着一支部队的军官。我不能让这种事情影响我,她提醒自己。现在最重要的是,确保人类在即将到来的日子里尽可能少地对他们自己造成伤害。

还有,如果可能的话,她还想再搞一个恶作剧,捉弄一下敌人。对于心中的这个计划,其实她之前一直没有完全理清头绪,但近来已经慢慢想出了一个大概。

"不了,谢谢你,中尉。我想我该去问候一下几位黑猩猩朋友,然后就去休息。这次为了来这儿,我骑了好几天的马。"

罗伯特和自己的人类情人一同站起身,扭头看了艾萨克莱娜一眼。一想到马上就要开始的会议,他的头上生出了一片满含着比喻意象的云团,其中像是隐约闪烁着雷霆的电光。想不到你还能生出这样的信息流,艾萨克莱娜很惊奇。看来真是士别三日——当刮目相看了。

法本大大咧咧地一笑,跟着两个地球人走出了储藏室。艾萨克莱娜似乎感到他的笑容中隐含着某种意味。他临走时是不是不怀好意地眨了眨眼睛?

他们走后，艾萨克莱娜开始整理自己的行囊。我可不受他们那种约束，她提醒自己，也不必理会他们的法律。

不知是谁关掉了整条通道上的唯一一盏灯，岩洞中一片漆黑。在这里，单凭双眼已经看不到任何东西，但泰姆布立米人的卷须却能帮上大忙。

艾萨克莱娜生出了几股简单而又特殊的精神信息流。第一股只有一个目的，那就是在她前方和两侧飞蹿，为她在黑暗中探路。对于虚无缥缈的意识云团来讲，冰冷坚硬的东西就像烈火一样灼热，因而它很容易就能知道哪里是石壁，哪里是挡在路上的杂物。这股小小的信息流灵巧地引着艾萨克莱娜避开了所有这些东西。

另外一股精神信息流盘旋在她的头顶，警惕地探测着地球生灵的意识动向，确保他们低级的精神感应能力没有察觉到不速之客。这时，在这条通道两侧的石室里没有黑猩猩，他们都被打发走了，为人类军官腾位置。

丽迪娅和罗伯特出去巡逻了。艾萨克莱娜感觉到，在岩洞的这个区域里只有一个地球人。她小心翼翼地朝那里走去。

第三股精神信息流无声地积聚着力量，等待轮到自己发挥作用。

原来居住在岩洞里的飞行动物已被地球人和他们的喧嚣声赶到了洞外，地面上堆积着它们千百代留下的粪便。艾萨克莱娜缓慢而又无声地走在上面。她稳住呼吸，默想着那个默不作声的地球人的样子，约束着自己的思绪。

仅仅在几天前，她还不曾试过同时生出三股精神信息流，现在却显得轻松平常，就像是她早已这样做过几百遍了。

　　她用一种泰姆布立米人极少提起、甚至更没有多少人尝试过的特殊方法，从乌赛卡尔丁身上夺走了这种本领，还有其他许多技巧。

　　我变成了丛林战士，还和一个地球人幽会，现在又搞这一套。唉，我的同学们肯定会大吃一惊。

　　她如此粗暴地榨干了父亲的身体，不知他是否还为自己留下了些什么。

　　爸爸，你和妈妈在很久以前就安排好了这一切，在我毫不知情的情况下，就为我做好了准备。难道早在那个时候你们就已经知道，我总有一天会需要你们这样的帮助？

　　她心中感到悲伤，担心自己夺走的东西太多，会令乌赛卡尔丁无法承受。可是，她得到的这些本领还不够。还差得太远。她在内心中感到非常肯定，除了父亲本人之外，谁也无法使这种包容了无数星球和物种的神奇之物达到自己的极致。

　　负责探路的精神信息流盘旋在一条悬垂的布帘前。艾萨克莱娜走过去伸出手，她的指尖触到了帘幕，但眼睛还是无法看到。完成了使命的侦察云团慢慢消散，融入了她的卷须之中。

　　她缓慢地轻轻撩开布帘，蹑手蹑脚地走进了内室。负责警戒的信息流感觉到，室内没有人知道艾萨克莱娜的到来。她只听到一个地球人熟睡时平稳的呼吸声。

　　当然，普拉萨楚松少校并不打鼾。他睡得很轻，仍然保持着警惕。艾萨克莱娜的意识轻轻拂过他时刻竖立在头脑中的精神感应屏障，正是这道屏障保护着他的思维、他的梦境和他那些军事知识。

　　他们的士兵很优秀，而且越来越出色。她想。多年来，泰姆布立米顾问一直在努力指导他们的"狼崽子"盟友，教他们如何成为凶残可怕的格莱蒂克战士。而泰姆布立米人自己却去钻研令人着迷的花招和诡计，在格莱蒂克文明的熏陶下成长起来的任何种族都不曾琢磨出他们那些鬼点子。

但地球人的作战部队——联邦陆战队，却没有请外星人做顾问。他们不合潮流，是真正的"狼崽子"。

负责探察精神感应的信息流谨慎地飘近那个熟睡的地球人。它缓缓下降，艾萨克莱娜感到这团意念云雾就像是一只液态金属球。它轻触着普拉萨楚松的精神感应屏障，在那东西的表面上划出一道道金色的光痕，很快就把整个屏障罩在了一层柔腻的光彩之下。

艾萨克莱娜的呼吸稍稍放松了一点。她轻轻把手伸进口袋，掏出一只玻璃安瓿。她走到近前，小心翼翼地蹲在床边。当她把盛有麻醉气体的小瓶凑到熟睡者的面前时，手指不禁僵直起来。

"我才不会闻这玩意儿。"普拉萨楚松突然用漫不经心的腔调说道。

艾萨克莱娜一下子喘不上气来。她还没来得及抽身，他便飞快地伸出双手，抓住了她的两只手腕！在昏黑之中，她只能看到他的眼白。尽管普拉萨楚松醒着，可他的精神感应屏障还是没有任何变化，依然辐射着熟睡者的意识波。她这时才恍然大悟，这屏障是个假象，是一个精心伪装的陷阱！

"你们这帮外星人总是低估我们，不对吗？就连你们这些自作聪明的泰姆布立米人也从来都没有真正明白这一点。"

生化酶激素在艾萨克莱娜的全身奔涌。她站起身，将双臂向后用力一扯，想要挣脱对方的掌握，但普拉萨楚松的双手就像一对铁钳。她伸手用指甲向他抓去，但他灵活地扭转着自己的手腕,让她无法抓到他结满老茧的手。当她想要侧身用脚踢他的时候,他熟练地轻轻一扭她的胳膊,就像使用杠杆一样按着她跪倒在地。对方力量之强,令她大声呻吟起来。装着麻醉气体的药瓶从她无力的手中滚落下来。

"你要明白,"普拉萨楚松用和蔼的声调说道,"我们当中有些人认为,妥协是一个错误。我们凭什么非要把自己变成格莱蒂克良民不可? 那有什么好处?"他冷笑一声,"即便我们融入了格莱蒂克社会,也只会变成一些可怕的畜生,完全有悖于地球人类的真正意义。不过,这种可能性不大。他们不会让我们成为格莱蒂克社会的一员。他们早就做了手脚,要从中作梗。咱们大家都明白这一点,对吧?"

艾萨克莱娜的呼吸变得越来越粗重。生化酶催动着她的身体不停地推扯,与这个地球人不可思议的力量对抗,但挣扎了许久之后,看来一切努力都是徒劳。灵活和敏捷都无法对付他那训练有素的自如反应。

"我们有自己的秘密,你知道吗?"普拉萨楚松直言相告,"有些事情,我们并没有告诉泰姆布立米朋友,甚至我们大部分的自己人也不知道。你想知道这是些什么样的秘密吗? 想知道吗?"

艾萨克莱娜连气都喘不过来,更不要说回答了。普拉萨楚松的双眼露出凶光,几乎像野兽一样凶残。

"唉,若是我告诉了你,便等于是判了你的死刑。"他说道,"而且我还没决定是不是该这么做。那么,我还是告诉你一件你们的人已经知道的事情吧。"

眨眼间,他飞快地用一只手钳住了她的两个手腕,而腾出来的那只手摸索着伸向她的咽喉。

"你明白吗? 我们的陆战队还学习怎样杀人,甚至包括干掉一个外星盟友种族的成员。你想知道我要花多长时间就能让你失去知觉吗，小姐？咱们可以试试。你干吗不开始数数计时呢？"

艾萨克莱娜扭动着身体拼命挣扎，但没有用。她只感到自己的喉咙被紧紧地箍住，疼痛难忍。空气好像变得越来越浓稠，让她很难吸入肺中。模糊之中，她听到普拉萨楚松在低声自言自语：

"这个宇宙简直他妈的糟透了。"

四周本来已经漆黑一团，但一种更黑暗的东西开始从四周朝她紧逼过来。艾萨克莱娜不知道自己是否能再次醒来。对不起，爸爸。她觉得心中的这句忏悔大概应该是自己最后的遗言了。

然而，令她惊奇的是，她的意识并未停顿。紧紧掐住她喉咙的那只手仍令她十分疼痛，但似乎比刚才稍稍有所放松。她吸进了一点点空气，同时想弄明白到底发生了什么事情。普拉萨楚松的双臂不停地颤抖。她能感觉到他正在用力，但她的脖子并没有感受到那种力量！

她过热的卷须也帮不上忙，对现在发生的一切都惘然无知，而且惊奇万分，因为普拉萨楚松居然松开了手指。她一下子无力地瘫倒在地上。

现在，那个地球人正急促地喘息着。黑暗中传来一阵阵用力挣扎时发出的闷哼，随后又是"咔嚓"一声，听上去是小床翻倒了。接着，水罐在地上摔得粉碎，而后又响起一声撞击，听上去像是一台数据存储器掉在了地上。

艾萨克莱娜摸到了一样东西。是那只安瓿。普拉萨楚松到底出了什么事？

尽管体内的生化酶已经用尽,但她还是挣扎着朝某个方向爬去,这时,她的手忽然按在了那台摔坏的数据存储器上面。纯属无意,她的手指碰到了机器的电源开关,于是存储器变形的屏幕发出了微弱的荧光。

借着微光,艾萨克莱娜看到了一个惊心动魄的场面……那个男人在极力拼挣,他强健有力的肌肉全都暴凸起来,绷得又硬又紧,对抗着从身后抱住他的两只棕色长臂。

普拉萨楚松弓起脊背用力摇晃,口中"嘶嘶"作响。随后他又左右甩动身体,但每一次努力都无法让他挣脱束缚。艾萨克莱娜在那男人的肩膀后面看到了一双棕色的眼睛。她只迟疑了短短一刻,随即拿起安瓿冲了过去。

现在,普拉萨楚松的意识已经没有了精神感应屏障的保护。如果谁还有能力去感受他的思想,可以清清楚楚地体会到他心中的憎恨。艾萨克莱娜举起小瓶,在他鼻子底下掰断了瓶颈,他拼命地挺直了身子。

一小团蓝色的气体在他鼻孔四周悬浮了片刻,随后缓缓地飘落到地上。"他屏住了呼吸。"那只新生黑猩猩咕哝道。

"好吧。"艾萨克莱娜答道。她从口袋里又掏出了十只安瓿。

一看到这些东西,普拉萨楚松发出了一声微弱的叹息。他鼓起双倍的力量想要挣脱,但只能让自己更快地耗尽气息,从而最终还是不得不吸进空气。不过,这个人非常顽强,依然不喘一口气。过了足有五分钟,他才昏厥过去,而艾萨克莱娜怀疑,他失去知觉可能是因为屏息造成的缺氧,而不是吸入了药物。

"这家伙不好对付。"法本松开手说道,"老天,这些陆战队员可真壮啊。"他浑身颤抖着瘫倒在那个不省人事的男人身旁。

艾萨克莱娜颓然坐在他对面。

"谢谢你,法本。"她轻轻说道。

他耸耸肩,"见鬼,攻击庇护主是要被定为叛国罪吧？一天之内我就落到了这个下场。"

她指了指他挂在胸前的吊带,从他逃离海伦尼亚的那个晚上起,他的左臂就一直吊在那里。"哦,您说这个?"法本咧嘴一笑,"唉,我一直在榨取别人的同情啊。请别告诉任何人,好吗?"

随后,他换作一副郑重的神情,注视着艾萨克莱娜,"或许我看问题并不算什么内行,但我敢打赌,今晚发生的事情不会让提升委员会对我有任何好感。"

他看了艾萨克莱娜一眼,随后淡淡一笑。尽管她今晚生出了这么多事端,但还是不由自主地感到,突然之间这一切都变得像一场闹剧,热闹而又有趣。

她发觉自己正在大笑,虽然悄无声息,却是在内心中用爸爸那种嘹亮的声调大笑。不知为何,她对此一点也不感到奇怪。

事情还没有做完。法本扛起昏厥的少校在昏黑的隧道中穿行,艾萨克莱娜精疲力竭地跟在他后面。当他们蹑手蹑脚地从普拉萨楚松手下一名打盹儿的下士身边走过时,艾萨克莱娜伸出软弱无力的卷须触探着那个陆战队员的睡梦。他含糊地说了句什么,然后在帆布床上翻了个身。艾萨克莱娜现在已非常谨慎,她加倍小心地探察着,这才确定那个人的精神感应屏障不是诡计,他当真在熟睡。

她领着法本狼狈地越过一片很久以前因为岩洞塌方而形成的碎石堆。法本喘着粗气,撅起嘴唇做了个鬼脸。随后,他们走进了一条确定不为陆战队员所知的小隧道,至少,这条通道不在她原先为游击队数据库绘制的那幅岩洞地图上。

他们在黑暗中艰难地行进，每当法本的脚趾碰上石块，他的意识中便会出现一阵尖锐的骚动。无疑，他正在心里诅咒普拉萨楚松结实而又沉重的身体。但他始终一言不发，直到最后他们走出洞口，来到了潮湿、寂静的夜色里。

"这趟健身运动真让我脱胎换骨啊！"他叹了口，放下了压在肩头的重负，"至少普拉萨楚松还不是个高个子。要是他的手脚一直拖在地上，我可就真没办法了。"

他嗅着空气中的气味。天上没有月亮，但一片雾霭从附近的山崖上弥漫而下，就像是一片由蒸汽形成的洪水，而雾气王闪烁着微弱的光芒。法本回头看了艾萨克莱娜一眼。"现在该怎么办，头儿？几个小时后洞里就会闹翻天。尤其是等罗伯特和麦库中尉回来以后，他们不乱作一团才怪呢。您觉得我是不是该把泰可找来，把我这个地球受庇护种族的坏榜样给您拉走？这样做就意味着开小差，但管它呢，反正我从来都不是个好兵。"

艾萨克莱娜摇摇头。她用卷须在空中搜寻着，而后发现了自己要找的精神痕迹。"不，法本。我不能要求你做那种事。不过，你要完成另一个任务。你之所以逃出海伦尼亚，是想提醒我们小心对待格布鲁人提的建议。现在你必须回去，面对你自己的命运。"

法本皱起眉头，"您当真认为我该这么做？您不需要我了？"

艾萨克莱娜把双手罩在嘴上，轻轻发出了一声夜鸟带着颤音的鸣叫。从山下的黑暗中传来一声微弱的回应。她转身对法本说："我当然需要你。我们所有的人都需要你。但你在那边能起到更大的作用，而且我能感觉到，你自己也希望回去。"

法本揪扯着自己的大拇指，"我猜自己肯定是疯了。"

艾萨克莱娜微微一笑，"不，这只能更有力地证明，正道宗主挑你做代表并没选错人……不过他可能更希望,你对自己的庇护主应该稍稍表现出更多的尊重。"

法本紧张起来,但马上明白了她话中的讽刺意味。他笑了。这时,山下的小路上传来轻轻的马蹄声。"好吧。"他说着,弯下腰拉起了普拉萨楚松少校无力的身躯。"得了,老爹,"他对少校说道,"这次我可会表现得温柔体贴,就像对待我的亲姨妈一样。"说完,他把嘴唇凑在陆战队军官的脸颊上,狠狠亲了一口。然后他抬眼看着艾萨克莱娜。

"这就好多了吧,长官?"

从父亲身上借来的某种东西让她疲惫的卷须兴奋地"嘶嘶"作响。"没错,法本。"她大笑起来,"确实好多了。"

曙光降临时,丽迪娅和罗伯特回到岩洞,却发现他们的法定长官已经失踪了,二人不免疑虑重重。其他几名地球联邦陆战队的军人,都带着明显的不信任神情看着艾萨克莱娜。昨夜,在任何一个地球人进入普拉萨楚松的房间之前,一小群黑猩猩已经将那里彻底整理了一遍,清除掉了一切打斗的痕迹,但他们却无法隐藏一个事实:普拉萨楚松没有留下一张字条,也没有留下任何踪迹,就这样消失了。

罗伯特命令艾萨克莱娜留在自己的房间里,在他们调查期间哪儿也不准去,还派了一名陆战队员守门。虽然他稍稍松了口气,进攻计划看来必须暂缓实施,但怒气冲冲的责任感令他顾不上暗自庆幸。同他相比,麦库中尉反倒显得冷静——表面上她若无其事,似乎少校只是出去散散步,但只有艾萨克莱娜才能感觉到这个地球女人内心中的慌乱和矛盾。

他们费尽力气,但是无济于事。几支搜索队已经出发。他们追上了艾萨克莱娜属下的一支黑猩猩小队,那些黑猩猩正骑马返回大猩猩的隐蔽所。但那时,普拉萨楚松已经不在这支小队中了。他已被转移到高处的密林里,现在神志清醒、火冒三丈,但完全动弹不得,因为他被捆得像木乃伊一样。

现在是人类饱尝自己"自由主义"苦果的时候了。他们将自己的受庇护种族培养成独立自主的个体和公民,所以黑猩猩就有可能认为,为了全局而监禁一个人类并没有什么不合理之处。而普拉萨楚松也以自己的方式促成了这个结果。他那副屈尊俯就的傲慢模样,那种满含轻蔑的无礼态度,让他最终得到了报偿。但尽管如此,艾萨克莱娜还是下令要悉心优待这位陆战队军官。

这天晚上,罗伯特召开了一次新的作战会议。他们撤销了原先那个含意模糊的命令,艾萨克莱娜不必继续被软禁在房间中,因而她也有机会参加。列席会议的还有法本和几名获得名誉晋级的黑猩猩中尉,以及陆战队的无军衔军官。

无论是丽迪娅还是罗伯特,都没有提出要继续执行普拉萨楚松的计划。大家都心照不宣,少校绝不愿意在自己不在场的情况下实施这个计划。

"说不定他只是一个人出去搞侦察,不然就是去哪个前哨突击检查了。今晚或是明天,他肯定能回来。"艾莱娜·苏带着一种完全天真无辜的神情猜测道。

"或许如此。但我们必须做好最坏的打算。"罗伯特说道。他有意不去看艾萨克莱娜。"为了预防万一,我们最好还是向委员会的庇护所报个信。我估计,大概要花上十天左右的时间才能得到委员会的回音,而且他们还会派来一位新的长官顶替少校的位置。"

显然他相信,梅根·奥尼格绝不会让他来接过指挥权。

"嗯,我想回到海伦尼亚去。"法本平平淡淡地说道,"我应该打入敌人内部,尽可能接近问题的中心。而且,不管怎样,盖莱特需要我。"

"你怎么会认为格布鲁人在你逃走后还会接纳你呢?"麦库中尉问道,"他们不会直接把你枪决了事吗?"

法本耸耸肩,"如果我回去后找错了宗主,他们确实可能会干掉我。"

大家沉默良久。当罗伯特询问与会者是否有其他提议时,人类和黑猩猩仍然一言不发。当普拉萨楚松在这里的时候,他始终控制着讨论内容和会议气氛,用专横的自信压制住了所有人的疑虑。而现在,大家都能重新按照自己的意愿思考了。但他们是一支小部队,可做的选择也很有限。而对于敌人正要采取的行动,他们甚至都根本不懂,更不要说采取对策了。

艾萨克莱娜一直在等待,直到会议的气氛变得阴郁而又凝滞,她这才说道:"我们需要我的父亲。"

令她吃惊的是,罗伯特和丽迪娅都点头同意。即便流亡委员会的命令最终到来,里面的指示很可能仍像往常一样毫无头绪而且自相矛盾。显然他们会听取专家的忠告,尤其是现在,地球与格莱蒂克人的外交局面正处于危急关头。

至少麦库不像普拉萨楚松那样极度排外。艾萨克莱娜想。她发现自己不得不承认,她所感觉到的这个地球女人的精神内涵令她颇为赞许。

"罗伯特告诉我说,你能肯定你的父亲还活着。"丽迪娅说,"这真是太好了。但他在哪里? 我们怎么才能找到他?"

艾萨克莱娜向前俯过身,尽力让自己的卷须平静如常。"我知道他在哪儿。"

"你知道?"罗伯特吃惊地眨着眼睛,"可是……"他渐渐放低了声音,因为他正探出意识之手触摸着她的内心感受,这是他自从昨天以来第一次这么做。随着罗伯特的触探,艾萨克莱娜想起了自己昨天的感觉——当她看到罗伯特握住丽迪娅的手时,不禁心痛难忍。只有一瞬间,她抗拒着他的窥探,但随后觉得这样做很傻,便随他去了。

罗伯特沉重地靠回椅背,吐了一口气。他眨巴了几下眼睛,"哦。"只说出了这一个字。

丽迪娅来回看着这两个人,瞅瞅罗伯特又瞧瞧艾萨克莱娜。一时之间,她的意识中微弱地闪过了一点像是嫉妒的东西。

我也可以通过某种你所没有的方式拥有他。艾萨克莱娜默想道。但她已顾不上深思这类念头,只想和罗伯特共同品味此刻默契的心神交流。

"纳塔霍,乌赛卡尔丁,"罗伯特用格莱蒂克七号语唤道,"我们该采取行动了,而且越快越好。"

第七十七章　法本和茜尔薇

　　茜尔薇知道法本正牵着泰可离开石窟山谷的小路,因此,她坐在"之"字形山道旁一棵伸展着树冠的五针松下,耐心地等待着。直到他走近后,她才开口问道:"你没和任何人打招呼就溜出来了,对吧?"她穿着一条长裙,伸出双臂抱着膝盖。

　　法本把马缰系在一根粗枝上,随后坐在了她身边。"没错,但还是被你给抓到了。"他答道,"我就知道自己不会有这么好的运气。"

　　茜尔薇瞟了他一眼,发现他正咧开嘴巴笑。她不屑地吸了吸鼻子,转头再次朝山谷望去,那里的晨雾正在慢慢消散,预示着一个晴朗无云的白天即将到来。"我猜你是打算回海伦尼亚?"

　　"我必须回去,茜尔薇。我——"

　　她打断他的话,"我知道,你肩负着责任。你应该回去找盖莱特。她需要你,法本。"

　　法本点点头。他并不需要提醒就能记起,自己也对茜尔薇负有责任。"嗯,我整理行李的时候,苏博士正巧来找我,我就……"

"你就把她给你的那支试管装满了。我知道。"茜尔薇说着，垂下了头，"谢谢你。我觉得自己已经得到了优厚的报酬。"①

法本低下头。拐弯抹角地谈论这个话题让他觉得很难堪。"你什么时候——"②

"我猜是今晚，我已经准备好了。但谁能说得准呢？"

茜尔薇的风衣和长裙掩盖了发情期到来的所有外部迹象。不过，她说得没错。她身上散发出的气味证明了这一点。"我真心希望你能如愿以偿，茜尔薇。"

她又点点头。他们尴尬地坐在那里。法本总想找什么话来说，但他只觉得头昏脑涨，思维迟钝。他知道，无论自己想说什么，到头来肯定会出错。

突然，就在下面"之"字形山路朝几个方向分成一条条小道的地方，传来了一阵细微的"沙沙"声。一个高大的人类绕过岩石出现在他们的视野中，他一直在慢步奔跑，像是根本不知疲倦。这是罗伯特·奥尼格，他身上只背着长弓和轻便背包，朝着几条小径的汇集处奔去。

他仰头向上瞥了一眼，看到两只黑猩猩后便放慢了脚步。见法本挥手，罗伯特咧嘴一笑，但到达交叉口后他向南转了弯，踏上了一条极少有人涉足的小路。不久之后，他就消失在茫茫林海之中。

"他干什么？"茜尔薇问道。

"看上去像是正在跑啊。"

她在他肩头拍了一掌，"我看到了。他要去哪儿？"

"他要在下雪前穿过山口。"

---

①指法本留下了让茜尔薇受孕的精液。
②指的是茜尔薇的发情期何时开始。

"穿过山口？可是——"

"由于普拉萨楚松少校失踪，而且时间又非常紧迫，所以麦库中尉和其他陆战队员已经同意，执行罗伯特和艾萨克莱娜制订的另一个计划。"

"可他在向南跑。"茜尔薇说。罗伯特顺着那条人迹罕至的山道只能到达穆伦山脉的更深处。

法本点点头，"他去找人。只有他才能完成这个任务。"茜尔薇从他的语调中明显感到，对于这件事他只能说这么多了。

他们在那儿又坐了一会儿，但仍旧默不作声。只有刚才匆匆经过的罗伯特才暂时打破了僵局。这可真是傻透了，法本想。他喜欢茜尔薇。非常喜欢。他们以前从没有多少时间交谈，而这次可能是最后一次机会了。

"你……你从来都没对我讲过你的头一个孩子。"他的声调显得很急迫，而且满含疑惑。他说这话的样子，就好像他理所应当问个究竟。

茜尔薇显然已经生养过，而且哺育过孩子。在一个有四分之一雌性成员不育的族类里，生产纹代表着极强的吸引力。不过他知道，那也代表着痛苦。

"那是五年前。当时我还很年轻。"她的声音很平和，但同时却在极力控制着自己，"他名叫——我们都叫他西西。提升委员会对他进行了测试，这很平常，但他却被查出……'反常'。"

"'反常'？"

"是的，他们就是这么说的。根据他们的分类，他在某些方面非常优秀，但在另一些方面却很'古怪'。他们说，他没有明显的缺陷，但却具有一些'奇怪的'特点。几个官员对此很关心。提升委员会决定要把他送到地球去做进一步评估。

"他们还真体谅我，"她鄙夷地吸了吸鼻子，"他们让我选择是不是跟着一起去。"

法本吃惊地眨眨眼，"但你并没有去。"

她看了他一眼，"我知道你在想什么。我坏极了。正因为这个我才一直没给你讲过。如果我告诉了你，你会拒绝答应我提的条件。你会认为我是个不称职的母亲。"

"不，我——"

"但当时并不是那么回事。我的母亲病得很重。我们没有加入家族，而且我觉得自己不该丢下她留给陌生人去照顾。还有，我可能会再也见不到她了。

"那时我只有一个黄卡。我知道，我的孩子会在地球找到一个好家庭，或者……也许他能得到优待，被一个高等级的新生黑猩猩家庭收养，但也可能会遭遇到我并不想知道的命运。我非常担心，生怕我们俩一起去了地球，而他会被人从我身边带走。我想我也害怕蒙受耻辱，因为他可能被宣称是一个劣种。"

她低头盯着自己的双手，"我没办法决定，于是就想听听专家的建议。海伦尼亚就有这种顾问，他是个人类，在当地的提升委员会工作。他对我说了他对这件事的看法，分析了最终的可能性。他说，他能肯定我生了个劣种。

"他们把西西带走的时候我躲了起来。六个……六个月之后，我母亲就死了。"

她抬头注视着法本，"后来，又过了三年，从地球发来了我儿子的消息。消息说，我的宝贝现在已经是个幸福快乐、有教养的小蓝卡了。唉，于是我就被晋升成了绿卡。"

她的双手紧紧扭绞在一起，"啊，可我多恨这该死的卡啊！我不必再去接受强制性的年度避孕注射，所以如果我想再次怀孕,就不用申请许可了。他们相信我能控制好自己的生育力,就像个成年人一样。"她喷了一声鼻息,"就像个成年人一样? 一个抛弃了亲生孩子的雌性黑猩猩算什么? 他们才不理会这些,他们之所以晋升我的级别,就是因为我的孩子通过了那些该死的测试!"

原来是这样。法本想。正因为这个她才满怀辛酸;也正因为这个,她当初才会与格布鲁人合作。现在很多事情都有了解释。

"你加入'铁钳'那帮叛徒是因为对现行体制不满吧? 你希望格莱蒂克人掌权之后事情会有所不同?"

"差不多,或许是这个原因。但也可能只是因为我太生气了,真是满腔怒火。"她耸耸肩,"不过,过了一段时间后,我明白了一些事情。"

"什么事?"

"我意识到,别看现在体制是由地球人控制着,可轮到格莱蒂克人掌权后只会更糟。人类确实骄傲自大,但至少他们当中很多人为自己的傲慢感到愧疚。他们在努力克服这个缺点。过去可怕的历史,教会了他们警惕自己的倨……倨……"

"倨傲。"

"对。他们知道狂妄自大其实就是一个陷阱。人类已经意识到,当他们习惯于扮演上帝的角色之后,便会当真以为自己就是上帝。

"但格莱蒂克人已经习惯了扮演这种角色! 他们可从来都没有迟疑过。他们都那么极度地沾沾自喜……我恨他们。"

法本琢磨着她的话。在最近这几个月里,他学到了很多东西,而且他觉得茜尔薇在讲述自己的故事时,显得有点过于偏激。现在,她看上去真是很像普拉萨楚松少校。但法本知道,没有几个格莱蒂克种族拥有仁慈而又正派的好名声。

然而,此时这里并不是评判她心中苦楚的地方。

现在,他理解了她为什么下定决心要生一个至少生来就是绿卡的孩子。那样就肯定不会再有任何问题。她要保住自己的下一个孩子,而且还期望能拥有孙辈。

法本坐在茜尔薇身边,她现在的生理状态令他很不安。与人类女性不同,雌性黑猩猩的交配欲望有固定的周期,而且要想掩盖发情期的到来还真要费很大工夫。所以说,这也是一个原因,让人类和黑猩猩这两个同出一宗的种族在社会和家庭方面出现了一些差异。

她现在的生理状态令法本十分兴奋,可他又对自己这种本能感到非常内疚。此刻,他只觉得心中泛起了一种温柔而又刺激的感觉,而他不可能让自己变得迟钝。法本希望能通过某种方式安慰茜尔薇,但他不知道自己能做些什么。

他舔了舔嘴唇,"嗯,我说,茜尔薇。"

她转过脸,"什么事,法本?"

"呃,我确实很希望你能得到……我的意思是,我希望我已经留下了足够的……"他只觉得面颊发烫。

她笑了,"苏博士说大概够用。即便不够,你以后还可以继续供应啊。"

他摇摇头,"你的信心让我钦佩。但我可不敢打赌自己是不是还能回来。"他把脸转向一旁,朝西面望去。

茜尔薇握住他的手,"好吧,如果你为了保险起见再多给我一份,我当然不会拒绝。"

他眨着眼睛,感到自己的心越跳越快。"嗯,你是指现在?"

她点点头,"不然还要等到什么时候?"

"我正盼着你这么说呢。"他咧开嘴巴笑起来,伸手去抱她。但她举起手阻止了他。

"等等,"她说道,"你把我想成什么了？就算现在没有烛光晚餐和香槟酒,可我至少还盼着有一段小小的前戏啊。"

"没问题。"法本说着,转过身用自己的脊背对着茜尔薇,让她来为自己搔痒理毛。"你先来,然后我再为你效劳。"

但她摇摇头,"我要的可不是这种前戏,法本。我记得你还擅长另一种更刺激的本事。"

她把手伸向树后,拿出了一个圆柱形的东西。这东西用木头雕成,一端包着绷得紧紧的皮革。法本瞪大了眼睛,"鼓?"

她把这件小小的手工制品放在膝头,"都是你的错,法本·伯尔格。你以前向我表演过你的绝技,以后另外的前戏就都没办法让我满足了。"

她用灵巧的手指敲击出一段迅疾的鼓点。

"为我跳舞,"她说道,"请吧。"

法本叹了口气。显然她并不是在开玩笑。不管提升委员会对茜尔薇做何评价,这只雌猩猩肯定是疯了。而他正钟爱这种类型的姑娘。

我们身上有某些东西永远也不会与人类相像。他想着,俯身拾起一根树枝,拿在手中试了试,而后丢在地上,又去试另一根。现在他感到自己浑身发热,充满了活力。

茜尔薇开始击鼓,敲出一连串激昂的鼓点,令他呼吸急促。她双目中的光亮让他的血液开始沸腾。

就应该这样。我们谁也不是,就是我们自己。他知道。

法本双手握住树枝,用力击向旁边的一根树干,令树叶和断枝向四外纷纷飞散。"噢……"他叫道。

但他挥出的第二击更用力，随着这一记抽打，他再次爆发出一声呐喊，心中更加狂热。

晨雾已经消散。空中也没有雷鸣。不作美的老天上连一夬云彩也没有。但法本觉得，就算这次没有闪电，他也能应付过去。

第七十八章　格莱蒂克人

在十六号格布鲁军营里,高级指挥层的混乱状态开始影响下级军官。大家时常发生争吵,有的是为了物资分配和军需供给,有的则是因为普通士兵的不当行为。现在,列兵们对后勤人员的不敬之举已经到了相当危险的程度。

当下午的祷告时间到来时,有不少利爪兵佩戴上用于追思已故先祖的缎带,一齐跟着随军牧师低声吟唱。但营地中的大多数士兵都不太虔诚,平常他们遇到这种场合,只是充满敬意地保持沉默,而现在则趁机肆无忌惮地赌博或是高声喧哗。在信徒衷心祷告的时候,哨兵们用长喙梳理着自己的羽毛,然后故意把脱落的翎毛丢到空中让大风吹走,以此来打发无聊的时光。

在工作的时候、休息的时候、训练的时候,任何时候都能听到刺耳的喧嚣声。

主管东部各个营地的长官正在四处巡回检查,碰巧亲眼看见了这个混乱场面。他并未因犹豫而浪费时间,马上下令整个十六号军营的全体人员集合。随后,长官把营地的主管官员和随军牧师叫到自己身边,一起站在高台上,向下面的众人发布训令。

"我们不能令谣言四起，
妄称格布鲁军人丧失了头脑！
我们被抛弃了么？不！
我们永远是伟大种族的一员！
我们要充当什么角色？
勇士，建设者，但最重要的是——
传统的继承者！"

长官又对大家发表了一通类似的讲话，同时，营地的主管和随军的精神导师也用循循善诱的歌声为他伴唱。最后，羞愧无比的士兵和职员们开始齐声鸣叫起来，越来越响亮，越来越整齐。

他们做出了努力，投入了时间，军人、官员和教士在这里结成了一个小小的整体，齐心协力去克服心中的疑虑。

在这短短的一刻，他们确实达成了一致。

第七十九章　盖莱特

　　……即便这些情况极少出现而且富于灾难性，"狼崽子"物种还是掌握了一些极为粗劣的技巧。尽管他们采用的方式相当原始，但也已经开始举行某些以"为荣誉而战"为主旨的仪式，这就意味着，他们懂得有所克制地保持自己的进攻性和尚武精神。

　　比方说，"狼崽子"中最新出现的种族，太阳系中第三颗行星上的"地球人类"就是一个例证。在被格莱蒂克文明社会发现之前，他们那些原始的"部落"经常以典礼的方式来约束日益增多的暴力行为；而对于这样一个没有庇护主引导的种族来讲，愚蠢的暴行可以算作一种正常现象。（毫无疑问，这些传统衍生自他们那些遭到扭曲的记忆——在很久之前就已不见踪影的庇护主留下的记忆。）

　　关于仪式，大接触之前的地球人类采用了一些尽管简单但行之有效的方法（请参见引用文章），其中包括，"美洲印第安人"的突袭胜利庆功仪式、"中世纪欧洲人"的武士考验仪式，还有"冷战超级大国"相互之间进行的核威胁。

　　当然，这些方法毫无微妙之处，缺乏细致而又得体的平衡意

714

识和内部稳定观念,全然有悖于文明战争公会倡导的现代行为准则……

"就到这儿吧。该休息一下了。我真受够了。"一个声音说道。

盖莱特眨动着眼睛,当这个粗鲁的声音把她从全神贯注的阅读中惊醒时,她的眼前一片模糊。数据库的自动感应装置察觉到了她的不适,立即把全息屏幕上的文字定格。

她扭头朝左边一看,发现她的新"搭档"正伸开四肢躺在豆袋沙发上。"铁钳"把自己的数据存储器丢到一边,张开嘴巴打了个哈欠,伸展着瘦长有力的身体。"该喝一杯了。"他懒洋洋地说道。

"你连第一段摘要还没看完呢。"盖莱特说。

他咧嘴一笑,"唉,我真搞不明白,咱们干吗要学这些臭大粪?其实只要咱们记住鞠躬,而且能说对自己族类的名字,外星人就会大吃一惊了。你该知道,他们可没指望新生黑猩猩变成天才。"

"我才不知道呢。你这种表现肯定会让他们加深这种印象。"

这话让他一时皱起了眉头,但马上强装出一副笑脸,"不过你倒是很用功啊。我敢肯定,外星人会觉得你在装腔作势,装得太过头了。"

真让你说对了。盖莱特想。他们两个没花多长时间就明白了如何揭对方的短处。

说不定这又是一次测试。他们想知道,在最终崩溃之前,我究竟能忍耐多久。

或许是这样……但也并不大可能。她已经有一个多星期没看到正道宗主,而是一直在和三个羽毛上染着颜色的格布鲁人打交道。这三只鸟儿分别来自不同的派系,组成了一个委员会。而且她注意到,每次三个格布鲁人出现的时候,总是那个毛色发蓝的军人大摇大摆地走在最前面。

昨天,他们一同前往仪式的举行地去做"彩排"。尽管盖莱特还没有决定最终是否与敌人合作,但她渐渐意识到,要想改变主意可能已经太晚了。

海边的那座山峰已被精心修整,改变了模样,因而她再也看不到那些巨大的发电厂了。现在,山坡变成了一阶一阶造型优美的台地,上面只有一些被不曾停息的秋风吹来的杂物碎屑。山峰东侧的几个地点已经插上了色彩鲜艳的旗帜,标志着一个个特殊的位置,新生黑猩猩的代表将在那些地方复诵台词、回答提问,或是接受严格的审查。

当他们来到现场,看到格布鲁人就站在自己身边,"铁钳"表现得简直就像个模范学生。他一反常态变得如此认真,或许并不只是为了能博得格莱蒂克人的好感——当时的表现还直接决定了他能否实现自己的野心。那个下午,他把自己的机智聪慧发挥得淋漓尽致。

但现在,当这座新数据库辽阔的拱顶下只有他们两个的时候,"铁钳"本性的另一面便暴露出来了。"我提个建议怎么样?"他俯身趴在盖莱特的椅背上色迷迷地盯着她,"你想到外面走走,去换换空气吗? 咱们可以躲进桉树林里,然后——"

"做你的白日梦吧,"她呵斥道,"你想都别想。"

他大笑起来,"如果你喜欢当众亲热的话,那么咱们就等到举行仪式的时候再说。到那个时候你就属于我了,宝贝儿,当着五大星系的面。"他咧嘴一笑,屈伸着有力的双手。他的骨节"咯咯"作响。

盖莱特转开脸，闭上了眼睛。她不得不集中全力才不让自己的下唇一阵阵发抖。快来救救我吧。她绝望地祈求道。

但即便她只是在心里想想，她的理智也开始责备她。毕竟她的白马骑士只是一只猴子，而且很可能已经丢了性命。

但是，她无法不让自己在内心中呼唤：法本，我需要你。法本，快回来吧。

第八十章　罗伯特

他周身的血液在欢唱。

在山中的这几个月里，他像自己的祖先那样靠智慧和汗水过活，变得坚韧起来的皮肤已经渐渐习惯了太阳的曝晒和草木的刮擦。不过，在这之前，罗伯特一直没有意识到自己内心的变化。而现在，当他气喘吁吁地在狭窄崎岖的小径上跑完最后几米、再跨上十步就能登上另一座分水岭的时候，才明白自己的心境已经不同以往了。

这里已是万达山口的最高处……我在两个小时里爬了一公里的山路，居然一点也没感到心跳加速。

尽管罗伯特感到自己并不需要休息，但他还是放慢了脚步。不管怎样，这里的风景值得他稍作流连。

现在，他站在穆伦山脉的绝顶上。在他身后，也就是北面，一座座山峰向东逶迤而去，绵延伸展成了一片越来越宽的高地，向西则直抵海边，在那里继续延伸，变成了一连串巍峨巨大的群岛。

从岩洞跑到这里，他花了一天半时间。现在，他望着展现在面前的崇山峻岭，心里明白，要想抵达目的地还要继续跋涉。

我甚至都不知道该去哪儿找自己的目标！艾萨克莱娜给他的指示同样含糊不清，似乎她也无法确定该让他去哪里寻找。

他面前是更多的山峦，伸向远方，随着地势急剧下降，最后变成了一片暗褐色的草原，在雾气中半隐半现。在他到达那里之前还要继续翻山越岭，而那一条条山间小径在和平时代都极少有人涉足。罗伯特大概是开战以来走这条路的第一人。

不过，最难走的路已经走完了。尽管罗伯特并不喜欢顺着山坡向下奔跑，但他还是知道应该晃动身体踩着碎步下山，以免自己的膝盖受伤。而且，在山下肯定能找到水。

他摇了摇装水的皮口袋，节省地喝了一小口。现在里面只剩下不到一升水，但他知道，这点水已经够用了。

他抬手遮在双眼上方，越过眼前紫色的山峰望着远处的一道道高坡，今夜他将在那里宿营。在那儿肯定能找到小溪，但绝不会有穆伦山脉北侧那样青葱繁茂的雨林。而且他还必须考虑，在前往那片干枯的草原之前，应该抓紧时间为自己猎得食物。

地球上印第安人的阿帕切族勇士只需几天时间就能从陶斯镇①跑到太平洋海边，而且一路上只吃一点烤玉米。

当然，他不是阿帕切族的勇士。不过，他身上只带着几克浓缩维生素。为了能尽快到达目的地，他一直轻装前进。而现在，前进速度要比"咕咕"作响的肚子重要得多。

他绕过路上一片山崩造成的碎石，随后稍稍加快了步伐，此时随着地势降低，狭窄的山路已经变成了九曲回肠一般的小径。

---

①位于美国新墨西哥州北部。

这天晚上，罗伯特裹着薄薄的丝毯睡在一条生满苔藓的山谷中，身下不远处是一眼细流涓涓的清泉。他的梦舒缓而又平静，就像他想象中的太空——在过去执行任务的时候，每当他有机会离开不停"嗡嗡"作响的机器，便会感觉到太空的静谧与安宁。

经历了几个月雨林中的动荡生活之后，此时的寂静让他在熟睡中生出了一种淡淡的孤寂之感。他现在这种感觉就像是一个人置身于空旷的原野中，尽管他的精神感应能力还相当粗陋。

而且，这是他第一次没有感受到西北方向那些外星人的思维活动——格布鲁鸟儿们发散出的精神信息生硬而又粗粝，感觉起来就像金属一样。现在他与世隔绝，远离了格布鲁人，但也远离了人类和黑猩猩。孤独是一种奇怪的感觉。

当曙光亮起时，这种奇怪的感觉仍未消失。他把皮口袋灌满泉水，然后大口大口地喝着，借以减弱自己的饥饿感。随后他又开始奔跑。

尽管顺着这道陡峭的斜坡下山相当累人，但他还是走得很快。没等太阳爬到天顶的一半，大草原就已展现在他四周了。他已经穿过了丘陵地带——那片起伏的山包被他甩在身后几公里远，就好像他没来得及对一些念头深思熟虑便把它们忘在了脑后。罗伯特一面奔跑，一面用意念探寻着四周的荒野。很快他就感觉到，这片广阔的地域中有些古怪的东西，可能就在前面高高的野草中，也可能在草丛另一边。

如果精神感应还能确定对方的位置就好了！或许正是这种不确定性，才使得人类无法将他们粗陋的精神能力进一步发展。

而我们把精力集中到了其他事情上。

无论是地球人还是对此感兴趣的格莱蒂克人，总喜欢玩一种游戏。那便是试图推想出传说中的"地球人失踪的庇护主"。据他们推测，或许在五万年前，来自遥远星系的神话人物开始对人类进行提升，而后又神秘地离去，留下"只做了一半的工作"撒手不管。

当然，也有些大胆的异教徒——就连格莱蒂克人中也有这样的异端支持者——认为地球佬自己那套古老的理论其实是正确的，一个种族确实有可能通过某种方式对自己进行提升……从而进化成为智能生命，凭借自己的力量摆脱蒙昧的黑暗，掌握知识，达到成熟。

但即便在地球上，大部分人也都认为这种观点过于离奇。庇护主提升受庇护种族，受庇护种族再去提升新的潜在智能生命——这才是生命发展的道路，而且自很久以前的先祖时代开始就一直是这样了。

但要证明地球人的庇护主确实存在，又缺乏线索。不管那些庇护主可能是谁，他们竟然没有留下一丝痕迹，而且不知他们为什么要隐身匿形。通常来讲，如果一个庇护主种族抛弃了自己的受庇护种族，那绝对是一种非法行为。

不过，这个猜谜游戏仍在继续。

有些庇护主种族可以被排除在外，因为他们从不选杂食性物种作为提升对象。此外，还有一些庇护主种族不适于在地球上生存，由于重力、大气以及许多其他原因，他们甚至不可能在地球上短期停留。

大多数意见都认为，地球人的庇护主不可能是一个以专业化为准则的种族。所谓"专业化"是指：有些庇护主在提升受庇护种族的时候早已在自己的头脑中定好了具体目标，让受庇护种族成为擅长某个专业的专家。提升公会要求，任何一个新的智慧种族都应当能够驾驶星际飞船,而且要接受判断力和逻辑力的锻炼,以便日后自己成为庇护主。但除此之外,公会还制订了少数约束条件来规定受庇护种族接受提升后适于从事什么行业。这样,有些受庇护种族注定要成为能工巧匠,有的将变成哲学家,还有一些会成为强有力的武士。

但地球人那位神秘的庇护主肯定是个通才。因为地球人是一种极能适应变通的生物,堪称多面手。

是的,而且人类擅长的某些事情甚至让自诩为适应大师的泰姆布立米人也感到无法想象。

比方说,我马上要做的事情。罗伯特想。

一群野鸟扑打着翅膀四散飞向空中,原来罗伯特闯进了它们的摄食区。另外一些在水面上飞掠的小东西也察觉到他正在靠近,赶忙纷纷躲避。

一群生着长腿的走兽飞快地逃向远处,动作像小鹿一样轻盈敏捷,很容易就同他拉开了距离。但它们碰巧向南逃去,而那正是罗伯特要去的方向,因此他跟在它们后面继续赶路。不久之后,罗伯特又接近了它们停下来吃草的地方。

它们再次拔腿狂奔,把他远远甩在后面,然后又停下来吃草。

太阳越升越高。每当一天中的这个时候到来,草原上的所有动物,包括捕猎者和被猎者,都要寻找荫庇之地躲避酷热。在没有树木的地方,动物们便在地上挖出窄窄的沟槽,一直掘到凉爽的土层,然后躺进去等待烈日收起火焰。

但今天有一个生物并未停步。他仍在继续前行。那些酷似小鹿的四足兽惊恐万分,因为罗伯特一直步步紧逼。它们再次奔逃,把他甩在身后,但这次同他拉开的距离要比上次短了一点。它们站在一座小山的顶上,喘着粗气,用吃惊的眼神望着他。

而那两条腿的生物还在追赶!

兽群中掀起一阵不安的骚动。这是不祥之兆。

尽管它们气喘吁吁,但还是又一次狂奔起来。

汗水让罗伯特橄榄色的皮肤像是涂了一层油。滴滴汗珠在阳光下闪闪发光,不时随着他跃动的脚步震落在地。

不过,他流出的大部分汗水都覆在皮肤上,被他疾驰时带动的风吹干了。而一股股干燥的东南风帮助汗水蒸发,同时也吸收了他身体散发出的热量。他始终保持着平稳的速度,并不打算赛过狂奔的鹿群。每隔一段时间他便放慢脚步,从水袋中喝上一两口,然后继续追赶。

罗伯特的长弓用皮绳绑在背后。但出于某种原因,他并不打算用它。在正午的烈日下,他不停地奔跑。现在我真应了地球人的那句老话,"只有疯狗和英国佬才会在正午的烈日下狂奔",他在心中暗想。

不只是我,还有很多人像我这样做过,阿帕切人……班图人①……还有其他很多人……

人类习惯于认为,是自己的大脑让他们有别于地球动物王国的其他子民。而事实确实如此,很久以前,他们还不曾了解生态学,还不曾了解自己作为高级物种应该肩负的责任,应该关心其他缺乏理解力的生命,而这时候,使用武器、火和语言的能力就使他们成了家园星球上的霸主。在数千年的黑暗时代中,聪明而又无知的男男女女用烈火把整群整群的猛犸象、树懒以及其他许多物种赶下悬崖——为了得到一两只动物的肉,便不惜

---

①赤道非洲和南部非洲约二十二个国家的主要居民。

断送数百只牺牲品的生命。他们射杀了数百万只鸟,因为羽毛可以用来打扮他们的女人。他们砍倒一片片森林,为的是可以种植鸦片。

是的,在无知的孩子手中,智能就是一件危险的武器。但罗伯特知道一个秘密:

若想统治世界,其实并不真正需要我们的大脑。

罗伯特再次接近兽群,尽管是饥饿驱使他追猎,但那群野生动物的美丽仍然令他心驰神往。无疑,随着一代代过去,那些生灵的身材正迅速长高,现在它们已比自己的祖先高大了许多。而当布鲁拉里人尚未将所有大型有蹄类动物屠戮净尽的时候,它们的前辈便常常在这片草原上游荡。总有一天,这些美丽的动物会填补生态环境中的空白。即便是现在,它们行动起来也要比地球人敏捷得多。

速度是一回事,而耐力又是一回事。当它们再次逃跑的时候,罗伯特发现鹿群中有些成员已经开始变得惶恐起来。那些动物的嘴边挂着一片片口沫,它们的舌头耷拉在嘴巴外面,胸腔在急剧地起伏。

烈日当头。他身上布满汗滴,闪闪发亮,而汗水的蒸发让他感到格外凉爽。罗伯特稳步向前,不慌不忙。

学会使用工具、火和语言之后,我们获得了绝对优势。借此我们开始发展自己的文明。但难道我们只拥有这三样本领吗?

他头颅中精细复杂的窦腔开始歌唱,随着他跨出每一步,那些腔室中的体液便轻轻地"咯吱"作响,抵消着奔跑对他大脑的冲击和震荡。而搏动的心跳声始终像低音鼓一样在他胸中敲击出不变的节奏。他双腿的筋腱好似绷紧的长弓,也在"嗡嗡"作响……就像小提琴的琴弦。

　　现在他能闻到它们的气味了，而饥饿让他心中那种来自远祖的兴奋感变得更加强烈。他明白，是前面那些即将成为牺牲品的猎物让他激动不已。罗伯特感到了一种奇特的满足，而他以前从未有这种感觉。我还活着。

　　他几乎没有注意到，自己已经开始赶上一只只跌倒在地的鹿。那都是些母鹿和幼崽，它们眨动着眼睛，目光中带着一种迟钝的惊愕神情，因为他并未放慢脚步，而是径直从它们身边跑了过去。罗伯特已经选好了目标，同时投射出一股简单易懂的精神信息流，告诉其他鹿不要惊慌，让它们闪到一边。而他直接朝鹿群最前面一头体型高大的雄鹿追去。

　　就是你了，他想，你已经享受过生命，完成了传宗接代的使命。你的种族不再需要你了，不像我这样需要你。

　　或许在使用精神感应这方面，罗伯特的祖先确实要比现代人更擅长一点。现在他明白了，这种本领还真管用。他能够感觉到，随着筋疲力尽的同伴们纷纷倒在一旁，那头雄鹿的恐惧在逐渐加剧。它开始拼命狂奔，大步地跃向前方。但它跑上一段时间之后，还是不得不停下来休息，急遽地喘息着，让自己过热的身体冷下来。它眼看着罗伯特渐渐接近，两肋不停地鼓动。

　　随后，它喷吐着口沫，再次奔逃。

　　现在只有他们两个在奔跑。

　　吉莫郊在空中闪耀着强光。罗伯特步步紧逼。

　　过了没多久，他一面跑一面把左手伸向腰间，解开了插着匕首的刀鞘。其实他就连这件工具也不想使用。他之所以决心用匕首而不是双手来结束这只鹿的生命，只是因为感受到了牺牲品的内心，他完全是出于怜悯。

几个小时之后,他的肚子已不再急切地"咕咕"作响,这时他感觉到了一丝隐隐的线索,指示着他此行要寻找的目标。他开始向西南方向前进,艾萨克莱娜希望他能在那里有所收获。白昼正渐渐过去,罗伯特抬手遮在眼睛上方挡住午后的阳光,向四处张望。然后他闭上双眼,用意念探询着目标。

没错,有某种东西与他相隔并不太远,已足以让他感受到。如果用比喻来形容这种感觉,它就像是一股熟悉的气味,正朝他徐徐飘来。

他放慢了脚步,循迹前行,目标留下的精神痕迹时隐时现,时而显得冷静而又机敏,时而又像刚才那只将生命奉献给罗伯特的雄鹿一样狂野。

当精神痕迹变得相当强烈时,罗伯特发觉自己来到了一大片茂密而又丑陋的荆棘丛旁边。太阳很快就要落下,而且他根本无法在这片稠密的、能够伤人的树丛中找到那个散发着精神信息的生物。不管怎样,他并不想"猎取"它,而是要和它对话。

罗伯特肯定,这个生物已经意识到了他的到来。他停下脚步,再次闭上双眼,将一股简单的精神信息流投射出去,它立即左右奔突,然后隐没在荆棘丛里。不过,从它藏身的地方,传来了一阵"沙沙"声。

罗伯特睁开眼睛朝那个地方望去。一对漆黑的闪闪发光的眸子正盯着他。"好吧,"他轻声说道,"请你出来吧。咱们可以谈谈。"

那生灵犹豫了片刻,随后摇摇晃晃地走了出来。这是一只长臂黑猩猩,毛发比同类更繁茂,有两道浓眉和一个粗大的下巴。他身上很脏,而且一丝不挂。

罗伯特注意到,对方身上有几块斑点,显然是凝结的血块,而且这血迹并非来自黑猩猩自身的那些小擦伤。唉,咱们毕竟同出一宗,都有本领猎取食物。而在这片草原上,素食者活不了多久。

罗伯特察觉到,这只多毛的黑猩猩不愿同他互相对视,于是便不再坚持,挪开了目光。"你好啊,乔乔,"他轻声说道,话语中满含着真切的关爱,"我大老远跑来,是要给你的雇主捎个口信。"

第八十一章　艾萨克莱娜

是铁丝把一根根厚板条拧在一起才做成了这只笼子。它正高挂在树枝上。这里是一条隐蔽的山谷,位于一座火山的背风坡下,而火山正在微微冒出些许火光。吊索将木笼悬在半空,随着偶尔吹来的风轻轻摇晃,笼子自己也在缓缓转动。

笼子里的囚徒浑身赤裸,满脸胡须,看上去更像个"狼崽子",此时,他正死盯着艾萨克莱娜——即便他脸上没有那种强烈的厌恶神情,双眼中的凶光也能把人烧焦。艾萨克莱娜感觉到,小小的林间空地中满是这个囚徒的憎恨。她暗自思量,自己这次拜访的时间还是越短越好。

"我觉得应该告诉你。格布鲁人的三名首脑宣布,他们已经根据《战争法》实施停火。"她对普拉萨楚松少校说,"现在仪式的举行地已是神圣不可侵犯,而且在停火期间,除非出于自卫,否则任何武装力量都不得在加斯星球上采取军事行动。"

普拉萨楚松隔着板条啐了一口,"这又怎么样? 如果我们按照我的计划实施了攻击,在这之前我们早就成功了。"

"我认为你的看法并不可信。即便是最出色的计划在执行时也很难不出一点差错。而如果我们不得不在最后一刻中止进攻行动，那么我们的所有秘密都会在敌人面前暴露无遗。"

"那只是你的想法。"普拉萨楚松嗤之以鼻。

艾萨克莱娜摇摇头，"但这还不是唯一的或是最重要的原因。"对这位陆战队军官徒劳地解释格莱蒂克人注重细节的意义已让她觉得厌烦，但她还是想再试一次。"少校，我以前已告诉过你，众所周知，战争会导致敌对行动陷入怪圈，就是你们地球人所说的'以牙还牙'：一方因为另一方上次的冒犯而对其进行惩罚，然后另一方再返回头实施报复。如果不加约束，这种循环将永远进行下去，而且会逐步升级！自从先祖时代以来，已经有很多有效的法规能够制止这种相互敌对行为的扩展。"

普拉萨楚松骂道："见你的鬼！你早就承认，如果我们及时发起进攻，那么我们的行为就是合法的！"

她点点头，"是的，或许确实合法。但那样做也会帮敌人的忙，因为那将是双方在停火之前的最后一次军事行动！"

"那有什么关系？"

艾萨克莱娜耐心解释："少校，现在格布鲁人仍然拥有难以抵抗的军事力量，而他们却宣布停火。这会被看作是一种可敬的行为。可以说，他们因此而'赢得了点数'。

"而且，在遭受损失后这么快就宣布停火，会令他们获益更多。如果格布鲁人通过不采取报复性动来显示自己的克剖，那么他们就是在刻意扮演忍耐克己的角色。他们如此沽名钓誉——"

"哈哈！"普拉萨楚松大笑起来，"只要他们的仪式会场被毁掉，谁在乎他们会得到什么好处！"

艾萨克莱娜转过头去。她确实没有时间再白费唇舌了。如果她在此地耽搁过久，麦库中尉可能会怀疑这里就是藏匿她那位失踪指挥官的地方，陆战队员们已经突击搜查了好几处可能的藏匿地点。

她说道："但结果可能是，地球将被迫出资建一座新会场，作为替代品。"

普拉萨楚松瞪着她，"可——可我们是在和格布鲁人作战啊！"

她点点头，"没错。但谁也不会允许在毫无规则约束的情况下作战，实力强大的中间派将转而支持他们，而我们的进攻将被视作野蛮行为。"

那男人没回答，只是怒气冲冲地瞪着她。

"另外，如果摧毁了会场，便意味着地球人不想看到自己的受庇护种族接受测试和评判，不希望他们获得提升！而现在是格布鲁人企图凭借停火为自己收买尊重。加斯星球的战争爆发之后，你们的种族成了受到侵害的一方，而且未能申冤雪耻。这种道义上的优势在将来会起到决定性的作用。"

普拉萨楚松皱起了眉头。一时之间他像是在凝神沉思，似乎艾萨克莱娜的逻辑马上就有可能说服他。她感觉到，他努力思索时，心神像是在闪闪发光……但很快，那光芒就熄灭了。他做了个鬼脸，又啐了一口。"你说的这些都是屁话！我只想看到鸟儿们的尸体。大使先生的千金，你得把他们的死尸摞起来，堆得和这只笼子一样高，那么或许，只是或许，或许我从这里面杀出去的时候能饶过你的性命。"

艾萨克莱娜打了个寒战。她明白，要关押这样一个囚犯真是没有任何益处。她本该让他一直服药昏睡。或许早该杀掉他。但她两样都无法做到，而且她绝不能让手下那些参与了绑架的黑猩猩受到伤害。

"日安,少校。"她说罢,转身而去。

她离开时,普拉萨楚松并未喊叫。但他如此吝啬于威胁之辞,令他刚才那番恐吓显得更加险恶可信。

艾萨克莱娜离开这片隐秘的林间空地,沿着一条不为人知的小径翻过山腰向上爬去,温泉在她身旁"嘶嘶"作响,不时喷出股股蒸汽。在山脊上,她不得不收拢卷须,免得它们被强劲的秋风吹散。天空中只能看到不多的几朵白云,但空气中弥漫着大风从远方沙漠中卷来的沙尘。

她突然看到,近旁的树枝上挂着一片附有孢子飞荚的伞衣,一定是从某一块长满碟藤的荒地里吹到这里来的。现在随着秋季到来,碟藤的伞衣正在大规模地四处纷飞。幸运的是,这些飞荚是在两天前真正开始飘散的,正好赶在格布鲁人宣布停火之前。而这个事实将会变得非常重要。

艾萨克莱娜感到今天很古怪。自从那个噩梦连连的夜晚之后,她从没有过如此强烈的古怪感。她永远也不会忘记那个晚上,第二天一早她就爬上这座山的顶峰去挣扎着领受双亲的馈赠。

或许格布鲁人又在预热他们的超空间分路站吧。

她事后才知道,就在那个乱梦如织的夜晚,入侵者正巧第一次测试他们庞大的新设备。格布鲁人的试验释放出了一股股失控的概率波,朝四面八方汹涌而去,而体质敏感的人和黑猩猩都说自己当时感到极度恐惧而又异常兴奋。

素来细心谨慎的格布鲁人不应该犯这种错误,看来这似乎证实了法本·伯尔格的报告,敌人的领导系统出了大问题。

难道那晚正因为这个原因,充满不祥之兆的精神信息流才会突然崩溃？难道是泄漏的能量让她在与乌赛卡尔丁沟通精神的时候充满了可怕的力量,从父亲那里夺走了她需要的一切?

难道大猩猩的行为开始变得如此古怪,也是因为敌人对分路站那些巨大的引擎所做的试验?

艾萨克莱娜只能确定一点,她感到不安而又恐惧。过不了多久,她暗想,这种感觉就会达到登峰造极的程度。

正当她顺着小径走到距离自己的帐篷还有一半路程的时候,前方的森林中跑出两只气喘吁吁的黑猩猩,急匆匆地爬上山坡朝她赶来。"小姐……小姐……"其中的一个上气不接下气地叫道。另外一个跟在他身边,喘息声清晰可闻。

看到他们惊慌的样子,艾萨克莱娜第一个反应就是,她体内的激素立时奔涌起来。但是,当她循着他们的恐惧细细探察之后,发觉他们并不是因为敌人进攻而惊慌失措,这时她的应激反应才稍稍有所缓和。

"艾萨……艾萨克莱娜小姐,"头一个黑猩猩喘着粗气说,"您最好快点来一下!"

"怎么了,皮特里?出了什么事?"

他咽了口唾沫,"是大猩猩。我们怎么也控制不住它们!"

原来是这样。她暗想。一个多星期以来,大猩猩低沉无调的歌声令他们的黑猩猩卫兵越来越紧张不安。"他们现在想干什么?"

"他们要离开!"另一个传令兵哀叫道。

艾萨克莱娜大吃一惊,"你说什么?"

皮特里棕色的眼睛里充满了困惑,"他们要离开。他们站起来就要走!他们打算去信德谷地,可我们好像没有任何办法能阻止他们!"

第八十二章　乌赛卡尔丁

近来，他们朝山地行进的速度明显放慢了。库尔特像是把越来越多的时间都花在摆弄他那个自制仪器上了……而且也更频繁地与自己的泰姆布立米人同伴争论。

事情变化得可真快啊。乌赛卡尔丁想。原先他费时费力想让库尔特变得像现在这样疑心重重、兴奋不已，可此时他发觉，自己却在怀念以前二人之间那种平和的友谊。那时的日子过得漫长而又懒散，他们整天不是闲聊就是怀旧，过着普普通通的流亡生活，而当时他还觉得非常沮丧呢。

当然，那个时候乌赛卡尔丁还没有伤元气，那时他还能通过泰姆布立米人的眼睛观察这个世界，还有精力琢磨一些怪念头。

可现在呢？乌赛卡尔丁知道，在同族人的眼里，他是个阴郁而又严肃的人。现在，他们肯定会认为他已经成了残废。或许最好死掉算了。

我身体里有太多的东西被拿走了。他想。这时，库尔特正在他们藏身处的角落里低声自言自语。外面，一阵阵狂风卷拂着荒原上的野草。月光下绵延起伏的群山就像一波波凝滞的海浪，在肆虐的暴风雨中突然静止不动。

难道她真要掠走这么多才够用吗？他暗自纳闷，但此时他已没有能力去感觉、去一探究竟。

当然，那个晚上，当艾萨克莱娜迫于急需而决定呼唤父母履行诺言的时候，她几乎不可能知道自己要做的事情会造成什么后果。通过精神沟通从父母身上求得帮助，这可不是能训练出来的本领。这种强烈的紧急求助方法极少为人所用，很难用科学原理描述清楚，而且它的本质也决定了它的时效——一个人一生中只能使用一次。

但现在，当乌赛卡尔丁仔细回想那天发生的事情，他想起了自己当时没有注意到的一件事情。

事情发生的头一天晚上，气氛就显得极度紧张不安。事发的几个小时之前，乌赛卡尔丁感到了一道道令他心烦意乱的能量波，就好像一股股蕴含着无限力量的精神信息流在群山中悸动。或许正因为那个原因，女儿的求助才显得那么迫切而又强烈。是某种外部能量在刺激着她！

现在他又记起了另外一件事情。在艾萨克莱娜触发的精神沟通信息流像风暴一样卷过之后，并不是他体内的一切东西都被她掠走了！

很奇怪，直到现在他才意识到这件事。此时，乌赛卡尔丁似乎模糊地记起，自己的某些元气并未进入女儿的体内，而是从她身边飞过了。可那些精神本质到底去了哪里，他根本无法想象。或许飞进了他早先感觉到的那些能量的源头。也可能……

乌赛卡尔丁已是精疲力竭，无法做出合理的推断。谁知道呢？说不定是被加斯人吸走了。这种推测可是个蹩脚的玩笑，简直根本不值一笑。可是，其中蕴含的讽刺意味却能令他振奋。起码这说明他并没有完全失去所有的东西。

"乌赛卡尔丁，现在我已经相当有把握了。"库尔特朝他转过脸，低沉的声音里充满了自信。泰纳尼人放下手中的仪器，这些日子里，他一直在努力工作，用坠毁飞船上抢救出的古怪零件组装成了这件宝贝。

"您对什么事情这么有把握，我的同僚？"

"我能确定，我们两人的怀疑最后都集中在了一件事情上！而且我们的怀疑非常有可能就是事实。您瞧。您给我看了您的资料——这些磁带中储存着您搜集到的'加斯人'的信息，我根据您的资料一直在调节这台探测器，而最后终于发现，我找到了自己一直在寻找的谐振源头。"

"您能确定？"乌赛卡尔丁不知道自己该如何表态。他从没想到，库尔特居然一直打算找到确切的证据，证明那种神秘的生物确实存在。

"我知道您有什么顾虑，我的朋友，"库尔特抬起他生满羽毛的巨掌，说道，"您担心我的实验会引起格布鲁人的注意。但请您放心。我使用的探测波段非常狭窄，而且回波都反射到了附近的卫星上。他们不可能确定我这台小不点探测器的波源位置。"

"可是……"乌赛卡尔丁摇摇头，"您打算找什么呢？"

库尔特的呼吸腮缝不停地翕动着，"某种特定的脑谐振波。这种方法的技术性相当高。"他答道，"如果要达到目的，就必须借助您磁带里有关加斯人的资料。只是里面能起作用的数据太少了。我真正感兴趣的是，您指出那些潜在智能生命可能拥有与地球物种或是泰姆布立米人非常相近的大脑。"

乌赛卡尔丁很吃惊，库尔特居然如此迅速而又狂热地利用了那些伪造的资料。若是换作以前，他肯定会欣喜若狂。"那又怎么样?"他问道。

"那么……我举个例子为您解释一下吧。比方说地球人类
——"

拜托,库尔特,您过去可没有用过"人类"这种称呼,您只叫
他们"地球佬",乌赛卡尔丁暗想,但这个念头并不太强烈,他更
多是出于习惯才在心中这样纠正库尔特。

"——地球佬的成长过程代表着一种由低级生命最终成为
智能生命的发展道路。起初他们只能分别使用自己的左右两个
脑半球,后来才逐步将大脑的使用统一起来。"

乌赛卡尔丁一惊。同库尔特相比,他自己的脑筋动得真是
太慢了。"您……您是说,他们的大脑分成了相对独立的两个半
球?"

"是的。另外,从某个角度来看,这两个半球不仅彼此相似,
而且相互重合;但从另外一个角度来看,它们又分工协作、各司
其职。在地球人的受庇护种族新生海豚身上,这种分裂现象就
更明显。

"格布鲁人到来之前,我一直在研究新生黑猩猩的资料,他
们在很多方面都与自己的庇护主非常相像。在黑猩猩提升的早
期阶段,地球人必须要做的一件事就是,想办法让具有潜在智能
的黑猩猩的两个脑半球一同发挥功能,从而形成统一的意识。
而在这种技术成功之前,新生黑猩猩便一直处于一种叫作'双脑
控制'的状态……"

库尔特用低沉的嗓音继续做着解释,不停地冒出越来越多
的技术术语,最后终于让乌赛卡尔丁完全摸不到头脑。他们栖
身的壕沟里已满是脑功能的奥秘,就像是弥漫着一层浓烟。乌
赛卡尔丁非常想生出一股精神信息流来表达自己的厌烦,但他

没有力气来鼓动自己的卷须。

"……因此,我追踪到的谐振似乎表明,在我这台仪器的探测范围内,确实存在着双脑控制的思维活动!"

哦,原来如此。乌赛卡尔丁暗想。当他还在海伦尼亚的时候就怀疑,说不定库尔特会突然变得足智多谋。那时,乌赛卡尔丁还是一个精明的策划者,正在安排一个个复杂的计划。所以,他挑选一只生有返祖缺陷的黑猩猩做了自己的同谋。而现在看来,库尔特捕捉到的踪迹大概来自乔乔,而乔乔具有返祖特征的大脑肯定与几百年前未经提升的黑猩猩有很多相似之处。无疑,乔乔保留了这种被库尔特称为"双脑控制"的特点。

最后,库尔特下了结论:"所以我相当确信,您和我搜集到的证据都说明,我们不能再耽搁下去了。我们必须想办法找到设备发送星际消息!"

"您打算怎么做?"乌赛卡尔丁稍稍有些好奇。

库尔特急促地鼓动着腮缝,显然他十分激动,这可太少见了。"或许我们能偷偷溜进,或是混进,或是闯进行星分支数据库,去要求避难,然后调用所有的优先权,向泰纳尼世界的五十颗恒星系统发送信息。或许我们还有另一个办法。我并不介意去偷一艘格布鲁人的飞船。不管通过何种方式,我们必须向我的种族报告这个消息!"

这还是那个在入侵者到来之前急着逃离海伦尼亚的人吗?就像乌赛卡尔丁的内心发生了巨大变化一样,库尔特的态度也和以前大不相同了。这个泰纳尼人的狂热之情就像一团烈焰,而乌赛卡尔丁现在却只求自保。

"您想赶在格布鲁人之前宣布收养这种潜在智能生命?"他问道。

"对啊,这有何不妥?如果能让他们免于落入那么可怕的庇护主手中,我就是付出生命也在所不惜!但我们真要抓紧时间才行。如果前些日子我们碰巧在接收器里听到的消息没错,那么格莱蒂克公会的使团就已经在前来加斯的路上了。我相信,格布鲁人正在策划什么大事。或许他们已经有了和我们一样的发现。如果现在还不算太迟的话,我们必须迅速行动!"

乌赛卡尔丁点点头,"杰出的同僚,我还有一个问题。"他停顿了一下,然后问道,"我为什么要帮您?"

库尔特像个被扎破的气球似的长叹一声,他的羽冠也一下子耷拉了下来。他盯着乌赛卡尔丁,神色竟是如此冲动,泰姆布立米大使以前可从未见过哪个阴郁的泰纳尼人脸上曾露出这样的表情。

"您帮了我,将给这些潜在智能生命带来极大的好处。"他答道,"他们的命运会大大改变,他们会幸福得多。"

"或许如此,但您这种说法还有待于论证。不过,这就是唯一的理由吗?您觉得,就为了这个,我就得无私相助?"

"嗯——"库尔特显得有些不高兴,他知道乌赛卡尔丁又要提什么问题。不过,他真对泰姆布立米大使的讨价还价感到吃惊吗?毕竟他也是位外交官,他明白,只有双方开诚布公地为自己的利益得失进行商讨之后,才能达成最出色、最牢靠的交易。"如果……如果我送回去这么一件珍宝,就会对我所在的政党大有裨益。我们很可能赢得选举,入主政府。"他暗示道。

"即便你们掌权,也只能让过去那套令人无法容忍的政策稍稍有所改进,这并不足以让我动心啊。"乌赛卡尔丁摇摇头,"您还是没有解释,为什么我就不应该让我的种族获得收养这个智能物种的权利。我早就开始对'加斯人'的传闻进行调查,比您早得多。我们泰姆布立米人能够成为最优秀的庇护主,出色地提携这些生物。"

"你们? 你们这些……*卡弗敏弗尔朗奇*?"这个格莱蒂克词的意思近乎"幼稚的少年犯"。这话差点又让乌赛卡尔丁笑起来。库尔特不安地晃动着身体,显然他正在尽力保持镇静,以免有失风度。

他低声说:"你们泰姆布立米人实力不足,没有能力要求这种权利。"

*您终于说了真话。*乌赛卡尔丁想。

现在这种时候,在目前这种混乱的局势下,格莱蒂克公会不可能只根据申请的先后顺序就决定由谁来收养一个潜在的智慧生命。提升公会还要从官方角度考虑很多其他因素。而地球人有个说法,用在这里非常贴切:"占有者在诉讼中十有九胜"。

"那么我们就又回到了第一个问题上面。"乌赛卡尔丁点点头,"既然无论我们泰姆布立米人还是地球人都不能拥有加斯人,那么我为什么要帮您得到他们呢?"

库尔特的身体摇晃得更加厉害,像是正要从一把滚烫的椅子上挪开屁股。他的苦恼在脸上表露无遗,而绝望之情也显而易见。最后,他终于脱口而出:"我差不多可以保证,我们的种族可以停止一切针对你们种族的敌意行为。"

"这还不够。"乌赛卡尔丁立刻答道。

"您还想从我这儿得到什么!?"库尔特终于爆发了。

"真正的结盟。您要做出承诺,保证泰纳尼人将会对泰姆布立米人提供帮助,对抗那些围攻我们的势力。"

"可是——"

"而且您必须提前做出承诺,不论今后事实证明您所说的这种潜在智能生命是否确实存在，您的保证都一定要生效。"

库尔特结巴起来，"您可不能指望——"

"我当然要指望。我为什么就该相信真有这种'加斯人'呢？对我来说，他们只不过是些令人好奇的传闻而已。我可从来都没对您说过我相信有这种生物，而您却要我冒着生命危险去帮您发送消息！为什么我就该在我的人民没有得到利益保证的情况下去做这种事情？"

"我……我可从来都没听说过您这种要求！"

"不管怎样，这就是我开的价。您可以接受，也可以拒绝。"

一时之间，乌赛卡尔丁感到心惊胆战。他怀疑，一件意想不到的事情可能马上就要发生。因为库尔特看起来像是失去了控制……像是马上要勃然大怒、使用暴力。看着对方飞快地张合着那双巨大的拳头，乌赛卡尔丁感到周身的血液因为生化酶的奔涌而骚动起来。一种不安的恐惧令他觉得自己比这几天中的任何时候都有生气。

"就……就照您说的办吧。"最后库尔特咆哮道。

"很好。"乌赛卡尔丁松了一口气。他拿出自己的数据处理器。"我们一起来归纳一份契约吧。"

他们花了一个多小时的时间理顺文字。当契约整理完毕，二人各自在一份副本上签了字，乌赛卡尔丁把一只保存着文件的记忆块交给库尔特，自己收起了另一只。

真是太让人吃惊了。这时他暗想。他原先苦心策划，也是为了今天。现在这个结果本来是他整个计划的第二部分，此时终于实现了。能够愚弄格布鲁人就已经让他大为满意；而诱使泰纳尼人结盟竟然如此容易，简直令他难以置信。

但是，现在乌赛卡尔丁只觉得头脑麻木，而不是充满了胜利的喜悦。他知道前面的路会是什么样子,他们还要在穆伦山脉陡峭的崇山峻岭中攀爬。接下来的跋涉令他望而生畏。即便他们拼尽全力继续前进,最后的结果无疑还是肩并肩躺在一起等待死亡的降临。

"您肯定知道,乌赛卡尔丁,如果我的报告出了什么差错,我的人就不会履行这份契约。如果最后发现加斯人并不存在,泰纳尼人会拒绝承认我签署的文件。到时候他们会采取外交手段买通各方来使这份契约失效,而我就被彻底毁了。"

乌赛卡尔丁没有看库尔特。他之所以感到灰心而又沮丧,库尔特所说的情况便是另外一个原因。一个杰出的恶作剧大师可不应该总感到愧疚,他告诉自己,或许我和地球人待在一起的时间太长了。

二人又沉默了一会儿,他们各自想着自己的心事。

当然,库尔特肯定会被撤职,他签署的契约也会遭到否认。当然,泰纳尼人肯定不愿结盟,甚至不愿同地球-泰姆布立米联盟讲和。乌赛卡尔丁只希望在敌人的阵营中制造混乱。如果库尔特果真能在奇迹的帮助下发走消息,并且当真把泰纳尼人的舰队唤到了这块穷乡僻壤,那么泰姆布立米人的两个劲敌便会在此交战,消耗他们的兵力和资源……而他们不过是在为一个子虚乌有的目标而战。为了一个根本不存在的物种而战。为了那些在五万年前就被杀害的鬼魂而战。

我开了一个多么绝妙的玩笑! 我应该高兴才对,而我却感到不寒而栗。

乌赛卡尔丁黯然神伤。他知道,自己无法为此时的胜利而感到愉悦,并不是因为女儿掏空了他的身体,并不是由于艾萨克莱娜的过失,他才生出了这种令人难以摆脱的感觉——出卖朋友的感觉。

唉，好了，乌赛卡尔丁安慰自己，其实现在一切还未成定局。库尔特要想发走消息，还要借助不少奇迹才能如愿啊。

看来他们最恰当的结局大概还是一同死去，经过徒劳的努力后一同死去。

心中的悲伤让乌赛卡尔丁找到了一点力气，现在他能稍稍抬动一下自己的卷须。当他抬头看着库尔特的时候，头上生出了一股简单的精神信息流。

乌赛卡尔丁刚要开口说话，突然发生了一件令他十分吃惊的事情。他感觉到，某个东西正从夜空中飞过。他连忙凝神搜寻，但那东西一闪就不见了。

难道这只是出于我的想象？我马上就要崩溃了吗？

但那东西又回来了！他惊奇得透不过气来，感觉到它正围着他们的帐篷兜圈子，而且圈子越绕越小，最后触到了他正在吸收外界信息的意识边缘。乌赛卡尔丁抬起头，想看看到底是什么东西在他们的隐蔽所外面游荡。

我这是想干什么？想用眼睛看见一股精神信息流吗？

他闭上双眼，任由那团虚无缥缈的东西飞近。然后他敞开思维去感受它。

"普依里土伦布尔！"他用格莱蒂克语大叫一声。

库尔特猛地转过身，"出了什么事，我的朋友？您这是……"

但乌赛卡尔丁已经站起身。就像被一根线扯着一样，他走上地面，来到了清冷的夜色中。

他嗅着夜晚的空气，风把各种气味都送进了他的鼻孔。他动用所有的感官在地狱般的黑暗中搜寻。"你在哪儿?"乌赛卡尔丁叫道，"谁在那儿？"

两个身影出现在一片黯淡的月光下。这么说我的感觉没错！乌赛卡尔丁想。刚才是一个人类在用精神信息流找他，而这个人类居然如此娴熟地掌握了这种技巧，他还以为那片意念云团是一个年轻的泰姆布立米人发出来的呢。

而令他更为吃惊的事还在后面——他目瞪口呆，面前这个身躯高大、古铜色皮肤、满脸胡须的战士简直就像是大接触之前地球佬那些野蛮史诗中的英雄。随后他爆发出又一声惊叫，因为他认出来，这人正是罗伯特·奥尼格，行星协调官大人的公子！

"晚上好，先生。"罗伯特说着，在几米之外停下脚步鞠躬施礼。

站在罗伯特身后一点的是新生黑猩猩乔乔，正不安地扭绞着双手。乔乔知道自己的出现与原计划有了些出入。他不敢看乌赛卡尔丁的眼睛。

"弗霍曼弗？伊达代斯！"库尔特用格莱蒂克六号语大声说道，"乌赛卡尔丁，一个地球人跑到这里干什么来了？"

罗伯特再次鞠躬。他小心翼翼地用正式礼节向二人致以问候，称呼中加上了他们两个种族的全称。随后，他用格莱蒂冦七号语继续说道：

"我走了很远的路，尊敬的先生们，是要请二位参加一个派对。"

第八十三章　法　本

"慢点,泰可。别着急!"

平常一直都很安静的牲口弓身跳跃起来,用力拖扯着缰绳。法本原本就不是个技术娴熟的骑手,现在不得不匆忙跳下马,拉住了马笼头。

"好了,放松一点,"他安慰道,"这只不过是一架飞船嘛。咱们整天都能听见这种响声啊。放心,很快就过去了。"

就像他许诺的那样,尖厉的轰鸣声渐渐远去,那艘飞行器快速掠过他们的头顶,消失在前方的树顶之上,朝海伦尼亚的方向飞走了。

就在敌人刚刚入侵的几个星期之后,法本曾走过这条路,但现在看来,变化真是很大。当时阳光明媚,他走在繁忙的公路上,四周是春天一片片翠绿的色彩。而现在他只感到狂风吹在背上,身旁的这条山谷已是一派初冬的景象。一半树木的叶子已经掉光,只剩下树枝在卷过草场和小路的风中摇荡。果园的树上没有任何果实,乡间道路上空空荡荡。

地面上确实看不到车来人往,但头顶上的交通却很繁忙。

每当格布鲁人的飞行器呼啸着飞过,法本的神经末梢便在引力场的作用下簌簌发麻。头几次遇到这种情况,他颈背上的毛发都直竖起来,但他产生这样的反应并不只是因为脉动的引力场。他早就担心会有人上前责难,拦住他,或是将他当场枪杀掉。

但实际上,格莱蒂克人根本没有理会他,显然他们不会屈尊来辨别这只孤身上路的黑猩猩是被派去帮助收割庄稼的农工,还是在几座重新投入运行的生态监控站里工作的专家。

法本曾同几个重新在监控站里工作的生态专家说过话,当中有不少他的旧相识。那些黑猩猩告诉他,格布鲁人让他们用工作换取自由,而且还给予少许支持,让他们能恢复过去的工作。当然,现在冬天已经临近,监控站里需要干的活儿并不多。但至少生态复苏的计划已经重新启动,而且格布鲁人似乎很乐意放任黑猩猩去做自己该做的工作。

实际上,入侵者正全神贯注于另外的地方。格莱蒂克人真正的活动焦点似乎集中在西南方向的太空港。

还有仪式会场。法本提醒自己。尽管他千方百计要回到城里,但并不真正知道自己能干些什么。当他大摇大摆地走进以前那座破败的监狱,会发生什么事情呢?正道宗主还会接纳他吗?

盖莱特呢?

她还在那儿吗?

路边有几只黑猩猩披着斗篷,正在一片新近收割过的田野里心不在焉地捡拾着遗留的谷物。他们没有朝法本打招呼,他也没指望他们会那么做——通常只有最低等的劣种才会被指派做拾穗这样的工作。不过,当他牵着泰可朝海伦尼亚走去时,还是能感到他们在盯着他。当这头牲口安静一点之后，法本重新爬上马鞍，骑马继续前进。

他曾考虑过，是否采取上次出城的方式返回海伦尼亚，在夜里翻墙进城。毕竟，既然这个办法已经奏效了一次，为什么不能用两次呢？无论如何他都不想碰到政务宗主的手下。

这个方案很诱人。但不知为什么，他感到，一次成功只能算是幸运，再用第二次便是愚蠢的行为。

但不管怎样，他最终还是被迫做了决定，因为他刚绕过一个转弯处，便发现前方出现了一座格布鲁人哨卡。两个样式复杂的战斗机器人猛地朝他转过身，死盯着他。

"别紧张，你们这些家伙。"法本说道，其实是在安慰自己。不过，如果机器人的程序被设定成发现目标就马上射击，他在看到它们之前就已经没命了。

在碉堡前方停着一辆装甲悬浮车，底盘支在几块木板上。从车下伸出了一双长着三只足趾的大脚，还传出一阵"叽叽喳喳"的抱怨声，法本不必精通格莱蒂克三号语也能明白，下面修车的家伙正在发泄自己的沮丧。机器人的警报刚刚开始呼啸，悬浮车下便传来"砰"的一声响，随后是被惊扰的格布鲁人愤怒的尖叫。

很快，两只钩状的长喙从车下的阴影中探了出来，黄色的眼珠一眨不眨地看着法本，其中一个羽毛凌乱的格布鲁人正在揉着头上的一块凹痕。

法本闭紧嘴巴没让自己笑出来。他下马朝碉堡走去，心中很是纳闷，因为无论是外星人还是机器人都没有理睬他。

他来到两个格布鲁人跟前，深深鞠了一躬。

那两个家伙面面相觑，彼此之间怒气冲冲地说着什么。其中的一个像是发出了一声顺从的呻吟。随后,两个利爪兵从瘫痪的车下爬出来,站起身。他们都朝法本垂首还礼,虽然动作幅度不大,但还是显而易见。

他们仍然一言不发。

一个格布鲁人再次吱唰着发出一声微弱的叹息,拍打着自己羽毛上的灰尘。而另一个只是盯着法本。

现在该怎么办?他想琢磨对策,可他到底该干什么呢?法本只觉得自己的脚趾一阵阵发痒。

他又鞠了一躬,随后忐忑不安地转过身,回到泰可身边,抓起了马缰。带着一副强装出来的冷漠神情,法本开始朝海伦尼亚城边那道黑沉沉的围墙走去,现在他已经能看到城墙,就在一公里之外的前方。

泰可嘶鸣一声,摇摇尾巴,放了个臭气熏天的响屁。

拜托,泰可!法本在心中祈求道。他们终于转过一道弯,离开了格布鲁人的视线,法本一屁股瘫倒在地上。有好一会儿,他坐在那里动弹不得,浑身发抖。

"唉,"最后他说道,"我猜格布鲁人当真是停火了。"

城门的哨卡简直就是个摆设。法本彻底放下心来,享受着利爪兵朝他还礼的乐趣。他还记得盖莱特教过他的一些格莱蒂克礼节。格布鲁人即便再不情愿,也必须要对自己的受庇护种族科瓦克人勉强还礼,而这样的礼遇对黑猩猩来讲则是太美妙了。

显然这也说明,正道宗主还在坚持,他还没有放弃。

法本骑着泰可穿过海伦尼亚的一条条小巷,黑猩猩市民都吃惊地从身后望着他。其中有一两个对他喊了句什么话,但这个时候他顾不上想别的事情，一门心思朝以前的监禁地赶去。

可是，当他到达监狱时，却发现铁门洞开，没有守卫。石墙上的看守机器人也不见了踪影。他把泰可留在荒芜的花园里吃草，自己一个人扯开挂在门梁上的几片碟藤伞衣，朝里面走去。

"盖莱特！"他喊道。

院子里也不见劣种卫兵的影子。一团团灰尘和一片片废纸被风吹进敞开的拘押所前门，在走廊里飞舞。当法本来到自己和盖莱特被监禁的那个房间时，他停下脚步，目瞪口呆。

这里乱作一团。

大多数家具还留在原地，但价值昂贵的音响系统和全息墙已被拆走，无疑是劣种们在离开时顺手牵羊饱了私囊。不过，法本看到他的数据处理器还躺在地上，那晚他离开时就是把它放在那里的。

但盖莱特的处理器不见了。

他连忙检查壁橱。他们的大部分衣服还挂在里面。显然她离开时并未收拾行李。法本摘下那件亮闪闪的典礼长袍，那是宗主大人的手下专门为他准备的。在他的指间，长袍柔软的布料就像玻璃一样光滑。

这里没有盖莱特的长袍。

"哦，老天！"法本呻吟道。他猛地转回身冲过走廊，跑出前门，只用一秒钟就跳到了马鞍上。但泰可连头都不抬，还在专心大嚼。法本只得又踢又叫，这牲口才明白发生了紧急情况。于是，马儿转身奔出大门回到了街上，嘴里还衔着一只嫩黄的向日葵。一来到能够施展腿脚的大街，泰可便低下头，攒足力气撒开了四蹄。

他们这副模样可是当真值得一看：一猿一马飞驰在寂静无

声、几乎空空荡荡的街道上,颜色鲜亮的长袍和向日葵就像旗帜一样在风中飞舞。但没有什么旁观者看到这个狂奔的场面,直至最后他们来到喧闹拥挤的码头上。

看来似乎城里所有的黑猩猩都聚到了这里。他们密密麻麻地挤在码头岸边,无数个穿着秋季大衣的棕色身躯不停地攒动,一颗颗昂起的头颅就像身边的海水一样起伏波荡。更多的黑猩猩不顾危险爬上了近旁的屋顶,还有一些甚至攀在排水管上。

幸亏法本没有步行。泰可帮了大忙,它喷着鼻息用鼻子把惊慌失措的黑猩猩推到两旁。法本高坐在马背上,很快就占据了有利位置,能够窥探一下究竟是什么导致了这场骚动。

在海湾中,半公里之外的水面上,十二艘渔船正在新生黑猩猩船员的操作下奔忙。它们聚成一堆,互相又挤又撞,拼命拖动着一艘光滑闪亮的大船。那艘白色的船周身闪闪发光,与这些破旧的拖船形成了鲜明的对比。

那是一艘格布鲁人的船,浮在水里一动不动。两名鸟儿驾驶员站在舱顶上,一面"叽叽喳喳"地叫着,一面挥舞双臂朝黑猩猩们发号施令。而渔船上的海员尽管彬彬有礼,但对他们丝毫不加理睬,自顾自地把曳索绑在瘫痪的船上,然后开始拖着它慢慢朝岸边驶来。

这有什么了不得?法本想。只不过是一艘格布鲁人的巡逻艇出了故障。难道就为了这个,全城的黑猩猩都跑出来看热闹?海伦尼亚的市民们平日里肯定难得有什么消遣。

但他马上注意到,只有少数黑猩猩才在真正观看港湾里小小的营救行动,大多数市民都盯着南方,海湾对面。

啊。法本不禁发出一声叹息,而一时之间他也同大家一样,震惊得一句话都说不出来。

殖民地空港所在的那片台地上，伫立着一艘艘崭新的塔状飞船，熠熠生辉。那些闪闪发光的庞然大物看上去全然不似格布鲁人的运输舰，更不是他们那些粗笨的球状战船。远远望去，那些高耸的尖塔辉映着柔光，像是充满了自信的巨人，标志着一种远比地球生命古老得多的信仰和传统。

法本猜测，那一定是搭载格莱蒂克高官前来加斯的星舰。这时，从那些高大的飞船上升起一个个小光点往西飞来，顺着海湾的弧形海岸慢慢朝这里靠近。最后，那些飞行器划出一道道螺旋状的弧线，降落在了南角。那里正是海伦尼亚的每个人都感到蹊跷的地方，大家一直猜测那里将会发生某种特别的事情。

法本下意识地指引泰可穿过拥挤的看客，来到了主码头的边缘。这里有一队黑猩猩戴着椭圆形的徽章，排成一条长链挡住了拥挤的市民。这么说，又有监督团出来维持秩序了，法本明白，事实证明劣种根本靠不住，所以格布鲁人只能让市民来重新掌权。

一只雄性黑猩猩佩戴着监督团的下士臂章，伸手拉住了泰可的笼头，开口叫道："喂，小家伙！你可不能……"这时他突然吃惊地眨眨眼，"老天！是你吗，法本？"

法本认出这是巴纳比·富尔顿，此人原来曾经参加过盖莱特的地下组织。他微微一笑，不过他的思绪已经飞到了这片波涛汹涌的海水对岸。"你好啊，巴纳比，自从山谷的暴动之后我就再没见过你。看见你又在这儿管闲事儿可真让我高兴啊。"

这一下，大家的注意力都集中到了他身上。旁边的黑猩猩开始互相用胳膊肘轻轻推挤，提醒对方注意，同时压低声音交头接耳。法本听到他们不停地提到他的名字。人群嘈杂的声音渐渐止息，一阵静默从他身边向四周扩散开去。两三个惊奇的黑猩猩伸出手抚摸着泰可粗壮的两肋，还有法本的腿，像是不敢相信自己的眼睛。

巴纳比显然在努力配合法本漫不经心的调侃，"哪儿有乱子，哪儿就有我，法本。嗯，听说你本该待在那边啊。"说着，他指了指港湾对面骚动不宁的地方，"还有人说，你逃出去跑到了山里。又有说法……"

"又有什么说法？"

巴纳比咽了口唾沫，"有人说你完蛋了。"

"啊哈，"法本轻声说道，"我猜这些说法都没错。"

他看到，拖船拉着动弹不得的格布鲁巡逻艇朝船坞驶来。更远处，另外几艘黑猩猩驾驶的船只正在港湾中游弋，但其中任何一艘都没有越过拉在海湾水面正中的一排浮标警戒线。

巴纳比朝左右看了看，然后压低声音说道："呃，法本，城里有不少黑猩猩……有不少黑猩猩重新组织起来了。我为了保住这个臂章，就不得不为格布鲁人当差。但我可以给奥科斯教授捎个话，告诉他你在城里。我敢保证，他肯定想在今晚和你聚一聚……"

法本摇摇头，"我没有时间。我必须赶到那边去。"他指了指远方的山岬，刚才那些发光的飞行器就降落在那里。

巴纳比撅起了嘴唇，"我不知道你是不是能达到目的，法本。你看到海湾里那道浮标了吧，它们把所有的人都挡了回来。"

"那些玩意儿会把人烧焦吗？"

"哦，不会。我看到的可不是那样。但是——"

巴纳比说到一半停了下来，因为法本摇了摇缰绳，用双脚一夹马肚子，说道："谢谢你，巴纳比。我只要知道这个就行了。"

监督团的成员们站到两旁,让泰可驮着法本顺着码头朝前走去。远处,那支小小的救援船队已经驶进船坞,正在把雪白整洁的格布鲁舰艇停靠在岸边。几名怒气冲冲的利爪兵和狰狞可怖的战斗机器人站在船头,在他们的逼视下,黑猩猩船员们一个个点头哈腰,不安地躬身劳作着。

与这种场面形成了鲜明的反差,法本催动坐骑来到船坞边,他所在的位置正好让他不必去理会那些外星人。他将身体挺得笔直,对敌人全然不睬,径直策马经过那艘巡逻艇旁,朝码头的另一端走去。最小的一艘渔船正停在那里。

他滚鞍下马,跳到地上。"你能好好照料一下牲口吗?"他朝一个水手问道,那只黑猩猩正忙着系紧自己那条船的缆绳,听他一问便吃惊地抬起头来。看到对方点了点头,法本把泰可的缰绳递给了目瞪口呆的黑猩猩。"那么咱们交换一下吧。"

他跳上小船,朝驾驶舱后面走去。"如果你觉得这么交换不值得,就开一张账单给正道宗主送去,要他把差额补齐。你听清楚了么?格布鲁人的正道宗主。"

水手的两只眼睛瞪得滚圆,似乎意识到自己的嘴巴张得太大,于是连忙闭上,发出了"嘎巴"一声脆响。

法本启动了点火开关,发动机嘶哑的吼声令他很满意。"解开缆绳,"他说,随后一笑,"而且还要谢谢你。好好照顾泰可!"

那水手眨眨眼。他刚想起来要发作,跟在法本身后跑来的几只黑猩猩叫住了他,其中的一个在水手耳边低声说了些什么,这家伙便咧开嘴巴笑了。随即,他连忙跑去解开小船的缆绳,然后把缆绳丢回到前甲板上。看到法本在倒车时笨拙地撞上了码头,这黑猩猩只是稍稍哆嗦了一下。"祝……祝你好运。"他费力地说道。

"没错,祝你好运,法本!"巴纳比喊道。

法本朝他们挥挥手,然后把推进器调成前进状态。他在水面上划了一个大大的弧形,差点擦上格布鲁人巡逻艇的高强度船舷。从近处看,敌人的船身并不像刚才那样雪白闪亮。实际上,那只覆盖着装甲的船壳还显得凹凸不平、锈迹斑斑。从敌船的另一侧传来一阵阵愤怒的尖叫,看来利爪兵船员还在因为故障而懊恼沮丧。

法本对他们未加理睬,驾着借来的小船掉头向南驶去,前方便是那道将海湾一分为二的浮标警戒线,阻挡着海伦尼亚的黑猩猩,让他们无法干扰对岸高级庇护主们的好事。

海面翻卷着泡沫,在狂风下腾起阵阵波涛。每年这个时候,东风卷来的垃圾便会让海水变得肮脏浑浊,里面无所不有,从落叶到近乎透明的碟藤伞衣,还有鸟儿换羽时退下的翎毛。法本不得不降低船速,避开成块成块的残骸和四面八方那些挤满黑猩猩观光客的破船。

他低速行驶,慢慢接近那道警戒线。当他从最后一条游船旁经过时,突然感到有上千双眼睛正盯着自己,似乎海伦尼亚城最大胆、最好奇的市民都在监视他。

老天,我当真知道自己在做什么吗?他暗想。一直到现在,他似乎始终是在无意识地凭借本能采取行动。但此时他突然意识到,面对眼前的困难,他确实无能为力。他这样白白送死到底有什么意义?他想做什么?驾船去把仪式会场撞塌?他望着海湾对面,那些高高仁立的飞船正闪耀着力量的辉光。

他这只半开化的黑猩猩有什么资格去干涉那些伟大而又古老的族类!他所做的一切都只能让自己难堪,而且可能会让他的整个种族因此而惹上麻烦。

"我怎么会想起干这种事情?"他咕哝道。看到那排浮标越来越近,法本把小船的引擎调到息速状态。他在心里琢磨,现在不知有多少人正看着他呢。

我的同类们在看着我,我的种族,他想起来,我……我本应代表他们去面对未来。

没错,可我逃避了自己的责任,显然现在正道宗主意识到他选错了人,于是已经另作安排。也可能另外一个宗主占了上风,而我只要一露面就必死无疑!

他想知道,如果格布鲁人知道了他几天前所做的事情,会有何感想。他居然对自己的庇护主、自己的法定指挥官施以暴力,而且还参与绑架了那个地球人。这算什么种族代表!

盖莱特不会需要我这样的人。没有我,她只会更好。

法本扭转舵轮,启动小船擦着一只白色浮标掉过头来。他一面转向,一面看着那漂在水面上的东西。

那玩意儿看上去显得有些陈旧,不像保养良好的新品,实际上也像格布鲁人的巡逻艇一样挂着锈蚀。不过,他这种地位卑下的低等种族,有什么资格妄加评判呢?

这个念头让法本大吃一惊。现在他怎么变得对格莱蒂克人如此阿谀奉承、卑躬屈膝!?

法本盯着那只浮标,慢慢地,他翘起了嘴唇。怎么……原来又是你们这些狡猾的杂种在搞鬼……

他关上推进器,让引擎回到息速状态。随后,他闭上眼睛,用双手按住太阳穴,尽力集中起精神。

我要战胜自己内心的恐惧,这是又一道精神屏障……就像那天晚上在城墙边一样。但现在这个精神感应场更狡猾! 它让我认为自己微不足道,毫无价值。它在利用我的谦逊之心。

他睁开双眼,回头看着浮标。最后,他咧开嘴巴笑了。

"谦逊算什么?"法本高声问道。他大笑着扭转舵轮,重新启动了小船。这次他没有半点犹豫,径直朝警戒线冲去,毫不理会那些机器在他头脑中灌输的种种疑虑。

"归根结底,"他低声说,"如果一个家伙像偏执狂一样相信自己做的事情完全正确,它们还怎么能动摇他的信心呢?"法本将那排制造精神疑虑的浮标甩在身后,心中暗想,这次敌人犯了一个严重的错误。刚才那种无能为力的心虚之感反而让现在重新积聚在他胸中的决心变得更加坚定。他紧蹙双眉,脸上现出一副果断的神情,毅然朝着对面的海岬驶去。

有个东西拍打着他的膝盖。法本低头一看,原来是他从监狱壁橱中找到的那件银亮的典礼长袍。肯定是在跳到泰可背上匆忙赶往港口之前,他把它塞到了腰带里——怪不得在码头上的时候,大家都盯着他看!

法本大笑起来。他用一只手把住舵轮,穿上了这件柔滑闪亮的礼服,这时眼前出现了一道寂静无声的海滩。海滩尽头的悬崖挡住了他的视线,不知这座狭长半岛的另一侧海滨正发生着什么事情。仍在降落的飞行器发出一阵阵"嗡嗡"的轰鸣声,他希望这说明自己来得还不算太迟。

他驾船冲到一片白亮的沙滩前。现在这片沙滩上堆了不少被潮水卷来的垃圾,令人大倒胃口。法本正想跳进齐膝深的海水,但无意中回头看了一眼,忽然发现海伦尼亚城那里像是发生了什么事情,隔着海湾还能听到对岸传来一阵阵模糊的惊叫声。码头边那一大片棕色的人潮现在正朝右侧涌去。

法本拿起挂在绞盘旁的望远镜,调好焦距望向码头区。

　　大家四处跑来跑去，很多老百姓都激动地朝着东面指指点点，那里是进入城区的主要入口。有些黑猩猩正朝那个方向奔去，但越来越多的市民像是在朝相反的方向奔跑……而且显然他们并不是因为恐惧而慌乱。一些更加激动的黑猩猩正在上蹦下跳，甚至有几个黑猩猩还掉进了水里，只得被那些更稳重些的同伴救起来。

　　无论那边出了什么事，也不该让大家如此惊慌，他们像是完全陷入了迷乱之中。

　　法本没有时间在这里耽搁，分神去琢磨刚刚出现的谜团。现在他觉得自己已经掌握了一点集中注意力的诀窍。

　　一次只集中考虑一个问题，他对自己说，那就是——去找盖莱特。告诉她，你很后悔离开她。告诉她，你再也不会那么做了。

　　盖莱特会理解他的意思。他自己也明白。

　　法本顺着一条狭窄的小路从海滩向山崖上爬去。这条路上到处是崩塌，十分危险，而且现在还刮起了阵阵狂风。但他仍在不停地飞奔。只有当他的肺叶和心脏实在无法为肌体提供足够的氧分时，他才不得不放慢脚步。

第八十四章　乌赛卡尔丁

　　他们四个结成了模样古怪的一队,在阴云密布的天空下向北匆匆而行。不时有几只个头矮小的野生动物抬头看看他们,吃惊地眨眨眼睛,然后便飞蹿进自己的洞穴。看到这奇异的一行人,这些小兽或许会怀疑,是吃了熟过头的果子让它们生出了幻觉。

　　但对于乌赛卡尔丁来讲,不得不与他人结伴同行真有些像是一种耻辱,因为另外三个同伴都比他更具有优势。

　　库尔特气喘吁吁,显然他并不喜欢脚下崎岖不平的道路。可一旦这个身形庞大的泰纳尼人迈开脚步,他便拥有了看似不可阻挡的动量。

　　至于乔乔,现在看来,这只小个子黑猩猩简直就像是专门为这种环境而生的。乌赛卡尔丁给他下达了严格的命令,绝对不可以在库尔特面前用指节撑着地面行走,因为此时无论如何也不能让那个泰纳尼人生疑。于是,当道路过于崎岖难行的时候,乔乔就直接从障碍物上爬过去,根本不去费劲绕开;而一旦碰到较长的平坦道路,乔乔便干脆骑到了罗伯特的背上。

　　罗伯特坚持要背着黑猩猩,他并不在乎他们之间身份地位有多么悬殊。其实,这个地球人小伙子只是没有耐心,只想尽快赶路。显然,他宁愿一路跑回去。

　　罗伯特·奥尼格发生了惊人的变化,而且远远不是身体上的变化。昨夜,当库尔特再三请求这个年轻人讲讲自己的故事时,罗伯特的头顶上不自觉地生出了一股简单却非常清晰的精神信息流,表明他无意多做交流。乌赛卡尔丁感觉到,这个地球人居然可以熟练地利用意识云团来抑制自己的沮丧之感,因而表面上绝不会对泰纳尼人疏于礼数。

　　乌赛卡尔丁能够体会到,对于许多事情,罗伯特并不想多讲。但他说出的情况已经足够了。

　　我知道梅根低估了他的儿子,但没想到罗伯特会如此出色。

　　显然,他也低估了自己的女儿。

　　显然如此。乌赛卡尔丁尽力劝解自己,不必痛恨自己的血肉之躯无法给女儿以最大的帮助,因为她已经拥有了力量,这力量能够劫夺他的一切,远远超出了他自认能够承受的限度。

　　尽管乌赛卡尔丁拼尽全力想跟上同伴,但他体内主司变化的一个个腺体已经在疲惫地悸动了。这不只是因为泰姆布立米人的耐力要稍逊于他们适应环境的能力,还因为他的意志也出了毛病。其他人都心怀目标,甚至满腔热情。

　　而他只想着能继续走下去。

　　库尔特在一片高地的顶端停下脚步,四周赫然耸立着座座峰峦,显得威严而又壮丽。现在他们已经走进一片灌木树林,地势愈行愈高。乌赛卡尔丁抬头望了望前方云遮雾绕的一道道陡坡,他知道笼罩在山坡上的云雾可能正酝酿着风雪,于是暗自期望,但愿他们不必再继续攀爬多远就能抵达目的地。

库尔特伸出巨掌,紧紧拉住乌赛卡尔丁的手,帮他完成了最后几米的艰难跋涉。乌赛卡尔丁坐在地上,张大鼻孔费力地喘着粗气,泰纳尼人耐心地等在一旁。

"我还是感到难以置信,"库尔特说道,"尊敬的同僚,那个地球人讲的故事听起来不太真实。"

"弗纳图……"乌赛卡尔丁刚说出这一个词便马上换成了安格力克语,似乎他认为这样便不会走漏风声。"什么事让您难以置信? 您认为罗伯特在撒谎?"

库尔特连连摆手,他的羽冠一下子勃然立起。"当然不! 我只觉得那个年轻人有些太天真了。"

"天真? 您是怎么看出来的?"乌赛卡尔丁不必用眼睛看就能感受到那两个地球生物。现在看不到罗伯特和乔乔,他们两个肯定已经赶到前面去了。

"我的意思是,显然格布鲁人想要达到的目的远不止他们表面上说的那么简单。他们提出了交易条件:与地球讲和,而作为交换,他们将获得加斯某些岛屿的租赁权和对新生黑猩猩遗传基因的二级购买权。可是,这种交易似乎并不值得投入巨资去举办一场星际仪式。我的朋友,我怀疑他们想搞鬼,他们真正希望得到的是另外某样东西。"

"您认为他们想要什么?"

库尔特左右转动了一下他那颗几乎没有脖子的头颅,似乎想看看四周是否确实没有人能听到他的话。随后他压低嗓门,用低沉的声音说道:

"我怀疑,他们想在仪式上突然宣布收养受庇护种族,给大家来个措手不及。"

"收养? 哦……您的意思是,他们要收养——"

"加斯人。"库尔特替乌赛卡尔丁说出了这个名字,"真侥幸,您的地球佬盟友给我们带来了这个消息。我们现在只能希望地球人真像他们承诺的那样,为我们提供交通工具,否则我们根本来不及去阻止这场可怕的悲剧!"

乌赛卡尔丁为自己元气尽失而深感伤心。因为库尔特提出的这个复杂问题,真值得用一股精巧的精神信息流去细细揣摩,大加嘲讽。

的确,乌赛卡尔丁绝没有想到,自己的计划居然如此成功。据罗伯特讲,格布鲁人完全相信了"加斯人"这个虚构出来的故事。这至少能在一段时间之内令他们付出代价、陷入困窘。

库尔特也越来越相信这个幽灵般的谎言。不过,他声称自己的仪器已经证实了加斯人的传说,这到底又能怪谁呢?

太令人难以置信了。

而现在,从格布鲁人的动向看来,他们并不仅仅相信他伪造的那些线索。他们在采取行动,就好像他们已经确认了加斯人的存在!

老乌赛卡尔丁本该生出一股充满了乖张念头的精神信息流,用阴险的戏谑来庆祝这些令人惊奇的转变。但是,此时他却只感到思绪混乱,而且疲惫不堪。

一声喊叫令他们两个转过身来。乌赛卡尔丁眯起眼睛,盼着能用自己多余的精神感应能力换来更管用一点的视力。

他分辨出,是罗伯特·奥尼格站在前面那道山梁上。乔乔坐在小伙子的肩上,正朝这里挥动着双手。而他们身边还有一样东西。那是一团闪烁不停的蓝光,正在两个地球生物旁边旋转,散放出只有恶作剧大使才会有的促狭念头。

自从坠机之后,几个月以来一直是那只引路的灯标在指引乌赛卡尔丁前行。

"他们在喊什么?"库尔特问道,"我听不清楚。"

乌赛卡尔丁也听不清。但他通过精神感应知道了那个地球人所说的话。"我想他们在说,我们不必再走多远了。"他松了一口气,答道,"他们说,他们已经为我们找到了交通工具。"

泰纳尼人满意地张开了腮缝。"很好。现在我们只需盼着格布鲁人能遵照惯例严守停火协定,并且用得体的外交礼仪来对待外族使节。"

乌赛卡尔丁点点头。但是,当他们开始一起大步朝山顶走去时,他明白,他们该担心的事情并不止这些。

第八十五章　艾萨克莱娜

她尽力克制住自己的情感。如果她显出激动的样子，肯定会对其他人造成严重的影响，甚至会导致灾难性的后果。

但她不可能让兴奋的心情藏而不露，她按捺不住内心的喜悦。一股股精致而又华丽的信息流在她不停飘舞的卷须上飞旋，同时四散开去，穿过树丛，让林间空地中充满了她的狂喜。艾萨克莱娜流转的眼波里洋溢着欢欣，她只有用手捂住嘴巴，才能不让那些闷闷不乐的黑猩猩看到她脸上地球人类般的笑容。

为了增强信号接收能力，他们把便携式全息投影仪安装在一道山脊上，从这里可以俯瞰西北方向的信德谷地。全息屏幕上正在播放海伦尼亚发来的电视节目。实行停火之后，格布鲁人对新闻审查制度放宽了限制。现在即便加斯首都已没有一个地球人，城里还是出现了大量的黑猩猩"新闻记者"，用便携摄像机拍摄着一个个令人震惊的场面。

"我受不了了。"本杰明呻吟道。艾莱娜·苏一边看节目，一边喃喃自语："简直要让人疯掉。"

她说得一点不错。因为全息投影仪上显示出了入侵者在海伦尼亚周围建起的那道古怪的城墙……现在翻倒在地,被撕成了碎片。画面中,目瞪口呆的黑猩猩市民正漫无目的地围着城墙的残骸打转,而满地的狼藉之物就像是刚刚遭到了飓风的袭击。大家都惊愕地打量着四周,在地上的碎块中拣拾着东西。其中,有些胸无城府、头脑发热的市民正喜气洋洋地把一块块围墙碎片抛向空中,还有一些黑猩猩甚至捶打着胸膛,庆祝几分钟前在那里达到高潮的暴力狂澜,而现在,那股不可阻挡的洪流在摧毁了城墙之后,正朝城市汹涌而去。

大多数电视台的解说配音都是由电脑合成的,但二频道的黑猩猩播音员正用自己的声音抒发着他的激动之情:

"起……起初,我们都以为这是噩梦变成了现实。要知道……这就像地球二十世纪老电影中的场面。什么东西都没法阻挡他们!他们冲进来的时候,把格布鲁人建造的围墙撕得粉碎,就好像那玩意儿是用卫……卫生纸糊起来的。我不知道别人怎么想,但我自己当时真以为,他们中最壮硕的那个家伙会抓住我们最漂亮的黑猩猩姑娘,拖着她们爬上地球联邦大厦的顶端……"

艾萨克莱娜把手紧紧捂在嘴上,不让自己大声笑出来,她在努力克制自己,但并不是只有她一个人不能自已——法本的朋友茜尔薇突然爆发出了一声大笑。许多黑猩猩都不满地朝她皱起了眉头。毕竟,这种事很严重!但是,当艾萨克莱娜同那只雌性黑猩猩目光相触时,还是看出了对方眼中的欣喜之色。

"但是,显……显然这些家伙并不完全像老电影里的金刚。他……他们摧毁围墙之后,便突袭了海伦尼亚,不过似乎并未造成多大的破坏。现在,他们大多数只是四处乱逛,开门入室,大吃水果,去他们想去的任何地方。毕竟一只四百磅重的大……

哦,对不起。"

这次,另外一只黑猩猩与茜尔薇一同大笑起来。艾萨克莱娜强忍住笑出来的眼泪,用力摇摇头。播音员继续说道:

"格布鲁人的精神感应机器人似乎对他们不起任何作用,显然那些机器的干扰程序与这些生物的大脑模式并不对路……"

其实,早在两天前,艾萨克莱娜和山地战士们就已经知道大猩猩要去哪里了。他们也曾狂乱地试图让这些孔武有力的潜在智能生物转移注意力,但经过一番徒劳的努力之后,还是放弃了。碰到有谁挡住自己的路,大猩猩便会彬彬有礼地把对方推到一边,或是直接从对方身上迈过去。没有任何办法能拦住他们。

也没有任何办法能拦住艾普丽尔·吴。这个金发碧眼的小姑娘显然已经下定决心,要去找自己的父母,而且如果不想冒伤害她的风险,谁都无法把她从那只巨型银背大猩猩的肩头上抱下来。

总之,艾普丽尔一本正经地告诉黑猩猩们,一定要有人陪同并且监督这些大猩猩,不然他们可能会招惹麻烦!

艾萨克莱娜看着被大猩猩摧毁的格布鲁人城墙,想起了小艾普丽尔说过的话。如果没有人监督他们,天知道他们会惹出什么样的麻烦!

不管怎样,既然大猩猩的秘密已无法继续隐瞒下去,便没有任何理由不让这个人类孩子与自己的家人团聚。现在她说的任何话都不会给任何人带来损害了。

豪莱茨研究中心的秘密计划终于以这个结局收场。此时,艾萨克莱娜只需把搜集起来的所有证据统统扔掉就完事大吉。回想当初,几个月前那个可怕的晚上,她费尽力气才尽职尽责地收集了那些资料。过不了多久,整个五大星系便会知道这些生物的存在。从某些方面看,这不啻为一场灾难。但是……

艾萨克莱娜还记得春天的那个日子,当她发现了隐藏在森林中的非法提升实验后,她曾那么震惊,那么愤慨。可现在她简直无法相信,自己当时竟会是那个样子。难道过去我真是个一本正经、多管闲事的小道学先生么?

现在,从她的卷须中冒出一股股意念云团,而那种期待着要弄恶作剧的精神信息流只能算作其中最简单、最庄重的一种。就连黑猩猩们也禁不住被她这种恣肆的态度所感染。又有两只黑猩猩大笑起来,因为画面中出现了一辆外星人的指挥车,驾驶车子的科瓦克人恼怒地尖叫着,因为一群大猩猩正围着车子撕下一块块装甲,似乎极想尝尝这玩意儿的味道。看到这个场面,另外一只黑猩猩也吃吃地笑出了声。随后,大家全都放声大笑起来。

没错,她暗想,这个玩笑开得妙极了。对于泰姆布立米人来讲,只有能把开玩笑的人自己也逗乐的玩笑才算得上最出色。而现在这个完全合乎标准。实际上,它让艾萨克莱娜经历了一次宗教上的体验。因为她的种族相信,宇宙并不只是一个随着时间延续而发展的物理学概念,也并不只是命运女神用机会和运气来摆布众生的反复无常的潮水。

泰姆布立米人的圣贤曾经说过,每当现在这种事情发生的时候,一个人便能真正意识到,冥冥之中仍然有神祇掌管着看似无常的世事。

那么,我过去也是个不可知论者吗?我真是太傻了。我真要感谢您,上神。还有你,父亲,是你们给了我这个奇迹。

现在,全息屏幕上的画面切换到了码头区,黑猩猩们正在街头手舞足蹈,抚摸着他们那些身形巨大、富于耐心的同宗兄弟的毛发。尽管今天发生的事情很可能会引发悲剧性的后果,但艾萨克莱娜和她的战士们还是不禁微笑起来,显然那些棕色毛发的远亲之间正洋溢着喜悦的亲情。至少现在,海伦尼亚全城的黑猩猩都在为大猩猩而自豪。

一只大猩猩幼崽戴着用格布鲁精神感应机器人的碎片做成的项链,在摄像机前舞动着身体,看到这个场面,就连丽迪娅·麦库中尉和她那个审慎的下士也忍不住大笑起来。他们还瞥见了小艾普丽尔,她正骑在大猩猩肩上穿街过巷庆祝胜利,而一个人类孩子的出现,似乎让围观的群众大为振奋。

现在,林间空地上已满是她的精神信息流。艾萨克莱娜转身走开,让别人去共享作弄人的喜悦。她踏上一条林间小路,向上攀登,最后停下脚步,从那里可以清楚地看到西面的群山。她站在那儿,探出心神,用卷须细细感受。

后来,一名黑猩猩信使找到了她。他匆匆爬上山坡,敬礼之后交给她一张纸条。艾萨克莱娜谢过他,打开了那封信,不过她认为自己已经知道那上面写了些什么。

"维茨-塔纳,乌赛卡尔丁。"她柔声唤道。她的父亲终于又有了音讯。不管过去的几个月里发生了多少事情,她心中始终坚信父亲会平安归来,这个念头也始终支撑着她。不过,只有在无线电中确认了乌赛卡尔丁的生还消息之后,她才真正放下心来。

当然,她早就相信罗伯特一定能够成功。正因为这个,她才没有和法本一起前往海伦尼亚,后来也没有随同大猩猩去那儿。她这点可怜的本事,比起父亲来要差上一千倍,她去海伦尼亚能起到什么作用?如果说真有谁能把他们微薄的希望变成令人惊叹的奇迹,那就只有乌赛卡尔丁了。

是的,这里才是她的职责所在。因为即便有奇迹发生,命运女神也希望凡夫俗子来确保这奇迹万无一失。

她抬手遮在双眼上方,向天空眺望。尽管她并不指望能够亲眼看到一架小小的飞行器出现在光彩熠熠的云端,但还是一直在空中搜寻着那个小点,盼它带着自己的爱和全部的祈望早早出现。

第八十六章　格莱蒂克人

　　一座座色彩鲜艳的大帐在精心修饰的山坡上星罗棋布,阵风吹来,篷布波荡起伏,猎猎作响。行动敏捷的机器人正忙着把大风卷来的一块块残片清理干净。还有一些机器人来回奔走,为一群群高官显贵送上饮料点心。

　　形体不同、肤色各异的格莱蒂克人结成灵活机动的小群,时而聚在一起,时而分散开来,用优雅端庄的外交礼节互致敬意。大家彼此谦恭地鞠躬致意,俯首施礼,舞动着触手或是触须,而这些礼仪显示出了他们身份和地位上复杂的细微差别。一位学识渊博的观察家可能会分辨出其中大量的微妙之处,而今天有很多学识渊博的观察家出席了这场盛会。

　　当然这里也有许多不拘礼节的非正式交流。一个身材粗短、酷似熊类动物的皮拉人,正用清晰简洁的超声波同一个身体瘦长的林顿人园丁交谈。在一道斜坡上,三名约弗尔人教士发出一连串哀号,同声向一位来自战争公会的官员控告星际航线上发生的某种违规行为。

　　人们常说,各方在提升仪式上获得的实际外交成果,要比他们在正式谈判会议上达成的外交协议多得多。不止一个联盟将在今天组建,也有不止一个盟约将被撕毁。

只有少数几位格莱蒂克来宾稍稍留意到了那些将在今天获得荣誉的黑猩猩——整个上午,那群矮小的棕色身形一直在接受测试。他们从典礼高台的脚下出发,沿着围绕高台盘旋而上的考验之路缓慢地向前推进,朝台顶的终点努力。到现在,他们已经在这条路上绕了四圈。

到目前为止,作为候选种族代表的新生黑猩猩已有三分之一在一个个测试中被淘汰。那些失败者垂头丧气地三三两两结伴而行,正沿着坡道朝台下走来。

还剩大约四十只黑猩猩,仍在继续向上行进。脚下这条迂回而上的道路象征性地代表了他们的提升进程,而登上顶点则意味着他们的种族将到达自己历史上的一个新阶段。不过,四周山坡上那些显赫的来宾几乎全都对他们视而不见。

当然,并非所有到场的观察家都漫不经心。在顶点附近,来自格莱蒂克提升公会的专员们正在密切关注着通过一个个测试站传递上来的结果。而就在近旁,他们的大帐下面,一群新生黑猩猩的地球人庇护主也在面目阴沉地观察着测试进程。

这些人类显得有些沮丧无助,他们在今天早晨才被桦布鲁人从希尔马岛带到了这里,其中有几位市长和教授,还有一名本地提升委员会的成员。地球人代表团曾提交了一份抗议书,对这次仪式以如此不正常的方式出台表示抗议。但在向当局施加压力的时候,实际上并没有一个地球人声称想要取消仪式。因为如果他们这样做,可能招致的后果会相当严重。

另外他们仍在嘀咕,万一这仪式并不是格布鲁人的诡计呢? 二百年来,地球一直在拼命努力,希望为新生黑猩猩举行一场这样的仪式。

地球人观察员全都是一副闷闷不乐的样子。因为他们不知道自己该做什么,而且没有几个格莱蒂克使节向他们屈尊致意,哪怕是用非正式的外交礼节随便打打招呼。

在评估委员的大帐对面,是仪式承办人专用的样式优雅的帐篷。许多格布鲁人和科瓦克人都站在外面,一次又一次不安地跳跃起来,用一眨不眨的、挑剔的眼睛观察着每一个细节。

不久前,格布鲁人的三位首脑也在外面,其中两人神气活现地炫耀着自己的羽毛,上面的颜色已经露出换羽的端倪。而第三人仍然固执地站在自己的栖木上。

后来,一位宗主接到了一份报告,于是三人急匆匆地一齐消失在帐篷中。现在已经过了一段时间,他们还是没有重新露面。

政务宗主拍动着翅膀啐了一口,存贮着报告的记忆块滚落到地上。

"我反对! 这种干扰让我不能接受! 而且这是无法容忍的背叛行为!"

正道宗主站在栖木上低头看着他,完全不明所以。过去的事实证明,政务宗主是位阴险狡诈的对手,但他从来不曾故意让自己显得这样愚蠢。显然出了什么事才让他如此烦乱。

卑躬屈膝的科瓦克侍从连忙捡起地上的记忆块,复制之后将副本呈送给另外两位格布鲁宗主。正道宗主看着显示出的图像,几乎无法相信自己的眼睛。

那是一只新生黑猩猩,正在高耸的典礼台下层的斜坡上攀爬。他迅速地突破了设在第一层地台上的一道道自动屏障,继续朝山坡高处前进,慢慢地接近了那片将他和贵宾们隔开的开阔区域。

这只新生黑猩猩举手投足之间透着一种顽强的决心，每一个动作都显得非常果断。而那些被淘汰的同类和正沿着盘旋而上的坡道慢慢前行的黑猩猩，起初都吃惊地看着他，随后纷纷咧开嘴巴笑了起来，看到这个半路冒出来的家伙从他们身边经过，还伸出手抚摸他身上的长袍。他们都在向他说着鼓励的话。

"这可不是——这跟彩排可是一点也不一样！"军务宗主咬牙切齿地叫道。这位军事指挥官大喊起来，"他竟敢擅闯禁地，我要把他烧焦！"

"您不能这样做！"正道宗主怒气冲冲地尖叫道，"现在我们还没有达到终极的一致！换羽也没有完全结束！您还不曾拥有女王的智慧呢！

"我们应当遵照光荣的传统举行仪式！受庇护种族中的任何一员都可以参加，都可以接受测试和评估！"

第三位宗主猛地张开长喙，随即又不安地闭了起来。最后，政务宗主抖抖蓬乱的羽毛，同意了正道宗主的意见："如果我们违反传统，便会令这场仪式前功尽弃。我们将不得不赔偿一切损失。公会官员会离开，会对我们进行制裁……我们要付出巨大的代价……"他转过脸，竖起羽毛。"那么就不要管他了。现在，区区一只黑猩猩生不出多少事端。"

但正道宗主并不如此肯定。他一度曾对这只黑猩猩寄予厚望。但他像是被别人偷走了，而正道宗主因此一蹶不振。

然而现在，教士大人明白了真相。这只雄性新生黑猩猩并没有被其他宗主偷走和杀害。原来这只黑猩猩确实逃走了！

现在他又回来了，而且是独自一人。为什么会这样？他想达到什么目的？他已经失去了庇护主的指导，还缺少同类集体的帮助,他认为自己能有多大的作为?

　　当初,一看到这个低等生物,正道宗主便会感到又惊又喜,对于格布鲁人来讲,那种感觉可是太不寻常了。可是现在,他只觉得非常不安……他担心,后面不知会发生多少意想不到的事情。

第八十七章　法　本

　　到目前为止，一切都轻而易举。法本暗想，这有什么值得大惊小怪的？

　　他本来很担心，生怕他们会要求他用心算法来解答微积分题，或是像狄摩西尼①那样，嘴里含上石子背诵诗句。但实际上，他一开始只是遇上了几道力场屏障，而那些劳什子一碰到他的身体就自动消失了。后来出现在他面前的则是一些模样滑稽的仪器，只不过比几个月前他在格布鲁技师那里看到的要多一点，现在操作这些仪器的是一些模样更滑稽的外星人。

　　到现在为止，一直都还不错。他成功地躲过了典礼台底层第一圈的考验，估计这一圈的目的在于测试候选者的速度。

　　哦，对了，他们还问了他几个问题。他最早的记忆是什么？他喜欢自己的职业吗？他对自己这一代新生黑猩猩的身体外形是否满意？或者是否需要进行某种改进？比方说，加上一条能够盘卷起来的尾巴，是不是能让他在使用工具时感到更方便呢？

　　尽管如此，他仍然始终保持着礼貌，盖莱特肯定会为他的表

---

①古希腊演说家。

现感到骄傲。不，至少法本盼着她能为他本人感到骄傲。

格莱蒂克官员们手头上肯定早已有了他的全套资料——遗传血统、学历和军职经历。即便他们没有，当他刚才在海边悬崖上从一队目瞪口呆的利爪兵身边冲过、而后大摇大摆地穿过外层屏障去面对第一个测试的时候，他们也能趁这个工夫查到他的所有记录。

一个高大的树状坎顿人问到他"越狱"那晚留下的一份告别声明——显然提升公会有权查看和索取入侵者的资料——他如实做了回答，那份文件出自盖莱特之手，但他完全理解并同意文件的内容。

坎顿人的叶子发出一阵银铃般的"叮当"声。这个半树半人的格莱蒂克官员像是感到满意而又开心，挪开身子将他放了过去。

当法本走在高台的东坡时，断断续续的阵风令他倍觉凉爽。但西坡正对着下午的太阳，而且背风。他始终保持着飞快的步伐，这更让他浑身发热，就像是穿上了一件厚大衣，而从技术角度讲，黑猩猩身上稀疏的毛发根本算不上真正的毛皮。

这座山包修葺得好似公园一般，四处都显得优美雅致。法本脚下的道路铺着一层柔软而又富于弹力的材料。尽管如此，他的脚趾还是能够感到地下一种微弱的震颤，就好像整座人造山峰正在悸动，发出一种异常低沉的声音，远非他的耳朵能够听到。法本见过那些被埋在下面的巨型电站，他知道这种感觉并非出自他的想象。

在接下来的这个测试站，一名巨眼凸唇的普灵人技师用炯炯的目光将他上下打量一番，然后在一台数据处理器上做了记录，随即允许他继续前行。现在，分散在四周山坡上的贵宾中，

774

有些人已经开始注意他,有几个还来到近前,好奇地查看着他的测试记录。法本彬彬有礼地躬身致意,尽量不让自己去想——这一双双奇形怪状的眼睛居然像审视某种样品一样看着他。

从前他们的祖辈也有过同我现在一样的经历,他暗暗安慰自己。

有两次,法本和那群官方选派的代表候选人同时出现在高台的一侧,只不过他要比他们低上几层。随着测试继续进行,那些身穿银袍的新生黑猩猩的数目正在逐步减少。当他第一次从他们下方匆匆跑过时,没有一只黑猩猩注意到他。但是第二次,他不得不停下脚步,让一个他根本辨认不出是哪种族类的格莱蒂克人用各种仪器仔细检查。这次他看清了头顶上方的几个身影,而上面也有几只黑猩猩看到了他,其中的一个用手肘轻轻推了一下同伴,还指了指他。但随后他们就绕过转弯处,全都不见了踪影。

他没有看到盖莱特,不过,她应该位于那支队伍的最前面,不对吗?"得了,快点吧。"法本不耐烦地咕哝道,眼前这个测试者耗去的时间让他心急如焚。但他马上意识到,此时对准他的这些仪器很可能正在解读他的话语或是情绪,于是,他连忙集中精神控制住自己。最后,那名外星人技师终于用电脑合成的嗓音说了简短的几个字,给他判了一个及格的分数。

法本继续赶向前方。测试站之间漫长的距离让他变得越来越恼火,心里琢磨不知还有没有其他体面的方式可供他采用,以便能更快地缩小自己和领先者之间的差距。

但事与愿违,他的前进速度更缓慢了,因为接下来的测试变得越来越严格,要求他运用更深奥的知识和更复杂的脑力。不久,他遇到了更多顺着原路返回的黑猩猩。显然当局并不禁止他们同他谈话,但只有几个落败者朝他意味深长地转了转眼珠,他们的身上满是汗水。

在这些遭到淘汰的候选人里,他认出几个相熟的黑猩猩,其中有两名海伦尼亚的大学教授,其余的便是参与加斯生态复苏计划的科学家。法本开始感到担心。所有这些黑猩猩都有蓝卡,都是出类拔萃的佼佼者!既然连他们都没能通过测试,就说明事情非常不对头。而这种仪式绝不会马马虎虎、敷衍了事,他还记得艾萨克莱娜同他讲过的那场为泰特拉尔人举行的庆典。

有可能测试规则已被做了手脚,专门刁难地球物种!

这时,他面前出现了另一座测试站,测试者是一个高大的格布鲁人。这只鸟儿佩戴着提升公会的徽章,肯定也曾立誓公正无私,但法本还是忧心忡忡。对于身穿公会制服的格布鲁人,他今天已经见得太多了,格莱蒂克公会的招牌并不能让他打消疑虑。

那只鸟儿通过翻译机向他询问了一个非常简单的礼节问题,随后便让他继续前进。

法本快步离开这座测试站,心里突然冒出一个念头:如果正道宗主已经完全被他的同僚击败,那该怎么办?不管那个宗主真正希望达到什么目的,至少他确实想举办一场实实在在的仪式。正道宗主还算言而有信。但另外那两个家伙呢?那个将军和那个官僚呢?他们肯定有自己的打算。

会不会出现这样的结果——尽管新生黑猩猩具备了进一步提升的所有条件,但敌人还是暗中操纵测试,让他们的希望化为泡影?有这种可能吗?

难道这种结果真会给格布鲁人带来什么好处?

法本的脑子里满是这些烦乱的念头,结果险些在接下来的测试中一败涂地。这项测试是要他同时施展几种复杂的运动功能，来解开一道扑朔迷离的三维拼图难题。他离开这座测试站继续前进。在他左侧的悬崖下面，阿斯皮纳湾的海水正在临近黄昏的光影中荡漾着波涛。法本心烦意乱，差点没有注意到山下远处刚刚出现的一场骚动。在最后一刻他才转过身，朝着传来喧闹声的方向望去。

"老天，又出了什么事？"他惊奇地眨动着眼睛，望着那里。

并不止他一个人这样做。现在半数格莱蒂克贵宾都同他一样在向山下眺望，只见海面上溢出了一股棕色的洪流，正朝典礼台的脚下涌来。

法本想搞清楚到底发生了什么事，但明亮的海水反射着道道阳光，让他很难辨认出下面的任何东西。他只能看到，海湾上像是漂满了小船，很多船只正在把乘客送上他几个小时前登陆的那片海滩。

这么说，城里的黑猩猩也来看热闹了。但愿他们不要有什么不当之举。但那又有什么关系呢？格莱蒂克人肯定都知道，黑猩猩具有猴子那种好奇的天性，而现在这一切只是说明，他们一如既往地天真烂漫，毫不作假。不过根据格莱蒂克法律，黑猩猩应当享有的权利大概只允许他们站在低层的山坡上观看典礼。

但现在法本不能浪费任何时间。他转过身继续向前赶去。尽管他又通过了一个关于格莱蒂克历史的测试，但他知道自己的得分不高，无法让总积分占据明显的优势。

不过，当他转到西坡上时，心中又感到高兴起来。此时太阳渐渐西沉，而且在高台的这一面，狂风不像刚才那么猛烈。法本颤抖了一下，接着艰难地向前挺进，慢慢缩小着自己和前面那群黑猩猩之间的差距。

"别走得太急,盖莱特。"他低声唤道,"你就不能把步子放慢一点?你就不能在回答那些该死的问题时拖延一点时间?难道你感觉不到我来了吗?"

可在内心深处,他黯然神伤,可能她已经知道他来了,但根本不在乎。

第八十八章　盖莱特

她发觉，要想让自己集中精力似乎越来越难。而她之所以感到消沉，并不是由于这漫长一天里艰苦努力造成的疲劳，也不是因为身后这些不知所措的黑猩猩——他们对她充满了信任，跟着她前进、向上，在这座迷宫里穿行，迎接一次次越来越苛刻的考验。

而且也不是因为那个无时无刻不在她身边的高大的黑猩猩，"铁钳"。尽管看到他轻松地通过一个个测试，而其他更优秀的黑猩猩却被淘汰，这确实令盖莱特沮丧；而且，作为另一位宗主挑出的候选人，他始终跟在她后面，带着一副自鸣得意的笑容，让盖莱特一看就想发火——不过在大多数时候，她一直咬紧牙关，对他视而不见。

而且也不是因为那些不断袭扰着她的测试。见鬼，只有测试才算是今天最精彩的事情！有位地球人的古代先贤说过：人类发展的过程中，最纯粹的快乐和最伟大的力量便是技艺纯熟的匠人沉浸于劳作中的欢欣。当盖莱特集中起精神的时候，她能够将几乎所有的一切都排除在意识之外，包括这颗星球和五

779

大星系，只剩下这些令她得以施展技艺的挑战。尽管所有这些关于荣誉和职责的问题都显得尖锐深刻而且深奥难解，但她内心中总是清清楚楚地生出一种满足感：每当她完成一项任务，没等公会的测试者告诉她得分，她就已经知道自己干得非常出色。

不，并不是测试令她烦乱不安。真正让盖莱特感到紧张的是，她越来越怀疑，自己当初做出了错误的抉择。

我本该拒绝参加，她想，我当时就应该一口回绝才对。

不过，她的逻辑当初也是这么决定的。但格布鲁人对她软硬兼施、恩威并用，通过礼节和规则将她置于无法选择的境地，她只能为了自己和种族全力以赴。

然而，她还是明白自己被利用了。这让她感到自己受到了玷污。

上个星期在数据库里学习的时候，她发现自己时常对着满屏晦涩难解的资料打盹儿。她的梦里总是出现那些拿着可怕仪器的鸟儿。而且，麦克斯、法本和其他许多人的身影也在她的梦境中徘徊不去，让她每次在惊醒过来之后都思绪烦乱。

后来，举行典礼的日子到了。当她穿上长袍时甚至感到有些轻松：至少现在一切都终于快要有个结果了。但到底是什么样的结果呢？

一只身材瘦小的雌性黑猩猩刚刚通过测试，从测试站走了出来。她用银色外衣的袖子擦拭着前额，疲惫不堪地来到盖莱特身边。米什埃拉·诺丁斯只是一名小学教师，绿卡持有者。但事实证明，她的适应能力和耐力比许多持蓝卡的更出色，现在那些落败者正顺着盘旋的坡道向下走去。看到自己的新朋友仍然留在候选人的队伍里，盖莱特深深地松了口气。她伸手握住了那个黑猩猩姑娘的手。

"刚才我差一点被判不及格,盖莱特。"米什埃拉说道,她的手指正在盖莱特的手中发抖。

"米什埃拉,现在你可不能在我面前倒下。"盖莱特安慰道,她拂了拂同伴汗湿的毛发,"你给了我力量。没有你在身边,我没办法继续前进。"

米什埃拉棕色的眸子里流露出温和的感激之情,但同时也馋和着些许嘲讽。"你这个瞎话篓子,盖莱特。我爱听你这么说,可你并不需要任何人帮忙,更不用说我这个微不足道的小人物了。我费尽力气才通过的任何测试,对你来说都轻而易举。"

当然,严格地讲,米什埃拉的话并不确切。盖莱特断定,提升公会采取了某种因人而异的审查方式,不仅能够衡量测试对象的智能水平,而且还可以判断出他或她付出了多大的努力。没错,盖莱特在见识或是智商方面都要优于其他大多数黑猩猩,但随着测试阶段逐级升高,她本人接受的考验也将越来越难。

这时,另一只雄性黑猩猩,一个绰号叫作"黄鼠狼"的劣种,也走出了那个测试站,大摇大摆地走到了"铁钳"身边。"铁钳"正和他们团伙中的另一个成员等着他。"黄鼠狼"显得很轻松。实际上,这三名未遭淘汰的劣种全都是一副悠闲而又自信的模样。"铁钳"注意到盖莱特正看着他,便朝她挤挤眼。盖莱特马上把脸转向一旁。

最后一只黑猩猩走出测试站,摇了摇头,"就我们这几个了。"他说道。

"那么,西敏斯教授呢?"

看到他耸耸肩膀,盖莱特叹了口气。这种测试有什么意义?肯定不对头。出色而又博学的黑猩猩被刷掉,而"铁钳"这伙败类却自始至终都没有被剔除出去。

当然,提升公会对"提升"的判断标准可能与地球族类不同。这三名劣种,"铁钳"、"黄鼠狼"和"钢条",毕竟也是非常聪明的黑猩猩。格莱蒂克人或许认为,劣种在性格上的各种缺陷并不像地球人认为的那么可怕、那么令人厌恶。

不,盖莱特意识到,真正的原因并不在此。她和米什埃拉从剩下的这二十来只黑猩猩身边走过,继续向顶点进发。她知道,在眼前的表面现象之下,肯定还隐藏着其他原因。劣种们全都如此趾高气扬,看来他们知道自己不会失败,因为已经有人做了手脚。

这简直骇人听闻。格莱蒂克公会的表现向来都无可非议。但现在其中确实有问题。盖莱特想知道,真有什么办法可以在这种仪式上做手脚吗?

她们来到下一座测试站面前,这次主管测试的考官是一名身体滚圆、遍身羽毛的索罗人,还有六个机器人。盖莱特环顾四周,这才第一次注意到了某件事情:几乎所有那些衣着光鲜的格莱蒂克观察员都溜走了——那些外星人与提升公会没有关联,只是来看看热闹,履行一下非正式的外交义务。现在还能看到为数不多的来宾正在下山,飞快地朝东面赶去,似乎那个方向发生了什么有趣的事情,正吸引着他们。

当然绝不会有谁愿意费神告诉我们发生了什么事情,她懊恼地想。

"好了,盖莱特,"米什埃拉叹了口气,"还是你来打头阵吧。让他们瞧瞧,咱们不是废物点心。"

得,就连一本正经的学校教员也会用粗鲁的土话来装腔作势,拉帮结派。盖莱特叹了口气,"好吧,我先上。"

"铁钳"朝她咧嘴一笑,但盖莱特毫不理会。她快步上前,朝索罗人鞠躬施礼,对着那几个机器人集中起了精神。

第八十九章　格莱蒂克人

在提升公会的大帐那"哗哗"作响的篷布下面,军务宗主大摇大摆地来回踱着步子。这位格布鲁将军气得浑身打战,连声音都颤抖起来了:

"无法容忍!难以置信!绝不允许!我们一定要制止这场非法侵入,让他们停下!"

一场正常的提升仪式本来正在顺利进行,但突然被搞得一团糟。现在,公会的官员和测试者,一个个形体各异的格莱蒂克人,都在大帐下乱作一团,匆忙查询着便携式数据库中的资料。以前他们可从来没见过或是想象过现在这种情况,所以大家只能求助于数据库,查找有关的先例。突如其来的干扰在四处都引发了混乱,而最激烈的地方便是此处这个角落,这里,宗主大人正在一个模样好似蜘蛛的生物面前激愤地舞动着身体。

主测试官是一位蜘蛛状的塞伦廷人,此时他正悠闲地站在一圈数据存储器正中,专心听取格布鲁军人的申诉:

"这种行为应当被裁定为违法行为,简直是死罪!我的士兵将以严厉的方式维护正道!"宗主竖起翎毛,露出了贴身那层泛着粉红色的绒羽——似乎一看到将军马上就要变成女性、成为女王,这个塞伦廷人便会被深深打动,由衷生出敬佩。

但主测试官无动于衷。毕竟,塞伦廷人全都是女性。这有什么了不起?

不过,主测试官按捺住好笑的感觉。"那些新来的到会者符合规定,他们可以参加这场仪式。"她耐心地用格莱蒂克三号语答道,"当然,他们确实造成了恐慌,而这个问题将在今天的仪式完毕之后再做讨论。不过,这次的仪式之所以如此……嗯,不同寻常,那些黑猩猩的到来只是诸多原因之一。"

格布鲁人张开了长喙,而后又闭上。"您这是什么意思?"

"我的意思是,这次的典礼是数百万年来最不合规矩的一场提升仪式。有好几次我都在考虑,是不是该将它就此取消。"

"您怎敢这样! 我们会上诉! 要求赔偿……"

"是吗,您会很高兴那么做,对吧?"主测试官叹了口气,"每个人都知道,格布鲁人现在把战线拉得过长。不过,难道与公会对抗就能弥补一些你们付出的代价吗?"

这次,格布鲁人沉默下来。主测试官用两只触角挠了挠自己甲壳上的一道皱纹。"我的几位同事认为,你们自始至终都在策划与公会相抗。这场仪式中有很多有违常规之处,都出自你们的安排。可一旦详查,每一个可疑之处又尚未达到违法的程度。你们确实很聪明,善于利用先例和漏洞来达到自己的目的。

"比方说,地球人应当事先同意为自己的受庇护种族举行这场仪式。但现在我们搞不清楚,这些被你们扣为人质的官员在签署你们出示给他们的文件时,是否明白他们到底在同意什么东西。"

"他们——我们曾让他们在数据库里查过有关资料。"

"众所周知,'狼崽子'并未掌握在数据库核查资料的能力。我们怀疑,他们是被迫签字的。"

"我们接到了认可声明,来自地球! 来自他们的家园星球!"

"是的,"塞伦廷人同意,"他们接受了你们提出的条件:实现和平,还有一场不必由他们花钱的提升仪式。在如今灾难性的情势之下,可怜的'狼崽子'种族怎么会拒绝这样的提议呢? 但通过对那份声明中的语义进行分析,我们能够看出,他们只是同意对这个问题进行商讨! 显然他们并不明白,你们要收买的是什么。你们要收买的是地球人早在五十帕克达之前就曾提出的申请,正式收养自己的受庇护种族的申请! 而现在你们拿到了这份认可声明,便等同于'狼崽子'自动放弃申请权,他们白白等了这么长时间。"

"他们的误解不关我们的事。"军务宗主直截了当地答道。

"确实如此。不过,正道宗主也赞同您这个观点吗?"

这次军务宗主闭口不答。最后,主测试官抬起两条前腿,交叉在身前,正式地鞠躬施礼。"我们确认,已经收到了您的抗议。仪式将遵照先祖设立的古老规则,继续进行下去。"

格布鲁指挥官别无选择。他鞠躬还礼,随后猛地转过身,蹦跳着走到外面,怒气冲冲地把卫兵和副官推到两旁,扬长而去。他的跟班不安地"咯咯"叫起来,追随在主子身后离开了大帐。

主测试官朝一个机器人助手转过身,"刚才宗主到来之前,我们说到哪里了?"

"一架飞行器正朝这里接近,机上的乘客要求得到外交保护,并希望获得观察员的身份。"机器人用格莱蒂克一号语答道。

"哦,对了。他们——"

"他们感到越来越不安,因为现在格布鲁人的截击机似乎正要拦截他们,而且可能会使用武力。"

主测试官迟疑了片刻,然后说道:"请通知前往这里的那几位使节,我们非常乐意批准他们的请求。他们可以直接飞向典礼台,这样便会处于提升公会的保护之下。"

机器人连忙出去传达命令。另外几名助手走上近前,挥动着一份份读出的数据资料,报告仍在不断增加的反常事件。一台接一台的全息屏幕闪动着光亮,上面显示出成群的黑猩猩已经抵达山脚下的海滩,从锈迹斑斑的小船上蜂拥而出,涌向没有卫兵把守的山坡。

"事情变得越来越有趣了。"主测试官沉思着叹了口气,"我真想知道,接下来还会发生什么事。"

第九十章　盖莱特

傍晚之后,吉莫郊已经落到了西方布满乌云的地平线下面。这时,疲惫不堪的幸存者终于通过了最后一道测试关卡,筋疲力尽地倒在一座覆盖着草坪的小丘上。六只雄性黑猩猩和六只雌性黑猩猩一声不响地挤在一起取暖。他们都觉得现在需要互相理毛抚慰,但谁也没有半点力气。

"妈呀,他们为什么选中了我们,而不挑狗去提升呢? 或者是猪呢?"其中的一个呻吟道。

"还是狒狒更合适些。"另一个声音建议道,随后不知是谁咕哝着表示赞同。这些动物才理应得到现在这种待遇。

"只要不是咱们,别人谁都行啊。"第三个声音总结道。

神祇令权贵们失位,令卑贱者高升①,盖莱特默默地想道,而他们则提升出身卑微的物种。地球联邦提升委员会的座右铭源自基督教的《圣经》。对盖莱特来讲,这段话始终令她想到那不祥的含义:某个人将要在某个地方被钉死在十字架上。

她闭上双眼,马上感到一阵浅浅的睡意袭来。只是打个盹

---

①此处原文为拉丁文。

儿，她想。但没过多长时间，盖莱特便感到自己突然回到了以前的梦境中，一个格布鲁人站在她面前，正用那台恶毒的机器对准她。她打了个寒战，睁开了眼睛。

夜幕降临前的最后几片微光正在慢慢消退。几颗清冷的寒星闪烁不定，那星光仿佛正在透过某种比大气层更稠密的物质折射到地面上。

这时，一辆悬浮车闪耀着明亮的灯光渐渐驶近，她和大家一起迅速站起身，看着那架飞车降落在自己面前。三个身影从里面走了出来，一个是高大的白羽格布鲁人，一个是蜘蛛模样的格莱蒂克人，还有一个身材矮胖的地球人——他身着官袍，看上去就像一只装满马铃薯的口袋。盖莱特和其他黑猩猩一起鞠躬施礼，她认出来，那个地球人是考德维纳·阿佩尔波，加斯本地提升委员会的主席。

那个男人看上去显得有些不知所措。他肯定是被胁迫来参加这场典礼的。不过，盖莱特还怀疑阿佩尔波可能被施用了迷药。

"嗯，我要向大家表示祝贺。"这个地球男人走到另外两个人的前面，说道，"你们应当知道，我们为你们大家感到多么骄傲。我已被告知，尽管对某些测试成绩还存在一些争执，但提升公会已经做出了总裁定：地球族类的新生黑猩猩具备向第三阶段提升的条件，而且已经有相当长的一段时间了。"

随后，那个蜘蛛状的官员走到了前面，"确实如此。实际上，我可以保证，如果将来地球种族申请对新生黑猩猩进行下一阶段的提升测试，公会将会给予支持和考虑。"

谢谢您，盖莱特和其他黑猩猩再次鞠躬，但是拜托，不要再费心挑我去做那些测试了。

随后，主测试官开始发表一段极为冗长的演说，大讲受庇护种族的权利和义务。她谈到了逝去已久的先祖，是他们在久远的时代开创了格莱蒂克文明，制订了让无数后代智能生命得以遵循的规程。

主测试官用格莱蒂克七号语慷慨陈词，这样便能让大多数黑猩猩基本上听明白。盖莱特尽力集中精神，但她满脑子都是混乱的思绪，一直在琢磨那件接下来肯定会发生的事情。

她确信，脚下微弱的震颤正变得越来越强烈——自从他们来到这座山上，这种战栗就始终不曾停息过。而现在，就连空气中也回荡着低沉的、几乎可以听到的颤音。盖莱特只觉得一道虚幻的波浪从自己全身滚过，震得她摇晃起来。她抬起头，看到夜空中几颗闪烁的星斗似乎突然变得更加明亮，而其他的星星都向四外逃开，因为在他们的头顶正上方出现了一片椭圆形的空间，那片区域中，夜空变得扭曲起来，里面慢慢聚集起一团黑暗。

主测试官仍在用单调低沉的声音继续着自己的长篇大论。考德维纳·阿佩尔波全神贯注地听着，一脸昏昏沉沉的茫然之色。但随着时间一分一秒地过去，那个一身白羽的格布鲁人变得越来越不耐烦。盖莱特完全明白他为什么会那样。现在超空间分路站已经预热完毕，准备好投入使用，每耽搁一分钟都会让入侵者付出巨大的代价。意识到这一点之后，盖莱特不由得对这位啰里啰唆的塞伦廷人心生好感。她用手肘轻轻碰了碰米什埃拉，她那位朋友像是正在打盹儿，现在连忙做出一副专注的神情。

有好几次，那个格布鲁人张开长喙，像是要打算无礼地打断主测试官。终于，那位蜘蛛似的生物暂时停下来喘一口气，鸟儿

急忙尖声插了进来。盖莱特曾经花了好几个月的时间用心学习格莱蒂克三号语,此时她能毫不费力地听懂格布鲁人的抗议:

"——您这是在拖延时间!您的动机非常可疑!我坚持请您快一点履行程序!"

但主测试官的腔调依然有条不紊,继续用格莱蒂克七号语说道:

"今天,你们经受了艰难的考验,这些测试比我此前目睹过的任何一次都要严峻。你们证明了自己作为我们这个文明的初级公民所应当具有的价值,而且也为自己的种族带来了荣誉。

"我们今天赋予你们应得的权利,你们有权再次表达对自己庇护主的热爱,并且选择一位提升期伙伴。后者也相当重要。你们必须挑选一个知名的、呼吸氧气的、具有跨越星际能力的、并非出自本族系的种族作为自己的伙伴。这个种族将维护你们的利益,公正地调解你们和庇护主之间的纠纷。如果你们愿意,可以选来自克拉尔尼斯族系的泰姆布立米人,迄今为止,他们一直是你们族类的伙伴和顾问。当然你们可以做一下改变。

"另外,你们还有一种选择:终止加入格莱蒂克文明,请求撤销强加在你们身上的提升干涉。尽管这个程序过于极端,但先祖也对其早有规定,以确保所有生命的基本权利不受侵害。"

我们能吗?我们真能这样做?盖莱特对此无动于衷。不过她知道,尽管这种做法几乎完全不可能被获准付诸实现,但确实还有这种选择!

她打了个寒战,重新集中起注意力,此时主测试官祝福似的举起了两只手臂。"以提升公会的名义,在一切格莱蒂克的文明面前,我在此宣布,你们,作为自己种族的代表,有资格而且有能力选择见证人,接受应得的智慧。勇往直前吧,去做令一切生命感到骄傲的事情!"

塞伦廷人后退一步。现在终于轮到仪式的承办方发言了。通常,充当这种角色的都是地球人或泰姆布立米人,但这次不是。那个格布鲁人使节不耐烦地舞动了一下身躯,随后飞快地朝着一只翻译机号叫起来。于是,大家便听着机器翻译出来的格莱蒂克七号语:

"你们当中的十名代表将前往分路站充当见证人。而最终被选出的一对代表将作为种族精英去承担光荣的重任。现在我来宣布这一对代表的名字。

"来自地球种族,地球联邦的加斯星球公民,盖莱特·琼斯博士,雌性。"

盖莱特不想采取什么行动,但她的朋友出卖了她。米什埃拉把手放在盖莱特的后腰上轻轻一推,催她上前答礼。她向前走了两步,朝三位高官俯身鞠躬。随后,翻译机又发出了低沉的声音:

"来自地球种族,地球联邦的加斯星球公民,铁钳·汉森,雄性。"

盖莱特身后的大多数黑猩猩都因为吃惊和沮丧而呼吸急促起来,但她只是闭上双眼,她所担心的最糟糕的事情终于发生了。在此刻之前,她一直不愿放弃希望,盼着正道宗主还能在格布鲁人当中掌握一定的权力,那样还有可能迫使三人组合光明正大地行事。但现在……

她感觉到,那个家伙站到了自己身边。她知道,那只雄性黑猩猩的脸上正挂着最让她痛恨的笑容……

够了! 我再也无法忍受了! 主测试官肯定对这次仪式有所怀疑。如果我告诉她……

但是她动弹不得。她张不开嘴巴，说不出一个字。

突然，盖莱特的头脑一下子变得异常清醒。她真正明白了，她为什么在这场闹剧中一直受人摆布了这么久！

他们作弄了我的意识！

一切疑问都有了答案。她想起了那些梦……无助的噩梦中，格布鲁人无情的利爪中那台诡秘的机器，强硬地胁迫着她。

提升公会绝不会想到对受庇护种族受到的这种精神逼迫进行测试。

他们当然想不到！提升仪式一直都是欢乐的庆典，庇护主和受庇护种族欢聚一处。有谁曾听说过，一个种族代表被人用精神暗示法或是强迫的手段逼上典礼台？

肯定是在法本被带走后，敌人就开始对她下手了。正道宗主不可能赞成这种事情。只要主测试官知道了真相，我们就有可能迫使格布鲁人做出赔偿，而那价值抵得上一颗星球！

盖莱特张开嘴巴。"我……"她拼尽全力想要说出话来。主测试官看着她。

盖莱特的额头上冒出了汗水。她必须控告敌人的行径。哪怕是暗示也好！

但她的大脑像是凝固成了硬块。此时这种感觉就像是她已经忘记了如何说话！

失语症。没错。格布鲁人早就明白，这种精神阴影轻易就能征服一只新生黑猩猩。若是换作一个人类，或许还能摆脱敌人的精神控制，但盖莱特意识到，自己无论怎么挣扎也全是徒劳。

盖莱特看不懂节肢类高等智能生命的表情，但似乎塞伦廷人显得有些失望。主测试官往后退了一步，说道："请前往超空间分路站。"

不！盖莱特想高声尖叫。但她只发出了一声微弱的叹息，同时感到自己的右手不由自主地抬了起来，伸向"铁钳"的左手。那个劣种握住她的手，而她根本无法挣脱。

这时，她感到自己的头脑中浮现出一个影子，那是一张鸟脸，生着黄色的长喙和冷酷的、一眨不眨的眼睛。任何努力都无法让她驱散这张面孔。盖莱特毛骨悚然，她完全能够肯定，自己将被迫想着这副嘴脸登上典礼台的顶端，而一旦到了那里，她和"铁钳"脑海中的这张面孔将被投射到头顶椭圆形的扭曲空间中，让所有的生命都看到他们做出的选择。那时，不仅是加斯，还包括成千上万的星球，全都会知道——新生黑猩猩选择了格布鲁人。

现在她的大脑中，只有主司推理的那一部分还属于她自己，独立于被敌人控制的意识之外，能够分析出这个阴谋中阴险狡诈的逻辑。

唉，地球人肯定会提出申诉，今天受庇护种族所做的选择被敌人暗中操纵了，而且，大概有半数以上的五大星系种族都会相信地球人的指控。但那已经于事无补。新生黑猩猩所做的选择将会依然成立！不然，整个体制都将蒙受耻辱。此时的星际文明已经如同危石累卵，再也无法承受任何压力。

实际上，相当多的种族都会认为，一个小小的"狼崽子"部族已经让他们费尽了心神。不管正确还是错误，总该有什么办法能一劳永逸地解决这个麻烦。

这时，盖莱特恍然大悟。格布鲁人并不只想成为黑猩猩的提升期伙伴、保护人。他们妄图一步步继续施展手段，最终消灭地球人类。一旦敌人达到了这个目的，黑猩猩种族便会转而归其他庇护主收养,而她毫不怀疑到时候会发生什么事情!

盖莱特的心狂跳起来。她拼命挣扎,不让自己跟着"铁钳"朝前方走,但没有一点用处。她绝望地祈求,让自己中风倒地。

让我死去吧!

她的性命已经无关紧要。敌人肯定早就策划好,一旦仪式结束,便让她马上"消失",这样才能毁灭证据。啊,上天,让我现在就倒下吧!她想尖叫。

正在此时,她听到了喊声。而这些话……不是她自己说出来的。

"停!这里存在不公正的行为,我要求举行听证会!"

盖莱特感到自己的心跳得不能再快了,而心动过速令她浑身虚弱。哦,老天,随它去吧……

她听到"铁钳"咒骂着,松开了她的手。这只能让她感到欣喜。耳边又传来了格布鲁人愤怒的尖叫,还有黑猩猩们吃惊的"咿呀"声。有人——她意识到,是米什埃拉——抓住她的胳膊,让她转过身。

此时已是深夜。高台上明亮的灯光直射天宇,照亮了片片支离的残云,而在这座人造山峰上方,现出了一条骚动不宁、闪烁着微光的能量隧道。在悬浮车前灯投射出的惨白的光柱中,大家看到一只形只影单的新生黑猩猩,穿着满是灰尘的典礼长袍,正离开最后一座测试站,朝这里走来。

是法本。盖莱特想。尽管头晕目眩,但她发觉老习惯又在自己的头脑中占了上风。哦,法本,不要那么自负!千万别忘了礼节……

当她回过神来,才意识到自己的念头有多么荒唐。暂时性的歇斯底里让盖莱特突然吃吃地笑出了声。这样一来,她倒是感到自己不像刚才那样一丝也动弹不得了。她费力地抬起手，捂住了嘴巴。"哦，法本。"她叹道。

"铁钳"爆发出一阵咆哮，但法本根本没有理睬这个劣种。他发现盖莱特正看着自己，便向她眨了眨眼睛。盖莱特想起来，这个表情过去曾让她多么懊恼，但现在却令她欣喜得双膝发软。

法本走到三位官员面前，深鞠一躬。随后，他恭敬地双手相扣，等待对方允许自己讲话。

"——卑鄙可耻、不可救药、无法容忍，又来中途打断我们——"格布鲁人的翻译机发出低沉的吼声，"我们要求马上对他进行制裁和惩罚——"

叫嚣声戛然而止，原来是主测试官伸出一只手臂，关掉了翻译机。她仪态优雅地走上前，对法本说道：

"小伙子，我祝贺你全凭一己之力到达了这个地方。你的努力让我们倍感兴奋，也令这次的仪式更不寻常，使之成为有史以来最令人难忘的盛典之一。你凭借测试得分和其他成绩，在这座山顶上为自己赢得了一席之地。"塞伦廷人交叉双臂，俯下前半截身体。"现在，"当她挺直身体后说道，"我们能认为你是想提出申诉吗？你有什么重要的理由能解释自己如此唐突地打断仪式？"

盖莱特一下子变得紧张起来。或许主测试官心怀同情，但她的言辞中暗藏威胁之意。法本最好能妥善处理。他只要犯一点点错误就可能让情况变得比刚才更糟。

法本再次鞠躬，"我……我满怀敬意地请求诸位，能否解释一下……种族代表是如何被选拔出来的。"

回答得不错。但盖莱特仍在与控制着自己的精神胁迫苦苦相斗。如果她能走上前去帮帮他，那就好了。

不知从何时起,在被灯光照亮的这片区域四周,山坡上已经挤满了格莱蒂克权贵。那些早先曾去山下看热闹的贵宾现在都回来了。此时他们一言不发,看着这个资历最浅、地位最低的受庇护种族成员向一位公会的尊主提出要求。

主测试官的声音充满耐心,她答道:"仪式的承办方有权在通过测试的受庇护种族成员中挑出一对代表,这符合传统。的确,这次典礼的承办方与你的种族为敌,然而当这场仪式结束,他们的敌意便会随之终结。和平将降临在地球人种族和古克须-格布鲁人之间。你反对我这个观点吗,年轻人?"

"不,"法本摇摇头,"我并不反对这一点。我只是想知道:我们必须完全接受承办方的选择吗? 我们必须绝对承认这两位代表吗?"

格布鲁使节马上怒气冲冲地号叫起来。黑猩猩们全都吃惊地面面相觑。"铁钳"咕哝道:"等这一结束,我就要把这个大学生……"

主测试官挥挥手,示意其他人保持安静。她用生有许多棱面的眼睛看着法本:"年轻人,如果由你来决定的话,你会怎么做? 你希望我们安排你的同伴们来一次投票表决吗?"

法本鞠躬施礼,"是的,尊敬的阁下,我希望如此。"

这次格布鲁人发出的尖叫简直能把大家的耳朵刺得生疼。盖莱特再次努力,试图迈步向前,但"铁钳"紧紧地抓住了她的胳膊,她被迫站在原地,听那个劣种不停地低声咒骂。

塞伦廷人官员最后说道:"尽管我对你表示同情,但我不知道自己如何能够批准你的请求。在没有先例的情况下——"

"不,有先例!"

这是一个新的、低沉的声音在喊话,来自三位官员身后那道漆黑的山坡。这时,四个身影从格莱蒂克来宾群中走出来,来到了灯光下。刚才法本的出现已经让盖莱特大吃一惊,而现在她只能呆呆地看着来人,不敢相信自己的眼睛。

乌赛卡尔丁!

在身材细高的泰姆布立米人身边,是一个满脸胡须的男性地球人,他那件极不合身的典礼长袍大概是从某个生有双腿但不似人形的格莱蒂克来宾那里借来的,而他身上的皮肤就像野兽一样粗糙。在这个年轻男人身旁,走着一只新生黑猩猩,显然他无法完全站直身体,还带有许多返祖特征。当他们渐渐走近时,黑猩猩有意落在后面,似乎他知道自己并不属于这个地方。

第四个人,身材壮硕高大,头上庄重地竖着颜色亮丽的羽冠,他随随便便地向主测试官鞠了个躬,说道:

“您好,提升公会的考弗奎因三号大人。”

塞伦廷人鞠躬还礼,“您好,尊敬的泰纳尼大使库尔特先生,还有您,泰姆布立米大使乌赛卡尔丁先生,还有你们的同伴,真高兴能看到你们安全到达。”

大块头泰纳尼人伸开双臂,“我感谢阁下允许我使用您的发报设备与我的种族联络。这么长时间以来,我一直被迫同家园星球音讯隔绝。”

“这里是中立区,您敬请放心。”提升公会的官员说道,“另外我还知道,关于这颗行星,您掌握了一些非常重要的情况,一俟这场仪式结束就要与公会商讨。

“但现在,我必须要求大家言归正传。您可愿意解释一下,您刚才到来时说的那句话?”

库尔特朝乌赛卡尔丁打了个手势,“这位可敬的使节代表着泰姆布立米种族,他们始终为新生黑猩猩充当着提升期伙伴和保护人的角色,自从他们的'狼崽子'庇护主开始与格莱蒂克文明打交道时就一直如此。我请他来告诉您。"

盖莱特突然注意到,乌赛卡尔丁显得那么疲惫。这个泰姆布立米人平时极富表现力的卷须现在无力地耷拉在头上,而且他的眼睛黯淡无神。显然他付出了极大的努力才走上近前,拿出了一只小小的黑色记忆块。"这里面的资料可供您参考。"乌赛卡尔丁说道。

一个机器人走过来,从他手中接过数据存储块。公会的职员马上开始检视其中可供援引的例证。主测试官专注地听乌赛卡尔丁讲道:

"这些文献资料表明,在格莱蒂克历史的最初阶段,先祖为了避免自己犯下道义上的过失而采取了某些措施,提升仪式便源于这个初衷。庇护主在开始提升进程的时候经常与自己的受庇护种族磋商,就像今天的地球人类做的一样;而庇护主也绝不把自己选择的种族代表强加于受庇护种族。"

乌赛卡尔丁指了指聚在一起的黑猩猩。

"严格地讲,仪式的承办人在选择受庇护种族代表的时候,只能提出自己的建议。而法律允许经历了当前提升阶段全部测试的受庇护种族成员可以无视仪式承办方的选择。从最单纯的意义上讲,这片土地是他们的疆域。我们在这里的身份只是宾客。"

盖莱特发现,格莱蒂克观察员们骚动起来。许多人打开自己的数据处理器,开始查询乌赛卡尔丁谈到的先例。四周响起了各种语言汇集起来的议论声。这时,又一辆悬浮车缓缓降落,从里面走出几名格布鲁人,搬下一台便携式通信设备。显然入侵者也在疯狂地为自己寻找理论依据。

现在,大家能够感到超空间分路站的能量正变得越来越强。此时低沉的震颤已经扩散到所有的物体中,盖莱特的筋腱随着这无法抗拒的节奏而一阵阵发抖。

主测试官转身向那位有名无实的地球人官员考德维纳·阿佩尔波问道:"请您以自己种族的名义回答,您支持这项有违常规的请求吗?"

阿佩尔波咬住了自己的下唇。他看看乌赛卡尔丁,然后看看法本,随即又转向泰姆布立米大使。这时,大家第一次看到这个地球男人露出了微笑。"见鬼,是的! 我当然支持!"他用安格力克语叫道,但他脸上一红,转而用措辞严谨的格莱蒂克七号语说:"以我种族的名义,我支持乌赛卡尔丁大使的请求。"

主测试官转过身听自己的随员报告。当她回身时,整个山坡上的人都静了下来。大家一动不动,凝神观望。最后,塞伦廷人朝法本俯身鞠躬。

"的确,对先例的解释结果支持你的请求。我应该请你的伙伴举手表决,还是采用无记名投票的方式做出选择?"

"好啊!"这时有人用安格力克语发出一声轻唤。那个站在乌赛卡尔丁身旁的年轻男人咧嘴一笑,朝法本竖起了大拇指。幸运的是,没有一个格莱蒂克人看到了这个无礼之举。

法本强装出一副郑重的神情,再次鞠躬,"嗯,举手表决就很好,阁下。谢谢您。"

表决开始举行,盖莱特心中更加茫然。她竭尽全力想要制止自己为自己提名,但就像刚才无法开口时一样,同一种狡黠的胁迫意念,同一种无法抗拒的控制力,逼着她支持了自己的提名。于是,全体同意将她选为代表。

雄性代表的竞选同样直截了当。法本站在"铁钳"对面,扬起头,镇静地望着高大的劣种那双凶暴的眼睛。盖莱特发觉,她能够做出的最大努力只是弃权,这让另外几只黑猩猩都吃惊地看着她。

尽管如此,轻松感还是令她几乎呜咽起来,因为选举结果是九比三……多数票支持法本·伯尔格。当法本来到她身边,盖莱特无力地倒在他的怀中,泣不成声。

"好了,好了。"法本说道。尽管他的话是那么老套,但他的声音令她倍感安慰,"我告诉过你,我一定会回来,没错吧?"

她抽泣着点点头,擦去脸上的泪水。看来她也应该用老套的诹辞来回敬他。她抚摸着他的面颊,声音中只是稍稍显出一点点挖苦:"你是我的英雄。"

其他的黑猩猩——除了那占少数的三个劣种之外——都围过来欢呼雀跃。直到现在,这场仪式似乎才真正有了喜庆的气氛。

大家列队站好,每两个一排,跟在法本和盖莱特后面,开始顺着最后一段小路朝顶点进发。不久之后,典礼台顶端便会出现一条能量纽带,将这颗星球和无数遥远的世界连接起来。

这时,一阵尖厉的呼啸声在这片高地的上空回荡起来。又一辆悬浮车降落在黑猩猩面前,挡住了他们的去路。"哦,不。"法本呻吟道。他立刻就认出,车上的乘客正是格布鲁侵略军的那三位宗主。

正道宗主看上去一脸沮丧。他低伏在自己的栖木上,垂头丧气,甚至没有朝下面的黑猩猩看上一眼。然而,另外两名首脑却显得劲头十足,他们敏捷地跳下车,对主测试官直截了当地说道:

"我们也希望能提供……一个先例!"

第九十一章　法　本

眼看就要胜利,却突然面对败局,事情怎会这么容易就发生逆转?

法本脱掉礼袍,任由两个黑猩猩伙伴在他的双肩上涂抹着油脂,这时他还在一直琢磨这个问题。他伸展了一下身体,强打起精神,盼着自己还能多记起一些往日的摔跤经历,好让他今天免于重蹈失败的覆辙。

要说玩这种把戏,我的岁数可是太大了,他暗想,而且今天已经把我累惨了。

刚才格布鲁人兴高采烈地自称找到了扭转败局的办法,他们可不是在开玩笑。盖莱特想趁法本热身的时候为他仔细解释一下。同往常一样,其中道理还是那么抽象。

"据我的理解,法本,格莱蒂克人并不否认'进化'这个概念,起码是智能的进化。他们坚信,生灵之所以发展成潜在的智能生命,其过程也符合一种理论,就像是我们所说的'达尔文进化论'。而且,这种理论认为大自然相当明智,能够迫使每一个物种在自然状态下充分展示自己的适应性,也就是'优胜劣汰,适者生存'。"

法本叹了口气，"拜托，盖莱特，你就不能说明白点吗？请你告诉我，我为什么非要和那个畜生对决。即便是从外星人的标准来看，通过打斗来考验强者不也是很愚蠢吗？"

盖莱特摇摇头。一时之间她好像患上了失语症。不过，当她的头脑一如既往又像个学究似的思考问题的时候，她的语言障碍便消失了。

"不，并不愚蠢。如果你仔细琢磨，就会发现并非如此。你明白吗，当庇护主把一个新的受庇护种族一直提升为能够跨越星系的智能生命时，他们要冒许多风险，其中之一便是：他们可能会干涉过多，从而使受庇护种族丧失自己的先天本质，丧失使受庇护种族当初有资格成为提升候选者的那种适应性。"

"你的意思是——"

"我的意思是，格布鲁人可以指控地球人剥夺了黑猩猩的先天适应性，而唯一能够反驳这种这种指责的方法就是证明我们仍然充满激情、坚忍顽强，而且体格强壮。"

"可我以为那些测试——"

盖莱特摇摇头，"那些测试只能证明，最终到达这片高地的黑猩猩符合晋升至第三提升阶段的标准。就连——"盖莱特做了个鬼脸，似乎正在费力地寻找合适的词，"——就连那些劣种也非常出色，至少按照公会的章程进行的大部分测试都证明了这一点。只有以我们自己这些离奇古怪的地球标准来衡量，他们才有缺陷。"

"比如说行为不端和体味发臭。没错。可我还是不明白——"

"法本，公会才不真正关心谁将踏上分路站呢。一旦我们通过全部测试,他们就履行了自己的职责。现在格布鲁人只是根据另一条标准提出要求,我们的雄性种族代表应当证明自己更出色,更具有'适应性',而这种做法早有先例。实际上,这种选择精英的方式过去已被广为采用,要比投票方式更普遍。"

在这片小小的空地对面,"铁钳"屈伸着身体,朝法本咧开嘴巴阴险地冷笑,身后是他那两名同伙。"黄鼠狼"和"钢条"正同强壮的劣种头子打诨逗趣,狂妄地哈哈大笑。此时形势突然变得对他们极为有利,让这三个劣种洋洋自得。

现在轮到法本摇头了,他低声咕哝道:"老天,他们居然按照这种方法解决星系发展的大问题。或许普拉萨楚松说的真没错。"

"他是怎么说的?"

"没什么。"法本答道。这时他看到,裁判员—— 一个皮拉人公会官员——走到了格斗场中央。法本转过身,看着盖莱特的眼睛。"你要答应我,如果我赢了就嫁给我。"

"可是——"盖莱特眨眨眼,然后点点头。她似乎还想说些别的什么,但脸上又露出了刚才那副神情,就好像找不到合适的表达方式。她颤抖了一下,而后用一种古怪的、冷漠的声音一字一顿地说道:

"为-我-杀-掉-他,法本。"

她的目光中并没有凶残的嗜血欲望,只有某种含义更深的东西——绝望。

法本点点头。他知道"铁钳"打算如何对付他,他不抱任何幻想。

裁判员宣布双方上场。他们没有武器,比赛也没有规则。此时地下的震颤变成了猛烈的怒吼,头顶上那片"虚空之处"的边缘开始摇曳闪烁,似乎酝酿着致命的闪电。

　　二人刚一照面,便开始慢慢兜着圈子。法本和对手都谨慎地盯着对方,侧身滑步,绕着格斗场中央走了整整一圈。另外那九只黑猩猩站在场外的上坡处,旁边是乌赛卡尔丁、库尔特和罗伯特·奥尼格。他们对面,格布鲁人和"铁钳"的两名同伙正在观战。许多格莱蒂克观察员和提升公会官员都站在两厢,排成两道弧形,将角斗场围在中央。

　　"黄鼠狼"和"钢条"朝自己的首领挥动着拳头,露出了牙齿。"去把他打趴下,法本。"另外那群黑猩猩中的一个催促道。此时,整个一场华丽的盛典,连同其中所有神秘而又古老的传统和科学,全都要靠这场斗殴来收场。终究还是要由伟大的自然之母用这种方式来投出决定胜负的一票。

　　"开——始!"裁判爆发出一声突如其来的大喊。皮拉人用超声波发出的尖叫冲击着法本的耳膜,瞬间之后翻译机才开始轰响。

　　"铁钳"的动作相当敏捷,径直冲了过来。法本几乎没来得及判断出,对手的进攻只是虚晃一招,他起初本能地朝左边一躲,但在最后一刻才改变了移动方向,抬起滞后的那只脚向"铁钳"踢去。

　　虽然这一击并未像法本期望的那样,让对手的骨头发出碎裂声,但"铁钳"还是疼得大叫起来,捂着肋下朝一旁打了个趔趄。不幸的是,法本也失去了平衡,无法抓住这个机会继续进攻。刚过了几秒钟,"铁钳"再次向前逼来,而这次他更小心,目光中满含杀意。

　　二人继续兜着圈子。我今天真该赖在床上不起来才对啊。

法本暗想。

其实,今天晨光初露的时候,法本是在一棵大树的树杈上醒来的。那里距离海伦尼亚的城墙还有几英里远的路。随着冬季的到来,果园里了无生气,只能看到一片片碟藤的伞衣悬挂在光秃秃的树枝上……

"铁钳"猛地蹿过来,挥出一记有力的右直拳。法本连忙俯身,钻到对手的臂下,反手回击。"铁钳"格开了这一击,二人的前臂撞在一起,臂骨相碰发出"咔嚓"一声脆响。

……利爪兵不情愿地还礼,于是他骑着泰可一路疾驰,赶到了旧监狱……

"铁钳"的拳头带着风声,像炮弹一般从法本的耳边擦过。法本趁"铁钳"来不及收回手臂,欺身上前,猛地倒转手肘朝对方暴露出来的腹部撞去。

……看着空无一人的房间,他知道时间所剩无几。泰可顺着寂寥空旷的大街飞奔,嘴里还衔着那支向日葵……

这一记肘戳还是不够有力。更糟糕的是,当"铁钳"飞快地抽回胳膊勒住他的脖子时,他的动作太慢,没能及时躲开。

……船坞区已经满是黑猩猩,他们站在码头岸边、房子四周、大街小巷中,吃惊地盯着远方……

"铁钳"用力收紧臂膀,想要将他勒死。法本的身子向下一坠,将右脚向后伸去,插进了对手的双腿之间。他拼命朝一个方向扭转身体,迫使"铁钳"为了保持平衡而与他较劲,这时法本将身子猛地朝相反的方向一扭,同时抬脚踢向对方。"铁钳"被他踢得右腿腾空,而法本自己也失去平衡摔向一旁。然而在最后一刻,劣种那只力量惊人的手突然死死抓住法本的喉咙,从他的脖子上撕下了一块皮肉。

……他用马换来一只小船,朝海湾对面驶去,冲向那排浮标……

鲜血从法本受伤的喉咙处流淌下来,那道又长又深的伤口离他的颈动脉只有半英寸。他连忙向后退开,发现"铁钳"早已站稳了脚跟。那只雄性黑猩猩的行动速度简直快得吓人。

……他集中意念与浮标的精神感应苦苦相斗,终于凭借理智突破了屏障……

"铁钳"龇着牙齿,伸开两条长臂,发出一声令人全身血液凝固的尖叫。眼前这景象和可怖的声音像是深深刺入法本的头脑,令他生出了年代久远的记忆。他似乎记起了很久很久以前的一场场战斗。那时,黑猩猩族类还不懂得驾驶星际飞船。那时,他们凭借恐吓就能掌握一半的胜券。

"你能行,法本!"罗伯特·奥尼格用叫声抗拒着"铁钳"充满威胁的魔力,"加油,伙计! 为西蒙而战吧!"

屁话,法本想,你这是人类惯用的典型伎俩,对黑猩猩可不适用,只会让我感到愧疚!

不过,他还是尽力抹去心中一闪而过的疑惧,朝对手咧开嘴巴笑了。"没错,你嚎起来还很在行,不过,你会这个吗?"

法本用大拇指拨动自己的鼻尖,向对手示威。随后,看到"铁钳"冲过来,他敏捷地闪到一旁。这一次,两个斗士直接在对方身上施展起拳脚,击打声像鼓点一样响个不停。一阵交锋之后,两只黑猩猩步履蹒跚地冲到格斗场的两端,而后转回身,急促地喘息着,朝敌人龇着牙齿。

……海滩上满是垃圾,通往悬崖的小路漫长而又险峻。而那只是开始。公会的官员本来已经开始拆卸机器准备离去,看到他突然出现不禁大吃一惊,只得留下来再次对他进行测试。

他们都以为,用不了多久就能把他打发回家……

当他们再次缠斗在一起时,法本的脸上挨了好几下重击才得以近身把对手掀翻在地。他这一招柔术算不上精彩绝伦。在发力时,他感到自己腿上突然传来一阵撕裂般的剧痛。

此时"铁钳"正在地上翻滚,无力反击。但法本刚想猛扑上去,却发现自己的腿几乎支撑不住身体。

劣种眨眼间又站起身。法本尽力不让自己显出腿瘸的样子,但肯定还是露出了马脚,因为这一次"铁钳"朝他的右侧冲来。法本想后退闪避,但他的左腿根本动弹不得。

……令人精疲力竭的测试,充满敌意的目光,还有心中的紧张不安,怀疑自己无法及时赶到顶点……

法本朝后倒去,同时一脚向前踢出,但只感到脚踝被"铁钳"牢牢抓住,他的脚就好像被卡在滚压机里。他扭身趴在地上,打算挣脱对方的控制,可他的手指只抠住了松松的泥土,根本无法借力。他刚想滚到一边,对手一把将他拖了回来,然后跳到了他身上。

……而他经历了一切艰难险阻就是为了到这儿来?见鬼,该死的一天之内就发生了这么多事情……

在艰难的重量级比赛中,一个摔跤手可以施展很多花招来对付比自己更强壮的对手。法本拼命挣扎,想要挣脱"铁钳"的手掌,这时他记起了一些窍门。如果他能稍稍缓上一口气,或许可以成功地用上一两招。

事实上,法本能够设法达到一种"准平衡"的状态。他在擅长使用巧劲这方面稍占上风,刚好能够与"铁钳"骇人的力量相抗衡。他们两个都绷紧了身体,四只手紧抓在一起,用力拉扯着对方,寻找着敌人哪怕是最小的破绽。两只黑猩猩的面孔被压得几乎贴在地上,而且马上就要凑到一起,彼此之间都能闻到对方呼出的灼热气息。

观众们鸦雀无声已经有一段时间了,而且再也听不到双方支持者加油助威的声音。两名角斗士的身体渐渐开始左右摇摆,他们的动作看上去显得非常缓慢,但实际上正在进行殊死的搏斗。这时法本发现,他能清清楚楚地看到典礼台下的斜坡。百忙之中他突然意识到,刚才密密麻麻聚在那里的形形色色的格莱蒂克人,现在都不见了,只剩下一片被践踏过的草地。

仍有人匆匆忙忙地奔下山坡,朝东面跑去,他们用各式各样的语言叫嚷着,同时还激动地打着手势。法本打量了一下身边的观众,他瞥到了主测试官,那个蜘蛛状的塞伦廷人,站在一群助手中间,但并未注意两只黑猩猩的争斗。就连皮拉人裁判也转过身,朝越来越吵闹的山坡下面张望。

这算什么?看他们刚才那副模样,就好像宇宙万物的命运都要由两只黑猩猩你死我活的厮杀来决定,可现在呢?法本头脑中那个超然于争斗之外的部分感觉到,这简直是一种侮辱。

即便是现在,置身于角斗场上,他的好奇心仍旧油然而生。他想知道,他们到底干什么去了?

其实,只需把双眼抬高一英寸就能看个究竟。但就在他一走神的刹那间,法本错过了"铁钳"露出的破绽,因为这个劣种稍稍挪动了一下重心。但随后,当法本想继续坚持时已经太迟了,"铁钳"凭借刚才那一下小小的腾挪占据了主动,他突然摆脱了法本的双手,闪到法本身后抱住他,随后开始用力收紧双臂。

"法本!"这是盖莱特的声音,充满了惊惧。法本终于知道,至少有人还在关注自己,只不过是在看着他蒙羞死去。

法本用力挣扎。他把自己所能记起的所有格斗绝招都使了出来。但那些绝招都需要他有力气,可他现在已是筋疲力尽了。慢慢地,他被迫向后倒去。

"铁钳"咧嘴一笑,把前臂勒在了法本的喉管上。突然,法本的呼吸变成了艰难的、尖厉的呼哨声。空气如此宝贵,他的挣扎只能令自己愈加绝望。

"铁钳"把法本压倒在地,手臂继续用力,就好像他急着要把这件事尽快做完。他气喘吁吁地张开嘴巴,朝法本低头一笑,露出的獠牙在聚光灯下闪着寒光。

忽然,那点点寒光慢慢消失,因为有什么东西挡住了灯光,将一道黑影投射在他们两个身上。"铁钳"吃惊地眨眨眼,突然注意到一个巨大的东西出现在法本的脑袋旁边。那是一只多毛的黑色大脚。再往上是一条棕色的短腿,像树干一样粗壮。而再往上是一座披着毛发的小山……

法本正感到眼前的世界开始旋转,变得越来越模糊,但忽然慢慢地恢复了清晰,因为施加在他喉咙上的压力稍稍减轻了一些。尽管他的气管被挤得只留下一丝小缝,他还是拼命吸气,同时挣扎着想看看自己为什么还活着。

他看到的第一样东西是一双温和的棕色眼睛,正带着一种友善而又坦诚的神色望着他。那双眼睛生在一张炭黑色的面孔上,而那张大脸下面是一副壮硕如山、肌肉发达的身躯。

这座大山正在微笑。它伸出有如一只小个子黑猩猩一般长短的手臂,好奇地摸了摸法本。"铁钳"打了个寒战,向后一躲,他这样做大概是出于惊愕,但也可能是因为恐惧。眼前这个生物握住了"铁钳"的胳膊,不过并未十分用劲,似乎只是想试试黑猩猩的膂力。

显然,大块头发现"铁钳"的力量根本无法与自己相提并论。这只巨大的雄性大猩猩满意地喷了一声鼻息。看上去像是笑了。

随后，它用一只手的指关节撑在地上，转身朝那帮令人望而生畏的同伴走去。此时，那些大猩猩正从一排惊愕的黑猩猩面前走过。盖莱特目瞪口呆，无法相信自己的眼睛。而眼前的景象令乌赛卡尔丁飞快地眨动着圆睁的双目。

罗伯特·奥尼格似乎正在喃喃自语。格布鲁人发出了一阵阵急促而含混的尖叫。

不过，库尔特博得了大猩猩长久的关注。四雌三雄七只大猩猩围在大块头泰纳尼人四周，伸出手轻轻触摸他。而作为回应，库尔特对它们和缓而又欣喜地说着话。

法本绝不会两次犯同样的错误。大猩猩为什么要来到这座由格布鲁人侵者修建的典礼台顶，他没有能力做出猜测，甚至也不想尝试去猜测。法本马上收回心神，这次他比对手稍稍快了一点点。"铁钳"重新低下头，准备继续扼杀仇敌，但一瞬间这劣种的眼中露出了惊慌之色，因为他看到法本的拳头正向自己飞来。

小小的高地上，各种刺耳的声音响成一片，众人陷入了疯狂之中，再没有半点秩序可言。角斗场的边界似乎再也不起作用，黑猩猩、大猩猩、格布鲁人或是其他什么人在这里或走，或跑，或跳，或爬，而法本和对手在众人的身体和双腿之间继续翻滚扭打。看来再没什么人注意他们了，而法本并不在乎。现在唯一重要的事情就是，他必须履行自己的诺言。

他挥拳朝"铁钳"连连猛击，不让对手有机会站稳脚跟，直到最后，劣种大吼一声，在绝望之中像脱斗篷一样把法本甩了出去。法本猛撞在地上，只觉得疼痛难忍，这时他突然瞥到身后有什么动静，于是连忙回头，正看到那个名叫"黄鼠狼"的劣种抬起一条腿，准备朝他一脚踹过来。但这一击并未成功，因为一只热情洋溢的大猩猩一把抓起了那个劣种，搂在怀中紧紧一抱，几乎把"黄鼠狼"的骨头挤碎。

"铁钳"的另一名同伙被罗伯特·奥尼格揪了回去，确切地说，应该是举了起来。那只雄性黑猩猩或许比大多数人类都要有力得多，但他悬在空中时却一点力气也用不上。就像赫拉克勒斯制服安泰俄斯一样①，罗伯特把"钢条"高高举过头顶。那个年轻的地球人朝法本点了点头。

"小心点，伙计。"

法本滚向一旁，"铁钳"重重地落在了他刚才躺的地方，激得尘土飞腾。法本没有半点迟疑，飞身跳到了对手背上，施展出一招被地球人叫作"半纳尔逊擒拿"的单臂扼颈术。

"铁钳"拼命挣扎，法本像是骑在一只狂蹦乱跳的野马背上，只感到天旋地转。他觉得嘴里满是鲜血的腥味，而吸进鼻孔的尘土似乎令他的肺叶生出一阵阵窒息般的灼痛。他疲惫的双臂颤动不已，像是马上就要抽筋。但当他听到仇敌吃力的喘息声时，他知道自己还能再坚持一小会儿。

"铁钳"的头越垂越低。法本用两脚盘住对手的双腿，用力一勾，将敌人摔倒在地。

劣种的腹部正好砸在法本的脚跟上。随着一阵剧痛，法本估计自己的脚趾大概断了好几根。而毫无疑问，"铁钳"呼哨一般的尖叫也说明那家伙的横膈膜在一瞬间剧烈地痉挛起来，让他再也喘不上一口气。

---

①此处的典故源自希腊神话，赫拉克勒斯与地母之子安泰俄斯相斗，为了不让对手从大地母亲的身体上吸取力量，赫拉克勒斯将安泰俄斯举到头顶扼死。

　　法本不知从何处积聚起了力量。他猛地一扭，让仇敌仰面倒在自己身上。随后，他马上将前臂一收，死死地扣住了对手的脖子，用刚才"铁钳"对他施展的那招"非法但没人会在意"的勒杀术回敬这个劣种。

　　他的臂骨紧紧卡在"铁钳"喉间的软骨上。他们身下的大地像是在抽搐，夜空也发出一阵阵低沉的咆哮。法本只看到一双双外星人的脚在他面前乱跑，十几种含糊不清的语言在他耳边不停地尖叫。不过，他只期待着对手的气管不再发出呼吸声……只期待着仇敌的心脏不再跳动……

　　这时，他感到自己的脑壳里不知什么东西突然炸开了。

　　似乎他的头颅中有什么东西爆裂开来，让一团灿烂的光华从他的大脑皮层里喷涌而出。法本觉得头晕目眩，起初他以为是某个劣种或是格布鲁人击中了他的后脑，但那团光芒并不是脑震荡造成的幻觉。它确实在灼灼闪亮，但并不令他痛苦。

　　法本集中精神，要率先解决当务之急——紧紧扼住那个越来越无力的对手。但他无法对现在这种奇怪的事情视而不见。他苦苦思索，想找到什么东西与之相比较，但始终琢磨不出合适的比喻。不知何故，头脑中这种无声的喷发令他感到相当古怪，但同时又异常熟悉。

　　这时，法本突然想起了那团蓝光，一边欢快地舞动，一边将道道闪电射向他脚下。他想起了那颗"臭气弹"，逼得一位自命不凡、毛发纷披的小个子外交官丢下尊贵的架子逃之夭夭。他想起了司令官在一天晚上向他讲述的那些故事。而这些念头之间的关联让他怀疑……

　　这时，高地四处，格莱蒂克人已不再杂七杂八地乱叫，全都安静下来朝上坡处望去。法本原想把头稍稍抬高一点，看看究竟是什么让他们如此着迷，但在他抬头之前，要先把仇敌安顿好。"铁钳"刚刚拼命吸进了一两口游丝般的气息，法本的手臂再次加力，让这个高大的黑猩猩重新濒于失去知觉的边缘。做完这件事之后，他才抬起了目光。

"乌赛卡尔丁。"法本咕哝道。这时他明白了，自己的精神为什么如此混乱。

那个泰姆布立米人站在众人前面的上坡处，伸开双臂，绕着超空间分路站打旋的疾风将他斗篷状的礼袍吹得猎猎作响。他圆睁着两只眼睛。

乌赛卡尔丁头顶的卷须在摇摆，而他的头颅上方，飞旋着某种东西。

一只黑猩猩呻吟起来，用双手按住自己的额角。不知何处，一个普灵人的牙齿正在咯咯作响。而在场的大多数人几乎察觉不到精神信息流的存在。但法本有生以来第一次体会到了这种精神感应。他感觉到，那片意念云团中满含着不祥之兆。

此时的精神信息流就像个庞大的怪物，体内充满了蓄积已久的能量，力大无比。它本质上就是一团迟滞的不确定性，在半空中飘舞飞旋。这时，没有半点先兆，它突然分崩离析，朝四周散射开去。法本感到精神信息流的碎片从自己的身边纷纷掠过，有的甚至穿透了他的身体，他只觉得心中生出了一种似乎被蒸馏出的、纯粹的欣喜。

乌赛卡尔丁像决堤的大坝一样倾泻着精神能量。"纳'哈苏鲁斯图安努，卡姆敏特艾萨克莱娜维斯塔纳！"他高叫道，"艾萨克莱娜，我的女儿，你把这些能量传送给我，是在偿还我给予你的那一切么？哦，多么有趣啊，这些错综复杂、层出不穷的力量！你跟你自豪的父亲开了一个多么出色的玩笑！"

他强烈的情感感染了身边的人。黑猩猩们眨动着眼睛盯着他。罗伯特·奥尼格擦去了激动的泪水。

乌赛卡尔丁转过身,指着通向山顶的小路,受庇护种族将在小路尽头完成神圣的抉择。这时,所有人都看到,在典礼台的顶点上,分路站终于接通了能量源。深埋在地下的一台台引擎开始发挥作用,而一条隧道赫然在台顶上空张开了大口,它的边缘闪闪发光,但内部显得比沉郁的黑暗还要更空虚。

这隧道像是把光线都吸走了,让人们很难辨认出洞口的模样。不过法本还是知道,这是一条联结时空的同步能量纽带,它把这里与别处的无数个地方连接在一起,让聚集在宇宙各处的见证人观看并且铭记今晚发生的事情。

但愿五大星系能对这场表演感到满意。看到"铁钳"像是快要苏醒过来,法本朝劣种的头侧猛击了一拳,随后又抬头观望。

这时,在通向台顶的那条狭窄的小路上,出现了三个彼此毫不般配的身形。左边的一个是一只矮小的新生黑猩猩,他那两只手臂看上去显得过长,而畸形的双腿又短又弯。那是乔乔,他正拉着高大的泰纳尼人大使库尔特的一只手。库尔特的另一只巨掌握在一个小不点人类女孩子的手里,她满头的金发在旋风中像鲜艳的旗帜一样飘摆飞舞。

这三个简直不可能聚在一起的人就这样朝台顶走去,而台顶上一群不寻常的生物正等着他们。

那是十二只雌雄大猩猩,在半隐半现的空洞正下方站成一圈。他们来回晃动着身体,仰头盯着半空中张开巨口的大洞,哼唱起低沉、不成调子的歌。

"我相信……"提升公会的塞伦廷人主测试官敬畏地说道,

"……我相信以前也发生过这种事……有过一两次……但最近这几十亿年来绝不会有这种事情。"

另一个声音用粗哑愤懑的安格力克语咕哝起来："这不公平。这场仪式本来是为我们举行的!"法本看到几只黑猩猩的脸颊上流下了泪水。有一只黑猩猩抱住同伴抽泣起来。

盖莱特也是热泪盈眶,但法本知道,她明白了其他人并不懂得的事情。她之所以流泪,是因为解脱,因为欢欣。

四面八方都响起了惊愕的议论声。

"——可那到底是些什么生物啊?"一位格布鲁宗主问道。

"……潜在智能生命。"另一个声音用格莱蒂克三号语答道。

"……不管怎样,他们闯过了所有的测试站,这就说明他们有资格参加仪式,有资格步入某个提升阶段。"考德维纳·阿佩尔波喃喃道,"可究竟这些大猩——"

罗伯特·奥尼格抬起一只手,打断了地球人同类的话。"请不要再用老名字称呼他们了,我的朋友,他们现在是,加斯人。"

电离作用让空气中充满了雷电的气味。乌赛卡尔丁仍在不停地高喊,这突如其来的神奇结局、这绝妙出色的大玩笑,令他沉浸在欣喜之中,令他的声音醇厚而响亮,显得神秘而诡异。法本被此刻的气氛深深感染,甚至没注意到自己已经爬起来,为了能看得更清楚而挺直了身体。

他和众人都看到,台顶那些摇晃着身体、哼唱着歌子的三猿上方,隧道口所在的空间开始渐渐聚合在一起。随即在大猩猩的头顶上,出现了一团乳白色的光晕。那片光晕慢慢旋转,变得越来越浓稠,酝酿着一幅幅即将现出端倪的图像。

"至今尚存的种族不会记得历史上曾发生过今天这种事情。"主测试官敬畏地说道,"在过去的十亿年中,各个受庇护种族经历了无数次的提升仪式。他们逐级发展，为自己选择一个个提升期伙伴。几乎没有哪个受庇护种族曾利用这种场合要求终止自己的提升……恢复自己从前的状态……"

那团朦胧的光晕变成了椭圆形，其中，那些晦暗的影子变得越来越清晰，就像是正从一团浓雾中慢慢浮现出来。

"……但只有在远古的传奇故事里才会有这样的奇闻，令整个格莱蒂克社会深感意外：一个新生物种无须庇护主提携，自己出现在世界面前，而且还请求授权由他们自己来挑选庇护主。"

法本听到一声呻吟，他低头一看，发现"铁钳"颤抖着正用手肘支撑着身体，想要爬起来。这只遍体鳞伤的黑猩猩从头到脚糊满了夹杂着血迹的尘土。

这家伙真值得佩服。他的毅力惊人。都变成了这副模样，他还想站起来。但法本马上就意识到，自己的模样也并不比对方强多少。

他抬起脚。要想踹下去可是太容易了……他朝旁边看去，发现盖莱特正望着自己。

"铁钳"仰面翻倒在地。他带着一种茫然的顺从之色抬眼看着法本。

哦，见鬼。法本并未痛下杀手，反而弯腰朝这个从前的仇敌伸出了自己的手。我不知道咱们在为什么而拼斗。现在别人把发财的机会抢走了。

人群中响起一片惊愕的叹息声。格布鲁人则发出了阵阵沮丧的哀鸣。法本拉起"铁钳"，让他站稳脚跟，随后抬头观望，想看看大猩猩又做了什么才让观众如此震惊。

在超空间分路站投射出的能量焦点处，当空显现出了一幅图像，巨大而又清晰，那是一张泰纳尼人的面孔，简直与库尔特一模一样。

那个大家伙的表情是那么镇定、严肃、热诚,法本想,真是个典型的泰纳尼人。

聚在一处的格莱蒂克人当中,有些人惊奇地唠叨起来,但大多数都像是被施了定身法,站在原地一动不动。只有乌赛卡尔丁与众不同,他仍在像一只焰火筒似的不断向四周放射着惊喜之情。

"兹’乌尔廷斯塔塔……我居然促成了这样一桩好事,而自己却从来都没有意识到!"

在乳白色的椭圆形区域里,图像中泰纳尼人巨大的头颅慢慢向后退去,他的全身逐渐显现出来。所有人都能看到他生有腮缝的粗脖子,还有那副强壮有力的身躯。但随着镜头越拉越大,他的双臂出现在画面里,而大家清楚地看见,在他两侧还各自站着一个生物,分别拉着他的一只手。

"明白了,"主测试官对助手说道,"这种暂时叫作加斯人的无名初级受庇护种族选择了泰纳尼人做自己的庇护主,同时他们又选择了地球种族的新生黑猩猩和地球人类做自己的提升期伙伴和保护人。"

罗伯特·奥尼格大叫起来。考德维纳·阿佩尔波吃惊地跪倒在地。而格布鲁人的尖叫已经被淹没在一片喧嚣声中。

法本发觉有人轻轻握住了他的手。盖莱特抬眼望着他,现在她的目光中不止有感动,还掺杂着骄傲。

"唉,好了,"他叹了口气,"不管怎么说,他们不会让咱们拥有大猩猩。现在这个结局至少让咱们获得了探视权。而且我听说,泰纳尼人并不像别的外星人那么坏。"

她摇摇头,"你早就知道大猩猩的事情,可就是不告诉我?"

法本耸耸肩,"那时候还得保守秘密嘛。而且你一直挺忙,我可不敢用无聊的琐事去打扰你。哦不,其实是我早把这事给忘了。是我的错。拜托,别不高兴啊。"

一瞬间,她的双眼像是又要冒出怒火,但随后她叹了口气,回头望着山顶,"用不了多久他们就会明白,那其实并不是什么加斯人,而是地球生物。"

"那又怎么样?"

这次轮到她耸了耸肩,"我猜,不会怎么样。不管他们来自哪里,很明显他们已经具备了提升资格。而地球人早就签署过一份不公平的条约,条约规定地球种族不得抚养大猩猩,所以我觉得现在这种局面就已经不错了,给格莱蒂克人来了个既成事实。至少我们在大猩猩的提升方面还能起到一定的作用,起码能监督泰纳尼人不出乱子。"

他们脚下的颤抖已经开始慢慢减弱,而格布鲁人令人心烦的尖叫声变得越来越刺耳。但主测试官显得无动于衷,她已经在忙着同助手们一起工作,下令搜集各种记录,指定后续测试内容,并且口述将要呈送公会总部的紧急报告。

"而且我们必须帮助库尔特将这个消息通知他的种族。"她补充道,"毫无疑问,他们会感到非常吃惊。"

法本看到军务宗主怒气冲冲地走上旁边的一架格布鲁飞行器,随后以最高速度飞离了典礼台。飞行器掀起气浪"隆隆"作响,吹乱了留在后面的这些鸟儿的羽毛。

这时,法本碰巧与正道宗主目光相交。教士大人正高踞在孤单寂寞的栖木上,低头盯着他。现在,这个外星人的身体已经挺直了许多。他毫不理会随从们的尖叫,一直用一眨不眨的黄眼睛注视着法本。

法本俯身鞠躬。外星人等了一下,然后优雅地垂首还礼。

在台顶低声吟唱的大猩猩——现在他们已经正式成为五大星系文明中最年轻的子民了——上方,乳白色的椭圆形光晕逐渐收缩,就像是一只不断缩小的漏斗。它越来越小,但它绝不同于来宾们以前曾经见过的任何一团光晕……而以后,它也不会再次出现。

人们仍能看到,此刻的天空上,那不断缩小的光晕中,泰纳尼人和黑猩猩还有地球人类正在互相注视。这时,那个泰纳尼人向后扬起头,放声大笑起来。

那个生满羽毛的大块头"咯咯"地笑出了声,真诚地同自己的两位小个子伙伴分享着欢乐。他在忘形地狂笑。

那个虚幻的光影所做的事情,泰纳尼人从来都不懂得如何去做。在目瞪口呆的观众中,只有乌赛卡尔丁和罗伯特·奥尼格觉得自己真正体会和融入了那种无限的欢欣。空中的图像一边大笑一边慢慢缩小,最后被空中那只逐渐闭合的孔洞一口吞下,终于消失在重新出现的群星里。

第六部　公　民

我本是小小草芥，
　味道臭，模样丑。
可我这屁股鲜红的猿猴，
却跳上了伊甸园的枝头。

——罗伯特·路易斯·斯蒂文森①,《肖像》

---

①罗伯特·路易斯·斯蒂文森(Robert Louis Stevenson，1850－1894)，英国小说家、诗人、旅行作家。英国文学新浪漫主义的代表人物。

第九十二章　格莱蒂克人

"他们确实存在!"

聚在一起的格布鲁人官员和军官上下摆动着毛茸茸的脑袋,齐声高叫。

"呜!"

"我们失去了珍宝,丢掉了荣誉,错过了良机,全都是医为吝啬小气,锱铢必较! 而现在损失更大,何止千万倍!"

政务宗主站在一小群忠心耿耿的助手中间,可怜兮兮地躲在角落里,听着来自四面八方的指责。每当与会者重复着唱起那声"呜",他便颤抖一下。

正道宗主高踞在栖木上。他来回踱着步子,竖起羽毛,尽量展示出身上刚刚出现的新颜色。成群的格布鲁人和科瓦克人一看到那种颜色,便充满激情地尖叫起来。

"而现在,一个玩忽职守的冥顽不化者又阻碍着我们的换羽和统一。只有达成一致我们才有可能挽回某些损失,重新获得荣誉和盟友,获得和平!"

宗主指的是那位缺席的同僚,军务指挥官。看来将军大人不敢出席会议,不敢面对新霸主身上的新色彩。

一名四条腿的科瓦克人急匆匆地走上近前,鞠躬施礼,然后朝首脑的栖木呈上一份报告。这时,他好像刚想起来似的,又复制了一份副本交给政务宗主。

这份报告来自普米恩中转站,内容并不令人惊奇——大量巨型战舰已经逼临加斯,他们早已听到了"隆隆"的怒吼声。经历过提升仪式上的惨败之后,这些战舰的到来不会令大家觉得出乎意料。

"这是为什么?"正道宗主向到会的几名军官诘问道,"难道军方首脑打算死守这颗星球,置一切忠告、智慧和荣誉于不顾?"

当然,那些军官都对此一无所知。自从混乱而又可悲的换羽进程突然发生逆转之后,他们就背弃自己的长官,投奔了教士大人。

正道宗主不耐烦地舞动着身体,"你们这样做对我不利,对种族不利,与正义背道而驰。你们回去,回到自己的岗位上,查明真相。你们要在他的指挥下恪尽职守,但要及时向我报告他的计划和行动!"

正道宗主有意突出了"他"这个字眼,暗示着将军大人最终只能屈居次位成为亲王。尽管换羽尚未完全结束,但无论是谁,不用掀起羽毛就能知道风在朝哪个方向吹。

军官们俯身鞠躬,一齐奔出了大厅。

第九十三章　罗伯特

寂静无声的典礼台现在一片狼藉。刚硬的东风扫过铺满草坪的山坡,将早些时候从远山吹来的纤维状垃圾刮得漫天飞舞。黑猩猩市民们在低层地台上的废品中东翻西找,搜寻着可留作纪念的东西。

地势高些的地方,只有几座大帐还立在原地。在这些帐篷四周围坐着几十只巨大的黑色生灵,正在一边懒洋洋地互相理毛,一边用手语闲聊——好像他们脑子里最重要的事情,只不过是谁想和谁交配,或是下一顿能吃上什么东西。

在罗伯特看来,大猩猩似乎对生活很满意。我嫉妒他们,他暗想。对他来讲,即便是一次伟大的胜利也无法将忧虑一笔勾销。加斯的局势仍然相当危险。或许两天前更危险,后来命运和巧合才给了他们一个惊喜。

有时生活真是很烦人。不,生活始终让人充满了烦恼。

罗伯特让自己的注意力重新回到他的数据处理器上,再次浏览着提升公会一个小时前刚刚转来的信件。

……当然，对于一个老妇人来讲——尤其是像我这样一个习惯于自行其是的老妇人——承认错误不是件容易的事。但我知道，我必须承认自己在亲生儿子身上犯下的错误。我对你很不公平，对此我很抱歉。

如果能为自己辩护的话，我只想说，外表太容易令人误解，而你从外表看来确实是个让人恼火的孩子。我想，我本该具有看透本质的能力，本该早就发现你在这几个月的危机中表现出来的力量。但我却没有。或许我不敢过于仔细地分析自己的情感。

不管怎样，当和平到来之后，我们会有很多时间来探讨这个话题。而现在，咱们暂且把它放到一边。此时我只想说，我为你感到非常骄傲。同你心怀感激的母亲一样，你的家园和种族也十分感谢你。

爱你的，

梅根

真古怪，罗伯特想，这么多年来他一直拼命努力想要赢得母亲的认可，而现在他得到了，却不知如何是好。令他啼笑皆非的是，他居然对母亲十分同情。显然，她这样一个人说出这些话简直太难了。他能够理解信中字里行间那种冷静的笔调。

在加斯上所有人的眼中，梅根·奥尼格都是位和蔼可亲的女士和公平正直的长官。只有她那三位漂泊在外的丈夫和儿子罗伯特知道她的另一面——一个被无休止的公务和忠诚的职责完全吓坏了的女人。今天，这是罗伯特有生以来第一次看到她为了某件真正重要的事情而道歉，为了家人和自己的感情而道歉。

泪水模糊了他的视线，让他闭上了眼睛。罗伯特把自己这种反应归咎于一艘正在升空的飞船发散出的能量场,他从这里就能听到空港方向传来的"隆隆"声。他擦了擦脸颊,抬头朝那艘巨大的飞船望去,只见它银灰色的身体正在冉冉升起,简直就像天使一般安详而又优雅。飞船越升越高,从他的头顶划过,继续从容不迫地朝太空飞去。

"树倒猢狲散,又一拨猢狲逃走了。"他咕哝道。

乌赛卡尔丁并没有转身望向空中。他正倚在自己的双肘上打量着灰色的海水。"罗伯特,这次格莱蒂克来宾已经瞧够了乐子,大大超出他们的想象。提升仪式上花样百出、热闹非凡。对于他们中的大多数人来讲,相比之下,太空战和围攻就显得乏味多了。"

"太空战和围攻?其中随便一样就够我受的了。"法本·伯尔格接口道,仍旧没有睁开眼睛。他躺在不远的上坡处,头枕在盖莱特·琼斯的膝盖上——这时,她一声不吭,只是凝神为他梳理着几片纠结的毛发,同时小心地避开他身上青紫的瘀伤。与此同时,乔乔在为法本的双腿理毛。

啊,这是他应得的。罗伯特想。尽管提升仪式被大猩猩抢了风头,但公会宣布的测试成绩依然有效。如果地球人真能摆脱当前的麻烦并且负担得起一场新仪式的开销,那么来自加斯的这对乡巴佬将会在下一次的提升仪式上走在种族代表队伍的最前列,地球联邦所有成熟老练的黑猩猩都要跟在他俩的后面。虽然法本本人似乎对这个荣誉没有多大兴趣,但罗伯特还是为朋友感到骄傲。

一只雌性黑猩猩,身穿样式简单的长袍,顺着小路走上山坡。这是米什埃拉·诺丁斯,她朝乌赛卡尔丁和罗伯特略一垂首施礼,然后问道:"谁想知道最新消息?"

"我可不想！"法本恼火地咕哝道，"让整个宇宙都见鬼——"

"法本！"盖莱特柔声呵斥道。她抬头望着米什埃拉，"我想听听。"

那个黑猩猩姑娘坐下来，开始为法本的另一个肩头搔挠。法本的怨气平息下来，又合上了眼睛。

"库尔特得到了他种族的回信。"米什埃拉说道，"泰纳尼人正朝这里赶来呢。"

"动作真快啊。"罗伯特吹了一声口哨，"他们可是一点时间都不浪费，对吧？"

米什埃拉点点头，"库尔特的种族已经联络了地球联邦委员会并做了商谈，他们想购买繁育大猩猩用的遗传休养基地，而且还要雇地球专家做顾问。"

"但愿委员会能要个好价钱。"

"叫花子不能挑肥拣瘦。"盖莱特暗示道，"据某些正要离开这里的格莱蒂克观察员讲，现在地球已经处于几近绝望的境地，泰姆布立米人也是一样。如果这个交易能将泰纳尼人化敌为友，那么就会起到至关重要的作用。"

而代价是失去大猩猩，我们的同宗血亲。他们本来是我们自己的受庇护种族。罗伯特沉思着。在举行仪式的那个夜晚，他受乌赛卡尔丁的影响，从泰姆布立米人的角度去看待这件事情，当时只觉得热闹又好笑，然而现在，他很难不去严肃地计算代价。

但他们一开始就从来不曾真正属于我们。他提醒自己，至少我们现在对他们的提升有了发言权。而且乌赛卡尔丁说，泰纳尼人并不像很多格莱蒂克人那么卑劣。

"格布鲁人会怎么样？"他问道，"他们曾经答应，只要我们同意举行仪式,他们就与地球讲和。"

"不过,仪式并没有完全按他们的计划进行,对吧?"盖莱特答道,"您是怎么想的,乌赛卡尔丁大使?"

泰姆布立米人懒洋洋地舞动着卷须。昨天一整天还有今天上午,他一直不停地生出一股股小小的精神信息流。那些意识云团就像错综复杂的谜题一样深奥莫测,远非罗伯特有限的本领所能揣测。看来,重新摆弄那些失而复得的宝贝让乌赛卡尔丁非常快乐。

"当然,他们会为了自己的利益采取行动。"乌赛卡尔丁答道,"但问题是,他们是不是真正明白什么东西对自己有利。"

"您的意思是?"

"我的意思是,显然格布鲁人在开始这次远征时,目的就非常混乱。他们那个三人执政组合说明,他们的家园星球存在派系斗争。他们远征的初衷是,将加斯上的地球人扣为人质,迫使地球联邦委员会透露秘密。但后来他们才明白,地球人和其他所有人一样,对那艘臭名昭著的海豚飞船发现的秘密根本一无所知。"

"'奔驰号'有什么新消息了吗?"罗伯特插了进来。

乌赛卡尔丁的头顶上飞旋着升起了一股精神信息流,那含义就像是地球人耸耸肩膀。他叹了口气,说道:"看来那些海豚奇迹般地逃出了十二支最狂热好战的庇护主种族为他们布下的陷阱,他们的本领非常惊人。而现在,似乎'奔驰号'已经能够在各条星际通道上不受限制地自由通行。狂热分子们丢尽了面子,因而使紧张的僵持局面达到了前所未有的程度。这也让格布鲁人的主宰者们变得越来越心惊胆战。"

"所以,当入侵者发现他们即便挟持人质也无法逼迫地球人说出秘密时，宗主们就打算另找出路，来弥补这次远征付出的高昂代价。"盖莱特猜测道。

"没错。但是，第一位政务宗主的意外身亡令他们的领导阶层失去了平衡。三位宗主并没有共同磋商，谋求统一的方针大计，而是肆无忌惮地钩心斗角，竞争换羽的首席位置。我到现在也无法肯定自己是不是完全理解他们施展的那些阴谋，但他们耍的最后这个花招让他们付出了极为沉重的代价。明目张胆地对提升仪式的正当结果进行干涉，这可是极为严重的罪行。"

罗伯特看到盖莱特突然瑟缩了一下身体，显然她想起了自己曾如何被敌人利用。法本并未睁开眼睛，只是伸手握住了盖莱特的手。"那么这会对我们有什么影响？"罗伯特问乌赛卡尔丁。

"常识和荣誉感都要求格布鲁人遵守与地球人的协定。这是他们摆脱困境的唯一出路。"

"但您并不认为他们会那么明智。"

"如果我对他们抱有幻想，我还会继续留在这里，留在这片中立区里吗？如果我觉得天下太平，早就和你一起去找艾萨克莱娜了——那么我现在就能享受一下泰姆布立米美食，还能和你好好聊聊天。但是，等到格布鲁人在理智和自我毁灭之间做出了抉择之后，我就再也没机会享受了。"

罗伯特感到不寒而栗。"情况会有多么糟糕？"他低声问道。旁边的几只黑猩猩也安静下来侧耳细听。

乌赛卡尔丁看了看四周，他深吸了一口芳香而又清冷的空气，像是啜饮着醇厚的美酒。"这个世界真可爱啊，"他叹了口气，"但它经历了多少恐怖和苦难。有时候，所谓的文明似乎一心只想毁掉那些它立誓要保护的东西。"

第九十四章　格莱蒂克人

"追击他们!"军务宗主大叫道,"追击他们!"

利爪兵和战斗机器人朝一小队新生黑猩猩猛扑过去,把他们打得措手不及。那些多毛的地球生灵连忙反击,举起手中参差不齐的武器朝从天而降的格布鲁人开火。有两点小小的火球确实击中了目标,令烧焦的羽毛飞散开来,但大部分抵抗都徒劳无功。没过多久,宗主就已经站在遍地树木和哺乳动物被炸碎的残躯之中,优雅地踱着步子。听到军官们报告说这里只有黑猩猩的尸体,将军咒骂起来。

那些地球人、泰姆布立米人,还有那个该受三重诅咒的泰纳尼人,他们在哪里?他们有什么本事在荒野里神出鬼没?现在他们肯定已经狼狈为奸混在了一起!他们肯定有阴谋!

现在不断有急件发来,要求将军大人返回海伦尼亚,要他回去同另外两位首脑共商大计,为谋求一致而展开一轮新的斗争。

谋求一致!军务宗主朝着树干啐了一口。他已经能够感觉到自己体内的激素正在衰退,他已经拥有的高贵颜色正在慢慢淡去。

谋求一致?将军会让他们瞧瞧什么叫作一致!他下定决心

要夺回领导地位。而经历过提升仪式上的那场灾难之后,现在唯一的办法就是让军事力量发挥功效。等泰纳尼人来享用他们的"加斯人"战利品时,他们只会遇到武力!让他们到深层空间去提升自己的新受庇护种族吧!

当然,若想将他们拒之门外,若想为主宰者们收复这颗星球,就必须绝对保证后方平安无事,保证利爪兵不会遭受到地面攻击。加斯上的敌对力量必须被消灭!

军务宗主不愿考虑是否存在某种可能性——可能愤怒和复仇欲望稍稍左右了他的决定。他若是承认这一点,那就等于他开始受所谓"正道"的摆布。几名优秀的军官已经因为这个理由而背弃了他,现在只是听命于那个伪善的高级教士才重返岗位。这尤其令将军难堪。

将军下定决心,要用自己的正道、用胜利来赢回他们的忠诚!

"新的探测器非常有效!"他满意地舞动着身体,"我们能够凭借这些仪器搜索地球佬,而不必像过去那样追踪他们身上的特殊材料。现在我们只凭他们的血就能找到他们!"

宗主大人的副官同主子一样满意。照这样下去,那帮乌合之众很快就会被全部消灭。

而这时,一个坏消息破坏了欢庆气氛。将军接到报告,将他们送到这里的那些军用运输机中,有一架发生了故障无法使用;同样由于机件遭受腐蚀,在整个山区和信德谷地各处,格布鲁人的军用设备大量瘫痪。宗主下令马上进行紧急调查。

"没关系!我们搭乘其余的运输机回去。无论什么事情、无论什么人,都无法阻止我们的追击!"

士兵们齐声叫道:

"呜!"

第九十五章　艾萨克莱娜

　　她面前这个须发森森的地球人正在第四遍读那封信，艾萨克莱娜不禁疑惑，自己现在做的这件事是不是正确？普拉萨楚松少校头发蓬乱、胡须老长，而且赤身裸体，看上去真是个凶蛮嗜肉的"狼崽子"……若要想相信他，那可是太危险了。

　　他正低头看着信件。一时之间，艾萨克莱娜能够看到他的双肩正在紧张地抖动，随后那一阵阵波动顺着两臂传到了他强壮有力、紧紧攥起的双手上。

　　"小姐，看来命令要求我必须宽恕你，而且要按照你制订的策略行事。"普拉萨楚松咬牙切齿地说道，"这是不是意味着，只要我答应安分守己就能获得自由？我怎么能知道这命令是真是假？"

　　艾萨克莱娜知道自己没有多少选择余地。今后的日子里，她不可能抽出黑猩猩兵力整天看着普拉萨楚松。没有几只黑猩猩能毫不理会这位人类指挥官的命令，而他已经有四次险些成功脱逃。另一个办法就是马上在这里把他干掉。可艾萨克莱娜绝不想这样做。

"我毫不怀疑,只要你发现这封信是伪造的,便会马上杀死我。"艾萨克莱娜答道。

普拉萨楚松的牙齿像是在闪着寒光。"没错,我说到做到。"他向她保证。

"对于信件中命令你做的事情,你就不想说到做到吗?"

他闭上双眼,而后睁开。"根据来自流亡政府的这些命令,我别无选择,只能装作自己从未被绑架,装作这里从未发生过兵变,而且还要根据你的建议改变我的策略。好吧。我同意。但你要记住,只要我一有机会,就要向地球的指挥官提出上诉,而他们会把我的请求呈报给地球联邦太空军的总部。一旦奥尼格协调官的命令遭到上面驳回,我就会找你,我年轻的泰姆布立米朋友,我马上就来找你。"

他意识中那种丝毫不加掩饰的憎恨令艾萨克莱娜不寒而栗,但同时也让她感到安心了一点。这个人并未隐瞒自己的真实想法。他说的每一句话都全然不假。艾萨克莱娜朝本杰明点点头。

"放了他。"

几只黑猩猩阴沉着面孔走上前去,尽量避免与那个黑发人类对视。他们放下笼子,剪断铁丝,打开了笼门。普拉萨楚松揉搓着双臂,从里面走了出来。这时,他突然猛地一拧身跃到半空,施展出一招"高踢腿",随后紧擦着艾萨克莱娜的鼻尖落在她面前。看到她和黑猩猩向后退去,普拉萨楚松大笑起来。

"我的指挥部在哪儿?"他开门见山地问道。

"确切地说,我不知道。"艾萨克莱娜一边尽力抑制住体内奔涌的生化酶,一边答道,"我们已经把部队化整为零,而且放弃了岩洞。因为那里肯定已经暴露了。"

"这个地方怎么样?"普拉萨楚松指了指弗塞山蒸汽缭绕的山坡。

"我们估计敌人在任何时候都有可能向这里发起进攻。"她如实作答。

"好吧,"他说道,"对于你昨天告诉我的那些事情,比方说'提升仪式'和它的结果,我连一半都不相信。但我还是不得不说:你和你老爸似乎出色地激怒了格布鲁人。"

他嗅着空气中的味道,像是正在追踪某种痕迹。"我猜,你为我准备好了作战形势图和数据处理器?"

本杰明递上一台便携式电脑,但普拉萨楚松抬起一只手。"现在我还用不着它。首先,咱们要离开这儿。我希望离这个地方越远越好。"

艾萨克莱娜点点头。她十分理解这个人的感受。

他模仿旧时代的武士礼仪,挖苦般地深鞠一躬,请艾萨克莱娜先走。看到她执意拒绝并让他先离开,普拉萨楚松吃吃地笑了。"悉听尊便。"他说道。

不久之后,他们就已经置身于森林浓密的荫庇之下,在树木间穿行。刚过了一小会儿,他们就听到从刚才的隐蔽处那里传来雷鸣般的轰响,尽管天空中没有一丝云彩。

第九十六章　茜尔薇

爆裂的照明弹照亮了夜空。它们朝地面缓缓下降，射出刺眼的强光，让人猝不及防，眼花缭乱，甚至比战斗的喧嚣和垂死者的尖叫更可怖。

是防守者把这些耀眼的光弹射向空中，而进攻者并不需要光亮来引导，他们凭借雷达和红外线的指引长驱直入，以致命的准确性实施打击。只有当强光令他们一时辨不清方向的时候，攻击才有所减缓。

夜色中，黑猩猩们跑出漆黑的营地，向四面逃去。他们赤身裸体，只背着食物和少许武器。其中大多数都是来自山村中的难民，他们的家园在最近的战事中已毁于战火。几名受过训练的游击队员留在后面，拼死掩护平民撤退。

他们使用各种手段给具有空中优势的敌人制造混乱，干扰对方那些极度精确的探测器。照明弹采用的技术相当尖端，能够自动调整爆炸时间，从而对主动和被动传感器进行最有效的干扰。他们迫使鸟儿放慢了进攻速度，但只能暂时拖住敌人一小会儿，而且这种武器的供应不足。

　　此外，敌人也使用了某种最新的秘密设备。即便黑猩猩躲在最茂密的树丛中，哪怕是一丝不挂，连最简单的衣饰都没有，也能被鸟儿们追踪到。

　　在敌人的追击之下，逃亡者能做的只有尽量分散成越来越小的群体。对于那些侥幸逃离这里的黑猩猩来讲，他们今后只能完全像野兽一样生活，独自一个或是至多结伴成对，瞪大了眼睛，望着天空瑟瑟发抖。而那片天空曾经一度属于他们，任由他们随意徜徉漫游。

　　茜尔薇正帮助一位黑猩猩老妇和两个孩子爬上一根覆满藤蔓的树干，这时，她的颈毛突然直竖起来，这说明有敌船的引力场正在靠近。她迅速朝同伴打了个手势，示意他们隐蔽，但某种东西——或许是那些发动机不正常的轰鸣声——吸引着她留了下来，趴在一段横卧在地的树干后面，想看个究竟。黑暗中，她只看到一个毫无光泽、颜色发白的影子在空中一闪，从天而降，一头冲进了星光照耀下的森林中，在枝干间发出响亮的撞击声，随后便消失在丛林的暗影里。

　　茜尔薇盯着坠毁的飞船在森林中犁出的那条漆黑的通道。她啃着指甲侧耳细听，只能听到林木的碎片像雨点一样"噼噼啪啪"地落了下来。

　　"多娜！"她低声唤道。那只上了年纪的雌性黑猩猩从一堆树叶下面露出头来。"你自己能带着孩子们去集合地吗？"茜尔薇问道，"你们只需从这里下山，走到一道小溪边，然后顺着小溪去找一条小瀑布，到那儿以后就能发现山洞。你能行吗？"

　　多娜凝神思索了很久，最后终于点了点头。"很好，"茜尔薇说，"当你见到皮特里的时候，告诉他我发现敌人的一艘侦察艇坠毁了，我要去查看一下。"

黑猩猩老妇惊恐地睁大了眼睛，白眼球在黑暗中微微闪亮。她眨巴了一两下眼睛，然后伸出手臂去抱那两个孩子。当黑猩猩幼崽聚到老妇的怀中时，茜尔薇已经转过身，小心翼翼地走进了那条满是断枝残干的通道。

我为什么要这样做？茜尔薇一边自问，一边跨过一根根折断的枝干，那些断枝还在渗出气味浓烈的树汁。四周那些微小的骚动告诉她，在家园遭到毁灭后，野生的小动物正忙着寻找藏身处。臭氧的气味令茜尔薇毛发直竖。随后，当她走得更近些时，闻到了另一种熟悉的味道，烤焦的鸟肉味。

在昏黑中，每样东西都显得非常怪诞。在这里完全辨认不清任何颜色，只能看到深浅不一的灰色暗影。当坠毁的飞船那灰白色的船身耸现在她面前时，茜尔薇看到，它呈四十度角斜躺在地上，船头已经被撞得皱缩扭曲。

她听到了一种微弱的"噼啪"声，那是某个短路的电子设备在一次又一次地爆出火花。除此以外，船身中没有任何动静。主舱门已被撕裂开来，有一半还耷拉在铰链上。

她把手放在余温未消的船壳上，小心翼翼地摸索着前进。她的手指拂过一台引力推进器的表面，感到一片片锈蚀物正在纷纷剥落。保养不善。茜尔薇暗想，其实她动这样的念头也是为了让自己的思维不要停滞下来。不知是不是因为这个，它才坠毁了。这时，她来到了舱门前，弯腰朝里面小心地窥视，她只觉得嘴巴发干，心像是提到了嗓子眼上。

两个系着安全带的格布鲁人一动不动地躺在驾驶台前，他们生着尖喙的脑袋无力地垂在已经折断的细脖子上。

茜尔薇费尽力气咽了口唾沫。她轻轻抬起一只脚，小心翼翼地踏进了倾斜的船舱。这时,船甲板突然发出一阵呻吟声,而一个利爪兵的身子也动了起来,茜尔薇的心像是一下子停止了跳动。

但这只不过是破裂的船身在"嘎吱"作响,同时稍稍向下一沉。"老天。"茜尔薇呻吟一声,这才把捂住胸口的手放了下来。现在,她的全部本能都在催促她快点离开这个鬼地方,在这种情况下,她很难集中精力。

像很多天以前一样,茜尔薇再次在心中设想,如果盖莱特·琼斯碰到这种情况会怎么做?她知道自己永远也不会成为盖莱特那样的黑猩猩。根本不可能。但她可以努力尝试……

"先拿到武器。"她低声对自己说,然后逼着她那双颤抖的手从两名士兵的枪套里掏出了手枪。此时的一秒钟就像是一小时,但很快她就又从枪架上取下两支军刀步枪,连同手枪一起堆到了舱门外面。茜尔薇正想弯腰跳到地上,突然一拍自己的前额,骂道:"白痴!艾萨克莱娜更需要情报,不只是这几支玩具枪!"

她回到驾驶舱再次四处巡视,心中暗想,即便某个重要的东西就摆在自己面前,她也不一定能认出来。

别泄气。你是个地球联邦的公民,基本上算是受过大学教育,而且你还为格布鲁人工作过几个月呢。

她集中精神,仔细察看,先是认出了飞行控制台,然后根据那些显然与导弹有关的标志,她又认出了武器控制台。飞船上能量还未消耗殆尽的电池让一台显示器仍然亮着,上面是一幅地形图,带有许多图标和用格莱蒂克三号语标出的名称。

莫非这就是他们用来追踪我们的设备?她暗自纳闷。

在显示器下方有一只刻度盘,她知道上面的文字是敌人的语言。一只按钮的标牌上写道："波段选择器"。她试探着轻轻碰了它一下。

显示器的左下角打开了一个窗口，里面显示出更多神秘的文字，但它们过于复杂，她看不明白。但在那些文字的上方，一个复杂的图案正在慢慢旋转，任何一个文明社会中的成年人都能认出，那是一幅化学分子结构图。

茜尔薇不是化学家，但她接受过基础教育，而古怪的是，眼前的分子结构让她觉得很眼熟。她集中精神，想要读出图案下面的文字注解。她还记得格莱蒂克三号语的发音。

"血……血红……血红蛋……"

茜尔薇突然觉得自己的皮肤上起了一层鸡皮疙瘩。她的双唇和舌头费力地配合着，最后终于念出了那个词：

"血红蛋白。"

第九十七章　格莱蒂克人

"生物武器!"军务宗主在他坐镇的这艘巡洋舰的舰桥上来回跳跃着,然后指了指报告消息的科瓦克技师,"装甲和机器上的腐蚀是有人故意制造出来的吗?"

那个技师鞠躬答道:"是的。我们发现了几种腐蚀感染媒介物——细菌、蛋白感染素、霉菌。在弄明白它的原理之后,我们将立即开始制订对策。若想使用有效的反制有机体对所有遭到侵蚀的表面进行处理,还要花上一段时间。但我们最终可以成功地把损失减少到最低限度。"

最终? 将军恼火地想。"这些感染媒介物是怎么传播的?"

科瓦克人从衣袋里掏出一块薄膜状的物质,看上去像是某种布料,上面还缠着些丝丝缕缕的纤维。"当这些东西开始从山区被风吹过来的时候,我们查询了数据库的记录,并且询问了本地的黑猩猩。经查,每年冬季刚开始的时候,这些令人不快的东西就会定期地成群出现在这片大陆海岸上。所以当时我们没有再作深究。

"然而现在看来,山地中的那些反叛分子找到了某种办法,使这些携带着孢子的飞莱感染了腐蚀性的微生物,对我们的设备进行破坏。当我们有所察觉的时候,这些腐蚀菌携带者已经飘散得到处都是了。敌人的阴谋极为巧妙。"

军事长官踱着步子,"这次的损失有多严重?"

科瓦克技师再次深鞠一躬,"我们在这颗行星上投入的运输工具中,有三分之一受到了感染。太空港的两座防御炮台在十天之内都将无法使用。"

"十天!"

"您大概知道,我们再也无法让家园星球提供备件了。"

将军大人不需要别人提醒。现在,大部分通往吉莫郊的星际通道都已被正在逼近的敌方舰队所占据,此时他们正在耐心地清除加斯四周的太空雷。

而且似乎这些麻烦还不够,另外两位宗主又联合起来与军务宗主对抗。如果将军选择作战的话,他们根本无法制止即将发生的战事,但他们可以拒绝在宗教和政务方面向部队提供支持。而这些不良影响现在已经开始显现出来了。

种种压力越积越多,最后终于让将军感到自己的头颅里生出阵阵的悸痛。"他们将为此付出代价!"宗主尖叫道。目光短浅的教士和斤斤计较的官僚真该受到诅咒!

军务宗主怀着珍爱之情想起了自己那些庞大的舰队,他曾带领那些战舰长驱直入占领了加斯。但许多日子之前,那些飞船中的大多数就已被主宰者们调走,去应付其他地方的紧急军情了。而现在,大概它们中有不少已经在争议不断的格莱蒂克边境地区变成了浓烟滚滚的残骸,或是被气化得无影无踪。

为了驱走这些念头,将军开始考虑另外的事情:他们正在逐渐收紧套索,将山区中一个个不断缩小的反叛者根据地围在当中。至少,不久之后这个麻烦将永远不复存在。

　　然后,一场激烈的行星-太空战便会在加斯打响,让提升公会龟缩在他们那神圣的典礼台上去严守中立吧！在那种情况下,谁都知道导弹可不长眼睛,它们有可能落在平民聚居的城市里,也有可能落在中立区的土地上。

　　真可惜！当然,这的确可悲。简直太令人遗憾了。不过,这就是战争！

第九十八章　乌赛卡尔丁

　　他再也不必掩饰心中的渴望，再也不必抑制深藏已久的感情。当敌人的探测器牢牢盯上了他的血肉之躯，这些事情就都不重要了。因为当最后的时刻终于到来的时候，敌人肯定知道能在哪里找到他。

　　破晓时分，被云层笼罩的太阳让东方的天际变成了灰色。乌赛卡尔丁走上洒满露珠的山坡，让自己所有的意念向四方伸展开去。

　　前些日子发生的奇迹震破了束缚着他的灵魂的茧壳。他原以为自己的内心将永远被寒冬主宰，但现在鲜活的嫩芽却在破土而出。对于地球人和泰姆布立米人来讲，爱才是最伟大的力量。不过，某种富于讽刺意味的东西也同样不容忽视。

　　我活着，而且能感觉到这个世界是如此美好。

　　他倾尽全力生出了一股精神信息流，让这团精致轻巧的意念之云在自己飘荡的卷须上方浮动飘舞，同时玩味着心中的感受……现在他来到此地，如此靠近他初次施展计谋的地方……看到他开的所有玩笑最终都反过来戏弄到他自己头上，让他所

844

有的愿望都得到了满足,但其间的过程却如此令人惊奇,出乎意料……

曙光让眼前的世界变得明亮起来。他俯瞰着冬天的大地,一片片枝干萧条的果园,还有那些覆盖着油布的船只。海湾中的海水被风掀起道道波浪,浪尖上涌动着片片泡沫。而太阳则开始散发出热力。

他思量着宇宙,如此奇异的宇宙,总是那么古怪,而且充满了危险和灾难。

但也总是令人惊奇。

令人惊奇……令人惊奇的东西才是真实存在的。他伸开双臂,像是要拥抱这个令人惊奇、实实在在的世界——我们当中最富于想象力的人也无法将这个世界全部纳入自己的意识当中。

他并未释放头上的那股精神云团,但它自己飞腾了起来,越升越高,丝毫不受晨风的干扰,飘向自己的归宿。

走下山坡之后,乌赛卡尔丁同主测试官、库尔特和考德维纳·阿佩尔波做了长谈。他们都希望听取他的意见,而他也尽力不让大家失望。

中午时分,罗伯特·奥尼格把他拉到一旁,又提起了出逃的想法。年轻的地球人打算冲出典礼台这座监牢,同法本一起去给格布鲁人制造麻烦。他们都知道山区已经发生的战事,罗伯特希望尽最大可能去帮助艾萨克莱娜。

乌赛卡尔丁同情他的意愿,"但是,我的孩子,如果你认为自己只能通过这种方式帮助艾萨克莱娜,便是低估了自己。"他对年轻人说道。

罗伯特吃惊地眨眨眼,"您的意思是?"

"我的意思是,现在格布鲁人的部队非常明白你和法本都是危险人物,而且,或许我的某些小小成就也使我自己进入了他们的黑名单。敌人此时肯定迫切地需要达到其他很多目的,却依然在这里不停地巡逻,你认为这是为什么?"

他指了指正在绕着公会中立区的边界飞来飞去的那艘飞船。无疑,就连那些通向地下电站的冷却剂管道也处在尖端机器人的严密监视之下。罗伯特曾建议利用手工制造的滑翔机出逃,但敌人现在肯定已经对"狼崽子"的这种把戏了如指掌。他们早已为此付出过沉重的代价,不可能不严加防范。

"我们只能用这个方法来帮助艾萨克莱娜,"乌赛卡尔丁说道,"我们要朝敌人做鬼脸,朝他们微笑,就好像我们早就胸有成竹,脑子里都是他们根本想不到的鬼主意。我们要把那些家伙吓个半死,他们活该受罪,因为他们没有半点幽默感。"

从表面上看不出罗伯特是不是明白这番话的意思。但令乌赛卡尔丁欣喜的是,他看到年轻人生出了一股简单的精神信息流,里面满是泰姆布立米小伙子才会有的促狭主意。他大笑起来。显然罗伯特是从艾萨克莱娜那里学到了这个本事,而且还为此付出过代价。

"是的,你这个善于学习的怪孩子。我们一定要让格布鲁人得到惨痛的教训,要他们知道,小伙子们不是好惹的。"

晚些时候,临近日落时分,乌赛卡尔丁在他昏暗的帐篷里突然站起身,走到了外面。他又一次朝东方望去,舞动着卷须,细细探察。

他知道,在那个方向的某个地方,自己的女儿正在狂乱地思索某件事情。或许她得到了什么消息。而现在她集中起了全部精力,就好像她的生命都维系在那件事情上。

随后,父女之间短暂而又超然的沟通时刻结束了。乌赛卡尔丁转过身,但并未回到自己的帐篷。他朝偏北方向信步走去,来到罗伯特的帐篷前,拉开了门帘。正在读着什么东西的小伙子抬起头,数据处理器的荧光映在他的脸上,让这个地球人的面容显得怪异而又狂野。

"我相信,确实有一个办法可以让我们离开这里。"乌赛卡尔丁说,"至少能离开一小会儿。"

"请讲。"罗伯特答道。

乌赛卡尔丁微微一笑,"我以前是不是对你说过——或是对你母亲说过——数据库是所有事物的发端和终点?"

第九十九章　格莱蒂克人

局势危急。三人之间的团结一致正在无可挽回地分崩离析，而正道宗主却不知道该如何弥合裂痕。

现在政务宗主几乎终日闭门不出，完全不问世事。政务机构没有了长官的指导，只是凭着以前的惯性继续运作。

而至关重要的第三位首脑，力量与刚强的代表，军务宗主，不会再理睬基地请他回来参加高层会议的一次次恳求了。实际上，他像是已经下定决心，一门心思打算升级军事行动，而他的行为不仅可能毁掉他们自己，还有可能将这颗脆弱的星球一起断送。这次远征在大家心目中的光荣意义已经开始动摇，如果发生了这种灾难，岌岌可危的荣誉感和留在加斯的这支古克须-格布鲁人将遭到沉重的打击，令人无法承受。

但是，正道宗主能有什么办法？主宰者们早已被家园星球近旁的祸事搞得心烦意乱，再也无法提供任何有益的忠告。他们本来指望远征军的三位首脑能团结一心，顺利换羽，而且达成一致意见，最终制订出明智的策略。但换羽的历程出现了错误，大错特错；而他们也根本拿不出明智的策略。

　　正道宗主感到悲伤而又绝望,这种感觉已经不止像是舰长驾船冲向浅滩,而更好似一位教士注定要看着渎圣的恶行在眼前发生,却无能为力。

　　他们损失惨重,每个人都无法逃脱,而且古老的种族精神也遭到了毁灭性的打击。没错,正道宗主的白色绒羽下已经萌生的细毛现在变成了红色。但这种换羽方式与历代格布鲁女王的升华历程格格不入。尽管宗主此时已获得了雌性体征,但她感觉不到欢欣,因为在取得这一成就的过程中,她没有得到另外两个同伴的赞同和帮助,而那两位宗主本该同她一起分享欣喜,分享光荣。

　　现在,她最大的雄心壮志已经变成现实,但宗主只感到前途黯淡,孤寂而又痛苦。

　　正道宗主将她的长喙探到臂下,以格布鲁人自己的方式轻轻啜泣起来。

第一百章　艾萨克莱娜

"这些植物真像是吸血鬼。"丽迪娅·麦库评价道,她和手下的两名地球联邦陆战队员站在一旁观看艾萨克莱娜的实验。那两名战士的皮肤正在单分子层伪装涂料的覆盖之下闪闪发光。他们身上涂的东西能帮助他们躲过红外线的捕捉,而且大家希望,这玩意儿也能骗过敌人刚刚投入使用的谐振探测器。

吸血鬼?艾萨克莱娜想,的确很像。这个比喻非常恰当。

她把一公升鲜红的液体倒进了林间池塘里,数百条细小的藤蔓聚集在浑浊的黑水中,让这片水塘变成了一座养分交换站,而加斯星球上,这种交换站无处不在。

在距离这里很远的另外几个地方,其他小组正在一片片狭窄的林间空地中进行着相同的实验。这种工作让艾萨克莱娜想起在"狼崽子"的童话故事中,里面就提到了在令人意乱神迷的森林里举行的魔法仪式,还有那些神秘古老的咒语。如果有机会的话,她一定要跟父亲讲讲这种有趣的相似性。但愿她还有机会。

"确实如此。"她对麦库中尉说,"为了能凑足实验用的血液,

850

我的那些黑猩猩都快要把自己的血排干了。其实,如果要达到
实验目的,肯定会有很多更巧妙的办法。但现在时间不够,我们
来不及用那些办法。"

丽迪娅哼了一声,点点头。这个地球女人的内心里仍然充
满了矛盾。从逻辑上讲,她应该能够接受,如果几个星期前大家
听任普拉萨楚松少校发号施令,后果会相当悲惨。因为事实证
明,艾萨克莱娜和罗伯特是正确的。

但麦库中尉无法这么轻易就背弃自己的从军誓言。直到最
近,她和艾萨克莱娜才开始成为朋友,连续几个小时促膝长谈,
互相倾诉自己对罗伯特·奥尼格的思念。但是现在,她知道了兵
变和绑架普拉萨楚松少校的真相,于是二人之间又出现了一道
鸿沟。

鲜红的液体在藤蔓纤细的根须之间打着旋儿。显然,这些
具有爬行能力的藤蔓已经开始有所反应,它们正在吸取刚刚加
入水中的物质。

接到茜尔薇的报告之后不久,艾萨克莱娜突然灵机一动,冒
出一个念头,但若要把这个想法变成现实,根本没有时间借助聪
明的手段,只能依靠笨办法。血红蛋白。这是地球生命血液中
最基本的成分之一。格布鲁人的探测器居然能够追踪到它的谐
振,而且还如此灵敏。这种设备肯定极为昂贵!

她必须找到办法对付这种新式武器,不然她可能会成为唯
一一个能在这片大山中活下来的智能生命。而为了找出办法,
她所采用的手段非常极端,而且令下属做出了极大的牺牲。归
她指挥的那群大猩猩,为了满足她的需求几乎耗干了鲜血,现在
走起来都摇摇晃晃,以至于有些黑猩猩已经为她改了称呼
——过去他们将艾萨克莱娜称为"司令官",可现在提到她的时

候却叫她"伯爵"①,然后还要露出獠牙做鬼脸。

　　幸运的是,还有几名黑猩猩技师——其中大多数曾帮罗伯特研制出了腐蚀敌人机器的微生物——能够协助艾萨克莱娜完成这个仓促而又鲁莽的实验。

　　藤蔓在吸取营养的时候,要先搜寻到含有微量元素的痕量物质。而艾萨克莱娜的实验目的就是,将血红蛋白分子与痕量物质结合起来。但愿这种新的化合物仍然合藤蔓的胃口,也但愿爬藤能把这种化合物传送到足够远的地方。

　　这时,一名黑猩猩传令兵找到他们,朝麦库中尉耳语了几句。随后,麦库走到了艾萨克莱娜身边:

　　"少校快要准备好了。"皮肤黝黑的地球女人告诉她,而后又说道,"还有,我们的侦察员报告说,他们发现敌人的飞行器正朝这里飞来。"

　　艾萨克莱娜点点头:

　　"这儿的工作已经完成。我们走吧。接下来的几个小时会证明我们的办法是否有效。"

----

　　①此处指黑猩猩将艾萨克莱娜比作吸血伯爵德古拉。

第一百〇一章　格莱蒂克人

"在那儿！我们发现那些放肆的敌人正聚在一起。我们能够预测出'狼崽子'们的逃窜方向。现在我们要发起突袭,去征服他们!"

最新的专用探测器清清楚楚地显示出,他们的猎物拖着一条条踪迹正穿过森林向某个地方汇聚。随着军务宗主一声令下,一支格布鲁精锐部队朝那条小小的山谷猛扑过去,走投无路的猎物就被困在那里。

"要留活口,我要审讯俘虏!"

第一百〇二章　普拉萨楚松少校

　　谁也看不到诱饵是什么样子。其实,那只不过是一道道几乎无法追踪的合成分子流,在丛林里错综复杂的植被网络中快速涌动。实际上,普拉萨楚松少校根本不可能知道诱饵到底在哪里。此时他和战士们正趴在几道山坡上,俯瞰着似乎空无一物的山谷中那几洼小水塘。少校感到,他们现在的埋伏地点相当成问题,大家很容易遭到敌人纵向炮火的打击。

　　不过,他们的阵形还算对称,而且这里的地形几乎可以称得上是富于诗意。万一艾萨克莱娜要弄的这个花招真能奏效,那么他在今天这个黎明就能充分享受到作战的乐趣。

　　而如果计划失败,那么他就打算满足一下自己,去扼住那个外星人的细脖子,不管这种行为会对自己的事业和生命带来什么影响。

　　"冯!"他朝手下一名陆战队员呵斥道,"别搔痒了。"那个下士迅速将周身检查了一遍,确保自己没有挠掉身上的单分子层涂料。那玩意儿让他的皮肤呈现出一种令人作呕的绿色,里面还掺加了艾萨克莱娜研制出的新材料。他们盼着它能屏蔽血红蛋白产生的谐振,让敌人无法在森林中追踪到地球物种。当然,有关敌人探测器原理的情报可能完全错误。普拉萨楚松只是从黑猩猩那里听到点消息,那个该死的泰姆——

"少校!"有人低声叫道。那是一名新生黑猩猩士兵,他身上那层绿森森的皮毛看上去让人极不舒服。此时他正攀在一棵大树上,飞快地打着手势。普拉萨楚松明白对方的意思,于是也向两旁的战士打了个手势,然后看着他们无声地把命令依次传递下去。

啊,他暗想,我必须承认,有些黑猩猩老百姓现在变成了相当出色的游击队员。

一连串巨响震得树木的枝叶左右乱晃,随后,空中传来了敌机的尖啸声。它们擦着树顶在狭窄的山谷中飞行,在计算机导航系统的精确控制之下,随着地面的起伏上下飘动。这时,一群群背负着单兵飞行器的利爪兵和战斗机器人从高空的运输机中蜂拥而出,朝一片小树林缓缓下降。

那片树丛与森林中的其他树木只有一个不同点:它们酷爱吸取藤蔓从遥远的地方输送来的微量化学物质。而现在,藤蔓送来的养分中夹杂了某种其他东西,某种从地球生物的血管中抽取的东西。

"等等,"普拉萨楚松低声命令,"等大家伙来了之后再行动。"

一点不错,很快他们就感觉到了正在逼近的引力场,能量大得惊人。在地平线上出现了一艘格布鲁战舰,正在距离地面几百米的空中从容不迫地朝这里驶来。

这个目标值得战士们做出任何牺牲。但到目前为止,如何掌握好进攻的时机始终是个问题。巨震弹是一种非常有效的武器,但使用起来不太方便,只有提前发射才能有效实施攻击。而现在最重要的是,打敌人一个出其不意。

"等等,"他看着那艘巨舰慢慢靠近,低声说,"不能打草惊蛇。"

下面的山谷中,利爪兵已经在沮丧地尖叫了,因为那里并没有敌人,甚至连一个能让他们抓起来审问的黑猩猩平民都没有。在这种情况下,任何时候都可能会有某个格布鲁人猜到事情的真相。然而,普拉萨楚松少校仍然命令:"再等一分钟,等到——"

显然有一名黑猩猩炮已经手失去了耐心。因为正在此时,山谷对面的高地上突然激射出一道闪电。一瞬间,另外三道电光也朝空中的目标飞蹿而去。普拉萨楚松连忙伏身捂住了脑袋。

强光像是穿透他的后脑,射进了他的颅骨。普拉萨楚松的脑海中翻腾起种种似曾相识的幻觉,同时又感到一阵阵恶心欲呕,一时之间,畸变的引力场掀起的狂澜像是要把他从林地的沃土上掀到空中。随后,冲击波呼啸而至。

有段时间,大家谁也无法抬头看个究竟。当冲击波滚过之后,他们才透过尘沙的浓云,越过倾倒的树木和支离破碎的藤蔓,眨巴着眼睛朝山谷望去。一片被夷为平地的焦土说明,片刻之前,格布鲁人的巨型战舰曾悬在那片土地的上空。空中仍然四散着炽热通红的碎片,落到地上便引起了一团团火苗。

普拉萨楚松咧开嘴巴笑了。他朝空中射出一枚闪光弹——那是进攻的信号。

几架贴地飞行的敌机被巨舰爆炸的冲击波摧毁了。但还有三架升到空中,朝刚才射出导弹的地方扑去,尖啸着试图复仇。

但它们的驾驶员并未想到,现在他们面对的是地球联邦陆战队的战士。而在这些专业人士的手中,被缴获来的军刀步枪发挥出了惊人威力。很快,三具燃烧的残骸就在谷底冒出了滚滚浓烟。

山谷中,一只只面目狰狞的黑猩猩向前冲去,交锋很快就变成了近身战——双方用激光枪和弹丸枪、用长弓和硬弩展开了血腥的厮杀。

当地球士兵开始与敌人肉搏时,普拉萨楚松知道,他们赢了。

我可不能把这么好的机会都留给这些老百姓。他想。于是,当格布鲁人后卫部队猛烈地抵抗、试图掩护幸存者逃走时,他冲上去加入了森林中的追击。在战斗中活下来的黑猩猩这样讲述他们当时看到的情形:一个遍身青绿的地球人类,满脸胡须,只围着一条腰布,在一棵棵树木之间游荡腾跃,用匕首和双手干掉了一个个全副武装的利爪兵。似乎没有任何东西能阻挡他,而且,没有任何一个活物能经受住他的打击。

一台受损的战斗机器人,在体内自修复电路的帮助下恢复了部分功能。它非常合乎逻辑地把格布鲁军队的最后溃败与这个似乎从战斗中获得无限快乐的可怕人类联系在一起。也可能,它的看法毫无逻辑可言,只不过是机械和电子系统的突发反射作用而已。

普拉萨楚松在牺牲时正像他曾希望的那样,脸上露着一副充满恨意的笑容,双手扼住一只生满羽毛的脖子,让又一个可憎的外星人离开了这个并不属于他的世界。

第一百〇三章　艾萨克莱娜

终于成功了。她想。激动的黑猩猩传令兵上气不接下气地报告了大获全胜的喜讯。无论从哪个角度来衡量,这场伏击战都堪称抵抗组织最出色的行动。

从某种意义上讲,加斯成了我们最伟大的盟友。尽管它的生命之网伤痕累累,但仍然有着聪慧而又强大的力量。

无处不在的藤蔓把黑猩猩和地球人类的血红蛋白输送到了伏击地点,从而引得格布鲁人上了钩。坦白地讲,他们这个临时拼凑出来的计划居然能够奏效,令艾萨克莱娜非常吃惊。这次成功证明了,过度依赖尖端仪器的敌人是多么愚蠢。

现在我们必须决定下一步的行动策略。

麦库中尉从那个气喘吁吁的黑猩猩传令兵送来的战报上抬起头,看着艾萨克莱娜的眼睛。两个女人默默地对视了片刻。"我该走了。"丽迪娅最后说道,"有很多事要做,组织兵力加强防守,分发缴获的装备……而且,现在我是指挥官了。"

艾萨克莱娜点点头。虽然她无法让自己对普拉萨楚松少校的死亡感到悲痛,但她明白那个男人是个什么样的人。他是一个勇士。

"你认为敌人的下一个攻击目标是哪里?"

"我还不敢断定。现在他们用以追踪我们的主要手段又落了空,看他们的样子,似乎他们没有太多的时间了。"丽迪娅沉思着皱起眉头,"泰纳尼人的舰队肯定正在来这里的路上吗?"丽迪娅问道。

"提升公会的官员在电视广播中公开宣布了这个消息。泰纳尼人要来认领自己的受庇护种族,而且,根据他们与我父亲和地球商定的协议,他们必须帮助我们把格布鲁人赶出加斯。"

乌赛卡尔丁那个计划的覆盖面居然如此之广,令艾萨克莱娜现在仍然对父亲充满敬畏。将近一加斯年之前,当危机刚刚开始的时候,大家都非常清楚,无论是地球还是泰姆布立米,全都无法救助加斯这颗偏远的殖民星球。而大多数格莱蒂克"中间派"既迟钝又谨慎,要想劝说这些种族中的某一支出面干涉,简直没有什么希望。于是,乌赛卡尔丁开始设计诱使泰纳尼人来拯救加斯,让地球种族的敌人相互对立。

而这个计划的成功之所以出乎乌赛卡尔丁的意料,是因为一个重要因素发挥了作用,而他对此一无所知。大猩猩。他们为什么会成群结队地涌上典礼台?难道真像艾萨克莱娜先前认为的那样,是她与父亲之间的精神交流刺激了大猩猩?还是正如公会的主测试官所称,是命运安排了这支新生受庇护种族在正确的时间出现在正确的地点?不知为什么,艾萨克莱娜感到其中必有某种不为人知的缘由,或许永远也不会有人知道真正的原因。

"这么说,泰纳尼人要来赶走格布鲁人。"丽迪娅似乎无法确信为什么会出现这种情形,"那么我们就已经赢定了,对吗? 我的意思是,格布鲁人不可能无限期地拖下去。即便他们有可能会采取军事行动,但他们已经在五大星系丢尽了脸面,就连那些中间派最终也会变得心烦意乱,转而与格布鲁人为敌。"

这个地球女人的洞察力的确令人佩服。艾萨克莱娜点点头。"他们的立场还有待于商讨,但应该符合逻辑才对。我只担心格布鲁人的军方首脑将会表现得缺乏理性。"

丽迪娅颤抖了一下,"这样的敌人通常要比理智的对手危险得多,他在采取行动的时候从不为自己的利益得失精打细算。"

"我父亲在最后一次通话时说,格布鲁人的内部出现了严重的分裂。"艾萨克莱娜说道。现在,与公会中立区的通信联络成了游击队的最佳情报来源。罗伯特和法本,还有乌赛卡尔丁,轮流与山地的战士们通话,这极大地鼓舞了士气,也肯定会让监听的敌人更加恼怒。

"那么,我们只能做好准备,就当作敌人要动真格的了。"陆战队女军官叹了口气,"如果他们决意不理会格莱蒂克社会的意见,就可能会使用太空武器对行星上的目标实施打击。咱们最好尽量分散兵力。"

"嗯,是的。"艾萨克莱娜点点头,"但是如果他们使用燃烧弹或是炼狱弹,那就全完了。在这些武器的攻击下,我们根本无处躲藏。

"中尉,我没有能力指挥你的部队,但我还是希望大家能够勇敢地死去——或许能一劳永逸地制止敌人的疯狂——而绝不是在生命终结的时候把头埋进沙土里,就像你们地球上的驼羊一样。"

尽管艾萨克莱娜的提议相当严肃,丽迪娅·麦库还是笑了,而且她单纯的意识边缘还舞动着一丝略带赞赏的讥讽之意。"驼鸟,"这个地球女人轻声纠正道,"那种叫作鸵鸟的动物才会把头埋在沙子里。

"现在,你何不跟我讲讲你的打算呢?"

第一百〇四章　格莱蒂克人

　　泰纳尼人波尔特将羽冠高高竖起,简直高得不能再高,同时又梳理了一番肘部高高竖起的、亮闪闪的羽毛,这才走上了巨型战舰"阿萨纳斯菲尔号"的舰桥。这里,巨大的显示器上,整支舰队在太空中铺展开来,一艘艘战船闪烁着各色光彩。显示器旁边,地球人使团正在等待波尔特,为首的是一位上了年纪的女军人,满头淡黄色的头发中夹杂着几缕柔光闪闪的白发。她端庄而又得体地俯身鞠躬,波尔特也以精确的角度弯腰答礼。然后,泰纳尼人指了指显示器,说道:

　　"阿尔瓦雷兹将军,我认为您尽可放心,敌人布下的最后一片太空雷已被清除干净。我准备向格莱蒂克文明战争公会传送我们的声明,宣布格布鲁人对这个地区的封锁已经被彻底解除了。"

　　"我真高兴能听您这么说。"地球女人说罢微微一笑。对波尔特来讲,她那副地球人特有的笑容——意味深长地露出牙齿——并不难理解。像海琳·阿尔瓦雷兹这样一个深谙格莱蒂克事务的传奇式人物,绝对知道"狼崽子"的表情通常会令其他种族产生什么样的想法。她现在决定这样做,肯定已经过了深思熟虑。

没错,在充满了虚张声势和讨价还价的外交游戏中,微妙的恫吓表情总是能达到令人满意的效果。波尔特还算诚实,他承认自己也经常采取这样的策略。正因为如此,他才在走上舰桥之前竖起了羽冠。

"能再次前往加斯真是太好了。"阿尔瓦雷兹接着说,"我只希望,我们的出现不会让那颗不幸的星球再次遭受大屠杀的洗劫。"

"当然,我们将不惜一切代价避免出现那种情况。而且,如果当真发生了最坏的事情,如果那帮格布鲁人完全失去了控制,那么他们整个卑鄙的种族都要为之付出代价。"

"我并不关心处罚和赔偿。重要的是,加斯上的人民和脆弱的生态圈正面临着危险。"

波尔特克制住自己,没有发表意见。我必须再谨慎一些。他想,泰纳尼人素来是一切潜在智能生命的保护者,什么时候都轮不到别人来提醒我们保护加斯的责任。

"狼崽子"义正词严的责备更令人懊恼。

而以后他们就要整天待在我们身边,吹毛求疵,说三道四,可我们只能老老实实地听着,因为他们将成为我们一支受庇护种族的提升期伙伴。为了库尔特找到的宝贝,这便是我们需要付出的唯一代价。

最近的谈判当中,地球人一直在施加压力。当然,这样一个身处绝境的盟友肯定会大肆讨价还价。泰纳尼人已经从所有与地球人和泰姆布立米人发生冲突的地区撤回了军事力量,但地球联邦还一再提出更多的要求。只有满足了他们的条件,"狼崽子"才肯帮助泰纳尼人管理和提升那种叫作"大猩猩"的新生受庇护种族。

地球人居然要求伟大的泰纳尼种族与无望而又卑贱的"狼崽子"和爱搞恶作剧的捣蛋鬼泰姆布立米人结盟！而此时可怕的索罗人-坦度人联盟的力量日渐雄厚,在各条星际航道上都锐不可当。可以想象,泰纳尼人这样做可能要冒举族灭绝的风险。

波尔特这辈子已经同地球佬打够了交道,如果由他做选择的话,他会告诉那些"狼崽子"都去见鬼,到地狱里去找盟友吧。

但波尔特并不能做主。在家园星球,很久以来都有一帮实力颇强的少数派,一直在对地球种族表示同情。库尔特便是其中的一员,而他这次出人意料的成功令伟大的泰纳尼种族有可能再获殊荣,成为另一支受庇护种族的庇护主,因而也使那个派别很快就会赢得执政权。在这种情况下,波尔特觉得自己最好还是保留意见为妙。

他的一名属下上前敬礼,报告道:"我们已经确定了格布鲁人小型防御舰队的位置。他们聚在离加斯星球相当近的空间中。敌人舰队的部署极不寻常。我们的作战计算机发现,很难击破他们的阵形。"

嗯,是的,波尔特一面审视着显示器上的近景画面一面想,敌人把有限的兵力部署得非常巧妙,甚至可以说是相当富于创意。格布鲁人的确不一般啊。

"没关系,"他叫道,"即便没有巧妙的方式可以解决问题,就算我们只能动用野蛮的暴力,他们也会明白,我们有足够的火力摆平事端。他们会让步的。他们必须让步。"

"他们当然必须让步。"地球人将军表示赞同,但她的声音听上去并不十分自信。实际上,她显得忧心忡忡。

"我们已经准备好接近敌舰,并停留在有可能导致交火的危险范围之外。"那名军官报告道。

波尔特迅速点点头,"很好。前进。到那儿之后我们就能与敌人联络,把我们的意图通知他们。"

加斯所在星系中的那颗恒星正闪耀着柔和的黄色光芒,随着舰队朝加斯渐渐接近,气氛变得越来越紧张。尽管泰纳尼人骄傲地宣称他们没有那些故弄玄虚的精神感应能力,但波尔特似乎还是能感觉到,地球女人正盯着自己,而他暗自纳闷,她的目光怎么可能如此令人胆怯?

她只是个"狼崽子"。他提醒自己。

"司令官大人,我们能接着谈刚才的话题吗?"阿尔瓦雷兹将军最后问道。

当然,波尔特别无选择,只能顺从。他们最好在到达敌阵之前把一切都定下来,然后再向敌人宣读包围加斯的声明。

不过,在找到机会同库尔特交换意见之前,波尔特不打算签署任何协议。那个泰纳尼人特使素以粗俗和轻浮著称,所以才会被打发到这片穷乡僻壤。但现在看来,那家伙创造了前所未有的奇迹,将来在家园星球的政治影响力肯定非同一般。

波尔特想从特使那里取取经。显然,库尔特很擅长同这些令人恼火的"狼崽子"打交道。

泰纳尼副官们和地球人使节从舰桥鱼贯而出,朝会议室走去。库尔特在离开之前又瞟了一眼全息显示器,看了看满含杀意的格布鲁战斗舰群。他用腮缝响亮地哼了一声。

鸟儿们到底打算做什么?他暗想,如果事实证明这些格布鲁人已经完全丧心病狂,我该怎么办?

第一百○五章　罗伯特

海伦尼亚的某些地方出现了比平时更多的防卫机器人,它们一丝不苟地保护着主人的领地,用电光驱赶着任何胆敢靠近的人。

然而在其他地方,城里看上去就像是发生了一场革命,随处可见入侵者的布告被撕成碎片丢进水沟里。罗伯特在一条繁忙的大街上看到,街角处刚刚竖起一幅壁画,取代了以前格布鲁人的宣传栏。画面上用"焦点现实主义"的风格描画了一个大猩猩家族——正带着一种似懂非懂但暗含着聪慧的神情朝晨光闪耀的地平线眺望。在他们身边,站着一对被理想化的新生黑猩猩,生有高高的眉棱骨,正在为大猩猩一家指路,将他们引向美好的未来。

哦,对了,画面的背景上还模糊地现出了一个地球人和一个泰纳尼人。罗伯特暗生感激,这位画家居然还没忘记把他们加进去。

罗伯特正坐在被敌人派重兵保护的悬浮车上。从路口驶过时,车子速度太快,使他没有足够的时间留意画面上更多的细节。不过他觉得,那只雌性黑猩猩描画得并不太像盖莱特,但对法本的刻画确实值得称赞。

不久,城市"不受控制"的部分被甩在他们身后,车子向西行驶,进入了处于严格军事管制之下的地区。抵达目的地之后,利爪兵警卫纷纷奔出车外,监视着罗伯特和乌赛卡尔丁走下悬浮车,踏上坡道,朝闪闪发光的新建分支数据库大厦走去。

"这座设施可是价值不菲啊,对吧?"罗伯特向泰姆布立米大使问道,"如果泰纳尼人发起进攻赶走了鸟儿,我们是不是能把它保留下来?"

乌赛卡尔丁耸耸肩,"大概能。另外还有典礼台。你们的种族理应得到赔偿。"

"可您还是有些担心。"

乌赛卡尔丁站在大厦气势恢宏的入口处,审视着拱顶大厅和高高竖立在里面的数据存贮体。"我只是认为,丢了西麻捡芝瓜是件不明智的事情。"

罗伯特明白乌赛卡尔丁的意思。若想击败格布鲁人,需要付出难以想象的代价。

"应该说,丢了西瓜捡芝麻。"罗伯特纠正道。乌赛卡尔丁通常总是热切地希望能更多地掌握安格力克语中的比喻修辞法,但这次,乌赛卡尔丁并未表示感谢。他的思绪不知已飘向哪里,只是瞪大了眼睛喃喃道:"值得深思啊。"

不久之后,乌赛卡尔丁便与坎顿人数据库主管理员深谈起来。罗伯特听不明白他们之间那种速度飞快、抑扬顿挫的格莱蒂克语,于是开始在这座新建的数据库中转悠,估量着它的大小,同时打量着一个个使用者。

除了少数几位提升公会主测试官的属下之外,这里的使用者都是鸟儿。罗伯特能感觉到，这些格布鲁人分成了两个帮派，两派之间像是隔着一道鸿沟。他甚至一眼就可以看出来。这里大约有三分之二的鸟儿聚在一个区域里，一边"咯咯"叫着，一边朝剩下的那三分之一投去非难的目光，而那些少数派几乎全是军人。大兵们并未显出洋洋自得的样子，但只是在掩饰自己的喜悦，他们神气活现、干脆利落地进行着手头的工作，同时带着一副傲慢的蔑视神情回敬对手们不满的注视。

罗伯特并未费神不让他们看到自己，投向他的那些目光让他感到很受用。显然，他们都知道他是谁。既然只要从鸟儿们身边走过就能打断他们的工作，他何乐而不为呢。

他朝一群格鲁布人走过去。从他们身上的缎带能看出，这些是正道宗主属下的教士。罗伯特上前鞠躬，心中暗自希望自己俯身的角度还算得体，随后又咧开嘴巴一笑。那群受到打扰的鸟儿不得不站起身来，鞠躬还礼。

最后，罗伯特来到一座研读操作台前。这座操作台的样式看上去对他还算适用。此时乌赛卡尔丁仍在同管理员专心攀谈，于是罗伯特决定自己试试，看看能找到些什么有用的情报。

他没取得多大的进展。显然，敌人已经采取了安全措施，防止未经授权的用户了解有关近层空间的状况，更无法查询大概正在集结的泰纳尼舰队的消息。不过，罗伯特并未放弃努力。随着时间一分一秒地过去，他在当前的数据网络中细细查探，试图发现入侵者在哪里阻断了信息。

他全神贯注地工作着，以至过了好一会儿才发现数据库大厅中发生了某种变化。自动静音装置让他一直没有听到四周越来越响亮的喧闹声，但当他最终抬起头来时，发现格布鲁人已经乱成了一团。他们围在一台台全息投影仪旁边，挥动着生满羽毛的双臂,而大多数军人都不见了踪影。

他们到底出了什么事?罗伯特很纳闷。

他料想格布鲁人不会欢迎自己越过他们的肩头去窥视,这让他感到非常沮丧。不管发生了什么事情,敌人肯定受到了惊扰!

有了!罗伯特急中生智,或许我能从本地的新闻节目中看到报道。

他迅速用面前的屏幕接通了一家公共电视台。以前的新闻审查制度相当严苛,但最近几天来,由于格布鲁士兵都被招去参加作战任务,新闻网就落到了政务宗主手下审计警备系统的控制之中。现在,那些垂头丧气、阴郁冷漠的官僚连最宽松的审查制度也没有实行。

屏幕闪动了几下,随后变得清晰起来,上面显示出一名激动的黑猩猩记者。

"……因此,根据最新报道,似乎占领军尚未对来自穆伦山脉的突然攻击做好准备。看来格布鲁人不能达成一致意见,无法对这支正在逼近的武装力量所发布的宣言做出回应……"

罗伯特非常疑惑,难道泰纳尼人已经宣布了自己的意图?但他们至少在一两天之内还不会这么做。这时,刚才记者的那句话突然闪现在他的脑海中——

来自穆伦山脉的突然攻击?

"现在我们将播放五分钟之前刚刚由联军指挥官发布的声明,现在这支部队正朝海伦尼亚进发。"

全息屏幕切换了画面。黑猩猩播音员的图像换成了新近拍摄的一段录像，上面现出三个身影，背景是一片森林。罗伯特吃惊地眨眨眼。他认得这三张面孔，而且对其中的两个特别熟悉。三人之中有一个是名叫本杰明的黑猩猩，另外两个则是他深爱的女人。

"……所以我们向压迫者发起挑战。我们在过去的战斗中表现得极为得体，一直严守格莱蒂克文明战争公会的法则。而我们的敌人却不然。他们使用种种可耻的非法手段，任意伤害这颗脆弱星球上的非战斗人员和野生物种。

"而最卑劣的是，他们采取了欺骗的手段。"

罗伯特目瞪口呆。画面上显示出一排排黑猩猩，携带着各式各样的武器，从森林中列队而出，大步走上开阔地，几个目露凶光的地球人类陪他们一起出征。此时，正对着摄像机讲话的是丽迪娅·麦库，他的地球人情人。艾萨克莱娜站在她身旁。看着自己外星伴侣的眼神，罗伯特知道是谁撰写了这份宣言。

而且他确确实实地知道，这次行动是谁的主意。

"因此我们要求他们派出自己最优秀的士兵，像我们一样拿起武器，与我们的战士在信德谷地的旷野中较量一番……"

"乌赛卡尔丁，"他沙哑地叫道，然后再次大喊起来，"乌赛卡尔丁！"

　　数据库的噪音消除装置是经历了一亿代数据库管理员的努力才开发出来的。但在这段漫长的岁月里,只出现过几代"狼崽子"种族,所以这种尖端技术并不太适合处理地球人的声音。罗伯特的喊声在大厅中回荡了片刻之后,消音器才将这粗鲁无礼的噪音彻底屏蔽,让宽阔的空间中再次恢复了宁静。

　　不过,没有任何办法能阻止一个"狼崽子"在大厦中狂奔。

第一百〇六章　盖莱特

"简直是胡闹!"法本刚听到声明的开头便大喊起来。他们正在观看安放在典礼台斜坡上的便携式全息投影仪。

盖莱特打了个手势,"安静点,法本。让我听完。"

但这段新闻的头几句就足以说明问题了。画面上,一列列游击队员身穿土布做成的简易军服,迈着坚定的步伐穿过冬季空旷、荒芜的田野。两队骑兵在这支参差不齐的队伍两翼策马驰骋,一个个就像是从某一部大接触之前的老电影里逃出来的剧中人物。行进中的黑猩猩紧张地咧嘴而笑,仰头望着天空,同时还拂弄着缴获来的或是山中自造的武器。但是,谁都能清楚地感觉到他们那种令人生畏的决心。

当摄像机把镜头摇远时,法本快速地数了数人数。"所有的兵力全出动了。"他敬畏地说道,"我的意思是,经历了最近的伤亡之后,所有接受过训练、所有能战斗的黑猩猩都出动了。真是孤注一掷的最后一搏。"他摇摇头,"如果能猜到她打算达到什么目的,我愿意赔上我的蓝卡。"

盖莱特瞟了他一眼,"你那张蓝卡算得了什么?"她嗤之以

872

鼻,"而且,法本,我必须说,她历来都完全明白自己在干什么。"

"但城里的抵抗组织在信德谷地遭到了屠杀。"

她摇摇头,"那是过去的事情了。当时我们还不够精明,缺乏经验,得不到尊重,也没有任何地位;而且不管怎样,那时没有任何外来的目击者看到了我们的战斗。但山地中的战士赢得了胜利,他们得到了承认,而现在五大星系都在看着我们。"

说着,盖莱特皱起眉头,"唉,艾萨克莱娜明白她在干什么。我只是没想到情势会如此危急。"

他们默不作声地坐了一会儿,看着游击队缓慢地穿过一片片果园和冬季荒芜的田野。突然,法本又惊呼一声。"怎么了?"盖莱特连忙问道。等她顺着法本的手指看到了全息屏幕上的图像之后,自己不禁大吃一惊。

画面上,有个他们两个都认识的黑猩猩,正扛着一支军刀步枪同其他战士一起大步前进。那是茜尔薇。看上去她并不觉得武器给自己带来了什么不便。实际上,她在四周紧张不安的黑猩猩中间,显得格外沉着镇定。

谁会料到这一幕?盖莱特想,谁会想到她竟然会这样做?

他们一起看着屏幕。除此以外,他们没有任何别的事情可做。

第一百○七章　格莱蒂克人

"必须采取微妙、谨慎而又公正的策略迎击敌人!"正道宗主宣布,"如果必要的话,我们就要一对一地与他们对决。"

"但是那要付出代价!"政务宗主悲号道,"可以想象,那损失将有多大!"

荣升女王的高级教士在栖木上俯下身,轻声对下属低吟起来:

"达成一致,达成一致……请与我共同分享你和谐而又富于智慧的远见卓识。我们的种族已在这里付出了沉重的代价,而且有可能还要面临更大的损失。但我们还拥有一样东西,能够帮助我们度过漫漫长夜,度过无尽的黑暗,那就是我们的尊严,我们的荣誉。"

二人开始一起摇晃身体。一段旋律慢慢回荡起来,歌中只有一个词:

"呜……"

现在,如果三人之中那个强有力的成员也在这里就好了!似乎最终的融和统一已经近在咫尺。他们已向军务宗主发去急件,催他尽快返回,加入他们之中,最终与他们两个合而为一。

可是,她想知道,他会不会拒绝承认自己的命运、拒绝最终成为我的雄性配偶? 以他一人之力,会如此顽固吗?

我们三个仍会非常幸福!

但信使带回的消息令人绝望。海湾中的战舰已经升空,在护航部队的陪同下正朝内陆地区飞去。军务宗主已经决定实施行动。现在没有任何少数服从多数的条条框框能限制住他。

高级教士感到由衷的悲痛。

我们本可以非常幸福。

第一百〇八章　艾萨克莱娜

"瞧,那大概就是我们一直在等的答复。"丽迪娅听天由命地说道。

艾萨克莱娜正在笨拙地控制着胯下的马儿,她对骑马并不在行。大多数时间,她只是任由这牲口跟着其他伙伴前进。幸运的是,这匹马性格温顺,对她通过卷须下达的意念命令相当顺从。

她顺着丽迪娅·麦库手指的方向朝天边望去。那里,西方的地平线在碎云和雾霭之下半掩半露。许多黑猩猩正在朝那儿指指点点。艾萨克莱娜马上看到了飞行器的闪光,随后感觉到了正在接近的敌军。混乱……决心……狂热……懊悔……憎恨……外星人种种骚动不宁的情感从敌船上一阵阵袭来。但有一点非常明确——

那些步步逼近的格布鲁人拥有强大而且无法抵御的力量。

远方的一个个小点开始渐渐现形。"我相信你说得没错,丽迪娅。"艾萨克莱娜对朋友说道,"看来我们等的答复确实到了。"

陆战队的女军官咽了一口唾沫,"我应该下令疏散吗? 或许我们当中有几个人还能逃掉。"她的声音听上去没有多大把握。

艾萨克莱娜摇摇头，生出了一股满含悲伤的精神信息流，"不，我们只能坚持到底。下令所有单位集合。让骑兵带领全部士兵登上远处的那座小山。"

"我们有什么理由可以稳定军心吗？"

在艾萨克莱娜飘摆的卷须上方，那片意念云团还在继续坚持，不愿由悲伤变成绝望。"是的。"她答道，"确实还有一个理由。天下最合理的理由。"

第一百○九章　格莱蒂克人

利爪兵的上校指挥官在全息屏幕上审视着抵抗组织那支参差不齐的部队，听到自己的司令官发出了一阵喜悦的尖叫。

"在我们的火力之下，他们将被烧焦，冒着浓烟，变成一块块卷曲的熔渣！"

上校感到非常痛苦。只有当长官对一切后果全然不睬的时候，才会说出这种狂妄放纵的言语。上校在内心里相当清楚，如果他们拒绝从代价、安危和正道这几个方面来考虑现在这种事情，那么即便是最高明的军事计划最终也会化为泡影。平衡才是一致意见的本质，才是保证生存的基础。

而地球佬的挑战居然如此可敬！利爪兵可以对他们置之不理，甚至也可以诉诸适度超量的武力。但无论如何，军方首脑现在的打算都令人不快，他的手段过于极端。

上校发现，自己已经开始将军务宗主认作一位雄性亲王。军务宗主的确是位杰出的领袖，过去总是能够令属下备受鼓舞，但现在作为亲王，却似乎对事实和真理视而不见。

即便是在心中对长官暗自批评，也令上校感到一阵阵痛

878

楚。这种矛盾深深地埋藏在他的肺腑之中。

这时,主电梯的两扇滑门突然打开,从里面走出三个遍身白羽的信使,登上了指挥台。其中有一位教士、一名官吏,还有一个早已投奔另外两位宗主的军官。他们朝将军大步走去,奉上一只华贵的嵌花木盒。军务宗主颤抖了一下,命令他们打开盒子。

盒子里面横陈着一根色彩绚丽的羽毛,除了羽端之外,通体都闪耀着灿烂的红色光华。

"这是谎言!诡计!显而易见的骗局!"将军尖叫起来,一掌将盒子从震惊的信使手上打落,里面的东西也飞了出来。

那根羽毛在空气中打着旋儿轻轻飘转,最后颤动着落在了甲板上。上校目瞪口呆,他觉得如果任由这件圣物躺在那里,简直就是亵渎神灵,但他又不敢上前捡起它。

司令官怎能对此毫不理睬?他怎么能拒绝承认,他自己的羽根处也正在慢慢泛起一片片富丽的蓝色光彩?"换羽还会再次发生逆转!"军务宗主声嘶力竭地叫道,"如果我们用武力夺取了胜利,就会发生逆转!"

但现在他期望的并不是胜利,而是屠杀。

"地球佬正聚集在一座小山顶端,直接暴露在最易受攻击的地形上。"一名副官报告,"非常容易就能将他们一举全歼!"

上校叹了口气。不用深谙正道的教士提醒,他自己也明白这意味着什么。地球佬已经意识到这不会是一场公平的对决,于是有意聚在一起,让自己的死亡来得更干脆。既然他们已经将生命置之度外,那么这样做就只有一个原因。

他们是要保护这颗星球上脆弱的生态系统,让它免遭战火的继续摧残。毕竟他们之所以签下租赁加斯的协约,就是为了拯救这个世界。他们此时这种无力的反抗令上校尝到了失败的痛苦。他们是在逼迫格布鲁人在暴力和荣誉之间做出选择。

那根殷红的羽毛让上校心醉神迷，它的颜色唤醒了某些深藏在他血液中的意识。"我应该命令士兵做好准备，下去直接同地球种族决斗。"上校提议道。

"不！我不准你这么做！我早已对所有兵力做了细致安排，他们要保存力量。在对付泰纳尼人的时候，我还需要他们！我绝不允许在这里浪费宝贵的生力军。

"现在，听我的命令！这个时候，我们理应对下面那些地球佬进行惩罚，这是正义的复仇！"军务宗主狂叫起来，"我命令，打开大规模杀伤武器的保险。我们要烧焦这片谷地，一片接一片地夷平所有地区，直到这道山脉中的所有生命都被——"

宗主没来得及把命令讲完，一道强光闪过，上校眨了眨眼睛，随后把自己的配枪丢在了甲板上。在这"咔嗒"一声之后，又接连传来两声闷响，那是军事指挥官的头颅和身躯撞在了甲板上。

上校打了个寒战。现在躺在地上的那具尸体正喷涌出代表着神圣王权的殷红颜色。将军大人的鲜血先是洒在高贵的蓝色羽毛上，然后顺着甲板流向四周，最后终于同那根来自女王的红色翎羽汇聚在一起。

上校告诉目瞪口呆的属下："现在通知正道宗主，我已下令将自己逮捕，听候命运的发落。另外告诉那两位尊主，我别无选择，我必须这么做。"

时间慢慢过去，这支特遣部队纯粹凭着惯性，向前方的山顶继续逼近——地球佬正聚在那里，等待宿命的到来。指挥台上没有一个人讲话，没有一丝动静。

当两位宗主接到报告时,他们只是感到意料之中的事情终于得到了证实。在格布鲁行政大厦中,早已笼罩上了一层悲恸的气氛。现在,女王和亲王正聚在一起,同声吟唱着哀伤的挽歌。

想当初,他们启程赶赴这颗荒僻的星球时,满怀着多么伟大的希望,期待着多么光辉的前景啊。而主宰者们也付出了无数心血,精心策划之下,才让三个最优秀的精英、遗传工程最杰出的成果来经受考验,以图萃取出精华。

我们之所以被派到这里,是为了能向家园星球奉献一致的决策,让新女王能重整社稷。而现在,我们终于达成了一致。

但这种一致只是泡影。没有精华,只有灰烬。我们错了,不该把这个机会白白浪费在争夺高贵的地位上。

唉,许多因素促成了今天的结果。如果首位政务宗主没有牺牲……如果三人没有两次被泰姆布立米骗子和所谓的"加斯人"所欺骗……如果地球佬没有表现得如此残忍和狡猾、绝不放过对手的任何一个弱点——最后这次行动就是例子,他们逼迫格布鲁士兵在蒙羞和犯上之间做出选择……

但事已至此,原因绝非偶然。女王明白,如果我们没有露出破绽,也就不可能被他们利用。

他们只能向主宰者这样报告:这就是他们最终取得的一致意见——这次厄运连连的远征证明,格布鲁人确实存在弱点、缺陷和错误。

这会是相当宝贵的情报。

我出师无果,徒劳无功,只能这样聊以自慰。女王一边想,一边安慰着唯一的伙伴和爱人。

随后，她向信使下达了简短的命令：

"告诉少校，我们宽恕他的罪行。同时，把特遣部队召回基地。"

不久之后，饱含杀意的战舰纷纷掉头朝海伦尼亚飞去，将片片群山和谷地留给了那些誓死保护它们的人。

第一百一十章　艾萨克莱娜

黑猩猩们惊愕地望着天空,看来死神在最后一刻改变了主意。丽迪娅·麦库仰头盯着撤退的敌舰,摇了摇头。"你早就知道会是这种结果。"她转身看着艾萨克莱娜,随后又指责道,"你早就知道!"

艾萨克莱娜微微一笑。她的卷须轻轻摇摆,追寻着空中那一缕缕微弱的、哀伤的痕迹。

"我只能说,当时我想到了这种可能性。"她最后说,"即便我猜错了,接下来的事情仍会让我感到无上光荣。

"不过我很高兴,因为我没猜错。"

第七部 "狼崽子"

千万不要,我们用不着怕什么预兆。

一只麻雀,没有天意,也不会随便掉下来。

注定在今天,就不会是明天;

不是明天,就是今天;

今天不来,明天总会来:有准备就是一切。

——《哈姆雷特》,第五幕,第二场

第一百一十一章　法　本

"老天,我恨死这些仪式了!"

这声抱怨让他的肋骨挨了别人一肘。"别抓耳挠腮了,法本。全世界正看着我们呢!"

法本叹了口气,尽力坐直身体。他情不自禁地想起了西蒙·莱文,上次他们一起列队参加仪式的地方,离这里并不很远。有些事情永远也不会改变,他心想。此时,在他身旁唠唠叨叨提醒他注意仪容的人换成了盖莱特。

为什么每一个喜欢他的人都要没完没了地纠正他的姿势?他嘀咕道:"如果人类希望自己的受庇护种族文雅端庄,当初就不该把黑猩猩提升成——"

他的话没说完就变成了一声痛呼。盖莱特的胳膊肘确实比西蒙有力得多。法本张大鼻孔,恼火地喷着鼻息,但一声没吭。盖莱特穿着那套合身的新军服,看上去一本正经,整洁利落。看来她确实喜欢这种场合,可有谁问过他法本是不是想要这枚该死的勋章?没有,当然没有。谁也不曾问过他。

最后,该受三重诅咒的泰纳尼人将军终于结束了那套单调沉闷、令人厌烦的长篇说教,不再翻来覆去地讲什么美德和传统,这倒是为他赢得了稀稀落落的掌声。就连盖莱特看到那个粗笨的格莱蒂克人回到自己的座位上时,似乎也松了一口气。唉,似乎还有好些人等着演讲呢。

海伦尼亚城的市长已经从群岛上的拘留营回到了自己的岗位上,现在轮到他登台发言。他赞扬了勇敢坚强的城市起义者,并且提议自己的黑猩猩副市长应该更多地主持市政厅的工作。这为市长赢得了观众发自内心的掌声……法本满含着讥讽暗想:当然,大概也会让更多的黑猩猩在下一轮选举中投他的票。

接下来上场的是提升公会的主测试官考弗奎因三号大人。她向大家概括地介绍,最近由库尔特代表泰纳尼人,传奇将军阿尔瓦雷兹代表地球种族,共同签署了一份协定。双方达成共识,旧称大猩猩的潜在智能物种从此将踏上漫长的提升之路,向智能生命发展。这些格莱蒂克社会的新公民已被普天之下公认为"自我选择的受庇护种族"。庇护主将租赁穆伦山脉的广大地域,为他们提供安身之所,租期为五万年。现在他们已经成了真正的"加斯人"。

为了回报地球提供的技术协助和大猩猩的遗传品系,强大的泰纳尼种族许诺,他们将保卫地球联邦的加斯租赁地,以及另外五颗地球人和泰姆布立米人的殖民星球。对于地球-泰姆布立米联盟与索罗人、坦度人和其他好战种族之间的冲突,泰纳尼人不会直接进行干预,但现在的形势将大大减轻地球人和泰姆布立米人在前线的压力,让他们能够抽调足够的兵力去解决家园星球面临的濒死困境。

而且,泰纳尼人将不再与"江湖骗子-狼崽子"联盟为敌——单单为了这个结果,也值得让他们的巨型舰队显示一下实力。

我们已经取得了成就，而且比料想的多得多，法本暗想。在此之前，似乎格莱蒂克"中间派"里的绝大多数种族都只会闲坐在一旁，任由好战的狂热分子为所欲为。而现在，地球-泰姆布立米联盟有了一点希望，决意要毁灭所有"狼崽子"种族的那股"不可抗拒的历史潮流"看来并不是真正无法阻挡。格莱蒂克社会中，对受压迫者的同情越来越强烈，加斯这里发生的事情便是具体的体现。

他们是否还能争取更多的盟友，是否还能玩弄更多不可思议的花招，法本无法预料。但他完全有把握，最终的结果将取决于距此数千秒差距之外的某个地方。或许是家园星球，地球。

当梅根·奥尼格开始讲话时，法本意识到，今天上午最令人不快的时间马上就要被他挨过去了。

"……如果我们不能从过去的这几个月里吸取经验和教训，那么现在的一切成就都将化为泡影。毕竟，如果艰难的日子无法令我们更明智，那么我们岂不是白白承受痛苦？我们那些可敬而又光荣的牺牲者之所以献出生命，是为了什么？"

行星协调官咳嗽了几声，手中的老式稿纸飒飒作响。

"我们计划对新生黑猩猩鉴定体系进行修改，过去体系中的缺陷造成了大众的不满情绪，结果被敌人所利用。我们将尽一切努力让新建的数据库设施为所有民众造福，而且我们也一定会妥善保管和维护礼仪台的设备，等到和平降临，让它发挥正当的作用，庆祝种族的荣耀，庆祝我们应得的胜利。

"而最重要的是，我们将利用格布鲁人的赔款恢复我们在加斯上的首要工作，让这颗行星脆弱的生态系统不再继续衰亡，运用我们得来不易的知识和经验制止恶性循环，令这里、我们的第二家园能够履行它应尽的职责——养育千千万万优秀的物种，成为智能生命的源泉。

"在接下来的几个星期里,我们将召集公众进行讨论,以便实施更多的计划。"梅根从讲稿上抬起头,微微一笑,"而今天我们还有一桩额外的麻烦事要办。这件事虽然烦琐,但令人愉快,那就是,向那些令我们感到骄傲的人授予荣誉。正是因为有了这些人,我们今天才能够站在这里,享受着自由。现在我们终于有了机会,让他们知道我们心怀多少感激、多少热爱。"

您爱我么?法本默不作声地问,那么您就放我离开这儿吧!

"当然,"协调官大人接着说道,"对于我们的某些黑猩猩公民来讲,他们因为自己的成就而获得的荣誉不会随着他们生命的终结而消失,更不会因为他们退出历史舞台而不复存在。他们的荣光将会在自己种族的未来、他们的后代身上延续下去,令我们永世崇敬。"

坐在法本左边的茜尔薇向前俯身,隔着他朝另一边的盖莱特望去。两个黑猩猩姑娘相视一笑。

法本叹了口气。至少他已经说服了考德维纳·阿佩尔波保守秘密,不要让别人知道他已晋级为白卡。当然,这样做肯定大有好处。因为即便是现在,海伦尼亚全城的绿卡和蓝卡姑娘都已经在追求他。而盖莱特和茜尔薇根本不去帮他摆脱那些追求者。见鬼,如果不是为了求得保护,他和她俩结婚做什么!这个念头令法本嗤之以鼻。保护?老天!他怀疑这两个老婆正在约见那些姑娘,而且还对她们品头论足呢。

即便两个物种出自同一宗族,甚至发源于同一颗星球,他们之间也总有一些最根本的不同之处。看看吧,大接触之前的人类因为简单的文化原因就出现了各式各样的不同分支。所以,黑猩猩的情爱和生殖当然与人类的大相径庭,完全基于提升之前他们自己的性传统。

不过,法本受人类的影响太深,一想到自己将周旋于两位已经成了密友的妻子之间,他就不禁脸红。我怎么会把自己置于这种境地?

茜尔薇看着他的眼睛,甜甜地笑了。同时,法本感到盖莱特的手伸进了他的手心。

唉,他叹了口气,我猜这也不会有太难。

现在台上开始宣读名字,召唤英雄们领取奖章。但就在这一瞬间,法本感到这里只有他们三个坐在一起,而世界上的其他一切都似乎只是幻觉。其实,别看他表面上尖酸刻薄,可内心里的感觉相当不错。

罗伯特·奥尼格站起身,上台去接受颁奖。看他穿上军服的样子,肯定要比法本舒服得多。法本看着自己的人类伙伴,不禁暗自羡慕。我得问问他的军服是哪个裁缝做的。

罗伯特仍然留着胡子,艰苦的山地生活让他的身体变得结实而又强健。他已不再是个毛头小伙子。实际上,他看上去完全是个故事书中的英雄人物。

那些英雄故事都是胡扯。法本嫌恶地哼了一声,我应该把这家伙灌个烂醉,跟他掰掰手腕,这样才能让他清醒过来,不会傻乎乎地相信那些书里写的玩意儿,不会愚蠢地去送死。

但自开战以来,罗伯特的母亲看上去有点显老。过去这一个星期里,法本注意到,她总是吃惊地看着高大的、古铜色皮肤的儿子,像一头姿态优雅的丛林豹一样围着罗伯特走来走去。她似乎深感自豪,但同时又有些不知所措,就好像仙女从她身边夺走了她的儿子,却丢给她一个丑孩子。

梅根,这就叫作成长。

罗伯特敬礼之后转身朝自己的座位走来。当他从法本面前经过时,用左手飞快地打了一个手势。那是一句简单的手语,只代表着两个字:啤酒!

法本不由大笑起来,但马上打住,因为茜尔薇和盖莱特都转过头严厉地盯着他。没关系。只要知道罗伯特和他想到了一处,他就觉得非常惬意。只有格布鲁人的那些利爪兵才更适合在眼前这个仪式上听废话。

罗伯特回到座位上,坐在丽迪娅·麦库中尉的身边。中尉军服上衣的胸口处,刚刚挂上的勋章闪闪发光。这位陆战队的女军官坐得笔直,全神贯注地望着台上,但法本注意到了高官和群众都看不到的细节:她抬起靴尖,正在罗伯特的腿边蹭来蹭去。

可怜的罗伯特极力保持镇定。看来和平时代的生活也并不轻松,而战争似乎更简单一些。

在人群中,法本看到了一小群身材细长的类人生物,他们双耳上方轻轻舞动的卷须掩盖着狐狸般的面孔。在那群泰姆布立米人当中,法本很容易就辨认出了乌赛卡尔丁和艾萨克莱娜。父女二人都谢绝了地球种族给予的所有荣誉和奖赏。加斯人民只有等到他们离开之后,才可以为泰姆布立米英雄竖立纪念碑。从某种意义上讲,这种对感情的克制也可以算作是对他们的奖赏。

大使的女儿已经去除了那些令她的面貌和身体看上去酷似地球人的变形伪装。她正在低声同一个年轻的泰姆布立米男子交谈。法本估计,用外星人的标准来看,那应该是个英俊的小伙子。

人们会认为,两个年轻人——罗伯特和他的外星伴侣——已经完全回归了自己的种族。而实际上法本怀疑,同战前相比,现在他们两个都更能轻松地与异性相处了。

可是……

在一连串没完没了的招待会和讨论会上，法本曾见过他们二人短暂地聚在一起。他们的头颅挨得很近，而且尽管他俩之间并没有语言交流，但法本觉得他确实看到或是感觉到，在二人之间那片狭小的空间中，有什么东西在轻轻飞旋。

无论他们将来是否会成为配偶或恋人，显然艾萨克莱娜和罗伯特总是能够彼此拥有，不管宇宙在他们中间安插了多么遥远的距离。

茜尔薇带着自己的奖品回到了座位上。她的裙袍并不能完全遮掩她日渐隆起的腹部。不久之后，法本会慢慢适应另一个变化。他估计，等到小家伙开始把化学品带到学校的时候，海伦尼亚的消防局大概要雇佣更多的人手才行。

盖莱特拥抱了一下茜尔薇，然后朝主席台走去。这次的欢呼声和掌声经久不息，梅根·奥尼格不得不示意大家遵守秩序。

但盖莱特一开口，观众便知道这并不是他们期待的鼓舞人心的胜利颂歌。看来她想表达的主题要严肃得多。

"生命并不公平。"她说道，随后注视着大家，似乎正看着每个人的眼睛。窃窃私语的人群一下子安静下来。"如果有谁说生命非常公平，或是有谁认为生命应当公平，那么他就是个傻瓜，或者更糟。生命非常残酷。命运女神诡计多端，用机会和可能性玩弄着反复无常的把戏。如果你在太空中犯了一个简单的错误，冷酷的命运便会让你丢掉性命。甚至在大街上，当你在错误的时刻走出人行道，眨眼间就可能与一辆飞驰而来的公共汽车迎面相撞。

"在所有可能存在的世界上，还有许多更糟糕的事情。如果生命当真公平,那么还会有不合逻辑的蠢行吗?还会有暴政吗?还会有不公正吗?甚至就连进化也是如此。作为世间万物的源泉和大自然的核心本质,进化也总是显得那么冷酷无情,靠死亡来创造新的生命。

"不,生命中毫无公正可言。宇宙也并不公平。

"但是,"盖莱特摇摇头,"但是,虽然它并不公平,至少它可以非常美丽。请大家看看自己的四周。这要比我能做的任何说教都更伟大。看看这个可爱而又可悲的世界吧,这就是我们的家园。看吧,这就是加斯!"

这次集会的会场设在新建分支数据库南侧的高地上,从这片草地可以一览无余地欣赏四周各个方向的景色。西面,大家能够看到希尔马海。在它灰蓝色的水面上,点染着漂浮的水生植物形成的一道道条纹,而潜游的水下动物划出了一条条白羽般的尾迹。海水上方覆盖着的蔚蓝天空,被冬季的最后一场风暴清洗得明净而又澄澈。晨光下,群岛闪耀着柔光,好似远方一座座神秘的王国。

草地北面是分支数据库浅褐色的大厦,在它光彩熠熠的石头墙面上雕刻着放射状的螺旋线标记。这座庞然大物将像其中存储的古老知识一样不受时间的影响,在它四周,来自两颗敌对星球的树木正在徐徐的微风中轻轻摇摆,它们栽种的时间还不算太久。

东方和南方,在阿斯皮纳湾波浪起伏的海水对面,横亘着信德谷地。新绿的嫩芽已经开始在那里破土而出,让空气中充满了春天的芳香。而远方隐约现出的群山就像一个个沉睡的巨人,马上就要抖掉寒冬覆在它们身上的积雪。

"我们微不足道的生命,以及我们这个物种,甚至是整个种族,对大家来讲都是如此重要,但它们真正的意义何在? 它们对这片造物的生息地能够起到什么作用? 这里是值得我们为之战斗的地方。而成功地保护这片土地——"说着,她朝大海、天空、山谷和群山挥动着双臂,"——就是我们的成就。

"我们地球佬更明白生命有多么不公平。或许自从先祖以来,没有任何一个种族能有我们这么深切的感受。我们深爱的人类庇护主在获得真正的智慧之前,几乎毁掉了我们深爱的地球。如果人类没有及时变得成熟理智,黑猩猩、海豚和大猩猩只能是最先遭到灭绝的物种。"

她的声音低沉下来,变得非常沉静。"五万年前,真正的加斯人遭到了灭绝——没等他们用惊奇的目光端详灿烂的夜空,没等他们的意识中闪过第一丝智慧之光,他们就永远失掉了机会。"

盖莱特摇摇头,"不。保护潜在智能生命的战争已经持续了世世代代。它绝不会在这里停息。实际上,它永远也不会结束。"

盖莱特转身离去之后,观众仍沉浸在长久的震惊之中,台下鸦雀无声。而随后响起的掌声也是稀稀落落,令人不安。但是,当她回到台下与茜尔薇和法本拥抱的时候,盖莱特露出了微笑。

"讲得真好!"法本对她说。

随后,法本终于再也躲不过去,现在轮到他了。梅根·奥尼格开始宣读这位英雄的事迹清单。显然某个宣传部门的雇佣文人已事先对清单进行了润色,以便隐藏那些不正当或是不规矩的真相,而单子里也忽略了他纯粹靠碰运气才取得的成就。听别人高声宣读自己的丰功伟绩,法本感到非常陌生。在这些归功于他的事迹中,他连一半也记不起来。

法本从未想过,为什么自己会被选作最后一名领奖者。他猜测，或许这纯粹是为了和自己作对。他意识到，安排我跟在盖莱特后面上台表演，简直就等于要我的命。

梅根叫他上前领奖。当他跌跌撞撞地朝台上走去时，脚下那双可恨的鞋子差点让他摔倒在地。法本向行星协调官敬礼，尽量把身体挺得笔直，让她在他胸前戴上一枚花里胡哨的勋章和新的军衔标志——现在他已经荣升加斯殖民地防卫军的预备役上校军官了。台下欢声大作，而黑猩猩们的喝彩尤其令法本面红耳赤。当他按照盖莱特的指示朝摄像机微笑挥手的时候，心里更觉得困窘难堪。

好吧，说不定我还撑得住，只要他们不总搞这一套就行。

梅根示意他登上讲台，他只好站了上去。他倒是事先准备好了演说词，现在口袋里正装着那沓字迹潦草的讲稿。但听过盖莱特的发言之后，他决定自己最好只是向大家致谢，然后回去坐下了事。

他一边费力地调整着讲台的高度，一边开口说道："我只有一句话要说，那就是——哎哟！"

他突然感到一股电流穿过自己的左脚，惊得他一下子跳了起来。法本伸手抓住身边大惊失色的贵宾，单脚在讲台上蹦跳，可正在这时，又一道电流击中了他的右脚！他不由发出一声尖叫，连忙低头一看，正好发现一小团蓝光从讲台下面探出头，正朝他的两只脚腕袭来。他高声大叫着，从木制讲台上蹿到空中，足有两米高。

他气喘吁吁，过了一会儿才明白过来，台下的观众并不是在惊慌失措地叫喊，而是在歇斯底里地欢呼。他揉揉眼睛，吃惊地望着下面。

黑猩猩们全都站到了折叠椅上，挥舞着双臂，他们上下雀跃,发出一阵阵嚎叫。主席台两侧原本仪容整齐的仪仗队现在也乱作了一团——就连人类都大笑起来,喧闹着鼓掌喝彩。

法本目瞪口呆了好一会儿,当他朝盖莱特和茜尔薇望去,发现她们的目光中充满了骄傲,这才明白了是怎么回事。

他们以为这就是我准备好的讲演!他恍然大悟。

现在回想刚才的情景,他也觉得自己的表演确实十分精彩。它打破了紧张气氛,而且似乎可以被理解成一段绝妙的解说词,完美地诠释了和平重新到来时大家欣喜若狂的心情。

我怎么自己没想到要来这么一手,该死!

他发现,海伦尼亚市长大人的脸上现出忧心忡忡的神色。老天,不!接下来市民们会推举我竞选市长了!

到底是谁作弄了我?

法本在人群中搜寻着,马上注意到一个人的反应与大家截然不同,完全是一副泰然自若的样子。那人圆睁的双目和飘舞的卷须令他在观众中格外显眼。不过,他脸上那种与地球人类没什么两样的表情中,几乎看不到一丝喜悦,这更让他与众不同。

不过,法本知道那个泰姆布立米人正在大笑。在那丛摇摆的卷须上方,法本似乎感觉到某种虚无之物正在轻轻飘荡。

法本叹了口气,只能恶狠狠地瞪着对方。如果眼神能够伤人,地球人最伟大的盟友肯定就得马上再为加斯派一位新大使来了。

看到艾萨克莱娜朝自己眨眨眼,法本完全确定了自己的怀疑。

"真好笑啊。"法本尖刻地低声咕哝道,不过他还是勉强露出笑脸,再次朝欢呼的人群挥手致意。

"简直好笑得要死,乌赛卡尔丁。"

后记及答谢

　　首先,我们惧怕那些与我们共同拥有地球的生命。其次,随着自己的力量日渐强大,我们开始将它们视作私有财产,随意处置。最近有一种谬论(同其他谬论相比,它已经相当不错了)声称,动物的本性纯真善良,而只有人类才是造物之唇上的一块溃疡,卑鄙、邪恶、嗜杀,而且贪婪。这种观点认为,如果没有了人类,地球和它上面的所有生灵会更幸福。

　　其实只是在不久前,我们才开始从另一个角度,从生命的角度,去看待这个世界和我们在这个世界中的位置。
　　人们要问,既然人类进化成了高等动物,那么我们是不是就和其他哺乳动物有很多不同之处? 这些不同之处能不能让我们认识到某些事情? 难道我们就不该从中受教吗?
　　谋杀、强奸,还有各种最悲惨的精神病状——现在,我们在动物和人类自己身上都能看到这些现象。而人类的智慧只是让这些现象在我们身上产生的恐怖效果显得更强烈。人类的智慧并不是这些悲惨现象的根本原因。根本原因是，我们生活在一片黑暗之中。而那片黑暗就是——无知。

我们不必为了宣扬环保主义的道德标准，就把自己视作嗜血的怪物。现在众所周知，我们只有将复杂的生态网络和遗传多样性继续保持下去，才能让自己得以生存。如果我们毁掉大自然，那么自己也会灭亡。

但还有另外一个原因要求我们保护其他物种。人们很少提及这个原因。或许我们是第一种能够说话、思考、建设和热望的生命形式，但很可能不是最后一种。说不定会有其他生命跟在我们后面继续这段冒险之旅。

总有一天，后人将对我们做出评判，而评判的标准就是，当我们曾是地球唯一的看护人时，我们有多么尽心尽力。

作者在此深怀感激，向本书手稿的审阅者致以敬意，是他们在各方面（从野生猿类的习性到文法错误的校正）提供了热忱帮助。

我要感谢阿妮塔·埃弗森、南希·克雷斯、克里斯蒂·麦丘、路易斯·鲁特、诺拉·布拉肯伯里和马克·格里吉尔，感谢他们可贵的眼光和洞察力。约翰·刘易斯教授、鲁斯·刘易斯、弗兰克·卡塔拉诺、理查德·斯帕尔、格雷戈里·本福德和丹尼·布林也对这部作品发表了评论。另外，我还要向斯蒂夫·哈迪斯蒂、莎伦·索斯纳、金·巴德、里克·斯特姆、唐·科尔曼、萨拉·巴特和鲍勃·古尔德致谢。

还有露·阿罗尼卡、亚历克斯·伯曼和理查德·柯蒂斯，我感谢他们的耐心。

　　而对于我们那些毛发纷披的同宗血亲,我衷心致歉。奉上一只香蕉、一杯啤酒,聊表寸心。